HEYNE

W0212999

SCIENCE FICTION

Von Bruce Sterling erschien in der Reihe
HEYNE SCIENCE FICTION & FANTASY:

Spiegelschatten · 06/4544
Schismatrix · 06/4556
Inseln im Netz · 06/4702; auch als 06/7034
Zikadenkönigin · 06/4709
Schwere Wetter · 06/5490
Der Staubozean · 06/5491
Heiliges Feuer · 06/6361
Brennendes Land · 06/6381

SCIENCE FICTION WARP 7 zum Kennenlernen

herausgegeben von
WOLFGANG JESCHKE

BRUCE STERLING

INSELN IM NETZ

ROMAN

Bearbeitete Neuausgabe

WILHELM HEYNE VERLAG
MÜNCHEN

HEYNE SCIENCE FICTION & FANTASY
Band 06/7034

Titel der amerikanischen Originalausgabe
ISLANDS IN THE NET
Deutsche Übersetzung von Walter Brumm
Das Umschlagbild ist von Jürgen Rogner

Dieser Roman erschien
erstmals als Heyne-Taschenbuch
unter demselben Titel
mit der Nummer 06/4702

Umwelthinweis:
Dieses Buch wurde auf
chlor- und säurefreiem Papier gedruckt.

Redaktion: Wolfgang Jeschke
Copyright © 1988 by Bruce Sterling
Mit freundlicher Genehmigung des Autors
und Thomas Schlück, Literarische Agentur, Garbsen
Copyright © 1990 der deutschen Übersetzung
by Wilhelm Heyne Verlag GmbH & Co. KG, München
Copyright © 2002 der deutschen Neuausgabe
by Wilhelm Heyne Verlag GmbH & Co. KG, München
http://www.heyne.de
Taschenbuchneuausgabe 1/2002
Printed in Germany 11/2001
Umschlaggestaltung: Nele Schütz Design, München
Technische Betreuung: M. Spinola
Satz: Schaber Satz- und Datentechnik, Wels
Druck und Bindung: Ebner Ulm

ISBN 3-453-19664-3

1. Kapitel

Die See lag in siedender Stille, eine schieferig-grüne Suppe, gewürzt mit warmem Schlamm. Garnelenkutter zogen am Horizont dahin.

Pfähle erhoben sich in Gruppen wie geschwärzte Finger meterhoch aus der sanft auslaufenden Brandung. Früher hatten auf diesen teerfleckigen Stelzen die Strandhäuser von Galveston gestanden. Jetzt siedelten dort Entenmuscheln, kreisten Möwen und kreischten. Er war ein großer Erzeuger von Wirbelstürmen, dieser ruhige Golf von Mexiko.

Laura las mit einem schnellen Blick zu ihren Füßen Zeit und Entfernung ab. Grüne Anzeigen blinkten auf den Spitzen ihrer Schuhe, veränderten sich mit jedem Schritt und zählten die zurückgelegte Entfernung. Laura trabte schneller. Licht und Schatten des frühen Morgens huschten über die Gestalt der Läuferin hin.

Sie brachte die letzten Pfeilerbündel hinter sich und machte weit voraus am Strand ihr Heim aus. Ihre Müdigkeit verflog in einem Ausbruch neuerlicher Energie.

Sie grinste. Die Mühe hatte sich gelohnt. Nun, da sie eingelaufen war, hatte sie das Gefühl, noch stundenlang laufen zu können, eine Verheißung unzerstörbarer Zuversicht, die aus dem tiefsten Innern kam. Sie lief mit tierhafter Leichtigkeit, wie eine Antilope.

Der Strand sprang hoch und schlug gegen sie.

Laura lag einen Augenblick benommen. Dann hob sie den Kopf, hielt den Atem an und ächzte. Ihre Wange war mit Sand verklebt, beide Ellbogen vom Aufprall betäubt. Ihre Arme zitterten, als sie sich aufstützte und auf die Knie kam. Sie blickte hinter sich.

Ihr Fuß hatte sich in etwas verfangen. Es war ein Stück schwarzes Elektrokabel. Treibgut vom letzten Wirbelsturm, im Sand begraben. Das Kabel hatte sich um ihren linken Knöchel geschlungen und sie wie ein Lasso zu Boden geworfen.

Sie drehte sich um und saß schnaufend im Sand, stieß das gelockerte Kabel von ihrem Schuh. Die Aufschürfung über der Socke begann zu bluten und meldete sich mit brennendem Schmerz.

Laura stand auf, wischte Sand von der Wange und den Unterarmen und schüttelte die Wackligkeit ab. Der Sand hatte das Plexiglas ihres Uhrtelefons zerkratzt. Das Armband war mit Schmutz verklebt.

»Wunderbar«, murmelte Laura, und eine verspätete Aufwallung von Zorn ließ ihre Kräfte zurückkehren. Sie bückte sich und zog kräftig an dem Kabel. Anderthalb Meter nassen Sandes hoben sich mit einem scharfen Ruck.

Sie hielt Umschau nach einem Stock oder einem Stück Treibholz, das sich zum Graben eignete. Der Strand war wie gewöhnlich auffallend sauber. Aber Laura war nicht gewillt, dieses schmutzige Kabel zurückzulassen, daß es andere Strandläufer zu Fall bringen konnte. Das sollte nicht sein – nicht an ihrem Strand. Sie kniete nieder und grub mit den Händen.

Sie folgte dem zerfaserten Kabel zwei Meter weit und dreißig Zentimeter tief zur verchromten Kante eines Haushaltgerätes. Die mit Holzmaserung bedruckte Kunststoffoberfläche zerbröselte unter Lauras Fingern wie altes Linoleum. Sie bearbeitete das Ding mit mehreren Fußtritten, um es zu lockern, dann zog sie es schnaubend vor Anstrengung aus seiner nassen Höhlung im Sand. Nach anfänglichem Widerstand kam es plötzlich heraus, wie ein fauler Zahn.

Es war ein Videorecorder. Zwanzig Jahre Sand und Salzwasser hatten ihn zu einer festen, korrodierten Masse werden lassen. Ein dünner Schleim aus wässerigem Sand tropfte aus dem leeren Kassettenschlitz.

Es war ein altmodisches Gerät, schwer und ungefüge. Laura zog es hinkend am Kabel hinter sich drein und hielt Ausschau nach der örtlichen Abfalltonne.

Sie trieb sich bei zwei Anglern herum, die mit hüfthohen Gummistiefeln im Wasser standen. Laura legte beide Hände an den Mund und rief: »Abfall!«

Die Tonne drehte auf breiten Gummireifen und rollte in ihre Richtung. Sie schnüffelte den Strand entlang und suchte sich den Weg mit Infraschall. So behielt sie Laura im Visier und hielt knarrend neben ihr.

Laura hob den toten Recorder und warf ihn in die offene Tonne. Es gab ein lautes, dröhnendes Geräusch. »Wir danken Ihnen, daß Sie unsere Strände sauberhalten«, sagte die Abfalltonne. »Galveston weiß Bürgertugenden zu schätzen. Möchten Sie an der Verlosung eines wertvollen Geldpreises teilnehmen?«

»Spart es für die Touristen«, sagte Laura. Sie joggte weiter, bemüht, den verletzten Knöchel zu schonen.

Ein Stück jenseits der Hochwasserlinie ragte das Ferienheim auf, gestützt von zwanzig sandfarbenen Strebepfeilern. Es war ein glatter Halbzylinder aus Sandbeton und hatte mehr oder weniger Farbe und Form eines angebrannten Brotlaibes. In der Mitte erhob sich ein runder, zweistöckiger Turm aus dem ebenerdigen Hauptbau. Die tragenden Strebepfeiler waren durch massive Betonbogen miteinander verbunden.

Eine breite, bonbonrosa und weiß gestreifte Markise beschattete die Wände und eine schmale, umlaufende Veranda aus sonnengebleichtem Holz. Hinter dem Verandageländer glänzte die Morgensonne auf den Glastüren eines halben Dutzends Gästezimmer, die nach Osten zur See lagen.

Drei Kinder von Feriengästen waren bereits draußen am Strand. Ihre Eltern waren in einer kanadischen Tochtergesellschaft von Rizome beschäftigt und machten Urlaub auf Firmenkosten. Die Kinder trugen dunkelblaue Matrosenanzüge und flache Strohhüte mit wehenden Bändern, im Stil des neunzehnten Jahrhunderts. Die Kleider waren Souvenirs aus Galvestons historischem Stadtkern.

Der größte Junge, ein Zehnjähriger, rannte auf Laura zu und hielt einen langen Holzstock über den Kopf. Hinter ihm sprang ein moderner Windskulptur-Flugdrachen aus den Armen der kleineren Kinder in die Höhe und entfaltete seine gestaffelten, in blauen und grünen Pastelltönen gehaltenen Flügel im Wind. Der Zehnjährige verlangsamte seinen Lauf, wandte sich um und hatte Mühe, der Zugwirkung des Drachens standzuhalten. Der lange Drachen bewegte sich im Wind hin und her und machte unheimlich schlängelnde Bewegungen. Die Kinder kreischten vor Vergnügen.

Laura blickte zum Dach des Turmes hinauf. Am Fahnenmast wurden die Flaggen von Texas und Rizome Industries aufgezogen. Der alte Mr. Rodriguez winkte ihr kurz zu, verschwand dann hinter der Satellitenantenne. Mit der Flaggenhissung begann für den alten Mann der Tag.

Laura hinkte die Holztreppe zur Veranda hinauf und stieß sich durch die schweren Glastüren der Eingangshalle. Im Innern hielten die massiven Wände des Ferienheimes noch die Nachtkühle fest. Und den erfreulichen Geruch texanisch-mexikanischer Küche: Pfeffer, Maismehl und Käse.

Mrs. Rodriguez war noch nicht am Empfangsschalter; sie war eine Spätaufsteherin, nicht so flink wie ihr Mann. Laura ging durch den leeren Speiseraum und die Treppe hinauf zum Turm.

Bei ihrer Annäherung öffnete sich die Tür, und sie kam durch das Obergeschoß in einen runden Konferenzraum mit moderner Büroeinrichtung und gepolsterten Drehsesseln. Hinter ihr schloß sich die Falttür selbsttätig.

David, ihr Mann, lag ausgestreckt auf einem Sofa aus Korbgeflecht und hatte das Baby auf der Brust. Beide schliefen. Eine von Davids Händen lag mit gespreizten Fingern auf dem nachthemdbekleideten Rücken der kleinen Loretta.

Das Morgenlicht strömte durch die dicken runden Fenster des Turmes und schnitt Bahnen durch die Luft. Es verlieh den Gesichtern der Schlafenden eine seltsame Renaissancetönung. Davids Kopf lag auf einem Kissen, und sein ausdrucksvolles Profil erinnerte an eine Münze der Medici. Das entspannte und friedliche Gesicht des Säuglings, dessen Haut wie Damast war, wirkte zauberhaft frisch und neu.

David hatte eine Wolldecke am Fuß des Sofas zusammengedrückt. Laura breitete sie sorgsam über seine Beine und das Baby. Sie zog einen Korbstuhl heran und setzte sich zu ihnen, streckte die Beine von sich. Angenehme Müdigkeit überkam sie. Sie überließ sich ihr eine Weile, dann stieß sie Davids Schulter an. »Morgen.«

Er regte sich, richtete sich auf und nahm Loretta in die Arme; sie schlief in kindlicher Unbekümmertheit weiter. »Jetzt schläft sie«, sagte er. »Aber nicht um drei Uhr früh. Zur Mitternacht der menschlichen Seele.«

»Nächstes Mal stehe ich auf«, sagte Laura. »Bestimmt.«

»Wir sollten sie zu deiner Mutter ins Zimmer tun.« David strich sich langes schwarzes Haar aus den Augen und gähnte in die Knöchel. »Mir träumte, ich sah meine Optima Persona.«

»Ach?« sagte Laura überrascht. »Wie war es?«

»Ich weiß nicht. Ungefähr, was ich nach dem Zeug, das ich darüber gelesen hatte, erwartete. Erhebend und dunstig und kosmisch. Ich stand am Strand. Nackt, glaube ich. Die Sonne ging auf. Es war hypnotisch. Ich spürte dieses ungeheuere Gefühl totaler Begeisterung. Als hätte ich ein reines Element der Seele entdeckt.«

Laura runzelte die Stirn. »Du glaubst doch nicht an diesen Scheiß?«

»Nein. Deine O.P. zu sehen – das ist eine Modeerscheinung. Wie früher die Leute sich einbildeten, UFOs zu sehen, weißt du? Irgendein Exzentriker in Oregon sagt, er habe eine Begegnung mit seinem persönlichen Archetyp gehabt. Bald hat jeder Knallkopf Visionen. Massenhysterie, kollektive Bewußtlosigkeit. Dummes Zeug. Aber wenigstens modern. Es ist das neue Jahrtausend.« Er schien auf eine unklare Weise erfreut.

»Es ist mystischer Unsinn«, sagte Laura. »Wenn es wirklich deine Optima Persona gewesen wäre, hättest du etwas bauen sollen, nicht? Und nicht Reklame für ein FKK-Nirwana machen.«

David machte ein einfältiges Gesicht. »Es war bloß ein Traum. Erinnerst du dich dieser Dokumentation am letzten Freitag? Der Mann, der seine O.P. die Straße entlanggehen sah, in seinen Kleidern, mit seiner Kreditkarte? Um es dahin zu bringen, habe ich noch viel vor mir.« Er bemerkte ihren Knöchel und schrak auf. »Was hast du mit deinem Bein gemacht?«

Sie sah auf ihren Knöchel. »Ich stolperte über ein Stück Wirbelsturmschrott. Im Sand vergraben. Ein Videogerät.« Loretta erwachte, und ihr winziges Gesicht dehnte sich in einem gewaltigen, zahnlosen Gähnen.

»Wirklich? Dann muß es seit dem großen Wirbelsturm von 02 sein. Zwanzig Jahre! Himmel, du könntest Wundstarrkrampf bekommen!« Er gab ihr den Säugling und holte Desinfektionsmittel und Verbandzeug aus der Hausapotheke im Bad. Auf dem Rückweg drückte er einen Konsolenknopf. Einer der flachen Bildschirme an der Wand flackerte auf.

David setzte sich mit gelenkiger Anmut auf den Boden und nahm Lauras Fuß in den Schoß. Er schnürte ihr den Schuh auf und warf einen Blick auf die Ablesung. »Eine ziemlich schlechte Zeit. Du mußt gehinkt haben.«

Er zog ihr die Socke vom Fuß. Laura hielt das zappelnde Baby an der Schulter und starrte zum Bildschirm, lenkte sich ab, während David die abgeschürfte Stelle betupfte.

Der Bildschirm zeigte Davids Weltregierungsspiel – eine globale Simulation. Das Weltregierungsspiel war als ein Voraussageinstrument für Entwicklungsbehörden erfunden worden, aber eine vereinfachte und aufgemöbelte Fassung hatte ihren Weg auf den Markt gefunden. David, der dazu neigte, sich plötzlich für etwas zu begeistern, spielte es seit Tagen.

Lange Streifen der Erdoberfläche zogen in einer simulierten Satellitenansicht über den Bildschirm. Städte leuchteten grün, wenn sie gesund waren, und rot, wenn Unfriede und soziale Auflösung herrschten. Verschlüsselte Ablesungen liefen über den unteren Rand des Bildschirms. Afrika war ein einziges Durcheinander. »Es ist immer Afrika, nicht?« sagte sie.

»Ja.« Er verschloß eine Tube mit antiseptischem Gel. »Hat nicht viel geblutet. Es wird verschorfen.«

»Klar.« Sie stand mit Loretta auf und verbarg den Schmerz um seinetwillen. Das unangenehm gespannte Gefühl verging, als das Desinfektionsmittel zu wirken begann. Sie lächelte. »Ich brauche eine Dusche.«

Davids Uhrtelefon piepte. Es war Lauras Mutter, die von ihrem Gästezimmer im Ferienheim unten anrief. »*Gomen nasai*, ihr alle! Wie wär's, wenn ihr Oma helfen würdet, ein Frühstück zusammenzubringen?«

David war erheitert. »Ich komme gleich hinunter,

Margaret. Iß nichts, wo das Fell noch dran ist.« Sie gingen hinauf zu ihrem Schlafzimmer.

Laura gab ihm das Baby und verschwand im Bad.

Sie konnte nicht verstehen, warum David ihre Mutter mochte. Er hatte auf ihrem Recht bestanden, ihre Enkelin zu sehen, obwohl Laura ihre Mutter seit Jahren nicht von Angesicht zu Angesicht gesehen hatte. Der Aufenthalt seiner Schwiegermutter bereitete David ein naives Vergnügen, als könne ein Besuch von einer Woche Dauer Jahre unausgesprochener Verstimmung ungeschehen machen.

Für David waren Familienbande naturgegeben und fest, so wie es sein sollte. Seine Eltern waren in das Kind vernarrt. Aber Lauras Eltern hatten sich getrennt, als sie neun gewesen war, und sie war von ihrer Großmutter erzogen worden. Laura wußte, daß Familie ein Luxus war, eine Treibhauspflanze.

Laura stieg in die Badewanne und zog den Duschvorhang zu. Das von der Sonne gewärmte Wasser spülte die Spannung von ihr; familiäre Verdrießlichkeiten fielen von ihr ab. Sie stieg aus der Wanne und fönte ihr Haar trocken. Es fiel von selbst in seine richtige Form – sie trug einen einfachen Haarschnitt, eine kurze Ponyfrisur. Dann betrachtete sie sich im Spiegel.

Nach drei Monaten war die postnatale Erschlaffung größtenteils in ihrem Laufprogramm aufgegangen. Die endlosen Tage ihrer Schwangerschaft waren eine verblassende Erinnerung, obwohl ihr geschwollener Leib als Vorstellungsbild bisweilen noch in ihren Träumen spukte. Dabei war sie zumeist glücklich gewesen – riesig und behaftet mit allerlei Weh, aber von den Hormonen der Mutterschaft in Stimmung gehalten. Trotzdem hatte David es mit ihr nicht leicht gehabt. »Stimmungsumschwünge«, hatte er dazu gesagt und mit einfältiger männlicher Toleranz gelächelt.

In den letzten Wochen waren sie beide schreckhaft

und nervös gewesen, wie Stalltiere vor einem Erdbeben. In dem Versuch, damit fertigzuwerden, hatten sie ihre Zuflucht in Plattheiten gesucht. Die Schwangerschaft war eine jener archetypischen Situationen, die Klischees zu erzeugen schienen.

Aber es war die richtige Entscheidung zur rechten Zeit gewesen. Jetzt hatten sie das Heim, das sie gebaut, und das Kind, das sie sich gewünscht hatten. Besondere Dinge, seltene Dinge, Schätze.

Das Ereignis hatte ihre Mutter wieder in ihr Leben gebracht, aber das würde vorübergehen. Im Grunde war alles in Ordnung, sie waren glücklich. Nichts wild Ekstatisches, dachte Laura, aber ein solides Glück von der Art, wie sie es nach ihrer Meinung verdient hatten.

Laura zupfte an ihrem Scheitel und betrachtete den Spiegel. Diese feinen grauen Fäden – vor dem Kind waren es nicht so viele gewesen. Sie war jetzt zweiunddreißig, seit acht Jahren verheiratet. Sie befühlte die Krähenfüße in den Augenwinkeln und dachte an ihrer Mutter Gesicht. Sie hatten die gleichen Augen – weit auseinanderstehend und blau, mit einem gelblichgrünen Schimmer, wenn die Sonne darauf schien. »Coyotenaugen«, hatte ihre Großmutter sie genannt. Laura hatte die lange gerade Nase und den breiten Mund ihres Vaters, mit einer Oberlippe, die etwas zu schmal war. Ihre Vorderzähne waren zu groß und eckig.

Das Erbgut, dachte Laura. Willkürliche Vererbung verschiedener Einzelmerkmale als Folge der Rassenmischung. Da es Erbeinheit kaum noch gibt, hat heutzutage kein Mensch eine Ahnung, wie sein Kind aussehen wird.

Sie umrandete ihre Augen, legte Lippenstift und Videorouge auf. Dann zog sie eine Strumpfhose, einen knielangen Rock, eine langärmelige Bluse in gemusterter chinesischer Seide und einen dunkelblauen Blazer an. Ins Revers steckte sie eine Anstecknadel mit dem Firmenzeichen von Rizome.

Kurz darauf gesellte sie sich im Speiseraum des Ferienheimes zu David und ihrer Mutter. Die Kanadier, für die es der letzte Urlaubstag war, spielten mit dem Baby. Lauras Mutter aß ein japanisches Frühstück, kleine Reiskuchen und winzige glotzäugige Fische, die nach Kerosin rochen. David hatte das Übliche bereitet: geschickt getarntes essenähnliches Zeug. Lockere Nachahmungen von Rührei, Speck aus Sojabohnen, Pfannkuchen aus dickem gelbem Scop.

David war vernarrt in Gesundheitsnahrung, ein großer Anhänger unnatürlicher Lebensmittel. Nach acht Jahren Ehe war Laura es gewohnt. Wenigstens verbesserte sich die Technik. Selbst das Scop, aus genetisch veränderten Einzellern gewonnenes Protein, war heutzutage besser. Es schmeckte nicht übel, wenn man die Vorstellung von riesigen Proteinkesseln, die bis zum Überquellen mit wimmelnden Bakterien gefüllt waren, verdrängen konnte.

David trug seinen Overall. Er wollte heute zum Hausabriß gehen und hatte seinen schweren Werkzeugkasten und den Ölarbeiter-Schutzhelm seines Großvaters bereitgelegt. Die Aussicht auf den Abriß von Häusern – schmutzige, brechstangenschwingende Muskelarbeit – erfüllte David stets mit kindlicher Freude. Er sprach gedehnter als sonst und goß heiße Chilisoße auf seine Rühreier, unfehlbare Kennzeichen seiner guten Laune.

Lauras Mutter, Margaret Alice Day Garfield Nakamura Simpson, trug ein blaues japanisches Kleid aus Seidenkrepp in Taftbindung, mit einer herabhängenden Gürtelschärpe. Ihr geflochtener Strohhut von der Größe eines Wagenrades hing ihr auf dem Rücken. Sie nannte sich Margaret Day, da sie sich kürzlich von Simpson, einem Mann, den Laura kaum kannte, scheiden ließ.

»Es ist nicht mehr das Galveston, an das ich mich erinnere«, sagte sie.

David nickte. »Weißt du, was ich vermisse? Die Trümmer. Ich war zehn, als die Katastrophe über die Stadt kam, und wuchs in der Trümmerwüste der Insel auf. All diese Strandhäuser, abgerissen, angespült, herumgeworfen wie Spielwürfel ... Das Chaos schien unendlich, voller Überraschungen.

Lauras Mutter lächelte. »Darum bist du geblieben?«

David trank seinen Frühstückssaft, der aus einer pulverisierten Mischung kam und von einer Farbe war, die in der Natur nicht vorkam. »Also, nach 02 ging jeder fort, der ein bißchen Verstand hatte. Damit blieb für uns Unentwegte um so mehr Platz. Wir geborenen Insulaner, wir sind eine eigene Rasse.« David lächelte selbstbewußt. »Um hier zu leben, muß man eine einfältige Liebe zum Unglück haben. Isla Malhadado war Galvestons erster Name, mußt du wissen. Unglücksinsel.«

»Warum?« fragte Lauras Mutter, die ihm gefällig sein wollte.

»Cabeza de Vaca nannte sie so. Seine Galeone erlitt hier 1528 Schiffbruch. Er wäre beinahe von Kannibalen gefressen worden. Karankawa-Indianern.«

»So? Nun, die Indianer müssen auch einen Namen für die Insel gehabt haben.«

»Den kennt niemand«, sagte David. »Die Indianer starben alle an den Pocken. Echte Galvestonier, wie du siehst – Pechvögel.« Er dachte darüber nach. »Ein sehr merkwürdiger Stamm, die Karankawas. Sie pflegten sich mit ranzigem Alligatorenfett einzureiben – waren berühmt für den Gestank.«

»Ich habe nie von ihnen gehört«, sagte Margaret Day.

»Sie waren sehr primitiv«, sagte David und spießte ein weiteres Stück des Scop-Pfannkuchen auf die Gabel. »Sie aßen Erde! Wenn sie einen Hirsch erlegt hatten, gruben sie ihn für drei oder vier Tage ein, bis er weich wurde, und dann …«

»*David!*« sagte Laura.

»Oh, entschuldige«, sagte David. Er wechselte das Thema. »Du solltest heute mit uns kommen, Margaret. Rizome hat ein gutes kleines Nebengeschäft mit der Stadtverwaltung. Sie beschließt den Abbruch baufälliger Häuser, wir führen ihn durch, und alle haben ihren Spaß dabei. Natürlich ist es keine große Einnahme, nicht nach *zaibatsu*-Vorstellungen, aber das Leben besteht nicht nur aus der Endsumme unter dem Strich.«

»Der reinste Vergnügungsort«, sagte ihre Mutter.

»Ich sehe, daß du unserem neuen Bürgermeister zugehört hast«, sagte Laura.

»Macht ihr euch keine Sorgen wegen der Leute, die es heutzutage nach Galveston zieht?« fragte ihre Mutter.

»Was meinst du damit?«

»Ich habe über euren Bürgermeister gelesen. Er ist ein ziemlich seltsamer Typ, nicht? Ein ehemaliger Barkeeper mit einem weißen Vollbart, der im Amt Hawaiihemden trägt. Anscheinend läßt er nichts unversucht, um – wie heißt das Wort? – Randgruppen nach Galveston zu locken.«

»Nun ja, es ist keine richtige Stadt mehr, verstehst du«, sagte David. »Keine Industrie mehr. Die Baumwolle ist weg, die Schiffahrt ist weg, das Öl ist auch schon lange weg. Was bleibt übrig, außer den Touristen Glasperlen zu verkaufen? Und ein bißchen … ah … gesellschaftliche Exotik fördert den Tourismus. Ein Fremdenverkehrsort muß ein bißchen locker geführt werden.«

»Also gefällt euch der Bürgermeister? Soviel ich weiß, unterstützte Rizome seinen Wahlkampf. Heißt das, daß eure Firma seine Politik unterstützt?«

»Wer fragt danach?« sagte Laura ein wenig gereizt.

»Mutter, du bist in Ferien. Laß Marubeni & Co. ihre eigenen Antworten finden.«

Ihre Blicke bohrten sich für einen Moment ineinander. *»Ainmasen«*, sagte ihre Mutter schließlich. »Es tut mir leid, wenn ich den Eindruck erweckte, neugierig zu sein. Ich habe zu viele Jahre im Außenministerium verbracht. Die Reflexe sind noch da, obwohl ich jetzt in dem bin, was man Privatunternehmen nennt.« Sie legte ihre Eßstäbchen nebeneinander auf den Teller und griff über die Schulter nach ihrem Hut. »Ich habe beschlossen, heute ein Segelboot zu mieten. Es soll draußen im Meer eine Station geben – OPEC, oder so ähnlich.«

»OTEK«, berichtigte David. »Das Kraftwerk. Ja, es ist hübsch da draußen.«

»Dann sehen wir uns zum Abendessen. Seid brav, ihr zwei.«

Vier weitere Kanadier kamen gähnend zum Frühstück herein. Margaret Day arbeitete sich an ihnen vorbei und verließ den Speiseraum.

»Du mußtest ihr auf die Zehen treten«, sagte David. »Was gibt es an Marubeni auszusetzen? Eine verknöcherte alte japanische Handelsgesellschaft. Glaubst du, sie schickten deine Mutter hierher, um unsere Mikrochips zu klauen, oder was?«

»Sie ist ein Gast von Rizome«, sagte Laura. »Ich mag nicht, daß sie unsere Leute kritisiert.«

»Sie reist morgen ab«, erwiderte David. »Du könntest ein wenig umgänglicher mit ihr sein.« Er stand auf und ergriff seinen Werkzeugkasten.

»Also gut, es tut mir leid«, sagte Laura. Jetzt war nicht die Zeit, sich darüber zu verbreiten. Der Geschäftstag nahm seinen Anfang.

Sie grüßte die Kanadier und nahm ihnen das Baby ab. Sie gehörten zum Produktionszweig einer Tochtergesellschaft von Rizome in Toronto und hatten den Ferienaufenthalt als Belohnung für gesteigerte Produktivität bekommen. Sie waren sonnenverbrannt und fröhlich.

Ein weiteres Gästepaar kam herein: Herr und Frau Kurosawa aus Brasilien. Sie waren schon in der vierten Generation Brasilianer und arbeiteten bei Rizome-Unitika, einem Tochterunternehmen in der Textilbranche. Sie sprachen kein Englisch, und ihr Japanisch war erstaunlich schlecht, beladen mit portugiesischen Lehnwörtern und viel südländischem Gefuchtel. Sie machten Laura Komplimente wegen der schmackhaften Kost. Auch für sie war es der letzte Urlaubstag.

Dann wurde es schwierig. Die Europäer waren aufgestanden. Sie waren zu dritt und keine Rizome-Leute, sondern Bankiers aus Luxemburg. Morgen sollte eine wichtige Konferenz von Bankleuten stattfinden. Die Europäer waren einen Tag früher gekommen. Laura bedauerte es.

Die Luxemburger setzten sich verdrießlich an den Frühstückstisch. Ihr Leiter und Chefunterhändler war ein Monsieur Karageorgiu, ein Mann mittleren Alters, mit olivfarbener Haut, dunklen Augen und sorgfältig gewelltem Haar. Der Name kennzeichnete ihn als einen Griechen; seine Großeltern waren vermutlich Gastarbeiter in Deutschland oder in Benelux-Ländern gewesen. Karageorgiu trug einen vorzüglich geschneiderten Anzug aus beigefarbenem italienischem Leinen.

Seine äußerst eleganten Schuhe waren Kunstwerke, fand Laura. Mit höchster Präzision gefertigte Schuhe, vergleichbar dem Getriebe eines Mercedes. Es tat beinahe weh, ihn darin gehen zu sehen. Bei Rizome hätte niemand gewagt, solche Schuhe zu tragen; der Spott wäre erbarmungslos gewesen. Der Mann erinnerte Laura an die Diplomaten, die sie in ihrer Kindheit bisweilen gesehen hatte, Männer mit einem längst verlorengegangenen Standard wohlüberlegter Eleganz.

Er hatte ein paar mürrisch blickende Begleiter in

schwarzen Anzügen: Fachleute der Informatik und Datenverarbeitung, wie er behauptete. Es war schwierig, ihre Herkunft zu erraten; einer wirkte irgendwie mediterran, war vielleicht Südfranzose oder Korse, während der andere blond war. Sie sahen beunruhigend sportlich und muskulös aus. Aus ihren Manschetten lugten teure Schweizer Uhrtelefone.

Auf Lauras Frage nach ihrem Befinden hin begannen sie sich zu beklagen. Die Hitze sei kaum zu ertragen. Ihre Zimmer hätten einen unangenehmen Geruch, und das Wasser schmecke salzig. Sie fanden die Toiletten eigenartig. Laura versprach, die Wärmepumpe aufzudrehen und mehr Perrier zu bestellen.

Es half nicht viel. Sie fühlten sich in die hinterste Provinz verschlagen und hatten etwas gegen doktrinäre Yankees, die in sonderbaren Sandburgen lebten und wirtschaftliche Demokratie praktizierten. Laura ahnte, daß der morgige Tag stürmisch verlaufen würde.

Tatsächlich war das ganze Arrangement verdächtig. Sie wußte nicht genug über diese Leute – sie hatte keine richtigen Gästeinformationen über sie. Rizome-Atlanta war sehr schweigsam über diese Bankenkonferenz, was für die Zentrale sehr ungewöhnlich war.

Laura nahm ihre Frühstücksbestellungen entgegen und verließ die drei Bankleute; sie tauschten finstere Blicke mit den Rizome-Gästen. Sie nahm das Baby mit sich in die Küche. Das Küchenpersonal war am Werk und klapperte mit Pfannen und Töpfen. Das Küchenpersonal bestand aus der siebzigjährigen Mrs. Delrosario und ihren zwei Enkelinnen.

Mrs. Delrosario war ein Schatz, obwohl sie eine bösartige Ader hatte, die jedesmal die Oberhand gewann, wenn ihr Rat mit weniger als völliger Aufmerksamkeit und Ernsthaftigkeit aufgenommen wurde. Ihre Enkelinnen schlurften mit unterwürfigem Ausdruck wie Verurteilte in der Küche herum. Laura bedauerte sie und versuchte ihnen Erleichterung zu verschaffen, wenn sie konnte. Nicht für alle jungen Leute war das Leben heutzutage leicht.

Laura fütterte den Säugling aus der Flasche. Loretta schluckte begeistert die Zubereitung. Darin war sie wie ihr Vater – ganz versessen auf klebriges, sirupartiges Zeug, das kein vernünftiger Mensch essen mochte.

Dann piepte Lauras Uhrtelefon. Es war der Empfangsschalter. Laura ließ das Baby in Mrs. Delrosarios Obhut und ging hinten herum zur Eingangshalle, durch die Personalräume und das Büro. Sie kam hinter dem Schalter heraus. Mrs. Rodriguez sah erleichtert über ihre Bifokalgläser zu ihr auf.

Sie hatte mit einer Fremden gesprochen – einer ungefähr fünfzigjährigen Frau in einem schwarzen Seidenkleid mit Stehkragen und einer Perlenkette. Die Frau hatte eine gewaltige Mähne spröden schwarzen Haares, und ihre Augen waren dramatisch betont. Laura wußte nicht, was sie von ihr halten sollte. Sie sah wie die Witwe eines Pharaos aus. »Das ist sie«, sagte Mrs. Rodriguez zu der Fremden. »Mrs. Webster, unsere Geschäftsführerin.«

»Koordinator«, sagte Laura. »Ich bin Laura Webster.«

»Ich bin Reverend Morgan. Ich hatte angerufen.«

»Ja. Wegen der Stadtratswahlen?« Laura drückte auf einen der Knöpfe ihrer Uhr und überprüfte den Terminplan. Die Frau war eine halbe Stunde zu früh. »Gut«, sagte sie. »Kommen Sie um den Schalter, dann können wir in meinem Büro sprechen.«

Laura führte die Frau in das vollgestellte und fensterlose kleine Nebenbüro. Es diente hauptsächlich als Pausenraum für das Personal, das dort Kaffee trinken konnte, und hatte einen Datenanschluß zum Hauptbüro im Obergeschoß. In dieses Nebenbüro führte Laura Besucher, von denen sie erwartete, unter Druck gesetzt zu werden. Der Raum sah angemessen bescheiden und ärmlich aus. David hatte ihn mit Gegenständen von seinen Abbruchexpeditionen dekoriert: antiken Autositzen und einem gerundeten Schreibtisch aus alterssprödem beigem Kunststoff. Die Deckenlampe schien durch eine perforierte Nabenkappe.

»Kaffee?« fragte Laura.

»Nein, danke. Ich nehme nie Koffein.«

»Ich verstehe.« Laura stellte den Wasserkessel beiseite. »Was können wir für Sie tun, Reverend?«

»Sie und ich, wir haben viel gemeinsam«, sagte Reverend Morgan. »Wir teilen die Zuversicht in Galvestons Zukunft. Und wir haben beide auf den Fremdenverkehr gesetzt.« Sie hielt inne. »Ich hörte, ihr Mann habe dieses Gebäude entworfen?«

»Ja, so ist es.«

»Ich würde es ›Organisches Barock‹ nennen. Es ist ein Stil, der Mutter Erde respektiert. Das verrät eine weitherzige Einstellung. Zukunftsgerichtet und fortschrittlich.«

»Danke.« Jetzt kommt es, dachte Laura.

»Unsere Kirche würde Ihnen gern helfen, die Dienstleistungen an Ihren Firmengästen zu erweitern. Kennen Sie die Kirche von Ischtar?«

»Ich fürchte, ich kann Ihnen nicht folgen«, sagte Laura. »Bei Rizome betrachten wir Religion als Privatangelegenheit.«

»Wir Tempelfrauen glauben an die Göttlichkeit des Geschlechtsaktes.« Reverend Morgan lehnte sich in ihren Autositz zurück und strich sich mit beiden Händen übers Haar. »Die erotische Kraft der Göttin kann das Böse zerstören.«

Endlich dämmerte es Laura. »Ich verstehe«, sagte sie höflich. »Die Kirche von Ischtar. Ich kenne Ihre Bewegung, hatte aber den Namen nicht gleich wiedererkannt.«

»Es ist ein neuer Name für alte Prinzipien. Sie sind zu jung, um sich des Kalten Krieges zu erinnern.« Wie manche anderen ihrer Generation schien sie geradezu nostalgische Empfindungen zu hegen – die gute alte bilaterale Zeit. Als die Dinge noch einfacher lagen und jeder Morgen der letzte sein mochte. »Weil wir ihm ein Ende machten. Wir riefen die Göttin an, daß sie den Männern der Krieg austreibe. Wir schmolzen den Kalten Krieg mit göttlicher Körperwärme.« Sie rümpfte die Nase: »Natürlich beanspruchten männliche Machtpolitiker das Verdienst für sich. Aber der Triumph gehörte unserer Göttin. Sie bewahrte Mutter Erde vor dem nuklearen Wahnsinn. Und sie fährt bis zum heutigen Tag fort, die Gesellschaft zu heilen.«

Laura nickte zuvorkommend.

»Galveston lebt vom Tourismus, Mrs. Webster. Und Touristen erwarten gewisse Annehmlichkeiten. Unsere Kirche ist zu einer Übereinkunft mit der Stadtverwaltung und der Polizei gelangt. Wir streben eine Verständigung auch mit Ihrer Gruppe an.«

Laura rieb sich das Kinn. »Ich glaube, ich kann jetzt Ihrer Überlegung folgen, Reverend.«

»Keine Zivilisation hat jemals ohne uns existiert«, sagte Reverend Morgan. »Die Tempelprostituierte ist eine seit dem Altertum belegte, universale Gestalt. Das Patriarchat hat sie entwürdigt und unterdrückt. Aber wir stellen ihre ursprüngliche Rolle als Trösterin und Heilerin wieder her.«

»Ich wollte gerade den medizinischen Gesichtspunkt ansprechen«, sagte Laura.

»O ja«, erwiderte die Frau. »Wir treffen alle Sicherheitsvorkehrungen. Klienten werden auf Syphilis, Tripper, Chlamydien, Herpes und die Retroviren untersucht. Alle unsere Tempel verfügen über komplett ausgestattete Kliniken. Die Rate der Geschlechtskrankheiten sinkt dramatisch, wo wir unsere Kunst praktizieren – ich kann Ihnen Statistiken zeigen. Wir bieten außerdem Gesundheitsversicherung. Und wir garantieren selbstverständlich Vertraulichkeit.«

»Das ist ein sehr interessanter Vorschlag«, sagte Laura und klopfte mit einem Bleistift auf ihren Schreibtisch, »aber die Entscheidung kann ich nicht von mir aus treffen. Ich werde Ihre Vorstellungen unserem Zentralausschuß vortragen.« Der rauchige Gestank des Patschuli, mit dem Reverend Morgan sich reichlich parfümiert hatte, erfüllte stickig den kleinen Raum. Der Geruch der Tollheit, dachte Laura plötzlich. »Sie müssen verstehen, daß Rizome mit dieser Sache einige Schwierigkeiten haben mag. Rizome legt Wert auf starke Familienbande und gesellschaftliches Engagement ihrer Mitarbeiter. Das ist Teil unserer Firmenphilosophie. Einige unter uns könnten Prostitution als ein Zeichen gesellschaftlichen Verfalls betrachten.«

Die Frau breitete die Hände aus und lächelte. »Ich habe von dieser Firmenpolitik gehört. Sie sind wirtschaftliche Demokraten – das bewundere ich. Als Kirche, Geschäftsunternehmen und politische Bewegung sind auch wir eine Gruppe des neuen Jahrtausends. Aber Rizome kann die Natur des männlichen Tiers nicht ändern. Wir haben bereits mehrere Ihrer männlichen Gesellschafter bedient. Überrascht Sie das?« Sie zuckte die Achseln. »Warum ihre Gesundheit bei Amateuren oder kriminellen Gruppen riskieren? Wir Tempelfrauen sind sicher, verläßlich und wirtschaftlich vernünftig. Die Kirche steht bereit, Geschäfte zu machen.«

Laura wühlte in ihrem Schreibtisch. »Ich möchte Ihnen eine unserer Broschüren geben.«

Reverend Morgan öffnete ihre Handtasche. »Nehmen Sie ein paar von unseren. Ich habe auch ein paar Wahlflugblätter – ich kandidiere für den Stadtrat.«

Laura überflog ein Wahlflugblatt. Es war aufwendig gedruckt. Die Randleiste bestand aus Ankh-Symbolen,

Yin-Yangs und Kelchen. Der Text war durchsetzt von Kursivschrift und Worten in Rot, was die Lesbarkeit nicht erleichterte. »Ich sehe, daß Sie eine liberale Drogenpolitik befürworten.«

»Scharfe Drogengesetze sind Werkzeuge patriarchalischer Unterdrückung.« Reverend Morgan suchte in ihrer Handtasche und brachte eine emaillierte Pillendose zum Vorschein. »Ein paar von diesen werden besser für die Sache sprechen, als ich es kann.« Sie ließ drei rote Kapseln auf die Schreibtischplatte fallen. »Versuchen Sie diese, Mrs. Webster. Als ein Geschenk der Kirche. Verblüffen Sie Ihren Mann.«

»Wie bitte?«

»Erinnern Sie sich des leichtsinnigen Taumels erster Liebe? Des Gefühls, daß die ganze Welt neue Bedeutung gewonnen habe, seinetwegen? Würden Sie das nicht gern wieder erleben? Die meisten Frauen würden. Es ist ein berauschendes Gefühl, nicht wahr? Und dies sind die Mittel dafür.«

Laura starrte auf die Kapseln. »Wollen Sie mir erzählen, das sei eine Art Liebestrank?«

Reverend Morgan rückte in ihrem Autositz. Schwarze Seide raschelte. »Mrs. Webster, bitte verwechseln Sie mich nicht mit einer Hexe. Die Anhängerinnen der Kirche von Wicca sind reaktionär. Nein, diese Kapseln enthalten keinen Liebestrank, nicht im überlieferten Sinne. Sie erzeugen lediglich diesen Sturm der Gefühle – sie können ihn nicht auf irgendwen lenken. Das müssen Sie selbst tun.«

»Das hört sich gefährlich an«, sagte Laura.

»Dann ist es die Art von Gefahr, für die Frauen geboren sind!« sagte Reverend Morgan. »Lesen Sie Liebesromane? Millionen tun es, aus dem gleichen Grund. Oder essen Sie Schokolade? Schokolade ist ein Geschenk für Liebende, und hinter der Tradition gibt es einen Grund. Fragen Sie gelegentlich einen Chemiker über Schokolade und Serotonin-Vorläufer.« Sie berührte ihre Stirn. »Hier oben läuft es auf das gleiche hinaus. Neurochemie.« Sie zeigte auf den Tisch. »In diesen Kapseln ist sie eingefangen. Natürliche Substanzen, Schöpfungen der Göttin. Teil der weiblichen Seele.«

Irgendwo im Laufe des Vortrags, dachte Laura, hatte sich das Gespräch unvermerkt von der Vernunft abgelöst. Wie wenn man in einem Schlauchboot einschlief und weit draußen auf See erwachte. Vor allem kam es darauf an, nicht in Panik zu geraten. »Sind sie legal?« fragte sie.

Reverend Morgan nahm eine Kapsel mit den lackierten Nägeln und aß sie. »Keine Blutuntersuchung würde irgend etwas zeigen. Sie können wegen der natürlichen Stoffe in Ihrem eigenen Gehirn nicht vor Gericht gestellt werden. Nein, sie sind nicht illegal. Noch nicht. Die Gesetze des Patriarchates hinken hinter den Fortschritten der Chemie her, gelobt sei die Göttin.«

»Ich kann diese Kapseln nicht annehmen«, sagte Laura. »Sie müssen wertvoll sein. Es ist ein Interessenkonflikt.« Laura nahm sie von der Schreibtischplatte und stand auf, streckte die Hand über den Tisch aus.

»Wir leben im modernen Zeitalter, Mrs. Webster. Genetisch veränderte Bakterien können Drogen tonnenweise erzeugen. Freunde von uns stellen diese Kapseln für dreißig Cents das Stück her.« Reverend Morgan erhob sich. »Sind Sie sicher?« Sie tat die Kapseln wieder in ihre Handtasche. »Kommen Sie und besuchen Sie uns, wenn Sie es sich anders überlegt haben. Das Leben mit einem Mann kann sehr leicht schal werden. Glauben Sie mir, wir wissen es. Und wenn das geschieht, können wir Ihnen helfen.« Nach einer Pause fügte sie hinzu: »Auf verschiedene Art und Weise.«

Laura lächelte gepreßt. »Viel Glück mit Ihrem Wahlfeldzug, Reverend.«

»Danke. Ich weiß Ihre guten Wünsche zu schätzen.

Wie unser Bürgermeister immer sagt, ist Galveston ein Vergnügungsort. Es liegt an uns allen, dafür zu sorgen, daß es das bleibt.«

Laura führte sie hinaus. Sie sah vom Eingang aus zu, wie Reverend Morgan in ein selbststeuerndes Elektromobil stieg. Es schnurrte davon. Eine Kette brauner Pelikane überflog die Insel auf dem Weg zur Karankawa-Bucht. Die Herbstsonne strahlte in hellem Glanz. Es war dieselbe Sonne, und dieselben Wolken zogen am Himmel. Was in den Köpfen der Menschen vorging, kümmerte die Sonne nicht.

Sie ging wieder hinein. Mrs. Rodriguez blickte vom Empfangsschalter auf. »Ich bin froh, daß mein Mann nicht jünger ist«, sagte sie. »*La puta*, wie? Eine Hure. Sie ist uns verheirateten Frauen keine Freundin, Laurita.«

»Sicherlich nicht«, sagte Laura und lehnte sich gegen den Tresen. Sie fühlte sich schon müde, und es war erst zehn Uhr.

»*Que brujería*«, sagte Mrs. Rodriguez. »Eine Hexe! Hast du diese Augen gesehen? Wie eine Schlange.« Sie bekreuzigte sich. »Lach nicht, Laura!«

»Lachen? Lieber Himmel, ich bin bereit, Knoblauch aufzuhängen.« Das Baby winselte in der Küche. Plötzlich kam Laura eine japanische Redensart in den Sinn. »*Nakitsura ni hachi*«, sagte sie. »Ein Unglück kommt selten allein. Nur ist es im Original besser: ›Eine Biene für ein weinendes Gesicht.‹ Warum kann ich mich an dieses Zeug nie erinnern, wenn ich es brauche?«

Sie trug das Baby hinauf zum Hauptbüro im Obergeschoß, um die Tagespost durchzusehen.

Lauras Spezialität war Öffentlichkeitsarbeit. Als das Ferienheim nach Davids Plänen errichtet worden war, hatte Laura diesen Raum für geschäftliche Zwecke eingerichtet. Er bot Platz für größere Konferenzen und war durch seinen integrierten Datenanschluß ein vollgültiger Knoten im globalen Nachrichtennetz.

Das Ferienheim erledigte die meisten Geschäftsvorgänge, wie Aufenthaltsbuchungen und Gästedossiers, über e-Mail. Der größte Teil der Welt, sogar Afrika, war heutzutage an das Netz angeschlossen. Es war die einfachste und billigste Methode schriftlicher Kommunikation und wurde von Rizome bevorzugt.

Fax war komplizierter: Faksimiles von Dokumenten gingen als Ströme von Zahlen durch die Telefonleitungen. Fax war eher geeignet für die Übermittlung von Graphiken und Skizzen, und es machte Spaß, damit zu spielen.

Das Ferienheim war natürlich auch an das traditionelle Fernsprechnetz angeschlossen: Stimme ohne Bild, zur Sofortübertragung und zur Aufnahme. Auch Stimme mit Bild: Videofon. Rizome bevorzugte vorher aufgezeichnete Einweganrufe, weil sie effizienter waren und Zeit sparten. Außerdem konnten aufgezeichnete Videoaufnahmen für alle bei Rizome vertretenen Sprachgruppen mit Untertiteln versehen werden, was für ein multinationales Unternehmen ein bedeutender Vorteil war.

Schließlich war Konferenzschaltung möglich: vielfache gleichzeitige Telefon- oder Videoverbindungen. Die Telekonferenz war das kostspielige Grenzgebiet, wo Fernsprechtechnik in Fernsehtechnik überging. Die Leitung einer Telekonferenz war eine Kunst für sich, besonders wenn es um Public Relations ging. Es war eine Kreuzung zwischen dem Vorsitz einer Versammlung und der Leitung einer Nachrichtensendung im Fernsehen. Laura hatte es oft getan.

Mit jedem Jahr, dachte sie, war das Netz umfassender und lückenloser geworden. Das war das Werk der Computer. Fernsehen – Fernsprecher – Fernschreiber. Bandaufzeichnung – Videorecorder – CD. Sendemast verbunden mit Mikrowellen-Satellitenantenne. Fernsprechleitungen, Kabelfernsehen, Glasfaserstränge, die

Worte und Bilder in zischenden Strömen reinen Lichts übertrugen. Alles zusammen in einem weltumspannenden Netz verknüpft, einem globalen Nervensystem, einem bis in die letzten Winkel reichenden Daten-Oktopus. Es war viel darüber gesprochen und geschrieben worden, und doch konnte es einem leicht phantastisch und unglaublich erscheinen.

Sie hatte sich zur Zeit seiner Einrichtung mehr mit dem Netz beschäftigt. Gegenwärtig kam es ihr ungleich bemerkenswerter vor, daß Loretta viel gerader auf ihrem Schoß saß. »Da schau her, Loretta! Wie gerade du den Kopf halten kannst! Ja, es wird schon, du kleines Stupsnäschen ...«

Das Netz hatte viel mit Fernsehen gemeinsam, einem früheren Wunder des Zeitalters. Das Netz glich einem riesenhaften Spiegel. Reflektierte, was ihm gezeigt wurde. Größtenteils menschliche Banalität.

Laura arbeitete sich einhändig durch ihre e-Mail. Bildschirmkataloge für elektronische Bestellungen. Propaganda für die Stadtratswahl. Spendenaufrufe. Krankenversicherung.

Sie löschte alles Überflüssige und machte sich an die eigentliche Arbeit. Eine Botschaft von Emily Donato erwartete sie.

Emily war Lauras wichtigste Nachrichtenquelle, soweit es das Geschehen hinter den Kulissen in Rizomes Zentralausschuß betraf. Emily Donato war Ausschußmitglied in der ersten Wahlperiode, aber ihr Bündnis mit Laura war schon zwölf Jahre alt. Sie hatten sich am College in einem Kurs über internationale Wirtschaftsverflechtung kennengelernt. Ihre gemeinsame Ausbildung hatte ihnen die Freundschaft erleichtert. Laura, ein Diplomatenkind, hatte an der Botschaft in Japan gelebt. Emily hatte ihre Kindheit in den großen Industrieprojekten von Kuwait und Abu Dhabi verbracht. Während ihrer Collegezeit hatten sie im

Studentenwohnheim ein gemeinsames Zimmer gehabt.

Nach der Graduierung hatten sie ihre Berufschancen geprüft und sich beide für Rizome Industries entschieden. Rizome wirkte modern, aufgeschlossen, hatte Ideen. Das Unternehmen war groß genug für ehrgeizige Aufsteiger und locker genug, um nicht alle Initiativen von unten unter den horizontalen Schichten einer starren Hierarchie zu begraben.

Seitdem waren sie ein Gespann geblieben.

Laura rief die Botschaft ab, und Emilys Gesicht erschien auf dem Bildschirm. Sie saß hinter ihrem antiken Schreibtisch zu Hause in Atlanta, dem Konzernhauptquartier. Emilys Zuhause war ein Wohnhochhaus im Stadtinnern, eine Zelle in einem massiven modernen Bienenstock aus Keramik und Komposit.

Gefilterte Luft, gefiltertes Wasser, Korridore wie Straßen, Aufzüge wie vertikale U-Bahnen. Eine auf den Kopf gestellte Stadt in einer überfüllten Welt.

Natürlich tat Emily alles, um wenigstens in ihrer Wohnung die Tatsache kalter Funktionalität zu leugnen. Überall sah man Schnörkel und massive viktorianische Solidität: Gesimse, Türrahmen, drapierte Vorhänge, weiche Beleuchtung. Die Wand hinter Emily war mit einem Arabeskenmuster tapeziert, Gold auf Braun. Die polierte Massivholzplatte ihres Schreibtisches war so sorgfältig wie eine Bühne bestückt: Schreibunterlage aus grünem Filz, ein glänzender Briefbeschwerer aus Kristall, Tintenfaß mit schrägem Gänsekiel, Schreibschale für Bleistifte aus Achat. Der Datenanschluß mit Drucker stand rechts daneben.

Emilys graue Rüschenbluse hatte einen matten Perlmuttschimmer. Ihr braunes Haar war zu Zöpfen geflochten, und über beide Schläfen hingen Biedermeier-Ringellocken. Sie trug lange Malachitohrringe, und am Hals eine runde Kamee. Tatsächlich war Emilys Erscheinungsbild sehr zeitgemäß, eine moderne Reaktion auf den nüchternen, erfolgsorientierten Typ, den Generationen von Geschäftsfrauen geprägt hatten. In Lauras Augen war die Mode ein Rückgriff auf den Typ der behüteten Südstaaten-Schönheit aus der Zeit vor dem Sezessionskrieg, bis zum Überströmen angefüllt mit weiblicher Anmut.

»Ich habe den Rohentwurf des Berichts«, sagte Emily. »Entspricht so ziemlich unseren Erwartungen.«

Sie zog ein Exemplar des Vierteljahresberichts aus einer Schublade und blätterte darin. »Kommen wir zur Hauptsache. Die Ausschußwahlen. Wir haben zwölf Kandidaten, was ein Witz ist, aber drei Favoriten. Pereira ist ein anständiger Kerl, du könntest mit ihm per Fernschreiber Poker spielen, aber er kann sich von diesem brasilianischen Debakel nicht freimachen. Tanaka konnte mit diesem Bauholzgeschäft einen wirklichen Coup landen. Für einen Konzernangestellten der alten Schule ist er ziemlich flexibel, aber ich traf ihn letztes Jahr in Osaka. Er trank eine Menge und wollte mich kneifen. Außerdem ist er auf Gegengeschäfte spezialisiert, und dafür fühle ich mich zuständig.

Also werden wir Suvendra unterstützen müssen. Sie kam durch das Büro in Djakarta und kann auf das ostasiatische Kontingent zählen. Sie ist jedoch alt, und außerdem raucht sie«, sagte Emily stirnrunzelnd. »Eine schlechte Angewohnheit, die den meisten Leuten gegen den Strich geht. Diese mit Nelkenöl parfümierten indonesischen Krebsstengel – ein Zug, und du bist reif für eine Biopsie.« Sie schauderte.

»Trotzdem ist Suvendra unsere beste Chance. Wenigstens wird sie unsere Unterstützung anerkennen. Unglücklicherweise tritt dieser Jensen mit einem von der Jugendliste erarbeiteten Programm gegen sie an, und das wird einen Einbruch in die Stimmen bedeuten, die wir aufbringen können. Aber was soll's?« Sie zog an einer ihrer Ringellocken. »Ich habe es sowieso satt, das schlichte junge Mädchen zu spielen. Wenn ich mich nächstesmal wieder zur Wahl stelle, sollten wir lieber auf die englischsprachigen und feministischen Stimmen abzielen.«

Sie blätterte stirnrunzelnd weiter. »Gut, nun ein kurzer Rückblick auf die Parteilinie. Laß mich wissen, ob du zu den einzelnen Punkten mehr Daten brauchst. Landwirtschaftsprojekt Philippinen: ausgeschlossen. Diese industrielle Landwirtschaft ist kapitalintensiv, extrem krisengefährdet und ruiniert die Böden. Außerdem wird das Subventionssystem der Regierung über kurz oder lang zusammenbrechen. Gemeinschaftsprojekt Kymera: ja. Das russische Softwaregeschäft: ja. Die Russen haben noch immer Hartwährungsprobleme, aber wir können mit Erdgas ein gutes Gegengeschäft einleiten. Das kuwaitische Wohnungsbauprojekt: nein. Islamische Republik: Die Bedingungen sind gut, aber es sieht politisch schlecht aus. Nein.«

Sie machte eine Pause. »Da ist etwas, worüber du nichts wußtest. Grenada United Bank. Der Ausschuß hat sie eingeschoben.« Zum ersten Mal sah Emily unsicher aus. »Grenada ist ein Steuerparadies. Nicht allzu appetitlich. Aber der Ausschuß meint, es sei Zeit für eine freundschaftliche Geste. Es wird unserem Ruf nicht guttun, wenn die ganze Sache öffentlich ausgetragen wird. Aber es ist ziemlich harmlos – ich glaube, wir können es dabei belassen.«

Emily zog eine quietschende Holzschublade heraus und tat den Vierteljahresbericht hinein. »Soviel für dieses Quartal. Insgesamt sieht alles gut aus.« Sie lächelte. »Hallo, David, solltest du zuschauen. Wenn es dir nichts ausmacht, würde ich jetzt gern ein persönliches Wort mit Laura sprechen.«

Der Bildschirm blieb eine Weile leer. Aber die ungenutzte Zeit kostete nicht viel. Im voraus aufgezeichnete

Einweggespräche waren billig. Emilys Anruf war zu einem Hochgeschwindigkeitsstoß komprimiert und zum Nachttarif von Apparat zu Apparat gesendet worden.

Emily erschien wieder auf dem Bildschirm, diesmal in ihrem Schlafzimmer. Jetzt trug sie ein rosa und weiß gestreiftes Nachthemd und hatte das Haar ausgekämmt. Sie saß mit gekreuzten Beinen in ihrem hölzernen Himmelbett, einer victorianischen Antiquität mit vier gedrechselten Pfosten. Sie hatte das knarrende alte Bett mit modernem, härtendem Schellack überzogen. Dieser transparente Überzug war so unglaublich zäh und steif, daß er die gesamte Holzkonstruktion wie mit Eisenreifen zusammenhielt.

Sie hatte die Videokamera an einem der Bettpfosten befestigt. Der geschäftliche Teil war jetzt zu Ende. Dies war persönlich. Die Videoetikette hatte sich mit Emilys Gesichtsausdruck verändert. Sie trug eine Galgenmiene zur Schau. Mitleiderregend.

Laura seufzte und drückte die Pausentaste. Sie setzte Loretta auf ihrem Schoß zurecht und küßte sie geistesabwesend auf den Kopf. Sie war es gewohnt, Emilys Probleme zu hören, aber vor dem Mittagessen war es schwer zu ertragen. Besonders heute. Aber sie überwand sich und schaltete wieder ein.

»Also, da bin ich wieder«, sagte Emily. »Ich nehme an, du kannst erraten, was es ist. Es ist wieder Arthur. Wir hatten neuerlich Streit. Eine schreckliche Auseinandersetzung. Es fing wie eine von diesen trivialen Kleinigkeiten an, wirklich wegen nichts. Ich glaube, es ging um Sex, wenigstens sagte er das, aber für mich kam es wie aus heiterem Himmel. Ich fand, daß er grundlos ekelhaft und bösartig war. Er fing an, auf mir herumzuhacken, und das in diesem Ton, du weißt schon. Und wenn er einmal damit anfängt, ist er unmöglich.

Nun, ein Wort gab das andere, er brüllte mich an, ich

schrie ihn an, und so ging es dahin. Beinahe hätte er mich geschlagen. Ballte schon die Fäuste und alles.« Emily legte eine dramatische Pause ein. »Ich rannte hierher ins Schlafzimmer und schloß die Tür ab. Und er sagte kein einziges Wort. Er ließ mich einfach hier drinnen. Als ich herauskam, war er weg. Und er nahm dieses Foto von mir mit«, sagte sie mit bebender Stimme und zerrte nervös an einer langen Haarsträhne. »Die Schwarzweißaufnahme, die mir so gut gefällt. Und das war vor zwei Tagen, und wenn ich ihn anrufe, nimmt er nicht ab.«

Sie schien den Tränen nahe. »Ich weiß nicht, Laura. Ich habe alles versucht. Ich habe es mit Männern in der Firma und außerhalb versucht, und ich habe einfach kein Glück. Entweder wollen sie einen besitzen und Mittelpunkt des Universums sein, oder sie behandeln einen als Dienstleistungsbetrieb für Übernachtung und Frühstück und hängen dir Gott weiß was für Krankheiten an. Und seit ich Ausschußmitglied bin, ist es nur schlimmer geworden. Die Männer bei Rizome kann ich jetzt abschreiben. Sie gehen auf Zehenspitzen um mich herum, als ob ich eine Tretmine wäre.«

Sie wandte den Blick von der Kamera. »Komm her, Schnurri!« Eine Perserkatze sprang aufs Bett. »Vielleicht liegt es an mir, Laura. Andere Frauen kommen mit Männern zurecht. Du ganz bestimmt. Vielleicht brauche ich Hilfe von außen.« Sie zögerte. »In der Handelsabteilung hat jemand einen anonymen Anschlag ans Schwarze Brett geheftet. Über eine psychiatrische Droge, die von Eheberatern empfohlen wird. ›Romanze‹ heißt sie. Hast du schon mal davon gehört? Ich glaube, das Zeug ist illegal oder was.« Sie streichelte mechanisch ihre Katze.

»Nun, das ist nichts Neues, wirst du doch denken. Emilys Tränengeschichte Nummer zweiunddreißig. Ich glaube, zwischen mir und Arthur ist es jetzt aus.

Er ist ein künstlerischer Typ. Fotograf. Überhaupt nicht im Geschäftsleben. Ich dachte, es könnte klappen. Aber ich irrte mich, wie üblich.« Sie zuckte seufzend die Achseln. »Ich sollte die Sache wohl positiv sehen. Er hat mich nicht angepumpt und nicht mit Aids infiziert. Und er war nicht verheiratet. Ein richtiger Prinz.«

Sie lehnte sich gegen das Kopfbrett aus Mahagoni und sah müde und wehrlos aus. »Ich sollte dir das nicht erzählen, Laura, also vergiß nicht, es sofort zu löschen. Die Konferenz, die bei dir stattfinden soll, ist Teil des Geschäfts mit der Grenada United Bank. Rizome hat diese Konferenz über die Speicherung, den Handel und den Raub von Daten in die Wege geleitet. Das hört sich nicht nach etwas Neuem an, aber paß auf: Die Teilnehmer sind echte, lebendige Piraten. Datenräuber, zwielichtige Typen aus den Steueroasen. Erinnerst du dich an den Kampf, den wir durchstehen mußten, um euer Ferienheim für größere Konferenzen ausgerüstet zu bekommen?«

Emily machte ein Gesicht. »Die Europäer sollten bereits dort sein. Sie sind noch die zahmsten von der ganzen Bande – der Legalität am nächsten. Aber morgen kannst du ein paar Grenadiner erwarten, mit einem von unseren Sicherheitsleuten. Der Ausschuß hat dir bereits den Plan geschickt, aber nicht mit allen Einzelheiten. Soweit es dich betrifft, sind sie allesamt rechtschaffene, gesetzestreue Bankleute. Sei nett zu ihnen, ja? Wir mögen sie als Gauner ansehen, aber was sie tun, ist in ihren Kleinstaaten völlig legal.«

Sie runzelte die Stirn. Die Katze sprang vom Bett aus dem Kamerabereich. »Seit Jahren haben sie Stücke aus uns herausgebissen, und wir müssen sie zur Vernunft bringen. Es sieht nicht gut aus, wenn ein Unternehmen wie Rizome sich an Datenräuber heranmacht, also laß nichts davon verlauten, nicht wahr? Es ist dumm von mir, aber ich wollte dich nicht unvorbereitet da hineintappen lassen. Wenn herauskommt, daß ich davon geplappert habe, bin ich die längste Zeit Ausschußmitglied gewesen. Also sei diskreter, als ich es bin. Gut, Ende der Durchsage. Schick mir eine Aufzeichnung mit dem Baby, ja? Und sag David einen Gruß.« Der Bildschirm erlosch.

Laura löschte die Aufzeichnung. Danke, Emily. Datenräuber, elektronische Piraten. Zwielichtige kleine Geschäftemacher aus irgendwelchen obskuren Steueroasen – Typen, die auf Zündhölzern kauten und changierende Anzüge trugen. Das erklärte die Europäer. Von wegen Bankleute! Sie waren allesamt Aufreißkünstler. Ganoven!

Sie waren nervös, das war es. Und kein Wunder. Sie konnten in dieser Situation leicht in Verlegenheit kommen. Ein Anruf bei der Polizei von Galveston, und sie konnten alle schnell ins Schwitzen kommen.

Sie ärgerte sich, daß der Zentralausschuß nichts davon hatte verlauten lassen, sah aber die Gründe ein. Und je mehr sie darüber nachdachte, desto leichter fiel es ihr, eine Geste des Vertrauens darin zu sehen. Ihr Ferienheim sollte im Mittelpunkt einer sehr delikaten Aktion stehen. Sie hätten die Konferenz ohne weiteres in einem anderen Ferienheim des Konzerns abhalten können; etwa bei den Warburtons in den Ozarks. Aber sie hatten ihr mehr vertraut. Und sie würde alles zu sehen bekommen.

Nach einem späten Mittagessen öffnete sie den Kanadiern den Konferenzraum im Obergeschoß. Sie stellten eine Verbindung mit Atlanta her und nahmen ihre letzten Botschaften entgegen, grinsten in Videofone und vertrieben sich die Zeit bis zur Abreise mit Klatschgeschichten und Fernsehen.

Um vier wurde der Vierteljahresbericht durchgegeben, ein wenig früher als sonst. Die Ausdruckstationen surrten. Die Kurosawas nahmen ihre portugiesische Übersetzung mit und gingen.

Um fünf Uhr kam David mit seiner Abbruchmannschaft. Sie stapften in die Bar, überfielen den Biervorrat, trampelten schließlich die Treppe hinauf, das Baby zu sehen. Lauras Mutter kam sonnenverbrannt von ihrer Bootsfahrt zum OTEK zurück. Alle Bürger Galvestons waren stolz auf ihren Ozeanischen Thermalenergie-Konverter, und einer von Davids Freunden hatte an dem Projekt mitgearbeitet. Alle schienen erfreut, Ansichten auszutauschen.

David war von Kopf bis Fuß mit Sägemehl, Staub und Schweiß bedeckt, ebenso seine vier Abbruchkumpel. In ihren Arbeitshemden, Overalls und schweren Stiefeln glichen sie Landstreichern aus der Zeit der Wirtschaftskrise. In Wirklichkeit waren Davids Freunde ein Zahnarzt, zwei Schiffbauingenieure und ein Biologieprofessor, aber der äußere Anschein zählte. Sie zupfte an seinem Overall. »Haben die Europäischen Bankleute euch hereinkommen sehen?«

David strahlte vor Vaterstolz, als seine Freunde Lorettas erstaunliche Fähigkeit bewunderten, die verschwitzten kleinen Fäuste zu ballen. »Ja, und?«

»David, du stinkst.«

»Ein bißchen ehrlicher Schweiß!« sagte David. »Was gibt es dagegen zu sagen? Ha, sie beneiden uns! Diesen Luxemburger Sesselfurzern wäre nichts lieber als ein Tag körperliche Arbeit im Freien.«

Das Abendessen mit Davids Freunden war ein großer Erfolg. David brach mit seinen Prinzipien und aß die Garnelen, weigerte sich jedoch, das Gemüse anzurühren. »Gemüse ist voll von Giften!« behauptete er mit erhobener Stimme. »Es wird nicht nur mit Insektiziden gespritzt, sondern enthält auch natürliche Gifte! Pflanzen bedienen sich der chemischen Kriegführung. Da könnt ihr jeden Botaniker fragen!«

Glücklicherweise verfolgte niemand das Thema weiter. Die Abbruchmannschaft rief Elektromobile und fuhr nach Hause. Laura sperrte für die Nacht zu, während das Personal abräumte und das Geschirr in die Spülmaschine tat. David nahm eine Dusche.

Laura hinkte die Treppen zum zweiten Stock hinauf, wo sie ihre Privatwohnung hatten. Es war Sonnenuntergang. Mr. Rodriguez ließ die Fahnen herunter und tappte die Treppe hinab zu den Personalwohnungen im Untergeschoß. Er war ein stoischer alter Mann, aber Laura fand, daß er erschöpft aussah. Die manische Brut der Kanadier hatte ihm arg zugesetzt.

Laura stieß die Sandalen von den Füßen und hängte ihre Sachen in den Kleiderschrank. Sie setzte sich aufs Bett und besah ihren Fuß. Der verletzte Knöchel war angeschwollen und zeigte unter der Abschürfung ein eindrucksvolles Blauschwarz. Sie streckte die Beine aus und lehnte sich gegen das Kopfbrett. Die Klimaanlage schaltete sich ein und blies kühle Luft in den Raum. Laura saß in ihrer Unterwäsche da, fühlte sich müde und irgendwie unsauber.

David kam nackt aus dem Bad und verschwand im Kinderzimmer. Sie hörte ihn besänftigende Gu-gu-Geräusche machen. Laura griff zum Terminkalender und überflog den morgigen Tag. Ihre Mutter reiste morgen ab. Ihr Flug nach Dallas ging kurz vor der planmäßigen Ankunft der Grenadiner. Laura schnitt ein Gesicht. Immer mehr Ärger.

David kam aus dem Kinderzimmer. Sein langes Haar war durch einen Mittelscheitel geteilt und hing naßgekämmt glatt über Ohren und Nacken. Er glich einem wahnsinnigen russischen Priester.

Er warf sich aufs Bett und bedachte sie mit einem breiten, wissenden Lächeln. Also ein wahnsinniger russischer Priester mit einer Gier nach Frauen, dachte Laura mit einem Gefühl von Entmutigung.

»Großartiger Tag, nicht?« Er streckte sich aus. »Mann, hab ich mir den Arsch abgearbeitet. Morgen werde ich es spüren. Aber jetzt fühle ich mich phantastisch. Lebendig.« Er warf ihr einen prüfenden Seitenblick zu.

Laura war nicht in der Stimmung. Eine Art Ritual hob an, ein wortloses Feilschen. Das Ziel war, den Stil des Abends von der Stimmung beherrschen zu lassen. Daher war es ein Foul, die Stimmung zu verderben.

Es gab verschiedene Ebenen des Spiels. Beide Seiten gewannen, wenn beide rasch die gleiche Stimmung erreichten, sei es durch ansteckendes Charisma, sei es im beiderseitigen Einverständnis. Ein Gewinn zweiter Klasse war, wenn ein Teil seinen Willen durchsetzte, ohne sich deswegen schuldig zu fühlen. Ein Pyrrhussieg war, wenn man seinen Willen durchsetzte, aber kein gutes Gefühl dabei haben konnte. Schließlich gab es die verschiedenen Ebenen des Nachgebens: mit Anmut, resigniert oder Opfergang.

Fouls waren am einfachsten, und dann verloren beide. Je länger das Ritual dauerte, desto wahrscheinlicher wurde, daß sie es verpfuschten. Es war ein schwieriges Spiel, selbst nach acht Jahren Übung.

Laura fragte sich, ob sie ihm von der Kirche von Ischtar erzählen solle. Der Gedanke an das Gespräch erneuerte ihr Gefühl sexuellen Widerwillens, wie das Gefühl, sich zu beschmutzen, wenn sie Pornographie sah. Sie beschloß, das Gespräch mit Reverend Morgan nicht zu erwähnen. Er würde es sicherlich völlig falsch verstehen und womöglich glauben, seine Avancen verschafften ihr das Gefühl, wie eine Prostituierte zu sein.

Sie suchte nach einer anderen Idee. Ein erstes Schuldgefühl nagte an ihrem Entschluß. Vielleicht sollte sie nachgeben. Sie sah zu ihrem Fuß. »Mein Bein schmerzt«, sagte sie.

»Armes Kind.« Er beugte sich herüber und sah genauer hin. Machte große Augen. »Mein Gott.« Plötzlich war sie eine Invalidin geworden. Die Stimmung wandelte sich augenblicklich, das Spiel war zu Ende. Er küßte seine Fingerspitze und berührte leicht die Abschürfung.

»Fühlt sich schon besser an«, sagte sie lächelnd. Er kroch unter seine Decke, ergeben und friedlich. Das war leicht gewesen. Sieg erster Klasse für das arme, kleine, lahme Mädchen.

Sie nutzte die Gelegenheit, ihre Mutter zu erwähnen. »Ich freue mich darauf, wenn alles wieder seinen gewohnten Gang nimmt. Mutter reist morgen ab.«

»Zurück nach Dallas, wie? Schade, ich war gerade dabei, mich an das alte Mädchen zu gewöhnen.«

Laura schlüpfte unter die Decke. »Na, wenigstens hat sie keinen unangenehmen Freund mitgebracht.«

David seufzte. »Du bist so hart mit ihr, Laura. Sie ist eine Karrierefrau der alten Schule, das ist alles. Es gab Millionen wie sie – auch Männer, natürlich. Ihre Generation ist gern unterwegs. Diese Leute leben allein, sie haben ihre Bande zerschnitten und bleiben unstet und auf sich selbst fixiert. Früher glaubten sie darin Selbstverwirklichung zu finden, und heute kennen sie es nicht mehr anders. Wo sie sind, zerreißen Familienbande.« Er zuckte die Achseln. »Daß sie dreimal verheiratet war, bestätigt dies nur. Übrigens hätte sie mit ihrem Aussehen zwanzig Männer haben können.«

»Du ergreifst immer für sie Partei. Bloß weil sie dich mag.« Weil du wie Papa bist, dachte sie und verdrängte den Gedanken.

»Weil sie deine Augen hat«, sagte er und zwickte sie unter der Decke.

Sie fuhr zusammen. »Du Ratte!«

»Du große Ratte«, berichtigte er sie gähnend.

»Große Ratte«, sagte sie. Er hatte sie aus ihrer tristen Stimmung gerissen. Sie fühlte sich besser.

»Große Ratte, ohne die ich nicht leben kann.«

»Du sagst es«, sagte sie.

»Mach das Licht aus.« Er wälzte sich auf die andere Seite. Bevor sie das Licht ausschaltete, fuhr sie ihm mit dem Finger durchs Haar, dann legte sie den Arm über seinen Körper und schmiegte sich in der Dunkelheit an ihn. Es war gut.

2. Kapitel

Nach dem Frühstück half Laura ihrer Mutter pakken. Sie war verblüfft von der Masse des unnötigen Krimskrams, den ihre Mutter mit sich herumschleppte: Hutschachteln, Flaschen mit Haarspray und Vitaminen und Kontaktlinsenflüssigkeit, eine Videokamera, ein Dampfbügeleisen, Lockenwickler, eine Schlafmaske, sechs Paar Schuhe mit hölzernen Spannern, um zu verhindern, daß sie im Gepäck zusammengedrückt wurden. Sie hatte sogar eine besondere Dose mit Einlegearbeit nur für Ohrringe.

Laura hielt ein in rotes Leder gebundenes Reisetagebuch in die Höhe. »Mutter, wozu brauchst du das? Wenn du was wissen willst, brauchst du es doch bloß vom Netz abzurufen.«

»Ich weiß nicht, Kind. Ich bin soviel unterwegs – all diese Dinge sind für mich wie ein Heim.« Sie legte Kleider zusammen. »Außerdem mag ich das Netz nicht. Schon dem Kabelfernsehen konnte ich nie etwas abgewinnen.« Sie zögerte. »Dein Vater und ich stritten oft darüber. Wenn er noch lebte, würde er ein richtiger Netzkopf sein.«

Die Idee kam Laura albern vor. »Komm schon, Mutter.«

»Er haßte Unordnung, dein Vater. Schöne Dinge waren ihm gleichgültig – Lampen, Teppiche, Porzellangeschirr. Er war ein Träumer, schätzte Abstraktionen. Mir warf er vor, materialistisch zu sein.« Sie zuckte die Achseln. »Deswegen hat meine Generation immer eine schlechte Presse gehabt.«

Laura machte eine ausgreifende Armbewegung. »Aber Mutter, sieh dir bloß all diese Dinge an.«

»Laura, ich mag meine Besitztümer, und ich habe für alle bezahlt. Vielleicht schätzen die Leute Besitztümer heutzutage nicht mehr so, wie wir es vor der Jahrtausendwende taten. Wie könnten sie auch? Die Gebühren, die sie für den Gebrauch des Kommunikationsnetzes zahlen müssen, fressen ihr ganzes Geld auf. Computerspiele, Fernsehen, Videofon, Telefax – nicht zu reden von den geschäftlichen Verwendungen. Hauptsache, sie haben einen Bildschirm vor sich.« Sie zog den Reißverschluß ihrer Reisetasche zu. »Vielleicht sind die jungen Leute heutzutage nicht hinter einem Mercedes oder einem Jacuzzi her, dafür prahlen sie, wie viele Megabites ihr Datenanschluß speichern oder verarbeiten kann.«

Laura wurde ungeduldig. »Das ist albern, Mutter. Es ist nichts daran auszusetzen, wenn einer stolz darauf ist, was er weiß. Ein Mercedes ist bloß eine Maschine. Er beweist nichts über dich als Person.«

»Die Leute, von denen ich spreche«, erwiderte ihre Mutter, »sind nicht stolz auf ihr Wissen, sondern auf die Vollkommenheit ihrer Datentechnik. Ich sage dir, es ist genau das gleiche Besitzdenken.«

Lauras Uhrtelefon piepte und enthob sie der Notwendigkeit, zu antworten; das Elektromobil war vorgefahren.

Sie half ihrer Mutter das Gepäck hinuntertragen. Sie mußten dreimal gehen. Laura wußte, daß sie auf dem Flugplatz würde warten müssen, also nahm sie Loretta in einer Sitzschlinge zum Umhängen mit.

»Laß mich diese Fahrt bezahlen«, sagte ihre Mutter und steckte ihre Kreditkarte in den Zahlschlitz des Elektromobils. Die Tür entriegelte sich, sie verluden das Gepäck und stiegen ein.

»Guten Tag«, sagte die mechanische Stimme des Fahrzeugs. »Bitte sprechen Sie Ihr Fahrtziel klar ins Mikrofon. *Anunce usted su destinacíon claramente en el microfono, por favor.*«

»Flugplatz«, sagte Laura.

»Danke sehr! Die geschätzte Fahrzeit beträgt zwölf Minuten. Ich danke Ihnen für die Benutzung des städtischen Verkehrssystems. Alfred A. Magruder, Bürgermeister.« Das Elektromobil beschleunigte träge, sein bescheidener Elektromotor winselte. Laura zog die Brauen hoch. Es war nicht der Spruch, mit dem die Elektromobile sonst aufwarteten. »Alfred A. Magruder, Bürgermeister?« murmelte sie.

»Galveston ist ein Vergnügungsort!« antwortete das Elektromobil. Laura und ihre Mutter tauschten Blicke. Laura hob die Schultern.

Fernstraße 3005 war die Hauptarterie durch die Insel. Die Glanzzeiten der Straße waren längst vergangen; sie war verwunschen von den Erinnerungen an billiges Benzin und Privatwagen, die hundert Stundenkilometer fuhren. Lange Abschnitte der Straßendecke waren durch Schlaglöcher ruiniert und nur notdürftig mit Kunststoffgeflecht ausgebessert. Es knisterte und knackte unter den Reifen.

Zur Linken, im Westen, säumten nackte, rissige Betonplatten die Straße wie gefallene Dominosteine. Gebäudefundamente hatten keinen Schrottwert. Sie blieben immer bis zuletzt. Allenthalben gedieh Gestrüpp: Salzgräser, ausgedehnte Matten von sprödem Glaskraut, dichte Schilfbestände. Zur Rechten, dem Küstenverlauf folgend, waren die Pfähle verschwundener Strandhäuser zu sehen. Manche waren halb umgesunken, wie die Beine watender Flamingos.

Ihre Mutter berührte Lorettas dünne Löckchen, und der Säugling gurgelte. »Stört es dich nie, hier zu leben, Laura? Dieser allgemeine Verfall …«

»David ist gern hier«, sagte Laura.

Ihre Mutter sprach mit der Anstrengung innerer Überwindung. »Behandelt er dich gut, Kind? Du scheinst glücklich mit ihm zu sein. Ich hoffe, das stimmt«.

»David ist in Ordnung, Mutter.« Laura hatte dieses Gespräch gefürchtet. »Du hast jetzt gesehen, wie wir leben. Wir haben nichts zu verbergen.«

»Als wir uns das letzte Mal sahen, Laura, arbeitetest du in Atlanta. In der Konzernzentrale von Rizome. Jetzt betreibst du ein Ferienheim, ein … ein Wirtshaus.« Sie zögerte. »Nicht, daß es schlecht wäre, aber …«

»Du meinst, es sei ein Rückschlag für meine Karriere.« Laura schüttelte den Kopf. »Mutter, Rizome ist eine Demokratie. Wenn du aufsteigen und Macht haben willst, mußt du gewählt werden. Das bedeutet, daß du Leute kennen mußt. Persönlicher Kontakt bedeutet bei uns alles. Und wenn man ein Wirtshaus betreibt, wie du es ausdrückst, kommt man mit allen möglichen Leuten aus dem Firmenbereich zusammen. Die besten Leute unseres Konzerns benutzen die Ferienheime als Gäste. Und da sehen wir sie, und sie sehen uns.«

»Das ist nicht so, wie ich mich daran erinnere«, sagte ihre Mutter. »Macht ist, wo die Entscheidungen getroffen werden, wo Aktion ist.«

»Mutter, die Aktion ist heutzutage überall. Dafür haben wir das Netz.« Laura bemühte sich um Höflichkeit. »Das ist nicht so etwas wie ein Strohhalm, nach dem David und ich gegriffen haben. Es ist eine Schauvitrine für uns. Wir wußten, daß wir eine feste Wohnung brauchen würden, solange das Kind klein ist, also fertigten wir die Pläne an, zeigten sie in der Firma herum, gewannen Unterstützung, zeigten Initiative, Flexibilität … Es war unser erstes großes Projekt als Gespann. Jetzt sind wir bekannt.«

»Ihr habt das alles sehr hübsch ausgearbeitet«, sagte ihre Mutter. »Du hast Ehrgeiz und das Kind. Karriere und Familie. Einen Mann und einen Job. Es ist alles zu passend, Laura. Ich kann nicht glauben, daß es so einfach ist.«

Laura war eisig. »Natürlich. Das mußte heraus, nicht?«

Bedrückende Stille breitete sich aus. Ihre Mutter zupfte am Rocksaum. Endlich raffte sie sich auf und sagte: »Laura, ich weiß, daß mein Besuch nicht leicht für dich gewesen ist. Es ist lange her, seit wir unsere getrennten Wege gingen, du und ich. Ich hoffe, wir können das jetzt ändern.«

Laura sagte nichts. Ihre Mutter fuhr hartnäckig fort: »Seit dem Tod deiner Großmutter hat sich manches geändert. Es ist jetzt zwei Jahre her, und sie ist nicht mehr für uns da. Laura, ich möchte dir helfen, wenn ich kann. Wenn es irgend etwas gibt, das du brauchst. Ganz gleich, was es ist. Wenn du reisen mußt, würde es schön sein, wenn du Loretta bei mir lassen könntest. Oder wenn du bloß jemanden brauchst, um dich auszusprechen.«

Sie zögerte, streckte die Hand in einer Gebärde offener Sehnsucht nach dem Kind aus. Zum ersten Mal sah Laura mit bewußter Aufmerksamkeit ihrer Mutter Hände. Die runzligen, fleckigen Hände einer alten Frau. »Ich weiß, du vermißt deine Großmutter. Du gabst der Kleinen ihren Namen, Loretta.« Sie streichelte dem Baby die Wange. »Ich kann ihren Platz nicht ausfüllen. Aber ich möchte etwas tun, Laura. Um meines Enkelkindes willen.«

Es war eine anständige, herkömmliche Geste familiären Zusammengehörigkeitsgefühls, dachte Laura. Aber sie empfand es als eine unwillkommene Gefälligkeit. Sie wußte, daß sie für die Hilfe ihrer Mutter würde bezahlen müssen – mit Verpflichtungen und Intimität. Das hatte sie nicht verlangt und wollte es auch nicht. Und sie brauchte es auch nicht – sie und David hatten die Firma hinter sich, die gute, unverbrüchliche Rizome-Gemeinschaft. »Es ist sehr nett von dir, Mutter«, sagte sie. »Danke für das Angebot. David und ich wissen es zu würdigen.« Sie wandte das Gesicht weg, zum Fenster.

Der Straßenzustand besserte sich, als das Elektromobil einen Abschnitt erreichte, der zur Wiederbebauung vorgesehen war. Sie fuhren an einem Yachthafen vorbei, wo Mietsegelboote mit Autopilot Bordwand an Bordwand lagen. Dann kam eine festungsartige Einkaufsstraße, wie das Ferienheim aus Sandbeton gebaut. Elektromobile drängten sich auf dem Parkplatz. Die Einkaufszone blinkte und leuchtete in bunter, kommerzieller Aufdringlichkeit: T-SHIRTS BIER WEIN VIDEO Eintritt frei, alle Räume mit AC!

»Für einen Wochentag geht das Geschäft gut«, sagte Laura. Die Menschenmenge bestand größtenteils aus Tagesbesuchern, die aus Houston herübergekommen waren, vorübergehend befreit aus ihren Hochhaussilos. Dutzende von ihnen wanderten ziellos den Strand entlang, starrten zur See hinaus, froh über einen unverstellten Horizont.

Ihre Mutter drängte weiter. »Laura, ich sorge mich um dich. Ich will mich nicht in dein Leben einmischen, falls du das denkst. Du hast deine Sache sehr gut gemacht, und ich freue mich darüber, wirklich. Aber es kann immer etwas geschehen, ohne eigenen Fehler.« Sie zögerte. »Ich möchte, daß du aus unserer Erfahrung lernst – meiner, meiner Mutter Erfahrung. Keine von uns beiden hatte Glück, nicht mit unseren Männern, auch nicht mit unseren Kindern. Und es lag nicht daran, daß wir uns nicht bemüht hätten.«

Lauras Geduld bröckelte. Die Erfahrungen ihrer Mutter – das war etwas, was Laura jeden Tag ihres Lebens verfolgt hatte. Daß ihre Mutter jetzt davon sprach, als ob es etwas wäre, das ihrer Tochter aus dem Gedächtnis geraten sein könnte, empfand Laura als grobe Gedankenlosigkeit. »Es genügt nicht, sich zu bemühen, Mutter. Man muß vorausplanen. Das war etwas, worin deine Generation nie gut war.« Sie zeigte aus dem Fenster. »Siehst du das dort drüben?«

Das Elektromobil hatte das südliche Ende des Hafendamms von Galveston erreicht. Sie durchfuhren einen Vorort, der früher einmal eine Pendlersiedlung mit grünen Rasenflächen und einem Golfplatz gewesen war. Jetzt war es ein Barrio: Die breit hingelagerten Häuser waren unterteilt in Wohnungen, umgebaut zu Bars und mexikanischen Krämerläden.

»Die Leute, die diese Vorortsiedlung bauten, wußten, daß uns das Öl ausgehen würde«, sagte Laura. »Aber sie planten nicht danach. Sie bauten alles um ihre kostbaren Autos herum, obwohl ihnen klar war, daß sie die Innenstädte in Ghettos verwandelten. Jetzt sind die Autos verschwunden, und jeder, der es sich leisten kann, ist in die Stadt zurückgezogen. Und die Armen werden hierher abgeschoben. Aber sie können sich die Wasserrechnungen nicht leisten, also verdorren die Rasenflächen, werden zu nackter, festgetrampelter Erde oder verwildern mit Gestrüpp. Und sie können sich keine Klimaanlagen leisten, also vergehen sie vor Hitze. Niemand war auch nur so vernünftig, überdachte Veranden an die Häuser zu bauen. Obwohl jedes in Texas gebaute Haus seit zweihundert Jahren eine überdachte Veranda hatte, aus gutem Grund.«

Ihre Mutter blickte gehorsam aus dem Fenster. Es war Mittag, und die Fenster standen weit offen. In den unterteilten Häusern schwitzten die Arbeitslosen vor ihren subventionierten Fernsehern. Die Armen lebten heutzutage billig. Scop der einfachsten Sorte, getrocknet wie Maismehl, kostete nur wenige Cents das Pfund. In den Ghettovororten aßen alle Scop, Einzellerprotein. Das Nationalgericht der Dritten Welt.

»Aber das ist es ja, was ich dir zu erklären versuche, Kind«, sagte ihre Mutter. »Die Dinge verändern sich. Du kannst das nicht steuern. Und man kann Pech haben.«

»Mutter, diese beschissenen Bungalows und Doppelhäuser wurden von Leuten gebaut, sie sind nicht hier gewachsen«, sagte Laura mit gepreßter Stimme. »Sie wurden errichtet, weil jemand schnell Profit machen wollte, ohne einen Gedanken auf die langfristige Entwicklung zu verschwenden. Ich kenne diese Siedlungen, habe David geholfen, sie abzureißen. Schau sie dir an!«

Ihre Mutter machte ein gequältes Gesicht. »Ich verstehe nicht. Es sind billige Häuser, wo arme Leute wohnen. Wenigstens haben sie ein Dach über dem Kopf.«

»Mutter, das sind Energiesiebe! Alles Lattenwerk und Porenbeton und billiger Flitterkram!«

Ihre Mutter schüttelte den Kopf. »Ich bin keine Architektenfrau, Kind. Ich kann sehen, daß diese Siedlung dich aufregt, aber du redest, als ob es meine Schuld wäre.«

Das Elektromobil bog nach Westen ab und durch die 83. Straße zum Flugplatz. Das Baby schlief an ihrer Brust; Laura drückte sie fester an sich. Sie war deprimiert und zornig. Sie wußte nicht, wie sie es ihrer Mutter klarer machen konnte, ohne unhöflich zu sein. Wenn sie sagen könnte: Mutter, deine Ehe war wie eines dieser billigen Häuser; du brauchtest es auf und zogst weiter ... Du warfst meinen Vater aus deinem Leben wie den Wagen vom vorletzten Jahr, und du gabst mich zu Großmutter, die mich aufziehen sollte, wie eine Hauspflanze, die nicht mehr zu deinen Tapeten paßte ... Aber das konnte sie nicht sagen. Sie brachte es nicht über sich.

Ein Schatten glitt über sie hinweg. Eine Boeing, am Seitenleitwerk die roten und blauen Farben der Aero Cubana. Sie erinnerte Laura an einen Albatros, mit ausladenden, scharfkantigen schmalen Flügeln an einem langen Rumpf. Die im Landeanflug gedrosselten Triebwerke brummten.

Der Anblick von Flugzeugen verschaffte Laura unweigerlich ein Gefühl nostalgischer Erhebung. Als Kind hatte sie viel Zeit in den Abfertigungshallen von Flughäfen verbracht, in den glücklichen Jahren, bevor ihr Leben als Diplomatenkind in Trümmer gefallen war. Die Maschine sank mit computergesteuerter Präzision tiefer, die Landeklappen angestellt. Moderne Gestaltung, dachte Laura stolz. Die dünnen Keramikflügel der Boeing sahen zerbrechlich aus, aber sie hätten ein lausiges Doppelhaus durchschnitten wie ein Rasiermesser ein Stück Weichkäse.

Durch ein Tor im Kettengliederzaun aus rotem Kunststoffgeflecht erreichten sie das Flugplatzgelände. Vor dem Abfertigungsgebäude standen Elektromobile aufgereiht. Laura half ihrer Mutter beim Umladen ihrer Sachen auf einen wartenden Gepäckkarren. Das Abfertigungsgebäude war im Frühstil des Organischen Barock erbaut, mit isolierten, festungsartigen Mauern und doppelten, automatischen Schiebetüren. Drinnen war es angenehm kühl und roch kräftig nach einem Bodenreiniger. Anzeigetafeln mit den Ankunfts- und Abflugzeiten hingen von der Decke. Ihr Gepäckkarren folgte ihnen im Schrittempo.

Nicht viele Reisende bevölkerten das Gebäude. Scholes Field war ein kleiner Provinzflugplatz, mochte die Stadt auch nicht müde werden, seine Bedeutung hervorzuheben. Nach dem letzten Wirbelsturm hatte der Stadtrat ihn erweitert, in einem letzten, verzweifelten Versuch, die öffentliche Moral zu heben. Viele Steuerzahler hatten ihn schnell benutzt, um Galveston endgültig den Rücken zu kehren.

Sie gaben das Gepäck ihrer Mutter auf. Laura sah ihre Mutter mit dem Angestellten im Flugkartenschalter plaudern. Wieder war sie die Frau, an die sich Laura erinnerte: gepflegt und kühl und makellos, in sich abgeschlossen und unangreifbar in der Teflonschale des Diplomaten. Margaret Day: mit zweiundsechzig noch immer eine attraktive Frau. Manche Leute schafften es, bis ins Alter frisch und springlebendig zu wirken. Mit etwas Glück konnte ihre Mutter noch zwei bis drei Jahrzehnte leben.

Sie gingen zusammen zum Warteraum. »Gib sie mir noch einmal«, sagte ihre Mutter. Laura gab ihr das Baby. Ihre Mutter trug Loretta wie einen Sack voll Smaragde. »Sollte ich etwas gesagt haben, was dich aufregt, wirst du es mir vergeben, ja? Ich bin nicht mehr so jung, wie ich einmal war, und es gibt Dinge, die ich nicht verstehe.«

Ihre Stimme war ruhig, aber in ihr Gesicht kam etwas wie eine zitternde Bewegung, ein seltsam wehrlos bittender Ausdruck. Zum ersten Mal begriff Laura, wieviel es ihre Mutter gekostet haben mußte, dies durchzumachen – wie rücksichtslos sie sich gedemütigt hatte. Und Laura verspürte eine jähe Aufwallung von Mitgefühl – als wäre sie vor ihrer Haustür auf eine verletzte Fremde gestoßen. »Nein, nein«, murmelte sie im Gehen. »Alles war schön.«

»Ihr seid moderne Menschen, du und David«, sagte ihre Mutter. »In einer Weise kommt ihr uns alten Dekadenzlern sehr unschuldig vor.« Sie lächelte etwas kläglich. »So frei von Zweifeln.«

Laura dachte darüber nach, als sie in den Warteraum gingen. Zum ersten Mal verstand sie in einer undeutlich intuitiven Art und Weise den Standpunkt ihrer Mutter. Sie suchten sich Sitzplätze außer Hörweite der wenigen anderen Passagiere, die auf ihren Flug nach Dallas warteten. »Wir wirken dogmatisch. Selbstgerecht. Ist es das?«

»O nein«, sagte ihre Mutter hastig. »Das wollte ich damit nicht sagen.«

Laura holte tief Luft. »Wir leben nicht unter einem Schrecken, Mutter. Das ist der eigentliche Unterschied. Niemand zielt mit Raketen auf meine Generation. Darum denken wir an die langfristige Zukunft. Weil wir wissen, daß wir eine haben werden. Und wir haben diesen Luxus nicht verdient. Den Luxus, selbstgerecht auszusehen.« Laura entspannte sich ein wenig; sie fühlte sich tugendhaft.

»Nun ja ...« Ihre Mutter suchte nach Worten. »Es hat sicherlich damit zu tun, aber ... Die Welt, in der du aufgewachsen bist – mit jedem Jahr ist sie glatter und beherrschbarer geworden. Als ob ihr ein Netz über die Menschenschicksale geworfen hättet. Aber das habt ihr nicht, Laura, nicht wirklich. Und ich mache mir Sorgen um dich.«

Laura war überrascht. Sie hatte nie gewußt, daß ihre Mutter solch einem morbiden Fatalismus huldigte. Es schien ihr eine unheimliche, altmodische Einstellung zu sein. Und es war ihr ernst damit – als ob sie jederzeit bereit wäre, Hufeisen über die Tür zu nageln oder den Rosenkranz zu beten. Und tatsächlich war in letzter Zeit manches ziemlich seltsam verlaufen ... Laura fühlte sich gegen ihren Willen von einem leisen Schauer abergläubischer Furcht überlaufen.

Sie schüttelte den Kopf. »In Ordnung, Mutter. David und ich – wir wissen, daß wir auf dich zählen können.«

»Mehr habe ich nicht verlangt.« Ihre Mutter lächelte. »David war wundervoll – sag ihm, wie gut es mir gefallen hat.« Die anderen Passagiere standen auf, griffen zu Aktenkoffern und Reisetaschen. Ihre Mutter küßte das Baby, stand auf und gab es zurück. Lorettas kleines Gesicht umwölkte sich, und sie begann in Vorbereitung eines Gewinsels zu schnaufen.

»Ah-oh«, machte Laura. Sie ließ sich eine schnelle, unbeholfene Umarmung von ihrer Mutter gefallen. »Wiedersehen.«

»Ruf mich an.«

»In Ordnung.« Laura wiegte die Kleine in den Armen, um sie zu besänftigen, und sah ihrer Mutter nach, bis sie in der Menschentraube beim Ausgang verschwand. Eine Fremde unter anderen. Es war eine Ironie, dachte Laura. Seit sieben Tagen hatte sie auf diesen Augenblick gewartet, und nun, da er gekommen war, schmerzte es irgendwie doch.

Sie blickte auf ihr Uhrtelefon. Bis zur Ankunft der Grenadiner hatte sie eine Stunde totzuschlagen. Sie ging ins Café. Leute starrten sie und das Baby an. In einer Welt, die mit alten Leuten vollgestopft war, hatten Säuglinge Seltenheitswert. Selbst völlig fremde Leute wurden weich, machten Gesichter und winkten Loretta mit den Fingern.

Laura setzte sich an einen Tisch, trank den schlechten Kaffee und spürte, wie die Spannung sich löste. Sie war froh, daß ihre Mutter fort war. Stücke ihrer unterdrückten Persönlichkeit stiegen langsam wieder auf und nahmen ihren Platz ein. Wie kontinentale Platten, die sich nach einer Eiszeit, befreit von ihrer Last, wieder emporheben.

Eine junge Frau zwei Tische weiter interessierte sich für Loretta. Ihre Augen leuchteten, und sie lächelte der Kleinen immer wieder breit zu. Laura betrachtete sie verwirrt. Etwas an dem breiten, sommersprossigen Gesicht kam Laura typisch texanisch vor. Ein derbes, kräftiges Gesicht, dachte Laura – genetisches Vermächtnis nüchterner, abgehärteter Frauen in langen Kattunkleidern, die mit der Flinte im Arm auf dem Kutschbock durch Komanchenland gefahren waren und ohne Arzt und Hebamme sechs Kinder geboren hatten. Es zeigte sich sogar durch die grelle Aufmachung der Frau – blutroter, wächserner Lippenstift, dramatisch umrandete Augen, das Haar zu einer Mähne frisiert … Erschrocken begriff Laura, daß die Frau eine Prostituierte sein mußte, wahrscheinlich eine Anhängerin der Kirche von Ischtar.

Der Grenadiner Flug wurde angesagt, eine Verbindung von Miami. Die Tempelprostituierte sprang sofort auf, erregte Röte in den Wangen. Laura ging ihr nach. Sie eilte sofort zur Ankunftshalle.

Laura stand unweit von ihr, als die Fluggäste hereinkamen. Sie katalogisierte die Passagiere mit einem Blick, während sie auf ihre Gäste wartete. Eine Familie vietnamesischer Garnelenfischer. Ein Dutzend schäbiger, aber optimistischer Kubaner mit Einkaufstaschen. Eine Gruppe ernster schwarzer Studenten, mit dem Namen ihrer Verbindung auf den Pullovern. Drei Ölarbeiter von einer Bohrinsel, runzlige alte Männer mit Cowboyhüten und Gummistiefeln.

Plötzlich schob sich die Ischtarfrau an sie heran und sagte: »Sie sind bei Rizome, nicht wahr?«

Laura nickte.

»Dann warten Sie also auf Sticky und den alten Mann?« Ihre Augen funkelten. Es verlieh ihrem gemalten Gesicht eine seltsam puppenhafte Munterkeit. »Hat Reverend Morgan mit Ihnen gesprochen?«

»Sie war bei mir«, sagte Laura. Sie kannte niemanden namens Sticky.

Die Frau lächelte. »Ein niedliches Baby ... Oh, da sind sie schon!« Sie hob den Arm über den Kopf und winkte aufgeregt. Ihre ausgeschnittene Bluse zeigte Ränder eines roten Büstenhalters. »Juhu! Sticky!«

Ein altmodischer Rastafarier, dessen Haare zu hundert Rattenschwänzen zusammengedreht war, bahnte sich den Weg aus dem Menschenstrom. Der alte Mann trug ein langärmeliges Dashiki aus billigem Synthetik über Pluderhosen, dazu Sandalen.

Sein junger Gefährte trug eine Windjacke aus Nylon, Sonnenbrille und Jeans. Die Frau stürzte auf ihn zu und umarmte ihn. »Sticky!« Der jüngere Mann hob die Kirchenfrau mit unerwarteter drahtiger Kraft in die Höhe und wirbelte sie halb im Kreis herum. Sein dunkles, gleichmäßiges Gesicht blieb ausdruckslos, soweit die Sonnenbrille es zeigte.

»Laura?« Eine Frau war lautlos neben Laura erschienen. Es war Debra Emerson, die bei Rizome Sicherheitsfragen koordinierte. Emerson war eine traurig aussehende Sechzigerin mit feingeschnittenen Zügen und dünnem Haar. Laura hatte oft über das Netz mit ihr gesprochen und war ihr einmal in Atlanta begegnet.

Sie tauschten eine kurze förmliche Begrüßung mit Umarmung und Wangenküssen aus, wie es bei Rizome der Brauch war. »Wo sind die Bankiers?« fragte Laura.

Emerson deutete mit einem Nicken zu dem Rastafarier und seinem Gefährten. Laura verließ der Mut. »*Das* sind sie?«

»Diese karibischen Kleinstaatenbankiers richten sich nicht nach unseren Standards«, sagte Emerson.

»Wissen Sie, wer diese Frau ist? Bei welcher Gruppe sie ist?«

»Kirche von Ischtar«, sagte Emerson. Sie schien nicht glücklich darüber zu sein. Nun blickte sie in Lauras Gesicht auf. »Wir haben Ihnen aus Gründen der Geheimhaltung noch nicht alles gesagt, was Sie wissen sollten. Aber ich weiß, daß Sie nicht naiv sind. Sie haben gute Netzverbindungen, Laura. Sie müssen wissen, wie die Dinge in Grenada stehen.«

»Ich weiß, daß Grenada ein Steuerparadies und Zufluchtsort für Datenpiraten ist«, sagte Laura. Sie war nicht sicher, wie weit sie gehen durfte.

Debra Emerson war einmal eine ziemlich große Nummer bei der CIA gewesen, als es noch eine CIA gegeben hatte und ihre Leute noch in Mode gewesen waren. Heutzutage hatte Geheimdienstarbeit ihren Glanz verloren. Emerson zeigte den Ausdruck einer Frau, die still gelitten hat, eine Art Durchsichtigkeit um die Augen. Sie bevorzugte graue Cordhosen und langärmelige Blusen in unauffälligen Beige- und Brauntönen.

Der alte Rastafarier kam lächelnd herangewatschelt. »Winston Stubbs«, sagte er. Er hatte den Tonfall der

Karibik, weiche Vokale, gebrochen durch spröde britische Konsonanten. Er schüttelte Laura die Hand. »Und Sticky Thompson, das heißt, Michael Thompson.« Er wandte sich um. »Sticky!«

Sticky kam herüber, einen Arm um die Mitte des Kirchenmädchens gelegt. »Ich bin Laura Webster«, sagte Laura.

»Wissen wir«, sagte Sticky. »Dies ist Carlotta.«

»Ich bin ihre Verbindungsperson«, sagte Carlotta munter. Sie stieß mit beiden Händen ihre Mähne zurück, und Laura sah ein tätowiertes Ankh-Symbol an ihrem Handgelenk. »Habt ihr viel Gepäck mitgebracht? Ich habe ein Elektromobil draußen stehen.«

»Ich – und ich – haben Geschäfte auf der Insel«, erklärte Stubbs. »Wir werden später am Abend in Ihr Ferienheim kommen, vielleicht rufen Sie doch vorher an, gut?«

»Wenn Sie es so wünschen, Mr. Stubbs«, sagte Emerson, bevor Laura antworten konnte.

Stubbs nickte. »Später.« Die drei nahmen einen Gepäckkarren und gingen.

Laura sah ihnen verblüfft nach. »Sollen wir sie frei herumlaufen lassen?«

Emerson seufzte. »Es ist eine heikle Situation. Ich bedaure, daß Sie umsonst hierher gekommen sind, aber das ist eine ihrer kleinen Gesten.« Sie rückte am Tragegurt ihrer schweren Schultertasche. »Rufen wir ein E-Mobil.«

Nach ihrer Ankunft verschwand Emerson im Konferenzraum des Ferienheims. Gewöhnlich aßen Laura und David im Speiseraum, wo sie mit den Gästen zusammensein konnten. An diesem Abend aßen sie jedoch mit Emerson in ihrer Wohnung im zweiten Turmgeschoß; sie taten es mit einem unbehaglichen Gefühl von Verschwörertum.

David deckte den Tisch. Laura nahm die zugedeckten Schüsseln mit Chili Rellenos und Spanischem Reis vom Tablett. David hatte Gesundheitskost.

»Ich möchte so offen und geradeheraus mit Ihnen sein, wie ich nur kann«, murmelte Emerson. »Inzwischen müssen Sie sich über die Natur ihrer neuen Gäste klargeworden sein.«

»Ja«, sagte David. Er war alles andere als glücklich darüber.

»Dann können Sie die Notwendigkeit geeigneter Sicherheitsmaßnahmen verstehen. Selbstverständlich vertrauen wir auf Ihre und Ihres Personals Verschwiegenheit.«

David lächelte ein wenig. »Das ist schön.«

Emerson machte ein besorgtes Gesicht. »Der Zentralausschuß hat diese Konferenz seit einiger Zeit geplant. Die Europäer, die bei Ihnen wohnen, sind keine gewöhnlichen Bankleute. Sie sind von der EFT-Commerzbank, Luxemburg. Und morgen abend wird eine dritte Gruppe eintreffen. Die Yung Soo Chim Islamische Bank von Singapur.«

David hielt inne, die volle Gabel auf halbem Weg zum Mund. »Und die sind auch ...?«

»Datenpiraten, ja.«

»Ich verstehe«, sagte Laura. Eine fröstelnde Erregung bemächtigte sich ihrer. »Das ist eine große Sache.«

»Sehr groß«, sagte Emerson. Sie ließ das eine Weile einwirken. »Wir offerierten ihnen sechs mögliche Versammlungsorte. Es hätten ebensogut die Valenzuelas in Puerto Vallarta sein können. Oder die Warburtons in Arkansas.«

»Wie lange wird diese Konferenz nach Ihrer Schätzung dauern?« fragte David.

»Fünf Tage. Höchstens eine Woche.« Sie nippte an ihrem geeisten Tee. »Es liegt an uns, für Sicherheit zu sorgen, sobald die Konferenz begonnen hat. Verstehen

Sie? Abgeschlossene Türen, zugezogene Vorhänge. Kein Herein- und Hinausgerenne.«

David runzelte die Stirn. »Wir brauchen Vorräte. Ich werde Mrs. Delrosario Bescheid geben.«

»Ich kann mich um die Vorräte kümmern.«

»Mrs. Delrosario ist sehr eigen, wenn es darum geht, wo sie die Sachen einkauft«, sagte David.

»Ach du lieber Gott«, sagte Mrs. Emerson. »Nun, Vorräte sind nicht das Hauptproblem.« Sie kostete vorsichtig von ihren pfeffergefüllten Rellenos. »Einige der Teilnehmer bringen möglicherweise ihre eigenen Vorräte mit.«

David war verblüfft. »Sie haben Angst, unsere Speisen zu essen? Sie denken, wir würden sie vergiften.«

»Hören Sie, es ist ein Zeichen ihres besonderen Vertrauens in Rizome, daß die drei Banken sich bereit erklärt haben, überhaupt hier eine Konferenz abzuhalten. Nicht uns mißtrauen sie, sondern einander.«

David war alarmiert. »Worauf lassen wir uns da ein? Wir haben hier ein Kleinkind! Von unserem Personal ganz zu schweigen.«

Emerson sah verletzt aus. »Würde Ihnen wohler sein, wenn das Ferienheim voll von bewaffneten Werkschutzleuten wäre? Oder wenn Rizome überhaupt bewaffnete Werkschutzleute hätte? Wir können diese Leute nicht mit Gewalt konfrontieren, und wir sollten es auch nicht versuchen. Darin liegt unsere Stärke.«

»Mit anderen Worten, weil wir harmlos sind, wird man uns nichts tun«, sagte Laura.

»Wir wollen Spannung abbauen. Wir haben nicht die Absicht, diese Piraten festzunehmen, abzuurteilen, auszuschalten. Wir haben uns für den Weg der Verhandlungen entschieden. Das ist eine moderne Lösung. Sie hat sich beim Abbau des Wettrüstens bewährt. Sie hat sich in der Dritten Welt bewährt.«

»Mit Ausnahme Afrikas«, sagte David.

Emerson zuckte die Achseln. »Es ist ein langfristiges Bemühen. Der alte Ost-Westkonflikt, der Gegensatz zwischen Norden und Süden ... das waren beides alte Streitfragen, die wir von unseren Vorläufern übernehmen mußten. Aber jetzt sehen wir uns einer wahrhaft neuzeitlichen Herausforderung gegenüber. Diese Konferenz ist ein Teil davon.«

David sah sie überrascht an. »Kommen Sie, es sind keine Verhandlungen über Atomwaffen. Ich habe von diesen Datenräubern gelesen. Das sind Schlafsackpiraten, schundige Profithaie, die in der Welt kein Gewicht haben. Mögen sie sich Bankiers nennen und dreiteilige Anzüge tragen, mögen sie Privatjets fliegen und in den Wäldern der Toskana auf Wildschweinjagd gehen, sie bleiben miese und charakterlose Profitmacher.«

»Das ist eine durchaus richtige Einstellung«, sagte Emerson. »Aber unterschätzen Sie nicht die Möglichkeiten, die die Steueroasen ihnen bieten. Bisher sind sie bloß Parasiten. Sie stehlen Software, sie schmuggeln Raubkopien von Videos und CDs auf den Markt, sie sammeln Daten, wo sie sie bekommen können, ohne sich um Datenschutzgesetze zu kümmern. Das sind lästige Verdrießlichkeiten, aber das System kann sie verkraften. Wie sieht es jedoch mit dem Potential aus? Es gibt potentielle Schwarze Märkte für Gentechnik, Organverpflanzung, neurochemische Erzeugnisse – für eine Fülle von modernen High-Tech-Produkten. Hakker, die im Netz ihr Unwesen treiben, sind schlimm genug, aber was geschieht, wenn die Möglichkeiten der Gentechnik von skrupellosen Geschäftemachern ausgebeutet werden?«

David schauderte. »Also, das darf nicht zugelassen werden.«

»Aber diese Steueroasen sind souveräne Nationalstaaten«, sagte Emerson. »Eine kleine Drittweltnation wie Grenada kann durch den lockeren Umgang mit neuen Techniken eine Menge Geld verdienen. So ein Staatswesen mag die Hoffnung hegen, ein Zentrum der Innovation zu werden, geradeso wie die Cayman-Inseln und Panama durch entsprechend weitherzige Gesetzgebung zu finanziellen Zentren geworden sind. Effektive Gesetze und Verordnungen werden oft als eine Last empfunden, und multinationale Unternehmen sind immer versucht, sich derartigen Einschränkungen zu entziehen. Was wird aus Rizome, wenn unsere Konkurrenten ihre Firmensitze in solche Länder verlegen, um den einschränkenden Bestimmungen und Überwachungsmechanismen im Inland zu entgehen?«

Sie ließ die beiden eine Weile darüber nachdenken. »Und es gibt tiefergehende Fragen, welche die ganze Struktur der modernen Welt beeinflussen. Was geschieht, wenn die Zukunftsindustrien mit ihren Vorreiterfunktionen in die Hände von Kriminellen fallen? Wir leben auf einer eng gewordenen Welt, und wir brauchen Kontrollen und Steuerungsinstrumente, und sie müssen wirksam sein. Andernfalls sickert Korruption ein.«

»Das sind schwierige Fragen«, sagte David nach längerer Überlegung. »Von der Warte aus betrachtet, erscheint die Situation hoffnungslos.«

»Die Abrüstungsfrage sah auch einmal hoffnungslos aus«, sagte Emerson. »Aber inzwischen sind die Arsenale verschwunden.« Sie lächelte. Immer dasselbe alte Argument, dachte Laura. Die Generation aus den 50er und 60er Jahren ging seit Ewigkeiten damit hausieren. Vielleicht sahen sie darin eine Rechtfertigung der Tatsache, daß sie noch immer an den Schalthebeln der Macht waren. »Aber die Geschichte bleibt niemals stehen. Die moderne Gesellschaft sieht sich einer neuen zentralen Krise gegenüber. Wollen wir den Weg der Entwicklung zu vernünftigen menschlichen Zielen lenken? Oder soll alles in eine Laissez-faire-Anarchie münden?«

Emerson verputzte ihren letzten Chili Rellenos. »Das sind wichtige Fragen. Wenn wir in einer Welt leben wollen, die wir wiedererkennen können, werden wir darum kämpfen müssen. Wir von Rizome müssen unseren Teil dazu beitragen. Und das tun wir. Hier und jetzt.«

»Das hört sich recht gut an«, sagte David, »aber ich kann mir denken, daß die Piraten es anders sehen.«

Sie lächelte. »Gewiß werden wir ihre Version früh genug zu hören bekommen. Aber vielleicht werden wir den Herrschaften mit ein paar Überraschungen aufwarten können. Die Steueroasen werden auch von multinationalen Unternehmen alten Stils benutzt. Aber eine wirtschaftliche Demokratie ist von anderer Art. Das müssen wir ihnen vor Augen führen. Selbst wenn es für uns ein gewisses Risiko bedeutet.«

David runzelte die Stirn. »Rechnen Sie ernstlich damit, daß sie etwas versuchen werden?«

»Nein. Sollten sie sich schlecht benehmen, werden wir einfach die örtliche Polizei rufen. Es wäre skandalös für uns – schließlich handelt es sich um eine sehr vertrauliche Zusammenkunft –, aber ein schlimmerer Skandal für sie.« Sie legte Messer und Gabel säuberlich nebeneinander auf den Teller. »Wir wissen, daß es ein kleines Risiko gibt. Aber Rizome hat keine Privatarmee. Keine Sicherheitsleute mit Sonnenbrillen und Aktenkoffern, in denen Pistolen und Handgranaten sind. Das ist nicht mehr der Stil.« Sie richtete ihren Blick auf Laura. »Wir müssen für diesen Luxus der Unschuld allerdings bezahlen. Weil wir niemanden haben, der uns unsere Risiken abnimmt. Wir müssen die Gefahr auf die Rizome-Gesellschafter verteilen. Jetzt sind Sie an der Reihe. Das verstehen Sie, nicht wahr?«

Laura dachte darüber nach. »Das Los fiel auf uns«, sagte sie schließlich.

»Genau.«

»Wie das Leben so spielt«, sagte David. Und so war es.

Die Unterhändler hätten alle zur gleichen Zeit und zu gleichen Bedingungen im Ferienheim eintreffen sollen, aber soviel Vernunft hatten sie nicht. Statt dessen versuchten sie einander auszustechen.

Die Europäer waren vorzeitig gekommen – es war ihr Versuch, den anderen zu zeigen, daß sie den Rizome-Schiedsrichtern nahestanden und aus einer Position der Stärke verhandelten. Aber sie begannen sich bald zu langweilen und waren mürrisch und voller Argwohn.

Emerson war noch damit beschäftigt, sie zu besänftigen, als die Delegation aus Singapur eintraf. Auch sie bestand aus drei Unterhändlern: einem betagten Chinesen namens Mr. Shaw und zwei malaiischen Landsleuten. Mr. Shaw war ein kahlköpfiger, wortkarger Mann in einem zu großen Anzug. Die beiden Malaien trugen schwarze, vorn und hinten zugespitzte Songkakhüte mit dem aufgenähten Firmenzeichen der Islamischen Bank Yung Soo Chim. Die Malaien waren Männer mittleren Alters, sehr nüchtern, sehr würdevoll, aber nicht wie Bankiers, sondern wie Soldaten. Sie hielten sich sehr gerade, und ihre Augen waren in ständiger Bewegung.

Sie brachten Berge von Gepäck mit, darunter eigene gesicherte Satellitentelefone und einen Tiefkühlbehälter voll folienversiegelter Fertiggerichte.

Emerson machte die Vorstellungen. Karageorgiu funkelte aggressiv, Shaw gab sich hölzern und hochmütig. Die Begleiter schienen bereit, sich im Ringkampf miteinander zu messen. Emerson geleitete die Delegation aus Singapur hinauf zum Konferenzraum, wo sie telefonieren und zu Hause melden konnten, daß sie heil und ganz angekommen waren.

Niemand hatte die Grenadiner seit ihrer Ankunft am Tag zuvor gesehen. Trotz ihrer vagen Ankündigung hatten sie sich nicht im Ferienheim gemeldet. Zeit verging. Die anderen erblickten darin eine vorsätzliche Beleidigung und ärgerten sich bei ihren Getränken. Endlich trennten sie sich zum Abendessen. Die Singapurer aßen ihre mitgebrachte Nahrung in ihrem Zimmer. Die Europäer beschwerten sich energisch über die barbarische Tex-Mex-Küche. Mrs. Delrosario, die sich selbst übertroffen hatte, war den Tränen nahe.

Endlich, nach Einbruch der Dunkelheit, tauchten die Grenadiner auf. Laura und Mrs. Emerson hatten sich bereits ernstlich Sorgen gemacht. Als Gastgeberin begrüßte Laura die beiden im Foyer. »Es freut mich, Sie zu sehen. Gab es irgendwelche Schwierigkeiten?«

»Nein«, sagte Winston Stubbs und zeigte sein künstliches Gebiß in einem sonnigen Lächeln. »Ich – und ich – waren in der Stadt, wissen Sie. Und am anderen Ende der Insel.« In einem Andenkenladen hatte der alte Rastafarier einen Cowboyhut erstanden und auf seine graue, schulterlange Rattenschwanzfrisur gesetzt. Er trug Sandalen und ein exklusives Hawaiihemd.

Sein Gefährte, Sticky Thompson, hatte einen neuen Haarschnitt. Seine Kleidung bestand aus einer langen Hose, langärmeligem Hemd und Sakko, und so sah er beinahe wie ein Rizome-Gesellschafter aus. Aber er konnte seine Natur nicht gänzlich verleugnen; sein Aussehen war beinahe aggressiv konventionell. Carlotta, das Kirchenmädchen, trug ein ärmelloses scharlachrotes Leibchen, einen kurzen Rock und schweres Make-up. Auf ihre bloße, sommersprossige Schulter war ein überlaufender Kelch tätowiert.

Laura stellte den Grenadinern ihren Ehemann und das Heimpersonal vor. David schenkte dem alten Piraten sein bestes Gastgeberlächeln: freundlich und tolerant, hier bei Rizome sind wir alle bloß gewöhnliche Leute. Vielleicht übertrieb er es ein wenig, weil Winston Stubbs geradezu den Inbegriff des Piraten verkörperte. Liederlich. »Ich begrüße Sie herzlich in unserem Haus«, sagte David. »Und ich hoffe, Sie werden den Aufenthalt bei uns erfreulich finden.«

Der alte Mann schaute skeptisch drein. David gab seine Förmlichkeit auf. »Frisch vor dem Wind«, sagte er versuchsweise.

»Frisch vor dem Wind«, sagte Winston Stubbs sinnend. »Hab das seit vierzig Jahren nicht gehört. Sie mögen diese alten Reggae-Alben, Mr. Webster?«

David lächelte. »Meine Eltern spielten sie, als ich ein Kind war.«.

»Ah, verstehe. Das sind Doktor Martin Webster und Grace Webster aus Galveston.«

»Richtig«, sagte David. Sein Lächeln verblich.

»Sie entwarfen dieses Ferienheim«, sagte Stubbs. »Sandbeton, erbaut mit Material vom Strand, nicht?« Er musterte David von oben bis unten. »Das Geheimnis ist die richtige Mischtechnik. Wir könnten sie auf den Inseln gebrauchen, Mann.«

»Danke«, sagte David. »Das ist sehr schmeichelhaft.«

»Wir könnten auch jemand für Public Relations gebrauchen«, sagte Stubbs und grinste schief zu Laura hin. Das Weiße in seinen Augen war rotgeädert, wie rissige Murmeln. »Unser Ruf könnte eine Politur vertragen. Ich – und ich – stehen unter Druck von babylonischen Ludditen.«

»Versammeln wir uns alle im Konferenzraum«, sagte Emerson. »Es ist noch früh, noch Zeit genug für ein Gespräch.«

Die Delegationen stritten zwei volle Tage lang. Laura nahm als Debra Emersons Sekundantin an den Konferenzzusammenkünften teil, und bald wurde ihr klar, daß Rizome ein gerade noch geduldeter Mittler war. Die Datenpiraten zeigten nicht das geringste Interesse daran, neue Karrieren als rechtlich denkende Mitglieder der postindustriellen Weltwirtschaft zu beginnen.

Sie waren zusammengekommen, um sich mit einer Bedrohung auseinanderzusetzen.

Alle drei Piratengruppen wurden erpreßt.

Die Erpresser, wer sie auch sein mochten, zeigten gute Kenntnis und Beherrschung des Datengeschäfts und seiner Dynamik. Sie hatten die Spaltungen und Rivalitäten zwischen den verschiedenen Steueroasen geschickt ausgenutzt, eine Bank bedroht, dann das erpreßte Geld bei einer anderen angelegt. Die Steueroasen, denen an Publizität zuallerletzt gelegen war, hatten die Angriffe vertuscht. Über die Natur der räuberischen Übergriffe äußerten sie sich nur unbestimmt. Sie fürchteten, daß ihre Schwächen publik werden könnten. Außerdem war nicht zu übersehen, daß sie einander verdächtigten.

Laura hatte den wahren Umfang und die Art und Weise der Operationen, die von den Steueroasen aus abgewickelt wurden, bis dahin nicht gekannt, aber sie saß still dabei, lauschte und beobachtete und lernte rasch dazu.

Die Piraten kopierten und synchronisierten kommerzielle Videobänder zu Hunderttausenden und verkauften sie auf den schlecht überwachten Märkten der Dritten Welt. Und ihre Mannschaften von Programmierern und Softwarespezialisten fanden einen aufnahmefähigen Markt für Computerprogramme aller Art, die, ihres Urheberrechtsschutzes beraubt, günstig angeboten werden konnten. Diese Art von Piraterie war nichts Neues; sie ließ sich bis in die Frühzeit der Informationsindustrie zurückverfolgen.

Aber Laura hatte nie begriffen, welche Gewinne mit der Umgehung der Urheberrechte und der Datenschutzgesetze in den entwickelten Ländern gemacht werden konnten. Zehntausende von Unternehmen bewahrten in ihren Datenspeichern umfangreiche Personalakten, Buchhaltungsunterlagen und Kreditverträge. In der vernetzten Wirtschaft konnte kein größeres Unternehmen ohne den dadurch gegebenen raschen Zugriff auf alle innerbetrieblichen Informationen bestehen. Im allgemeinen wurde dieses Datenmaterial von den Unternehmen nach den Vorschriften der Datenschutzgesetze nach Ablauf einer bestimmten Frist gelöscht.

Aber ehe dies geschah, gelangten große Mengen des Materials in den Besitz von Datenhaien, sei es durch Bestechung von Angestellten, durch illegales Anzapfen von Datenverbundsystemen oder durch regelrechte kommerzielle Spionage. Rechtschaffene Unternehmen arbeiteten mit spezialisierten Sektoren von Fachwissen, aber die Datenhaie machten es sich zur Aufgabe, Material jeglicher Art zu sammeln und in ihre Speicher zu laden. Der Zugriff auf die nach Sachgebieten geordneten Daten war einfach, und ihre Datenspeicher waren riesig und wuchsen weiter.

Auch fehlte es ihnen nicht an Kunden. So waren zum Beispiel Kreditinstitute darauf angewiesen, schlechte Risiken zu vermeiden und säumige Schuldner zu verfolgen. Versicherer hatten ähnliche Probleme. Marktforscher hungerten nach genauen Daten über Einzelpersonen. Gleiches galt für Spendensammler. Spezialisierte Anschriftenverzeichnisse fanden einen expandierenden Markt. Zeitungsverlage und Journalisten zahlten für Subskriptionslisten und gezielte Hintergrundinformationen: Ein heimlicher Anruf bei einer illegalen Datenbank konnte Gerüchte erhärten und Fakten liefern, die von Regierungen, Parteien und Organisationen unterdrückt wurden.

Private Sicherheitsagenturen waren in der Dritten Halbwelt zu Hause. Seit dem Zusammenbruch der Geheimdienstapparate des Kalten Krieges gab es Legionen von alternden, demobilisierten Agenten, die sich mühsam im privatwirtschaftlichen Sektor durchschlugen. Eine abgeschirmte Fernsprechleitung zu den illegalen Datenbanken war ein Segen für einen Privatdetektiv.

Datenhaie kauften oder stahlen Informationen, sammelten und stellten sie nach Bedarf zusammen, um sie wieder zu verkaufen – als ein neues und unheimliches Ganzes. So arbeiteten sie sich allmählich zum Status eines Orwellschen Großen Bruders empor.

Sie machten ein Geschäft aus dem Sammeln, Sichten, Ordnen und Katalogisieren von Daten – wie jede andere moderne kommerzielle Datenbank. Mit dem Unterschied, daß die Piraten räuberisch waren. Wenn sie konnten, verschafften sie sich nach Art der Hacker Zugang zu anderen Datenbanken und schluckten alles, was sie stehlen konnten, ohne sich um Urheberrechte zu kümmern.

Anders als altmodische Schmuggler brauchten die Datenpiraten ihre Beute niemals selbst in die Hände zu nehmen. Datenmaterial hatte keine Substanz. Die EFT-Commerzbank zum Beispiel war eine eingetragene und legitime Gesellschaft in Luxemburg. Ihr illegales Nervenzentrum war sicher verstaut im türkischen Nordteil Zyperns. Das gleiche galt für die Singapurer; sie hatten die ehrenwerte Tarnung einer seriösen Geschäftsadresse in der Bencoolen Street, während die Maschinerie fröhlich auf Nauru summte, einem souveränen pazifischen Inselstaat mit einer Bevölkerung von 12 000 Menschen. Die Grenadiner ihrerseits verzichteten auf derartige Tarnungen; sie setzten sich in ihrer Heimat unverfroren durch.

Alle drei Gruppen waren zugleich Finanzinstitute, die am normalen Bankgeschäft teilnahmen. Das kam ihnen bei der Geldwäsche und zur Bereitstellung notwendiger Bestechungsgelder zustatten. Seit der Erfindung elektronischer Geldüberweisungen war das Geld selbst zu einer Form von Datenmaterial geworden. Ihre jeweiligen Wirtsregierungen waren nicht geneigt, ihre Aktivitäten genauer zu untersuchen.

Also, dachte Laura, waren die grundlegenden Arbeitsprinzipien klar genug. Aber sie erzeugten nicht Solidarität, sondern bittere Rivalität.

Während der hitzigeren Phasen der Diskussion kam es zu einem nahezu ungehemmten Austausch von Namen, denn die Abstammungslinien der illegalen Datenbanken beschwerten sie mit einem lästigen und bisweilen peinlichen Erbe. In diesen gelegentlichen Ausbrüchen von Offenheit kamen solch schwerwiegende und peinliche Tatsachen gleich gruppenweise wie Wale an die Oberfläche und bliesen Dampf ab, während Laura staunend dabeisaß.

Die EFT-Commerzbank, so erfuhr sie, hatte ihre Wurzeln hauptsächlich in den alten Heroin-Vertriebsnetzen Südfrankreichs und der korsischen Schwarzen Hand. Später waren diese primitiv organisierten Unterweltoperationen von ehemaligen französischen Agenten, die der ›La Piscine‹ entstammten, der legendären korsischen Schule für paramilitärische Saboteure, modernisiert worden. Diese einstigen Spezialkommandos, traditionell zuständig für handgreifliche Spionageaufgaben, fanden dank ihrer Ausbildung ganz natürlich den Weg in die Unterwelt, nachdem die französische Regierung sie von der Gehaltsliste gestrichen hatte.

Zusätzliche Muskeln kamen von der ultralinken französischen Terroristenszene, die ihre Bombenanschläge auf Eisenbahnzüge, Wirtschaftskapitäne und Politiker aufgegeben hatte, um am Datenspiel teilzunehmen, aber auch von rechten Aktionsgruppen, die des Niederbrennens von Synagogen überdrüssig waren. Weitere Verbündete kamen aus den kriminellen Sippen der türkischen Minderheit in Europa, gerissenen Heroinschmugglern, die als Stofflieferanten auch unheilige Verbindungen zur Mafia unterhielten.

Dies alles war in Luxemburg eingeströmt und hatte sich dort seit zwanzig Jahren wie eine Art gräßliches Aspik niedergelassen. Inzwischen hatte sich eine Fassade von Respektabilität gebildet, und die EFT-Commerzbank bemühte sich, ihre Vergangenheit zu verleugnen.

Die anderen waren nicht geneigt, es den Luxemburgern leicht zu machen. Aufgereizt von Winston Stubbs, der sich des Vorfalls erinnerte, mußte Karageorgiu zugeben, daß ein Mitglied der türkischen ›Grauen Wölfe‹ einst einen Papst angeschossen hatte.

Karageorgiu verteidigte sich damit, daß er erklärte, er und seine Freunde hätten damit nichts zu schaffen gehabt; es habe sich nach seinen Erkenntnissen um eine ›geschäftliche Angelegenheit‹ gehandelt, nämlich einen Racheakt für allzu unchristliches Gebaren des korrupten vatikanischen Geldinstituts Banco Ambrosiano. Die Banco Ambrosiano, so erzählte er, sei eine von Europas ersten echten ›Untergrundbanken‹ gewesen, bevor das gegenwärtige System eingeführt worden sei. Damals in der Glanzzeit der terroristischen Roten Brigaden hätten in Italien eben andere Bedingungen geherrscht.

Überdies, fügte der wohlinformierte Karageorgiu hinzu, habe der türkische Attentäter Papst Johannes Paul II. nur verwundet, und dieser habe dem Reuigen sogar verziehen. Obwohl er als Grieche keine Ursache habe, sich ausgerechnet für die Türken einzusetzen, müsse er sagen, daß deren Verhalten sich damals sehr vorteilhaft von dem der Mafia unterschieden habe, die über die Missetaten der Banco Ambrosiano so verärgert gewesen sei, daß sie Papst Johannes Paul I. mausetot vergiftet habe.

Laura glaubte nur wenig davon – sie bemerkte, daß Mrs. Emerson still in sich hineinlächelte, aber es war deutlich, daß die anderen Piraten weniger Zweifel daran hatten. Die Geschichte paßte genau in den volkstümlichen Mythos ihrer eigenen Unternehmen. Sie schüttelten den Kopf in trauriger Nostalgie. Sogar Mr. Shaw sah beeindruckt aus.

Die Vorläufer der Islamischen Bank waren ähnlichen

Kalibers. Die Syndikate der Triaden waren ein beherrschender Faktor. Die Triaden waren nicht nur kriminelle Bruderschaften, sondern hatten immer auch eine politische Seite, und das bereits seit ihren Ursprüngen als Rebellen gegen die Mandschudynastie im China des 17. Jahrhunderts.

Die Triaden hatten sich die Jahrhunderte mit Prostitution, Glücksspiel und Opiumhandel vertrieben, mit gelegentlichen Unterbrechungen zu Revolutionszwekken, wie etwa bei der Gründung der Chinesischen Republik im Jahre 1912. Aber nachdem die Volksrepublik Hongkong und Taiwan absorbiert hatte, waren ihre Reihen mächtig angeschwollen. Viele unverbesserliche Kapitalisten waren nach Malaysia, Saudi Arabien und dem Iran geflohen, wo der Ölreichtum noch immer üppig sprudelte. Dort verkauften sie Sturmgewehre und von der Schulter abzuschießende Luftabwehrraketen an kurdische Separatisten und afghanische Mudjaheddin, deren blutgetränkte Äcker von Schlafmohn und Cannabis strotzten. Und die Triaden warteten mit furchtbarer Geduld auf den Zusammenbruch der neuen Roten Dynastie.

Nach Karageorgiu hatten die Geheimgesellschaften der Triaden niemals den Opiumkrieg von 1840 vergessen, durch den die Briten der chinesischen Bevölkerung vorsätzlich und zynisch das schwarze Opium aufgedrängt hatten. Die Triaden, so behauptete er, hätten planmäßig den Heroingebrauch im Westen gefördert, um dort die Moral auszuhöhlen.

Mr. Shaw räumte ein, daß solch eine Handlungsweise nur ein Akt der Gerechtigkeit sein könnte, aber er wies die Unterstellung zurück. Außerdem, so erklärte er, sei Heroin im Westen nicht mehr gefragt. Der Drogen konsumierende Bevölkerungsteil sei mit dem Überalterungsprozeß der Gesamtbevölkerung geschrumpft, und neuzeitliche Drogenkonsumenten seien mehr verfeinert. Sie zögen nicht nachweisbare neurochemische Drogen den pflanzlichen Extrakten vor. Diese neurochemischen Drogen würden heutzutage in den High-Tech-Labors der Karibik gebraut.

Diese Anschuldigung verletzte Winston Stubbs. Der Rastafarier-Untergrund habe niemals harte Drogen begünstigt. Die Substanzen, die sie herstellten, seien heilig wie Kommunionwein und dienten als Hilfsmittel in der ›I-tal Meditation‹.

Karageorgiu lachte geringschätzig. Er kannte die wahren Ursprünge des Grenada-Syndikats und zählte sie genußvoll auf. Kokainbesessene Kolumbianer, die in gepanzerten, mit Kalaschnikows vollgestopften Lastwagen durch die Straßen von Miami kreuzten. Heruntergekommene kubanische Bootsdiebe, gesprenkelt mit Gefängnistätowierungen, die für eine Zigarette morden würden. Skrupellose amerikanische Schwindler wie Robert Vesco, die Kapitalanleger mit Briefkastenfirmen und betrügerischen Versprechungen um ihr Geld gebracht hatten.

Winston Stubbs hörte friedlich zu, bis der Mann geendet hatte, versuchte Lauras Entsetzen jedoch mit skeptischem Stirnrunzeln und mitleidigem Kopfschütteln zu entschärfen. Dann aber widersprach er energisch der letzten Behauptung. Mr. Robert Vesco, so erklärte er indigniert, habe einmal die Regierung von Costa Rica in der Tasche gehabt. Und in dem legendären IOS-Schwindel habe Vesco sechzig Millionen Dollar illegal investierter CIA-Pensionsfonds freigemacht. Diese Handlungsweise zeige, daß Vesco im Grunde seines Herzens rechtschaffen gewesen sei. Es sei keine Schande, ihn zu seinen Vorvätern zu zählen. Der Mann sei eine Eroberernatur gewesen.

Nachdem die Verhandlungen auch am zweiten Tag ergebnislos abgebrochen worden waren, trafen sich Laura und Debra Emerson draußen auf der Seeveranda zu einer privaten Beratung. »Nun«, meinte Emerson in munterem Ton, »die heutigen Diskussionen haben sicherlich die Atmosphäre gereinigt.«

»Wie wenn man den Deckel von einer Senkgrube hebt«, sagte Laura. Eine salzige Brise blies vom Golf herein, und sie erschauerte. »Wir kommen mit diesen Verhandlungen nicht weiter. Es ist offensichtlich, daß diese Leute nicht daran denken, sich zu bessern, geschweige denn ihre Aktivitäten einzustellen. Sie dulden uns kaum. Sie halten uns für Tölpel.«

»Oh, ich finde, wir kommen gut voran«, sagte Emerson. Seit die Gespräche begonnen hatten, war sie in einen etwas glasig wirkenden Zustand professioneller Gelöstheit übergegangen. Sie und Laura hatten beide versucht, über ihre förmliche Mittlerrolle hinaus eine Art Vertrauensbasis herzustellen, wie sie Rizome als postindustrielle Gesellschaft zusammenhielt. Laura war erfreut, daß Emerson die Prinzipien der Gesellschaft ernst nahm.

Es war auch gut, daß der Zentralausschuß Lauras Informationsbedürfnis anerkannt hatte. Eine Weile hatte sie befürchtet, daß der Ausschuß versuchen würde, Sicherheitsmaßnahmen einzuführen, und daß sie gezwungen sein würde, energische Vorstellungen zu machen. Statt dessen hatte man sie in die Verhandlungen mit einbezogen. Insgesamt keine schlechte Sache und förderlich für die Karriere, zumal sie offiziell noch immer Kinderurlaub hatte. Ihr früherer Verdacht machte sie jetzt schuldbewußt. Sie wünschte sogar, daß Emily Donato ihr nichts gesagt hätte.

Emerson knabberte an einem Praliné und blickte über das Wasser hinaus. »Bisher waren es nur Scharmützel, reines Imponiergehabe. Aber bald werden sie zur Sache kommen. Der kritische Punkt sind ihre Erpresser. Mit unserer Hilfe und ein wenig Anleitung werden sie sich zur Selbstverteidigung zusammenschließen.«

Eine Möwe sah, daß Emerson aß. Sie segelte heran und hielt sich hoffnungsvoll flatternd über ihr und etwas außerhalb des Geländers in der Luft. Ihre Augen blitzten. »Zusammenschließen?« fragte Laura.

»Es ist nicht so schlimm, wie es sich anhört, Laura. Was die Datenpiraten gefährlich macht, ist die Kleinheit ihrer Organisationsstruktur und die Schnelligkeit ihrer Reflexe. Eine große, zentralisierte Gruppe wird bürokratisch.«

»Meinen Sie?«

»Sie haben Schwächen, die wir nicht haben«, sagte Emerson. Sie brach ein Stück von ihrem Praliné und beobachtete den segelnden Vogel. »Die Hauptschwäche krimineller Gruppen ist der ihnen innewohnende Mangel an Vertrauen. Deshalb verlassen sich so viele von ihnen auf die Blutsbande von Familien. Besonders Familien aus gering geachteten ethnischen Minderheiten – ein doppelter Grund, gegen die Außenwelt zusammenzuhalten. Aber eine Organisation, die sich nicht auf die freiwillige Loyalität ihrer Mitglieder verlassen kann, ist gezwungen, sich auf Organisationsstrukturen zu verlassen. Auf industrielle Methoden.«

Sie lächelte. »Und das bedeutet Regeln, Bestimmungen, strenge Hierarchien. Gewalt ist nicht Rizomes Stärke, Laura, aber wir verstehen etwas von Organisationsstrukturen. Zentralisierte Bürokratien beschützen immer den Status quo. Sie sind für Neuerungen nicht zu haben. Sie empfinden Neuerungen als Bedrohung. Es ist nicht so schlimm, daß sie uns durch Diebstahl Schaden zufügen; das eigentliche Problem entsteht, wenn sie schneller und wendiger denken und handeln, als wir es können.«

»Je größer, desto schwerfälliger, ist das die Strategie?« sagte Laura. »Was ist aus dem guten alten Prinzip ›teile und herrsche‹ geworden?«

»Es geht hier nicht um Politik, sondern um Technik.

Nicht ihre Macht bedroht uns, sondern ihr Einfallsreichtum. Kreativität kommt von kleinen Gruppen. Kleine Gruppen bescherten uns das elektrische Licht, das Automobil, den Personalcomputer. Bürokratien gaben uns Atomkraftwerke, Verkehrsstaus und Kabelfernsehen. Die ersten drei veränderten alles. Die drei letzteren sind heute nur noch Erinnerung.«

Drei weitere Möwen tauchten über ihnen auf. Sie kreisten anmutig in engen Schleifen, ohne einander zu berühren, und kreischten mißtönend. Laura sagte: »Meinen Sie nicht, daß wir zu energischeren Maßnahmen greifen sollten? Wie zum Beispiel ihrer Verhaftung?«

»Ich kann Ihnen nicht verdenken, daß Sie mit dieser Überlegung kommen«, sagte Emerson. »Aber Sie wissen nicht, was diese Leute überlebt haben. Sie gedeihen durch Verfolgung, es eint sie. Es erzeugt eine Kluft zwischen ihnen und der Gesellschaft, es bewirkt nur, daß sie ohne die geringsten Gewissensbisse ihrer räuberischen Tätigkeit nachgehen. Nein, Laura, wir müssen sie wachsen lassen, wir müssen erreichen, daß sie am Status quo interessiert sind. Es ist ein langfristiges Ringen. Es kann Jahrzehnte dauern. Ein Leben lang. Genau wie der Abrüstungsprozeß.«

»Mmm«, machte Laura. Die Überlegung gefiel ihr nicht besonders. Die ältere Generation verbreitete sich ständig über die Abrüstung. Als ob die Abschaffung von Bomben und Raketen, die geeignet waren, die Welt zu zerstören, übermenschliche Genialität erfordert hätte. »Nicht jeder teilt diese Philosophie, denke ich. Oder diese Datenhaie würden jetzt nicht hier sein und sich in den Haaren liegen.« Sie dämpfte ihre Stimme. »Wer, meinen Sie, erpreßt sie? Einer von ihnen, vielleicht? Diese Singapurer ... sie sind so hochmütig und geringschätzig. Sie sehen ziemlich verdächtig aus.«

»Könnte sein«, sagte Emerson gleichmütig. »Wer die

Erpresser auch sind, es handelt sich um Profis.« Sie warf den Möwen den Rest ihres Pralinés zu und rieb sich fröstelnd die Oberarme. »Es wird kühl.«

Sie gingen hinein. Im Ferienheim hatte sich eine Art Routine herausgebildet. Die Singapurer zogen sich nach den Verhandlungen stets in ihre Räume zurück. Die Europäer unterhielten sich im Konferenzraum und trieben die Telekommunikationsrechnungen des Ferienheims in die Höhe.

Die Grenadiner wiederum schienen am Ferienheim selbst interessiert zu sein. Sie hatten es vom Turm bis zum Kellergeschoß untersucht und schmeichelhafte Fragen über Computerentwürfe und Sandbeton gestellt. Durch dieses Interesse schienen sie Gefallen an David gefunden zu haben. Jeden Abend verbrachten sie mit ihm in der Bar.

Laura half beim Abspülen und Aufräumen in der Küche. Das Personal hielt sich gut, trotz der Sicherheitserfordernisse. Sie fanden es aufregend, echte, lebendige Verbrecher im Haus zu haben. Mrs. Rodriguez hatte den Gästen bereits passende Spitznamen angehängt: Los Opios, Los Morfinos und, natürlich, Los Marijuanos. Winston Stubbs, El Jefe de los Marijuanos, war ein Favorit des Personals. Er sah nicht nur am ehesten wie ein echter Pirat aus, sondern hatte ihnen mehrmals Trinkgeld gegeben. Die Morfino-Europäer hingegen waren allgemein in Verschiß.

Debra Emerson war der Namensgebung nicht entgangen: niemand nannte sie anders als ›La Espia‹, und alle stimmten darin überein, daß sie unheimlich sei. *Poca loca.* Aber sie gehörte zu Rizome, also war es in Ordnung.

Laura war seit drei Tagen nicht joggen gewesen. Ihr Knöchel hatte sich gebessert, aber die erzwungene Einschränkung der Bewegungsfreiheit machte sie nervös und unruhig. Sie brauchte einen Beruhigungstrunk. Sie gesellte sich zu David und den Grenadinern in der Bar.

David stellte seine Musiksammlung zur Schau. Er sammelte alte texanische Popmusik – Western Swing, Blues, Polkas, Conjunto-Grenzballaden. Ein sechzig Jahre altes Conjunto-Band ertönte aus der Lautsprecheranlage der Bar, schnelle Akkordeon-Riffs, untermalt von schrillem Gewinsel. Laura, die mit Synthesizern und russischer Popmusik aufgewachsen war, fand das Zeug noch immer höllisch unheimlich.

Sie schenkte sich ein Glas roten Landwein ein und setzte sich zu den anderen an einen niedrigen Tisch. Der alte Mann saß zusammengesunken in einem Sessel und sah schläfrig aus. Sticky Thompson und die Kirchenfrau saßen zusammen auf einer Couch. Während der Debatten war Sticky sehr lebhaft gewesen, manchmal geradezu überdreht. In seinem Gepäck hatte er eine Thermosflasche mitgebracht, die, wie er behauptete, Acidophilus-Milch enthielt. Von dieser trank er jetzt. Laura fragte sich, was darin sein mochte. Sticky konnte nicht älter als zweiundzwanzig oder dreiundzwanzig sein, dachte sie. Ein wenig zu jung, um Magengeschwüre zu haben.

Carlotta trank ein Glas Orangensaft. Sie hatte klargemacht, daß sie niemals Kaffee oder Alkohol anrührte. Sie saß in intimer Nähe an Stickys Seite, drückte ihren schwarzbestrumpften Schenkel gegen sein Bein und zupfte an den Locken in seinem Nacken. Carlotta hatte an den Diskussionen nicht teilgenommen, bewohnte aber Stickys Zimmer. Allem Anschein nach war sie von ihm hingerissen.

Der Anblick von Carlotta und Sticky – junge Liebe, abgespielt mit 78 Umdrehungen pro Minute – verursachte Laura Unbehagen. Es war etwas schrecklich Falsches, Schwindelhaftes daran, als ob sie eine einstudierte Romanze aufführten. Sie zog einen Sessel heran und setzte sich zu David.

»Nun, was halten Sie davon?« fragte David.

»Es ist zumindest besser als diese jodelnden Cowboys«, sagte Sticky. Seine bernsteinfarbenen Augen schienen im Widerschein der Lampen zu leuchten. »Aber Sie können nicht sagen, daß es Ihre Wurzeln seien. Das ist Dritteweltmusik.«

»Was Sie nicht sagen«, sagte David. »Es ist texanische Musik, und ich bin Texaner.«

»Was die da singen, ist Spanisch, Mann.«

»Na und? Ich spreche spanisch«, sagte David. »Vielleicht ist Ihnen nicht aufgefallen, daß unser Personal aus Latinos besteht.«

»Oh, das habe ich bemerkt«, sagte Sticky. »Ich habe auch bemerkt, daß Sie oben im zweiten Stock schlafen«, fügte er hinzu und zeigte nach oben, »während Ihr Personal im Untergeschoß neben der Küche wohnt.«

»Und Sie finden das nicht in Ordnung?« erwiderte David aufgebracht. »Würden Sie es besser finden, wenn die alten Leute Treppen steigen müßten? Während wir das Baby hier unten hätten, um unsere Gäste durch nächtliches Geschrei zu stören?«

»Ich sehe, was ich sehe«, erwiderte Sticky. »Sie sagen, keine Lohnsklaven mehr, gleiche Rechte unter dem Dach der großen Mutter Rizome. Alle stimmen ab. Keine Chefs mehr – Koordinatoren. Keinen Vorstand, sondern einen Zentralausschuß. Aber Ihre Frau gibt trotzdem die Befehle, und das Personal kocht und putzt.«

»Gewiß«, warf Laura ein. »Aber nicht für uns, Mr. Thompson. Für Sie.«

»Das ist ein Witz«, sagte Sticky und richtete seinen heißen Blick auf Laura. »Sie plappern nach, was Sie in diesem Public Relations-Kursen an der Universität gehört haben. Diplomatisch, wie Ihre Mutter.«

Darauf wurde es still. »Reg dich ab, Sticky«, murmelte der alte Mann. »Du erhitzt dich, Junge.«

»Ja«, sagte David, noch immer gereizt. »Vielleicht

sollten Sie sich mit dieser Milch lieber ein wenig zurückhalten.«

»In dieser Milch ist nichts«, sagte Sticky. Er schob Laura, die ihm am nächsten saß, die Thermosflasche hin. »Probieren Sie.«

»In Ordnung«, sagte Laura impulsiv. Sie nippte von der Milch. Sie war klebrig-süß. Nach einem Schluck gab sie die Thermosflasche zurück. »Das erinnert mich an was. David, hast du Loretta gefüttert?«

David grinste; er bewunderte ihren Mut. »Ja.«

Sie kam zu dem Schluß, daß wirklich nichts in der Milch war außer Zucker. Sie trank von ihrem Wein, um den Geschmack wegzuspülen.

Plötzlich lachte Carlotta auf und löste die Spannung. »Du bist eine Nummer für sich, Sticky.« Sie rieb ihm die Schultern. »Es hat keinen Sinn, auf Herrn und Frau Eheleben herumzuhacken. Sie sind Spießer, das ist alles. Nicht wie wir.«

»Du siehst es noch nicht, Mädchen. Du hast nicht gehört, wie sie oben geredet haben.« Sticky war mehr und mehr in Fahrt geraten und hatte darüber seinen karibischen Akzent verloren. Er klang beinahe wie ein Nachrichtensprecher, dachte Laura. Dieses klare, akzentfreie Fernsehenglisch. Die Sprache des internationalen Kommunikationsnetzes. Sticky nahm Carlottas Hand von der Schulter und hielt sie zwischen seinen Händen. »Die Spießer sind nicht mehr, was sie mal waren. Sie wollen jetzt alles – die ganze Welt. Eine Welt soll es sein. Ihre Welt.« Er stand auf und zog sie mit sich hoch. »Komm mit, Mädchen! Das Bett muß ausgeklopft werden.«

»Buenas noches«, rief David ihnen nach. *»Sueños dulces, cuidado con las chinches!«* Sticky ignorierte ihn.

Laura schenkte sich Wein nach und leerte das Glas mit einem Zug zur Hälfte. Der alte Mann öffnete die Augen. »Er ist noch jung«, sagte er.

»Ich war unhöflich«, sagte David zerknirscht. »Aber ich weiß nicht, diese alte Platte vom imperialistischen Amerika – sie geht mir auf den Geist. Tut mir leid.«

»Nicht Amerika, nein«, sagte der alte Mann. »Ihr Yankees seid nicht Babylon. Ihr seid heutzutage nur ein Teil davon. Babylon ist multinational.« Er seufzte. »Babylon kommt über uns, wo wir wohnen. Ich weiß, Ihnen gefällt es hier. Ich frage die alten Frauen, sie sagen, auch ihnen gefalle es. Sie sagen, Sie seien nett, Ihr Baby niedlich. Aber wo wächst es auf, dieses Baby? In Ihrer hübschen heilen Welt mit ihren hübschen Einheitsregeln? Sie wird vor alledem nicht weglaufen können. Denken Sie darüber nach. Bevor Sie über uns herfallen.« Er stand auf und gähnte. »Bis morgen, ja? Morgen.« Er ging.

Es wurde still. »Laß uns zu Bett gehen«, sagte Laura endlich. Sie gingen hinauf.

Das Baby schlief friedlich. Laura hatte den Monitor der Kinderwiege mit dem Uhrtelefon verbunden. Sie zogen sich aus und schlüpften ins Bett. »Ein seltsamer alter Kauz, dieser Stubbs«, sagte David. »Voller Geschichten. Er sagte, er sei 1983 in Grenada gewesen, als die US-Marineinfanterie über das Land herfiel. Der Himmel sei voll von Kampfhubschraubern gewesen, die auf alles gefeuert hätten, was zwei Beine hatte. Sie nahmen den Radiosender und spielten Yankee-Popmusik. Die Beach Boys, sagte er. Zuerst dachte ich, er meinte die Marineinfanterie. Beach Boys.«

Laura runzelte die Stirn. »Du läßt dich von ihm beeindrucken, David. Dieser nette alte Sonderling und seine arme kleine Insel. Seine arme kleine Insel beißt ein großes Stück von uns ab. Diese schnoddrige Bemerkung über Mutter – sie müssen Dossiers über uns beide haben, Akten von der Stärke eines Telefonbuches. Und was hältst du von diesem Kirchenmädchen? Dieser Punkt gefällt mir ganz und gar nicht.«

»Wir haben mit Grenada manches gemein«, sagte David. »Galveston war auch einmal ein Piratennest. Der gute alte Jean Lafitte, erinnerst du dich? 1817. Kaperte Schiffe, jo-ho-ho, eine Buddel voll Rum … und so weiter.« David grinste. »Vielleicht könnten wir zwei ein Piratennest gründen? Ein gemütliches kleines, das wir vom Konferenzraum aus betreiben könnten. Wir würden in Erfahrung bringen, wie viele Zähne Stickys Großmutter hat.«

»Du solltest nicht einmal daran denken«, sagte Laura. »Dieses Mädchen, Carlotta. Findest du sie attraktiv?«

Er ließ den Kopf ins Kissen sinken. »Ein wenig«, sagte er. »Klar.«

»Du hast immer zu ihr hingesehen.«

»Ich glaube, sie war high von diesen Kirchenpillen«, sagte er. »Romance. Das Zeug wirkt irgendwie auf eine Frau, gibt ihr dieses Blühende. Selbst wenn es unecht ist.«

»Ich könnte eine von diesen Kapseln nehmen«, sagte Laura. »Ich bin früher schon einmal verrückt nach dir gewesen. Es hat keinen bleibenden Schaden hinterlassen.«

David lachte. »Was ist in dich gefahren? Ich konnte nicht glauben, daß du von dieser Milch trinken würdest. Kannst von Glück sagen, daß du keine kleinen blauen Hunde aus der Wand hüpfen siehst.« Er setzte sich im Bett aufrecht und wedelte mit der Hand. »Wie viele Finger?«

»Vierzig«, sagte sie lächelnd.

»Laura, du bist betrunken.« Er beugte sich über sie und küßte sie. Es war ein angenehmes Gefühl, sein Gewicht zu spüren. Einen warmen, festen, behaglichen Druck. »Gut«, sagte sie. »Gib mir noch zehn.« Sein Gesicht war über ihr, und sie roch den Wein in ihrem eigenen Atem.

Er küßte sie zweimal, dann begann er sie zu liebkosen. Sie legte die Arme um ihn und schloß die Augen. Eine gute, starke, warme Hand. Sie entspannte sich, überließ sich der Stimmung.

Ein hübsches Stück Biochemie, wie die Liebkosungen Lust erzeugten. Die mißtrauische Wachsamkeit, die sie durch den Tag begleitet hatte, verlor sich in dem neuen Gefühl. Sie begann ihn ernsthaft zu küssen, wie er es mochte. Es war gut so, und sie wußte, daß es ihm gefiel.

Jetzt, dachte sie. Ein angenehm festes Hineingleiten. Sicherlich gab es nichts Besseres. Sie lächelte in Davids Gesicht auf.

Dieser Ausdruck in seinen Augen hatte ihr anfangs bisweilen Angst gemacht und sie zugleich erregt. In diesem Ausdruck war der gutmütige, liebe David verschwunden und etwas anderes an seine Stelle getreten. Ein anderer Teil von ihm, ein tierhafter Teil. Etwas, das sie nicht beherrschen und das ihre eigene Beherrschung wegnehmen konnte. So war es in der Frühzeit ihres Verhältnisses gewesen, wild und stark und romantisch, und nicht ganz angenehm. Zu nahe der Ohnmacht, zu nahe dem Schmerz. Zu fremdartig …

Aber nicht heute abend. Sie kamen mühelos in einen guten Rhythmus, der sich wie das Legen von Ziegeln zum Orgasmus aufbaute. Engel legten solche Ziegel in die Wände des Himmels. Ebene eins, Ebene zwei, Ebene drei, beinahe fertig jetzt, und da war es, mit dem Höhepunkt ging die Entspannung durch ihren Körper, und sie stöhnte vor Lust. Er war noch dabei, und sie ließ ihn gewähren, bis auch er kam.

Er wälzte sich auf seine Seite des Bettes, und sie fühlte, wie sein Schweiß auf ihrer Haut abkühlte. Ein gutes Gefühl, intim wie ein Kuß. »Lieber Himmel«, sagte er, ohne etwas Bestimmtes ausdrücken zu wollen, nur als Ausdruck der Erleichterung. Er zog sich die Decke zum

Kinn. Er war glücklich, sie waren Liebende, alles war in Ordnung. Bald würden sie schlafen.

»David?«

»Ja, Licht meines Lebens?«

Sie lächelte. »Findest du, daß wir Spießer sind?«

Er verschränkte die Hände hinter dem Kopf auf dem Kissen und sah sie von der Seite an. »Bist du der Missionarsstellung überdrüssig?«

»Sehr hilfreich. Nein, im Ernst.«

Er hob die Schultern. »Ich weiß es nicht. Wir sind Leute, das ist alles. Wir haben ein Kind und einen Platz auf der Welt ... ich weiß nicht, was das bedeutet.« Er gähnte, wälzte sich auf die Seite und legte ein Bein über das ihre. Sie löschte das Licht. Sie sagten nichts mehr, und in ein paar Minuten war er eingeschlafen.

Das Baby weckte sie mit Gewimmer. Diesmal gelang es Laura, sich zum Aufstehen zu zwingen. David lag ausgestreckt, halb auf ihrer Hälfte.

Sie tappte hinüber, hob Loretta aus der Wiege, wechselte die Windel. Das mußte ein Zeichen von Spießertum sein, dachte sie mißmutig. Sicherlich hatte die rebellische Avantgarde – Feinde des Systems – es nicht nötig, nachts Windeln zu wechseln.

Sie wärmte Lorettas Babynahrung und versuchte sie mit der Flasche zu beruhigen, aber die Kleine ließ sich nicht trösten. Sie stieß mit den Beinen, drückte den Rücken durch und verzog das kleine Gesicht ... Sie war ein sehr gutmütiger Säugling, wenigstens bei Tag, aber wenn sie nachts aufwachte, wurde sie ein Nervenbündel.

Was sie von sich gab, war nicht ihr Hungergeschrei, noch ihr Einsamkeitsgeschrei, sondern ein zittriges, schrilles Geräusch, das irgendwie verriet, daß sie nicht wußte, was sie mit sich anfangen sollte. Laura beschloß, sie auf die Veranda hinauszutragen. Das beruhigte sie gewöhnlich. Und es schien eine angenehme Nacht zu sein. Sie zog ihren Bademantel über.

Ein Dreiviertelmond stand am Himmel. Laura ging barfuß über die taufeuchten Planken. Mondschein auf der Brandung. Es war ein durchsichtiges Leuchten, so schön, daß es beinahe kitschig schien.

Sie ging hin und her, machte begütigende Geräusche, während Lorettas Geschrei allmählich in leises Gewimmer überging. Laura dachte an ihre Mutter. Mütter und Töchter. Diesmal würde es anders sein.

Ein jähes, prickelndes Gefühl kam über sie, verwandelte sich plötzlich in Angst. Sie blickte erschrocken auf und sah etwas Unglaubliches.

Es schwebte summend in der Luft, beschienen vom Mond. Eine Sanduhr, quer durchschnitten von zwei schimmernden Scheiben. Laura schrie laut auf. Die Erscheinung hing einen Augenblick lang dort, wie um sie zu zwingen, an ihre Gegenwart zu glauben. Dann neigte sie sich ein wenig auf die Seite und zog in einem Bogen hinaus zur See. Wenige Minuten später hatte sie das Ding aus den Augen verloren.

Das Baby war zu verschreckt, um zu schreien. Laura hatte es in ihrer Panik unbewußt an sich gedrückt und dadurch und durch ihren Schrei eine Art Urreflex im Baby ausgelöst. Einen Reflex aus der Steinzeit, als vor der bergenden Höhle und außerhalb des schützenden Feuerscheins knurrende Raubtiere schlichen, angelockt von der Witterung von Milch und jungem Fleisch. Ein Zittern schüttelte Laura von Kopf bis Fuß.

Eine der Türen zu den Gästezimmern wurde geöffnet. Das Mondlicht schimmerte auf Winston Stubbs' grauem Haar. Den Rattenschwanzzöpfen eines Schamanen. Er trat heraus auf die Veranda, nur mit Jeans bekleidet. Seine Brust hatte das eingesunkene Aussehen des Alters, aber er war kräftig. Und er war ein anderer.

»Ich hörte einen Schrei«, sagte er. »Was ist los, Kind?«

»Ich sah etwas«, antwortete Laura mit bebender Stimme. »Es erschreckte mich. Verzeihen Sie.«

»Ich war wach«, sagte er. »Hörte das Baby weinen. Wir alten Leute schlafen nicht viel. Ein Vagabund, vielleicht?« Er überblickte den Strand. »Ich brauche meine Brille.«

Der Schock verlor sich. »Ich sah etwas in der Luft«, sagte sie mit etwas festerer Stimme. »Eine Art Maschine, glaube ich.«

»Eine *Maschine?*« sagte Stubbs. »Kein Gespenst?«

»Nein.«

»Sie sehen aus, als sei ein Gespenst gekommen, Ihnen das Kind wegzunehmen«, sagte Stubbs. »Aber eine *Maschine* … das gefällt mir nicht. Es gibt Maschinen und Maschinen, wissen Sie … könnte ein Spion sein.«

»Ein Spion?« sagte Laura. Es war eine Erklärung, und sie setzte ihr Gehirn wieder in Tätigkeit. »Ich weiß nicht. Ich habe unbemannte Flugzeuge gesehen, sogenannte Drohnen. Sie werden gelegentlich zum Versprühen von Insektiziden auf Felder verwendet. Aber sie haben Flügel. Sie sind nicht wie fliegende Untertassen.«

»Sie sahen eine fliegende Untertasse?« sagte Stubbs, sichtlich beeindruckt. »Das ist kritisch! Wohin ist sie geflogen?«

»Gehen wir hinein«, sagte Laura fröstelnd. »Seien Sie froh, daß Sie das Ding nicht gesehen haben, Mr. Stubbs.«

»Aber ich sehe etwas«, sagte Stubbs. Er zeigte seewärts, und Laura wandte sich um.

Das Ding kam in einem Bogen rasch auf sie zu. Es schnurrte. Mit hoher Geschwindigkeit fegte es über den Strand, und als es nahe herangekommen war, eröffnete es das Feuer. Ein schnatternder Feuerstoß schlug in Stubbs' Brust und Bauch, warf ihn gegen die Wand. Das fliegende Ding zog seitwärts über das Dach davon, sein

Brummen verlor sich in der Dunkelheit. Stubbs rutschte an der Wand herunter und sackte auf die Planken. Seine Rattenschwanzfrisur hing schief. Sie war eine Perücke. Darunter zeigte sich sein kahler Schädel.

Laura hob benommen eine Hand an die Wange. Etwas hatte sie dort gestochen. Sandkörner, dachte sie unbestimmt. Sandkörner, die aus den Einschlaglöchern der Kugeln, die den alten Mann durchschlagen hatten, gespritzt waren. Die Löcher sahen im Mondlicht schwarz aus. Sie waren voll von seinem Blut.

3. Kapitel

Laura sah zu, als sie den Toten fortschafften. Den toten Mr. Stubbs. Den lächelnden, munteren Winston Stubbs, ganz augenzwinkernde piratenhafte Durchtriebenheit, jetzt ein kleiner kahlköpfiger Leichnam mit aufgerissenem Leib. Laura lehnte am nassen Verandageländer, als der Wagen mit dem Metallsarg davonfuhr. Verdrießliche Stadtpolizisten in naß glänzenden gelben Regenmänteln standen in Gruppen auf der Zufahrt. Am Morgen hatte Regen eingesetzt, eine trübe Septemberfront vor dem Festland.

Laura machte kehrt und stieß die Glastür zum Foyer auf. Das Ferienheim machte einen Eindruck von Leere, wie ein verwüstetes Gebiet. Alle Gäste waren fort. Die Europäer hatten bei ihrer panischen Flucht Gepäck zurückgelassen. Auch die Delegation aus Singapur hatte während der allgemeinen Verwirrung rasch und verstohlen das Weite gesucht.

Laura ging hinauf zum Hauptbüro. Es war kurz nach neun. Debra Emerson nahm Anrufe beim Zentralausschuß auf Band; mit ruhig murmelnder Stimme nahm sie zum vierten Mal die Einzelheiten der Ermordung durch. Die Telefaxmaschine spuckte winselnd Text aus.

Laura schenkte sich Kaffee ein und verschüttete etwas davon auf den Tisch. Sie setzte sich und nahm die Presseerklärung der Terroristen auf. Sie war nur zehn Minuten nach der Mordtat über Fernschreiber eingegangen. Sie hatte den Text bereits dreimal gelesen, jedesmal mit ungläubiger Benommenheit. Jetzt las sie die Erklärung ein weiteres Mal. Sie mußte verstehen. Sie mußte sich damit auseinandersetzen.

Kommandos der Freien Armee Kontra Terrorismus vollstreckten am 12. September Zweitausenddreiundzwanzig um 7:21 Uhr mitteleuropäischer Zeit das Todesurteil an Winston Gamaliel Stubbs, einem sogenannten Handlungsbevollmächtigten der piratenhaften und subversiven Zentrale des organisierten Verbrechens, die als United Bank of Grenada firmiert. Die unterdrückte Bevölkerung von Grenada wird frohlocken über diesen seit langem fälligen Akt der Gerechtigkeit gegen die in illegalen Drogenhandel und Datenpiraterie verstrickte, kryptomarxistische Junta, welche die politischen Wünsche der gesetzestreuen Bevölkerung des Inselstaates für ihre verbrecherischen Ziele mißbraucht, seit sie die Macht usurpiert hat.

Die Vollstreckung des Todesurteils fand im Rizome-Ferienheim Galveston, Texas, USA (Telex GALVEZRIG, Telefon 713-4549898) statt, wo die Rizome Industries Group, ein in Amerika ansässiges multinationales Unternehmen, an einer kriminellen Verschwörung mit den grenadinischen Übeltätern beteiligt war.

Wir beschuldigen die vorerwähnte Gesellschaft, Rizome Industries Group, des Versuches, in einem unmoralischen und illegalen Schutzarrangement, das die schärfste Verurteilung durch die nationalen und internationalen Gerichtshöfe verdient, zu einer feigen Übereinkunft mit diesen verbrecherischen Gruppen zu gelangen. Mit diesem Akt kurzsichtiger Gier hat Rizome Industries Group in zynischer Weise die Anstrengungen gesetzlicher Institutionen zur Bekämpfung des kriminell unterstützten Staatsterrorismus verraten.

Es ist seit langem die erklärte Politik der Freien Armee Kontra Terrorismus, gegen verbrecherische Organisationen vorzugehen, die Staatswesen unterwandern und das Prinzip nationaler Souveränität pervertieren. Hinter der Maske ihrer Scheinlegalität hat die United Bank of Grenada terroristische Organisationen in aller Welt mit Geldmitteln, Informationen und subversivem Material unterstützt. Insbesondere hat der hingerichtete Übeltäter Winston Stubbs enge persönliche Verbindungen zu so berüchtigten terroristischen Gruppen wie den Rittern von Jah in Tansania, der Inadin-Kulturrevolution und den anarchistischen Zellen auf Kuba unterhalten.

Indem sie diese Bedrohung der internationalen Ordnung eliminierte, hat FAKT Recht und Gesetzlichkeit einen wertvollen Dienst erwiesen. Wir werden unseren Kurs direkter militärischer Aktion gegen die wirtschaftlichen, politischen und personellen Hilfsquellen der sogenannten United Bank of Grenada fortsetzen, bis diese unmenschliche und unterdrückerische Institution vollständig und dauernd liquidiert ist.

Ein geheimdienstliches Dossier über die Verbrechen des hingerichteten Winston Stubbs kann in den Archiven der United Bank selbst abgerufen werden: Direktwahl: (033) 75664543, Konto ID: FR 2774. Zugang: 23555AK. Kennwort: FREIHEIT.

Laura legte den Ausdruck beiseite. Der Text las sich wie kommunistische Parteiprosa der Stalinära. Weder Anmut noch Feuer, nur dampfbetriebenes, roboterhaftes Gehämmer. Jeder PR-Profi hätte es besser gemacht – sie hätte es besser gemacht ... dennoch spürte sie ein jähes Aufbranden hilfloser Wut, so übermächtig, daß ihr die Tränen kamen. Sie unterdrückte die Aufwallung, zog den perforierten Streifen vom Ausdruck und rollte ihn zwischen den Fingern, starrte ins Leere.

»Laura?« David kam die Treppe herauf, das Baby auf dem Arm. Der Bürgermeister von Galveston folgte ihm.

Laura wandte sich mit ruckhaften Bewegungen um und trat auf ihn zu. »Herr Bürgermeister! Guten Morgen.«

Alfred A. Magruder nickte. »Mrs. Webster.« Er war ein kräftiger Mann in den Sechzigern, dessen Trommelbauch in einen grellbunten tropischen Dashiki gehüllt war. Er trug dazu Sandalen und Jeans und hatte einen langen Nikolausbart. Magruders Gesicht war gerötet, seine blauen Augen in ihren kleinen Taschen sonnengebräunten Fettes hatten den starren Ausdruck gezügelter Wut. Er watete in den Raum und warf seine Aktentasche auf den Tisch.

»Herr Bürgermeister«, sagte Laura schnell, »dies ist unsere Sicherheitsbeauftragte, Debra Emerson. Mrs. Emerson, dies ist Alfred Magruder, Galvestons Bürgermeister.«

Emerson erhob sich von der Konsole. Sie und Magruder musterten einander von oben bis unten. Das Ergebnis war auf beiden Seiten eine von instinktiver Abneigung diktierte, leichte Verhärtung der Gesichtszüge. Sie machten keine Anstalten, einander die Hand zu geben. Schlechte Schwingungen, dachte Laura mit Bangigkeit; Echos eines längst begrabenen Bürgerkriegs. Schon war die Situation außer Kontrolle.

»Hier wird es bald dicke Luft geben«, verkündete Magruder, den Blick auf Laura gerichtet. »Ihr Mann erzählt mir, daß Ihre Piratenfreunde auf meiner Insel frei herumlaufen.«

»Es war ganz unmöglich, sie daran zu hindern«, sagte Emerson. Ihre Stimme hatte die in Wut versetzende Ruhe einer Schullehrerin.

Laura schaltete sich ein. »Das Ferienheim wurde mit einem Maschinengewehr beschossen, Mr. Magruder. Es weckte das gesamte Personal, wir gerieten in Panik. Und die ... die Gäste waren auf und davon, bevor wir einen klaren Gedanken fassen konnten. Wir riefen die Polizei ...«

»Und Ihre Konzernzentrale«, sagte Magruder. »Ich will Aufzeichnungen aller ein- und ausgehenden Anrufe.«

Laura und Emerson sprachen gleichzeitig:

»Nun, natürlich rief ich Atlanta an ...«

»Dazu wird eine richterliche Anordnung erforderlich sein ...«

Magruder schnitt ihnen mit einer Handbewegung

das Wort ab. »Die Beauftragten der Wiener Konvention werden ihre Aufzeichnungen ohnehin beschlagnahmen. Kommen Sie mir nicht mit technischen Einzelheiten, ja? Wir sind hier alle locker und leichtlebig, das ist der Sinn eines Vergnügungsortes. Aber diesmal sind Sie alle weit aus der Reihe getanzt. Und jemand wird Feuer unter dem Hintern kriegen, wenn Sie verstehen, was ich meine.«

Er blickte zu David. David nickte kurz. Sein Gesicht war in einem falschen Ausdruck beflissener Aufmerksamkeit erstarrt.

»Nun, wessen Hintern wird es sein?« fuhr Magruder fort. »Soll ich dafür büßen?« Er zeigte mit dem Daumen auf sein weites Hemd und stieß in eine klecksige gelbe Azalee. »Oder Sie? Oder diese ausländischen Galgenvögel?« Er holte tief Luft. »Das ist eine terroristische Aktion, *comprende?* Diese Art Scheiß hat hier nichts mehr zu suchen.«

Debra Emerson war ganz angestrengte Höflichkeit. »Terroristische Aktionen kommen noch immer vor, Herr Bürgermeister.«

»Vielleicht in Afrika«, grunzte Magruder. »Nicht hier!«

»Es kommt darauf an, die Rückkopplungsbeziehung zwischen Terrorismus und den globalen Medien zu unterbrechen«, sagte Emerson. »Also brauchen Sie sich nicht um schlechte Publizität zu sorgen. Die Wiener Konvention bestimmt …«

»Hören Sie«, sagte Magruder und richtete die volle Kraft seines zornigen Blicks auf Emerson. »Sie haben es hier nicht mit irgendeinem bescheuerten Hippie zu tun, klar? Wenn dieser Sturm abzieht, können Sie zu Ihrem Kaninchenbau nach Atlanta zurückschleichen, aber ich werde immer noch hier unten sitzen und versuchen, eine Stadt in Schwung zu bringen, die in den Seilen hängt! Es ist nicht die Presse, die mir Angst macht – es ist die Polizei! Die internationale Polizei, nicht die hiesige, mit der kann ich fertig werden. Ich habe keine Lust, zusammen mit den Datenmafiosi auf ihre schwarze Liste zu kommen. Muß ich also meine Insel für Ihre sonderbaren Unterweltveranstaltungen zur Verfügung stellen? Nein, Madame, das habe ich nicht nötig.«

Laura lief die Galle über. »Was soll das heißen? Haben wir den Mann erschossen? Wir wurden beschossen, nicht wahr? Gehen Sie hinaus und sehen Sie sich mein Haus an.«

Die anderen starrten sie an, verwundert über ihren Ausbruch. »Sie hätten uns töten, hätten das ganze Ferienheim in die Luft sprengen können!« Sie nahm den Ausdruck vom Tisch und hielt ihn Magruder hin. »Das werden Sie auch bekommen haben. Diese Leute haben uns aufs Korn genommen! Die FAKT – wer immer dahintersteckt – sind die Mörder, was ist mit ihnen?«

Loretta verzog das Gesicht und begann zu wimmern. David wiegte sie in den Armen, wandte sich halb zur Seite. Laura mäßigte sich. »Herr Bürgermeister, ich sehe, worauf Sie hinauswollen. Und es tut mir leid, daß es dazu gekommen ist, wenn es das ist, was Sie von mir hören wollen. Aber wir müssen uns den Tatsachen stellen. Diese Datenpiraten sind Profis. Sie sind längst über alle Berge. Ausgenommen vielleicht der andere Grenadiner, Sticky Thompson. Ich glaube, ich weiß, wo Thompson ist. Er ist hier in Galveston untergetaucht, bei den Kirchenmädchen. Ich meine Ihre Freundinnen hier in der Kirche von Ischtar, Herr Bürgermeister.«

Sie schoß David einen schnellen Blick zu. Seine Miene war aufgetaut, er war auf ihrer Seite, blickte ermutigend zu ihr her. »Und wir wollen nicht, daß die internationale Polizei sich diese Kirche genauer ansieht, nicht wahr? Diese Randgruppen hängen ja alle zusammen, wie Sie wissen. Zieht man an einem Faden, so geht das ganze Gebilde auseinander.«

»Und wir stehen mit nacktem Hintern da«, warf David ein. »Wir alle.«

Der Bürgermeister machte ein Gesicht, zuckte dann die Achseln. »Aber das ist genau, was ich sage.«

»Schadensbegrenzung«, sagte Emerson.

»Richtig, das ist es.«

Emerson lächelte. »Nun, jetzt kommen wir weiter.«

Lauras Uhrtelefon piepte. Sie blickte zur Videofonanzeige. Es war ein dringlicher Anruf. »Ich nehme ihn unten an und lasse Sie reden«, sagte sie.

David folgte ihr die Treppe hinunter, Loretta in der Armbeuge. »Diese zwei alten Schreihälse«, murmelte er.

»Ja.« Sie ließ ihn an ihre Seite kommen, als sie in den Speiseraum traten.

»Du warst großartig«, sagte er.

»Danke.«

»Alles in Ordnung mit dir?«

»Ja, alles in Ordnung. Jetzt.« Das Personal saß mit rotgeränderten, übermüdeten Augen um den großen Tisch und diskutierte auf spanisch. Alle waren zerzaust und nervös. Das Maschinengewehrfeuer hatte sie um zwei Uhr früh aus den Betten gerissen. David blieb bei ihnen.

Laura nahm den Anruf in dem kleinen Nebenbüro im Erdgeschoß an. Es war Emily Donato, die aus Atlanta anrief. »Ich hörte es gerade«, sagte sie. Sie war blaß. »Bist du unverletzt?«

»Sie schossen eine wohlgezielte Garbe, die ihn tötete«, sagte Laura. »Den alten Rastafarier. Ich stand unmittelbar neben ihm.« Sie machte eine Pause. »Ich fürchtete mich vor der Maschine. Er kam heraus, mich zu beruhigen. Meinte, es sei ein Spionagegerät. Aber sie hatten auf ihn gewartet und schossen ihn neben mir zusammen.«

»Aber du wurdest nicht verletzt?«

»Nein, die Geschosse schlugen in die Wand hinter ihm, und der Sandbeton rettete mich. Die Kugeln gingen glatt hinein. Keine Querschläger.« Laura fuhr sich durchs Haar. »Ich kann kaum glauben, daß ich dies sage.«

»Ich wollte dir bloß sagen … Also, in dieser Sache stehe ich ganz hinter euch. Dir und David.« Sie hielt zwei Finger in die Höhe und drückte sie zusammen. »Solidarität, klar?«

Laura lächelte zum ersten Mal seit Stunden. »Danke, Em.« Sie sah ihrer Freundin dankbar ins Gesicht. Emilys Video Make-up sah fehlerhaft aus; zuviel Wangenrouge, die Linien um die Augen wacklig. Laura berührte ihre Wange. »Ich vergaß mein Video-Make-up«, sagte sie erschrocken. Die Erkenntnis war von einem unvernünftigen Gefühl von Panik begleitet. Ausgerechnet an einem Tag, an dem sie die ganze Zeit am Netz hängen würde.

Im Foyer entstanden Geräusche. Laura blickte zur offenen Tür hinaus und am Empfangsschalter vorbei. Eine Frau in Uniform war hereingekommen. Eine Schwarze, kurzes Haar, Militärbluse, lederner Revolvergurt, Cowboyhut in der Hand. Eine Texasrangerin.

»Ach du lieber Gott, die Ranger sind hier«, sagte Laura.

Emily nickte. »Machen wir Schluß. Ich weiß, daß du alle Hände voll zu tun hast.«

»Gut, Wiedersehen.« Laura legte auf. Sie eilte hinaus ins Foyer. Ein blonder Mann in Zivil folgte der Rangerin in die Eingangshalle. Er trug einen anthrazitfarbenen Maßanzug, einen bunten, mit Computergraphik bedruckten Schlips … Er hatte eine Sonnenbrille auf und einen Koffer in der Hand, der einen Datenanschluß enthielt. Ein Ermittlungsbeamter der Wiener Konvention.

»Ich bin Laura Webster«, sagte Laura der Rangerin.

»Die Leiterin des Ferienheims.« Sie bot ihr die Hand. Die Schwarze ignorierte die Geste mit einem Blick unverhüllter Feindseligkeit.

Das Wiener Gespenst stellte seinen tragbaren Datenanschluß ab, nahm Lauras Hand und lächelte freundlich. Er war sehr hübsch, von beinahe femininem Aussehen – hohe slawische Backenknochen, eine lange glatte Mähne aschblonden Haares über einem Ohr, ein Filmstar-Leberfleck auf dem rechten Backenknochen. Er ließ ihre Hand zögernd los, als sei er versucht, sie zu küssen. »Ich bedaure, Sie unter solchen Umständen begrüßen zu müssen, Mrs. Webster. Ich bin Woroschilow. Dies ist meine lokale Verbindungsoffizierin, Hauptmann Baster.«

»Baxter«, sagte die Rangerin.

»Sie waren Zeugin des Angriffs, soviel ich weiß«, sagte Woroschilow.

»Ja.«

»Ausgezeichnet. Ich muß Sie befragen.« Er berührte einen kleinen vorstehenden Knopf am Rand seiner Sonnenbrille. Ein langes Fiberoptik-Kabel führte vom Ohrstück abwärts in die Weste seines Anzugs. Laura sah jetzt, daß die Sonnenbrille eine stereoskopische Videokamera war, die neue Art mit einer Million winziger Pixellinsen für bitgesteuerte Aufzeichnungen. Er filmte sie. »Die Vertragsbedingungen der Wiener Konvention verlangen, daß ich Sie über Ihre rechtliche Lage aufkläre. Erstens, Ihre Antworten werden aufgenommen, und Sie werden gefilmt. Ihre Erklärungen werden von den Signatarstaaten der Wiener Konvention archiviert. Es ist nicht erforderlich, daß ich die einzelnen Behörden aufzähle, noch die Menge oder Aufbewahrungsart der Daten dieser Ermittlung angebe. Ermittlungen nach den Bedingungen der Wiener Konvention unterliegen nicht der Informationsfreiheit und den Datenschutzgesetzen. Sie haben kein Recht auf einen Anwalt. Ermittlungen, die unter der Konvention durchgeführt werden, genießen Vorrang vor den Gesetzen Ihres Staates und Ihrer Nation.«

Laura nickte, ohne der Belehrung zu folgen. Sie kannte dies alles vom Fernsehen. Die ›Wiener Hitze‹, wie diese Ermittlungen genannt wurden, spielte eine große Rolle in den Fernsehkrimis. Da wedelten die Fernsehhelden mit holographischen Dienstausweisen, setzten sich über die Programme von Taxis hinweg und sausten bei der Verfolgung von Übeltätern mit Handsteuerung herum. Auch vergaßen sie nie ihr Video-Make-up. »Ich verstehe, Genosse Woroschilow.«

Woroschilow hob den Kopf. »Was für ein interessanter Duft. Ich bewundere die regionalen Küchen.«

Laura erschrak. »Kann ich Ihnen etwas anbieten?«

»Etwas Pfefferminztee wäre fein. Oder schwarzer Tee, wenn Sie keinen Pfefferminztee haben.«

»Etwas für Sie, Hauptmann Baxter?«

Baxter funkelte zurück. »Wo wurde er getötet?«

»Mein Mann kann Ihnen dabei helfen ...« Sie berührte ihr Uhrtelefon. »David?«

David erschien im Durchgang zum Speiseraum. Er sah die Polizei, wandte den Kopf und schoß dem Personal in dringendem Ton ein paar schnelle Bemerkungen in Grenzlandspanisch zu. Laura verstand nur *los Rinches*, die Ranger, aber schon scharrten Stühle, und Mrs. Delrosario erschien.

Laura machte sie bekannt. Woroschilow richtete die einschüchternde Videobrille auf jeden der Anwesenden. Es war ein unheimlich aussehendes Ding – aus einem bestimmten Winkel konnte Laura in den undurchsichtigen Linsen ein feingeätztes goldenes Spinnwebmuster erkennen. Keine beweglichen Teile. David ging mit der Rangerin hinaus.

Wenige Minuten später saß Laura mit dem Wiener Gespenst im Nebenbüro und nippte an ihrem Pfefferminztee. »Bemerkenswerte Ausstattung«, sagte Woroschilow und ließ sich in den Autositz sinken. Mit einer schnellen Bewegung aus dem Ellbogen stieß er einen Zoll elfenbeinfarbener Manschetten aus den anthrazitgrauen Ärmeln.

»Danke, Genosse.«

Woroschilow schob die Videobrille mit geübter Geste auf die Stirn und bedachte sie mit einem langen Blick aus samtigblauen Popstaraugen. »Sie sind Marxistin?«

»Wirtschaftsdemokratin«, sagte Laura. Woroschilow rollte die Augen in einer kurzen, wahrscheinlich ungewollten Anwandlung von Spott, und setzte sich die Brille wieder auf die Nase. »Hatten Sie vor dem heutigen Tag schon einmal von der FAKT gehört?«

»Niemals«, sagte Laura. »Nie gehört.«

»In der Erklärung werden die Gruppen aus Europa und Singapur nicht erwähnt.«

»Vielleicht wußten sie nicht, daß die anderen auch hier waren«, sagte Laura. »Wir – ich meine, Rizome – waren sehr sorgfältig auf Geheimhaltung bedacht. Mrs. Emerson, unsere Sicherheitsbeauftragte, kann Ihnen mehr darüber sagen.«

Woroschilow lächelte. »Die amerikanische Vorstellung von ›sorgfältiger Geheimhaltung‹. Ich bin gerührt.« Nach einer Pause fragte er: »Warum sind Sie in diese Angelegenheit verstrickt? Es ist nicht Ihr Geschäft.«

»Jetzt schon«, sagte Laura. »Wer ist diese FAKT? Können Sie uns gegen sie helfen?«

»Sie existiert nicht«, sagte Woroschilow. »Vor Jahren war das anders. Kein Wunder, bei den ungezählten Millionen, die Ihre amerikanische Regierung für kleine Gruppen hier und kleine Gruppen dort ausgab. Häßliche kleine Irrläufer aus den alten Tagen des Kalten Krieges. Aber FAKT ist jetzt nur eine Fassade, eine

Märchengeschichte. FAKT ist eine Maske, hinter der sich die Datenpiraten verstecken, um aufeinander zu schießen.« Er imitierte mit ausgestrecktem Zeigefinger eine Pistole. »Wie die alten Roten Brigaden pop-pop-pop gegen die Nato. Die angolanische Unita pop-pop-pop gegen die Kubaner.« Er lächelte. »Und so sitzen wir hier in diesen hübschen Autositzen und trinken diesen feinen Pfefferminztee wie zivilisierte Leute. Weil Sie in den Abfall getreten sind, der übrigblieb, als Ihr Großvater meinen nicht leiden konnte.«

»Was haben Sie vor?«

»Ich sollte Sie schelten«, sagte Woroschilow. »Aber ich werde Ihre ehemalige CIA-Agentenführerin schelten. Und meine Rangerfreundin wird desgleichen tun, denn sie hat nichts übrig für das schlimme Durcheinander, das Sie angerichtet haben. Es schadet dem guten Ruf von Texas.« Er klappte den Bildschirmteil seines Datenanschlusses hoch und tastete Kommandos. »Sie sahen die unbemannte Drohne, die auf Ihren Gast feuerte?«

»Ja.«

»Sagen Sie mir, ob Sie sie hier sehen.«

Darstellungen erschienen auf dem Bildschirm, vier Sekunden-Wiedergaben von schön schattierten Computergraphiken. Flugzeuge mit Stummelflügeln ohne Führersitz und Kanzel, weil funkgesteuert. Manche waren in Tarnfarben gespritzt. Verschiedene zeigten Identifikationsnummern in kyrillischer und hebräischer Schablonenschrift. »Nein, nicht so«, sagte Laura.

Woroschilow bediente die Tastatur. Seltsamer aussehende Flugobjekte erschienen: zwei kleine Tropfen. Dann ein skeletthaftes Ding wie eine Kollision zwischen einem Hubschrauber und einem Kinderdreirad. Dann eine Art Golfball mit doppelten Rotoren. Dann eine orangefarbene Sanduhr. »Halt«, sagte Laura.

Woroschilow hielt die Darstellung fest. »Das ist es«,

sagte Laura. Sie starrte das Bild an. Die schmale Taille der Sanduhr, darunter und darüber zwei breite, gegenläufig rotierende Rotorblätter. »Wenn die Rotoren in Bewegung sind, schimmern sie im Licht, und es sieht wie eine Untertasse aus«, sagte sie. »Eine fliegende Untertasse mit Verdickungen oben und unten.«

Woroschilow betrachtete den Bildschirm. »Sie sahen einen Canadair CL 227 Fernlenkhubschrauber RPH. Ein ferngesteuerter Kleinhubschrauber zu Aufklärungszwecken. Hat eine Reichweite von ungefähr fünfzig Kilometern, kann zweieinhalb Stunden in der Luft bleiben ...« Er gab seiner kyrillischen Tastatur Informationen ein. »Wahrscheinlich wurde er von den Attentätern irgendwo auf dieser Insel gestartet ... oder vielleicht von einem Schiff aus. Leicht zu machen, bei diesem Ding. Es braucht keine Rollbahn.«

»Was ich sah, war von anderer Farbe. Nacktes Metall, glaube ich.«

»Und mit einer Maschinenwaffe ausgerüstet«, sagte Woroschilow. »Keine Standardausführung. Aber ein altes Modell wie dieses gibt es seit vielen, vielen Jahren auf dem Waffenschwarzmarkt. Billig zu haben, wenn man die Kontakte hat.«

»Dann können Sie die Eigentümer nicht ermitteln?«

Er sah sie mitleidig an.

Woroschilows Uhrtelefon piepte. Es war die Rangerin. »Ich bin hier draußen auf der Veranda«, sagte sie. »Ich habe eines der Geschosse.«

»Lassen Sie mich raten«, sagte Woroschilow. »Standard NATO 35 Millimeter.«

»Richtig, ja.«

»Denken Sie an diese Millionen und Abermillionen nicht verschossener NATO-Kugeln«, sagte Woroschilow. »Zuviel sogar für den afrikanischen Markt, nicht? Eine unabgefeuerte Kugel hat eine Art bösen Druck, finden Sie nicht? Etwas darin will abgefeuert werden …« Er hielt inne, die undurchsichtigen Linsen auf Laura gerichtet. »Sie folgen mir nicht.«

»Verzeihung, ich dachte, Sie sprächen zu ihr«, sagte Laura. »Können Sie nichts tun?«

»Die Situation scheint klar zu sein«, sagte er. »Hinter dem Anschlag stecken Eingeweihte. Eine der Piratengruppen hatte Helfer auf dieser Insel. Wahrscheinlich die Islamische Bank Singapur, bekannt für Verrat. Sie hatten die Gelegenheit, Stubbs zu töten, und nahmen sie wahr.« Er schaltete den Bildschirm aus. »Während meines Fluges nach Galveston ließ ich mir die Akte über Stubbs in Grenada überspielen, die in dem FAKT-Bulletin erwähnt ist. Sehr interessant zu lesen. Die Mörder nutzten die Art der Datenspeicherung, wie sie von den Piraten gehandhabt wird – daß die verschlüsselten Akten völlig sicher vor unbefugtem Zugriff sind, sogar seitens der Piraten selbst. Die Freigabe erfolgt erst bei elektronisch registriertem Zahlungseingang.«

»Sie müssen aber imstande sein, uns zu helfen.«

»Die einheimische Polizei kann gewisse Maßnahmen ergreifen. Die hiesigen Schiffe und ihre Fahrten überprüfen, zum Beispiel. Feststellen, ob welche zur fraglichen Zeit im in Frage kommenden Seegebiet waren, und wer sie gemietet hatte. Aber ich bin froh, sagen zu können, daß es kein Akt von politisch motiviertem Terrorismus war. Ich würde dies als eine Mordtat unter Gangstern einstufen. Das FAKT-Bulletin ist nur ein Versuch, die Spuren zu verwischen. Ein Fall, der die Bestimmungen der Wiener Konvention berührt, unterliegt bestimmten Publizitätsbeschränkungen, die sie nützlich finden.«

»Aber hier wurde ein Mann getötet!«

»Es war ein Mord, ja. Aber keine Bedrohung der politischen Ordnung der an der Wiener Konvention beteiligten Signatarmächte.«

Laura war schockiert. »Wozu sind Sie dann gut?«

Woroschilow sah verletzt aus. »Wir sind sehr gut in der Beilegung internationaler Spannungen, aber wir sind keine Weltpolizei.« Er leerte seine Tasse und schob sie beiseite. »Moskau hat seit vielen Jahren auf eine wirkliche weltweit einsatzfähige Polizeistreitmacht gedrängt. Aber Washington steht im Wege. Immer besorgt um Bürgerrechte, Datenschutz, immer in Angst vor dem Großen Bruder. Es ist eine alte Geschichte.«

»Sie können uns überhaupt nicht helfen.«

Woroschilow stand auf. »Mrs. Webster, Sie haben diese Gangster in Ihr Heim eingeladen, nicht ich. Hätten Sie uns vorher verständigt, so würden wir Ihnen mit aller Entschiedenheit abgeraten haben, so etwas zu tun.« Er klappte seinen Datenanschluß zusammen. »Als nächstes muß ich Ihren Mann vernehmen. Danke für den Tee.«

Laura verließ ihn und ging hinauf ins Hauptbüro. Emerson und der Bürgermeister saßen auf dem Rattansofa und hatten den zufriedenen Ausdruck von Leuten, die sich nach langer Debatte geeinigt haben. Magruder aß sich durch ein verspätetes Tex-Mex-Frühstück aus Brotgrieben, Migas genannt, und aufgewärmten Bohnen.

Laura setzte sich in einen Korbsessel gegenüber an den Tisch und fixierte Emerson mit zornigem Blick. »Nun, Sie haben es sich gemütlich gemacht, wie ich sehe.«

»Sie haben mit dem Wiener Beauftragten gesprochen?« fragte Emerson.

»Er nützt uns überhaupt nichts.«

Emerson rümpfte die Nase. »KGB.«

»Er sagt, es sei kein politischer Mord und falle nicht unter ihre Jurisdiktion.«

Emerson blickte überrascht auf. »Hmm. Das sind neue Töne.«

Laura starrte sie an. »Also, was unternehmen wir?«

Magruder nippte an einem Glas Milch und stellte es weg. »Wir schließen das Heim, Mrs. Webster.«

»Vorläufig«, sagte Emerson.

Laura machte ein langes Gesicht. »Mein Ferienheim schließen? Warum? Warum?«

»Es ist alles ausgehandelt«, sagte Magruder. »Sehen Sie, wenn die Medien erfahren, daß die Sache einen kriminellen Hintergrund hat, überfallen sie uns wie ein Hornissenschwarm. Sie würden es groß herausstellen, und das würde für den Fremdenverkehr schlechter sein als eine Haifischpanik. Aber wenn wir Ihr Heim schließen, dann sieht es nach politischem Terrorismus aus, wie in dem FAKT-Bulletin behauptet wurde. Eine Sache der Wiener Behörde. Geheim.« Er zuckte die Achseln. »Irgendwann werden sie vielleicht darauf kommen, aber bis dahin ist es ein alter Hut. Und der Schaden ist begrenzt.« Er stand auf. »Ich muß mit dieser Rangerin sprechen. Ihr versichern, daß die Stadt Galveston in jeder möglichen Weise kooperieren wird.« Er nahm seine Aktentasche und stapfte die Treppe hinunter.

Laura sah Emerson mit gerunzelter Stirn an. »Das wäre es also? Sie unterdrücken den Skandal, und David und ich zahlen den Preis?«

Emerson lächelte freundlich. »Seien Sie nicht ungeduldig, meine Liebe. Unser Projekt ist wegen dieses einen Angriffs nicht abgeblasen. Vergessen Sie nicht, daß die Piraten gerade wegen derartiger Angriffe bereit gewesen sind, zu Verhandlungen zusammenzukommen.«

Laura war überrascht. Inmitten ihrer Verwirrung erschien Hoffnung. »Also wird diese Sache weiterverfolgt? Trotz allem, was vorgefallen ist?«

»Selbstverständlich, Laura. Das Problem hat sich dadurch nicht verflüchtigt. Im Gegenteil, es ist jetzt drängender als zuvor. Wir können von Glück sagen, daß wir Sie nicht verloren haben – Sie, eine sehr wertvolle Mitarbeiterin.«

Laura blickte überrascht auf. Debra Emersons Gesicht war ganz gelassen – das Gesicht einer Frau, die einfach die Wahrheit wiedergibt. Nicht Schmeichelei – eine Tatsache. Laura setzte sich gerade. »Nun, es war ein Angriff auf Rizome, nicht? Ein direkter Angriff auf unsere Gesellschaft.«

»Ja. Sie fanden unsere schwache Stelle – die FAKT, oder die Leute hinter diesem Namen.« Ein bedenklicher Ausdruck kam in ihre Züge. »Es muß ein Sicherheitsleck gegeben haben. Diese ferngesteuerte Flugmaschine – ich vermute, sie hat seit Tagen auf die Gelegenheit zum Angriff gewartet. Jemand wußte von der Konferenz und beobachtete dieses Haus.«

»Ein Sicherheitsleck innerhalb der Gesellschaft?«

»Wir sollten keine übereilten Schlußfolgerungen ziehen, aber wir werden die Wahrheit in Erfahrung bringen müssen. Das ist wichtiger als dieses Ferienheim, Laura. Sehr viel wichtiger.« Sie machte eine Pause, fuhr dann fort: »Wir können mit den Wiener Ermittlern zu einer Verständigung kommen, ebenso mit der Stadt Galveston. Aber das ist nicht der schwierigste Teil. Wir versprachen den Teilnehmern dieser Konferenz Sicherheit, und wir versagten. Nun brauchen wir jemand, der die erhitzten Gemüter beruhigt. In Grenada.«

Das Ferienheim Chattahoochee lag in den Vorbergen der Smoky Mountains, ungefähr hundert Kilometer nordöstlich von Atlanta. Achthundert Morgen in einem Tal zwischen bewaldeten Hügeln, durchflossen von einem Gebirgsbach, dessen weißes Gestein um diese Jahreszeit trocken lag.

Chattahoochee wurde vom Zentralausschuß bevorzugt; es war der Stadt nahe genug, um bequem erreichbar zu sein, und entlegen genug, daß Rizomes

Feriengäste nicht zu sehr von Ausflüglern gestört wurden.

Neulinge wurden oft hierher gebracht, um mit dem Kollektiv des Zentralausschusses bekannt zu werden, und hier hatte Emily sie mit David Webster bekannt gemacht. Wieder in dem alten gemauerten Farmhaus, konnte Laura nicht zu den Hügeln hinausblicken, ohne sich jenes Abends zu erinnern: David, ein Fremder, lang und dünn in elegantem Mitternachtsblau, mit einem Cocktailglas in der Hand, das dunkle Haar bis auf die Schultern fallend.

Alle Neulinge, die an dem Empfang teilgenommen hatten, waren bestrebt gewesen, sich möglichst elegant zu kleiden, um ein bißchen wider den Stachel zu lecken, zu zeigen, daß sie sich nicht so leicht vergesellschaften ließen, besten Dank. Aber nun waren sie wieder hier in den Wäldern Georgias, Jahre später, wieder als Gäste des Zentralausschusses, aber keine Neulinge mehr, sondern vollwertige Gesellschafter, die ihre Lebensstellung gefunden hatten.

Natürlich waren die Ausschußmitglieder inzwischen andere, aber gewisse Traditionen setzten sich fort.

Man konnte die Bedeutung dieses Treffens an der bemühten Zwanglosigkeit ihrer Kleidung erkennen. Normale Probleme hätten sie in Atlanta behandelt, aber diese Grenada-Situation war eine echte Krise. Darum hatten sich alle Ausschußmitglieder wie schulterklopfende Hinterwäldler zurechtgemacht: Ausgefranste Jeans, karierte Flanellhemden mit aufgerollten Ärmeln … Garcia-Meza, ein stämmiger mexikanischer Industrieller, der aussah, als könne er Nägel durchbeißen, trug einen großen, strohgeflochtenen Picknickkorb.

Es war komisch, sich Charlie Cullen als Vorsitzenden zu denken. Laura hatte Cullen seit seiner Ernennung nicht gesehen, kannte ihn aber aus der Zeit, als sie das Ferienheim gebaut hatten. Cullen war Biochemiker, der sich auf die Verwendung von Kunststoffen im Bauwesen spezialisiert hatte, ein netter, umgänglicher Mensch. Er war ein großartiger Vorsitzender für den Zentralausschuß von Rizome, weil man ihm instinktiv vertraute, aber seine kämpferischen Qualitäten waren nicht überzeugend. Seit seiner Ernennung hatte er die Gewohnheit angenommen, einen grauen Filzhut zu tragen, den er in den Nacken schob, so daß er weniger wie ein Hut und mehr wie ein Heiligenschein aussah. Es war sonderbar, wie Autorität Menschen beeinflußte.

Cullens ganzes Gesicht hatte sich verändert. Mit seinem breiten Kinn, der ausgeprägten Nase und dem etwas dünner und strenger gewordenen Mund entwickelte er eine gewisse Ähnlichkeit mit George Washington. Die anderen waren Sharon McIntyre, Emily Donatos Mentorin im Ausschuß, Emily selbst, die ihre Ringellocken unter einem Kopftuch zusammengefaßt hatte, so daß sie einer Bäuerin glich, die gerade den Kachelofen ausgeräumt hat; sodann Kaufmann, der Rizomes Interessen in Europa vertrat und es fertigbrachte, sogar in Jeans und mit Rucksack gebildet und gepflegt auszusehen; De Valera, der selbsternannte Unruhestifter des Ausschusses, der zu großen Auftritten neigte, aber stets intelligente Ideen beisteuerte; der professorenhafte Gauss, und der gemütlich-versöhnliche Raduga; und schließlich der alte Saito. Saito trug eine Pelzmütze und eine Bifokalbrille, und beim Gehen stützte er sich auf einen langen Knotenstock, wie ein bastardisierter taoistischer Eremit.

Dann waren sie selbst, David und Debra Emerson dabei. Nicht als Ausschußmitglieder, aber als Zeugen.

Cullen machte auf einer laubbestreuten herbstlichen Lichtung halt. Aus Sicherheitsgründen fand die Besprechung fern von allen elektrischen Kabeln statt. Sie hatten sogar ihre Uhrtelefone in einem der Farmhäuser zurückgelassen.

McIntyre und Raduga breiteten ein großes kariertes Tuch aus. Alle formierten sich zu einem Kreis und ließen sich nieder. Sie faßten einander bei den Händen und sangen die Rizome-Hymne. Dann aßen sie.

Es war faszinierend zu sehen, wie die Ausschußmitglieder sich um das Gemeinschaftsgefühl bemühten. Sie hatten es sich zu diesem Zweck sogar zur Gewohnheit gemacht, wochenlang zusammenzuleben. Gemeinsam wuschen sie die Wäsche, kümmerten sich um die Kinder. Es war Politik. Sie waren gewählt, doch einmal an der Macht, hatten sie beträchtliche Autorität und taten ihr Möglichstes, daß es dabei blieb. Der Zentralausschuß von Rizome konnte mithin als eine mehr oder weniger offene Verschwörung angesehen werden.

Die Mode intensiver Gemeinschaftspflege unterlag im Laufe der Zeit natürlich Schwankungen. Vor Jahren, während Saitos Amtszeit als Vorsitzender, hatte der Gemeinschaftsgeist einen legendären Höhepunkt erreicht, als er den ganzen Ausschuß nach Hokkaido eingeladen hatte. Als sie vor Tagesanbruch aufgestanden waren, um nackt in eiskalten Wasserfällen zu baden. Und braunen Reis gegessen und, wenn das Gerücht zutraf, einen Hirsch erlegt, geschlachtet und verzehrt hatten, während sie drei Tage lang in einer Höhle lebten. Niemand hatte später viel über das Erlebnis gesprochen, doch ließ sich nicht leugnen, daß sie eine fest zusammengeschweißte Gruppe geworden waren.

Freilich ähnelte die Geschichte den meist mehr oder weniger erfundenen, halb legendären Begebenheiten, die im Umkreis eines jeden Machtzentrums kolportiert wurden, aber der Ausschuß nährte die Mythenbildung. Und das hatte sein Gutes: In Krisenzeiten setzte sich sofort eine instinktive, gefühlsmäßige Solidarität durch.

Es war bei weitem nicht vollkommen. Das konnte

man an der Art und Weise sehen, wie sie sich verhielten – der Art und Weise, zum Beispiel, wie De Valera und Kaufmann ein unnötiges Aufhebens davon machten, wer das Brot schneiden und austeilen solle. Aber man konnte feststellen, daß es funktionierte. Die genossenschaftliche Struktur von Rizome brachte es mit sich, daß die Gesellschafter – und ihre Zahl war weitaus höher als die Zahl der Mitglieder im Zentralausschuß – ihr Unternehmen nicht nur als einen Arbeitsplatz sahen. Es war ein Gefühl der Stammeszugehörigkeit entstanden. Man konnte dafür leben und sterben.

Es war eine einfache Mahlzeit: Äpfel, Brot, Käse, ein ›Schinkenaufstrich‹, der offensichtlich Scop mit künstlichem Geschmack war. Und Mineralwasser. Dann kamen sie zur Sache, doch nicht so, daß jemand zur Ordnung rief, sondern allmählich, beinahe von selbst.

Sie begannen mit der FAKT. Sie fürchteten sie mehr als Grenada. Die Grenadiner waren Diebe und Datenpiraten, aber wenigstens hielten sie sich im Hintergrund, während die FAKT, wer auch dahinter steckte, die Gesellschaft in ernste Verlegenheit gebracht hatte. Die Folge davon war, daß sie sich jetzt um Wien sorgen mußten, obwohl Wiens Haltung schwankte.

Rizome war entschlossen, die FAKT und ihre Hintermänner aufzudecken. Man konnte nicht erwarten, daß es einfach sein würde, aber Rizome war ein bedeutendes multinationales Unternehmen mit Tausenden von Gesellschaftern, fünfzigtausend Mitarbeitern und Außenposten in fünf Kontinenten. Sie hatten Kontakte überall im Kommunikationsnetz und betrachteten Geduld als eine Tugend. Früher oder später würden sie an die Wahrheit herankommen, gleichgültig, wer sie verbarg.

Der unmittelbare Verdacht richtete sich gegen Singapur, entweder die Islamische Bank oder die Regierung von Singapur, obwohl oder weil die Verbindungen zwischen beiden unklar waren. Niemand zweifelte daran, daß Singapur imstande gewesen sei, den Anschlag in Galveston auszuführen. Singapur war der Wiener Konvention nicht beigetreten und brüstete sich offen mit der Reichweite und Schlagkraft seiner militärischen und nachrichtendienstlichen Organisationen.

Es war jedoch schwierig zu verstehen, warum sie sich mit Grenada anlegen sollten, nachdem sie in Verhandlungen eingewilligt hatten. Noch dazu durch eine waghalsige Provokation wie Stubbs' Ermordung, die Grenada in Erbitterung versetzen mußte, ohne wirklichen strategischen Schaden anzurichten. Singapur war arrogant und technisch skrupellos, aber niemand konnte behaupten, daß dort Dummköpfe den Kurs bestimmten.

So kam der Ausschuß überein, das Urteil auszusetzen und weitere Hinweise abzuwarten. Gegenwärtig gab es zu viele Möglichkeiten, und der Versuch, jeden denkbaren Sachverhalt abzudecken, würde nur lähmend wirken. Einstweilen würden sie ihre Vermittlungstätigkeit fortsetzen und das Bulletin der Terroristen unbeachtet lassen.

FAKT war offensichtlich eine Bedrohung, wenn man davon ausging, daß FAKT eine separate Existenz von den Leuten hatte, mit denen sie bereits in Verbindung standen. Tröstlich war, daß FAKT die klare Möglichkeit, eine Gesellschafterin von Rizome – Laura – zu töten, nicht genutzt hatte.

Die Diskussion wandte sich der Situation in Grenada zu.

»Ich sehe nicht, was wir dort erreichen können, das wir nicht auch über das Netz bewerkstelligen könnten«, sagte Raduga.

»Es ist an der Zeit, daß wir aufhören, diese falsche Unterscheidung zu machen«, meinte De Valera. »Mit unseren neuesten Übertragungsgeräten – der gleichen Technik, die Wien benutzt – sind wir das Netz. Ich meine, ein Rizome-Gesellschafter mit Videobrille kann ein Spähtrupp für das ganze Unternehmen sein …«

»Wir sind nicht Wien«, sagte Kaufmann. »Der Besitz dieser neuen Technik bedeutet nicht, daß sie sich für uns auszahlen wird.«

»Wir sind gegenüber Grenada in einer mißlichen Lage«, sagte Cullen. »Diese Lage erlaubt uns nicht, eine Medieninvasion durchzuführen.«

»Ja, Charlie«, erwiderte De Valera, »aber genau das ist der Grund, warum es klappen könnte. Wir gehen hin und entschuldigen uns, kommen aber mit neuen Erkenntnissen zurück.

Cullen runzelte die Stirn. »Wir sind verantwortlich für den Tod eines ihrer Spitzenleute. Dieses Winston Stubbs. Es ist, als wäre einer der unsrigen umgebracht worden. Als hätten wir Mr. Saito verloren.«

Einfache Worte, aber Laura sah, wie sie wirkten. Cullen hatte die Gabe, Sachverhalte auf einen menschlichen Maßstab zu bringen. Sie waren beeindruckt.

»Deshalb sollte *ich* nach Grenada gehen«, sagte Saito. Er sagte nie viel. Das hatte er nicht nötig.

»Es gefällt mir nicht«, sagte Garcia-Meza. »Warum müssen wir eine Auge-um-Auge-Situation daraus machen? Es ist nicht unsere Schuld, daß die Piraten Feinde haben. Wir haben den Mann nicht erschossen. Und wir sind ihnen nicht in irgendeiner Weise verpflichtet, weil einer von ihren Banditen von anderen Banditen umgebracht wurde.« Garcia-Meza vertrat in ihrer Gruppe die harte Linie. »Ich bin der Meinung, daß diese diplomatische Zugangsweise ein Fehler war. Man bringt Diebe nicht von ihrem Gewerbe ab, indem man sie umarmt. Aber ich stimme zu, daß wir jetzt nicht zurückweichen können. Unsere Glaubwürdigkeit steht auf dem Spiel.«

»Wir dürfen nicht zulassen, daß dieses Projekt zu einem Machtkampf unter Gangstern degeneriert«, sagte Gauss. »Wir müssen das Vertrauen, das wir mit soviel Mühe herstellten, wiedergewinnen. Also kommt es darauf an, Grenada von dreierlei zu überzeugen: daß es nicht unser Werk war, daß wir nach wie vor vertrauenswürdig sind, und daß sie bei einer Zusammenarbeit mit uns nur gewinnen können. Nicht aber durch Konfrontation.«

Diese Art zusammenfassender Darstellung war typisch für Gauss. Damit hatte er das Gespräch abgewürgt. »Ich glaube, Heinrich hat den Nagel auf den Kopf getroffen«, sagte Cullen schließlich, »aber diese Art Überzeugungsarbeit können wir nicht durch Fernsteuerung leisten. Wir müssen Leute hinschicken, die auf die Grenadiner zugehen können, ihnen die Hand reichen. Die ihnen zeigen, was wir sind und wie wir arbeiten.«

»Richtig«, sagte David. Laura war überrascht. Sie hatte das Anwachsen des Druckes gespürt, aber angenommen, daß er sie den Augenblick wählen lassen würde. »Es liegt auf der Hand, daß Laura und ich diejenigen sind, die Sie brauchen. Grenada kennt uns bereits, sie haben dort dicke Dossiers über uns. Und wir waren dabei, als Stubbs getötet wurde. Wenn nicht uns – die Augenzeugen –, werden sie sich fragen müssen, wen sonst?«

Die Ausschußmitglieder blieben eine kleine Weile still. Entweder wunderten sie sich über sein brüskes Eingreifen in die Diskussion, oder sie wußten das Opfer zu schätzen. »David und ich fühlen uns verantwortlich«, fügte Laura hinzu. »Bisher haben wir Pech gehabt, aber wir sind bereit, das Projekt weiter zu verfolgen. Und wir haben keine anderen Verpflichtungen, seit Galveston unser Ferienheim zugemacht hat.«

Cullen schaute unglücklich drein, aber nicht über

sie, sondern über die Situation. »David, Laura, ich würdige diese korrekte Haltung. Sie ist sehr mutig. Ich weiß, daß Sie sich der Gefahr bewußt sind: Besser als wir, da Sie den Anschlag selbst miterlebt haben.«

David zuckte die Achseln. Auf Lob wußte er nie gut zu reagieren. »Offen gesagt, ich fürchte die Grenadiner weniger als die Leute, die auf sie geschossen haben.«

»Sehr richtig. Es ist auch zu bemerken, daß die Terroristen den Anschlag in den Vereinigten Staaten verübt haben«, sagte Gauss. »Nicht in Grenada, wo die Sicherheitsmaßnahmen viel schärfer sind.«

»Ich sollte gehen«, sagte Saito. »Nicht, weil ich besser darin wäre.« Eine höfliche Lüge. »Aber ich bin ein alter Mann und habe wenig zu verlieren.«

»Und ich werde mit ihm gehen«, sagte Debra Emerson, die sich das erste Mal zu Wort meldete. »Wenn es in diesem Sicherheitsdebakel eine Schuld gibt, dann ist es ganz gewiß nicht die Schuld der Websters, sondern meine. Ich war auch im Ferienheim. Ich kann so gut wie Laura und David aussagen.«

»Wir können nicht mit der Erwartung in diese Sache hineingehen, daß unsere Leute erschossen werden!« sagte De Valera leidenschaftlich. »Wir müssen die Vorkehrungen so treffen, daß die Grenadiner nicht einmal auf den Gedanken kommen, wir könnten Beute sein. Entweder das, oder überhaupt nicht hingehen. Denn wenn diese Zuversicht versagt, wird es Krieg bedeuten, und wir würden nicht wirtschaftliche Demokraten bleiben können, sondern Untergrundkämpfer werden müssen, geeignet für den Bandenkrieg.«

Cullen nickte zustimmend. »Keine Waffen. Aber wir haben wenigstens eine Panzerung. Wir können unseren Abgesandten die Panzerung des Netzes geben. Wer immer geht, wird vierundzwanzig Stunden am Tag an der Leitung sein. Wir werden genau wissen, wo unsere Leute sind, was sie tun. Alles, was sie sehen und hören, wird aufgezeichnet und verbreitet. Das ganze Unternehmen wird hinter ihnen stehen, ein überlebensgroßes Mediengespenst. Grenada wird das respektieren. Sie haben diesen Bedingungen bereits zugestimmt.«

»Ich finde, Charlie hat recht«, sagte Garcia-Meza unerwartet. »Sie werden unsere Abgesandten nicht massakrieren. Warum sollten sie? Wenn sie Rizome schaden wollen, werden sie nicht mit den Websters anfangen, bloß weil sie zur Hand sind. So naiv sind sie nicht. Wenn sie auf uns schießen, werden sie auf den Kopf zielen. Sie werden uns aufs Korn nehmen, die Ausschußmitglieder.«

»Mein Gott«, sagte De Valera.

»Nichtsdestoweniger schmausen wir hier mit Tigern«, fuhr Garcia-Meza fort. »Es ist eine wichtige Operation, und wir werden jeden Schritt beobachten müssen. Ich bin froh, daß wir diese Wiener Brillen haben. Wir werden sie brauchen.«

»Lassen Sie mich gehen«, bat Mrs. Emerson. »Sie sind jung und haben einen Säugling.«

»Tatsächlich«, sagte De Valera, »dürfte das ein besonderer Vorzug der Websters als Kandidaten sein. Ich meine, die Websters sollten gehen, und sie sollten ihr Baby mitnehmen.« Er lächelte in die Runde, vergnügt über die Unruhe, die seine Worte erzeugt hatten. »Denken wir nüchtern darüber nach. Ein friedfertiges junges Ehepaar mit einem Baby. Es ist ein vollkommenes diplomatisches Abbild unserer Gesellschaft, weil es wahr ist. Es mag kaltblütig klingen, aber ich sehe darin eine vollkommene psychologische Verteidigung.«

»Also«, sagte Garcia-Meza, »ich stimme nicht oft mit De Valera überein, aber das ist klug. Diese Piraten sind Machos. Sie würden sich schämen, eine junge Mutter und ihr Baby zur Zielscheibe ihrer Aggressivität zu machen.«

»Ich wollte es nicht erwähnen«, sagte Kaufmann

bedächtig, »aber Debra Emersons Vergangenheit beim amerikanischen Geheimdienst ... das gehört einfach nicht zu den Dingen, die ein Drittweltland wie Grenada hinnehmen kann. Und ich möchte kein Ausschußmitglied entsenden, weil ein solches Ziel, offen gesagt, zu verlockend wäre.« Er wandte sich zu David und Laura. »Ich hoffe, Sie verstehen, daß ich Ihren Wert als Gesellschafter damit in keiner Weise herabsetzen möchte.«

»Es gefällt mir einfach nicht«, sagte Cullen. »Vielleicht gibt es keine andere Wahl, aber ich riskiere nicht gern unsere Leute.«

»Ganz gleich, welche Wahl wir treffen«, sagte Garcia-Meza, »wir sind jetzt alle in Gefahr.«

»Ich glaube an diese Initiative!« erklärte De Valera. »Ich drängte von Anfang an darauf. Ich kenne die Konsequenzen. Ich glaube wirklich, daß die Grenadiner darauf eingehen werden – sie sind keine Barbaren und wissen, was in ihrem eigenen Interesse liegt. Sollten unsere Abgesandten in Erfüllung ihrer Pflicht Schaden erleiden, werde ich die Verantwortung übernehmen und meinen Posten zur Verfügung stellen.«

Dieses Haschen nach dem Rampenlicht mißfiel Emily. »Das ist nicht die Art von Rizome, De Valera! Und das würde den beiden nicht viel helfen.«

De Valera zuckte bloß die Achseln. »David, Laura, ich hoffe, Sie verstehen mein Angebot in der Bedeutung, die ich beabsichtigte. Wir sind Gesellschafter, nicht Herren und Knechte. Sollten Sie zu Schaden kommen, werde ich mich nicht vor der Verantwortung drücken. Solidarität.«

»Keiner von uns wird sich drücken«, sagte Cullen. »Diesen Luxus haben wir nicht. Laura, David, Sie verstehen, was auf dem Spiel steht. Gelingt es uns nicht, die Sache mit Grenada auszubügeln, könnte es uns großes Unheil bringen. Wir ersuchen Sie, sich selbst zu riskieren, aber wir geben Ihnen die Macht, uns alle zu riskieren. Und diese Art von Macht ist in unserer Gesellschaft sehr selten.«

Laura fühlte das Gewicht der Verantwortung. Sie wollten eine Antwort. Sie blickten auf David und sie. Sie waren die einzige erfolgversprechende Wahl.

Sie und David hatten die Möglichkeit bereits unter vier Augen besprochen. Sie wußten, daß sie diesen Auftrag ablehnen konnten, ohne daß man es ihnen zum Vorwurf machen würde. Aber sie hatten ihr Heim verloren, und es würde all ihre Pläne in Gefahr bringen. So schien es besser, das Risiko einzugehen, im Strom der Entwicklung zu bleiben und sich auf ihre eigenen Fähigkeiten, damit fertig zu werden, zu verlassen. Besser das, als sich wie Opfer irgendwo zu verkriechen und den Terroristen freie Bahn zu geben. Sie hatten ihre Entscheidung getroffen.

»Wir können es machen«, sagte Laura, »wenn Sie uns unterstützen.«

»Dann ist es also geregelt.« Die Entscheidung war gefallen. Sie standen alle auf und packten die Picknicksachen ein. Und gingen zurück zu den ausgebauten Farmhäusern von Chattahoochee.

Laura und David begannen sofort mit den Videobrillen zu üben. Es waren die ersten, die das Unternehmen gekauft hatte, und sie waren unglaublich kostspielig. Jede Brille kostete so viel wie ein kleines Haus.

Sie sahen auch danach aus – aus der Nähe hatten sie das eigentümliche Fluidum wissenschaftlicher Instrumente. Sehr spezialisiert, hochentwickelt. Auch schwer – eine Schale aus zähem schwarzem Kunststoff, aber vollgepackt mit teuren, supraleitenden Schaltkreisen. Sie hatten keine eigentlichen Linsen, sondern Tausende von Bit-kartierten Lichtdetektoren. Der Roheffekt war eine prismatische Verschwommenheit; visuelle Software bewerkstelligte Bildaufzeichnung, Tiefenschärfe und so weiter. Kleine unsichtbare Strahlen maßen Blickrichtung und Position der Augen des Benützers. Der Aufnahmeleiter, zu Hause an seinem Bildschirm, war jedoch nicht von der Blickrichtung des Benutzers abhängig. Durch Eingabe der geeigneten Signale konnte er im gesamten Gesichtsfeld nach Belieben Details betrachten.

Man konnte gut durch die Brillen sehen, obwohl sie von außen undurchsichtig zu sein schienen. Sie ließen sich sogar für Kurz- und Weitsichtigkeit einstellen.

Für beide wurden Ohrhörer nach Maß gefertigt. Hier gab es kein Problem; es war alte Technik.

In Chattahoochee gab es eine Nachrichtenzentrale, die das Kommunikationsgerät in Lauras Ferienhaus um zwanzig Jahre veraltet erscheinen ließ. Sie unterzogen sich einem Schnellkurs in der Aufzeichnungstechnik mit Videobrillen. Abwechselnd wanderten sie draußen durch das Gelände, beobachteten irgendwelche Merkmale und verfeinerten ihre Technik durch ständige Überwachung und Korrektur durch den jeweils anderen. Es gab eine Menge zu sehen: Gewächshäuser, Teiche, Pfirsichgärten, eine Windmühle. Sogar eine Ganztags-Kinderkrippe, wo Loretta versorgt wurde. Rizome hatte die Kinderkrippen vor Jahren allgemein einführen wollen, doch hatte das Projekt keinen großen Anklang gefunden – zu sozialistisch, zuviel Gängelung.

Das Ferienheim war einmal eine größere Farm gewesen, bevor die gentechnische Erzeugung von Einzellerprotein in industriellem Umfang eingeführt worden war und der herkömmlichen Rinder- und Schweinemast die Zukunftsaussichten genommen hatte. Der noch bewirtschaftete Teil ähnelte vielen anderen modernen Farmbetrieben. Teichwirtschaft, Spezialitätenanbau, Gewächshäuser. Ein großer Teil des Gemüseanbaus in Gewächshäusern wurde heutzutage wieder wie in alten Zeiten im Vorortbereich der Städte betrieben, wo die Märkte waren.

Nach den Probeaufnahmen gingen sie hinein, sahen ihre Bänder an und bekamen Schwindelgefühl. Und dann versuchten sie es wieder, aber mit Büchern, die sie auf dem Kopf balancierten. Während einer am Monitor saß, ging der andere umher und ließ sich Anweisungen geben und jammerte gutgelaunt, wie schwierig es sei. Es war gut, an etwas zu arbeiten. Es verschaffte ihnen das Gefühl, Herr ihres Geschickes zu sein, nicht bloß Marionetten.

Schließlich entschied Laura, daß es funktionieren müsse. Sie würden den Grenadinern eine Propagandanummer bringen und sich ihrerseits von den Grenadinern eine Propagandanummer aufführen lassen, und damit würde es sein Bewenden haben. Ein Risiko, ja, aber auch die größte Publizität, die sie bisher innerhalb des Unternehmens gehabt hatten, und das bedeutete viel. Der Ausschuß war nicht so kraß gewesen, direkt über eine Belohnung zu sprechen, aber das war nicht nötig; so wurden die Dinge bei Rizome nicht gehandhabt. Es verstand sich alles von selbst.

Gefährlich, ja. Aber die Halunken hatten auf ihr Haus geschossen. Sie hatte die Illusion aufgeben müssen, daß es irgendwo noch einen wirklich sicheren Ort geben würde. Sie wußte, daß damit erst wieder gerechnet werden konnte, wenn alles ausgestanden wäre.

In Havanna hatten sie zwei Stunden Aufenthalt. Laura fütterte das Baby. David streckte sich in seinem blauen Plastiksessel aus und legte die Füße mit ihren Sandalen übereinander. Deckenlautsprecher übertrugen klimpernde russische Popmusik. Hier gab es keine cybernetischen Gepäckkarren, sondern Gepäckträger mit Handkarren. Auch alte Ausfeger, die Besen vor sich her schoben, als hätten sie es seit frühester Kindheit getan.

In der nächsten Reihe der Plastiksitze ließ ein gelangweiltes kubanisches Kind eine leere Getränkepackung auf den Boden fallen und stampfte darauf herum. »Trinken wir uns einen an«, sagte David plötzlich.

»Was?«

David steckte seine Videobrille sorgsam in die Brusttasche des Anzugs, um die Linsen nicht zu beschmutzen. »Ich sehe es so: In Grenada werden wir die ganze Zeit auf Sendung sein. Keine Zeit zur Entspannung, keine Zeit für uns. Aber wir haben acht Stunden Flug vor uns. Acht Stunden in einem verdammten Flugzeug. In der Zeit können wir uns vollkotzen, wenn wir wollen. Die Stewardessen werden sich um uns kümmern. Laß uns einen heben.«

Laura musterte ihren Mann. Sein Gesicht sah angespannt aus, spröde. Sie fühlte sich ähnlich. Die letzten Tage waren höllisch gewesen. »Gut«, sagte sie. David lächelte.

Er nahm die Tragtasche mit dem Baby bei den Gurten, und sie gingen zum nächsten zollfreien Laden, einem kleinen Raum voll von billigen Strohhüten und schwachsinnig aussehenden Köpfen, die aus Kokosnüssen geschnitzt waren. David kaufte eine Literflasche braunen kubanischen Rum. Er zahlte bar. Der Ausschuß hatte sie davor gewarnt, Kreditkarten zu verwenden. Es war zu einfach, ihnen nachzuspüren. Die Datenpiraten hatten ihre Fühler überall im elektronischen Geschäft.

Die kubanische Verkäuferin verwahrte das Papiergeld in einer verschlossenen Schublade. David gab ihr eine Hundert-Euro-Note. Die Frau trug ein rotes Kleid, kaute etwas und hörte Sambamusik über Kopfhörer. Dazu machte sie kleine rhythmische Hüftbewegungen. David machte eine witzige Bemerkung auf spanisch, und sie lächelte ihm zu, als sie das Wechselgeld herausgab.

Der Boden wollte unter Lauras Schuhen nicht zur Ruhe kommen. Der Boden in Flughäfen war nicht Teil der Welt. Er hatte seine eigene Logik – Flughafenkultur. Austauschbare Inseln in einem Netz von Luftverkehrsrouten. Eine Atmosphäre von Heimatlosigkeit und Schweiß und Jetlag und dem Geruch von Gepäck.

Als der Flug aufgerufen wurde, gingen sie zum Flugsteig Diez-y-seis, Aero Cubana. Die billigste Fluglinie in der Karibik, weil die kubanische Regierung Flüge subventionierte. Die Kubaner waren noch immer empfindlich wegen der aufgezwungenen Isolation in den Jahrzehnten des Kalten Krieges.

David bestellte Cola, wann immer die Stewardess vorbeikam, und füllte die Gläser mit gefährlichen Portionen beißenden Rums auf. Ein langer Flug nach Grenada. Die Entfernungen hier draußen waren riesig. Die Karibik war gesprenkelt mit Wolken, tief unten lag der grünliche Ozean. Es wurde ein synchronisierter russischer Film gezeigt, der eine Menge Tanzeinlagen zu heißer Popmusik aus St. Petersburg hatte, jede Menge Frisuren und Lichteffekte. David hatte Kopfhörer übergestülpt, summte mit und wippte Loretta auf dem Knie. Loretta war verblüfft von den Ereignissen der Reise – wenn sie nicht schlief, glotzte sie umher, und ihr süßes kleines Gesicht war leer wie das einer Puppe.

Der Rum traf Laura wie warmer, narkotischer Teer. Die Welt wurde exotisch. Geschaftsleute weiter vorn hatten ihre Laptops in Betrieb genommen. Die Stecker waren oben neben den Öffnungen der Klimaanlage angeschlossen. Zwölftausend Meter über dem karibischen Nichts, aber angeschlossen an das Netz. Glasfaserkabel baumelten über den Sitzen, als ob die Reisenden am Tropf hingen.

Laura lehnte sich zurück und stellte das Gebläse so ein, daß der Luftstrom ihr Gesicht traf. Irgendwo unter der alkoholischen Betäubung lauerte Luftkrankheit. Sie sank in einen benommenen Dämmerschlaf. Sie träumte … Sie trug die Uniform der Aero Cubana-Stewardessen, ein schmuckes blaues Kostüm, irgendwie paramilitärisch im Stil der Zeit um 1940, mit eckigen Schultern und einem Plisseerock. So schob sie ihren Buffetwagen durch den Gang. Jedem Reisenden mußte sie einen kleinen Plastikbecher mit etwas geben … Milch war es. Sie streckten alle die Hände nach dieser Milch aus und blickten sie mit einem Ausdruck ausgedörrter Verzweiflung und mitleiderregender Dankbarkeit an. Sie waren so froh, daß sie da war und wünschten wirklich ihre Hilfe – sie wußten, daß sie ihr Los erleichtern konnte … Sie sahen alle ängstlich aus, rieben sich die schwitzende Herzgegend, als ob sie dort Schmerzen hätten …

Ein plötzliches Schwanken weckte sie. Es war Nacht geworden. David saß im Lichtschein der Leselampe und starrte auf den Bildschirm seines Datenanschlusses. Laura war momentan völlig desorientiert. Ihre Beine waren verkrampft, der Rücken schmerzte, ein ekliger Geschmack war in ihrem Mund, und an ihrer Wange klebte Speichel … Jemand, wahrscheinlich David, hatte eine Decke über sie gelegt. »Meine Optima Persona«, murmelte sie. Die Maschine bockte wieder, drei- oder viermal.

»Aufgewacht?« sagte David und zog seinen Ohrenstöpsel heraus. »Wir kommen in schlechtes Wetter.«

»Ja?«

»September in der Karibik.« Die Zeit der Wirbelstürme, dachte sie – er brauchte es nicht zu sagen. Er sah auf sein neues Multifunktions-Uhrtelefon. »Noch eine Stunde.« Auf dem Bildschirm war ein Rizome-Gesellschafter mit einem Cowboyhut zu sehen, der vor der Kamera gestikulierte; im Hintergrund ragte ein Gebirgszug auf. David hielt das Bild mit einem Tastendruck fest.

»Du beantwortest Post?«

»Nein, zu betrunken«, sagte David. »Seh's mir nur an. Dieser Anderson in Wyoming – so ein Nachtwächter.« David schaltete das Gerät aus. »In Atlanta sammelt sich jede Menge Mist für uns an – oh, entschuldige, *demokratische Eingaben*. Dachte bloß, ich könnte es auf Diskette nehmen, bevor wir von Bord gehen.«

Laura richtete sich ächzend auf. »Ich bin froh, daß du bei mir bist, David.«

Er sah erheitert und gerührt aus. »Wo sollte ich sonst sein?« Er drückte ihr die Hand.

Das Baby schlief auf dem Sitz zwischen ihnen in einem zusammenklappbaren Korb aus verchromtem Draht und gepolstertem gelbem Synthetik. Laura berührte Lorettas Wange. »Alles in Ordnung mit ihr?«

»Klar. Ich gab ihr etwas Rum; nun wird sie die nächsten Stunden schlafen.«

Laura unterbrach ihr Gähnen. »Du gabst ihr ...?« Er scherzte. »Soweit mußte es also kommen«, sagte sie. »Unser unschuldiges Kind zu betäuben.« Sein Scherz hatte sie aus der Benommenheit gerissen. »Kennt deine Verworfenheit keine Grenzen?«

»Alle Arten von Grenzen – solange ich an der Leitung bin«, sagte David. »Wie wir es von nun an für Gott weiß wie viele Tage sein werden. Wird unseren Stil verkrampfen, Schatz.«

»Mmm.« Laura berührte ihr Gesicht. Kein Video-Make-up. Sie zog ihre Kosmetika aus den Tiefen ihrer Reisetasche und stand auf. »Wir müssen unser Videozeug auflegen, bevor wir landen.«

»Wollen wir im Duschraum eine schnelle Nummer versuchen, im Stehen?«

»Wahrscheinlich verwanzt, dort drinnen«, sagte Laura und stolperte an ihm vorbei in den Gang.

Er hielt sie beim Handgelenk zurück und flüsterte zu ihr auf: »In Grenada gibt es Tauchsport, vielleicht können wir es unter Wasser machen. Wo niemand uns aufzeichnen kann.«

Sie starrte auf seinen ungekämmten Kopf. »Hast du die ganze Flasche Rum leergetrunken?«

»Sollte ich ihn verkommen lassen?«

»Wohl bekomm's«, sagte sie. Sie ging zur Toilette, stellte sich vor den unbarmherzigen Stahlspiegel im Vorraum und legte Make-up auf. Als sie zu ihrem Sitz zurückkehrte, setzte die Maschine zur Landung an.

4. Kapitel

Eine Stewardess begrüßte sie am Eingang zum Flughafen Point Salines. Sie marschierten über den schäbigen Teppich zur Gepäckabfertigung. »Wer ist am Draht?« murmelte Laura.

(»Emily«,) sagte die Stimme in ihrem Ohrhörer. (»Ich bin bei euch.«) David hörte auf, an Lorettas Tragtasche herumzufummeln, und hob die Hand zum Ohrhörer, die Lautstärke zu regeln. Seine Augen waren, wie die ihrigen, hinter den golden schimmernden Videobrillen verborgen. Laura fühlte nervös nach ihrer Ausweiskarte und fragte sich, wie die Zollabfertigung sein würde. An den Wänden hingen staubige Plakate von weißen Stränden, einschmeichelnd grinsenden Einheimischen in zehn Jahre alten Modefarben, knalligen Aufschriften in Kyrillisch und japanischer Katakana.

Ein junger, dunkelhäutiger Soldat trat ihnen in den Weg. »Ehepaar Webster?«

»Ja?« Laura fixierte ihn mit der Videobrille, musterte ihn von oben bis unten. Er trug ein Khakihemd und Hosen, einen Gurt mit Pistolentasche, eine Baskenmütze mit Stern und eine Sonnenbrille. Unter den aufgekrempelten Ärmeln glänzte der ebenholzschwarze Bizeps. Er marschierte in seinen schwarzen Schnürstiefeln vor ihnen her. »Hier entlang!« Sie durchschritten rasch die Zollabfertigung, die Köpfe gesenkt, ignoriert von den wenigen, von Übermüdung gezeichneten Reisenden. Bei der Zollkontrolle zeigten sie ihre Ausweiskarten und wurden ohne Aufenthalt durchgewinkt.

»Ihr Gepäck wird später gebracht«, sagte der Begleiter. »Ein Wagen wartet.« Sie verließen das Abfertigungsgebäude durch einen Notausgang und eine rostende Metalltreppe. Dann standen sie im Freien auf richtiger Erde und atmeten frische Luft. Es war feucht und dunkel, hatte geregnet. Der Wagen war eine weiße Hyundai-Luxuslimousine mit spiegelnden Einwegscheiben. Die Türen sprangen bei ihrer Annäherung auf.

Ihr Begleiter setzte sich ans Lenkrad; Laura und David stiegen mit dem Baby in den Fond. Die Türen schlossen sich wie die stählernen Luken eines Panzers, und der Wagen fuhr an. Die weiche Federung trug sie mit öliger Glätte über den zernarbten und überwachsenen Asphalt. Laura blickte zurück zum Flughafen – Lichtinseln über einem Dutzend Fahrradrikschas und rostzerfressenen manuell gesteuerten Taxis.

Die Klimaanlage hüllte sie in antiseptische Kühle. »Emily, kannst du uns hier drinnen hören?« sagte Laura.

(»Ein wenig Bildstörung, aber Audio ist gut«,) flüsterte Emily. (»Hübscher Wagen, nicht?«)

»Ja«, sagte David. Sie verließen die Flughafenzufahrt und bogen in eine palmengesäumte Fernstraße ein. David beugte sich nach vorn zu ihrem uniformierten Führer. »Wohin fahren wir, *amigo?*«

»Zu einem sicheren Haus«, sagte der Mann. Er wandte den Kopf und legte einen Ellbogen auf die Rücklehne. »Ungefähr fünfzehn Kilometer. Machen Sie sich's bequem, drehen Sie Ihre großen Yankeedaumen, versuchen Sie harmlos auszusehen.« Er nahm seine dunkle Brille ab.

»He!« sagte David überrascht. »Es ist Sticky!«

Sticky grinste. »Für Sie ›Hauptmann Thompson‹, Bwana.«

Stickys Haut war jetzt viel dunkler, als sie es in Galveston gewesen war. Eine Art Kunstfarbe, dachte Laura. Vielleicht zur Tarnung. Es schien am besten, nichts darüber zu sagen. »Es freut mich, zu sehen, daß Sie in Sicherheit sind«, sagte sie.

Sticky grunzte.

»Wir hatten keine Gelegenheit Ihnen zu sagen«, fuhr Laura fort, »wie sehr wir bedauern, was Mr. Stubbs geschehen ist.«

»Ich hatte zu tun«, sagte Sticky. »Diesen Burschen aus Singapur auf die Spur zu kommen.« Er starrte in Lauras Brille, erkennbar um Haltung bemüht, weil er wußte, daß er durch sie zu den in Atlanta sich abspulenden Videobändern sprach. »Dies wohlgemerkt, während unsere Rizome-Sicherheitsbeauftragte noch wie ein Huhn ohne Kopf herumlief. Die Singapur-Bande lief nach dem Mord als erste davon. Also verfolgte ich sie in der Dunkelheit. Sie rannten vielleicht achthundert Meter die Küste entlang, dann wateten sie hinaus zu einer schönen Yacht, die in sehr bequemer Reichweite wartete. Eine ansehnliche Ketsch; zwei weitere Männer an Bord. Ich habe die Registrierungsnummer.« Er schnaubte. »Gemietet von Mr. Lao Binh Huynh, einem sogenannten ›prominenten vietnamesisch-amerikanischen Geschäftsmann‹, der in Houston lebt. Ein reicher Mann, dieser Huynh – besitzt ein halbes Dutzend Lebensmittelgeschäfte, ein Hotel, eine Speditionsfirma.«

(»Sag ihm, wir werden der Sache sofort nachgehen«,) wisperte Emily.

»Wir werden der Sache gleich nachgehen«, sagte David.

»Da kommen Sie ein bißchen spät, Bwana David. Mr. Huynh verschwand vor ein paar Tagen. Jemand holte ihn aus seinem Wagen.«

»Großer Gott«, sagte David.

Sticky starrte mißmutig zum Fenster hinaus. Weitläufige, weißgetünchte Häuser tauchten im Scheinwerferlicht des Hyundai aus der Dunkelheit auf; die Wände glänzten wie Schellack. Ein einsamer Trunkenbold trollte sich von der Fahrbahn, als der Wagen einmal scharf hupte. Ein verlassener Marktplatz, Blechdächer, nackter Fahnenmast, eine Statue aus der Kolonialzeit, Stücke von zerbrochenen Strohkörben. Vier angebundene Ziegen – ihre Augen leuchteten im Scheinwerferlicht rot wie etwas aus einem Alptraum. »Nichts davon beweist etwas gegen die Bank in Singapur«, sagte Laura.

Sticky war verärgert. »Wer redet von Beweisen? Glauben Sie, wir hätten vor, sie zu verklagen? Wir sprechen von Krieg!« Er hielt inne. »Zu komisch, daß Yankees heutzutage von Beweisen sprechen! Jemand sprengte ihr Schlachtschiff *Maine* in die Luft, nicht wahr – zwei Monate später überfiel der böse Onkel Sam Kuba. Beweise gab es keine.«

»Nun, das zeigt Ihnen, daß wir unsere Lektion gelernt haben«, sagte David. »Die Invasion Kubas war ein wirklich schlimmer Mißerfolg. Schweinebucht. Eine große Erniedrigung für das imperialistische Yankeetum.«

Sticky sah ihn mit staunender Geringschätzung an. »Ich spreche von achtzehnachtundneunzig, Mann!«

David sah verdutzt aus. »Achtzehnachtundneunzig? Aber das war die Steinzeit.«

»Wir vergessen nicht.« Sticky blickte zum Fenster hinaus. »Sie sind jetzt in der Hauptstadt, Saint George.«

Vielstöckige Mietshäuser, wieder mit diesem seltsamen, plastikähnlich glänzendem Anstrich. Undeutliche, schwärzlich-grünliche Laubmassen drängten sich zwischen die hellen Gebäude am ansteigenden Hang, zottige Palmbüschel wie Rastafarierköpfe. Satellitenantennen und die Skelette von Fernsehantennen überzogen die Dächer. Die Schüsseln toter alter Antennen standen auf den zertrampelten Rasenflächen – Vogelbäder? überlegte Laura. »Das sind regierungseigene Gebäude«, sagte Sticky. »Sozialer Wohnungsbau.« Er zeigte den Hang hinauf. »Das ist Fort George, auf dem Hügel – der Premierminister wohnt da oben.«

Hinter dem Fort blinkten Flugzeug-Warnlichter synchron von drei hohen Sendemasten: Rote Lichter huschten in rasender Schnelligkeit vom Boden aufwärts, als wollten sie sich in die Dunkelheit des interstellaren Raums hinausschleudern. Laura beugte sich hinüber und spähte durch Davids Fenster. Die undeutliche Masse der Festungswälle unter den huschenden Lichtern verursachte ihr Unbehagen.

Laura war über Grenadas Premierminister unterrichtet worden. Er hieß Eric Louison, und seine ›Bewegung des Neuen Jahrtausends‹ regierte Grenada mit einem Einparteiensystem. Louison war über achtzig und zeigte sich kaum noch außerhalb seines Geheimkabinetts von Datenpiraten. Vor Jahren, nach seiner Machtergreifung, hatte Louison in Wien eine leidenschaftliche Rede gehalten und eine Erforschung des ›Phänomens der Optima Persona‹ gefordert. Das hatte ihm eine Menge unbehaglichen Spott eingetragen.

Louison stand in der unseligen afro-karibischen Tradition der Herrscher-Patriarchen, die große Wodu*-An-

---

* WODU, WUDU, VOODOO, VAUDO, magisch-religiöser Geheimkult der Nachfahren afrikan. Sklaven in Haiti. Urspr. wohl aus W-Afrika (Dahomey) stammend, haben sich die relig. Vorstellungen mit christl. und westind. Elementen vermischt. Verehrt werden die ›Loa‹, göttl. Wesen aus der afrikan. Vorstellungswelt, auf die manche Züge kath. Heiliger übertragen wurden. Auch Ahnen können als ›Loa‹ vergöttlicht werden. Der oberste Totengott (Guédé) ist ›Baron Samedi‹. Weitere Kennzeichen sind Besessenheit, lebende ›Tote‹ (Zombies) sowie Tanz und Ekstase. Als kultische Tiere (z. T. Tieropfer) gelten Schlangen, Ziegen, Hühner. Es gibt Zauberer (Bokor) und Priester (Houngan). – Der ehem. haitianische Präs. F. DUVALIER benützte den W.-Kult als Stütze seines Regimes.

W. B. SEABROOK: Geheimnisvolles Haiti (a. d. Engl., 1931); MAYA DEREN: Divine horsemen, the living gods of Haiti (London 1953); M. RIGAUD: La tradition Voudoo et le voudoo-haïtien (Paris 1953); A. MÉTRAUX: Le Vaudou haïtien (ebd. 1958); H. COURLAND: The drum and the hoe (Berkeley, Cal. 1960); J. M. SALGADO: Le culte africain du Vodou et les baptisés en Haïti (Rom 1964).

– BROCKHAUS ENZYKLOPÄDIE 1974

hänger waren. Männer wie Papa Doc und Steppin' Razor und Whippin' Stick. Als sie hinaufblickte, hatte Laura plötzlich ein klares Vorstellungsbild vom alten Louison. Mager und faltig, ein wackliger Greis mit gelben Fingernägeln, der schlaflos durch die vom Fackelschein erhellten Kasematten des Forts tappte. In einer goldbetreßten Jacke, heißes Ziegenblut schlürfend, die nackten Füße in ein paar Kleenex-Schachteln.

Der Hyundai fuhr unter bernsteinfarbenen Bogenlampen durch die Stadt. Sie passierten ein paar brasilianische Dreiradfahrzeuge, kleine wespenartige Wagen in Gelb und Schwarz, deren Motoren mit Alkohol liefen. Saint George machte den schläfrigen Eindruck einer Stadt, wo wochentags jeden Abend der Straßenbelag eingerollt wird. Im Stadtzentrum ragten fünf oder sechs Hochhäuser im alten, häßlichen Internationalen Stil. Ihre monotonen Wände waren gesprenkelt mit beleuchteten Fenstern. Eine schöne alte Kolonialkirche mit einem hohen, eckigen Uhrturm. Baukräne überragten das halbfertige Skelett eines neuen Stadions. »Wo ist die Bank?« fragte David.

Sticky hob die Schultern. »Überall, wo Kabel sind.«

»Gutaussehende Stadt«, sagte David. »Keine Elendsviertel, niemand schläft in den Unterführungen. Sie könnten Mexiko City etwas lehren.« Keine Antwort. »Auch Kingston.«

»Wir werden *Atlanta* was lehren«, versetzte Sticky. »Unsere Bank – Sie meinen, wir seien Diebe. Im Gegenteil, Mann. Ihre Banken sind es, die diesen Leuten seit vierhundert Jahren das Blut aussaugen. Jetzt ist der Schuh am anderen Fuß.«

Die Lichter der Hauptstadt blieben zurück. Loretta regte sich in ihrer Tragetasche, fuchtelte mit den Armen und füllte geräuschvoll ihre Windel. »Ah-oh«, sagte David. Er öffnete das Fenster. Der Geruch warmen tropischen Regens drang in einem Schwall in den Wagen. Ein anderer Geruch mischte sich hinein, würzig, durchdringend, mit Erinnerungen befrachtet. Ein Küchengeruch. Muskatnuß, erkannte Laura. Die Hälfte des Weltverbrauchs an Muskatnuß kam aus Grenada. Echte natürliche Muskatnuß, von Bäumen. Sie umfuhren eine Bucht – Lichter glitzerten von einer vorgelagerten Station, blinkten im ruhigen Wasser. Industrieller Widerschein auf den tiefhängenden grauen Wolken.

Sticky rümpfte die Nase und blickte über die Schulter zu Loretta, als ob sie ein gefüllter Müllsack wäre. »Warum bringen Sie das Baby mit? Es ist gefährlich hier.«

Laura runzelte die Stirn und suchte in der Reisetasche nach den frischen Windeln. David sagte: »Wir sind keine Soldaten. Wir sehen uns nicht als Zielscheiben.«

»Das ist eine komische Denkweise«, sagte Sticky.

»Vielleicht glauben Sie, sie wäre bei uns zu Hause sicherer«, sagte Laura. »Aber wie Sie wissen, wurden wir mit einer Maschinenwaffe beschossen.«

»Ja, gut«, meinte Sticky. »Vielleicht können wir ihm ein kugelsicheres Lätzchen schneidern lassen.«

(»Oh, er ist witzig. Sie vergeuden seine Talente; er sollte in einer Komödie auftreten.«)

Sticky bemerkte ihr Stillschweigen. »Keine Bange, Atlanta«, sagte er mit erhobener Stimme. »Wir geben auf diese Gäste besser acht, als Sie auf unsere achtgegeben haben.«

(»Auweh«,) flüsterte Emily.

Schweigend legten sie weitere Kilometer zurück. (»Ihr solltet diese Zeit nicht vergeuden«,) sagte Emily, (»also werde ich euch ein paar ausgewählte Glanzlichter der Wahlreden unserer Ausschußmitglieder überspielen ...«) Laura lauschte aufmerksam; David spielte mit dem Baby und blickte zum Fenster hinaus.

Dann verließ der Hyundai die Fernstraße, bog in eine kiesbestreute Zufahrt. Emily unterbrach eine Ansprache über Rizomes Anteile am Holzgeschäft und bei Mikrochips. Der Wagen fuhr durch dichte Kasuarinenbestände aufwärts. Er hielt in Dunkelheit.

Der Wagen hupte einmal, und auf zwei gußeisernen Pfosten am Eingangstor einer herrschaftlichen Pflanzung flammten Lichter auf. Das Grundstück war mit hohen Mauern umgeben, auf denen einzementierte Glasscherben glitzerten.

Verspätet eilte ein Wächter herbei, ein zerknittert aussehender jugendlicher Milizionär mit einem umgehängten Fesselgewehr, das mit seiner trichterförmigen Mündung einer altertümlichen Donnerbüchse ähnelte. Sticky stieg aus. Der Wächter sah verschlafen und schuldbewußt aus. Als er das Tor öffnete, kehrte Sticky seinen Rang heraus und stauchte den Jungen zusammen. »He, laß diesen militaristischen Scheiß«, murmelte David für das Protokoll.

Der Wagen rollte in einen kiesbestreuten Hof mit einem inaktiven marmornen Springbrunnen und Massen von unkrautüberwucherten Rosensträuchern. Die Lampen von den Torpfosten beleuchteten eine breite weiße Freitreppe, die zu einer langen, geschlossenen Veranda hinaufführte. Über der Veranda glommen Fenster in zwei wuchtigen, quadratischen Ecktürmen. Was ein viktorianischer Kolonialist unter stilvoll und herrschaftlich verstanden hatte, dachte Laura.

»Ein klassizistischer Landsitz!« sagte David.

Der Wagen hielt vor der Freitreppe, und die Türen schwangen auf. Sie stiegen aus, hoben das Baby und ihre Reisetaschen aus dem Wagen. Sie atmeten duftende, feuchtwarme Tropenluft. Sticky kam herbei und zog eine Schlüsselkarte hervor.

»Wessen Landsitz ist dies?« fragte David.

»Ihrer, einstweilen.« Sticky bedeutete ihnen, ihm die Treppe hinaufzufolgen, und zog auf einer Seite der Veranda die Rolläden auf. Sie sahen einen flachen, staubigen Tisch. Ein Pingpongball wurde von Davids Fuß getroffen und tickte in die Dunkelheit zwischen skeletthaft schimmernden Aluminiumgartenstühlen davon. Sticky steckte seine Schlüsselkarte in eine Doppeltür aus messingbeschlagenem Rosenholz.

Die Türflügel öffneten sich; in der Eingangshalle gingen Lichter an. David war überrascht. »Jemand hat ein Haussystem in diese alte Villa installieren lassen.«

»Gewiß«, sagte Sticky. »Sie gehörte mal einem Bankdirektor – dem alten Mr. Gelli. Er ließ es machen.« Die Echos von fremden Stimmen hallten durch die Eingangshalle. Sie betraten einen Salon: Samttapeten, eine mit geblümtem Stoff bezogene Sitzgarnitur, nierenförmiger Kaffeetisch, hellbrauner Teppichboden.

Zwei Männer und eine Frau in weißer Dienerkleidung knieten neben einem umgekippten Teewagen. Sie standen hastig auf und machten verlegene Gesichter. »Will nicht, das Teufelsding«, sagte der größere der beiden Männer. »Hat uns den ganzen Tag herumgejagt.«

»Das ist Ihr Personal«, sagte Sticky. »Jimmy, Rajiv und Rita. Es ist alles ein bißchen staubig und ungelüftet, aber sie werden es Ihnen bequem machen.«

Laura nahm die drei in Augenschein. Jimmy und Rajiv sahen wie Taschendiebe aus, und Rita hatte Augen wie heiße schwarze Kohlen – sie sah die kleine Loretta an, als ob sie überlegte, wie sie mit Karotten und Zwiebeln in einer Fleischbrühe gedünstet werden könnte. »Werden wir Gäste empfangen?« fragte Laura.

Sticky sah sie verdutzt an. »Nein.«

»Ich bin überzeugt, daß Jimmy, Rajiv und Rita sehr tüchtig sind«, sagte Laura vorsichtig, »aber wenn keine dringende Notwendigkeit besteht, Personal zu beschäftigen, würden wir es allein gemütlicher haben.«

»Sie hatten in Galveston Bedienstete«, sagte Sticky.

Laura biß die Zähne zusammen. »Unsere Mitarbeiter

im Ferienheim sind Rizome-Gesellschafter; sie haben Genossenschaftsanteile.«

»Die Bank hat diese Leute für Sie ausgewählt«, sagte Sticky. »Sie hatte gute Gründe dafür.« Er geleitete Laura und David zu einer anderen Tür. »Hier ist das Schlafzimmer.«

Sie folgten Sticky in einen Raum mit einem massiven Wasserbett unter einem Baldachin und Schrankwänden. Das Bett war frisch bezogen. Räucherwerk mit süßlichem Gardenienduft schwelte auf einem alten Mahagonischreibtisch. Sticky schloß die Tür hinter ihnen.

»Ihre Bediensteten beschützen Sie vor Spionen«, sagte Sticky mit einem Ausdruck strapazierter Geduld. »Vor Menschen und Dingen, Dingen mit Flügeln und Kameras, verstehen Sie? Wir wollen nicht, daß jemand sich Gedanken macht, wer Sie sind und warum Sie hier sind.« Er ließ ihnen Zeit, das zu verdauen. »Also haben wir uns einen Plan ausgedacht: Wir geben Sie als verrückte Wissenschaftler aus.«

»Als was?« fragte David.

»Technokraten, Bwana. Gemietete Berater. High-Tech-Spezialisten, die Oberschicht Grenadas. Verstehen Sie nicht? Wie, meinen Sie, halten wir diesen Inselstaat in Schwung und sorgen für Modernisierung? Wir haben überall in Grenada verrückte Wissenschaftler. Yankees, Europäer, Russen ... Sie kommen her, angelockt durch Beraterverträge, sehen sich um, sind begeistert. Große Häuser, mit Dienstpersonal!« Er zwinkerte. »Und andere schmackhafte Dinge.«

»Das ist großartig«, sagte David. »Bekommen wir auch Plantagenarbeiter?«

Sticky grinste. »Sie sind ein feines Paar, wirklich.«

»Warum geben Sie uns statt dessen nicht als Touristen aus?« fragte Laura. »Sie müssen doch Fremdenverkehr haben, nicht wahr?«

»Meine Dame, dies ist die Karibik«, sagte Sticky.

»Amerikas Hinterhof, nicht wahr? Wir sind es gewohnt, Yankees mit und ohne Hosen herumlaufen zu sehen. Es schockiert uns nicht mehr.« Er hielt inne und überlegte, oder tat so, als überlege er. »Allerdings fordert dieses AIDS-Virus – wir nennen es schon lange Yankeetripper – Opfer unter unseren arbeitenden Mädchen.«

Laura zügelte ihr Temperament. »Diese Aufpasser verlocken uns nicht, Hauptmann.«

»Ah, Verzeihung«, sagte Sticky. »Ich vergaß, daß Sie mit Atlanta verbunden sind. Da müssen Sie natürlich auf gute Manieren achten, dürfen nicht ungesittete Reden führen ... solange die mithören können.«

(»Wenn ihr Heuchler seid«,) flüsterte Emily, (»hat er das Recht, ekelhaft zu sein.«)

»Sie möchten beweisen, daß wir Heuchler sind«, sagte David, »weil es Ihnen das Recht gibt, uns zu beleidigen.« Sticky zögerte, um eine Antwort verlegen. »Sehen Sie«, sagte David besänftigend, »wir sind Ihre Gäste. Wenn Sie uns mit diesen sogenannten Bediensteten umgeben wollen, ist das Ihre Sache.«

Laura sprang ihm bei. »Vielleicht trauen Sie uns nicht.« Sie gab vor, den Gedanken zu verfolgen. »Vielleicht ist es eine gute Idee, uns vom Hauspersonal beobachten zu lassen, für den Fall, daß wir versuchen sollten, nach Galveston zurückzuschwimmen.«

»Wir werden darüber nachdenken«, sagte Sticky widerwillig. Die Türglocke läutete, und sie eilten hinaus, aber die Bediensteten waren ihnen zuvorgekommen. Das Gepäck war eingetroffen. Rajiv und Jimmy luden bereits Reisetaschen aus.

»Ich kann das Kind nehmen, Madam«, erbot sich Rita. Laura tat, als hätte sie nicht gehört, spähte über die Veranda hinaus. Zwei neue Wächter standen unter den Lampen am Tor.

Sticky gab ihnen zwei identische Schlüsselkarten. »Ich muß gehen – habe noch anderswo zu tun. Machen

Sie es sich gemütlich. Nehmen Sie, was Sie wollen, gebrauchen Sie, was Sie wollen, das Haus gehört Ihnen. Der alte Mr. Gelli wird sich nicht beklagen.«

»Wann kommen wir mit der Bank zusammen?« fragte Laura.

»Bald«, sagte Sticky vage. Er lief die Stufen hinunter; der Hyundai öffnete die Türen, und er sprang hinein, ohne seinen Schritt zu verlangsamen. Der Wagen fuhr davon.

Im Salon trafen sie wieder auf die Bediensteten und standen unbehaglich beisammen, gehemmt durch ungelöste Spannungen. »Eine kleine Mahlzeit, Sir, Madam?« schlug Rajiv vor.

»Nein danke, Rajiv.« Sie wußte nicht, wie sie Rajivs ethnischen Hintergrund richtig deuten sollte. Indo-karibisch? Hindu-grenadinisch?

»Wünschen Madame ein Bad?«

Laura schüttelte den Kopf. »Sie können uns Mr. und Mrs. Webster nennen«, schlug sie vor. »Oder meinetwegen David und Laura.« Die drei Grenadiner blickten mit steinernen Mienen zurück.

Loretta wählte geschickt diesen Augenblick, um in Geschrei auszubrechen. »Wir sind alle ein bißchen müde von der Reise«, sagte David vernehmlich. »Ich denke, wir werden uns ins Schlafzimmer zurückziehen. Also werden wir Sie heute nacht nicht mehr brauchen, danke.« Es kam zu einem kurzen Handgemenge um die Reisetaschen, aus dem Rajiv und Jimmy siegreich hervorgingen. Triumphierend trugen sie das Gepäck ins Schlafzimmer. »Wir packen für Sie aus«, verkündete Rajiv.

»Danke sehr, nein!« David breitete die Arme aus und trieb sie durch die Schlafzimmertür, die er hinter ihnen absperrte.

»Wir sind oben, wenn Sie uns brauchen, Sir, Madame«, rief Jimmy durch die Tür. »Die Sprechanlage ist außer Betrieb, also rufen Sie ganz laut!«

David hob Loretta aus ihrer Tragtasche und machte sich daran, ihre Mahlzeit zu bereiten. Laura ließ sich rücklings aufs Bett fallen, überwältigt von Stressmüdigkeit. »Endlich allein!«

»Wenn du Tausende von Rizome-Gesellschaftern nicht zählst«, sagte David aus dem anstoßenden Bad. Er kam heraus und legte das Baby aufs Bett. Laura wälzte sich herum, stützte sich auf einen Ellbogen und hielt Lorettas Flasche.

David überprüfte die Wandschränke. »Es scheint hier einigermaßen sicher zu sein. Keine anderen Zugänge – ausgezeichnete alte Tischlerarbeit.« Er zog mit einer Grimasse den Ohrhörer heraus und legte ihn mit der Videobrille so auf den Nachttisch, daß sie zur Tür gerichtet war.

(»Kümmert euch nicht um mich«,) sagte Emily in Lauras Ohr. (»Wenn David nackt schlafen will, kann ich es herausschneiden.«)

Laura setzte sich aufrecht und lachte. »Ihr zwei und eure Intimscherze«, sagte David.

Laura wechselte die Windeln und steckte das Baby in seinen Papierpyjama. Loretta war satt, schläfrig und zufrieden. Die Augen fielen ihr zu, die kleinen Finger krümmten und streckten sich, als versuchte sie am Wachen festzuhalten. Es war komisch, wie sehr sie David ähnelte, wenn sie schlief.

Sie entkleideten sich, und er hängte seine Sachen in den Schrank. »Da haben sie noch die Garderobe des alten Herrn. Erstklassiger Schneider«, sagte er. Er zeigte ihr ein Gewirr von Lederriemen.

»Was, zum Teufel ist das? Zum Fesseln?«

»Achselhalfter«, sagte David. »Um unter den feinen Anzügen eine Pistole zu tragen. Peng-peng-Zeug für den Macho.«

»Phantastisch«, sagte Laura. Schon wieder Waffen. So müde sie war, fürchtete sie den Schlaf; sie witterte einen weiteren Alptraum. Sie zog den Datenanschluß aus der größten Reisetasche und verband ihn mit der Videobrille. »Wie ist der Empfang?«

(»Es sollte genügen.«) Emilys Stimme kam laut und klar herein. (»Ich verabschiede mich jetzt, aber die nächste Schicht wird über euch wachen.«)

»Gute Nacht.« Laura kroch unter die Decke. Sie betteten das Baby zwischen sich. Morgen wollten sie nach einem geeigneten Korb Ausschau halten. »Licht aus!«

Laura löste sich träge aus dem Schlaf. David trug bereits Jeans, ein offenes tropisches Hemd und seine Videobrille. »Die Türglocke«, erläuterte er. Sie ertönte wieder, ein Dreiklang, der an den Beginn einer alten Melodie erinnerte.

»Oh.« Sie blinzelte mit halb verklebten Augen zum Wecker. Acht Uhr. »Wer ist an der Leitung?«

(»Ich bin es, Laura«,) kam die Stimme aus dem Lautsprecher des Datenanschlusses. (»Alma Rodriguez.«)

»Ach, Mrs. Rodriguez«, sagte Laura. »Hm, wie geht es Ihnen?«

(»Wie soll es gehen? Den Alten plagt heute wieder sein Rheuma.«)

»Tut mir leid, das zu hören«, murmelte Laura. Sie versuchte sich aufzurichten, und das Wasserbett unter ihr schwappte unangenehm.

(»Hier im Ferienheim ist es hübsch leer ohne Sie und die Gäste.«) sagte Mrs. Rodriguez. (»Mrs. Delrosario sagt, ihre zwei Mädchen liefen wie wilde Tiere in der Stadt herum.«)

»Warum sagen Sie ihr nicht, daß … ah …« Laura brach ab, plötzlich überwältigt vom Schock der Desorientierung. »Ich weiß nicht, wo ich bin!«

(»Fühlen Sie sich nicht gut, Laura?«)

»Doch, es geht schon …« Sie blickte wild in dem

fremden Schlafzimmer umher, sah die Tür zum Bad. Das würde helfen.

Als sie zurückkam, kleidete sie sich rasch an und setzte die Brille auf. (»Ay, es ist seltsam, wenn das Bild sich so bewegt«,) sagte Mrs. Rodriguez aus Lauras Ohrhörer. (»Macht mich seekrank!«)

»Mich auch«, sagte Laura. »Mit wem spricht David da draußen? Mit den sogenannten Dienern?«

(»Es wird Ihnen nicht gefallen«,) sagte Mrs. Rodriguez. (»Es ist das Hexenmädchen, Carlotta.«)

»Gott, auch das noch!« sagte Laura. Sie hob das zappelnde, hellwache Baby auf und trug es ins Wohnzimmer. Carlotta saß auf der geblümten Couch; sie hatte einen Korb Eßwaren gebracht. »Futter«, verkündete sie mit einer Kopfbewegung zum Korb.

»Gut«, sagte Laura. »Wie geht's, Carlotta?«

»Einfach prächtig«, sagte Carlotta mit sonnigem Lächeln. »Willkommen in Grenada! Ein richtig schönes Haus haben Sie hier, sagte ich gerade zu ihrem Mann.«

»Carlotta ist heute unsere Verbindungsperson«, sagte David.

»Es macht mir nichts aus, und Sticky hat eine Menge zu tun«, sagte Carlotta. »Außerdem kenne ich die Insel und kann Ihnen alles zeigen. Möchten Sie Papayasaft, Laura?«

»Ja, danke«, sagte Laura. Sie nahm den anderen Sessel, obwohl sie sich unruhig fühlte und am liebsten am Strand gelaufen wäre. Aber damit war es nichts, nicht hier. Sie balancierte Loretta auf dem Knie. »Also hat man bei der Bank so großes Vertrauen zu Ihnen, daß man Sie zu unserer Fremdenführerin macht?«

»Ich bin in ständiger Funkverbindung«, sagte Carlotta beim Einschenken des Saftes. Leichte Kopfhörer mit Ohrknöpfen hingen ihr um den Hals und waren durch einen dünnen Draht mit einem Funksprechgerät an ihrem metallbesetzten Gürtel verbunden. Sie trug eine kurzärmelige Baumwollbluse zu einem Minirock aus rotem Leder. Zwischen beiden waren zehn Zentimeter bloße Haut. »Sie müssen mit dem Essen hier achtgeben«, sagte Carlotta. »Auf dieser Insel gibt es Houngans, die einen richtig fertigmachen können.«

»Houngans?« sagte David. »Sie meinen die Wodupriester?«

»Ja, die. Sie haben hier Wodugifte, die mit dem Zentralnervensystem machen können, was ich nicht mal einem Stabschef des Pentagon antun würde! Sie holen diese verrückten Wissenschaftler her, große Biotechniker, und kreuzen sie irgendwie mit diesen alten Hexenmeistern des Kugelfischgiftes, den Herren der lebenden Toten, und was herauskommt, ist bösartiger als ein tollwütiger Hund! Wenn ich jetzt in Singapur wäre, würde ich Räucherstäbchen abbrennen!«

Laura sah unglücklich in ihr Glas. »Oh, bei mir sind Sie gut aufgehoben«, sagte Carlotta. »Dies alles habe ich selbst auf dem Markt gekauft.«

»Danke, das ist sehr aufmerksam«, sagte David.

»Nun, wir Texaner müssen zusammenhalten, nicht?« Carlotta griff zum Korb. »Sie können unbesorgt von diesen kleinen Tamaledingern essen, Pasteten werden sie hier genannt. Sie sind indischen, nicht indianischen Ursprungs, werden mit Curry zubereitet. Die einheimischen Indianer wurden schon vor langer Zeit ausgerottet.«

(»Nicht essen!«) protestierte Mrs. Rodriguez. Laura beachtete sie nicht.

»Sie sind gut«, sagte sie kauend.

»Ja, sie trieben die Indianer von Sauteurs Point, das heißt Springerkap«, sagte Carlotta zu David. »Die Kariben-Indianer. Sie wußten, daß die Siedler von Grenada sie massakrieren würden, und so sprangen sie alle von einem Kliff in die See und starben. Dahin fahren wir heute – Sauteurs Point. Ich habe einen Wagen draußen.«

Nach dem Frühstück nahmen sie Carlottas Wagen. Es war eine verlängerte Version der brasilianischen Dreiräder zur Lastenbeförderung, mit einem Motorradlenker vorn. »Ich fahre gern selbst«, bekannte Carlotta, als sie einstiegen. »Schnell fahren, das ist ein großer Spaß, den sie vor der Jahrtausendwende hatten.« Sie drückte mit dem Daumen auf einen Knopf am Lenker, und das Dreirad machte fröhlich quäkende Hupgeräusche, als sie an den Wächtern am Tor vorbeirollten. Die Wächter winkten; sie schienen sie zu kennen. Carlotta gab mit dem Drehgriff Gas, daß der Kies von der gewundenen Zufahrtsstraße aufspritzte, bis sie zur Fernstraße kamen.

»Meinst du, daß es sicher ist, unsere Sachen den Haussklaven zu überlassen?« fragte Laura.

David zuckte die Achseln. »Ich weckte sie auf und gab ihnen Arbeit. Rita jätet zwischen den Rosensträuchern, Jimmy reinigt das Schwimmbecken, und Rajiv soll die Pumpe für den Springbrunnen zerlegen, damit wir sie instandsetzen können.«

Laura lachte.

David rieb sich die Hände, daß seine Knöchel knackten; Vorfreude war in seinen Augen. »Wenn wir zurückkommen, können wir selbst mit anpacken.«

»Du willst an dem Haus arbeiten?«

David blickte überrascht. »Ein großartiges altes Herrenhaus wie dieses? Natürlich! Man kann es nicht einfach verfallen lassen!«

Bei Tageslicht war die Fernstraße ziemlich belebt, viele rostende alte Toyotas und Datsuns waren unterwegs. Die Wagen krochen im Schrittempo an einer Straßenbaustelle vorbei, wo ein Bautrupp mit Schaufeln und Spitzhacken im Schatten einer Straßenwalze saß und die Zeit totschlug. Grinsend sahen die Männer zu Carlotta her, als sie das Dreirad vorbeilenkte. »He, Liebling!« krähte einer von ihnen und winkte.

Auf einmal kam von Norden her ein Militärlastwagen mit Segeltuchverdeck. Der Bautrupp griff zu Schaufeln und Spitzhacken und machte sich energisch an die Arbeit. Der Militärlastwagen rumpelte auf dem Straßenbankett vorbei – er war voll von gelangweilt aussehenden Milizionären.

Zwei Kilometer weiter kamen sie durch eine Ortschaft namens Grand Roy. »Ich bleibe hier in der Kirche«, sagte Carlotta und nahm die Hand vom Gasdrehgriff, um die Fahrtrichtung anzuzeigen. Der Motor spuckte und knatterte. »Es ist ein hübscher kleiner Tempel, einheimische Mädchen, sie haben komische Vorstellungen von der Göttin, aber wir bringen sie schon auf den rechten Weg.«

Zuckerrohrfelder, Pflanzungen mit Muskatnußbäumen, blaue Gebirgszüge im Westen, deren vulkanische Gipfel von Wolken umkränzt waren. Sie kamen durch zwei weitere Ortschaften, größere: Gouyave und Victoria. Überfüllte Bürgersteige mit schwarzen Frauen in grellbunt bedruckten tropischen Kleidern, ein paar Frauen in indischen Saris; die ethnischen Gruppen schienen sich kaum zu vermischen. Nicht viele Kinder, aber viel Miliz in Khakiuniformen. In Victoria kamen sie an einem Basar vorbei, wo unheimlich würgende Musik aus brusthohen Lautsprechern auf dem Gehsteig sprudelte. Die Besitzer saßen hinter Tischen aus Glasfaser, auf denen Tonbänder und Videokassetten gestapelt waren. Passanten umdrängten Kokosnußverkäufer, und alte Männer schoben Verkaufskarren mit gerösteten Maiskolben vorbei. Hoch an den Mauern, außer Reichweite von Sprayern, warnten alte AIDS-Plakate in der steif-präzisen Prosa von Ministerialbeamten vor abweichenden Sexpraktiken.

Hinter Victoria bogen sie nach Westen ab und folgten dem Küstenverlauf zur Nordspitze der Insel. Das Gelände begann anzusteigen.

Rote Verladekräne durchstießen den Horizont über Point Sauteurs wie skeletthaftes Filigran. Laura dachte wieder an die roten Sendemasten mit ihren unheimlich springenden Warnlichtern ... sie ergriff Davids Hand. Er drückte sie und lächelte ihr unter der Brille zu; aber sie konnte seine Augen nicht sehen.

Dann überwanden sie eine Anhöhe und hatten plötzlich freien Ausblick. Der Küste vorgelagert, breitete sich ein enormer maritimer Komplex aus, wie die Phantasievorstellung eines Stahlmagnaten von einem neuen Venedig, alles scharfe metallische Winkel und aufsteigendes Gitterwerk und grünliches Wasser, durchzogen von schwimmenden Kabeln ... Lange schützende Hafendämme, aufgeschüttet aus tonnenschweren weißen Blökken, zogen sich kilometerweit nach Norden. Da und dort sprang Brandungsgischt auf die Dammkrone. Das innere Wasser war zusätzlich beruhigt durch Felder orangefarbener Wellenbrecherbojen ...

»Mrs. Rodriguez«, sagte David, »wir brauchen einen Fachmann für Meerestechnik. Sagen sie es Atlanta.«

(»In Ordnung, David, wird sofort gemacht.«)

Laura zählte dreißig größere Anlagen vor der Küste. Sie wimmelten von Menschen. Die meisten waren alte Ölbohrinseln, deren Beine zwanzig Stockwerke hoch im Wasser standen und deren fünfstöckige Aufbauten weithin sichtbar die Meeresoberfläche überragten. Außerirdische Riesen, die Knie umgeben von schwimmenden Anlegebrücken und kleinen verankerten Lastkähnen. Grenadas tropische Sonne schien gleißend auf die Aluminiumfassaden der Wohnquartiere, deren Größe mehrstöckigen Häusern glich, die auf den Plattformen der Bohrinseln jedoch wie Spielzeug wirkten.

Zwei kreisrunde schwimmende Anlagen zur Energieerzeugung sogen kaltes Tiefenwasser und warmes Oberflächenwasser ein, um den Temperaturunterschied von mehr als zwanzig Grad Celsius in einem geschlossenen Verdunstungs-Kondensationskreislauf zum Antrieb von Turbinen und Generatoren nutzbar zu machen. Schwimmende Kabel leiteten den Strom zu den anderen Installationen.

Carlotta lenkte das Dreirad auf einen Parkplatz neben der Straße und zeigte mit ausgestrecktem Arm. »Dort sind sie gesprungen!« Die Kliffs von Point Sauteur waren nur fünfzehn Meter hoch, aber die Felsblöcke zu ihren Füßen sahen ziemlich garstig aus. Mit romantisch tobenden Brechern hätten sie sich besser ausgenommen, aber die Wellenbrecherdämme und Bojen hatten dieses Seegebiet in eine schlammfarbene siedende Suppe verwandelt. »An klaren Tagen kann man von dem Kliff Carriacou sehen«, sagte Carlotta. »Draußen auf dieser kleinen Insel gibt es viel Interessantes zu sehen – sie gehört auch zu Grenada.«

Sie fuhren hinunter zur Küste, und Carlotta parkte das Dreirad auf einem weißen Kiesstreifen neben einem Trockendock. Im Innern des Trockendocks spuckten Schweißbrenner bläulich weiße Flammen. Sie stiegen aus.

Eine matte Brise wehte von der See her und trug ihnen den Gestank von Ammoniak und Karbamid zu. Carlotta reckte die Arme und inhalierte mächtig. »Düngemittelfabriken«, sagte sie. »Wie zu Hause an der Golfküste, nicht?«

»Mein Großvater arbeitete in einem Düngemittelwerk«, sagte David. »Erinnern Sie sich noch an die alten Raffineriekomplexe, Carlotta?«

»Ob ich mich erinnere?« Sie lachte. »Das da sind sie, soviel ich weiß. Sie haben all diese tote Technik spottbillig bekommen – zum Schrottwert gekauft.« Sie steckte die Ohrhörer ein und lauschte. »Andrej wartet ... er kann Ihnen alles erklären. Kommen Sie mit!«

Sie gingen unter dem Schatten ragender Kräne auf den Hafenkai hinaus. Ein tiefgebräunter blonder Mann saß mit ein paar grenadinischen Hafenarbeitern auf einer niedrigen Mauerbrüstung und trank Kaffee. Alle drei trugen weite Baumwollhemden, blaue Arbeitshosen mit vielen Taschen, Schutzhelme und Arbeitsstiefel mit Stahlkappen.

»Ah, da sind sie endlich«, sagte der blonde Mann und erhob sich. »Hallo, Carlotta. Hallo, Mr. und Mrs. Webster. Und das muß Ihre kleine Tochter sein. Was für ein süßes kleines Küken.« Er berührte die Stupsnase des Babys mit einem fettigen Zeigefinger. Das Baby gurgelte und schenkte ihm ein zahnloses Lächeln.

»Mein Name ist Andrej Tarkowskij«, sagte der Mann. »Ich stamme aus Polen.« Er schaute entschuldigend auf seine schmutzigen Hände. »Ich kann Ihnen nicht die Hand geben.«

»Macht nichts«, sagte David.

»Ich soll Ihnen einiges von dem zeigen, was wir hier tun.« Er winkte zum Ende der Pier. »Ich habe ein Boot.«

Das Boot war ein vier Meter langes, flachgehendes Fahrzeug mit stumpfem Bug und einem Wasserstrahl-Außenborder. Andrej gab ihnen Schwimmwesten und eine Art Steckkissen für das Baby. Sie schnallten sich an. Loretta nahm das Geschehen erstaunlicherweise ohne Geschrei hin. Über eine kurze Leiter stiegen sie hinab ins Boot.

David setzte sich ins Heck, Laura mit dem Kind auf eine gepolsterte Bank im Bug, wo sie nach rückwärts blickte. Carlotta machte es sich auf dem Boden bequem. Andrej warf die Leine los und startete den Motor. Sie glitten über das schleimige Wasser nordwärts.

David wandte sich zu Andrej und sagte etwas über katalytische Spaltverfahren. In diesem Augenblick meldete sich eine neue Stimme am Draht. (»Hallo, Rizome-Grenada, hier ist Eric King in San Diego ... Könnten Sie mir noch einmal diese Destillationsanlage zeigen ... Nein, Sie, Laura, sehen Sie zu dem großen gelben Ding ...«)

»Ich übernehme«, rief Laura zu David. »Eric, wohin soll ich sehen?«

(»Nach links – ja – Gott, so was habe ich seit zwanzig Jahren nicht gesehen ... Könnten Sie mir einfach einen langsamen Überblick von rechts nach links geben? ... Ja, so ist es gut.«) Er verstummte, als Laura den Blick langsam über den Horizont gleiten ließ.

Andrej und David stritten bereits. »Ja, aber Sie bezahlen für alles«, sagte Andrej leidenschaftlich. »Hier erzeugen wir Energie aus Ozeanwasser...« – er deutete auf die großen runden Schwimmkörper der Energieerzeugungsanlage –, »die kostenlos ist. Ähnlich verhält es sich mit der Düngemittelerzeugung. Ammoniak ist NH_3. Stickstoff aus der Luft ist kostenlos. Wasserstoff aus dem Meerwasser, das kostenlos ist. Der einzige Kostenaufwand ist die Kapitalinvestition.«

(»Ja, und Wartung und Instandsetzung«,) sagte Eric King in verdrießlichem Ton. »Ja, und Wartung und Instandsetzung«, sagte Laura laut.

»Ist kein Problem, mit den modernen Polymeren«, erwiderte Andrej. »Kunstharze ... wir streichen sie auf, und sie reduzieren die Korrosion beinahe auf Null. Sie müssen damit vertraut sein.«

»Kostspielig«, sagte David.

»Nicht für uns«, sagte Andrej. »Wir stellen sie her.«

Er kurvte um die Beine einer Bohrinsel. Als sie die scharfe Begrenzung ihres Schattens durchfuhren, schaltete Andrej den Motor aus. Sie trieben weiter; die flache, zwei Morgen große Plattform der Bohrinsel, durchzogen von barock anmutenden Rohrleitungen und Ventilen, erhob sich acht Meter über dem schattigen Wasser. Auf einer schwimmenden Anlegebrücke saß ein Hafenarbeiter mit Rattenschwanzzöpfen, das Gesicht eingerahmt von Kopfhörern, und musterte sie.

Andrej lenkte das Boot zu einem der vier Beine der Bohrinsel. Laura sah den dick aufgetragenen Glanz der

Polymere an den tragenden Rohren und Verstrebungen. Unter der Wasserlinie war kein Muschelbesatz. Kein Seegras, kein Schleim. Nichts wuchs an dieser Konstruktion. Sie war glatt wie Eis.

David wandte sich zu Andrej und gestikulierte lebhaft mit beiden Händen. Carlotta lag am Boden und ließ ihre Füße über die Bordwand hängen, lächelte hinauf zur Unterseite der Plattform.

(»Ich wollte noch erwähnen, daß mein Bruder, Michael King, letztes Jahr in Ihrem Ferienheim war«,) sagte King. (»Er lobte es in den höchsten Tönen.«)

»Danke, das ist gut zu wissen«, sagte Laura in die Luft. David redete auf Andrej ein, etwas über Kupfervergiftung und eingebettete Biozide. Er ignorierte King und verringerte die Lautstärke seines Ohrhörers.

(»Ich habe diese Grenada-Angelegenheit verfolgt. Zieht man die fatalen Umstände in Betracht, haben Sie vernünftig gehandelt.«)

»Wir anerkennen diese Unterstützung und Solidarität, Eric.«

(»Meine Frau stimmt mit mir darin überein – obwohl sie meint, daß der Ausschuß die Sache besser hätte machen können ... Sie unterstützen den Indonesier, richtig? Suvendra?«)

Laura überlegte. Sie hatte seit Tagen nicht mehr an die Ausschußwahlen gedacht. Emily unterstützte Suvendra. »Ja, das stimmt.«

(»Was halten Sie von Pereira?«)

»Ich mag ihn, bin aber nicht sicher, daß er das Zeug dazu hat«, sagte Laura. Carlotta grinste, als sie sah, wie Laura in die Luft hineinredete. Wie eine Idiotin, schizoid. Laura runzelte die Stirn. Zuviel Input auf einmal. Augen und Ohren waren mit getrennten Realitäten beschäftigt, ihr Gehirn fühlte sich entlang unsichtbarer Säume geteilt, alles war ein wenig wächsern und unwirklich. Anzeichen von Netzüberlastung. (»Gut, ja, ich weiß, daß Pereira in Brasilien Pech hatte, aber er ist ehrlich. Wie steht Suvendra zu der Sache mit dieser Islamischen Bank? Bekümmert Sie das nicht?«)

David, noch immer vertieft in sein technisches Gespräch mit dem emigrierten Polen, hielt plötzlich inne und führte die Hand zum Ohr. »Die Sache mit der Islamischen Bank«, sagte Laura hinhaltend, und tatsächlich kamen ihr Bedenken. Natürlich. Niemand von Rizome verhandelte mit den Datenpiraten aus Singapur. Und natürlich würde Suvendra die geeignete Frau sein. Es paßte gut zusammen: Mrs. Emerson und Suvendra und Emily Donato. Die Seilschaft der alten Mädchen in Aktion.

»Ah … Eric«, sagte David, ehe Laura sich äußern konnte, »dies ist keine private Leitung.«

(»Oh«,) sagte King in kleinlautem Ton.

»Wir würden uns freuen, Ihre Eingabe zu haben, Sie brauchen sie bloß aufzuschreiben und einzuschicken. Atlanta kann sie für Sie verschlüsseln.«

(»Ja, gewiß«,) sagte King. (»Dumm von mir … Verzeihung.«) Laura bedauerte ihn, war aber froh, daß David ihn ihr vom Hals geschafft hatte. Dennoch war es ihr peinlich. Der Mann war offen und freimütig, wie es bei Rizome geschätzt wurde, und ausgerechnet sie mußten ihm sagen, er solle sich um seine Angelegenheiten kümmern, weil sie im Dienst seien. Wie würde es aussehen?

David blickte zu ihr her und breitete die Hände aus. Auch er schien frustriert.

Andrej ließ den Motor wieder an. Sie glitten mit rascher Beschleunigung auf die See hinaus. Der Fahrtwind fuhr Laura in die Haare und peitschte sie ihr um den Kopf, wenn sie ihn zur Seite wandte.

Das Wasser der Karibik, eine lächelnde Tropensonne, die kühle, schimmernde Gischt zu beiden Seiten des Bugs. Aus dem verseuchten Flachwasser ragten komplizierte Gebilde schwerindustrieller Anlagen, riesig, eigentümlich, ehrgeizig … voll auftrumpfender Präsenz. Laura schloß die Augen. Grenada! Was, zum Teufel, suchte sie hier? Sie fühlte sich benommen, wie unter einem Kulturschock. Ein verstümmeltes Redegeknatter von Eric King. Plötzlich schien sich das entfernte Netz in ihren Kopf hineinzubohren. Sie widerstand einer jähen Regung, die Videobrille herunterzureißen und ins Meer zu werfen.

Loretta wand sich in ihren Armen und zerrte mit fester kleiner Faust an ihrer Bluse. Laura zwang ihre Augen auf. Loretta war Wirklichkeit, dachte sie und wiegte das Baby. Ihre unfehlbare kleine Wegweiserin. Das wirkliche Leben war, wo das Kind war.

Carlotta richtete sich auf und machte eine umfassende Armbewegung in die Runde. »Wissen Sie, wozu das alles ist, Laura?«

Laura schüttelte den Kopf.

»Auf jeder dieser Bohrplattformen hätte die ganze Bank von Grenada Platz!« Carlotta zeigte zu einem bizarren Gebilde auf Steuerbord – einer abgeflachten geodätischen Kuppel, umgeben von Pontons. Es sah wie ein halbierter Fußball auf orangegelb gestrichenen Spinnenbeinen aus. »Vielleicht sind die Computer der Bank da drin«, sagte Carlotta. »Manche dieser Bohrplattformen sind Halbtaucher, die sich unter eigenem Antrieb fortbewegen können. Selbst wenn der Mann nach Grenada herunterkommt, kann die Bank ausweichen! All diese Meerestechnik – sie können hinaus in internationale Gewässer, wo der Mann ihnen nichts anhaben kann.«

»Der ›Mann‹?« sagte Laura.

»Der Mann, die Verschwörung, Sie wissen schon. Das Patriarchat. Das Gesetz, die Hitze, die Spießer. Das Netz. Sie.«

»Ach so«, sagte Laura. »Sie meinen uns.«

Carlotta lachte.

(»Wer ist diese seltsame Frau?«) fragte Eric King. (»Können Sie mir noch einmal diese geodätische Station zeigen? Danke ... ah, David ... wild! Wissen Sie, woran mich das erinnert? An Ihr Ferienheim!«)

»Das dachte ich auch gerade!« sagte David, den Blick auf die Station gerichtet. Er beugte sich halb über die Bordwand. »Können wir dort vorbeifahren, Andrej?«

Andrej schüttelte den Kopf.

Die Bohrinseln blieben zurück; ihre eckigen Aufbauten, Türme und Kräne standen wie ein Wald vor dem tropischen Grün der Küste. Die See wurde kabbeliger. Der flache Bug klatschte auf die Wellen und bespritzte Laura mit Gischt.

Andrej rief etwas und zeigte nach Backbord voraus. Laura wandte den Kopf in die angezeigte Richtung. Dort erstreckte sich ein langer, grauschwarzer Damm. Wo er endete, stand ein vierstöckiges Bürogebäude. Die Anlage war gigantisch – der schwarze Molendamm war wenigstens achtzehn Meter hoch und vielleicht vierhundert Meter lang. Andrej hielt darauf zu, und als sie näher kamen, sah Laura kleine weiße Masten über dem Damm, wie hohe Lichtmasten. Radfahrer fuhren dort wie Mücken auf Rädern. Und das Bürogebäude sah immer eigentümlicher aus, je näher sie kamen – jedes Stockwerk schien kleiner als das darunter, und alle waren durch stählerne Außentreppen miteinander verbunden. Und auf dem Dach gab es eine Menge technisches Zeug – Satellitenantennen, einen Radarmast ...

Das oberste Geschoß war rund und weiß gestrichen. Wie ein Schornstein. Es *war* ein Schornstein.

(»Das ist ein Supertanker«,) sagte Eric King. (»Eines der größten Schiffe, die je gebaut wurden. Befuhren die Route zum Persischen Golf, in den alten Tagen.«) King lachte. (»Grenada hat Supertanker! Ich habe mich manches Mal gefragt, wo sie geblieben sind.«)

»Sie meinen, es schwimmt?« sagte Laura. »Dieser Damm ist ein Schiff? Das ganze Ding bewegt sich?«

»Es kann eine halbe Million Tonnen laden«, sagte Carlotta, die Lauras Überraschung sichtlich genoß. »Wie ein Wolkenkratzer voll Rohöl. Es ist größer als das Empire State Building. Viel größer.« Sie lachte. »Natürlich haben sie jetzt kein Rohöl darin. Es ist eine regelrechte Stadt, heutzutage. Eine große Fabrik.«

Sie fuhren mit voller Geschwindigkeit darauf zu. Laura sah, wie der Wellengang gegen die Bordwände brandete wie gegen ein Steilufer. Der Supertanker reagierte nicht mit der leisesten Bewegung; dafür war er viel zu groß. Sie hatte nie gedacht, daß es solch ein Schiff geben könnte. Es war, als hätte jemand ein Stück von Houston herausgeschnitten und an den Horizont geschweißt.

Und auf dem riesigen Deck konnte sie – was sehen? Mangobäume, Leinen mit flatternder Wäsche, Leute, die in Gruppen an der ewig langen Reling standen ... es mußten Hunderte sein. Weitaus mehr, als für eine Besatzung benötigt werden konnten. Sie wandte sich zu Carlotta. »Die Leute leben dort, nicht?«

Carlotta nickte. »In diesen Schiffen geht allerhand vor.«

»Sie meinen, es gibt mehr als eines?«

Carlotta zuckte die Achseln. »Vielleicht.« Sie berührte ihr Augenlid mit der Fingerspitze, um auf Carlottas Videobrille hinzuweisen. »Sagen wir, daß Grenada zu den Ländern gehört, unter deren Flaggen die internationalen Reedereien gern ihre Schiffe fahren lassen.«

Laura starrte den Supertanker an, ließ den Blick Atlanta zuliebe langsam und sorgfältig über die ganze Länge des Riesen gehen. »Selbst wenn die Bank ihn als Schrott kaufte, muß er Millionen gekostet haben. Das ist eine Menge Stahl.«

Carlotta kicherte. »Über den Schwarzen Markt sind

sie nicht allzu gut im Bilde, wie? Das Problem ist immer Bargeld. Ich meine, was man damit anfangen soll. Grenada ist reich, Laura. Und wird immer reicher.«

»Aber warum Schiffe kaufen?«

»Jetzt fangen Sie mit Ideologie an«, sagte Carlotta. »Da müssen Sie den alten Andrej fragen.«

Nun, aus der Nähe konnte Laura erkennen, wie alt das Ungetüm war. Seine Flanken waren fleckig von riesigen zusammengebackenen Massen Rost, versiegelt unter Schichten moderner High-Tech-Kunstharze. Der schellackähnliche Überzug haftete, aber nicht sehr gut; an manchen Stellen hatte er das runzlige Aussehen sich ablösender Kunststoffolien. Die verschweißten Stahlplatten des Rumpfes arbeiteten unter den Einwirkungen von Hitze und Kälte und Belastung, und selbst die enorme Stärke moderner gebundener Kunststoffe konnte sie nicht halten. Laura sah Dehnungsnarben und die aufgebrochenen Blasen von ›Schiffspocken‹, und Flächen wie Krokodilsleder, wo das Material sich plattenförmig ablöste. Dies alles war überdeckt mit neuen Flicken und großen erstarrten Tropfen schlechtverarbeiteter Ausbesserungsmasse. Hundert Schattierungen von Schwarz und Grau und Rost. Da und dort hatten Arbeitstrupps den Rumpf des Supertankers mit farbigen Graffiti besprüht: KRANKER TANKER, MUNGOMANNSCHAFT – WIR OPTIMAL, BATAILLON *CHARLIE NOGUES.*

Sie machten an einer Fallreepplattform fest. Von dort schwebte ein offener Aufzug wie ein Vogelkäfig an einem Kabel zwanzig Meter hinauf zu einem schwenkbaren Kran auf Decksebene. Sie folgten Andrej in den Käfig, und der stieg ruckweise empor. David, der Tiefblicke genoß, starrte begierig durch die Gitterstäbe, als die See unter ihnen zurückblieb. Hinter seiner dunklen Brille grinste er wie ein Zehnjähriger. Er hatte wirklich seinen Spaß daran, sah Laura. Sie umklammerte die

Tragtasche mit dem Baby mit einer Hand, während die andere sich mit weißen Knöcheln um eine Käfigstange klammerte. Nach einer Weile zog sie es vor, die Augen zu schließen.

Der Ausleger schwenkte sie über das Deck. Laura sah im Vorbeischwenken den Kranführer – eine alte Negerin mit grauem Kraushaar, das ihr wie in einer Explosion um den Kopf stand. Sie bediente gummikauend die Schalthebel. Unter ihnen erstreckte sich das Deck wie eine Flughafenrollbahn, unterbrochen von seltsam aussehenden funktionellen Anordnungen: verriegelten Luken, gebogenen Be- und Entlüftungsöffnungen, Ventilen, Schaumtanks, hydraulischen Leitungen, die sich wie kopfstehende Us über die Radwege bogen. Auch lange Zelte waren zu sehen, und Gemüsegärten, beschattet von Bäumen in großen Kübeln. Eine Zitrusplantage im Windschutz aufgespannter Kunststoffbahnen. Und säuberlich gestapelte Hügel gefüllter Jutesäcke.

Sie gingen über einem aufgemalten X auf das Deck nieder und setzten mit einem Stoß auf. »Alles aussteigen«, sagte Andrej. Sie verließen den Käfig, der sofort wieder abhob. Laura schnüffelte die Luft. Eine vertraute Duftspur unter den Gerüchen von Rost und Salzwasser und Farbe. Ein feuchter, gärender Geruch, wie Tofu.

»Scop!« sagte David erfreut. »Einzellerprotein!«

Andrej nickte. »Die *Charles Nogues* ist ein Nahrungsschiff.«

»Wer ist dieser Nogues?« fragte David.

»Ein lokaler Held«, sagte Andrej mit ernster Miene.

Carlotta nickte David zu. »Charles Nogues warf sich von einem Kliff.«

»Was?« sagte David. »War das einer von diesen Kariben-Indianern?«

»Nein, er war ein Freier Farbiger. Das war später, im Kampf gegen die Sklaverei. Aber die britische Armee schlug den Aufstand nieder, und sie gingen kämpfend zugrunde.« Carlotta seufzte. »Ein furchtbares Durcheinander, die Geschichte Grenadas. Ich habe das alles von Sticky.«

»Die Besatzung dieses Schiffes ist die Vorhut der Bewegung des Neuen Jahrtausends«, erklärte Andrej. Sie folgten seiner Führung zu dem entfernten, hochragenden Schiffsaufbau. Es war schwierig, ihn nicht als eine Art Bürokomplex zu sehen, weil das Schiff selbst so massiv und fest wie eine städtische Straße unter ihnen war. Auf den Radwegen überholte sie der Verkehr, Männer, die beladene Fahrradrikschas in Bewegung hielten. »Vertrauenswürdige Parteikader«, sagte der blonde, polnische Andrej. »Unsere *Nomenklatura.*«

Laura, die das Baby in seiner Tragtasche über die Schulter gehängt hatte, blieb einen Schritt zurück, während David und Andrej nebeneinander vor ihr gingen. »Es beginnt einen gewissen Sinn zu ergeben«, sagte David. »Wenn sie diesmal wie Nogues und die Kariben von ihrer Insel gejagt werden, haben die Leute einen Ort, wohin sie sich retten können, nicht wahr?« Er deutete mit einer Handbewegung zum Schiff ringsum.

Andrej nickte nüchtern. »Grenada erinnert sich vieler Invasionen. Die Bevölkerung ist sehr tapfer, sie hat auch Visionen, aber es ist ein kleines Land. Immerhin, die Ideen, die heutzutage hier verwirklicht werden, sind groß, Mr. Webster. Größer als Grenzen.«

David musterte ihn von der Seite. »Was hat eigentlich jemand aus Danzig hier verloren?«

»Das Leben in Polen ist einförmig«, antwortete Andrej obenhin. »Stockkatholischer Konsumentensozialismus, keine geistigen Werte, keine Perspektive. Ich möchte dort sein, wo die Aktion ist. Und die Aktion ist heutzutage im Süden. Der Norden, unsere entwickelte Welt, ist langweilig. Berechenbar. Dies ist die Klinge, die schneidet.«

»Sie sind also nicht einer von diesen ›Verrückten Wissenschaftlern‹?«

»Solche Leute sind nur als Werkzeuge nützlich«, sagte Andrej mit deutlicher Geringschätzung. »Wir tauschen sie, aber in der Bewegung des Neuen Jahrtausends spielen sie keine wirkliche Rolle. Sie verstehen die Wünsche des Volkes nicht.« Laura konnte aus seiner Betonung die Großbuchstaben heraushören. Diese Sache nahm eine Richtung, die ihr nicht gefiel.

»Klingt sehr hübsch«, erwiderte sie. »Wie vereinbaren Sie das mit Rauschgiftfabriken und Datenpiraterie?«

»Alle Information sollte frei sein«, sagte Andrej, seinen Schritt verlangsamend. »Was Drogen betrifft …« Er griff in eine Seitentasche seiner Arbeitshose, brachte eine abgeflachte Rolle glänzenden Papiers zum Vorschein und gab sie ihr.

Laura betrachtete das Ding. Es sah aus wie eine Rolle mit unbedruckten kleinen Selbstklebeetiketten. »Und?«

»Man klebt sie auf«, sagte Andrej. »Der Klebstoff dient als Trägersubstanz für die Droge und ermöglicht ihr das Eindringen durch die Haut. Die Droge wurde in einem Speziallabor entwickelt und ist sythetisches THC, der wirksame Bestandteil von Haschisch und Marihuana. Diese kleine Rolle Papier ist das gleiche wie viele Kilogramm Haschisch. Der Wert beträgt ungefähr zwanzig Euro. Sehr wenig Geld, nicht wahr?« Er sah sie erwartungsvoll an. »Nicht so aufregend, so romantisch, wie?«

»Mein Gott«, sagte Laura. Sie versuchte die Rolle zurückzugeben.

»Bitte behalten Sie sie, es bedeutet sehr wenig.«

»Sie kann das nicht behalten, Andrej«, sagte Carlotta. »Komm schon, sie sind in der Leitung, und die Chefs sehen zu.« Sie steckte die Rolle in ihre Handtasche und grinste Laura zu. »Wissen Sie, Laura, wenn Sie mit ihrer

Brille nach Steuerbord hinüberschauen würden, könnte ich Ihnen so einen kleinen Aufkleber in den Nacken drücken, und niemand in Atlanta würde es je erfahren. Auf diesem Zeug können Sie fliegen wie eine Wolke. Kristallisiertes THC, Laura! Die Göttin war auf Vergnügungsfahrt, als sie das erfand.«

»Das sind bewußtseinsverändernde Drogen«, protestierte Laura. Sie selbst fand, daß sie sich tugendhaft und langweilig anhörte. Andrej lächelte nachsichtig, und Carlotta lachte laut auf. »Sie sind gefährlich«, sagte Laura.

»Vielleicht glauben Sie, das Zeug werde vom Papier springen und Sie beißen«, sagte Andrej. Er winkte höflich einem vorübergehenden Rasta-Mann zu.

»Sie wissen, was ich meine«, sagte Laura.

»O ja ...« Andrej gähnte. »Sie gebrauchen selbst niemals Drogen, aber was ist mit der Wirkung auf Leute, die dümmer und schwächer sind als Sie? Sie bevormunden andere Menschen. Engen ihre Freiheiten ein.«

Sie gingen an einer mächtigen elektrischen Ankerwinsch vorbei, dann an einer gigantischen Anordnung von Pumpen, mit zweistöckigen Tanks in einem Dschungel von Rohrleitungen. Rastas mit Schutzhelmen und Klemmtafeln wanderten die Laufstege über den Rohrleitungen entlang.

»Sie sind nicht fair«, sagte David. »Drogen können Menschen zugrunde richten.«

»Vielleicht«, sagte Andrej. »Wenn sie in ihrem Leben nichts Besseres haben. Aber sehen Sie sich die Leute hier an Bord an. Wirken sie wie Drogenwracks auf Sie? Wenn Amerika unter dem Drogenproblem leidet, sollten Sie sich vielleicht mal die Frage stellen, was Amerika fehlt.«

(»Was für ein Arschloch«,) bemerkte Eric King. Sie antworteten nicht.

Andrej führte sie drei perforierte Eisentreppen an

den Aufbauten der *Charles Nogues* hinauf. Reihen von Bullaugen markierten die Decks. Die Treppe war belebt von Einheimischen, die hinauf- und herabstiegen und auf den Treppenabsätzen in plaudernden Gruppen beisammenstanden. Alle trugen die gleichen Arbeitshosen und Baumwollhemden. Wenige Auserwählte hatten Hemdentaschenschoner mit Bleistiften und Kugelschreibern. Zwei Stifte, oder drei, oder sogar vier. Einer, ein bierbäuchiger Rasta mit einer finsteren Stirnfalte und einer kahlen Stelle auf dem Schädel, hatte ein halbes Dutzend vergoldete Klemmkappen. Er wurde gefolgt von einem Schwarm von Lakaien. »Juchhe, der reale Sozialismus«, murmelte Laura, zu Carlotta gewandt.

Diese ignorierte die Bemerkung. »Ich kann das Baby tragen, wenn Sie wollen«, sagte sie. »Sie müssen müde sein.«

Laura zögerte, willigte ein. Carlotta lächelte, als sie ihr die Tragtasche gab, und hängte sich den Gurt über die Schulter. »Hallo, Loretta«, gurrte sie und stieß mit dem Zeigefinger nach dem Baby. Loretta blickte zweifelnd zu ihr auf und nahm es hin.

Sie stiegen durch eine lukenartige Tür mit hoher Schwelle, gerundeten Ecken und einer Gummidichtung in die fluoreszierenden Lichter eines Gangs. Überall viel zerkratztes altes Teakholz, abgetretenes Linoleum. Die Wände waren mit allerlei Zeug behangen, ›Volkskunst‹ vermutete Laura, viel bunte Farben wie aus einem Kindermalkasten, kräuselhaarige Männer und Frauen, die Arme emporgestreckt zu einem mit Losungen übersäten blauen Himmel …

»Dies ist die Brücke«, verkündete Andrej. Sie sah wie ein Fernsehstudio aus, Dutzende von Monitorbildschirmen, breite Konsolen mit Reihen geheimnisvoller Knöpfe und Schalter, ein Navigationstisch mit Lampen und Telefonen. Durch eine halb verglaste Wand über den Monitoren konnte man den Tanker in seiner Länge überblicken; das Deck erstreckte sich wie eine Autobahn mit vierundzwanzig Fahrspuren. Jenseits davon waren auch kleine Abschnitte vom Ozean zu sehen, zu entfernt, um viel auszumachen. Beim Blick durch die Fenster sah Laura, daß an der Backbordseite des Supertankers ein paar große Lastkähne festgemacht hatten. Vorher waren sie von der Masse des Schiffsrumpfes vollständig verdeckt gewesen. Die Barken pumpten ihre Ladungen durch massive, gerippte Rohrleitungen an Bord. Der Anblick war von einer beklemmenden Widerwärtigkeit, in einer unbestimmten Weise obszön, wie die parasitische Sexualität gewisser Tiefseefische.

»Wollen Sie nicht hinausschauen?« fragte Carlotta; sie schwang das Baby an ihrer Hüfte vor und zurück. Andrej und David waren in ein Gespräch vertieft, untersuchten Meßgeräte und redeten in einem fort. Noch dazu über so fesselnde Themen wie Proteinfraktionierung und Schraubenstrahlturbulenzen. Ein Schiffsoffizier half mit Erklärungen aus, einer der wichtigen Männer mit vielen Schreibgeräten in der Brusttasche. Er sah unheimlich aus: schwärzliche Haut und glattes, flachsblondes Haar. »Das ist eher was für David«, sagte Laura.

»Nun, könnten Sie dann für eine kleine Weile aus der Leitung gehen?«

»Wie?« Laura stutzte. »Wenn Sie mir etwas erzählen wollen, sollten Sie es auch Atlanta erzählen können.«

»Sie müssen scherzen«, sagte Carlotta und verdrehte die Augen. »Was ist dabei, Laura? Im Ferienheim redeten wir die ganze Zeit unter vier Augen, und niemand kümmerte sich darum.«

Laura überlegte. »Was meinen Sie, Kontakt?«

(»Nun, natürlich, ich vertraue Ihnen«,) sagte King. (»Nur zu! Ich sehe nicht, daß Sie in irgendeiner Gefahr wären.«)

»Also gut ... solange David da ist und über mich

wacht«, sagte Laura. Sie trat zum Navigationstisch, nahm Videobrille und Ohrhörer ab und legte sie auf den Tisch. Dann kam sie zurück zu Carlotta, war aber sorgsam darauf bedacht, im Blickfeld der Brillengläser zu bleiben. »Gut so?«

»Sie haben wirklich seltsame Augen, Laura«, murmelte Carlotta. »Beinahe gelbgrün ... Ich hatte vergessen, wie sie aussehen. Es ist leichter, mit Ihnen zu reden, wenn Sie nicht dieses Gestell auf der Nase haben – irgendwie sehen Sie mit dem Ding wie ein Insekt aus.«

»Vielen Dank«, sagte Laura. »Vielleicht sollten Sie mit den Halluzinogenen ein bißchen kürzer treten.«

»Was soll dieses Von-oben-herab-Getue?« entgegnete Carlotta. »Ihre Großmutter, Loretta Day, von der Sie soviel halten, wurde einmal wegen Drogenbesitz eingesperrt. Oder vielleicht nicht?«

Laura war überrumpelt. »Was hat meine Großmutter damit zu tun?«

»Nur soviel, daß sie Sie aufzog und für Sie sorgte, was Ihre richtige Mutter nicht tat. Und ich weiß, daß Sie große Stücke auf Ihre alte Großmama hielten.« Carlotta warf das Haar mit einem Schwung über die Schulter und weidete sich an Lauras Bestürzung. »Wir wissen alles über Sie ... und sie ... und David ... Je weiter wir zurückgehen, desto einfacher ist es, an die Unterlagen heranzukommen. Denn niemand bewacht alle diese Daten. Es gibt einfach zuviel davon, um sie zu bewachen, und niemandem liegt wirklich daran! Aber die Bank denkt anders darüber, und so haben wir das ganze Zeug.«

Carlotta musterte Laura aus schmalen Augen. »Heiratsurkunde, Scheidungspapiere, Kontoauszüge, Namen, Anschriften, Telefonnummern ... Zeitungen, von Computern über zwanzig, dreißig Jahre hinweg nach jeder einzelnen Erwähnung ihres Namens durchforscht ... Ich habe Ihr Dossier gesehen, Laura Webster. Alle Arten von Fotos, Aufzeichnungen, Hunderttausende von Worten. Es ist wirklich unheimlich ... Ich kenne Sie so gut, daß ich in gewisser Weise das Gefühl habe, in Ihrem Kopf zu sein. Manchmal weiß ich, was Sie sagen werden, noch bevor Sie es tun, und das bringt mich zum Lachen.«

Laura merkte, daß sie errötete. »Ich kann Sie nicht daran hindern, in meine Privatsphäre einzudringen. Vielleicht gibt Ihnen das einen unfairen Vorteil mir gegenüber. Aber ich treffe keine endgültigen Entscheidungen – ich vertrete nur mein Unternehmen.« Ein paar Offiziere, die einen der Monitorbildschirme beobachtet hatten, verließen die Brücke mit Mienen ernster Pflichterfüllung. »Warum erzählen Sie mir das eigentlich, Carlotta?«

»Ich bin selbst nicht ganz sicher«, sagte Carlotta. Sie sah ehrlich erstaunt aus, sogar ein wenig verletzt. »Ich glaube, es liegt daran, daß ich nicht sehen möchte, wie Sie blindlings in etwas hineinlaufen, das Sie nicht sehen können. Sie glauben sicher zu sein, weil Sie für den Mann arbeiten, aber die Tage des Mannes sind gezählt. Die wahre Zukunft ist hier, an diesem Ort.« Carlotta dämpfte ihre Stimme und trat näher; ihr Gesichtsausdruck war ernst. »Sie stehen auf der falschen Seite, Laura. Der Verliererseite, langfristig gesehen. Diese Leute haben Dinge im Griff, die der Mann nicht herausrücken will. Aber er kann tatsächlich nichts dagegen tun. Weil sie über ihn Bescheid wissen. Und Sie können hier Sachen machen, an die normale Menschen nicht einmal denken mögen.«

Laura rieb sich das linke Ohr, das vom Knopf des Ohrhörers ein wenig wund war. »Sie sind wirklich beeindruckt von dieser Schwarzmarkttechnik, Carlotta?«

»Gewiß, so ist das«, sagte Carlotta und schüttelte ihren Wuschelkopf. »Aber sie haben Louison, den Premierminister. Er kann seine Optimas erwecken. Er kann sie herausrufen, Laura – seine Personae, verstehen Sie?

Sie gehen im hellen Tageslicht umher, während er dieses alte Fort nie verläßt. Ich habe sie gesehen, wie sie durch die Straßen der Hauptstadt gingen ... kleine alte Männer.« Carlotta schauderte.

Laura starrte sie mit einer Mischung von Beunruhigung und Mitleid an. »Was soll das bedeuten?«

»Wissen Sie nicht, was eine Optima Persona ist? Sie hat keine Substanz; Zeit und Entfernung bedeuten ihr nichts. Sie kann sehen und hören, kann Sie belauschen ... oder kann glatt durch Ihren Körper hindurchgehen! Und zwei Tage später fallen Sie tot um, ohne daß irgendein Merkmal an Ihnen zu sehen wäre.«

Laura seufzte; für einen Augenblick hatte Carlotta sie erschreckt. Illegale Technik konnte sie verstehen, aber für mystischen Unsinn hatte sie nie viel übrig gehabt. David und der polnische Emigrant gingen einen Computerausdruck durch, ganz verständnisinniges Lächeln. »Glaubt Andrej dies alles?«

Carlotta hob die Schultern, ihr Gesichtsausdruck wurde verschlossen, wieder distanziert. »Andrej ist ein Politischer. Wir haben hier in Grenada alle Arten ... Aber am Ende läuft es alles auf eines hinaus.«

»Vielleicht ... wenn Sie Angst vor Hokuspokus haben.«

Carlotta schenkte ihr einen Blick frommen Bedauerns.

Zum Mittagessen waren sie Tischgäste des Kapitäns. Er war der dickbäuchige Typ mit den sechs vergoldeten Kugelschreibern. Sein Name war Blaize. Neunzehn weitere Offiziere oder Kommissare versammelten sich mit ihm in dem höhlenartigen Speisesaal des Supertankers, der mit Kronleuchtern und Eichenvertäfelung prunkte. Sie speisten von altem, goldumrandetem Porzellan mit dem Firmenzeichen der P & O-Schiffahrtslinie und wurden von jugendlichen Kellnern in Uniform bedient, die große Stahlterrinen schleppten. Sie aßen Scop in verschiedenen phantasievollen Erscheinungsformen. Als Suppe, als falsche Hühnerbrust mit Muskatnuß, kleine Frikasseerollen mit Zahnstochern darin.

Eric King wartete das Ende der Mahlzeit nicht ab. Er verabschiedete sich und überließ die Leitung wieder Mrs. Rodriguez.

»Wir haben unsere Kapazitätsgrenze keineswegs erreicht«, verkündete Kapitän Blaize in karibischem Englisch mit vielen verschluckten Silben, »aber mit jedem Monat kommen wir nach und nach den Produktionsquoten näher. Dadurch verringern wir die Belastung des produktiven Ackerbodens, verhüten seine Erosion und entschärfen die Ernährungsprobleme, die sich aus der Zunahme der Bevölkerung ergeben. Sie verstehen, Mr. Webster ...« Blaizes Stimme ging in einen singenden Tonfall über, der seltsame Wellen lebloser Langeweile durch Lauras Gehirn sandte. »Stellen Sie sich vor, Mr. Webster, was eine Flotte von Schiffen wie dieses für den schlimmen Zustand tun könnte, in dem sich Mutter Afrika befindet.«

»Ja, natürlich, die Implikationen liegen auf der Hand«, sagte David. Er verzehrte sein Scop mit sichtlichem Appetit.

Während des Essens wurde leichte Hintergrundmusik gespielt. Laura lauschte mit halbem Ohr. Irgendein schmalzig glatter Sänger aus Großväterzeiten mit sentimental bedeckter Stimme, begleitet von sirupsüßen Streichern und jazzigen Saxophoneinlagen ... (›something, something for you, dear ... buh buh buuuh ...‹) Sie konnte den Sänger beinahe identifizieren ... aus alten Filmen. Crosby, der war es, ja: Bing Crosby.

Aber nun drangen digitalisierende Effekte in die alte Melodie ein, und Schreckliches geschah. Crosbys Kehle schien plötzlich von einer Stimmbänderdehnung befallen. Sein weicher Ton kratzte wie Kandiszucker –

arruuuh, Werwolfgeräusche. Dann ging er in einen gräßlichen Rückwärtsgesang über – *hub hub hub*, wie eine schmatzende Brustwunde. Die schwachsinnigen Geräusche rieselten auf die Tischgäste herab, aber niemand schenkte ihnen Beachtung.

Laura wandte sich zu dem jungen Drei-Stifte-Kader zu ihrer Linken. Der Mann wedelte mit den Fingern über Lorettas Tragtasche und blickte schuldbewußt auf, als sie ihn anredete. »Die Musik? Wir nennen es Didge-Ital ... dig-ital ... Das hauen wir hier an Bord zusammen.« Ja. Sie hatten den armen alten Bing in ein brüllendes, stöhnendes Ungeheuer verwandelt. Er hörte sich an, als ob sein Kopf aus Blech gemacht wäre.

Inzwischen wurde David von Blaize und Andrej über Geldfragen belehrt. Den grenadinischen Rubel. Grenada hatte eine geschlossene, bargeldfreie Wirtschaft; jeder Bewohner der Insel hatte eine persönliche Kreditkarte, ausgestellt auf die Bank. Diese Politik hielt die ›üble globale Währung‹, den Euro, aus dem lokalen Umlauf heraus. Und damit waren die ›kriechenden Fangarme des finanziellen und kulturellen Imperialismus‹, wie das Netz ihn verkörperte, ›abrasiert‹.

Laura lauschte dieser PR-Anstrengung mit säuerlicher Erheiterung. Sie würden diese Rhethorik nicht bemühen, wenn sie nicht versuchten, eine wirkliche Schwäche zu verbergen, dachte sie. Es lag auf der Hand, daß die Bank alle Kredittransaktionen der gesamten Bevölkerung archivierte, so daß sie durch einen Blick auf den Computerbildschirm jedem Bürger über die Schulter gucken konnte. Aber das erinnerte zu sehr an Orwell. War den bösen alten Stalin und Mao die Abschaffung des Geldes nur nicht gelungen, weil sie noch keine leistungsfähigen Computer gehabt hatten? David hob unschuldig die Brauen und fragte, wie es mit dem Devisenschwarzhandel stehe, einer alten Krankheit in den Zeiten des monolithischen Ostblocks. Andrej machte ein steifes und tugendhaftes Gesicht, und Laura versteckte ihr Lächeln hinter einer Gabelvoll falscher Karotten. Sie war bereit, jede Wette einzugehen, daß ein Bündel Papiereuro ausreichen würde, um den durchschnittlichen Grenadiner mit Leib und Seele zu kaufen. Ja, es war genau wie mit diesen Devisenschwarzhändlern der alten Zeiten, die in Moskau fremde Touristen zum Umtausch von Dollars gedrängt hatten. Große Flöhe hatten kleine Flöhe, große Schwarzmärkte hatten kleine Schwarzmärkte.

Laura war erfreut, überzeugt, daß sie auf etwas gestoßen sei. Noch am selben Abend wollte sie Debra Emerson in Atlanta auf einer chiffrierten Leitung sagen, daß hier ein Ansatzpunkt für eine Brechstange sei. Debra würde schon wissen, wie weiter zu hantieren war: Es war genau wie die schlimme alte CIA-Arbeit vor der Abrüstung … Wie hatten sie es damals genannt? Destabilisierung.

»Es ist nicht wie der alte Warschauer Pakt, vor der Öffnung«, fuhr Andrej fort und schüttelte seinen hübschen blonden Kopf. »Unsere Insel ist mehr wie ein kleines OPEC-Land, wie Kuwait oder Abu Dhabi … Zuviel leichtverdientes Geld frißt die gesellschaftlichen Werte auf, macht das Leben zu einer Art Disneyland, lauter dicke Cadillacs und die Trickfilmgestalten – leer, bedeutungslos.«

Blaize lächelte ein wenig, die Augen halb geschlossen, wie ein Buddha. »Ohne die Disziplin unserer Bewegung«, rumpelte er, »würde unser Geld zurückfließen, wie Wasser bergab fließt: von der Peripherie der Dritten Welt hinab zu den Zentren des Netzes. Ihr ›freier Markt‹ betrügt uns; in Wahrheit ist er ein babylonischer Sklavenmarkt! Babylon würde auch unsere besten Leute an sich ziehen … sie würden dorthin gehen, wo die Telefone bereits funktionieren, wo die Straßen schon gepflastert sind. Sie wünschen die Infrastruktur, wo das

Netz am dichtesten geflochten ist, wo es am einfachsten ist, zu Wohlstand zu gelangen. Es ist ein bösartiger Teufelskreis, der für die Leiden der Dritten Welt verantwortlich ist.«

»Aber heute ist das Abenteuer hier!« warf Andrej ein. »In Ihrem Amerika sind keine Grenzen mehr, David, mein Freund! Heute gibt es nur noch Anwälte und Bürokraten und ›Untersuchungen der sozialen Folgen‹ ...« Er schlug mit seiner Gabel auf die Tischplatte. »Gefängnismauern aus Papierkrieg, die modernen Pionieren das Leben und die Hoffnung aussaugen! Geradeso häßlich, geradeso ein Verbrechen wie die alte Berliner Mauer, David. Nur schlauer. Mit besserer Public Relations.« Er warf Laura einen Seitenblick zu. »Wissenschaftler und Ingenieure, und auch Architekten, ja – wir sind Brüder, David, die wir die wahre Arbeit der Welt tun – aber wo ist unsere Freiheit? Wo, eh?«

Andrej hielt inne, warf den Kopf zurück, um eine blonde Strähne aus der Stirn zu befördern. Plötzlich hatte er das dramatische Aussehen eines Redners, der Inspiration aus tiefen Brunnen der Aufrichtigkeit zieht. »Wir haben keine Freiheit! Wir können unseren Träumen, unseren Visionen nicht folgen. Regierungen und Konzerne zwingen uns unter ihr Joch! Für sie machen wir nur farbige Zahnpasta, weicheres Toilettenpapier, größere Fernsehgeräte, um die Massen zu verdummen und zu betäuben!« Er hieb mit den Händen durch die Luft. »Die heutige Welt ist eine Welt alter Männer, mit den Werten alter Männer! Mit weichen, angenehmen Polsterungen aller scharfer Ecken und Kanten, mit ständig bereitstehenden Krankenwagen. Das Leben ist mehr als das, David. Das Leben *muß* mehr als das sein!«

Die Schiffsoffiziere hatten aufgehört, ihm zuzuhören, und als Andrej eine Pause machte, nickten sie einander zu. Laura sah, wie sie feste Blicke männlicher Kameradschaft tauschten. Die Luft war beinahe dick von dieser ihrer demonstrierten Gemeinschaft, verstärkt durch die Parteilinie. Laura kam dies alles vertraut vor, wie das gute Gemeinschaftsgefühl bei einer Rizome-Versammlung, aber stärker hier, weniger nüchtern. Militant und beängstigend, weil es sich so gut anfühlte. Es verlockte sie.

Sie saß still, versuchte sich zu entspannen, durch ihre Augen zu sehen und zu verstehen. Andrej war nun, da er in Fahrt gekommen war, nicht mehr aufzuhalten, und predigte über die wahren Bedürfnisse des Volkes; die gesellschaftliche Rolle des engagierten Technikers. Es war ein Mischmasch: Nahrung und Freiheit und sinnvolle Arbeit. Und der Neue Mann und die Neue Frau, mit ihrem weiten Herzen für das Volk, den Blick aber zu den Sternen gerichtet ... Laura beobachtete die anderen. Was mußten sie empfinden? Die meisten von ihnen waren jung, die engagierte Elite der Bewegung, aus den schläfrigen kleinen Ortschaften der Insel hierher verpflanzt: Sie stellte sich vor, wie sie die Eisentreppen ihrer seltsamen Stahlwelt hinauf- und hinunterliefen, schwitzend und eifrig wie gedopte Laborratten. Abgeschlossen gegen die Welt und weit entfernt von den Gesetzen und Regeln und Standards des Netzes.

Ja. So viele Veränderungen, so viele Schocks und Neuheiten; sie überwältigten die Leute. Geblendet vom Potential, sehnten sie sich danach, die Grenzen hinauszuschieben, sich über alle Regeln, Kontrollen und Gleichgewichte hinwegzusetzen, die nun alle diskreditiert waren, alles Lügen der alten Ordnung. Gewiß, dachte Laura. Das war der Grund, warum Grenadas Kader Gene wie Konfetti stanzen konnten, Daten für ihre Dossiers stehlen konnten, ohne Gewissensbisse zu bekommen. Wenn alle in eine Richtung marschieren, sind unangenehme Fragen nur störend.

Revolutionen. Neue Ordnungen. Für Laura hatten diese Begriffe den staubigen Geschmack des zwanzigsten Jahrhunderts und seines Denkens. Es war ein Jahrhundert visionärer Massenbewegungen gewesen, und wann immer sie zum Durchbruch gekommen waren, hatte das Ringen mit den alten Mächten Ströme von Blut fließen lassen. Was Rußland um 1920, Deutschland um 1940 und der Iran um 1980 durchgemacht hatten, mochte – in bescheidenerem Maßstab – Grenadas Schicksal sein.

Aber selbst ein kleiner Krieg konnte in einem kleinen Inselstaat wie Grenada das Klima vergiften, die Hysterie anheizen und jeden Abweichler zum Verräter stempeln. Ein kleiner Krieg, dachte sie, wie der, welcher bereits zu sieden beginnt …

Andrej war mit seiner Rede fertig. David lächelte unbehaglich. »Ich stelle fest, daß Sie diese Rede heute nicht zum ersten Mal gehalten haben.«

»Sie beurteilen Reden mit Skepsis«, sagte Andrej und warf seine Serviette auf den Tisch. »Das ist nur vernünftig. Aber wir können Ihnen die Tatsachen und die Praxis zeigen.« Er hielt inne. »Es sei denn, Sie möchten die Nachspeise abwarten.«

David blickte zu Laura und Carlotta. »Gehen wir«, sagte Laura. Gesüßtes Scop war nichts, was sie zum Verweilen einladen konnte.

Sie nickten der Tischrunde zu, bedankten sich höflich beim Kapitän, verließen die Tafel. Andrej führte sie durch einen anderen Gang und blieb vor einem Doppelaufzug stehen. Er drückte einen Knopf, und sie stiegen ein; die Türen schlossen sich hinter ihnen.

Störgeräusche zischten in Lauras Kopf. »Gott im Himmel!« sagte David, eine Hand am Ohrhörer. »Wir sind aus der Leitung!«

Andrej blickte mit knapper Kopfbewegung über die Schulter. »Keine Aufregung, ja? Es ist nur ein Augenblick. Wir können nicht alles verdrahten.«

»Oh«, sagte David. Er sah zu Laura. Sie hielt die Tragtasche mit dem Kind, während der Aufzug in die Tiefe sank. Ja, sie hatten den Schutz der Fernsehübertragung eingebüßt und standen hilflos; Andrej und Carlotta konnten sie jetzt überfallen, mit Injektionen außer Gefecht setzen … und dann würden sie irgendwo auf Tische geschnallt erwachen, wo von Drogen zerrüttete Wodu-Doktoren ihnen kleine vergiftete Zeitbomben in die Gehirne implantierten …

Andrej und Carlotta standen plattfüßig da, mit dem geduldigen, rindviehhaften Ausdruck von Menschen in Aufzügen. Nichts geschah.

Die Türen gingen auf. Laura und David eilten hinaus in den Korridor, die Hände an ihren Videobrillen und Ohrhörern. Lange Sekunden knisternder Störgeräusche. Dann ein schnelles, winselndes Stakkato von Datenimpulsen, und schließlich schrille ängstliche Rufe auf spanisch.

»Alles ist in Ordnung, nur eine kleine Unterbrechung«, sagte Laura zu Mrs. Rodriguez. David beruhigte sie mit einer längeren Erklärung auf spanisch. Laura verstand die Worte nicht, aber Mrs. Rodriguez' Tonfall genügte ihr: Kopflose Angst einer kleinen alten Frau, zittrig und schwach. Natürlich machte die gute alte Mrs. Rodriguez sich nur Sorgen um sie; dennoch war Laura ärgerlich. Sie rückte an ihrer Brille und zog verlegen die Brauen zusammen.

Andrej wartete auf sie und hielt ihnen – hysterische Dummköpfe – eine Seitentür auf. Jenseits davon war ein Waschraum mit Duschkabinen und Waschbecken aus Edelstahl unter grellem, bläulichem Licht, und Luft, die nach Seife und Ozon roch. Andrej zog die mit Gummidichtungen versiegelte Tür eines Kleiderspinds auf. Auf Regalen waren Stapel frischgebügelter Schutzkleidung in chirurgischem Grün: Kittel, Hosen mit Zugschnüren, Haarnetze und Atemmasken, sogar kleine Überschuhe zum Zubinden.

»Mrs. Rodriguez«, sagte David mit merklicher Erregung. »Anscheinend brauchen wir einen Rizome-Gentechniker an der Leitung.«

Andrej beugte sich über ein Waschbecken und ließ aus einem Spender ein paar Tropfen rosa Desinfektionsmittel in seine Handfläche fallen. Er rieb sich energisch damit ein. Neben ihm hielt Carlotta einen sterilen Pappbecher unter einen Wasserhahn. Laura sah sie eine rote Pille aus der Handtasche nehmen und mit der Leichtigkeit langer Übung hinunterschlucken und nachspülen.

Loretta verzog das kleine Gesicht. Die Beleuchtung im Waschraum gefiel ihr nicht, oder vielleicht war es der Geruch. Sie wimmerte rhythmisch, dann begann sie zu schreien. Ihr klägliches Plärren hallte von den nackten Wänden wider und schreckte sie zu neuen krampfhaften Anstrengungen. »Aber Loretta«, schalt Laura sie. »Und du warst in letzter Zeit so brav!« Sie schaukelte Loretta mit der Tragtasche, aber die Kleine wurde nur tomatenrot und fuchtelte wild mit den dicken kurzen Ärmchen. Laura überprüfte die Windel und seufzte. »Kann ich hier drinnen die Windeln wechseln, Andrej?«

Andrej rieb sich den Nacken ein; mit dem Ellbogen wies er zu einem Müllschlucker. Laura grub im Seitenfach der Tragtasche und zog die Ersatzwindel von der Rolle. »Das ist praktisch«, sagte Carlotta und spähte ihr über die Schulter. »Wie ein Fensterrollo.«

»Ja«, sagte Laura. »Man drückt diesen Knopf an der Seite, und die Blasenzellenpolsterung füllt sich mit Luft. Das saugfähige Material bekommt Volumen.« Sie legte die Windel auf eine glatte Oberfläche, hob Loretta aus der Tragtasche und legte sie daneben. Das Baby schrie, als ginge es ihm ans Leben.

Ihr zappelndes kleines Hinterteil war braun verklebt. Laura hatte längst gelernt, hinzuschauen, ohne es wirklich zu sehen. Sie säuberte es mit einem geölten Papiertaschentuch, ohne etwas zu sagen. Carlotta hatte es vorgezogen, unterdessen die Säuglingstragetasche zu untersuchen. »He, dieses Ding ist wirklich raffiniert! Wenn man diese Plastikklappen hochzieht, kann man ein Babybad daraus machen ...«

»Reichen Sie mir den Puder, Carlotta.« Laura puderte das Baby ein und verschloß die neue Windel. Loretta heulte wie eine verdammte Seele.

David kam zu ihnen. »Geh du dich einreiben, ich nehme sie.« Loretta tat einen Blick auf die Chirurgenmaske ihres Vaters und schrie in Seelenangst. »Um Himmels willen«, sagte David.

(»Sie sollten Ihren Säugling nicht in eine Gefahrenzone bringen«,) sagte eine neue Stimme am Draht.

»Meinen Sie nicht?« rief David durch das Babygeschrei. »Die Maske wird sie nicht gern tragen, das ist sicher.«

Carlotta blickte auf. »Ich könnte sie nehmen.«

(»Vertrauen Sie ihr nicht«,) sagte die Stimme am Draht sofort.

»Wir können das Kind nicht aus den Augen lassen, verstehen Sie«, sagte David zu Carlotta.

»Nun«, sagte Carlotta, die praktisch dachte, »ich könnte Lauras Videobrille und Ohrhörer tragen, und auf diese Weise könnte Atlanta alles sehen, was ich sehe. Und unterdessen würde Laura sicher bei Ihnen sein.«

Laura zögerte. »Die Ohrhörer sind nach Maß gemacht.«

»Sie sind flexibel, ich könnte sie eine Weile tragen. Kommen Sie, ich kann das machen, es würde mir Freude bereiten.«

»Was meinen Sie, am Draht?« sagte David.

(»Ich bin es, Millie Syers aus Raleigh«,) sagte die Stimme. (»Sie werden sich erinnern, John und ich und unsere Jungen waren letzten Mai in Ihrem Ferienheim.«)

»Oh, hallo, Professor Syers«, sagte Laura. »Wie geht es Ihnen?«

(»Nun, meinen Sonnenbrand habe ich überlebt.«) Millie Syers lachte. (»Und nennen Sie mich bitte nicht Professor, das paßt nicht zu Rizome. Und wenn Sie meinen Rat wünschen, ich würde mein Kind nicht bei einer Datenpiratin lassen, die wie ein Strichmädchen angezogen ist.«)

»Sie ist eins«, sagte David.

(»Na also! Ich nehme an, das erklärt es. In ihrem Arbeitsbereich wird sie nicht viel mit Babies zusammenkommen … Hmm, wenn sie Lauras Videobrille und Ohrhörer tragen würde, könnte ich wohl beobachten, was sie tut, und könnte schreien, falls sie etwas versuchen sollte. Aber was sollte sie daran hindern, die Videobrille wegzuwerfen und mit dem Baby davonzulaufen?«)

»Wir sind im Bauch eines Supertankers, Mrs. Syers«, sagte David. »Wir haben ungefähr dreitausend Grenadiner um uns.«

Andrej blickte vom Zuschnüren seiner Überschuhe auf. »Fünftausend, David«, sagte er durch die spitzen Schreie des Babys. »Haben Sie nicht das Gefühl, daß Sie beide ein bißchen übertreiben? All diese Kleinlichkeiten um Sicherheit?«

»Ich verspreche Ihnen, daß es der Kleinen an nichts fehlen wird«, sagte Carlotta. Sie hob die rechte Hand und bog den Mittelfinger zurück zur Handfläche. »Ich schwöre es bei der Göttin.«

(»Großer Gott, sie ist eine von diesen …«) sagte Millie Syers, aber Laura hörte den Rest nicht mehr, da sie den Ohrhörer herauszog und die Videobrille abnahm. Es war ein angenehmes Gefühl von Befreiung. Wirklich fühlte sie sich zum ersten Mal wieder frei und sauber, ein unheimliches Gefühl, verbunden mit dem seltsamen Drang, in eine Duschkabine zu springen und sich einzuseifen.

Sie blickte Carlotta ins Auge. »Einverstanden, Carlotta. Ich vertraue Ihnen an, was mir in der Welt am wichtigsten ist. Sie verstehen das, nicht wahr? Mehr muß ich nicht sagen?«

Carlotta nickte nüchtern, dann schüttelte sie den Kopf.

Laura desinfizierte sich und zog rasch die Schutzkleidung an. Lorettas Geschrei trieb sie aus dem Raum.

Andrej führte sie zu einem weiteren Aufzug auf der anderen Seite des Waschraums. Von der Tür blickte Laura ein letztes Mal zurück und sah Carlotta mit dem Baby hin und her gehen und singen.

Andrej trat nach ihnen in den Aufzug, kehrte ihnen den Rücken zu und drückte den Knopf. »Wir verlieren wieder das Signal«, warnte David. Die Stahltüren glitten zu.

Sie sanken abwärts. Laura war schockiert, als sie plötzlich fühlte, daß David ihr das Hinterteil tätschelte. Sie fuhr zusammen und starrte ihn an.

»He, Schatz«, raunte er ihr ins Ohr. »Wir sind von der Leitung. Große Sache.«

Er sehnte sich nach Zurückgezogenheit.

Und hier hatten sie beinahe dreißig Sekunden davon. Solange Andrej sich nicht umwandte.

Sie sah David irritiert an, wollte ihm sagen ... ja, was? Ihm versichern, daß es nicht so schlimm sei? Und daß sie auch unter dem Verlust der Privatsphäre leide? Und daß sie es zusammen durchstehen konnten, aber er solle sich gefälligst benehmen? Oder daß es ja recht komisch sei, und es tue ihr leid, daß sie nervös sei?

Aber nichts davon brachte sie heraus. Mit der Chirurgenmaske und der goldgenetzten Brille hatte Davids Gesicht einen völlig fremden Ausdruck angenommen. Kein menschlicher Kontakt schien möglich.

Die Türen glitten zurück; es erfolgte ein plötzliches

Einströmen von Luft, daß es in ihren Ohren knackte. Sie bogen nach links ab in einen weiteren Gang. »Es ist schon gut, Mrs. Syers«, sagte David zerstreut. »Wir sind wohlauf, lassen Sie Carlotta in Ruhe ...« Er murmelte hinter seiner Chirurgenmaske weiter, schüttelte den Kopf und redete in die Luft. Wie ein Verrückter. Es war komisch, wie eigentümlich es aussah, wenn man es nicht selbst tat. Auch dieser Durchgang sah eigentümlich aus: seltsam behelfsmäßig und unsolide, die Decke durchhängend, die Wände ausgebeult. Es war Pappe, das war es – braune Pappe und dünnes Drahtgeflecht, aber alles überzogen mit einer dicken, stahlharten Schicht durchsichtigen Kunststoffes. Die Deckenbeleuchtung war mit billigen Verlängerungskabeln verlegt, mit Klammern an die Decke geheftet und mit dick aufgetragenem Kunststoff versiegelt. Alles war zusammengeheftet, nirgendwo ein Nagel zu sehen. Laura berührte die Wand. Es war Qualitätskunststoff, glatt und hart wie Porzellan, und sie wußte vom bloßen Anfühlen, daß nicht einmal ein starker Mann mit einer Axt dieses Material einkerben konnte.

Erstaunlich aber war der großzügige Umgang mit dem Zeug, das in der Herstellung sehr kostspielig war. Aber vielleicht nicht so kostspielig, wenn man keine Lohnnebenkosten abführte, keine Sicherheitsinspektionen durchführte, keine Brandschutzsicherungen vorsah und nicht jedes Konstruktionsdetail in dreifacher Ausfertigung archivierte.

Aber die Sicherheitsvorschriften für biotechnische Anlagen waren noch um einiges strenger als jene für Anlagen der Atomindustrie. Plutonium war sicherlich gefährlich, aber wenigstens konnte es nicht aus einem Bottich springen und von selbst weiterwachsen.

»Dieser Gang ist aus Pappe!« sagte David.

»Nein, es ist Kunstharz über Pappe«, sagte Andrej. »Sehen Sie diesen Rohrstutzen? Heißdampf. Wir können diesen Gang jederzeit auskochen. Nicht, daß es notwendig wäre, versteht sich.«

Am Ende des Gangs blieben sie vor einer großen, versiegelten Luke stehen. Sie trug das internationale Gefahrenzeichen für biotechnische Anlagen: den schwarzgelben Kreis mit drei Hörnern. Guter graphischer Entwurf, dachte Laura, während Andrej das Rad zum Öffnen der Luke drehte; in seiner eleganten Ausführung ebenso beängstigend wie ein Totenschädel mit gekreuzten Knochen.

Sie traten durch und sahen sich auf einer Art Treppenabsatz aus lackiertem Bambus. Er befand sich ungefähr zwölf Meter über dem Boden und gewährte freien Ausblick in eine Halle von den Ausmaßen eines Flugzeughangars. Offenbar hatten sie einen Laderaum des Supertankers erreicht; der Boden voll von Maschinen, Rohrleitungen, Bottichen und Kesseln. Treppen und Laufgänge waren ebenso wie ihr Standort an ein haushohes Schott in ihrem Rücken geschweißt. Das nächste Schott erhob sich jenseits der Halle, eine mächtige graue Wand aus Stahl, versteift durch Stahlträger und Gitterwerk. Sie trug eine riesige mehrfarbige Wandmalerei: Männer und Frauen in Baskenmützen und Arbeitshemden, die unter Bannern marschierten, die gemalten Augen waren groß wie Fußbälle, die braunen Arme gerundet und monolithisch, schimmernd wie Wachs im seltsamen Unterwasserlicht.

Die unheimliche Beleuchtung der Halle entströmte flüssigen Leuchtern. Sie bestanden aus Stahlröhren mit Glasböden, die mit kühler, flüssiger Strahlung gefüllt waren. Dickem, weißem, leuchtendem Sirup. Das Licht warf unheimliche Schatten auf die Beulen und Unebenheiten der beschichteten Pappdecke.

Es war laut hier: Stampfen von Maschinen, Sausen und Gurgeln, Knattern von Kompressoren, Singen von Elektromotoren und Zischen von Dampf. Die feuchtwarme Luft roch angenehm, wie gekochter Reis. Unterwandert von seltsamen Gerüchen – dem beißenden Geruch von Säure, dem Kreidestaubgeruch von Kalk. Der Drogentraum eines Installateurs: große Türme aus geripptem Edelstahl, drei Stockwerke hoch, eingehüllt in Röhrensysteme. Rote und grüne Anzeigeleuchten wie glänzender billiger Modeschmuck, Dutzende von Bedienungsmannschaften in weißen Papieroveralls, die Meßgeräte überprüften, sich über lange, glasbedeckte Tröge mit dampfendem, brodelndem Haferbrei beugten ...

Sie folgten Andrej die Treppe hinunter. David nahm alles sorgsam auf und murmelte in seine Chirurgenmaske. »Warum tragen die Leute keine Schutzkleidung?« fragte Laura.

»Wir tragen Schutzkleidung«, erklärte Andrej. »Wir haben wilde Bakterien auf der Haut.« Er lachte. »Fassen Sie aber trotzdem nichts an.«

Drei Treppen abwärts, noch über dem Hallenboden, zweigten sie auf einen Laufgang ab. Er führte zu den Glasfronten von Büros, die den gesamten Produktionsbereich überblickten.

Andrej führte sie hinein. In den Büros war es still und kühl, mit gefilterter Luft und elektrischer Beleuchtung. Es gab Schreibtische, Telefone, Terminkalender, und neben aufgestapelten Kartons mit Pepsi-Cola stand ein Kühlschrank. Wie ein Büro zu Hause in den Staaten, dachte Laura, umherblickend. Vielleicht zwanzig Jahre hinter der Gegenwart zurück ...

Plötzlich ging eine Tür mit der Aufschrift PRIVAT auf, und ein hellhäutiger Mann kam rückwärts heraus. Er bediente eine Sprühdose mit Handpumpe. Als er sie bemerkte, wandte er sich um. »Oh! Hallo, Andrej ...«

»Hallo«, sagte Laura. »Ich bin Laura Webster, das ist David, mein Mann ...«

»Ach, Sie sind es! Wo haben Sie Ihr Baby?« Im Gegensatz zu allen anderen, die sie bisher gesehen hatte, trug der Fremde einen Anzug mit Krawatte. Es war ein alter Anzug in dem Schnitt, der vor zehn Jahren Mode gewesen war. »Sie wollten den kleinen Kerl nicht herunterbringen, wie? Also, es ist vollkommen sicher hier, Sie hätten sich nicht zu sorgen brauchen.« Er spähte ihnen in die Gesichter; das Licht glänzte auf seinen Brillengläsern. »Sie können die Atemmasken abnehmen, hier drin ist alles in Ordnung ... Oder haben Sie vielleicht Grippe oder dergleichen?«

Laura zog ihre Maske unters Kinn. »Nein.«

»Ich muß Sie nur bitten, die ... ah ... die Toiletten nicht zu benutzen. Hier unten ist alles miteinander verbunden, verstehen Sie – alles versiegelt und in geschlossenen Kreisläufen zur Wiederverwendung vorgesehen. Wasser, Sauerstoff, was nicht alles! Wie in einer Raumstation.« Er lächelte.

»Dies ist Dr. Prentis«, sagte Andrej.

»Ja, natürlich!« sagte Prentis. »Ich bin hier unten sozusagen der große Zampano, wie Sie erraten haben werden ... Sie sind Amerikaner, ja? Dann nennen Sie mich Brian.«

»Ein Vergnügen, Brian.« David bot ihm die Hand.

Prentis machte ein Gesicht. »Tut mir leid, das geht auch nicht ... Möchten Sie ein Pepsi?« Er stellte seine Zerstäuberdose auf den Tisch und öffnete den Kühlschrank. »Wir haben hier ein paar Dinge, für einen kleinen Imbiß, Würstchen ...«

»Ah, wir haben gerade gegessen ...« David lauschte seinem unsichtbaren Gesprächspartner. »Trotzdem vielen Dank.«

»Alles plastikverschweißt, alles vollkommen sicher! Direkt aus dem Karton! Sind Sie sicher, daß Sie nichts mögen? Laura?« Prentis öffnete eine Dose Pepsi. »Nun gut, desto mehr bleibt mir.«

»Meine Kontaktperson an der Leitung«, sagte David,

»möchte wissen, ob Sie der Brian Prentis sind, der die Arbeit über ... tut mir leid, das habe ich nicht ganz verstanden – über Polysaccharide geschrieben hat?«

Prentis nickte knapp. »Ja, der bin ich.«

»Der Empfang hier unten ist ein bißchen kratzig«, entschuldigte sich David.

»Das war an der Staatsuniversität Ohio. Es ist lange her«, sagte Prentis. »Wer ist diese Person? Jemand aus Ihrem Unternehmen, nicht wahr?«

»Professor Millie Syers, eine Rizome-Gesellschafterin an der Staatsuniversität North-Carolina ...«

»Leider nie von ihr gehört«, sagte Prentis. »Nun, was gibt es Neues in den Staaten? Wie finden Sie die Fernsehschau ›L.A. Live‹? Ich lasse mir keine Folge entgehen.«

»Sie soll sehr lustig sein«, sagte Laura. Sie hatte die Schau noch nie gesehen.

»Diese Burschen, die als die ›Breadhead Brothers‹ auftreten, bringen mich noch um. Dann wird man wirklich sagen können, der Prentis hat sich totgelacht.« Er legte eine Pause ein. »Wir können hier unten alles empfangen, wissen Sie. Alles, was ins Netz geht – nicht bloß aus den Staaten! Diese Kabelgesellschaften in den Staaten zensieren eine Menge. Aber die brasilianischen Exotica ...« Er zwinkerte plump. »Und erst diese japanischen Sachen – huh!«

»Pornos verkaufen sich nicht mehr wie früher«, sagte Laura.

»Ja, sie sind spießig, muffige Langweiler«, sagte Prentis und nickte. »Davon halte ich nichts. Ich glaube an völlige Offenheit ... Aufrichtigkeit, wissen Sie? Die Menschen sollten nicht mit Augenbinden durchs Leben gehen.«

»Können Sie uns erzählen, was Sie hier tun?« fragte Laura.

»Oh, gewiß. Wir verwenden auxotrophe E. coli, das

sind meistenteils homoserine auxotrophe, obwohl wir mit doppelter Auxotrophie arbeiten, wenn wir an kitzlige Projekte herangehen ... Und die Gärbottiche, diese Türme dort, das sind Saccaromyceen ... Eine standardisierte Züchtung, auf die Pruteen das Patent hat, nichts besonders Fortschrittliches, nur erprobte Scop-Technik. Bei achtzig Prozent Kapazitätsauslastung pumpen wir pro Tag ungefähr fünfzehn metrische Tonnen pro Anlage – Trockengewicht ... natürlich lassen wir es nicht unverarbeitet. Wir machen hier eine ganze Menge von dem, was Kosmetik genannt wird – Zusätze zur Veränderung der Konsistenz und des Geschmacks.« Prentis ging zu den Fenstern. »Das wird in diesen kleineren Bottichen gemacht: Beschaffenheit, Aromatisierung, sekundäre Fermentation ...« Er lächelte Laura mit glasigem Ausdruck zu. »Es sind annähernd die gleichen Verfahren, die jede Hausfrau in ihrer eigenen Küche umsetzen könnte! Mischgeräte, Mikrowellen, Eierquirl, nur ein bißchen vergrößert, das ist alles.«

Prentis blickte zu David und wieder weg; die undurchsichtige Brille störte ihn. Er wandte sich wieder zu Laura, betrachtete hingerissen den Umriß ihrer Brust. »Es ist wirklich nicht so neu. Wenn Sie Brot oder Käse gegessen oder Bier getrunken haben, essen und trinken Sie Schimmel- und Hefepilze. All dieses Zeug: Tofu, Sojasoße; Sie würden sich wundern, was alles geschehen muß, um Sojasoße zu machen. Und glauben Sie mir, oder lassen Sie es sein, aber es ist viel sicherer als die sogenannten natürlichen Lebensmittel. Frischgemüse!« Prentis stieß ein Lachen aus. »Das Zeug ist voll von natürlichen Giften! Es sind Fälle bekannt, wo Leute daran gestorben sind, weil sie jeden Tag literweise Karottensaft getrunken oder Kartoffeln gegessen haben! Dabei dachten sie, sie tun was für ihre Gesundheit.«

»He«, sagte David, »Sie predigen einem Konvertiten, Freund.«

Laura wandte sich von den Fenstern weg. »Dies ist nicht gerade Neuland für uns, Dr. Prentis. Rizome hat eine Konzerngesellschaft für synthetische Lebensmittel ... Ich habe selbst einmal PR dafür gemacht.«

»Aber das ist gut, sehr gut!« sagte Prentis und nickte überrascht. »Dann wissen Sie, welche absurden Vorurteile die meisten Leute haben ... sie wollen keine ›Keime essen‹.«

»Das mag noch vor Jahren so gewesen sein«, sagte Laura, »aber heutzutage ist es hauptsächlich eine Klassenfrage. Synthetische Nahrung gilt als Armeleuteessen. Viehfutter.«

Andrej verschränkte die Arme. »Ein bourgeoises Yankee-Vorurteil ...«

»Nun, es ist ein Marketingproblem«, sagte Laura. »Aber ich stimme Ihnen zu. Rizome sieht nichts Verurteilenswertes daran, hungrige Menschen zu ernähren. Wir haben es auf dem Gebiet zu eigenem Sachverstand gebracht – und es ist die Art von Techniktransfer, die für eine sich entwickelnde Industrie sehr hilfreich sein könnte ...« Sie hielt inne. »Ich hörte Ihre Ansprache, oben, Andrej, und es gibt zwischen uns mehr Gemeinsamkeiten als Sie vielleicht denken.«

David nickte. »In den Staaten gibt es jetzt ein Computerspiel, das ›Weltregierung‹ heißt. Ich spiele es gern, es ist sehr beliebt ... Proteintechnik wie diese hier ist einer der wichtigsten Faktoren zur Sicherung der Weltstabilität. Ohne sie würden wir alle Tage Hungeraufstände haben, Städte würden brennen, Regierungen stürzen ... Und nicht bloß in Afrika.«

»Dies ist Arbeit«, sagte Andrej. »Kein Spiel.«

»Wir machen diesen Unterschied nicht«, sagte David. »Bei Rizome haben wir nicht ›Arbeit‹ – nur etwas zu tun, und Leute, die sich darum kümmern.« Er lächelte gewinnend. »Für uns ist Spiel lernen ... Sie spielen ›Weltregierung‹ und lernen dabei, daß Sie nicht auf

Ihrem Hintern sitzen bleiben und zusehen können, wie alles aus den Fugen gerät. Man kann nicht einfach ein Gehalt einstecken, Gewinn machen und ein totes Gewicht im System sein. Bei Rizome wissen wir das – ja, das ist der Grund unseres Kommens.«

Er wandte sich zu Prentis. »Ich habe eine Kopie in meinem Gerät – wählen Sie meinen Datenanschluß, und ich übertrage das Spiel auf Ihren. Das gilt auch für Sie, Andrej.«

Prentis lachte. »Sehr freundlich, David, aber ich kann die Bank von hier anwählen ... Dort haben sie ein paar hunderttausend Computerspiele gespeichert, alle Arten, alle Sprachen ...«

»Raubkopien?« fragte Laura.

Prentis ignorierte sie. »Aber ich werde es mit ›Weltregierung‹ probieren, könnte interessant sein. Ich halte mich gern auf dem laufenden ...«

David berührte seinen Ohrhörer. »Wie lange sind Sie schon in Grenada, Dr. Prentis?«

»Zehn Jahre und vier Monate«, sagte Prentis. »Und sehr lohnende Arbeit.« Er gestikulierte zu den arbeitenden Maschinerien außerhalb der Glasfenster. »Sie werfen einen Blick auf alles das und denken vielleicht: eine Anlage aus zweiter Hand, behelfsmäßig aufgebaut, Einsparungen hier, Einsparungen dort ... Aber wir haben etwas, das Sie in den Staaten niemals erreichen werden. Wir haben den wahren unternehmerischen Geist ...« Prentis trat hinter den Schreibtisch und bückte sich, um eine der unteren Schubladen aufzuziehen.

Er begann Gegenstände auf die narbige Tischplatte zu legen: Pfeifenreiniger, selbstschärfende Messer, ein Vergrößerungsglas, einen Stapel Kassetten, mit Gummiband zusammengehalten. »Hier nehmen wir etwas in Angriff, betrachten es von allen Seiten, diskutieren darüber ... Die Geldleute hier sind nicht wie diese Bankiers in den Staaten, die nur daran interessiert sind, dich auszunehmen; wenn sie dir vertrauen, ist es wie ein Blankoscheck, nur besser. Man hat wahre intellektuelle Freiheit …« Mehr Krimskrams landete auf der Tischplatte: Gummistempel, Briefbeschwerer, molekulares Klempnerspielzeug. »Und sie verstehen zu feiern! Sie mögen es nicht glauben, wenn Sie diese Kader der Bewegung oben auf Deck gesehen haben, aber Sie haben noch nie ein Karnevalsfest in Grenada gefeiert … Da wird die Sau rausgelassen! Sie verstehen es wirklich, aus sich herauszugehen … Ah, da ist es.« Er zog eine unbedruckte Zahnpastatube heraus. »Nun, das ist es!«

»Was ist das?« fragte David.

»Was es ist? Bloß die großartigste Sonnencreme, die je gemacht wurde, das ist alles!« Er warf sie David zu. »Wir haben diesen Stoff hier in Grenada erfunden. Er besteht nicht nur aus Strahlenblockern und erweichenden Mitteln. Dieses alte Zeug liegt bloß in einer Schicht auf der Epidermis. Aber dies hier wird von den Zellen aufgenommen, verändert die Reaktionsstruktur …«

David schraubte die Kappe ab. Ein scharfer pfefferminzähnlicher Geruch drang ihm an die Nase. »Huh!« Er schraubte die Tube wieder zu.

»Nein, behalten Sie sie!«

David steckte die Tube in die Tasche. »Das habe ich noch nicht auf dem Markt gesehen …«

»Nun, natürlich nicht. Und wissen Sie, warum? Weil die Yankee-Gesundheitsbehörde es durchfallen ließ, deshalb. Ein ›mutagenes Risiko‹. ›Karzinogen‹. Piß dir auf den Bart, Bruder!« Prentis stieß die Schublade zu. »Nacktes Sonnenlicht, *das* ist ein echtes Krebsrisiko. Aber nein, damit befassen sie sich nicht. Weil es ›natürlich‹ ist.« Prentis lächelte höhnisch. »Freilich, wenn Sie diese Creme vierzig Jahre lang täglich benutzen, können Sie vielleicht ein kleines Problem bekommen. Oder vielleicht haben Sie schon Magengeschwüre vom Alkohol? Der wird Sie von oben bis unten ruinieren, aber wird der Alkohol verboten? – Gottverdammte Heuchler.«

»Ich verstehe Sie«, sagte Laura. »Aber sehen Sie, was mit dem Zigarettenkonsum gemacht wurde. Auch Alkohol ist eine Droge, und die Einstellung der Bevölkerung …«

Prentis versteifte sich. »Sie wollen doch nicht damit anfangen, hoffe ich? Drogen?« Er funkelte Andrej an.

»Die *Charles Nogues* dient der Lebensmittelherstellung«, sagte Andrej. »Das habe ich ihnen bereits gesagt.«

»Ich mache kein Rauschgift!« sagte Prentis. »Glauben Sie mir das?«

»Sicher«, sagte David, ein wenig verwundert über den Ausbruch.

»Wenn Besucher hierher kommen, versuchen sie mir eins auszuwischen«, klagte Prentis. »Sie sagen: ›He, Brian, ich wette, Sie haben tonnenweise synthetisches Kokain, können Sie nicht ein paar Teelöffel für uns erübrigen?‹« Er funkelte wütend in die Runde. »Nun, damit habe ich nichts zu schaffen. Nicht das mindeste.«

Laura war verdutzt. »Wir versuchten nicht, Ihnen zu unterstellen …«

Prentis zeigte zornig auf David. »Da, er lauscht. Was erzählen sie Ihnen über die Leitung, hm? Alles über mich, wette ich. Mein Gott!« Prentis stapfte hinter seinem Schreibtisch hervor.

»Sie vergessen niemals, nicht? Gewiß, ich bin berühmt! Ich entwickelte ihn, den Prentis-Polysaccharide-Prozeß. Mann, ich machte Millionen für Biogen. Und sie hatten mich auch auf heiße Proteine angesetzt …« Er hielt Daumen und Zeigefinger hoch. »So weit war ich vom Nobelpreis entfernt, vielleicht! Aber das waren lebende Bioaktive, Sicherheitsstufe drei. Also mußte ich in den Becher pinkeln.« Er fixierte Laura. »Sie wissen, was das heißt?«

»Drogentest«, sagte Laura. »Wie für Luftlinienpiloten …«

»Ich hatte eine Freundin«, sagte Prentis in verwundertem Ton. »Wie ein Hochspannungsdraht. Nicht eine von diesen Göttinnen-Typen, sondern so ein Partymädchen, wissen Sie … ›Brian‹, sagt sie, ›ein paar Monate hinter Gittern, das machst du leicht ab.‹ Und sie hatte recht!« Er riß sich die Brille von der Nase. »Gottverdammich, sie war die größte Freude, die ich je hatte.«

»Tut mir leid«, sagte Laura in die plötzliche peinliche Stille. »Verloren Sie Ihre Stellung?«

»Nicht gleich. Aber sie entzogen mir alle wichtigen Projekte, wollten auf Unzurechnungsfähigkeit plädieren und mich ihren verdammten Psychotherapeuten übergeben … Ein Forschungslabor ist wie ein Kloster. Denn was soll werden, wenn Sie durchdrehen, wissen Sie, wenn Sie mit einer Handvoll Gelee in der Tasche hinauslaufen … gefährlichem Gelee … *patentiertem* Gelee.«

»Ja, es ist hart«, sagte David. »Ich kann mir denken, daß einem nicht viel gesellschaftliches Leben bleibt.«

»Nun, um so größere Dummköpfe sind sie«, sagte Prentis, ein wenig ruhiger jetzt. »Leute mit Phantasie … Visionäre … wir brauchen Ellbogenraum. Raum, um uns zu entspannen. Ein Großunternehmen wie Biogen verknöchert natürlich, fällt unter die Bürokraten. Drohnen. Deshalb kommen sie nicht weiter.« Er setzte die Brille wieder auf. Dann setzte er sich auf den Schreibtisch und baumelte mit den Füßen. »Eine Verschwörung, das ist es. All diese Netz-Multis, jeder hat den anderen in der Tasche. Es ist ein abgeschotteter Markt, kein echter Wettbewerb. Darum sind sie fett und träge. Aber nicht hier.«

»Wenn es aber gefährlich ist …« fing Laura an.

»Gefährlich? Teufel noch mal, ich werde Ihnen zeigen, was *gefährlich* ist.« Prentis' Miene hellte sich auf. »Bleiben Sie da, ich komme gleich wieder, das müssen Sie sehen. Jeder sollte es sehen.«

Er glitt vom Schreibtisch und verschwand im Hinterzimmer.

Laura und David tauschten unbehagliche Blicke. Sie schauten zu Andrej. Der nickte. »Er hat recht, wissen Sie.«

Prentis kam wieder herein. Er schwang einen meterlangen Krummsäbel.

»Gott im Himmel!« murmelte David.

»Der ist aus Singapur«, sagte Prentis. »Sie machen die Dinger für die Märkte der Dritten Welt. Haben Sie so etwas schon einmal gesehen?« Er schwenkte den Krummsäbel, und David wich zurück. »Es ist ein Buschmesser, eine Machete«, sagte Prentis in ungeduldigem Ton. »Sie sind Texaner, richtig? Sie müssen schon mal eine Machete gesehen haben.«

»Ja«, sagte David. »Um Unterholz und Gestrüpp zu schlagen …«

Prentis holte über den Kopf aus und schlug mit der Machete zu. Sie biß mit einem Kreischen in den Schreibtisch. Die Schreibtischecke flog weg und fiel zu Boden.

Die Klinge der Machete hatte die hölzerne Schreibtischplatte glatt durchschlagen. Sie hatte ein zwanzig Zentimeter langes Dreieck der Schreibtischplatte abgeschnitten, dazu zwei Abschnitte der Schreibtischwand und die rückseitige Ecke einer Schublade.

Prentis hob das abgetrennte Stück auf und stellte es wie eine hölzerne Pyramide auf den Schreibtisch. »Nicht ein Splitter! Möchten Sie selbst probieren, David?«

»Nein danke.«

Prentis grinste. »Nur zu! Mit einem Kraftkleber kann ich es gleich wieder reparieren; ich tue das die ganze Zeit. Wollen Sie wirklich nicht?« Er hielt die Machete locker in der Hand, auf Armeslänge von sich gestreckt, und ließ sie fallen. Sie sank mehr als einen Zentimeter in die Tischplatte.

»Ein schlimmes Buschmesser«, sagte Prentis und wischte sich die Hände. »Vielleicht denken Sie, es sei gefährlich, aber Sie sehen noch nicht alles. Wissen Sie, was das ist? Das ist Bauerntechnik, Bruder. Es ist Raubbau, Rodungslandwirtschaft. Können Sie sich vorstellen, was das aus den letzten Resten der tropischen Regenwälder machen wird? Es wird aus jedem Strohhut-Brasilianer eine Waldvernichtungsmaschine machen. Die gefährlichste Biotechnik der Welt ist ein Kerl mit einer Ziege und einer Axt!«

»Axt, zum Teufel«, platzte David heraus. »Das Ding ist ein Monstrum! Es kann nicht legal sein!« Er beugte sich näher und führte seine Videobrille nahe heran. »Ich sehe, daß ich dies nie durchdacht habe … Ich weiß, wir verwenden Keramikklingen in Werkzeugmaschinen, aber das ist in Fabriken mit Sicherheitsvorrichtungen! Man kann diese Dinger nicht einfach an alle und jeden verkaufen? Das ist ja wie die Verteilung von Flammenwerfern!«

»Erzählen Sie das nicht uns, David«, sagte Andrej. »Erzählen Sie es Singapur. Das sind radikale technische Kapitalisten. Wälder sind denen gleichgültig – sie haben keine Wälder zu verlieren.«

Laura nickte. »Das ist nicht Landwirtschaft, das ist massenhafte Zerstörung. Das muß gestoppt werden.«

Prentis schüttelte den Kopf. »Wir haben eine theoretische Chance, es zu stoppen. Dazu müßten wir jeden verdammten Großgrundbesitzer und Kleinbauern und Siedler in der Dritten Welt von der Scholle vertreiben.« Er brach ab. »Ja, den ehrlichen einfachen Bauern, und die Frau und seine Millionen gottverdammter Kinder. Sie fressen die Erde kahl.«

Prentis griff zerstreut durch das Loch in den Schreibtisch und zog eine Tube Klebstoff heraus. »Das ist alles, worauf es ankommt. Gewiß, vielleicht haben wir in Grenada ein bißchen Rauschgift gekocht, ein paar Programme befreit, aber das war nur für das Startkapital. Wir machen Nahrung. Und wir schaffen Arbeitsplätze zur Herstellung von Nahrung. Sehen Sie all diese Leute, die da unten arbeiten? In einer vergleichbaren Anlage in den Staaten würden Sie sie nicht sehen. Wir machen es hier arbeitsintensiv – Leute, die andernfalls Bauern geworden wären, stellen hier ihre eigene Nahrung her, für sich und ihr Land. Sie laden nicht bloß Säcke mit Nahrungsmittelhilfe aus, die ein Transportflugzeug der reichen Nationen zu mildtätigen Zwecken gebracht hat.«

»Dagegen erheben wir auch keine Einwände«, sagte Laura.

»Natürlich tun Sie es«, sagte Prentis. »Sie wollen es nicht vereinfacht und billig. Sie wollen es kostspielig und kontrolliert und völlig sicher. Sie wollen nicht, daß Bauern und Jungen aus den Slums über diese Art technischer Macht verfügen. Sie fürchten sich davor.« Er zeigte auf die Machete. »Aber Sie können nicht beides haben. Alle Technik ist gefährlich – selbst ohne bewegliche Teile.«

Langes Stillschweigen. Laura wandte sich zu Andrej. »Danke, daß Sie uns hierher geführt haben. Sie haben uns mit einem echten Problem in Berührung gebracht.« Von ihm wandte sie sich zu Prentis. »Danke, Brian.«

»Schon gut«, sagte Prentis. Sein Blick riß sich von ihrem Busen los und fand den Weg zu ihren Augen. Sie versuchte ihn anzulächeln.

Prentis legte die Klebstofftube aus der Hand. »Sie wünschen einen Rundgang durch die Anlage?«

»Ich würde es gern tun«, sagte David.

Sie schoben ihre Masken wieder über Nase und Mund und verließen das Büro. Prentis führte sie die

Treppe hinunter zur Arbeitsebene. Die Leute sahen nicht sehr wie ›Jungen aus den Slums‹ aus – sie waren größtenteils Kader mittleren Alters, und viele Frauen waren darunter. Sie trugen Haarnetze, und ihre Papieroveralls hatten das glänzende Aussehen von urtümlichen Bäckereitüten. Sie arbeiteten in drei Schichten rund um die Uhr – ein Drittel der Besatzung schlief zu jeder Zeit in schalldicht isolierten Kajüten an Bord.

Unterstützt von Millie Syers stellte David fachmännische Fragen zur Produktionstechnik. Probleme mit Leckagen? Nein. Säuerung? Nur die übliche Rückkehr zum wilden Zustand – geschneiderte Bakterien neigten nach Millionen von Generationen zu Rückschlägen. Und wilde Bakterien produzierten nicht – sie verzehrten nur und vermehrten sich unkontrolliert. Ließ man ihre Vermehrung auf Kosten der Verdienstvollen zu, würden diese Atavismen bald überhandnehmen, darum wurden sie erbarmungslos aus den Bottichen gebrannt.

Wie stand es mit dem Rest der *Charles Nogues*, jenseits der Schotts? Nun, das Schiff sei voll von Anlagen wie dieser, vom Bug bis zum Heck, alle sicherheitsversiegelt, so daß Verseuchungen sich nicht ausbreiten könnten. Zwischen den Produktionseinheiten würden Rückstände und Wasser hin und her gepumpt, selbstverständlich mit der gebotenen Vorsicht – sie verwendeten die alten Tankerpumpen, die noch immer in gutem Zustand seien. Die Sicherheitssysteme des Schiffes, eingerichtet, um Explosionen von Petroleumgas zu verhüten, seien ideal für biotechnische Anlagen.

Laura befragte einige der Frauen. Ob ihnen die Arbeit gefiele? Selbstverständlich – sie hätten alle Arten von Sondervergünstigungen und bekämen einen Bonus auf ihre Kreditkarten, wenn sie die vorgegebenen Normen überschritten. Fernsehverbindung mit ihren Familien, besondere Belohnungen für erfolgreiche neue Rezepte … Ob sie sich hier unten nicht eingesperrt fühlten? Großer Gott, nein, kein Vergleich mit den überfüllten Sozialsiedlungen auf der Insel. Und einen ganzen Monat Urlaub. Natürlich jucke es ein bißchen, wenn man wieder diese Hautbakterien bekäme …

Die Besichtigung dauerte länger als eine Stunde. Schließlich nahm David Dr. Prentis beiseite. »Sie sagten etwas über Toiletten?«

»Ja, tut mir leid. E. coli ist ein Darmbakterium … wenn es freigesetzt wird, haben wir eine Menge Schwierigkeiten.«

»Das Essen vorhin war gut, und ich aß eine Menge. Ah, mein Kompliment für den Küchenchef.«

»Danke.«

David berührte seine Videobrille. »Ich denke, ich habe so ziemlich alles gesehen … Sollte Atlanta noch Fragen haben, könnten wir in Verbindung treten?«

»Ahemm …« sagte Prentis. Andrej kam ihm zu Hilfe. »Das ist ein bißchen schwierig, David.« Näher äußerte er sich nicht dazu.

David vergaß die Sicherheitsvorschriften und wollte Prentis wieder die Hand schütteln. Als sie gingen, sahen sie durch die Bürofenster, wie Prentis wieder mit der Zerstäuberdose hin und her ging und sein Büro einnebelte.

Sie stiegen die Eisentreppe hinauf zum Durchgang durch das Schott. Andrej war erfreut. »Ich bin froh, daß Sie Dr. Prentis kennengelernt haben. Er setzt sich sehr ein. Aber bisweilen sehnt er sich nach seinen Landsleuten.«

»Ihm scheinen tatsächlich ein paar Annehmlichkeiten zu fehlen«, sagte David.

»Ja«, sagte Laura. »Eine Freundin, zum Beispiel.«

Andrej war überrascht. »Wieso, Dr. Prentis ist verheiratet. Mit einer Grenadinerin.«

»Oh«, sagte Laura mit einem Anflug von Verlegenheit. »Das freut mich für ihn … Wie ist es mit Ihnen, Andrej? Sind Sie verheiratet?«

»Nur mit der Bewegung«, sagte Andrej. Er scherzte nicht.

Die Sonne war im Begriff unterzugehen, als sie zu ihrem Haus zurückkehrten. Ein langer Tag lag hinter ihnen. »Sie müssen müde sein, Carlotta«, sagte Laura, als sie mit steifen Gliedern aus dem Dreirad kletterten. »Kommen Sie mit ins Haus und essen Sie mit uns.«

»Es ist nett, daß Sie mich einladen«, sagte Carlotta mit einem süßen Lächeln. Ihre Augen glänzten, und ein weiches rosiges Leuchten war auf ihren Wangen. »Aber ich kann es heute abend nicht schaffen. Ich habe Kommunion.«

»Wollen Sie wirklich nicht?« sagte Laura. »Heute abend würde es uns gut passen.«

»Ich kann später in der Woche vorbeikommen. Und vielleicht meinen Freund mitbringen.«

Laura runzelte die Stirn. »Bis dahin könnte ich schon vorgeladen sein, meine Erklärung abzugeben.«

»Nein, sicherlich nicht«, widersprach Carlotta. »Ich habe noch nicht mal ausgesagt.« Sie drehte sich auf dem Fahrersitz herum und tätschelte die Tragtasche des Babys. »Wiedersehen, Kleines. Wiedersehen miteinander. Ich werde anrufen oder was.« Sie gab Gas, ließ den Kupplungshebel los und fuhr an, daß der Kies spritzte. Einen Augenblick später war sie zum Tor hinaus.

»Typisch«, sagte Laura. Sie stiegen die Freitreppe hinauf. David zog seine Schlüsselkarte. »Nun ja, Kommunion, das hört sich ziemlich wichtig an …«

»Ich meine nicht Carlotta, sie ist bloß ein Dummchen, ohne Bedeutung. Ich meine die Bank. Es ist Methode, siehst du nicht? Sie lassen uns hier in diesem großen alten Haus herumsitzen, bis wir schimmlig werden, statt mich meine Sache vortragen zu lassen. Und sie rufen

Carlotta vorher zur Aussage auf, nur um es uns hinzureiben.«

David wurde nachdenklich. »Meinst du?«

»Bestimmt. Deshalb diese Besichtigungen und alles.« Sie folgte ihm in die Eingangshalle. »Sie bearbeiten uns, David; das ist alles Teil eines Planes ... Was riecht so gut?«

Rita hatte das Abendessen fertig. Es gab gefülltes Schweinefleisch mit Pfeffer und Petersilie, kreolisches Ratatouille, frisches warmes Brot und Rumsouffle als Nachspeise. In einem kerzenbeschienenen Speisezimmer mit frischem Damast und Blumen. Es war unmöglich, abzulehnen. Nicht ohne Rita zu beleidigen. Und schließlich mußten sie das Haus mit jemandem teilen ... Wenigstens mußten sie ein paar Bissen versuchen, nur um der Höflichkeit willen ... Und nach all diesem scheußlichen Scop ... Es war so köstlich, daß man einfach nicht widerstehen konnte. Laura aß wie ein Vielfraß.

Und kein Geschirr abzuspülen. Die Bediensteten räumten alles ab und stapelten es auf kleine Servierwagen aus Rosenholz. Sie brachten Brandy und kubanische Zigarren. Und sie wollten auch das Baby hinaustragen. Laura ließ es nicht zu.

Im Obergeschoß gab es ein Arbeitszimmer. Es hatte nicht viel von einem herkömmlichen Studierzimmer, da die Bücher fehlten, dafür gab es Hunderte von Videokassetten und altmodischen Schallplatten, und sie zogen sich mit ihren Getränken dorthin zurück. Es schien irgendwie standesgemäß, in dieser Umgebung.

An den Wänden des Arbeitszimmers hingen zahlreiche gerahmte Fotografien. Laura betrachtete sie, während David die Videokassetten durchsah. Es wurde bald deutlich, wer Mr. Gelli war, der frühere Besitzer. Er war der aufgeschwemmte Mann mit dem feisten Gesicht, der irgendwelchen vage vertrauten, vage abstoßenden Las-Vegas-Schaugeschäfttypen kumpelhaft den Arm um die Schultern legte … hier schmeichelte er sich bei einem schlangenäugigen alten Chinesen in einem langen weißen Kleid ein – mit einem Schreck erkannte Laura, daß es der Papst war.

David steckte eine Kassette ins Videogerät, setzte sich auf die Couch – ein prall gestopftes Ungetüm in purpurnem Samt – und schaltete den Fernseher mit einer klobigen Fernbedienung ein. Laura setzte sich zu ihm. »Was gefunden?«

»Eigenproduktion, glaube ich. Er hat eine Menge davon – ich wählte den neuesten Film aus.«

Ein Fest im Herrenhaus. Im Speisezimmer ein großer, häßlicher Kuchen, ein kaltes Buffet, unter dem der Tisch zusammenzubrechen drohte. »Ich hätte nicht so viel essen sollen«, sagte Laura.

»Schau dir den Kerl mit dem Partydeckel an«, sagte David. »Das ist ein verrückter Wissenschaftler, bestimmt. Können Sie das sehen, Atlanta?«

Leises Quieken drang aus Lauras Ohrhörer; sie hatte ihn herausgenommen und ließ ihn neben dem Kinn baumeln. Das Ding war ihr nicht ganz geheuer, nachdem sie es mit Carlotta geteilt hatte; als hätte sie ihre Zahnbürste mit ihr geteilt, oder … nun, es war am besten, nicht darüber nachzudenken. »Warum nimmst du die Brille nicht ab, David?« Sie nahm ihre Brille von der Nase und legte sie so auf die Lehne der Couch, daß sie die Tür im Blickfeld hatte und sie vor Eindringlingen schützte. »Wir sind hier in Sicherheit, nicht wahr?«

»Hmm …« David hielt das Videoband an und stand auf. Er drückte den Knopf der Sprechanlage neben der Tür. »Hallo. Ah, Jimmy? Ja, ich möchte, daß Sie uns diesen elektrischen Wecker vom Nachttisch bringen. Ja, gleich. Danke.« Er kehrte zurück zur Couch.

»Das solltest du nicht tun«, sagte Laura.

»Du meinst, ich soll sie nicht wie Diener herumkommandieren? Ja, ich weiß, es entspricht nicht dem Brauch bei Rizome. Aber ich habe eine Idee – morgen will ich mit dem Personal darüber reden …« Ein diskretes Klopfen. David nahm die Uhr aus Jimmys Hand. »Nein, sonst nichts … meinetwegen, bringen Sie die Flasche!« Er stöpselte seinen Ohrhörer in den Wecker. »Wie ist der Empfang, Atlanta?«

(»Sie könnten eine Brille ruhig auf den Fernseher richten«,) sagte die Uhr. (»Diese Tür zu beobachten, ist ziemlich langweilig.«) Laura erkannte die Stimme nicht; irgendein Mann von der Nachtschicht. Sie hatte inzwischen aufgegeben, sich darum zu kümmern.

Die Videoaufzeichnung lief weiter; David hatte den Ton gedämpft. »Viele Anglos bei diesem Fest«, bemerkte er. »Ich vermisse die Rastas.«

Laura nippte an ihrem Brandy. Er füllte ihren Mund mit flüssigem Gold. »Ja«, sagte sie und inhalierte über dem Schwenker. »Auf dieser Insel gibt es viele verschiedene Fraktionen, und ich kann mir nicht denken, daß sie allzu gut miteinander auskommen. Da sind die Revolutionäre der Bewegung … und die Wodumystiker … und die High-Tech-Wissenschaftler … und die Techniker …«

»Und die Armen, die von der Hand in den Mund leben …« Klopf klopf klopf; der Brandy war gekommen. David brachte ihn zur Couch. »Ist dir klar, daß dieses Zeug uns vergiften könnte?« Er füllte ihre Schwenker auf.

»Ja, aber mir war schlimmer zumute, als ich das Kind bei Carlotta zurückließ; seither ist sie so brav, daß ich fürchte, Carlotta könnte ihr eine Art Frohsinnspille gegeben haben …« Sie stieß die Schuhe von den Füßen und zog die Beine unter sich auf die Couch. »David, diese Leute wissen, was sie tun. Wenn sie uns vergiften wollten, könnten sie es mit irgendeiner Winzigkeit tun, die wir nicht einmal wahrnehmen würden.«

»Ja, das sagte ich mir, als wir die Ratatouille aßen.« Ein angetrunkener Gast hatte sich den Kameramann vorgenommen und brüllte vergnügt in die Linse. »Sieh dir diesen Clown an! Ich vergaß die einheimische Fraktion des kriminellen Lumpengesindels zu erwähnen ... Wahrscheinlich ergeben erst alle zusammen eine Steueroase.«

»Es reimt sich nicht zusammen«, sagte Laura, die sich in eine angenehme, brandybefeuerte Meditation sinken fühlte. »Es ist, wie wenn du nach einem Sturm den Strand entlangläufst. Alle Arten von Treibgut hat es an die goldenen grenadinischen Ufer geschwemmt ... Wenn du diese Leute abklopfst und die richtige Stelle findest, gehen sie vielleicht in Stücke. Aber zuviel Druck, und alles wird zusammengeschweißt, und du hast es mit einem Ungetüm zu tun. Ich dachte heute an die Nazis, damals. Zum Umkreis ihrer Ideologie gehörte ein ganzer Wust von mystischen Vorstellungen ... Aber ihre Züge fuhren pünktlich, und ihre Gestapo war effizient wie der Teufel.«

David nahm sie bei der Hand und blickte ihr neugierig ins Gesicht. »Du engagierst dich wirklich für diese Sache, wie?«

»Es ist wichtig, David. Die wichtigste Sache, die wir je angepackt haben. Du kannst dich darauf verlassen, daß ich engagiert bin. Hundertprozentig.«

Er nickte. »Ich merkte, daß du ein wenig nervös warst, als ich dich im Aufzug anfaßte.«

Sie lachte kurz auf. »Ja, ich war nervös ... es ist gut, sich hier zu entspannen, ganz unter uns.« Jemand mit einer Fliege sang auf einer behelfsmäßigen Bühne, ein pomadisierter Unterhalter machte Späße und erging sich in Anzüglichkeiten für Eingeweihte ... Die Kamera schwenkte weiter zu Männern im Publikum: große Unternehmer und Schieber, die mit falscher Jovialität über sich selbst lachten ...

David legte den Arm um sie. Sie legte den Kopf an seine Schulter. Er nahm diese Geschichte nicht so ernst wie sie, dachte sie. Vielleicht, weil er nicht neben Winston Stubbs auf der Veranda gestanden hatte ...

Sie schnitt den häßlichen Gedanken ab und trank noch etwas Brandy. »Du hättest eine frühere Kassette wählen sollen«, sagte sie. »Vielleicht könnten wir sehen, wie dieses Haus war, bevor der alte Gelli seine Dekorateure darauf losließ.«

»Ja, ich habe unserem Freund Gelli auch noch nicht in dieser Festgesellschaft entdeckt. Es muß die Party seines Neffen gewesen sein, oder was ... Oh!«

Szenenwechsel. Es war jetzt später, draußen am Schwimmbecken. Eine nächtliche Badegesellschaft, viele Fackeln, Handtücher und üppige junge Frauen in Bikinihöschen. »Heiliger Strohsack«, sagte David mit Komödiantenstimme. »Nackte Weiber! Mann, dieser Bursche versteht zu leben!«

Ein ganzer Schwarm junger Frauen, beinahe nackt. Sie tranken geziert aus Cocktailgläsern, kämmten nasses Haar mit langen, sinnlichen Strichen und ausgestellten Ellbogen, lagen ausgestreckt, schläfrig oder im Drogenrausch, als erwarteten sie, vom Fackelschein gebräunt zu werden. Alle Hautfarben waren vertreten. »Gut zu sehen, daß endlich auch ein paar Schwarze aufgetaucht sind«, sagte Laura mit säuerlicher Miene.

»Diese Mädchen müssen uneingeladen zur Party gekommen sein«, sagte David. »Das Speisezimmer war schon ohne sie voll besetzt.«

»Sind es Nutten?«

»Muß wohl so sein.«

»Ich hoffe«, sagte Laura, »dies wird sich nicht zu einer Orgie entwickeln.«

»Nein«, sagte David gefühllos. »Du brauchst nur zu sehen, wie die Kamera ihren Titten folgt. Der Kameramann würde sich nicht so erregen, wenn noch etwas

Heißes bevorstünde.« Er setzte den leeren Cognacschwenker ab. »Da, in dieser Einstellung sieht man einen Teil des alten Gartens ...« Er hielt den Film an.

(»He«,) protestierte der Wecker.

»Verzeihung«, sagte David. Der Film lief weiter. Männern machte es Spaß, Frauen so zu sehen – wiegende Hüften, schaukelnde Brüste, die weiche, glatte Oberfläche weiblicher Haut. Laura, leicht benebelt vom Brandy, dachte darüber nach. Sie konnte nichts daran finden. Doch trotz Davids vorgeschützter Nonchalance merkte sie, daß auch er ein wenig reagierte. Und das war gleichsam stellvertretend ein gewisser Kitzel.

Ausnahmsweise waren sie unbeobachtet, dachte Laura. Vielleicht, wenn sie ganz still wären ...

Ein schlankes braunes Mädchen mit Goldketten um die Knöchel bestieg das Sprungbrett. Es schlenderte zum Ende, bückte sich anmutig, umfaßte mit beiden Händen das Sprungbrett an den Seiten und machte einen Handstand. Sie hielt ihn fünf lange Sekunden, dann stieß sie sich ab und tauchte steil mit dem Kopf voran ins Wasser ein ... »Großer Gott!« sagte David. Er hielt das Bild mitten im Eintauchen fest.

Laura zwinkerte. »Was ist denn daran so Besonderes?«

»Nicht das Mädchen, Schatz. Paß auf!« Er ließ den Film rückwärts laufen; das Mädchen tauchte aus dem Wasser, flog mit den Füßen voran in die Luft, packte mit beiden Händen das Sprungbrett. Dann knickte es in der Mitte ab, richtete sich auf, schlenderte rückwärts ... erstarrte abermals. »Da«, sagte David. »Ganz rechts, am Wasser, das ist Gelli. Der Mann im Liegestuhl.«

Laura spähte in den Bildschirm. »Ja, das muß er sein ... er sieht dünner aus.«

»Achte auf seine Bewegungen ...« Das Mädchen ging wieder zum Ende des Sprungbretts ... und Gellis Kopf wackelte. Eine spastische Bewegung, krampfhaft, wobei das Kinn eine Achterfigur andeutete und die Augen ins Leere starrten. Und dann hörte das Kopfwackeln auf, er brachte es irgendwie unter Kontrolle und fletschte die Zähne in der Anstrengung. Und seine Hand kam hoch, eine welke Hand wie ein Bündel dürrer Stecken, am Handgelenk abwärts geknickt.

Im Vordergrund balancierte das Mädchen anmutig am Ende des Sprungbretts, die schlanken Beine durchgedrückt, und hinter der Gestalt machte Gelli drei kleine tupfende Handbewegungen in sein Gesicht – schnell und ruckartig, ganz und gar ritualisiert. Dann tauchte das Mädchen ein, und die Kamera schwenkte weg. Und Gelli verschwand.

»Was ist los mit ihm?« flüsterte Laura.

David war blaß, die Lippen verkniffen. »Ich weiß nicht. Offensichtlich irgendeine nervöse Störung.«

»Schüttellähmung?«

»Vielleicht. Oder vielleicht etwas, wofür wir nicht einmal einen Namen haben.«

David schaltete den Fernseher aus. Er stand auf und zog den Stecker von der Weckeruhr. Sorgsam setzte er seine Brille auf. »Ich werde etwas Post beantworten, Laura.«

»Ich komme mit.« Sie konnte lange nicht einschlafen. Und dann kamen die Alpträume.

Am nächsten Morgen untersuchten sie die Fundamente auf Setzrisse und Feuchtigkeit. Sie öffneten jedes Fenster und notierten, wo das Glas gesprungen war, wo die Rahmen sich verzogen hatten oder von Trockenfäule befallen waren. Sie untersuchten den Dachboden auf durchhängende Tragbalken und modernde Isolierungen, die Treppenstufen auf federnde Bretter, maßen die Unebenheiten der Böden und katalogisierten die Vielzahl von Wandrissen und Putzschäden.

Die Bediensteten beobachteten ihr Tun mit wachsender Beunruhigung. Zur Mittagszeit kam es zu einer kleinen Diskussion. Jimmy, so stellte sich heraus, betrachtete sich als ›Butler‹, während Rajiv ein ›Hausmeister‹ und Rita eine ›Köchin und Kinderfrau‹ war. Sie waren jedenfalls kein Bautrupp. David fand dies lächerlich altmodisch; Reparaturen waren notwendig, warum sie nicht anpacken? Wo lag das Problem?

Sie antworteten mit verletztem Stolz. Sie seien ausgebildetes und erfahrenes Hauspersonal, keine nichtsnützigen, ungelernten Eckensteher und Tagediebe. Sie hätten einen bestimmten Platz auszufüllen und bestimmte Arbeit zu tun, die damit verbunden sei. Jedermann wisse dies. So sei es immer gewesen.

David lachte. Sie benähmen sich wie Bewohner einer Kolonie des neunzehnten Jahrhunderts, sagte er; wie vertrage sich das mit Grenadas antiimperialistischer Revolution und dem Streben nach technischem und gesellschaftlichem Fortschritt? Dieses Argument verfehlte überraschenderweise jede Wirkung. Gut, sagte David schließlich. Wenn sie nicht helfen wollten, sei das nicht sein Problem. Sie könnten die Füße hochlegen und *piña coladas* trinken.

Oder vielleicht könnten sie sich die Zeit vor dem Fernseher vertreiben, schlug Laura vor. Zufällig habe sie ein paar Rizome-Videokassetten dabei, die verdeutlichen könnten, welche Einstellung man bei Rizome zu verschiedenen Dingen habe …

Nach dem Mittagessen setzten Laura und David ihre Inspektion unermüdlich fort. Sie stiegen in die Ecktürme, wo die Bediensteten ihre Zimmer hatten. Die Böden waren schadhaft, die Dächer undicht, und die Sprechanlage war durch Kurzschluß ausgefallen. Bevor sie die Räume verließen, machten Laura und David demonstrativ alle Betten.

Am Nachmittag sonnte sich David am Boden des leeren Schwimmbeckens. Laura spielte mit dem Baby. Später untersuchte David die elektrische Installation, während sie die Post beantwortete: Das Abendessen war wieder phantastisch. Sie waren müde und legten sich frühzeitig schlafen.

Die Bank ignorierte sie. Sie erwiderten die Gefälligkeit.

Am nächsten Tag packte David seinen Werkzeugkasten aus. Er machte unbewußt ein kleines Ritual daraus, wie ein Fürst, der seine Smaragde inspiziert. Der Werkzeugkasten wog fünfzehn Pfund und war von Rizome-Handwerkern in Kyoto liebevoll zusammengestellt worden. Schaute man hinein, wo es von Chromstahl und Keramik schimmerte, und wo jeder Teil seine sauber aufgeschäumte Bettung hatte, so konnte man ein Vorstellungsbild der Männer gewinnen, die ihn gemacht hatten – weißgewandete ZEN-Priester der Drehbank, Männer, die von braunem Reis und Maschinenöl lebten …

Brecheisen, Blechschere, ein sehr kleiner Propan-Schweißbrenner; Rohrschlüssel, Gewindeschneider, teleskopischer Bohrer; Ohmmeter, Rohr-, Flach-, Spitzzangen, Spezialhandgriffe, die sich an verschiedenen Bohrern und Schraubenziehern befestigen ließen … Davids Werkzeugkasten war ihr bei weitem kostspieligstes Besitztum.

Den ganzen Vormittag arbeiteten sie an der Installation, beginnend mit dem Bad des Dienstpersonals. Harte, schmutzige Arbeit, bei der man auf den Knien oder auf dem Rücken herumkriechen mußte. Nach seiner nachmittäglichen Sonnenanbetung blieb David draußen. Er hatte in einem Schuppen Gärtnerwerkzeug gefunden und nahm den Vorgarten in Angriff, mit freiem Oberkörper und seiner Videobrille. Laura sah, daß er die beiden Torwächter überredet hatte, ihm zu helfen. Sie beschnitten den wildwuchernden Efeu, befreiten die Sträucher von abgestorbenen Zweigen und scherzten miteinander.

Sie hatte Atlanta nichts zu melden, also vertrieb sie sich die Zeit mit privaten Anrufen. Wie nicht anders zu erwarten, gab es viele gute Ratschläge aus allen Himmelsrichtungen. Mehrere Idioten zeigten sich enttäuscht, daß es ihnen noch nicht gelungen war, in ein geheimes grenadinisches Drogenlabor einzudringen. Ein Rizome-Graphikprogramm war als Raubkopie in Kuba zu haben – ob die Bank of Grenada dahinterstecke? Rizome hatte die polnische Regierung um Informationen gebeten – Warschau sagte, Andrej Tarkowskij sei ein Schwarzhändler, der wegen Paßfälschung gesucht werde.

Die Ausschußwahlen rückten näher. Es sah so aus, als sollte es ein Kopf-an-Kopf-Rennen zwischen Suvendra und Pereira geben. Der letztere, der nie versäumte, den netten Kerl herauszukehren, machte eine überraschend gute Figur.

David kam herein, um zu duschen. »Du wirst dir da draußen einen Sonnenbrand holen«, sagte sie.

»Nein, werde ich nicht. Riech mal!« Er stank nach Schweiß mit einem Unterton von Pfefferminz. Seine Haut sah wie gewachst aus.

»Mein Gott, nein!« sagte sie. »Hast du etwa dieses Zeug aus der Tube aufgetragen?«

»Klar«, sagte David in verwundertem Ton. »Prentis behauptete, es sei das beste Mittel, das es überhaupt gebe – du erwartest doch nicht, daß ich diese Behauptung ungeprüft akzeptiere?« Er betrachtete seine Unterarme. »Gestern habe ich das Zeug auch benutzt. Ich könnte schwören, daß ich schon dunkler geworden bin, und ohne Sonnenbrand.«

»David, du bist ein hoffnungsloser Fall …«

Er lächelte nur. »Ich glaube, heute abend werde ich eine Zigarre rauchen!«

Sie aßen zu Abend. Die Bediensteten hatten Lauras Videowerbung für Rizome gesehen und waren verwirrt.

Sie wollten wissen, wieviel davon wahr sei. Alles, sagte Laura unschuldig.

Als sie im Bett lagen, ließ sie sich von Atlanta ein Band in japanischer Sprache überspielen – Kriminalgeschichten von Edogawa Rampo. David schlief gleich ein, eingelullt von den unverständlichen vielsilbigen Worten. Laura lauschte, während auch sie allmählich dem Schlummer entgegentrieb, und ließ die fremde Grammatik in jene verborgenen Regionen eindringen, wo das Gehirn Sprache analysierte. Sie schätzte Rampos direktes journalistisches Japanisch, das frei war von den üblichen umschweifigen und ermüdend verhüllten Anspielungen ...

Stunden später wurde sie in der Dunkelheit wachgerüttelt. Rauhes Stimmengewirr auf englisch. »Laura, wach auf, es gibt Neuigkeiten ...«

(»Laura, ich bin es«,) sagte Emily Donato gleichzeitig aus der Dunkelheit.

Laura wälzte sich auf dem schaukelnden Wasserbett herum. Das Zimmer lag in tiefen schwarzgrauen Schatten. Sie machte Licht, blinzelte zur Uhr. Zwei Uhr früh. »Was gibt es, Emily?«

(»Wir haben die FAKT«,) verkündete der Wecker in Emilys vertrauter Stimme.

»Was für Fakt?«

(»Die FAKT, Laura. Wir wissen, wer dahintersteckt. Wer sie wirklich ist. Es ist Molly.«)

»Ach, die Terroristen«, murmelte Laura. Verspätet stellte sich ein kleiner Schreck ein und munterte sie auf. »Molly? Molly wer?«

(»Die *Regierung* von Molly«,) sagte Emily.

»Es ist ein Land in Nordafrika«, sagte David von seiner Seite des Bettes. »Die Republik *Mali*. Hauptstadt Bamako, wichtigster Exportartikel Baumwolle, Bevölkerungswachstum zwei Prozent.« David, der Computerspieler.

»Mali.« Der Name klang nur unbestimmt vertraut. »Was haben die mit allem zu tun?«

(»Daran arbeiten wir noch. Mali ist eines dieser Länder der südlichen Sahara, wo ständig Hungersnöte herrschen, und wo die Armee die Regierungsgewalt ausübt. Es sieht dort schlimm aus … Die FAKT ist eine Art Einsatzgruppe, ein Sonderkommando. Wir haben das aus drei verschiedenen Quellen.«)

»Von wem?« fragte Laura.

(»Kymera, I.G. Farben und dem algerischen Außenministerium.«)

»Klingt gut«, sagte Laura. Sie vertraute den Auskünften der Kymera AG – die Japaner warfen nicht leichtfertig mit Anschuldigungen um sich. »Was sagt Wien dazu?«

(»Einstweilen nichts. Ich vermute, sie haben etwas zu vertuschen. Außerdem hat Mali die Wiener Konvention nicht unterzeichnet … Der Zentralausschuß tritt morgen zusammen. Leute von Kymera und I.G. Farben werden eingeflogen. Wir alle glauben, daß etwas an der Sache stinkt.«)

»Was sollen wir tun?«

(»Sagt es der Bank, wenn ihr eure Erklärung abgebt. Es war nicht Singapur, das ihren Mann tötete. Auch nicht die Commerzbank in Luxemburg. Es war der Geheimdienst von Mali.«)

»Großer Gott«, sagte Laura. »Ja, gut …«

(»Ich reiche dir noch Datenmaterial auf einer verschlüsselten Frequenz nach … Gute Nacht, Laura. Ich bin auch lange aufgeblieben, wenn es dich trösten kann.«)

Emily beendete ihre Sendung.

»Huh …« Laura schüttelte den Kopf, vertrieb die letzten Spuren von Schläfrigkeit. »Jetzt kommen die Dinge in Bewegung …« Sie wandte sich zu ihrem Mann – »*Iiih!*«

»Ja«, sagte David. Er streckte einen Arm aus und zeigte ihn ihr. »Ich bin ... ah ... schwarz.«

»David ... wirklich, du bist schwarz! »Laura hatte ihm die Decke vom Körper gezogen und seinen bloßen Oberkörper freigelegt. Ein Schauer überlief sie. »Gott, David, sieh dich bloß an! Deine Haut ist schwarz! Überall!«

»Ja ... ich hatte das Sonnenbad am Schwimmbecken nackt genommen.« Er zuckte verlegen die Achseln. Seine Schultern sahen auf dem weißen Kissen absolut schwarz aus. »Erinnerst du dich an diesen Schiffsoffizier an Bord der *Charles Nogues* – diesen blonden, schwarzhäutigen Burschen? Als ich ihn sah, fragte ich mich ...«

»Ja, der blonde schwarze Mann ... Aber ich dachte, er hätte sich das Haar gefärbt ...«

»Sein Haar war natürlich, das konnte man sehen, aber seine Hautfarbe war verändert. Es ist diese Sonnencreme, die Prentis mir gegeben hat. Sie wirkt auf die Hautpigmente, das Melanin, nehme ich an. Da unten ist es ein bißchen fleckig ... als ob ich sehr dunkle Sommersprossen hätte, aber große, mehr wie Leberflecken ... Ich hätte fragen sollen, wie es wirkt.«

»Es ist offensichtlich, wie es wirkt, David – es macht dich schwarz!« Laura begann zu lachen, eingezwängt zwischen dem Erschreckenden und dem Lächerlichen ... »Fühlst du dich denn gut, David?«

»Wie sonst«, sagte er. »Aber wie stellst du dich dazu?«

»Laß dich ansehen ...« Sie entblößte einen Augenblick seinen Unterleib und begann zu kichern. »Ich weiß ... es ist nicht so komisch, aber ..., David, du siehst aus wie ein schwarzbuntes Rindvieh.« Sie rieb mit dem Daumen energisch an seiner Schulter. »Es geht nicht weg, nicht? – Na, diesmal hast du es wirklich geschafft!«

»Das ist revolutionär«, sagte er nüchtern.

Ein Lachanfall schüttelte sie.

»Es ist mein Ernst, Laura. Du kannst schwarz sein, aus einer Tube. Siehst du nicht, was das bedeutet?«

Sie biß sich auf den Knöchel, bis sie die Selbstbeherrschung wiedergewann. »David, die Leute wollen nicht schwarz sein. Lieber riskieren sie Hautkrebs.«

»Warum nicht? Mir würde es nichts ausmachen. Wir leben unter einer harten texanischen Sonne. Alle Texaner sollten schwarz sein. In dem Klima ist es das Beste. Vernünftig.«

Sie biß sich auf die Unterlippe und starrte ihn an. »Das ist einfach zu unheimlich … Du bist kein richtiger Schwarzer, David. Du hast eine europäische Nase, einen europäischen Mund und Gesichtsschnitt. Oh, sieh mal, da ist eine Stelle an deinem Ohr, die du übersehen hast!« Sie kreischte vor Lachen.

»Hör auf, Laura, du machst mich verrückt.« Er setzte sich auf. »Gut, ich bin kein echter Schwarzer, aus der Nähe gesehen … Aber in einer Menschenmenge bin ich ein Schwarzer. Genauso in einem E-Mobil oder auf der Straße. Oder bei einer politischen Versammlung. Das könnte alles verändern.«

Sein Engagement überraschte sie. »Nicht alles, David, und vielleicht nicht in der Weise, wie du es dir vorstellst. Bei Rizome würde es keinem etwas ausmachen, aber anderswo würdest du es zu spüren bekommen.«

»Richtig, Laura, wir sollten nicht so tun, als sei der Rassismus tot und abgetan. Du brauchst nur herumzuhören, wie die Leute reden. Warum ist Afrika in der hoffnungslosen Lage, in der es steckt, und kommt nie heraus? Weil die Neger faul sind, keine Ideen haben und nichts von Organisation verstehen! Das ist die verbreitete Auffassung, heute wie vor hundertfünfzig Jahren. Das könnte sich nun ändern … Verdammt noch mal, diese Grenadiner haben wirklich eine Erfindung gemacht! Und es ist einfach! Ich frage mich, wieviel sie von dem Zeug gemacht haben? – Kilos? Tonnen?«

In Davids Augen leuchtete visionäres Feuer. »Jetzt kann ich in der Dritten Welt herumlaufen, und keiner ballt die Faust in der Tasche, wenn er mich sieht. Ich kann auf den erstbesten Typ zugehen und sagen: ›Hallo! Ich bin ein weißer amerikanischer Imperialist und Ausbeuter, aber ich bin schwarz wie Pik As, compadre.‹ Das ist die großartigste Sache, von der ich je gehört habe.«

Laura runzelte die Stirn. »Das vielleicht, aber zu Hause werden sie den Kopf über dich schütteln. Auch wenn es bloß Farbe ist. Auch wenn es dich selbst, deine Persönlichkeit nicht verändert. Oder die Art deines Benehmens.«

»Sag das nicht. Schon ein neuer Haarschnitt kann dein Auftreten verändern.« Er ließ sich ins Kissen zurückfallen und verschränkte die Hände hinter dem Kopf. Auch seine Achselhöhlen waren fleckig. »Ich muß mehr von diesem Zeug besorgen.«

Nun war er engagiert. Endlich. Es hatte eines höchst absonderlichen äußeren Auslösers bedurft, um ihn aufzurütteln, aber jetzt war er ganz bei der Sache. Er hatte wieder diesen Ausdruck in den Augen, wie damals, als sie jung verheiratet gewesen waren und gemeinsam das Ferienheim geplant hatten. Sie war froh, daß er, statt deprimiert zu sein oder vor Wut zu toben, seine Veränderung so leicht nahm, ihr sogar noch etwas abzugewinnen vermochte.

Sie legte den Arm über seine Brust und betrachtete den Gegensatz zwischen ihrer Haut und seinem schwarzen Brustkorb. »Du siehst gut aus, David … es steht dir irgendwie. Du erinnerst mich an die schwarz geschminkten Schauspieler, die den Othello spielen.« Sie küßte seine Schulter, dann lachte sie hell auf. »Hätte nie gedacht, daß ich es mal mit einem Schwarzen treiben würde!«

Plötzlich stieg David aus dem Bett. »Atlanta, wer ist an der Leitung?«

(»Ah, Nash, Thomas Nash, Sie kennen mich nicht ...«)

»Tom, ich möchte, daß Sie sich dies ansehen.« David nahm seine Videobrille vom Nachttisch und nahm sich selbst von oben bis unten auf. »Was sagen Sie dazu?«

(»Es scheint Probleme mit den Helligkeitsabstufungen zu geben, Rizome-Grenada. Außerdem tragen Sie keine Kleider, nicht?«)

Laura dachte, daß David wieder ins Bett steigen würde. Statt dessen fing er an, Leute anzurufen. Sie schlief ein, während er noch immer eiferte.

5. Kapitel

Sie waren mit Stablampe und Werkzeug unter der Veranda, um sie auf Schäden zu untersuchen, als sie Sticky rufen hörten: »Zu Bwana, Blondie! Kommen Sie heraus! Zeit, die Suppe auszulöffeln …«

Sie krochen zurück in den Nachmittagssonnenschein. Laura krabbelte auf allen vieren durch die niedrige Öffnung eines gemauerten Bogens und stand auf. »Hallo, Hauptmann. »Sie zupfte lange Spinnwebfäden aus ihrem Haar.

David kroch hinter ihr heraus. Seine Jeans und das baumwollene Arbeitshemd waren an Knien und Ellbogen mit Staub und feuchter Erde behaftet. Sticky Thompson grinste über Davids dunkles Gesicht. »Gehen Sie jetzt mit einheimischen Niggern, Blondie? Wo ist der Große Weiße Jäger?«

»Sehr komisch«, grollte David.

Sticky führte sie in den Westflügel des Herrenhauses. Während sie unter frisch ausgeputzten Ylang-Ylang-Bäumen gingen, steckte David den Ohrhörer ein und setzte die Videobrille auf. »Wer ist am Draht? Oh. Hallo! Was? – Ah, die Linsen sind eingestaubt.« Er reinigte sie vorsichtig mit dem Hemdzipfel.

Zwei militärische Kübelwagen warteten auf dem Kies der Zufahrt – mit grünen und braunen Tarnfarben gefleckte Geländewagen mit festem Verdeck und undurchsichtigen Scheiben. Drei uniformierte Milizionäre saßen auf dem flachen, breiten Kotflügeln und tranken Alkoholfreies aus Kartonpackungen. Sticky stieß einen scharfen Pfiff aus; die Milizionäre sprangen vom Kotflügel, nahmen Haltung an, und einer öffnete die Tür mit der rot-gold-grünen Kokarde Grenadas. »Zeit, die Wahrheit zu sagen, Mrs. Webster. Wir sind bereit, wenn Sie es sind.«

»Sie wird sich umziehen müssen«, sagte David.

»Nein, nicht nötig«, widersprach Laura. »Ich bin jederzeit bereit. Es sei denn, Ihre Bank befürchtet, ich könnte ihre Polstermöbel beschmutzen.« Sie zog die Videobrille mit ihrem Etui aus einer zugeknöpften Jackentasche.

Sticky wandte sich zu David und zeigte zum zweiten Kübelwagen. »Für Sie haben wir heute eine besondere Touristenattraktion. Dieser andere Wagen wird Sie hinunter zum Strand fahren. Wir haben ein paar ganz besondere Bauvorhaben. Es wird Sie interessieren, David.«

»Einverstanden«, sagte David, zog Laura in seine Arme und drückte sie fest an sich. »Sieht so aus, als müßte ich heute das Baby nehmen.« Im Flüsterton fügte er hinzu: »Viel Glück, Schatz. Gib ihnen Saures!« Sie küßte ihn, und die Soldaten grinsten.

Laura kletterte auf den Beifahrersitz, einer der Soldaten stieg mit klapperndem Sturmgewehr hinten ein. Sticky blieb draußen. Er hatte eine polarisierende Sonnenbrille aufgesetzt. Nachdem er den Himmel abgesucht und zu diesem Zweck mit beiden Händen die Augen beschattet hatte, schwang er sich, offenbar befriedigt, auf den Fahrersitz und schlug die Tür zu.

Sticky startete den Motor mit einem altmodischen Zündschlüssel. Einmal zum Tor hinaus, nahm er die kurvenreiche Gefällstrecke der Zufahrt mit haarsträubender Geschwindigkeit; dabei fuhr er locker und gelöst, nur eine Hand am Lenkrad. Zwischendurch nahm er sich noch die Zeit, ihr munter zuzugrinsen. Er schien sich in Hochstimmung zu befinden. Anregungsmittel, dachte Laura düster. »Fein sehen Sie aus«, sagte Sticky. »Ich kann nicht glauben, daß Sie sich keine Zeit genommen haben, ein wenig Rouge aufzulegen.«

Laura fühlte unwillkürlich ihre Wange. »Sie meinen Video-Make-up, Hauptmann? Ich dachte, es solle sich um eine nichtöffentliche Anhörung handeln.«

»Ach«, sagte Sticky, erheitert über ihre Förmlichkeit, »das wird sich jetzt zeigen. Solange die Kamera nicht hinschaut, können Sie in Ihren alten Sachen herumlaufen und arbeitende Klasse spielen, nicht?« Er lachte. »Wie aber, wenn Ihre Collegefreundin Sie so sieht? Die sich immer wie eine Südstaatenschönheit aus den Zeiten der Sklaverei herausputzt? Emily Donato?«

»Emily ist meine beste Freundin«, erwiderte Laura. »Sie hat mich in viel schlechterem Zeug als diesem gesehen, das können Sie mir glauben.«

Sticky zog die Brauen hoch. »Haben Sie sich schon mal Gedanken wegen dieser Donato und Ihres Mannes gemacht? Sie kannte ihn schon vor Ihnen. Machte Sie sogar miteinander bekannt.«

Laura unterdrückte aufkommende Verärgerung. Sie wartete, bis sie ihre Selbstbeherrschung wiedergefunden hatte. »Hat es Ihnen Spaß gemacht, Sticky, barfuß durch meine Personalakte zu laufen? Ich kann mir denken, daß Ihnen das ein Machtgefühl verschafft, nicht? Beinahe wie das Herumscheuchen halbwüchsiger Jungen in Ihrer Spielzeugmiliz.«

Sticky blickte schnell in den Rückspiegel. Der Milizionär auf dem Rücksitz gab vor, nichts gehört zu haben.

Sie nahmen die Fernstraße nach Süden. Der Himmel war bedeckt und bleiern, der Wald dämmerte geheimnisvoll auf nebelumzogenen vulkanischen Berghängen. »Sie denken, ich wüßte nicht, was Sie vorhaben?« fragte Sticky. »All diese Arbeit am Haus? Ohne Bezahlung – nur um Eindruck zu schinden. Dem Dienstpersonal Propagandastreifen geben ... Versuche, unsere Leute zu bestechen.«

»Eine Stellung bei Rizome ist kaum Bestechung«,

sagte Laura kühl. »Wenn sie mit uns arbeiten, verdienen sie einen Platz unter uns.« Sie passierten eine aufgelassene Zuckerfabrik. »Es ist hart für sie, unsere Hausarbeit zu machen und nebenbei für Sie zu spionieren.«

Sticky warf ihr einen finsteren Seitenblick zu. »Diese verdammte Scheißbrille«, zischte er plötzlich.

»Atlanta, ich gehe aus der Leitung«, sagte Laura. Sie riß sich Brille und Ohrhörer vom Kopf und öffnete ungeduldig das Kartenfach. Ein Karton mit Fesselgewehrmunition fiel heraus und ihr auf den Fuß. Sie ließ ihn unbeachtet und steckte Brille und Ohrhörer hinein – er quäkte leise. Dann klappte sie das Fach zu.

»Das wird Ihnen Ärger eintragen«, spottete Sticky. »Setzen Sie sie lieber wieder auf.«

»Na los, machen wir es miteinander aus«, sagte Laura. »Ich lasse nicht während der ganzen Fahrt zur Bank auf mir herumhacken, nur um meine Nerven zu strapazieren, oder was immer Sie sich davon versprechen.«

Sticky umfaßte das Lenkrad mit beiden muskulösen Händen. »Haben Sie keine Angst, allein mit mir zu sein? Nun, da Sie nicht mehr am Netz sind, sind Sie verletzlich und hilflos, nicht?« Plötzlich stieß er sie mit dem Finger in die Rippen, als gelte es, eine Rinderhälfte zu prüfen. »Was wollen Sie machen, wenn ich dort unter die Bäume fahre und sie vergewaltige?«

»Mein Gott.« Dieser Gedanke war ihr nicht in den Sinn gekommen. »Keine Ahnung, Hauptmann. Ich denke, ich würde Ihnen die Augen auskratzen.«

»Oh, ein harter Brocken also!« Er sah sie nicht an, beobachtete die Straße, weil er schnell fuhr, aber seine rechte Hand schoß mit unglaublicher Schnelligkeit heraus und umfaßte ihr Handgelenk mit einem festen Schlag von Haut auf Haut. Ihre Hand wurde seltsam taub, und ein scharf ziehender Schmerz fuhr ihr durch den Arm aufwärts. »Machen Sie sich los«, sagte er. »Versuchen Sie es!«

Sie zog und zerrte, und zugleich machte sich eine erste Aufwallung wirklicher Furcht bemerkbar. Es war, als wollte sie ihre Hand aus einem Schraubstock ziehen. Er zitterte nicht einmal. Er sah nicht so stark aus, aber sein bloßer, gebräunter Unterarm war wie Gußeisen. Unnatürlich. »Sie tun mir weh«, sagte sie, um einen ruhigen Ton bemüht. Aber in ihrer Stimme war ein verhaßtes kleines Zittern.

Sticky lachte. »Nun hören Sie zu, Mädchen! Diese ganze Zeit hindurch haben Sie ...«

Laura ließ sich plötzlich in ihrem Sitz abwärts rutschen und trat hart auf die Bremse. Der Kübelwagen geriet ins Schleudern; der Soldat auf dem Rücksitz schrie auf. Sticky ließ ihr Handgelenk los, als hätte er sich verbrüht; seine Hände packten das Lenkrad mit der Schnelligkeit der Panik. Der Wagen geriet aufs Bankett, stieß im Zurückschleudern durch Schlaglöcher, daß sie mit dem Kopf gegen das harte Dach schlugen. Zwei Sekunden Chaos, dann hatte er den Wagen wieder unter Kontrolle.

Gerettet. Sticky holte tief Luft.

Laura setzte sich wieder aufrecht und rieb sich schweigend das Handgelenk.

Etwas Bösartiges war zwischen sie gekommen. Sie spürte noch keine Angst, obwohl sie beinahe zusammen umgekommen wären. Sie hatte nicht gewußt, daß es so schlimm sein würde, mit einem manuell gesteuerten Wagen, sie hatte es einfach getan, impulsiv. Die Wut war plötzlich aufgekocht, als ihre Hemmungen mit der Videobrille von ihr genommen worden waren.

Beide hatten sie sich wie tobende Betrunkene benommen, als das Netz seine Kontrollfunktion verloren hatte.

Jetzt war es vorbei. Der Soldat – der Junge – auf dem Rücksitz umklammerte in Panik sein Sturmgewehr. Er hatte nicht unter dem Druck der Netzüberwachung gestanden, ihm war das alles rätselhaft, dieser jähe Ausbruch von Gewalt, wie ein Wirbelsturm. Völlig ohne Grund – er wußte nicht einmal, ob es schon vorüber war.

Sticky fuhr weiter, das Kinn vorgeschoben, den Blick starr geradeaus gerichtet. »Winston Stubbs«, sagte er endlich, »war mein Vater.«

Laura nickte. Sticky hatte ihr dies als Begründung gesagt – es war die einzige Art einer Entschuldigung, die er kannte. Die Neuigkeit überraschte sie nicht sehr, aber für einen Augenblick war ihr, als kämen ihr Tränen in die Augen. Sie lehnte sich zurück, entspannt, atmete bemüht ruhig. Sie mußte sich vorsehen mit ihm. Die Menschen sollten vorsichtiger miteinander umgehen ...

»Sie müssen sehr stolz auf ihn gewesen sein«, sagte sie in freundlich-tastender Art. »Er war ein besonderer Mann.« Keine Antwort. »Aus der Art und Weise, wie er Sie ansah, gewann ich den Eindruck ...«

»Ich vernachlässigte meine Pflicht«, sagte Sticky. »Ich war sein Bewacher, und der Feind tötete ihn.

»Wir wissen jetzt, wer es war«, sagte Laura. »Es war nicht Singapur. Es war ein afrikanisches Land – eine Kommandoaktion der Republik Mali.«

Sticky sah sie an, als ob sie den Verstand verloren hätte. Während des Beinahe-Unfalls war ihm die polarisierende Sonnenbrille von der Nase geflogen, und sie sah kalten Glanz in seinen Augen. »Mali ist ein *afrikanisches* Land«, sagte er.

»Warum sollte das einen Unterschied machen?«

»Wir setzen uns für die afrikanischen Völker ein! Mali ... das ist nicht mal eine Steueroase. Es ist ein Land, das unter Armut und Hunger leidet. Es hat keine Ursache, solch einen Anschlag zu verüben.« Er wandte den Blick von ihr. »Sie lügen, wenn sie Ihnen das erzählen.«

»Wir wissen, daß Mali die FAKT ist«, sagte Laura.

Sticky zuckte die Achseln. »Jeder kann sich dieser Buchstaben bedienen. Es werden erpresserische Schutzgelder verlangt, und wir wissen, wohin sie gehen: nach Singapur.« Er schüttelte bedächtig den Kopf. »Es gibt Krieg, Laura. Sehr schlechte Zeiten. Sie hätten nie auf diese Insel kommen sollen.«

»Wir mußten kommen«, sagte Laura. »Wir waren Zeugen.«

»Zeugen«, sagte Sticky geringschätzig. »Wir wissen, was in Galveston geschah, dazu brauchten wir Sie nicht. Sie sind Geiseln, Laura. Sie, Ihr Mann, sogar das Baby. Geiseln für Rizome. Ihr Unternehmen ist genau zwischen zwei Feuern, und wenn es Singapur uns gegenüber begünstigt, wird die Bank Sie töten.«

Laura befeuchtete sich die Lippen. »Sollte es zum Krieg kommen, werden viele unschuldige Menschen sterben.«

»Man hat Sie für dumm verkauft. Ihr Unternehmen. Es schickte Sie hierher, obwohl es Bescheid wußte!«

»In Kriegen werden Menschen getötet«, sagte Laura. »David und ich sind nicht so unschuldig wie manche anderen.«

Er schlug mit einer Hand aufs Lenkrad. »Haben Sie keine Angst, Mädchen?«

»Haben Sie Angst, Hauptmann?«

»Ich bin Soldat.«

Laura zwang sich zu einem Achselzucken. »Was hat das in einem Krieg zu bedeuten, der mit Terroraktionen geführt wird? Man hat in meinem Haus einen meiner Gäste ermordet. Vor mir und meinem Kind. Ich werde tun, was ich kann, um den oder die Täter zu fassen. Daß es gefährlich ist, weiß ich.«

»Sie sind ein mutiger Feind«, sagte Sticky. Er bog in eine Nebenstraße ein, und sie fuhren durch ein elendes kleines Dorf mit rostigen Wellblechdächern und roter

Erde. Die Straße stieg an und führte in Windungen ins gebirgige Innere. Für einen Augenblick brach Sonnenschein durch die Wolken, und der Schatten belaubter Äste sprenkelte die Windschutzscheibe.

Aus einer Haarnadelkurve hoch an einem Hang sah Laura in der Ferne den Hafen der noch kolonial wirkenden Ortschaft Grand Roy – rote Ziegeldächer leuchteten verschlafen aus dem üppigen Grün, kleine weiße Säulen trugen vorgebaute Veranden, krumme, schmale Straßen führten auf und ab. Vor der Küste saß eine Bohrinsel wie eine Spinne vom Mars.

»Sie sind ein Dummkopf«, sagte Sticky. »Sie versuchen irgendwelchen Propaganda-Scheiß zu lancieren, von dem Sie sich versprechen, daß er alle auf Freundlichkeit und gutes Benehmen verpflichten wird. Aber dies ist keine Mama-Papa-Yankee-Einkaufsstraße, wo Sie allen Leuten den Frieden wie Coca-Cola verkaufen können. Das kann nicht klappen ... Aber ich bin nicht der Meinung, daß Sie wegen des Versuches sterben sollten. Das wäre nicht rechtschaffen.«

Er gab einen Befehl, und der Milizionär griff hinter sich und reichte Laura eine Militärjacke und ein schwarzes, weites Gewand mit einer Art Kapuze. »Ziehen Sie die Sachen an«, sagte Sticky.

Laura zog die Militärjacke über ihr Arbeitshemd. »Was ist das für ein Morgenmantel?«

»Es ist ein Tschador. Islamische Frauen tragen so etwas. Sehr bescheiden ... und er verbirgt das blonde Haar. Wo wir hinfahren, sind Spionageflugzeuge aufgetaucht. Ich will nicht, daß sie Sie sehen.«

Laura grub sich in das Gewand und zog die Kapuze über den Kopf. Als sie in dem weiten Ding steckte, witterte sie Duftspuren der letzten Benutzerin – parfümierte Zigaretten und Rosenöl. »Es war nicht die Islamische Bank ...«

»Wir wissen, daß es die Bank ist. Jeden Tag haben sie

Spionagemaschinen herübergeschickt, von Trinidad. Wir kennen die Pflanzung, von der die Maschinen starten, alles. Wir haben unsere eigenen Quellen – wir brauchen Sie nicht, um etwas zu erfahren.«

Er deutete mit einem Kopfnicken zum Kartenfach. »Sie können Ihre Videobrille wieder aufsetzen. Ich habe alles gesagt, was ich sagen werde.«

»Wir haben nicht die Absicht, Ihnen oder Ihren Leuten zu schaden, Sticky. Wir wünschen Ihnen nur Gutes.«

Er seufzte. »Tun Sie es einfach.«

Sie zog die Brille heraus. Emily kreischte ihr ins Ohr. (»Was tust du? Alles in Ordnung?«)

»Alles in Ordnung, Emily. Laß mich ein bißchen faulenzen.«

(»Sei nicht albern, Laura. Du schadest unserer Glaubwürdigkeit. Keine Geheimverhandlungen! Es sieht schlecht aus – als wollten sie dir etwas anhaben. Die Lage ist schwierig genug, und sie wird noch komplizierter, wenn die Leute glauben, daß du hinter ihrem Rücken Verhandlungen führst.«)

»Wir fahren zu Fedons Camp«, sagte Sticky lauter als erforderlich. »Hören Sie zu, Atlanta? Julian Fedon war ein freier Farbiger. Seine Zeit war die Französische Revolution, und er predigte die Menschenrechte. Die Franzosen schmuggelten ihm Waffen ins Land, und er besetzte mit seinen Anhängern Plantagen, befreite die Sklaven und bewaffnete sie. Er brannte die Häuser der Pflanzer und der bürokratischen Kolonialherren mit rechtschaffenem Feuer nieder. Und er kämpfte mit der Waffe in der Hand, als die Rotröcke kamen ... Die Armee brauchte Monate, um seine Festung einzunehmen.«

Sie kamen in eine muldenförmige Talsenke zwischen zerklüfteten Hügeln – eine unwegsame vulkanische Wildnis. Ein wucherndes tropisches Paradies, gesprenkelt mit hohen Wachttürmen. Auf den ersten Blick sahen sie harmlos aus, wie Wassertürme. Aber die runden Behältertanks waren gepanzerte Bunker mit Schießscharten. Ihre Seiten waren besetzt mit Suchscheinwerfern und Radarbeulen, und ihre Oberseiten waren Hubschrauberlandeplätze. Dicke Aufzugschächte stießen tief in die Erde – nirgendwo waren Türen zu sehen.

Sie fuhren eine mit schwarzem Lavagestein gepflasterte Straße hinauf. Ausgrabungsschutt. Allenthalben verliefen beinbrecherische Wälle aus scharfkantigen Blöcken, halb versteckt unter blühenden Rankengewächsen und dichtem, von Vogelgezwitscher erfülltem Busch.

Fedons Camp war eine neue Art Festung. Es gab keine Sandsäcke, keine Stacheldrahtverhaue, keine Tore und Wachtposten. Nur die Wachttürme, die sich wie tödliche Pilze aus Stahl und Keramik stumm aus dem wuchernden Grün erhoben. Türme, die einander beobachteten, die Hügel, den Himmel überwachten.

Es mußte unterirdische Tunnels geben, dachte Laura, die diese Türme des Todes miteinander verbanden – und Lagerräume für Munition und Vorräte. Alles unterirdisch. Die Anordnung der Türme mußte einer Geometrie strategischer Feuerzonen entsprechen.

Wie würde ein Angriff auf diese Festung vor sich gehen? Laura stellte sich zornige, hungrige Aufständische mit ihren mitleiderregenden Fackeln und Molotowcocktails vor, die unter diesen Türmen herumliefen wie Mäuse unter Möbeln. Unfähig, etwas von ihrer eigenen Größe zu finden, was sie angreifen oder zerstören könnten. Dann ängstlicher, als ihrem Geschrei nur Stille antwortete. Beginnende Aufsplitterung in Gruppen, die sich murrend in den falschen Schutz der Bäume und Felsen verzogen, während jeder Schritt laut wie ein Trommelschlag von vergrabenen Mikrofonen aufgefangen wurde, während ihre Körper wie menschliche Kerzenflammen auf den Infrarotschirmen der Zielgeräte glühten ...

Die Straße endete auf einem halben Morgen unkrautdurchwachsenen Asphalts. Sticky schaltete die Zündung aus und fand seine polarisierende Sonnenbrille. Er spähte durch die Windschutzscheibe. »Da drüben, Laura. Sehen Sie?« Er zeigte zum Himmel. »Bei dieser grauen Wolke, die wie ein Wolfskopf geformt ist ...«

Sie konnte nichts erkennen. Nicht einmal einen Punkt. »Ein Spionageflugzeug?«

»Ja. Von dort können sie Ihre Zähne zählen, durch ein Teleobjektiv. Und genau von der richtigen Größe ... zu klein, als daß eine dumme Rakete es finden könnte, und die klugen kosten mehr als die Maschine.« Ein dumpfes, rhythmisches Pochen über ihnen. Laura verzog das Gesicht. Ein skelettartiger Schatten glitt über die Abstellfläche. Ein Lastenhubschrauber schwebte über ihnen.

Sticky verließ den Kübelwagen. Sie sah den Schatten eine Leine abwerfen, hörte sie auf das Metalldach des Wagens schlagen. Bolzen wurden durch Ringe gestoßen und gesichert, und Sticky stieg wieder ein. Einen Augenblick später hoben sie mit dem Wagen ab.

Der Boden versank schwindelerregend in der Tiefe. »Halten Sie sich fest«, sagte Sticky. Er hörte sich gelangweilt an. Der Hubschrauber ließ sie auf dem nächsten Turm sinken, in ein breites gelbes Netz. Dicke Federn quietschten, der Wagen sackte wie betrunken auf die Seite; dann senkten sich die das Netz tragenden Federarme, und sie kamen auf der Oberfläche zur Ruhe.

Laura stieg zitternd aus. Die Luft duftete wie ein Morgen im Paradies. Ringsum waren steile Berghänge, die nicht bebaut werden konnten: von üppigem Grün überwachsene Berge, deren Gipfel und Grate in grauen

Nebel gehüllt waren, wie eine chinesische Landschaft. Die anderen Türme waren wie dieser: Niedere Keramikbrüstungen umgaben den Rand der Oberfläche. Auf dem benachbarten Turm spielten halbnackte Soldaten Basketball.

Der Hubschrauber landete stotternd auf dem markierten schwarzen Landeplatz nahebei. Der Wind seiner Rotoren peitschte Lauras Haar. »Was machen Sie während eines Wirbelsturms?« rief sie.

Sticky nahm sie beim Ellbogen und führte sie zu einer Luke. »Es gibt Zugangswege«, sagte er. »Aber Näheres darüber brauchen Sie nicht zu wissen.« Er zog die doppelten Lukendeckel auf, und Laura sah eine kurze Treppe zu einem Aufzug.

(»Augenblick«,) drang eine unbekannte Stimme aus dem Ohrhörer. (»Ich kann nicht alles gleichzeitig festhalten, und ich bin kein Festungsarchitekt. Dieses Bauvorhaben an der Küste ist eine Sache für sich … David, kennen Sie jemanden bei Rizome, der militärische Anlagen beurteilen kann? Nun, ich auch nicht … Laura, könnten Sie ungefähr zwanzig Minuten totschlagen?«)

Laura blieb stehen. Sticky sah sich ungeduldig nach ihr um. »Sie werden nicht viel zu sehen bekommen, wenn es das ist, was Sie aufhält. Wir fahren jetzt hinunter.«

»Wieder ein Aufzug«, sagte Laura. »Ich werde aus der Leitung gehen.«

»Er ist verdrahtet«, versicherte ihr Sticky. »Man wußte, daß Sie kommen.«

Der Aufzug sank rasch sechs Stockwerke in die Tiefe. Sie verließen ihn in einen aus dem anstehenden Fels gesprengten Tunnel, der groß genug war, eine zweispurige Fernstraße aufzunehmen. Sie sah militärische Kisten mit kyrillischer Aufschrift. Durchhängende Zeltbahnen über großen, knolligen Haufen von weiß

Gott was. Sticky ging voraus, die Hände in den Hosentaschen. »Kennen Sie den Kanaltunnel? Von England nach Frankreich?«

Es war kalt. Sie war froh, daß sie die Militärjacke trug, und steckte die Arme durch die weiten Ärmel des Tschadors. »Ja?«

»Dabei lernten sie eine Menge über den Tunnelbau. Alles ging über offene Datenträger. Praktisch.« Seine Worte hallten unheimlich. Deckenbeleuchtungen flackerten über ihnen an, während sie gingen, und erloschen hinter ihnen. So durchwanderten sie den Tunnel in einem mit ihnen ziehenden Lichtkreis. »Haben Sie mal die Maginotlinie gesehen?«

»Was ist das?« fragte Laura.

»Ein großer Festungswall aus Forts, Panzersperren und unterirdischen Anlagen, den die Franzosen vor neunzig Jahren anlegten. Gegen die Deutschen. Ich besichtigte einmal Teile davon. Winston nahm mich mit.« Er rückte an seiner Baskenmütze. »Noch heute rosten die großen alten Stahlkuppeln zwischen Viehweiden. Darunter gibt es Eisenbahntunnels mit Schmalspurbahnen, die Touristen befördern.« Er zuckte die Achseln. »Das ist alles, wozu die Maginotlinie taugt. Und so wird es mit dieser Anlage auch eines Tages sein.«

»Wie meinen Sie das?«

»Die Tanker sind besser. Sie sind nicht ortsgebunden.«

Laura paßte sich seinem Schritt an. Ihr war unheimlich. »Es riecht hier unten, Sticky. Wie in dem Tanker ...«

»Das ist Plastik für Fesselgewehre«, sagte Sticky. »Von Übungen. Wenn Sie von einem Fesselgewehr getroffen werden, gibt es einen komischen Geruch, während der Kunststoff aushärtet. Und dann ist es, als ob Sie in Bandstahl gewickelt wären ...«

Er belog sie. Es gab hier unten irgendwo Laboratorien. Irgendwo in der feuchten Dunkelheit. Sie fühlte es. Dieser leicht säuerliche Geruch …

»Dies ist das Schlachtfeld«, sagte er. »Wo die Eindringlinge bezahlen werden. Nicht, daß wir sie aufhalten könnten, so wenig wie damals Fedon. Aber sie werden mit Blut bezahlen. Diese Tunnels sind voll von Dingen, die sie aus der Dunkelheit anspringen …« Er schnupfte. »Keine Sorge, nicht Ihre Yankees. Yankees haben heutzutage nicht mehr den Nerv für so was. Aber wer immer. Babylon.«

»›Der Mann‹«, sagte Laura.

Sticky lächelte.

Die Direktoren der Bank erwarteten sie. Sie waren einfach da, in dem Tunnel, unter einem kreisförmigen Lichtschein. Sie hatten einen langen rechteckigen Tisch und ein paar bequeme Ledersessel. Thermosflaschen mit Kaffee, Aschenbecher, Datenanschlüsse und Schreibzeug. Sie plauderten miteinander. Lächelten. Kleine Kräusel von Zigarettenrauch stiegen im Licht empor.

Als sie Laura kommen sahen, standen sie auf. Fünf schwarze Männer. Vier in Maßanzügen, einer in Uniform mit Sternen auf den Achselklappen. Drei saßen auf der linken Seite des Tisches, zwei auf der rechten.

Der Stuhl am Kopf des Tisches war leer, desgleichen der Stuhl rechts neben ihm. Sticky führte sie zu dem Platz am Fußende des Tisches.

Der General sagte: »Das ist alles, Hauptmann.« Sticky salutierte zackig und machte auf dem Absatz kehrt. Laura hörte seine Stiefel durch den Tunnel hallen, als er in die Dunkelheit marschierte.

»Willkommen in Grenada, Mrs. Webster. Bitte nehmen Sie Platz.« Alle setzten sich, Leder quietschte. Alle hatten Namensschilder aus Messing vor sich, die sie nun in Lauras Richtung drehten. DR. CASTLEMAN, MR. RAINEY, MR. GOULD, GENERAL CREFT, MR. GELLI.

Mr. Gelli war der Jüngste unter ihnen; nach seinem Aussehen schätzte sie ihn auf ungefähr vierzig; er war Italiener, und seine Haut war schwarz. Auch die leeren Plätze hatten Namensschilder: MR. STUBBS, P. M. ERIC LOUISON …

»Ich bin Mr. Gould«, erklärte Mr. Gould. Er war ein untersetzter Anglo, ungefähr fünfundsechzig, dunkelhäutig, trug Videorouge und ein drahtiges Toupé. »Ich fungiere als Vorsitzender dieser besonderen Untersuchungskommission, welche die Todesumstände des grenadinischen Bürgers Winston Stubbs zu klären hat. Wir sind kein Gerichtshof und können keine Rechtsentscheidungen treffen, doch können wir dem Premierminister Vorschläge unterbreiten und ihn beraten. Nach grenadinischem Recht, Mrs. Webster, haben Sie für eine Aussage vor der Sonderkommission keinen Anspruch auf Rechtsbeistand; falsches Zeugnis wird jedoch als Meineid bestraft. Mr. Gelli wird Ihnen den Eid abnehmen. Mr. Gelli?«

Der Angeredete erhob sich rasch. »Bitte heben Sie die rechte Hand. Sie schwören feierlich, oder bestätigen …« Er las ihr die Eidesformel vor.

»Ich schwöre es«, sagte Laura. Castleman war der Unheimlichste von allen. Er war sehr fett, hatte schulterlanges Haar und einen dürftigen, ungepflegten Bart; er rauchte einen Zigarillo bis zum Filter und bediente linkshändig die Tastatur eines tragbaren kleinen Datenanschlusses.

Rainey langweilte sich. Er malte Kringel auf sein Papier und befühlte seine große schwarze Nase, als schmerze sie. Er trug einen Smaragdohrring und ein schweres Goldarmband. General Crefts Aussehen ließ vermuten, daß er noch am ehesten ein echter Schwarzer sein könnte, obwohl er mit seiner milchkaffebraunen Haut der Hellste von allen war. Er hatte den starren Blick eines Krokodils und die narbigen Hände und verhornten Knöchel eines Schlägers. Hände, in denen man Rohrzange und Gewindeschneider natürlich gefunden hätte.

Sie befragten Laura anderthalb Stunden lang. Sie waren höflich, sprachen leise. Wortführer war Gould, der zwischendurch immer wieder in Notizen und Papieren blätterte. Rainey wirkte desinteressiert – offenbar war ihm die Spannungsebene hier zu niedrig; er hätte mehr Spaß daran gehabt, mit einem Schnellboot Schmuggelware an der Küstenwache vorbei nach Florida zu bringen. Creft trat in den Mittelpunkt, als sie nach der Mordmaschine fragten. Er hatte eine ganze Mappe mit Aufnahmen des sanduhrförmigen Kleinhubschraubers Canadair CL 227, der für eine schreckliche Vielfalt von Maschinenwaffen, Flammenwerfern, Gaszerstäubern und Minenstreuern nachgerüstet werden konnte ... Sie suchte das Modell heraus, das dem erinnerten Profil am genauesten zu entsprechen schien. Creft ließ das Foto wortlos herumgehen. Sie alle nickten ...

Gelli sagte nicht viel. Er war der Juniorpartner. Das ältere Gelli-Modell hatte offensichtlich nicht mit der Zeit Schritt gehalten. Jemand hatte es verschrottet ...

Sie wartete ab für den richtigen Augenblick, um ihre Neuigkeiten über die FAKT mitzuteilen. Sie hatte sich von Emily alles verfügbare Material durchgeben lassen und legte ihnen die Ausdrucke vor. Sie sahen das Material mit viel Räuspern und Kopfwiegen durch. Castleman überflog den Text mit einer Geschwindigkeit von mindestens 2400 Zeichen in der Minute; seine fettverhangenen Augen verschlangen ganze Absätze auf einmal.

Sie waren höflich. Sie waren skeptisch. Der Präsident von Mali, ein gewisser Moussa Diokite, sei ein persönlicher Freund des Premierministers Louison. Die beiden Länder seien durch brüderliche Bande miteinander verknüpft und hätten ein Kulturaustauschprogramm vorbereitet. Unglücklicherweise hätten die Pläne für einen friedlichen Austausch wegen des andauernden Krisenzustandes in allen Ländern der Sahelzone bisher nicht verwirklicht werden können. Mali habe von einem Angriff auf Grenada nichts zu gewinnen; Mali sei hoffnungslos verarmt und von Unruhen erschüttert.

Außerdem seien die sogenannten Beweise nicht überzeugend. Algerien und Mali hätten seit langer Zeit bestehende Grenzstreitigkeiten; Algeriens Außenministerium würde alles verbreiten, was geeignet wäre, Mali in Mißkredit zu bringen. Die von der I.G. Farben zusammengestellte Liste von terroristischen Aktivitäten der FAKT im türkischen Zypern sei eindrucksvoll und nützlich, beweise jedoch nichts. Die Leute von Kymera seien paranoid und machten grundsätzlich Ausländer für die Aktionen japanischer Yakuza-Gangsterbanden verantwortlich. Mali die Schuld zu geben, sei ein wilder Ausbruch von Phantasie, da die Singapurer offensichtlich die Aggressoren seien.

»Woher wissen Sie, daß Singapur dahintersteckt?« fragte Laura. »Können Sie beweisen, daß Singapur Mr. Stubbs ermorden ließ? Daß Singapur das Rizome-Ferienheim in Galveston angegriffen hat? Wenn Sie das beweisen können, verspreche ich Ihnen, daß ich Ihre Beschwerden in jeder Weise unterstützen werde.«

»Wir anerkennen Ihre Einstellung, Mrs. Webster«, sagte Mr. Gould. »Natürlich ist es ziemlich schwierig, stichhaltige Beweise für die Täterschaft an einem durch Fernsteuerung verübten Mord beizubringen ... Waren Sie jemals in Singapur?«

»Nein. Rizome hat dort zwar eine Niederlassung, aber ...«

»Sie hatten Gelegenheit zu sehen, was wir hier auf unserer Insel tun. Ich glaube, Sie verstehen jetzt, daß wir nicht die Ungeheuer sind, als die wir hingestellt werden.«

General Crefts hageres Gesicht dehnte sich in einem faltigen Lächeln. Lange Vorderzähne glänzten. Castleman regte sich mit einem Grunzen und begann Funktionstasten zu drücken.

»Eine Reise nach Singapur könnte Ihnen zur Aufklärung dienen«, sagte Gould. »Würden Sie daran interessiert sein?«

Laura stutzte. »In welcher Eigenschaft?«

»Als unsere Unterhändlerin. Als eine Beauftragte der United Bank of Grenada.« Mr. Gould trommelte mit den Fingern auf den Tisch. »Lassen Sie mich darauf hinweisen«, sagte er mit einem Blick auf seinen Bildschirm, »daß Rizome bei eigenen Ermittlungen an sehr strenge gesetzliche Beschränkungen gebunden ist. Wahrscheinlich wird die Wiener Konvention Rizomes Nachforschungen bald gänzlich unterbinden.« Er blickte zu ihr auf. »Wenn Sie sich nicht uns anschließen, Mrs. Webster, werden Sie wahrscheinlich niemals die Wahrheit darüber erfahren, wer Sie angegriffen hat. Sie werden in Ihr Ferienheim zurückkehren, die Einschüsse mit Mörtel verschließen und niemals erfahren, wer ihr Feind war, oder wann er wieder zuschlagen wird …«

Mr. Rainey meldete sich zu Wort. Er hatte die gedehnte Sprechweise eines alten Knackers aus Florida. »Sie werden wissen, daß wir eine Menge Daten über Sie und Ihren Mann haben. Dies ist keine plötzliche Entscheidung unsererseits, Mrs. Webster. Wir kennen Ihre Fähigkeiten – wir haben uns sogar die Arbeit angesehen, die Sie in dem Haus verrichtet haben, wo wir Sie beschützen.« Er lächelte. »Ihre Einstellung gefällt uns. Um es kurz zu machen, wir glauben an Sie. Wir wissen, wie sehr Sie innerhalb Ihres Unternehmens kämpfen mußten, um die Möglichkeit zu bekommen, Ihr Ferienheim zu bauen und Ihre Vorstellungen in die Praxis umzusetzen. Bei uns würden Sie nicht kämpfen müssen; wir verstehen, daß man schöpferischen Menschen ihre Arbeit überlassen muß.«

Laura hob die Hand zu ihrem Ohrhörer. In der Leitung herrschte Totenstille. »Sie haben mich vom Netz abgeschnitten«, sagte sie.

Rainey breitete die Hände aus; sein Goldarmband blinkte im Licht. »Es schien das Vernünftigste zu sein.«

»Sie wollen, daß ich von meinem Unternehmen abtrünnig werde.«

»Abtrünnig – was für ein häßliches Wort! Wir möchten, daß Sie sich uns anschließen. Auch Ihr Mann, David. Wir können Ihnen beiden einen Grad von Unterstützung versprechen, der Sie überraschen wird.« Rainey wies mit einem Nicken zu dem Datenanschluß. »Selbstverständlich kennen wir Ihre persönliche und finanzielle Situation. Es überraschte uns ein wenig zu sehen, daß Sie kaum etwas besitzen. Sicherlich, Sie haben Anteilscheine von Rizome, aber was Sie gebaut haben, gehört Ihnen nicht – Sie führen das Ferienheim nur für Ihre Gesellschaft. Ich kenne Handwerker, die höhere Bezüge haben als Sie. Aber hier ist es anders. Wir verstehen es, großzügig zu sein.«

»Sie scheinen an dem alten Pflanzerhaus Gefallen zu finden«, sagte Gould. »Es gehört Ihnen – wir könnten den Rechtstitel noch heute auf Sie überschreiben. Natürlich können Sie Ihr eigenes Personal einstellen. Die Transportfrage ist kein Problem – wir stellen Ihnen einen Hubschrauber mit Pilot zur Verfügung. Und ich kann Ihnen versichern, daß Sie besser geschützt sein werden, als das in den Staaten jemals der Fall sein würde.«

Laura blickte auf den Bildschirm des Datenanschlusses. Zuerst glaubte sie an eine Täuschung, dann erkannte sie mit einem jähen Schock, daß sie von Millionen sprachen. Millionen von grenadinischen Rubeln. Komisches Geld. »Ich habe nichts zu bieten, was auch nur annähernd soviel wert ist«, sagte sie.

»Leider hat die Öffentlichkeit ein ungünstiges Bild von uns«, fuhr Gould mit bekümmerter Miene fort. »Weil wir dem Netz den Rücken gekehrt haben, werden wir verleumdet und herabgesetzt. Diesen Schaden zu reparieren, würde langfristig Ihre Aufgabe sein, Mrs. Webster – das sollte Ihren Fähigkeiten entsprechen. Kurzfristig haben wir diese Singapur-Krise. Das Verhältnis zwischen uns und unserer Konkurrenzbank ist naturgemäß nicht das beste. Aber eskalierende Kriegführung kann keiner Seite ins Konzept passen. Und Sie sind in unseren Augen eine überzeugende Kandidatin für die Übermittlung eines Friedensvorschlags.«

»Rein wie der fallende Schnee«, murmelte Mr. Castleman. Er betrachtete die glänzende Oberfläche seines goldenen Zigarillo-Etuis. Er ließ den Deckel aufspringen und zündete sich einen frischen Zigarillo an.

»Sie genießen in Singapur eine Glaubwürdigkeit, die unseren Abgesandten ermangelt«, sagte Mr. Gould. Bei Castlemans Indiskretion war ein irritiertes Zucken über seine Züge gegangen.

»Ich kann Ihnen keine Antwort geben, ohne mit meiner Gesellschaft zu sprechen«, sagte Laura. »Und mit meinem Mann.«

»Ihr Mann scheint Gefallen an der Idee zu finden«, sagte Gould. »Natürlich haben wir ihm die Idee bereits unterbreitet. Beeinflußt das Ihr Denken?«

»Meine Gesellschaft wird in großer Sorge und Aufregung sein, daß Sie mich von der Leitung abgeschnitten haben«, sagte Laura. »Das war nicht vereinbart.«

»Wir haben Sie nicht abgeschnitten«, sagte Castleman. »Die Leitung ist intakt, aber wir bedienen sie mit einer Simulation ...« Seine Wurstfinger schnippten in der Luft. »Eine leichte graphische Simulation – keine

Hintergründe, nur Licht, Dunkelheit, eine Tischplatte und sprechende Köpfe. Nichts davon existiert, sehen Sie. Wir haben seit einiger Zeit nicht existiert.«

Gelli lachte nervös.

»Dann schließe ich diese Sitzung unserer Untersuchungskommission«, sagte Mr. Gould. »Sie hätten es mir sagen können, Castleman.«

»Tut mir leid«, sagte Castleman träge.

»Ich meine, daß ich die Untersuchung offiziell abgeschlossen hätte, noch bevor wir zwecks der Anwerbungsbemühung von der Leitung gingen.«

»Es tut mir leid, Gould, wirklich«, sagte Castleman. »Sie wissen, ich habe einfach nicht Ihr Flair für diese Dinge.«

»Aber nun können wir vernünftig miteinander reden«, sagte Rainey mit erleichtertem Ausdruck. Er bückte sich und langte unter den Tisch. Als er sich wieder aufrichtete, hatte er eine rastafarische Hukan aus geflecktem Bambus in der Hand, mit einem Kopf aus gekrümmten Widderhorn, dessen Innenseite von harzigen Rückständen klebrig schwarz verbrannt war. Es sah tausend Jahre alt aus, wie eine Mumie eingewickelt in uralte Lederschnüre, von denen angelaufene Perlen hingen. »Wird Seine Exzellenz sich zu uns gesellen?« fragte er.

»Ich werde es überprüfen«, sagte Castleman. Seine dicken Finger glitten über die Tastatur. Die Lichter trübten sich zu einem weichen Schein.

Rainey warf einen Lederbeutel auf die Tischplatte und zog mit einem Zischen die Zugschnur auf. »Lämmerbrot!« frohlockte er, als er eine Handvoll kleingeschnittenes grünes Kraut herauszog. Er begann den Pfeifenkopf mit kräftigen, geübten Bewegungen zu stopfen.

Der Premierminister saß am Kopfende des Tisches. Ein kleiner schwarzer Mann mit einer Sonnenbrille und einem hochgeschlossenen Uniformrock. Er hatte sich aus dem Nichts materialisiert.

»Willkommen in Grenada«, sagte er.

Laura glotzte.

»Bitte erschrecken Sie nicht, Mrs. Webster«, sagte Premierminister Louison. »Dies ist kein förmliches Verfahren. Wir beraten oft in dieser Art zusammen. Im Sakrament der Meditation.«

Rainey schob die Pfeife den Tisch entlang. Louison nahm sie und entzündete das Kraut mit einem verchromten Feuerzeug. Er paffte vernehmlich. Das Marihuana zündete, und bläuliche Flammen tanzten über dem Widderhorn-Pfeifenkopf.

»Verbrennt den Papst!« sagte General Creft.

Louisons Kopf war in Rauch gehüllt. Er blies einen Strom nach rechts, über Stubbs' leeren Platz. »Zum Gedächtnis an einen guten Freund.« Darauf gab er die Pfeife an Rainey weiter. Rainey sog daran, und im Pfeifenkopf blubberte es. »Feuer und Wasser«, sagte er und gab die Pfeife Gelli.

Gelli schnaufte enthusiastisch und lehnte sich zurück, als er seinen Zug genommen hatte. Er übergab die Pfeife Laura. »Fürchten Sie sich nicht«, sagte er. »Nichts davon geschieht wirklich.«

Laura gab die Pfeife weiter an General Creft. Süßlicher Rauch färbte die Luft blau. Creft paffte und blies mit pfeifenden Zügen.

Laura saß angespannt auf der Kante ihres Sitzes. »Ich bedaure, daß ich an Ihrer Zeremonie nicht teilnehmen kann«, sagte sie. »Es würde mich als Verhandlungspartnerin diskreditieren. In den Augen meiner Gesellschaft.«

Rainey krähte vor Lachen. Alle schmunzelten.

»Sie wissen es nicht«, sagte Gelli.

»Sie werden es nicht verstehen«, sagte Castleman, Rauch ausatmend.

»Sie werden es nicht glauben«, sagte Gould.

Der Premierminister neigte sich nach vorn; seine Brillengläser glänzten. Seine Orden und Medaillen schimmerten im Licht. »Manche beschäftigen sich mit Information«, sagte er zu ihr. »Und manche beschäftigen sich mit dem Begriff der Wahrheit. Aber manche beschäftigen sich mit *Magie*. Informationen fließen um uns. Und die Wahrheit fließt auf uns zu. Aber die Magie – sie fließt durch uns.«

»Das sind Tricks«, sagte Laura. Sie umfaßte die Tischkante. »Sie möchten, daß ich mich Ihnen anschließe, aber wie kann ich Ihnen vertrauen? Ich bin keine Magierin ...«

»Wir wissen, was Sie sind«, sagte Gould, als spräche er zu einem Kind. »Wir wissen alles über Sie. Über Sie, Rizome, Ihr Netz – Sie denken, daß Ihre Welt die unsrige umfasse. Aber das tut sie nicht. Ihre Welt ist eine Unterabteilung unserer Welt.« Er schlug mit der offenen Handfläche auf den Tisch – ein Kanonenschuß von einem Geräusch »Sehen Sie, wir wissen alles über Sie. Aber Sie wissen absolut nichts über uns.«

»Sie haben vielleicht einen kleinen Funken«, sagte Rainey. Er saß zurückgelehnt, die Augen zu Schlitzen geschlossen, die Fingerspitzen zusammengelegt. »Aber Sie werden niemals die Zukunft sehen – die wahre Zukunft –, solange Sie nicht lernen, Ihr Bewußtsein zu öffnen. Alle Ebenen zu sehen ...«

»Alle Ebenen unter der Welt«, sagte Castleman. »›Tricks‹, sagen Sie dazu. Realität ist nichts als Ebenen von Tricks. Nehmen Sie dieses alberne schwarze Glas von Ihren Augen, und wir können Ihnen vieles zeigen ...«

Laura sprang auf. »Stellen Sie meine Verbindung mit dem Netz wieder her! Sie haben kein Recht, dies zu tun. Geben Sie mir sofort die Verbindung.«

Der Premierminister lachte. Ein trockenes, kleines

Glucksen. Er stellte die rauchende Pfeife unter den Tisch, dann richtete er sich sitzend auf, hob theatralisch beide Hände – und verschwand.

Die Direktoren der Bank standen wie ein Mann auf und stießen ihre Stühle zurück. Sie lachten und schüttelten den Kopf. Und ignorierten sie.

Sie schlenderten zusammen in die pechschwarze Dunkelheit des Tunnels davon. Als sie außer Sicht waren, konnte Laura immer noch ihre leisen Gespräche und ihr Lachen hören. Sie blieb allein unter dem Licht zurück, mit den eingeschalteten Datenanschlüssen und abkühlendem Kaffee in den Tassen. Castleman hatte sein Zigarilloetui vergessen …

(»Mein Gott«) drang eine leise Stimme an ihr Ohr. (»Sie sind alle verschwunden! Laura, sind Sie da? Sind Sie wohlauf?«)

Laura wurden die Knie weich. Sie fiel in ihren Sessel zurück. »Mrs. Emerson«, sagte sie. »Sind Sie es?«

(»Ja, meine Liebe. Wie haben sie das gemacht?«)

»Keine Ahnung«, murmelte Laura. Ihre Kehle war trocken und rauh wie Schmirgelpapier. Mit zittriger Hand schenkte sie sich Kaffee ein, ohne sich zu sorgen, was darin sein könnte. »Was genau haben Sie gesehen?«

(»Nun … es schien bisher eine durchaus vernünftige Diskussion zu sein … Sie sagten, daß sie unsere Vermittlung zu schätzen wüßten und uns nicht für Stubbs Tod verantwortlich machen … Dann plötzlich dies. Sie sind allein. Einen Augenblick waren sie alle da, saßen um den Tisch und redeten, und im nächsten waren die Stühle leer und die Luft voller Rauch.«) Mrs. Emerson hielt inne. (»Wie ein Spezialeffekt beim Film. Deckt es sich mit dem, was Sie sahen, Laura?«)

»Ein Spezialeffekt«, sagte Laura. Sie schluckte warmen Kaffee. »Ja … sie wählten diesen Konferenzort, nicht wahr? Sicherlich konnten sie ihn irgendwie präparieren.«

Mrs. Emerson lachte erleichtert. (»Ja, natürlich. Das jagte mir einen Schreck ein ... Einen Augenblick lang hatte ich Angst, Sie würden mir sagen, jeder einzelne von ihnen sei eine Optima Persona. Haha. Was für ein Schaustück.«)

Laura stellte vorsichtig die Tasse ab. »Wie habe ich ... ah ... meine Sache gemacht?«

(»Oh, sehr gut, meine Liebe. Sie waren ganz ihr übliches Selbst. Ich machte über die Leitung ein paar Vorschläge, aber Sie schienen zerstreut ... Nicht überraschend, in einer so wichtigen Besprechung ... Jedenfalls haben Sie sich gut gehalten.«)

»So ... gut«, sagte Laura. Sie blickte nach oben. »Ich glaube, ich würde Holo-Projektionen oder was finden, wenn ich die Decke erreichen und hinter diesen Lampen suchen könnte.«

Mrs. Emerson lachte. (»Warum Ihre Zeit vergeuden? Und diesen Leuten ihren harmlosen kleinen dramatischen Effekt verderben ... Ich bemerkte, daß auch David eine sehr interessante Zeit verbrachte ... Sie versuchten ihn anzuwerben! Wir hatten das erwartet.«)

»Was sagte er?«

(»Er war sehr höflich. Er machte seine Sache auch gut.«)

Sie hörte Schritte. Sticky kam aus der Dunkelheit geschlendert. »Da sitzen Sie wieder und reden in die dünne Luft hinein«, sagte er. Er warf sich nachlässig in Gellis Bürosessel. »Fehlt Ihnen was? Sie sehen ein bißchen blaß aus.« Sein Blick streifte einen der transportablen Datenanschlüsse. »Haben sie es Ihnen schwer gemacht?«

»Sie sind eine harte Gesellschaft«, sagte Laura. »Ihre Chefs.«

Sticky hob die Hand und ließ sie lässig wieder fallen. »Nun, es ist eine harte Welt. Sie werden zu ihrem Baby zurück wollen ... Ich habe den Wagen oben auf dem Dach ... Also gehen wir.«

Der schwankende Rückflug vom Turm zum Parkplatz drehte ihr den Magen um. Als sie die gewundene schmale Straße zur Küste hinunterfuhren, fühlte sie sich noch immer elend, grün im Gesicht und fröstelte. Sticky fuhr viel zu schnell, und die steilen, romantischen Berge kippten und taumelten mit den Stößen der Schlaglöcher wie das Bühnenbild hinter den Brettern eines Laientheaters.

»Fahren Sie langsamer, Sticky«, ächzte sie, »oder ich muß mich wieder übergeben.«

Sticky machte ein erschrockenes Gesicht. »Warum haben Sie es nicht vorher gesagt? Wir können anhalten.« Er lenkte den Kübelwagen holpernd von der Straße in den Schatten einer Baumgruppe, dann schaltete er die Zündung aus. »Sie bleiben hier«, befahl er dem Soldaten.

Er half Laura aus dem Sitz. Sie hing an seinem Arm. »Wenn ich bloß ein bißchen gehen könnte«, murmelte sie. Sticky führte sie vom Wagen fort. Seine Augen suchten wieder den Himmel ab; es war wie ein Reflex.

Leichter Regen raschelte über ihnen im Laub. »Was ist mit ihnen?« fragte er. »Sie hängen an mir, als hätten Sie ernste Absichten. Haben Sie von Carlottas Pillen genommen, oder was?«

Sie ließ ihn widerwillig los. Er fühlte sich warm und solide an. Aus Fleisch und Blut. Sticky lachte, als er sie plattfüßig dastehen und wanken sah. »Was ist los? Will Onkel Dave nicht mehr?«

Laura errötete. »Hat Ihre Mutter Ihnen nicht beigebracht, daß Sie kein solch verdammter Chauvinist sein sollen? Ich kann es nicht glauben.«

»He«, sagte Sticky, »meine Mutter war bloß eines von Winstons Mädchen. Wenn er mit den Fingern schnippte, kam sie schon gesprungen. Nicht alle sind so empfindlich wie Sie.« Er kauerte unter einem Baum nieder, spannte den Rücken und hob einen langen

Zweig auf. »Also haben sie Ihnen Angst eingejagt, wie?« Er drehte den Zweig zwischen den Fingern. »Haben sie Ihnen etwas über den Krieg gesagt?«

»Etwas«, sagte Laura. »Warum?«

»Die Miliz ist seit drei Tagen in voller Alarmbereitschaft«, sagte Sticky. »Kasernengerüchte wollen wissen, daß die Kanaillen der Bank ein Ultimatum gestellt und mit Feuer und Schwefel gedroht hätten. Aber wir werden nicht zahlen, also muß es bald losgehen mit den Platzpatronen.«

»Kasernengerüchte«, sagte Laura. Plötzlich fühlte sie sich in dem langen schwarzen Tschador am Ersticken. Sie zog ihn über den Kopf.

»Behalten Sie die Flakjacke«, sagte Sticky. In seinen Augen glomm ein Funken Erregung. Er sah sie gern Kleider ablegen. »Kleines Geschenk von mir.«

Sie blickte umher, atmete auf. Der gute nasse Duft von tropischen Wäldern. Vogelrufe. Regen. Die Welt war noch da. Ganz gleich, was in den Köpfen der Menschen vor sich ging …

Sticky stocherte in einem Termitenbau zwischen den Baumwurzeln und wartete.

Sie fühlte sich schon besser. Sie verstand Sticky. Der bösartige Zweikampf, den sie vorher ausgetragen hatten, kam ihr jetzt beinahe gemütlich vor – wie eine Notwendigkeit. Und jetzt sah er sie nicht wie eine Rinderhälfte oder einen Feind an, sondern mit einem Blick, den von Männern zu bekommen sie gewohnt war. Er unterschied sich nicht so sehr von anderen jungen Männern. Vielleicht hatte er gewisse angeberische Neigungen, aber er war ein Mensch wie sie, mit kleinen Fehlern. Sie spürte eine jähe Aufwallung kameradschaftlicher Gefühle für ihn – beinahe hätte sie ihn umarmen können. Oder ihn wenigstens zum Abendessen einladen.

Sticky schaute auf seine Stiefel. »Sagten sie, daß Sie

eine Geisel sind?« sagte er mit etwas gepreßter Stimme. »Daß sie Sie erschießen würden?«

Laura verneinte. »Sie wollen uns anheuern. Daß wir für Grenada arbeiten.«

Sticky begann zu lachen. »Das ist gut. Das ist wirklich gut. Das ist lustig.« Er stand auf, locker und froh, wie von einem Gewicht befreit. »Machen Sie es?«

»Nein.«

»Dachte ich mir.« Er schwieg einen Moment lang. »Sie sollten aber.«

»Essen Sie heute abend mit uns«, sagte Laura. »Vielleicht kann Carlotta auch kommen. Dann können wir uns unterhalten, wir vier.«

»Ich muß achtgeben, was ich esse«, sagte Sticky. Bedeutungslos. Aber ihm mußte es etwas bedeuten.

Sticky setzte sie vor dem Herrenhaus ab. David traf eine Stunde nach ihr ein. Er trat die Tür auf und kam juchzend durch die Eingangshalle, ließ das Baby auf seiner Hüfte hüpfen. »Wieder daheim, wieder daheim …« Loretta krähte aufgeregt.

Laura wartete im Wohnzimmer bei ihrem zweiten Rumpunsch. »Mutter meines Kindes!« sagte David. »Wo sind die Windeln, und wie war dein Tag?«

»Sie müssen in der Tragetasche sein.«

»Die habe ich alle aufgebraucht. Gott, was riecht da so gut? Und was trinkst du da?«

»Rita hat Punsch gemacht.«

»Na, dann schenk mir welchen ein.« Er verschwand mit Loretta und brachte sie nach einer Weile mit frisch gewechselten Windeln und ihrer Flasche zurück.

Laura seufzte. »Du hattest einen guten Tag, David, scheint mir.«

»Du würdest nicht glauben, was sie da draußen haben«, sagte David, setzte sich auf die Couch, streckte die Beine von sich und nahm das Baby auf den Schoß.

»Ich traf wieder so einen Andrej. Er hieß nicht Andrej, benahm sich aber genau wie der andere. Ein Koreaner. Großer Verehrer von Buckminster Fuller. Sie machen massive Bauten aus nichts! Hochinteressante Versuche! Sandbeton und Mineralien aus dem Meer ... Sie versenken Eisenroste im Ozean, leiten elektrischen Strom durch, und das Ergebnis ist, daß sich Feststoffe anlagern ... Kalziumkarbonat. Wie Muscheln! Aber durch den Strom geht es schneller, und so können sie vor der Küste Gebäude errichten, die von selbst wachsen. Aus diesem ›Meerstein‹, diesen gelösten Mineralien. Und keine Baugenehmigungen, keine Gutachten, nichts.«

Er trank das halbe Becherglas Rum und Zitronensaft leer, schauderte. »Mann! Ich glaube, ich könnte noch ein zweites Glas davon vertragen ... Laura, es war die heißeste Sache, die ich je gesehen habe. Es gibt fertige Versuchsbauten unter Wasser, und Leute hausen darin ... du kannst nicht sehen, wo die Wände aufhören und der Korallenkalk anfängt.«

Die kleine Loretta hielt gierig ihre Flasche mit beiden Händchen. »Und jetzt paß auf: Ich ging in meiner Arbeitskleidung herum, und kein Mensch achtete auf mich. Bloß noch so ein Schwarzer. Sogar in Begleitung dieses ... Gott, ich habe seinen Namen schon vergessen, den koreanischen Andrej ... Er machte die Führung, aber es war ganz inoffiziell, ich bekam alles zu sehen.«

»Sie möchten, daß du daran mitarbeitest?«

»Mehr als das! Paß auf, sie offerierten mir ein Fünfzehn-Millionen-Rubel-Budget – ein großes Projekt, für das ich die Bauleitung übernehmen soll.« Er nahm seine Brille ab und legte sie auf die Armlehne der Couch. »Natürlich sagte ich, nichts zu machen – ich könne nicht ohne meine Frau und mein Kind hier bleiben –, aber wenn wir eine Art Gemeinschaftsprojekt mit Rizome daraus machen könnten, dann würde ich es tun, auf jeden Fall. Schon morgen.«

»Ich soll auch für sie arbeiten«, sagte Laura. »Sie sorgen sich um ihr Erscheinungsbild in der öffentlichen Meinung.«

David starrte sie an und brach in Gelächter aus. »Nun, natürlich. Versteht sich. Also, darauf mußt du mir noch einen einschenken. Erzähl mir alles über die Besprechung.«

»Sie war grotesk«, sagte Laura.

»Kann ich mir denken! Na, du solltest sehen, was sie draußen an der Küste machen. Sie haben dort zehnjährige Kinder, die in Seewasser geboren wurden. Buchstäblich! Sie haben diese *Mutterschaftsbehälter* … unter den Frauen suchen sie Freiwillige, und wenn ihre Zeit kommt, bringen sie sie in diese Gebärbehälter … Habe ich von den Delphinen erzählt?« Er trank von seinem Punsch.

»Delphinen?«

»Hast du je von Laser-Akupunktur gehört? Ich meine, hier, das Rückgrat entlang …« Er beugte sich vor und stieß das Baby an. »Oh, entschuldige, Loretta.« Er nahm sie in den anderen Arm. »Aber das kann ich dir alles später erzählen. Also hast du deine Aussage gemacht, wie? Waren sie schwierig …«

»Nicht eigentlich schwierig …«

»Wenn sie uns abwerben wollen, kann es nicht so schlimm gewesen sein.«

»Nun ja …« sagte Laura. Sie spürte, wie ihr alles entglitt, verdrängt von Hoffnungslosigkeit. Es gab keine Möglichkeit, ihm zu sagen, was wirklich geschehen war – was nach ihrer Überzeugung geschehen war – schon gar nicht, wenn sie an der Leitung waren, vor Atlantas Kameras. Später würde sich eine bessere Gelegenheit ergeben. »Wenn wir nur einmal ungestört reden könnten!«

David machte ein Gesicht. »Ja, es ist hart, immer am Draht zu sein … Nun, ich kann die Aufnahme deiner

Befragung von Atlanta überspielen lassen. Wir schauen sie uns zusammen an, und du kannst mir alles darüber erzählen.«

Stille.

»Es sei denn, es gäbe etwas, das du mir gleich sagen mußt.

»Nein …«

»Gut, aber ich habe dir was zu sagen.« Er trank sein Glas leer. »Ich wollte damit bis nach dem Abendessen warten, aber es muß einfach heraus.« Er grinste. »Carlotta hat sich an mich herangemacht.

»Carlotta?« Laura war verblüfft. »Sie hat *was*?« Sie richtete sich auf.

»Ja. Sie war dort. In einer der Aquakulturen waren wir ein paar Minuten aus der Leitung. Es war dort nicht verdrahtet, weißt du. Und auf einmal schaukelt sie auf mich zu, schiebt mir die Hand unter das Hemd und sagt … ich weiß nicht mehr genau, aber es war ungefähr wie: ›Hast du dich schon mal gefragt, wie es sein würde? Wir wissen eine Menge, wovon Laura keine Ahnung hat.‹«

Laura erbleichte. »Was war das?« fragte sie. »Was war mit ihrer Hand?«

Davids Lächeln schwand. »Sie strich mir mit der Hand über die Rippen. Um zu zeigen, daß sie ernst machen wollte, nehme ich an.« Er war bereits in der Defensive. »Gib nicht mir die Schuld. Ich hatte nicht darum gebeten.«

»Ich gebe dir nicht die Schuld, aber ich wünschte, du würdest nicht so vergnügt darüber sein.«

David konnte sich das Grinsen nicht verbeißen. »Nun … es war irgendwie schmeichelhaft. Ich meine, alle Leute, die wir kennen, wissen, daß wir verheiratet sind, also ist es nicht so, daß die Frauen sich überall auf mich stürzen … Andererseits war mir klar, daß Carlotta sich nicht an mich heranmachte, weil sie nach mir lechzte, sondern weil es ihr Job war. Wie eine Art Geschäftsangebot.« Er ließ Loretta seine Finger packen. »Denk dir nichts dabei. Du hattest recht, als du sagtest, sie versuchten uns für ihre Zwecke einzuspannen. Dazu gebrauchen sie jedes Mittel. Drogen – dafür sind wir nicht zu haben. Geld – nun, auf ihre grenadinischen Rubel sind wir nicht scharf ... Sex – ich nehme an, sie sagten Carlotta bloß, sie solle es mal probieren, und sie versprach es. Nichts davon hat viel zu bedeuten. Aber Mann – das *schöpferische Potential!* Ich schäme mich nicht, zu sagen, das packte mich an meiner empfindlichen Stelle.«

»Was für eine miese Handlungsweise«, sagte Laura. »Wenigstens hätten sie ein anderes Kirchenmädchen schicken können.«

»Ja«, stimmte er zu, »aber ein anderes Mädchen hätte vielleicht besser ausgesehen ... oh, entschuldige. Vergiß, was ich sagte. Ich bin betrunken.«

Sie zwang sich, darüber nachzudenken. Vielleicht war er in dieser technischen Unterwelt, die sie hier hatten, fünf Minuten aus der Leitung gewesen, und vielleicht, vielleicht hatte er es getan. Vielleicht hatte er mit Carlotta eine schnelle Nummer geschoben. Sie fühlte, wie ihre Welt bei dem Gedanken einen Riß bekam, wie Eis über tiefem, schwarzem Wasser.

David spielte mit dem Baby, einen harmlosen Trallala-Ausdruck im Gesicht. Nein. Er konnte es nicht getan haben. Sie hatte noch nie an ihm gezweifelt. Niemals so.

Es war, als wäre ein Dutzend Jahre zuversichtlichen und vertrauenden Erwachsenenalters von schwarzen Spalten aufgerissen. Und tief darunter zeigten sich die frischen Narben der Lebensangst, die sie als Neunjährige gefühlt hatte, als ihre Eltern sich getrennt hatten. Der Rum stieß ihr sauer auf, und sie verspürte einen plötzlichen, krampfartigen Magenschmerz.

Sie durfte sich nicht unterkriegen lassen, dachte sie grimmig. Jeder Mensch mußte mit Ungewißheiten leben. Die Leute hier kannten ihre Schwächen, ihre persönliche Geschichte. Aber es durfte nicht sein, daß sie ihre persönlichen Angstgefühle ausnutzten und sie in Zweifel und Unsicherheit stürzten. Das durfte sie nicht zulassen. Nein. Keine Schwächen mehr. Nichts als strenge Entschlossenheit. Bis sie ihren Auftrag ausgeführt hätte.

Sie stand auf und schritt rasch durch das Schlafzimmer zum Bad. Sie warf ihre verschwitzten Sachen ab und fand einen Blutfleck. Ihre Periode hatte eingesetzt. Die erste nach der Schwangerschaft. Ihre Nerven waren so angespannt, daß sie in Tränen ausbrach. Sie stellte sich unter die Dusche und hob das Gesicht gegen die Brause.

Das Weinen half. Es spülte die Schwäche wie Gift heraus. Dann legte sie Augenschatten und Wimperntusche auf, damit David die Röte nicht sehen würde. Und sie zog zum Abendessen ein Kleid an.

David war noch immer erfüllt von den Dingen, die er gesehen hatte, und sie ließ ihn plappern und lächelte und nickte im Licht von Ritas Kerzen.

Er trug sich ernsthaft mit dem Gedanken, in Grenada zu bleiben. »Die Technik ist wichtiger als die Politik«, erklärte er ihr in naiver Nonchalance. »Dieser Mist hat nie Bestand, aber eine wirkliche Neuerung ist wie ein dauerndes Stück Infrastruktur!« Sie und er könnten eine richtige Niederlassung bilden – ›Rizome-Grenada‹ –, und es würde wie die Planung und Errichtung des Ferienheimes sein, aber in viel größerem Maßstab, und mit praktisch unbegrenzten Geldmitteln. Er würde ihnen zeigen, was für ein Architekt in ihm steckte, und es würde möglich sein, eine Ausgangsbasis für vernünftige gesellschaftliche Werte zu schaffen. Früher oder später würde das Netz die Leute hier zivilisieren und ihres verrückten Piraterie-Unsinns entwöhnen. Grenada brauchte kein Rauschgift, es brauchte den Anschluß an die ›internationale Wertegemeinschaft‹.

Sie gingen zu Bett, und David streckte die Hand nach ihr aus. Und sie mußte ihm sagen, daß sie die Periode hatte. Er war überrascht und einsichtig. »Ich dachte mir schon, daß du etwas angestrengt aussiehst«, sagte er. »Es ist ein ganzes Jahr her, nicht? Muß ein ziemlich unheimliches Gefühl sein, sie plötzlich wieder zu haben.«

»Nein, es ist bloß … natürlich. Man gewöhnt sich daran.«

»Du hast heute abend nicht viel gesagt«, fuhr er fort. Er rieb ihr sanft den Magen. »Irgendwie geheimnisvoll.«

»Ich bin nur müde«, sagte sie. »Ich kann jetzt wirklich nicht darüber reden.«

»Laß dich nicht unterkriegen! Diese Bankgauner sind nicht so wichtig«, sagte er. »Ich hoffe, wir erhalten Gelegenheit, den alten Louison zu treffen, den Premierminister. Unten bei den neuen Projekten redeten die Leute von ihm, als ob diese Bankmenschen nur seine Botenjungen wären.« Er zögerte. »Allerdings gefiel mir die Art nicht, wie sie von Louison redeten. Als hätten sie wirklich Angst vor ihm.«

»Sticky erzählte mir, daß viel über Krieg geredet würde«, sagte Laura. »Die Armee sei in Alarmbereitschaft. Die Bevölkerung lebe in einem Spannungszustand.«

»Du bist in einem Spannungszustand«, sagte er und rieb sie. »Deine Schultern sind wie Holz.« Er gähnte. »Du weißt, daß du mir alles anvertrauen kannst, Laura. Wir haben keine Geheimnisse voreinander, das solltest du auch wissen.«

»Ich will morgen die Aufzeichnungen sehen«, sagte sie. »Wir werden sie zusammen durchgehen, wie du sagtest.« Es mußte irgendwo ein Fehler in ihnen sein, dachte sie. Irgend etwas, das beweisen würde, daß sie gefälscht waren, und daß sie, Laura, nicht verrückt war. Sie durfte nicht zulassen, daß bei Rizome jemand dachte, sie sei am Überschnappen. Das würde alles ruinieren.

Sie konnte nicht schlafen. Der Tag und seine Ereignisse gingen ihr immer wieder durch den Sinn. Und die Magenschmerzen hörten nicht auf. Um halb eins gab sie auf und zog einen Morgenmantel über.

David hatte Loretta eine Art Krippe gemacht – eine kleine viereckige Einzäunung, ringsum mit Decken gepolstert. Laura beugte sich über das kleine Mädchen und umarmte es mit einem Blick. Es war komisch, wie sehr die beiden einander glichen, wenn sie schliefen. Vater und Tochter. Eine seltsame menschliche Vitalität, die durch sie gegangen war, die sie in sich genährt hatte. Wunderbar, schmerzhaft, unheimlich. Das Haus war still wie der Tod.

Sie hörte entfernten Donner. Aus dem Norden. Hohle, wiederholte Schläge. Bald würde es wieder regnen. Sie begrüßte die Vorstellung. Ein kleiner Tropenguß zur Beruhigung ihrer Nerven.

Leise wanderte sie durch das Wohnzimmer auf die Veranda. Sie und David hatten die Rolläden hochgezogen, das Gerümpel weggeräumt und den Boden gefegt; jetzt war es dort angenehm. Sie zog einen alten Korbsessel heraus und setzte sich hinein, legte die müden Beine auf den Sessel gegenüber. Warme Gartenluft mit dem schweren Duft der Ylang-Ylang. Noch kein Regen. Die Luft war voll Spannung.

Draußen am Tor gingen die Lichter an. Laura hob den Kopf. Die zwei Nachtwachen – sie kannte ihren Namen nicht – waren aus ihrem Unterstand gekommen und sprachen in Funksprechgeräte.

Sie hörte ein platzendes Geräusch in der Höhe. Nicht

laut, unauffällig wie das Knacken eines Dachbalkens. Dann ein zweites Geräusch: ein schwach metallisches *Bonk*, und ein Rascheln. Ganz leise, wie landende Vögel.

Etwas war auf das Blechdach eines der Türme gefallen und von dort auf die Schindeln des Hauses.

Grellweißer Lichtschein ergoß sich lautlos über den Garten. Weiße Glut vom Dach des Herrenhauses. Die Wächter blickten erschrocken auf, rissen instinktiv die Arme hoch, wie schlechte Schauspieler.

Das alte Schindeldach begann zu knistern.

Laura sprang auf und schrie aus Leibeskräften. Sie rannte durch das dunkle Haus ins Schlafzimmer. Das Baby war aus dem Schlaf gerissen und schrie vor Angst. David saß benommen im Bett. »Das Haus brennt«, sagte sie.

Er katapultierte sich aus dem Bett und fuhr in die Hosen. »Wo?«

»Das Dach. Brandbomben, glaube ich.«

»Lieber Gott«, sagte er. »Nimm du Loretta, und ich hole die anderen.«

Sie steckte Loretta in ihre Tragtasche und warf ihre Kleider in einen Koffer. Als sie damit fertig war, konnte sie Rauch riechen. Und ein knackendes, knisterndes Tosen durchdrang das Gebäude.

Sie schleppte den Koffer und das Baby hinaus, ließ beides hinter dem Springbrunnen zurück und wandte sich um, David zu suchen. Einer der Ecktürme war in Flammen gehüllt. Feuer hatte den westlichen Teil des Dachstuhls ergriffen und verbreitete sich rasend schnell.

Rajiv und Jimmy kamen heraus, zwischen sich eine hustende, schluchzende Rita. Laura lief zu ihnen, bohrte ihre Fingernägel in Rajivs nackten Arm. »Wo ist mein Mann?«

»Bedaure sehr, Madam«, murmelte Rajiv. Er zog nervös an seiner rutschenden Hose. »Bedaure sehr, Madam …«

Sie stieß ihn so heftig beiseite, daß er das Gleichgewicht verlor und hinfiel. Ohne auf die Zurufe des Personals zu achten, rannte sie die Treppe hinauf und wieder ins Haus.

David war im Schlafzimmer. Er hielt sich gekrümmt, einen nassen Waschlappen vor das Gesicht gedrückt. Er trug seine Videobrille und hatte ihre über seinen Kopf geschoben. Die Weckeruhr klemmte unter seinem Arm. »Einen Augenblick noch«, murmelte er und sah durch die Brille zu ihr auf. »Muß meinen Werkzeugkasten finden.«

»Dummes Zeug, David, komm jetzt!« Sie zog an seinem Arm, und nach kurzem Widerstreben folgte er ihr hinaus.

Dort mußten sie vor der Strahlungshitze zurückweichen. Die Räume im Obergeschoß begannen einer nach dem anderen zu explodieren. David ließ seinen Waschlappen sinken. »Überschlag«, sagte er und starrte auf das schaurige Schauspiel.

Eine Faust schmutziggelber Flammen durchstieß ein Obergeschoßfenster. Glasscherben spritzten über den Rasen. »Die Hitze baut sich auf«, murmelte David. »Dann entzündet sich der ganze Raum auf einmal. Und der Gasdruck sprengt Wände und Fenster heraus.«

Die Soldaten drängten sie weg. Sie hielten ihre nutzlosen Fesselgewehre wie Polizeistöcke in Brusthöhe. David wich zögernd zurück, hypnotisiert vom Zerstörungswerk. »Ich habe Computersimulationen davon gemacht, aber nie gesehen, wie es sich in Wirklichkeit abspielt«, sagte er, mehr zu sich selbst als zu ihr. »Gott, was für ein Bild!«

Laura stieß einen der jungen Soldaten weg, als er ihr auf den bloßen Fuß trampelte. »Gib acht, wohin du trittst, du Tölpel! Wo, zum Teufel, ist die Feuerwehr, wenn ihr in diesem gottverlassenen Loch eine habt?«

Der Junge wich einen Schritt zurück und ließ die Waffe sinken. »Sehen Sie zum Himmel!« Er zeigte nach Nordosten.

Am Nordhorizont lag die tiefhängende Wolkendecke im Widerschein von Bränden, erhellt wie ein Sonnenaufgang, in einem häßlichen Schmutzigorange. »Was kann das sein?« überlegte David. »Das ist meilenweit entfernt … Laura, das ist Point Sauteur. Muß der ganze Komplex vor der Küste sein. Das ist ein Raffineriebrand!«

Ein entfernter schmutziger Blitz zuckte über die Wolken. »Mann, ich hoffe, sie haben nicht den Tanker getroffen«, sagte David. »Und hoffentlich haben die armen Schweine auf diesen Bohrinseln Rettungsboote.« Er fummelte an seinem Ohrhörer. »Kriegen Sie alles mit, Atlanta?«

Laura zog ihre Videobrille von seinem Kopf. Sie ging zum Springbrunnen und holte Laura mit der Tragtasche. Sie zog das schreiende Kind heraus, drückte es an die Brust, schaukelte es und murmelte begütigend.

Dann setzte sie die Brille auf.

Nun konnte sie besser hinsehen, weil das Gesicht nicht mehr ungeschützt der Hitze ausgesetzt war.

Das Herrenhaus brannte bis auf die Grundmauern nieder. Erst gegen Morgen erloschen die Flammen. Die kleine Gruppe der Bewohner saß zusammengedrängt in der Wachstube beim Tor und lauschte Katastrophenmeldungen, die über das Telefon eingingen.

Gegen sieben Uhr früh traf ein Militärhubschrauber ein und ging beim Springbrunnen nieder.

Andrej, der polnische Emigrant, sprang heraus. Er ließ sich vom Piloten einen großen Kasten aushändigen und kam zum Tor.

Sein linker Arm war verbunden, und er stank nach chemischem Ruß. »Ich habe für alle Überlebenden Schuhe und Uniformen gebracht«, verkündete er. Der Kasten war voll von flachen, in Plastik gehüllten Packen: die Einheits-Arbeitshosen und kurzärmelige Hemden. »Es tut mir sehr leid, daß wir so schlechte Gastgeber sind«, sagte er in bekümmertem Ton. »Das Volk von Grenada entschuldigt sich bei Ihnen.«

»Wenigstens haben wir überlebt«, sagte Laura. Sie steckte die bloßen Füße dankbar in die weichen Turnschuhe. »Weiß man, wer dahintersteckt?«

»Die Übeltäter der FAKT haben alle Schranken der Zivilisation durchbrochen.«

»Das dachte ich mir«, sagte Laura. »Wir werden uns abwechselnd in der Wachstube umziehen. David und ich gehen zuerst.« Ohne ihre Sachen aus dem Koffer zu holen, nahm sie zwei Kleiderpacken und ging mit David hinein. Sie vertauschte ihr dünnes Nachthemd und den Morgenmantel mit einem steifen, neuen Hemd und einer schweren Arbeitshose. David bediente sich mit einem Hemd und Schuhen.

Sie gingen hinaus, und Rita verschwand fröstelnd in der Wachstube. »Nun werden Sie bitte mit mir in den Hubschrauber kommen«, sagte Andrej. »Die Welt muß von diesen Greueln erfahren ...«

»In Ordnung«, sagte Laura. »Wer ist an der Leitung?«

(»Beinahe alle«,) sagte Emily. (»Wir haben die Aufnahme allen Rizome-Außenstellen und ein paar Nachrichtenagenturen überspielt. Wien wird Schwierigkeiten haben, dieses Ding unter der Decke zu halten ... es ist einfach zu groß.«)

Andrej wartete am Einstieg zum Hubschrauber. »Können Sie das Kind zurücklassen?«

»Auf keinen Fall«, sagte David. Sie kletterten in zwei Sitze im rückwärtigen Teil der Kabine, und David hielt

Lorettas Tragtasche auf dem Schoß. Andrej nahm den Sitz des Copiloten ein, und sie schnallten sich an.

Mit zischenden Rotorblättern hob die Maschine ab. David blickte aus dem kugelsicheren Fenster zu den geschwärzten Trümmern des Herrenhauses. »Haben Sie eine Ahnung, was unser Haus getroffen hat?«

»Ja. Es waren viele von ihnen. Sehr kleine, billige Flugzeuge, hauptsächlich Papier und Bambus, wie Flugdrachen von Kindern. Radartransparent. Viele sind jetzt abgestürzt, aber nicht ehe sie ihre vielen Bomben fallen ließen. Kleine Thermitstangen mit Napalm.«

»Hatten sie es besonders auf uns abgesehen? Auf Rizome, meine ich?«

»Schwer zu sagen. Viele solcher Häuser sind niedergebrannt. Das Kommuniqué erwähnt Sie … ich habe es hier.« Er gab ihnen den Ausdruck. Laura überflog ihn: Datum und Herausgeber, und darunter Absatz um Absatz der üblichen stalinistischen Phrasen. »Haben Sie schon eine Übersicht, wie viele Opfer der Angriff gefordert hat?«

»Bisher siebenhundert. Die Zahl steigt. Von den Bohrinseln vor der Küste werden noch immer Tote geborgen. Sie trafen uns mit Schiffsraketen.«

»Großer Gott!« sagte David.

»Das waren schwere Waffen. Wir haben Hubschrauber draußen, die nach Schiffen Ausschau halten. Es könnten mehrere gewesen sein. Aber in der Karibik verkehren viele Schiffe, und Raketen haben eine große Reichweite.« Er griff in seine Brusttasche. »Haben Sie diese schon gesehen?«

Laura nahm ihm den Gegenstand aus den Fingern. Er sah wie eine große Büroklammer aus Plastik aus und war grün und braun gefleckt, und wog beinahe nichts. »Nein.«

»Diese ist entschärft – es ist Plastiksprengstoff. Eine Mine. Sie kann den Reifen von einem Lastwagen reißen. Oder das Bein von einer Frau oder einem Kind.« Seine Stimme war kalt und sachlich. »Die kleinen Flugzeuge haben viele, viele hundert von ihnen verstreut. Sie werden nicht mehr auf der Straße fahren. Und wir werden gefährdete Gebiete meiden.«

»Was für verrückte Teufel ...« fing David an.

»Sie wollen uns unser eigenes Land verweigern«, sagte Andrej. »Diese Sprengkörper werden noch viele Monate lang unser Blut vergießen.«

Unter ihnen glitt das Land vorüber; plötzlich waren sie über der Karibik. Der Hubschrauber änderte den Kurs. »Fliegen Sie nicht in den Rauch«, sagte Andrej zum Piloten. »Er ist giftig.«

Noch immer quoll dichter Rauch aus zwei der vor der Küste liegenden Bohrinseln. Sie ähnelten großen Tischplatten, auf denen brennende Fahrzeuge gestapelt waren. Ein paar Feuerlöschboote spuckten federartige Strahlen chemischen Schaums über sie.

Die Halbtaucherplattformen hatten Fahrt aufgenommen und standen außerhalb der Gefahrenzone. Die hydraulischen Bohrinseln hatten ihre Plattformen auf Meereshöhe abgesenkt, so daß sie vom Salzwasser überspült wurden. Das Wasser war voll von geschwärztem Treibgut – unbestimmten Klumpen irgendwelchen Materials, Kunststoffkabeln, verbrannten Trümmern jedweder Art – und steifarmigen treibenden Gestalten, die wie Gummipuppen aussahen. Laura sog scharf die Luft ein und blickte weg.

»Nein, sehen Sie sehr gut hin«, sagte Andrej. »Die Angreifer haben uns kein Gesicht gezeigt ... Lassen Sie wenigstens diese Menschen Gesichter haben.«

»Ich kann nicht hinschauen«, stieß sie hervor.

»Dann schließen Sie die Augen hinter der Brille.«

»Meinetwegen.« Sie hielt ihr Gesicht zum Fenster und schloß die Augen. »Was werden Sie tun, Andrej?«

»Sie werden heute nachmittag die Insel verlassen«,

sagte er. »Wie Sie sehen, können wir Ihre Sicherheit nicht länger garantieren. Sie werden fliegen, sobald der Flughafen von Minen geräumt ist.« Nach einer Pause sagte er: »Dies werden die letzten Flüge hinaus sein. Wir wünschen keine Ausländer mehr. Keine neugierigen Journalisten. Und niemanden von der Wiener Konvention. Wir schließen unsere Grenzen.«

Laura öffnete die Augen. Sie schwebten über der Küste. Halbnackte Rastas zogen angetriebene Leichen an Land. Ein totes kleines Mädchen. Wasser troff aus seinem schlaffen Kleid, den langen Haaren. Laura unterdrückte einen Aufschrei, krallte die Finger in Davids Arm. Die Galle stieg ihr in die Kehle, und sie fiel in den Sitz zurück, kämpfte gegen die Übelkeit.

»Sehen Sie nicht, daß meiner Frau übel ist?« sagte David. »Es ist genug.«

»Nein«, sagte Laura mit schwacher Stimme. »Andrej hat recht … Andrej, hören Sie! Es ist ganz ausgeschlossen, daß Singapur dies getan haben könnte. Das ist kein Bandenkrieg mehr. Das sind terroristische Greueltaten.«

»Das sagen sie uns auch«, räumte Andrej ein. »Ich denke, sie haben Angst. Heute früh fingen wir ihre Agenten in Trinidad. Es scheint, daß sie mit Spielzeugflugzeugen und Zündhölzern gespielt haben.«

»Sie können nicht Singapur angreifen!« sagte Laura. »Weiteres Töten kann Ihnen nicht helfen!«

»Wir sind nicht Gandhi«, sagte Andrej. Er sprach langsam, mit Bedacht. »Dies ist Terrorismus in großem Maßstab. Aber es gibt eine tiefere Art von Schrecken als diesen – eine viel ältere und dunklere Furcht. Sie könnten Singapur davon erzählen. Sie wissen etwas darüber, denke ich.«

»Sie wollen, daß ich nach Singapur gehe?« sagte Laura. »Ja. Ich werde es tun. Wenn es dieser Schlächterei Einhalt gebieten kann.«

»Sie haben keine kleinen Spielzeugflieger zu fürchten«, sagte Andrej. »Aber Sie können ihnen sagen, daß Sie die Dunkelheit fürchten sollten. Daß sie die Nahrung und die Luft und das Wasser – und ihre eigenen Schatten fürchten sollten.«

David starrte ihn mit offenem Mund an.

Andrej seufzte. »Sollten sie dieser Untat nicht schuldig sein, dann müssen sie es beweisen und sofort auf unsere Seite treten.«

»Ja, natürlich«, sagte Laura hastig. »Sie müssen gemeinsame Sache machen. Rizome kann helfen.«

»Andernfalls bemitleide ich Singapur«, sagte Andrej. Er hatte einen Ausdruck in den Augen, den sie noch nie in einem menschlichen Gesicht gesehen hatte. Er war alles andere als mitleidig.

Andrej verließ sie auf dem kleinen Militärflugplatz bei Pearls. Aber der Evakuierungsflug, den er ihnen versprochen hatte, blieb aus. Es mußte irgendeine Panne gegeben haben, was unter den herrschenden Umständen verständlich war. Schließlich, als es schon dunkel war, schaffte ein Lastenhubschrauber Laura und David zum Zivilflughafen Point Salines.

Scheinwerfer durchbohrten die Nacht, die Zufahrtsstraße zum Flughafen war verstopft. Eine Kompanie motorisierter Infanterie hatte den Flughafen und die Zufahrten besetzt. Ein gesprengter Lastwagen am Straßenrand schwelte vor sich hin – vermutlich war er in ausgestreute Büroklammerminen geraten.

Der Hubschrauber trug sie über die Einzäunung. Vor dem Abfertigungsgebäude drängten sich die Luxuslimousinen. Milizionäre in Tarnjacken und Stahlhelmen patrouillierten die Einzäunung des Flughafengeländes und die Flächen im Innern mit langen Bambusstangen. Minensucher. Als der Hubschrauber auf dem grasdurchsetzten Asphalt niederging, hörte Laura einen scharfen Knall und sah etwas aufblitzen, als ein Minenräumgerät fündig wurde.

»Passen Sie auf, wohin Sie treten«, sagte der Pilot in munterem Ton, als er die Ladeluke aufstieß. Ein junger Milizionär in Tarnuniform, ungefähr neunzehn, schien Gefallen an der nächtlichen Aktion zu finden. Jede Art von Zerstörung war aufregend – daß die Leidtragenden seine eigenen Landsleute waren, schien zweitrangig. Laura und David sprangen auf den Asphalt, zogen ihren Koffer und das schlafende Baby in der Tragetasche aus der Maschine.

Der Hubschrauber startete. Ein kleiner Gepäckwagen rollte in der Dunkelheit vorbei. Jemand hatte vorne zwei Besen mit Draht befestigt. Laura und David schlurften, die Blicke auf den Boden gerichtet, langsam und vorsichtig zu den Lichtern des Abfertigungsgebäudes. Es war nur dreißig Schritte entfernt. Sicherlich hatte jemand diese Fläche bereits nach Minen abgesucht ... Sie umgingen einen hellvioletten Sportwagen. Zwei fette Männer mit Video-Make-up lagen schlafend oder betrunken in den samtbezogenen Schalensitzen des Wagens.

Soldaten schrien ihnen zu, winkten. »He! Weg da, ihr Leute! Kein Plündern!«

Sie erreichten den langen Säuleneingang des Abfertigungsgebäudes. Flutlichtlampen verbreiteten blendende Helligkeit. Eine der großen Glasscheiben am Eingang war eingeschlagen oder herausgesprengt; das Innere des Gebäudes war vollgestopft mit Menschen. Aufgeregtes Stimmengewirr, Körpergerüche, Füßescharren. Eine kubanische Verkehrsmaschine hob draußen vom Flugfeld ab. Das Zischen ihrer Triebwerke ging im Lärm der Menschenmenge unter. Ein Soldat mit Achselklappen packte David beim Arm. »Papiere. Paß oder Ausweis.«

»Haben wir nicht«, sagte David. »Wir wurden ausgebrannt.«

»Keine Platzreservierung, keine Tickets?« sagte der Mann. Er mußte Offizier sein. »Ohne Tickets können Sie nicht weg.« Er musterte ihre Standardkleidung, betrachtete ihre Brillen. »Woher haben Sie diese Fernsehgläser?«

»Gould und Castleman haben uns geschickt«, log Laura. Sie hob eine Hand an die Brille. »Havanna ist für uns nur Zwischenlandung. Wir sind Zeugen. Kontaktpersonen für die Außenwelt, verstehen Sie.«

»Ja«, sagte der Offizier. Und nach kurzem Zögern winkte er sie durch.

Sie tauchten rasch in der Menge unter. »Das war brillant«, sagte David. »Trotzdem haben wir keine Tikkets.«

(»Das können wir regeln«,) sagte Emerson. (»Wir haben jetzt die kubanische Luftlinie an der Leitung. Sie organisiert die Evakuierung – wir können Ihnen den nächsten Flug besorgen.«)

»Großartig.«

(»Sie sind beinahe zu Hause – versuchen Sie, sich nicht zu sorgen.«)

»Danke, Atlanta. Solidarität.« David überblickte die Menge. Er schätzte sie auf mindestens dreihundert Köpfe. »Sieht aus wie eine Versammlung von verrückten Wissenschaftlern …«

Er hatte recht. Der Flughafen wimmelte von Anglos und Europäern mit verschlossenen Mienen – sie schienen sich ziemlich gleichmäßig auf gutgekleidete Exilgangster und vom schnellen Geld angelockte Wissenschaftler und Techniker zu verteilen, die sich in Kleidung und Benehmen den Einheimischen angeglichen hatten. Dutzende saßen auf ihrem Gepäck und hielten nervös die Koffer und Taschen mit ihrer Beute fest. Laura stieg über die Füße einer schlanken Schwarzen, die auf einem Haufen Luxusgepäck schlief, einen THC-Aufkleber am Hals. Ein halbes Dutzend zwielichtige Gestalten in bunten Trinidad-Hemden vertrieben sich die Zeit mit einem Crapspiel am Boden und riefen aufgeregt in einer osteuropäischen Sprache durcheinander. Zwei kreischende Zehnjährige verfolgten einander durch eine Gruppe von Männern, die methodisch Tonträgerkassetten zerschlugen.

»Sieh mal«, sagte David und zeigte zu einer Gruppe weißgekleideter Frauen am Rand der Menge. Ihre Gesichter trugen einen Ausdruck gemessener Geringschätzung zur Schau. Krankenschwestern, dachte Laura. Oder Nonnen.

»Die Kirche von Ischtar«, sagte David. »Und schau, da ist Carlotta!«

Sie drängten sich durch die Menge weiter, glitten auf Unrat aus. Plötzlich hob zu ihrer Linken zorniges Geschrei an: »Was soll das heißen, Sie können es nicht umtauschen?« Der Rufer fuchtelte mit einer grenadinischen Kreditkarte einem Milizhauptmann vor dem Gesicht herum. »Auf dieser Karte sind Millionen, Sie Nachtwächter!« Ein beleibter Anglo in einem Anzug und Joggingschuhen – auf den Kappen flimmerten Digitalanzeigen. »Rufen Sie gefälligst Ihren Chef, wenn Sie Schwierigkeiten vermeiden wollen!«

»Hinsetzen!« befahl der Hauptmann. Er gab dem Mann einen Stoß vor die Brust.

»Okay«, sagte der Mann, ohne der Aufforderung Folge zu leisten. »Ich hab's mir anders überlegt. Ich entscheide mich für die Tunnels. Bringen Sie mich zurück!« Keine Antwort. »Wissen Sie nicht, mit wem Sie reden?« Er faßte den Hauptmann am Ärmel.

Der Hauptmann schlug die zugreifende Hand mit einem schnellen Abwärtsschlag beiseite, dann stieß er ihm mit einem Tritt die Füße unter dem Leib weg. Der Beschwerdeführer fiel hart auf sein Hinterteil. Mühsam und wankend kam er wieder auf die Beine, ballte die Fäuste.

Der Hauptmann brachte sein Fesselgewehr in Anschlag und feuerte aus nächster Nähe eine Ladung auf den Mann. Ein klatschender Schlag mit hoher Geschwindigkeit ausgestoßener nasser Plastikbänder traf die Brust des Mannes, und stinkende Streifen flogen ihm um Oberkörper, Arme, Hals, Gesicht und ein in der Nähe stehendes Gepäckstück. Er schlug gurgelnd auf den Boden.

Protestgebrüll und Schreckensschreie aus der Menge. Drei Milizsoldaten eilten ihrem Hauptmann zu Hilfe, die Fesselgewehre schußbereit. »Hinsetzen!« brüllte der Hauptmann und stieß eine neue Patrone in die Kammer. »Alle miteinander! Runter jetzt!« Das gefesselte Opfer begann würgend zu röcheln. Ein scharfer chemischer Geruch verbreitete sich, als das Plastik aushärtete.

Die Leute setzten sich, auch Laura und David. Eine sich ausbreitende Welle ging durch die Menge, wie bei einem Sportereignis. Einige nahmen die Hände hoch und verschränkten sie hinter den Köpfen. Der Hauptmann zeigte die Zähne und schwenkte den Lauf über sie. »So ist es besser.« Er versetzte dem dicken Mann beiläufig einen Fußtritt.

Plötzlich kamen die Nonnen wie auf Kommando auf ihn zu. Ihre Anführerin war eine Schwarze; sie zog ihr Kopftuch zurück und enthüllte graues Haar und ein faltiges Gesicht. »Hauptmann«, sagte sie mit ruhiger Stimme, »dieser Mann erstickt.«

»Er ist ein Dieb, Schwester«, sagte der Hauptmann.

»Das mag sein, Hauptmann, aber er muß doch atmen.« Drei der Kirchenfrauen knieten bei dem Opfer nieder und zerrten an den Bändern um Kehle und Mund. Die alte Frau – eine Äbtissin, dachte Laura widerwillig – wandte sich der Menge zu und breitete die Hände in dem krummfingrigen Kirchensegen aus. »Gewalt dient niemandem«, sagte sie. »Bitte seien Sie still!«

Sie ging fort, gefolgt von ihren schweigenden Schwestern. Das gefesselte Opfer blieb leise schnaufend liegen. Der Hauptmann zuckte die Achseln, hängte sich das Gewehr über die Schulter und wandte sich mit einem Wink zu seinen Männern ab. Nach einer kleinen Weile begannen Leute aufzustehen.

(»Das war gut gemacht«,) sagte Emerson.

David half Laura auf und nahm die Tragtasche mit dem Kind. »He! Carlotta!« Sie folgten ihr.

Carlotta sprach ein paar Worte mit der Äbtissin, zog das Kopftuch zurück und trat aus der Gruppe ihrer Schwestern.

»Hallo«, sagte sie. Ihre gekräuselte Mähne war zurückgekämmt. Ihr Gesicht sah nackt und freudlos und etwas ordinär aus. Es war das erste Mal, daß sie Carlotta ohne Make-up sahen.

»Ich bin überrascht, daß Sie abreisen«, sagte Laura.

»Unser Tempel wurde getroffen. Ein zeitweiliger Rückschlag.«

»Das tut mir leid«, sagte David. »Wir wurden auch ausgebombt.«

»Wir werden wiederkommen«, meinte Carlotta. »Wo es Krieg gibt, da gibt es Huren.«

Die Lautsprecher erwachten krachend und knisternd zum Leben. Eine kubanische Stewardess sprach spanisch. »He, das sind wir«, sagte David plötzlich. »Sie wollen uns am Schalter.« Er gab ihr die Tragtasche. »Du hältst Loretta, ich gehe hin.« Er eilte fort. Laura und Carlotta sahen einander an.

»Er sagte mir, was Sie taten«, sagte Laura. »Falls Sie sich gefragt haben.«

Carlotta lächelte. »Befehle, Laura.«

»Ich dachte, wir seien Freundinnen.«

»Freundinnen vielleicht. Aber nicht Schwestern«, erwiderte Carlotta. »Ich weiß, wo meine Loyalitäten liegen. Ebenso wie Sie wissen, wo Ihre liegen.«

»Loyalität gibt Ihnen nicht das Recht, mein Familienleben zu mißachten.«

»Familienleben?« sagte Carlotta. »Wenn das Familienleben Ihnen soviel bedeutete, würden Sie sich zu Hause in Texas um Ihren Mann und Kind kümmern und nicht beide hierher in die Schußlinie schleifen.«

»Wie können Sie so etwas behaupten!« empörte sich Laura. »David glaubt so sehr daran wie ich.«

»Nein, tut er nicht. Sie haben ihn in diese Sache hineingedrängt, damit Sie in Ihrer Unternehmenshierarchie eine Sprosse höherkriechen können.« Sie hob die Hand, als Laura widersprechen wollte. »Laura, er ist bloß ein Mann. Sie müssen ihn von den Waffen wegbringen. Das alte Übel ist wieder los. Männer sind voll vom Gift des Krieges.«

»Das ist dummes Zeug!«

Carlotta schüttelte den Kopf. »Davon verstehen Sie nichts, Laura. Sind Sie bereit, Ihren Körper zwischen eine Waffe und ein Opfer zu werfen? Ich bin es. Aber Sie sind es nicht, nicht wahr? Sie haben keinen Glauben und kennen keine Treue.«

»Ich bin David treu«, sagte Laura mit gepreßter Stimme. »Ich bin meinem Unternehmen treu. Was ist mit Ihnen? Was ist mit dem treuen alten Sticky?«

»Sticky ist ein Büffelsoldat«, sagte Carlotta. »Kanonenfutter, voll vom Übel des Krieges.«

»So ist es also«, sagte Laura. »Sie lassen ihn einfach fallen? Schreiben ihn ab?«

»Ich bin jetzt weg von dem Romantischen«, sagte Carlotta, als erkläre das alles. Sie griff in ihr Gewand und gab Laura eine Röhre mit roten Pillen. »Nehmen Sie die, ich brauche sie jetzt nicht – und hören Sie auf, so albern zu sein. All dieser Scheiß, den Sie so wichtig finden – zwei von diesen Dingern bringen Sie auf andere Gedanken. Gehen Sie nach Hause, Laura, und kümmern Sie sich um Ihren Mann und Ihr Kind. Kriechen

Sie mit ihm unter die Decke und bleiben Sie, wo Sie nicht zu Schaden kommen werden.«

Carlotta verschränkte die Arme auf der Brust und weigerte sich, die Röhre mit den Pillen zurückzunehmen. Laura steckte sie ärgerlich in die Hosentasche. »Also war es in Wirklichkeit völlig künstlich«, sagte sie. »Sie hatten nie eine echte Empfindung für Sticky.«

»Ich beobachtete ihn für die Kirche«, sagte sie. »Er tötet Menschen.«

»Das kann ich nicht glauben«, sagte Laura. »Ich habe für Sticky nicht viel übrig, aber ich akzeptiere ihn als einen Menschen. Er ist kein Ungeheuer.«

»Er ist ein Berufskiller«, sagte Carlotta. »Er hat mehr als ein Dutzend Menschen umgebracht.«

»Ich glaube Ihnen nicht.«

»Was haben Sie erwartet – daß er mit einer Axt herumlaufen und sabbern würde? Hauptmann Thompson folgt nicht Ihren Regeln. Die Houngans haben seit Jahren an ihm gearbeitet. Er ist kein Mensch, den man ›akzeptieren‹ kann – er ist wie ein scharfer Gefechtskopf! Als Sie herkamen, wollten Sie etwas über Drogenlabors wissen – Sticky Thompson ist ein Drogenlabor.«

»Was soll das heißen?«

»Daß seine Gedärme voller Bakterien sind. Spezieller Bakterien – kleiner Drogenerzeuger. Woher, meinen Sie, hat er diesen Spitznamen – *Sticky?* Er braucht nur einen Karton Joghurt zu essen, das verwandelt ihn in eine Tötungsmaschine.«

»Eine Tötungsmaschine?« sagte Laura. »Ein Karton Joghurt?«

»Es liegt an den Enzymen. Die Bakterien verzehren sie. Machen ihn schnell, stark, unempfindlich gegen Schmerzen und Zweifel. Sie werden ihn nach Singapur schicken, und diese kleine Insel kann mir schon heute leid tun.«

Sticky Thompson – ein drogenverseuchter Meuchelmörder? – Sie konnte es nicht fassen. Aber wie sahen Berufskiller aus? Laura wußte nicht, was sie denken sollte. »Warum haben Sie mir dies alles nicht früher erzählt?«

Carlotta bedachte sie mit einem mitleidigen Blick. »Weil Sie eine Bourgeoise sind, Laura.«

»Hören Sie auf!« sagte Laura. »Was macht Sie so anders?«

»Sehen Sie sich an«, sagte Carlotta. »Sie sind gebildet. Sie sind klug. Sie sind schön. Sie sind mit einem Architekten verheiratet. Sie haben ein entzückendes Baby und Freunde in hohen Stellen.«

Ihre Augen wurden schmal; sie begann zu zischen: »Und dann sehen Sie mich an. Ich bin eine verkrachte Existenz. Häßlich. Keine Familie. Mein Vater fickte und verprügelte mich bei jeder Gelegenheit. Ich habe keinen Schulabschluß, kann kaum lesen und schreiben. Ich bin diselxisch, oder wie man es nennt. Haben Sie sich je Gedanken darüber gemacht, was aus Menschen wird, die nicht lesen und schreiben können? In Ihrer wunderbar schönen Netz-Welt mit all ihren verdammten Daten und Informationen? Nein, daran haben Sie nie gedacht, nicht wahr? Wenn ich mir einen Platz im Leben erkämpfen konnte, dann geschah es gegen Leute wie Sie.«

Sie zog sich das Kopftuch wieder über. »Und älter wird man auch. Ich wette, Sie haben sich nie gefragt, was aus alten Tempelhuren wird. Wenn wir diese alte schwarze Magie nicht mehr auf Ihre kostbaren Ehemänner anwenden können. Nun, sorgen Sie sich nicht um mich, Mrs. Webster. Unsere Göttin steht den ihrigen bei. Unsere Kirche betreibt Krankenhäuser, Kliniken, Altersheime – wir kümmern uns um die Menschen. Die Göttin gab mir mein Leben, nicht Sie oder Ihr Netz. Also schulde ich Ihnen nichts!« Sie schien drauf und dran, Laura anzuspucken. »Vergessen Sie das nie!«

David kam mit den Tickets. »Alles geregelt. Wir sind draußen. Gott sei Dank.« Ein Flug wurde angekündigt, und Unruhe kam in die Menge. Das Baby begann zu wimmern. David nahm die Tragtasche. »Alles in Ordnung, Carlotta?«

Carlotta schenkte ihm ein sonniges Lächeln. »Ich bin ganz zufrieden. Und zu Hause in Galveston kommen Sie mich alle besuchen, nicht? Unsere Reverend Morgan hat gerade einen Sitz im Stadtrat gewonnen. Wir haben große Pläne für Galveston.«

»Das ist unser Flug«, sagte David. »Gut, daß wir nicht mehr Gepäck haben – aber Mann, werde ich diesen Werkzeugkasten vermissen!«

6. Kapitel

Es war ein Alptraum von einem Flug – wie im Viehwaggon. Überall war Gepäck gestapelt, jeder Sitz besetzt, und viele Flüchtlinge saßen in den Gängen. Nichts zu essen oder zu trinken. Sofort entwickelte sich ein Schwarzer Markt, eingezwängt in ein fliegendes Aluminiumgefängnis.

Fünf bewaffnete kubanische Luftverkehrspolizisten waren an Bord. Sie hatten alle Hände voll zu tun, Unternehmer abzuwehren – verschwitzte Geschäftemacher, die versuchten, harte Währung zusammenzukratzen. Ihre grenadinischen Rubel waren nicht konvertierbar und jetzt wertlos; sie brauchten Euro oder Dollar und verkauften alles – Ringe für den kleinen Finger, Streifen mit Drogenaufklebern, Schwestern, wenn sie welche hatten … Abgeschnitten von der Welt, zehntausend Meter über der Karibik, aber immer noch fixiert auf das gewohnte Ritual des Feilschens, nur schneller jetzt, besinnungslos, sprunghaft und nervös …

»Wie eine Eidechse, die ihren Schwanz abwirft«, sagte Laura. »So hat die Bank es mit diesen Leuten gemacht. Soll das Netz dieses Gelichter haben, soll die Wiener Hitze sie in die Mangel nehmen. Zur Ablenkung der Aufmerksamkeit.«

»Du sagtest Andrej, du würdest nach Singapur gehen?« sagte David.

»Ja.«

»Kommt nicht in Frage«, sagte David. In seinem entschlossensten Ton.

»Wir stecken jetzt zu tief drin, um zurückzuweichen.«

»Unsinn«, versetzte er. »Heute hätten wir umkommen können. Dies ist nicht mehr unser Problem. Es ist viel zu groß für uns.«

»Was also sollen wir tun? Zu unserem Ferienheim zurückgehen und hoffen, daß sie uns vergessen werden?«

»Sie hatten es nicht auf uns abgesehen, Laura«, sagte David. »Außerdem gibt es andere Ferienheime. Wir könnten im Austausch eins übernehmen. Irgendwo in den Bergen, ein Refugium, wo wir uns entspannen und der Fernsehhektik entkommen können. Wo wir unsere Gedanken sammeln können.«

Ein Refugium. Laura gefiel die Idee nicht. Das war etwas für Ruheständler, oder für Versager. Ein Leben in ländlicher Abgeschiedenheit mit erholungsbedürftigen, meist älteren Hausgästen, während andere Leute die Entscheidungen trafen. »Das taugt nicht«, sagte sie. »Es würde Rizomes Vermittlungsversuch diskreditieren. Wir hatten recht, den Versuch zu machen. Wir mußten etwas tun. Die Dinge spitzen sich zu – dies beweist es.«

»Dann sollte es Sache des US-Außenministeriums sein«, sagte David. »Oder der Wiener Behörden. Einer globalen Instanz. Nicht unseres Unternehmens.«

»Rizome ist global! Außerdem würde Grenada keinen Yankee-Diplomaten als Verhandlungspartner anerkennen. Das Außenministerium … David, du könntest genausogut Leute mit großen Plakaten vorn und hinten hinschicken, auf denen ›Geisel‹ steht.« Sie rümpfte die Nase. »Es gibt in ganz Lateinamerika keinen vernünftigen Menschen, der an eine faire und uneigennützige Vermittlerrolle der US-Regierung glaubt.«

»Dies ist ein Krieg. Kriege werden von Regierungen geführt, nicht von Unternehmen.«

»Das ist eine veraltete Ansicht«, entgegnete Laura. »Die Welt ist heute anders.«

»Du hättest eine dieser treibenden Leichen im Wasser

sein können, die dich so entsetzten. Oder ich, oder das Kind. Begreifst du das nicht?«

»Ich weiß es besser als du«, sagte sie grimmig. »Du standest nicht neben mir, als sie Stubbs töteten.«

David errötete. »Das zu sagen, ist niederträchtig. Ich stehe jetzt neben dir, nicht wahr?«

»Tust du es?«

Seine Backenmuskeln traten heraus, und er blickte auf seine Hände, als müsse er sie mit einer Willensanstrengung daran hindern, sie zu schlagen. »Nun, das kommt darauf an, nicht? Darauf, was du dir in den Kopf setzt.«

»Ich kenne meine langfristigen Ziele«, sagte Laura. »Was du von dir nicht sagen kannst.« Sie streichelte die Wange des Babys. »In welch einer Welt wird sie leben? Das ist, was auf dem Spiel steht.«

»Das hört sich sehr edel an«, sagte er, »und ist doch nur eine Haaresbreite von Größenwahn entfernt. Die Welt ist größer als wir zwei. Wir leben nicht ›global‹, Laura. Wir leben miteinander. Und mit unserem Kind.«

Er holte tief Atem, stieß ihn aus. »Ich habe genug davon, das ist alles. Vielleicht bin ich einmal an die Reihe gekommen – gut, ich habe mich für Rizome in die Frontlinie gestellt. Ich tue meine Pflicht, registriere Kampfhandlungen und Leichen. Ich lasse mir mein Haus über dem Kopf anzünden. Aber zum Sterben zahlen sie mir nicht genug.«

»Niemand hat je genug dafür bezahlt«, sagte Laura. »Aber wir können nicht zusehen, wie Menschen ermordet werden, und sagen, das sei eine traurige Sache, gehe uns aber nichts an.«

»Wir sind nicht unentbehrlich, Laura. Stell deinen Ehrgeiz zurück und laß jemand anders Jeanne d'Arc spielen.«

»Aber ich weiß, was geschieht«, sagte sie. »Das macht mich wertvoll. Ich habe gesehen, was andere Leute nicht gesehen haben. Nicht einmal du, David.«

»Großartig«, sagte David. »Nun fängst du auch noch damit an, daß ich durchs Leben gehe wie durch Nebel. Paß auf, Mrs. Webster, ich habe vom wahren Grenada einen guten Teil mehr gesehen als du. Die eigentlichen Dinge – nicht den Unsinn dieses trivialen Machtgehabes, das du mit der Seilschaft deiner alten Mädchen inszenierst. Verdammt noch mal, Laura! Du mußt lernen, Rückschläge hinzunehmen und deine Grenzen anzuerkennen!«

»Du meinst, *deine* Grenzen.«

Er starrte sie an. »Klar, wenn du es so sehen willst. Meine Grenzen. Ich habe sie erreicht. Damit hat es sich. Ende der Diskussion.«

Sie sank in ihren Sitz zurück, siedend vor Zorn. Er wollte sie nicht mehr anhören. Sollte er sehen, wie ihm Stillschweigen gefiel.

Nach ein paar Stunden Stillschweigen merkte sie, daß sie einen Fehler gemacht hatte. Aber da war es zu spät zur Umkehr.

Auf dem Flughafen von Havanna kam Polizei an Bord. Die Passagiere wurden abgeführt – nicht gerade mit vorgehaltener Waffe, aber doch so, daß es kein großer Unterschied war. Es war dunkel und regnete. Hinter einer Absperrung drängten sich die Vertreter der spanischsprechenden Presse, hoben Kameras und riefen Fragen. Ein Fluggast versuchte auf sie zuzugehen und winkte mit den Armen, wurde aber rasch wieder zurückgescheucht.

Sie wurden in einen Seitenflügel des Abfertigungsgebäudes geführt, der von Militärfahrzeugen umringt war. Es wimmelte von Zollbeamten. Und die Leute aus Wien waren zugegen – ausgesucht gekleidete Zivilisten mit Videobrillen und tragbaren Datenanschlüssen.

Die Polizei ordnete die Flüchtlinge in Reih und Glied. Kubanische Polizisten, die Ausweise zu sehen verlangten. Sie eskortierten eine Gruppe triumphierend grinsender Techniker an den finster blickenden Wienern vorbei. Kompetenzgerangel der Gesetzeshüter. Kuba hatte sich für die Konvention nie erwärmen können. Jemand rief auf japanisch: »Laura-san ni o-banashi shitai no desuga!«

»Wakarimashita«, antwortete sie. Sie machte die Rufer aus – ein junges japanisches Paar, das neben einem uniformierten kubanischen Polizisten neben dem Ausgang stand. »Komm mit!« sagte sie zu David – ihr erstes Wort zu ihm, seit sie vor Stunden das Gespräch abgebrochen hatten – und ging auf die beiden zu. »Donata ni goyo desu ka?«

Die Frau lächelte schüchtern und verneigte sich. »Rara Rebsta?«

»Hai«, sagte Laura. »Die bin ich.« Sie zeigte zu David. »Kore wa David Webster to in mono desu.«

Die Frau griff nach Lorettas Tragtasche. David, überrascht, ließ es geschehen. Die Frau rümpfte die Nase. »O mutsu o torikaete kudasai.«

»Ja, wir haben keine mehr«, sagte Laura. Verständnislose Blicke. Windeln. »Eigo wa shabere masuka?« Sie schüttelten trübe den Kopf. »Sie sprechen nicht englisch«, sagte sie zu David.

»Que tal?« sagte David. »Yo no hablo japones – un poquito solo. Ah, quien estan ustedes? Y su amigo interesante?«

»Somos de Kymera Habana«, sagte der Mann sichtlich erleichtert. Er verbeugte sich und schüttelte David die Hand. »Bienvenidas à Cuba, Señor Rebsta! Soy Yoshio, y mi esposa, Mika. Y el Capitàn Reyes, de la Habana Seguridad.«

»Es ist die Kymera Corporation«, sagte David.

»Ja, ich weiß.«

»Anscheinend haben sie eine Art Vereinbarung mit der örtlichen Polizei getroffen.« Er hielt inne. »Kymera –

sie stehen auf unserer Seite, nicht? Wirtschaftliche Demokraten.«

»Solidaridad«, sagte Yoshio und hob zwei Finger. Er zwinkerte ihnen zu und öffnete die Tür.

Kymera hatte einen Wagen bereitgestellt.

Kymera war sehr gut vorbereitet. Sie hatten alles. Neue Pässe für sie – echte. Neue Kleider. Windeln und Babynahrung. Die Kleider paßten beinahe, oder würden gepaßt haben, wenn sie nicht Ritas Festmähler genossen hätten. Kymera hatte sich bei den kubanischen Behörden für sie verwendet. Laura hielt es für zweckmäßig, nicht nach dem Wie zu fragen.

Sie verbrachten einen ruhigen Abend in wunderbarer gemütlicher Sicherheit in einer Gästewohnung der Kymera-Niederlassung Havanna. Und sie waren frei vom Netz, in privater Zurückgezogenheit – ein Gefühl wie Genesung nach überstandener Krankheit. Die Räume waren kleiner und alles war näher am Boden, doch ansonsten war es wie in einem Rizome-Ferienheim. Sie plauderten auf japanisch und spanisch bei Meeresfrüchten und Sake und lernten das reizende vierjährige Kind der Takedas kennen.

»Rizome hat uns einige Ihrer Aufzeichnungen vorgeführt«, sagte Yoshio. »Wir koordinieren. Legen zwischen uns alle Karten auf den Tisch.«

»Sie sahen den Angriff der Terroristen«, sagte Laura.

Yoshio nickte. »Mali ist zu weit gegangen.«

»Sind Sie sicher, daß es Mali ist?«

»Wir wissen es«, sagte Yoshio. »Wir ließen sie für uns arbeiten.«

Laura war betroffen. »Kymera ließ die FAKT Aufträge ausführen?«

Yoshio schaute verlegen, schien jedoch entschlossen, die Sache hinter sich zu bringen. »Wir hatten schwer unter Piraterie zu leiden. Die ›Freie Armee Kontra Terrorismus‹ bot uns ihre Dienste an. Um die Piraten zu entmutigen, ja, sie sogar auszuschalten. Die FAKT erwies sich als tüchtig. Wir bezahlten sie jahrelang für diese Arbeit, aber die Verbindung blieb geheim. Viele andere Unternehmungen verhielten sich ähnlich. Es schien uns eine bessere Lösung zu sein, als aus unseren eigenen Leuten eine Truppe aufzubauen.«

David und Laura berieten. David war entsetzt. »Die Japaner mieteten terroristische Söldner?«

»Wir sind kein japanisches Unternehmen«, entgegnete Yoshio. »Kymera hat ihren Stammsitz in Mexiko.«

»Ja, richtig.«

»Sie wissen, wie die Verhältnisse in Japan sind«, fuhr Yoshio fort. »Fett! Träge! Voll von älteren Leuten, weit hinter der Zeit zurück ...« Er klopfte mit dem Knöchel an seine Schale, und Mika füllte sie mit Sake nach. »Zuviel Erfolg in Japan! Die japanische Politik schuf diese Weltkrise. Zuviel hinter den Kulissen. Zu viele höfliche Lügen, Heuchelei ... Wir hielten die Freie Armee für ein notwendiges Übel«, führte er aus. »Wir wußten nicht, daß sie so ehrgeizig war. So klug, so schnell. Die Freie Armee ist die Kehrseite unserer wirtschaftlichen Konglomerate – unserer Keiretsu.«

»Aber was hat Mali zu gewinnen?«

»Nichts! Die Freie Armee besitzt dieses Land. Sie eroberte es, als es durch Hungersnöte geschwächt war. Dort ist sie stärker und stärker geworden, während wir sie ohne Aufhebens bezahlten und vorgaben, nicht zu wissen, daß sie existierte. Sie pflegte sich zu verstecken, wie eine Ratte – doch heute ist sie groß wie ein Tiger.«

»Sehen Sie eine Lösung?« fragte David.

»Ich sage, das Netz hat zu viele Löcher. All diese kriminellen Operationen – Singapur, Zypern, Grenada, auch Mali, das wir in seiner heutigen Form mitgeschaffen haben – müssen zerschmettert werden. Es mußte so kommen. Was heute geschieht, war vorauszusehen. Der Dritte Weltkrieg ist da.«

Mika lachte hinter vorgehaltener Hand.

»Es ist ein kleiner Krieg«, räumte Yoshio ein. »Wird der Presse nicht gerecht, die er hat, nicht wahr? Klein, still, ferngesteuert. Kämpfe an Orten, wo niemand hinschaut, wie Afrika. An Orten, die wir vernachlässigten, weil wir dort keine Gewinne machen konnten. Jetzt müssen wir aufhören, so blind zu sein.«

»Ist das heute die offizielle Politik Kymeras?« fragte Laura.

»Nicht bloß unsere«, sagte Yoshio. »Seit der Angriff auf Grenada erfolgte, werden überall alte Positionen überprüft und neue Überlegungen angestellt. Wir waren auf etwas dieser Art vorbereitet. Kymera wird eine diplomatische Offensive einleiten. Wir suchen eine Abstimmung mit vielen anderen multinationalen Unternehmen. Wenn wir gemeinsam handeln können, ist unsere Macht sehr groß.«

»Sie denken an ein globales Sicherheitskartell?« fragte Laura.

»An eine weltweite Wohlstandssphäre!« sagte Mika. »Wie hört sich das an?«

»Hmm«, machte David. »In Amerika würde man darin eine ›Verschwörung zu Handelsbeschränkungen‹ sehen.«

»Wo liegt Ihre Loyalität«, fragte Yoshio. »Bei den Vereinigten Staaten oder Rizome?«

Laura und David tauschten Blicke. »Sicherlich wird es nicht dazu kommen«, sagte Laura.

»Glauben Sie, die Vereinigten Staaten werden einschreiten? Neue Eingreifverbände aufstellen, die Steueroasen angreifen und ihnen ihren Frieden aufzwingen?«

»Kann ich mir nicht vorstellen«, sagte David. »Die anderen Signatarmächte der Wiener Konvention würden alle über uns herfallen ... ›Amerikanischer Imperialismus‹ – Großer Gott, es würden keine sechs Monate vergehen, bis die Leute uns überall auf der Welt mit Brandanschlägen und Entführungen verfolgen würden.« Er stocherte mit seinen Eßstäbchen im Sukiyaki. »Und die Russen – nicht daß sie heutzutage eine große Rolle spielten, aber wenn sie sich auf den Schlips getreten fühlen … Sehen Sie, die richtige Adresse zur Behandlung dieser Angelegenheiten ist die Wiener Konvention. Ihre internationalen Ermittler und Polizisten sind zur Bekämpfung des Terrorismus da.«

»Warum tun sie es dann nicht?« fragte Yoshio.

»Ja«, sagte David mit einigem Unbehagen, »ich denke mir, es ist wie damals mit den Vereinten Nationen. Eine gute Idee, aber wenn es darauf ankommt, will keine souveräne Regierung wirklich Einbußen ihrer Entscheidungsfreiheit hinnehmen …«

»Exactamente«, sagte Yoshio. »Keine Regierung. Aber wir könnten uns mit einer wirksamen internationalen Polizeistreitmacht zufriedengeben. Und Wien verfügt darüber. Un grupo nuevo milenarios. Wie ein moderner Keiretsu.«

Laura schob ihren Teller von sich. Sie hatte Mühe, ihr eingerostetes Japanisch wiederzubeleben. »Die Wiener Konvention existiert zum Schutz der ›politischen Ordnung‹, zum Schutz von Regierungen. Sie gehört nicht zu uns. Unternehmen können keine diplomatischen Verträge abschließen.«

»Warum nicht?« erwiderte Yoshio. »Ein Vertrag ist ein Vertrag. Sie reden wie meine Großmutter. Es ist jetzt unsere Welt. Und in dieser Welt ist ein Tiger los – ein Tiger, den wir selbst aufpäppelten, weil wir so töricht waren, andere Leute zu bezahlen, daß sie die Klauen und Zähne unserer Unternehmen seien. Ein Grund mehr, daß wir den Fehler berichtigen und einen neuen Kurs einschlagen. Sie handelten bereits als Diplomaten Ihres Unternehmens, um Grenada zugunsten Ihrer Unternehmenspolitik zu untergraben. Das ist es! Wir müssen moderner sein!« Er streckte die Arme aus. »Das Problem mit beiden Händen ergreifen.«

»Ich sehe nicht, wie das möglich sein sollte«, sagte Laura.

»Es ist durchaus möglich«, antwortete Yoshio. »Kymera und I.G. Farben haben dieses Problem untersucht. Mit der Hilfe anderer Verbündeter wie Rizome könnten wir Wiens Budget binnen kurzem um ein Mehrfaches aufstocken. Wir könnten viele Söldner anwerben und sie unter Wiener Befehl stellen. Wir könnten einen Überraschungsangriff gegen Mali führen und den Tiger zur Strecke bringen.«

»Ist das legal?« sagte David.

Yoshio zuckte die Achseln. »Wen wollen Sie das fragen? Wer trifft diese Entscheidung? Regierungen wie die amerikanische oder japanische? Oder Mali, Grenada? Oder entscheiden wir statt ihrer? Stimmen wir darüber ab.« Er hob die Hand. »Ich sage, es ist legal.«

Mika hob die Hand. »Ich auch.«

»Wie lange können wir warten?« sagte Yoshio. »Die Freie Armee hat eine kleine Insel angegriffen, doch hätte es genausogut auch Manhattan sein können. Sollten wir darauf warten?«

»Aber Sie sprechen davon, daß wir die Internationale Polizei bestechen sollten«, sagte Laura. »Das nimmt sich wie ein Coup d'état aus!«

»›Kudetah‹«, wiederholte Yoshio verständnislos. »Warum noch durch Regierungen arbeiten? Lassen Sie uns den Zwischenhandel ausschalten.«

»Aber Wien würde dem niemals zustimmen.«

»Warum nicht? Ohne uns bringen sie es nicht zu einer wirklich einsatzfähigen internationalen Streitmacht.«

»Damit wir uns recht verstehen«, sagte Laura. »Sie reden einer Armee der multinationalen Unternehmen das Wort, ohne irgendeine legale staatliche Unterstützung, die souveräne Nationen angreifen soll?«

»Eine Revolution ist keine Abendgesellschaft«, sagte Mika. Sie erhob sich anmutig und begann das Geschirr abzuräumen.

Yoshio lächelte. »Die modernen Regierungen sind schwach. Wir haben sie schwach gemacht. Warum so tun, als ob es anders wäre? Wir können sie gegeneinander ausspielen. Sie benötigen uns dringender als wir sie.«

»Traición«, sagte David. »Verrat.«

»Nennen Sie es einen Streik«, schlug Yoshio vor.

»Bis Sie alle Unternehmen unter einem Dach hätten«, sagte Laura, »würde die Polizei Sie und Ihre Mitverschwörer rechts und links verhaften.«

»Es ist ein kleiner Wettlauf, nicht wahr?« bemerkte Yoshio ungerührt. »Aber lassen Sie uns sehen, wer die Wiener Internationale Polizei beherrscht. Sie werden noch viele Verhaftungen vornehmen müssen, bevor dies ausgestanden sein wird. Die Bürokraten nennen uns Verräter? Wir können sie Sympathisanten des Terrorismus nennen.«

»Aber Sie reden einem weltweiten Umsturz das Wort, einer Machtverschiebung von den nationalen Regierungen zu den wirtschaftlichen Multis.«

»Nennen Sie es Rationalisierung«, sagte Yoshio. »Es hört sich hübscher an. Wir entfernen unnötige Hindernisse auf dem Weg zu einer integrierten Weltwirtschaft. Barrieren, die zufällig Regierungen sind.«

»Haben Sie einmal überlegt, was für eine Welt uns das bescheren würde?«

»Es würde davon abhängen, wer die neuen Gesetze macht«, sagte Yoshio. »Wer sich der Gewinnerseite anschließt, wird ein Stimmrecht bekommen. Wer nicht, nun …« Er zuckte die Achseln.

»Ja? Und wenn Ihre Seite verliert?«

»Dann werden die Nationen sich darum schlagen, wer uns wegen Verrats vor Gericht stellen darf«, sagte

Mika. »Die Gerichte könnten das Problem zur allseitigen Zufriedenheit lösen. Vielleicht in fünfzig Jahren.«

»Ich glaube, ich werde meinen japanischen Paß verbrennen und mexikanischer Staatsbürger werden«, überlegte Yoshio. »Vielleicht könnten wir alle mexikanische Staatsbürger werden. Mexiko würde keine Einwände erheben. Oder wir könnten es mit Grenada versuchen! Jedes Jahr ein neues Land versuchen.«

»Wir dürfen unsere eigene Regierung nicht verraten«, meinte Mika, »nur alle anderen. Das hat noch nie jemand Verrat genannt.«

»Bei Rizome stehen Wahlen vor der Tür«, sagte Yoshio. »Sie sagen, Sie seien Wirtschaftsdemokraten. Wenn Sie an das Netz glauben – wenn Sie an Ihre eigene Unternehmensdoktrin glauben –, können Sie dieser Entscheidung nicht ausweichen. Sie sollten die Frage zur Abstimmung stellen.«

Schon auf dem Flughafen von Atlanta hatte Laura dieses beengte, nervenaufreibende Gefühl, daß diese Stadt ihr immer verschaffte. Diese Megalopolis, dieses gereizte Tempo ... So viele Amerikaner, mit ihren sauberen, teuren Kleidern, ihrem vollgestopften Gepäck. Ein wimmelnder Ameisenhaufen unter den gigantischen Verstrebungen einer Kuppelhalle, deren glatte, geometrische Architektur von Raum und Licht viele Millionen gekostet hatte. Rosarote abstrakte Mobiles drehten sich langsam über der Menge, von ihren Strömungen bewegt, wie explodierte cybernetische Flamingoschwärme ...

»Huh«, sagte David und stieß sie mit der Tragtasche an. »Wo ist Emily?«

Zwei Frauen bahnten sich den Weg zu ihnen. Eine, klein und rundgesichtig, mit langem Rock und Rüschenbluse: Emily Donato. Freude und Erleichterung erfüllten Laura. Emily war da, Rizomes Kavallerie. Laura winkte ihr zu.

Emily war in Begleitung einer hochgewachsenen Schwarzen mit einer kunstvoll maschinengelockten Mähne kastanienbraun gefärbten Haares. Die Frau bewegte sich wie ein Mannequin, dünn und elegant, mit kaffeefarbener Haut und Backenknochen, um die sie viele Geschlechtsgenossinnen beneideten. »Brr«, sagte Laura. »Das ist – wie heißt sie noch gleich? – Arbright Soundso.«

»Dianne Arbright vom Kabelfernsehen«, sagte David. »Die Nachrichtensprecherin. Schau an, sie hat Beine wie ein richtiger Mensch!«

David schloß Emily fest in die Arme und hob sie dabei vom Boden. Emily lachte ihn an und küßte ihn auf die Wangen. »Hallo«, sagte Laura zu der Fernsehjournalistin. Sie schüttelte Arbright die kühle, sehnige Hand. »Ich nehme an, dies hat zu bedeuten, daß wir berühmt sind.«

»Ja, in dieser Menge wimmelt es von Journalisten«, sagte Arbright. Sie klappte das Revers ihrer safrangelben Seidenjacke um. »Unser Gespräch wird aufgenommen.«

»Wir sind auch verdrahtet«, sagte Laura. »Ich habe eine Videobrille in der Handtasche.«

»Ich werde meine Daten mit den anderen Korrespondenten in einen Topf tun«, sagte Arbright. Unter der Vollkommenheit ihres Video-Make-ups war ein dünner Hauch von Schweißperlen auf ihrer Oberlippe. »Nicht, daß wir es ausstrahlen könnten, aber wir ... verbreiten es hinter den Kulissen.« Sie blickte zu Emily. »Sie wissen alle, wie es ist.«

Laura sah Arbright mit einem Gefühl von Verwirrung. Dianne Arbright persönlich zu begegnen, hatte etwas Unwirkliches – zu viele Reproduktionen hatten die eigentliche Realität dieser Person ausgebleicht. »Ist es Wien?« fragte sie.

Arbright erlaubte sich eine Grimasse. »Vor zwei Tagen sendeten wir eine Zusammenfassung von Rizomes Katastrophenaufzeichnung. Wir wissen, wie schlimm es gewesen ist – die Zahl der Todesopfer, die Formen des Angriffs. Aber Grenada hat inzwischen seine Grenzen geschlossen. Und Wien zensiert alles, was wir ausstrahlen.«

»Aber dies ist zu groß, um es unter der Decke zu halten«, sagte Emily. »Und jeder weiß es. Es geht weit über die erträglichen Grenzen hinaus – jemand überfiel und verwüstete einfach ein ganzes Land, das läßt sich nicht vertuschen.«

»Es ist die größte terroristische Operation seit Vicenza«, sagte Arbright.

»Was geschah dort?« fragte David unschuldig.

Arbright warf David den verständnislosen Blick zu, der für hoffnungslos Uninformierte bereitgehalten wird. Endlich sagte sie, ohne auf seine Frage einzugehen: »Vielleicht können Sie mir genau berichten, was in Ihrem Ferienheim in Galveston geschehen ist.«

»Ach, das«, sagte David. »Ich dachte, es sei längst allgemein bekannt.«

»Schadensbegrenzung«, sagte Laura. »Das ist in Galveston geschehen.«

»Und an vielen anderen Orten – seit Jahren«, sagte Arbright. »Also sind Sie beide Unpersonen, Hintergrundfiguren, nicht für die Öffentlichkeit ...« Sie riß den Arm hoch und machte ein Zeichen zu einem Fremden in braunem Anzug, der zurückgrinste und ihr zunickte. »Aber Wien kann uns nicht daran hindern, die Wahrheit aufzudecken – nur an Ihrer Veröffentlichung.«

Sie schoben sich mit der Menge zu einem der Ausgänge. Arbright sah auf ihre Platinuhr. »Ich habe draußen einen Wagen ...«

»Die Wiener Hitze ist da!« sagte David.

Arbright blickte gelassen auf. »Nein. Das ist bloß jemand, der eine Videobrille trägt.«

»Woran können Sie das erkennen?« fragte David.

»Er hat die falsche Ausstrahlung«, erläuterte Arbright geduldig. »Videobrillen haben nicht viel zu sagen – ich trage sie manchmal selbst.«

»Wir haben seit Tagen welche getragen«, sagte Laura.

Arbright merkte auf. »Ja, richtig. Das heißt, Sie haben alles aufgezeichnet? Ihren ganzen Aufenthalt in Grenada? Auf Band?«

»Jede Minute«, sagte David. »Annähernd.«

»Das ist viel wert«, sagte Arbright.

»Sollte es auch«, brummte David. »Es war die Hölle.«

»Emily«, sagte Arbright, »wem gehören die Rechte, und was verlangen Sie dafür?«

»Rizome verkauft Nachrichten nicht für Geld«, sagte Emily tugendhaft. »Das geht die ganze Gesellschaft an ... Außerdem wäre zu erklären, was Rizome-Personal in einer Hochburg von Datenpiraten zu suchen hatten.«

»Mmm«, sagte Arbright. »Ja, das ist ein schwieriger Gesichtspunkt.«

Glasschiebetüren zischten für sie auf und schoben sich hinter ihnen wieder zu, und Arbrights Wagen stand inmitten einer Reihe von Taxis am Straßenrand. Die Fenster der Limousine waren aus verspiegeltem Glas, und auf dem Dach war ein Satz Mikrowellen-Sendeantennen, die an wassergekühlte Schnellfeuerkanonen erinnerten. Sie stiegen mit Arbright ein, der Wagen setzte sich in Bewegung.

»Jetzt sind wir unter uns«, erklärte Arbright. Sie klappte einen Spiegel aus und überprüfte ihr Make-up. »Meine Leute haben den Wagen untersucht – er ist abhörsicher.«

Sie fuhren eine gebogene Zufahrtsrampe hinunter. Es war ein schöner Tag; eine graue Wolkendecke lastete schwer über der Silhouette Atlantas. Ein Gebirge von Wolkenkratzern: postmodern, organischer Barock, neoklassizistisch, sogar ein paar kastenförmige Relikte aus den Jahrzehnten vor der Jahrtausendwende mit fleckigen Fassaden aus Glas und Aluminium, längst in den Schatten gestellt von ihren eigenartigen Abkömmlingen. »Drei Wagen folgen uns«, sagte Emily.

»Eifersüchtig auf meine Quellen.« Arbright lächelte, und ihre Augen leuchteten auf, als sähe sie sich vor einer Fernsehkamera. David wandte den Kopf.

»Sie sind hinter uns allen her«, sagte Emily. »Der gesamte Zentralausschuß von Rizome wird bespitzelt. Sie beobachten unsere Wohnungen, und ich glaube, Wien zapft unsere Leitungen an.« Sie rieb sich die Augen. »In letzter Zeit bin ich kaum zum Schlafen gekommen – ich bin ein bißchen überdreht und müde.«

»Die Wiener sind wirklich hinter uns her?« fragte David.

»Sie sind hinter jedem her. Wie ein aufgestocherter Ameisenhaufen. Diese Konferenz, die wir mit Kymera und I.G. Farben veranstaltet haben – ›Gipfelkonferenz‹, nannten sie die Gespräche …« Sie zwinkerte und gähnte. »Laura, ich habe dich vermißt.«

»Zum Verrücktwerden«, sagte Laura. Eine alte Redensart aus gemeinsamen Collegetagen. Wie müde Emily aussah – Krähenfüße, die feinknochige Höhlung ihrer Schläfen wie durchsichtig, erste graue Fäden im Haar – von wegen müde, dachte Laura, warum herumreden? Sie waren beide Mitte dreißig. Keine Studentinnen mehr. Alt. Einer plötzlichen Regung folgend, rieb sie Emily die Schultern. Emily lächelte dankbar zurück. »Ja«, sagte sie.

»Bei wem sind Sie?« fragte David die Journalistin.

»Sie meinen, bei welcher Gesellschaft?«

»Ich meine, wem gilt Ihre Loyalität?«

»Oh«, sagte Arbright. »Ich bin Profi. Eine amerikanische Journalistin.«

»›Amerikanische‹?«

»Ich glaube nicht an die Wiener Konvention«, erklärte Arbright. »Zensurinstanzen, die uns sagen, was wir verbreiten dürfen, und was nicht. Vertuschungen, um den Terroristen keine Publizität zu geben – das war schon immer eine unausgegorene Idee.« Sie schüttelte den Kopf. »Jetzt wird das ganze System, die ganze politische Struktur zum Teufel gehen!« Sie schlug mit der flachen Hand auf den Sitz. »Seit Jahren habe ich darauf gewartet! Mann, ich bin darüber so froh wie eine Eulenlarve im Mais!« Sie machte ein überraschtes Gesicht. »Wie mein Großvater zu sagen pflegte ...«

»Hört sich irgendwie anarchisch an ...« David schaukelte die Tragtasche auf den Knien. Die kleine Loretta schätzte das Geräusch politischer Schrillheit nicht. Ihr Gesicht umwölkte sich.

»Wir Amerikaner haben immer so gelebt! Wir nannten es ›Freiheit‹.«

David schien zu zweifeln. »Ich meinte, realistisch gesprochen ... die globale Informationsstruktur ...« Er überließ Loretta seine Finger und versuchte sie zu besänftigen.

»Ich bin der Meinung, daß wir die Masken abreißen und unsere Probleme direkt angehen sollten«, sagte Arbright. »Gut, Singapur ist ein Außenseiterstaat und hat gerade seinen Rivalen überfallen – was geht es uns an? Sollen die Leute von Singapur den Preis für ihre Aggression bezahlen.«

»Singapur?« sagte David. »Sie glauben, Singapur sei die FAKT?«

Arbright lehnte sich zurück und ließ ihren Blick über die drei anderen schweifen. »Nun, ich sehe, bei Rizome hat sich eine andere Meinung gebildet.« Eine gefährliche Leichtigkeit war in ihrer Stimme.

Laura kannte diesen Tonfall von Interviews, kurz bevor Arbright irgendeinen armen Teufel auf etwas festnagelte.

Das Baby wimmerte laut.

»Sprechen Sie nicht alle auf einmal«, sagte Arbright.

»Woher wissen Sie, daß es Singapur ist?« fragte Laura.

»Wie? Gut, ich will es Ihnen sagen.« Sie stieß mit der Spitze ihres italienischen Schuhs das Make-up-Kabinett zu. »Ich weiß es, weil die Datenbanken der Piraten in Singapur voll davon sind. Wir Journalisten brauchen einen Ort zum Austausch von Informationen, wo wir frei von Zensurbestimmungen sind. Darum ist jeder von uns, der sein Geld wert ist, ein Datenpirat.«

»Oh ...«

»In Singapur lachen sie darüber. Brüsten sich damit. Es ist ein offenes Geheimnis.« Sie blickte von Laura zu David. »Ich habe Ihnen gesagt, was ich weiß. Nun sagen Sie mir, was Sie wissen.«

Emily ergriff das Wort. »Die FAKT ist die Geheimpolizei der Republik Mali.«

»Nicht das schon wieder«, sagte Arbright, sichtlich enttäuscht. »Hören Sie, über Mali hört man die ganze Zeit häßliche Gerüchte. Das ist nichts Neues. Mali ist ein Land am Rande des Hungertodes, voll von Söldnern, die das Regierungssystem stützen, und sie haben natürlich einen schlechten Ruf. Aber einen so groß angelegten und flagranten Überfall wie den Angriff der FAKT auf Grenada würden sie nicht riskieren – vorausgesetzt, sie hätten überhaupt die Mittel dazu. Daß ausgerechnet Mali sich durch Greuel internationaler Ausmaße die Wiener Konvention zum Feind macht, ergibt keinen Sinn.«

»Wieso nicht?« fragte Laura.

»Weil Wien die Regierung von Mali jederzeit stürzen könnte. Es gibt nichts, was es daran hindern könnte. Ein weiterer Staatsstreich in Afrika würde nicht einmal in die Mitternachtsnachrichten kommen. Wenn FAKT und Mali eins wären, hätte Wien sie längst ausgelöscht. Aber

Singapur – das ist eine andere Sache! Haben Sie jemals Singapur gesehen?«

»Nein, aber …«

»Singapur haßt Grenada. Und verabscheut die Wiener Konvention. Die ganze Idee einer weltweiten politischen Ordnung ist den Singapurern verhaßt – es sei denn, sie könnten darin eine bestimmende Rolle spielen. Sie sind schnell und stark und risikofreudig, und sie haben gute Nerven. Dagegen sehen diese kleinen grenadinischen Rastas wie Bill Cosby aus.«

»Wie *wer?*« fiel David ein. »Sie meinen Bing Crosby?«

Arbright starrte ihn an. Offensichtlich ließ sie sich ungern auf Fehler aufmerksam machen. »Sie sind nicht wirklich schwarz, nicht wahr? Entweder das, oder das Baby ist nicht von Ihnen.«

»Was?« sagte David. »Tatsächlich hat es mit dieser … ah … Sonnencreme zu tun …«

Arbright winkte ab. »Schon gut, ich bin in Afrika gewesen, und dort sagten sie mir, ich sähe französisch aus. Aber Mali – das ist bloß Desinformation. Sie haben kein Geld und kein Motiv, und es ist ein altes Gerücht …« Die Limousine hielt an und unterbrach sie.

»Oxford Towers, Miss Arbright.«

»Das ist unsere Haltestelle«, sagte Emily. »Wir melden uns wieder, Dianne.«

Arbright sank zurück in die Polster. »Sehen Sie, ich möchte diese Grenada-Aufzeichnungen.«

»Ich weiß.«

»Und sie werden nicht mehr soviel wert sein, wenn Wien sich zu einer größeren Aktion entschließt. Das würde alles andere aus den Nachrichten verdrängen.«

Emily stieg aus. Laura und David krabbelten nach ihr ins Freie. »Danke fürs Mitnehmen, Dianne.«

»Geben Sie Nachricht.« Die Tür schlug zu.

Das Erdgeschoß der Oxford Towers war eine kleine Stadt für sich. Gesund aussehendes falsches Sonnenlicht strömte aus Fluoreszenzlampen über die kleinen Feinkostläden und diskreten Boutiquen. Privatpolizisten in Uniformen wie vor hundertfünfzig Jahren, mit hohen Tschakos und Messingknöpfen an den Uniformröcken. Sanftmütig aussehende Jugendliche auf Liegerädern kreuzten vor den pastellfarbenen Ladenfronten.

Sie gingen in eine Drogerie, um Windeln und Babynahrung zu erstehen, und bezahlten mit Emilys Kreditkarte. Dann gesellten Sie sich zu einer Gruppe von zwei Dutzend gelangweilten Mietern, die auf körpergerecht geformten Hartholzbänken warteten. Ein Aufzug kam, und alles drängte hinein und setzte sich. Stockwerke glitten in der geisterhaften Stille magnetischer Linearbeschleunigung vorüber; die einzigen Geräusche waren das Geraschel von Zeitungen und ein gelegentliches Hüsteln.

Sie stiegen in Emilys Stockwerk aus, und in ihren Ohren knackte es. Die Luft hatte hier oben im fünfzigsten Stockwerk einen etwas muffigen Geruch. An den Wänden waren geheimnisvolle, farbcodierte Karten. Sie nahmen einen Korridorbus. Nischen und Winkel zweigten ab und führten in Innenhöfe – was die Soziologen ›zu verteidigender Raum‹ nannten. Emily führte sie vom Bus in eine dieser Abzweigungen. Eine Monitormaus kam ihnen am Boden entgegengeeilt – ein bösartig aussehender kleiner Mikrobot mit Kameraaugen und einer staubverklebten Rauchspürnase. Emily öffnete die Tür mit ihrer Karte.

Eine Dreizimmerwohnung – ganz in Art Deco-Schwarzweiß. David brachte das Baby ins Bad, während Emily in die kleine offene Küche trat. »Huh«, sagte Laura. »Du hast alles umgebaut!«

»Das ist nicht meine Wohnung«, sagte Emily. »Es ist Arthurs. Du weißt schon, der Fotograf«.

»Dieser Typ, mit dem du gegangen bist?«

An den Wänden hingen Arthurs Vergrößerungen:

stimmungsvolle Landschaftsstudien, kahle Bäume, ein Fotomodell in Schwarzweiß, mit einem genießerischen Ausdruck im Gesicht … »Hallo«, sagte Laura halb lachend und zeigte darauf. »Das bist du! He! Hübsch.«

»Gefällt es dir?« fragte Emily. »Mir auch. Beinahe unretuschiert.« Sie spähte ins Gefrierfach. »Wir haben Hühnchen mit Mandeln – Seewolf – Lamm mit Curry für zwei Personen …«

»Etwas Mildes und Amerikanisches«, schlug Laura vor. »Als ich zuletzt von ihm hörte, warst du mit Arthur im Streit.«

»Jetzt sind wir wieder ganz dick miteinander«, sagte Emily mit selbstzufriedener Miene. »Es tut mir leid, daß ich euch nichts Besseres anbieten kann, aber Arthur und ich, wir kochen hier nicht viel … Du weißt, sie beobachten meine Wohnung, aber sie ist acht Stockwerke tiefer, und in einem Bienenkorb wie den Oxford Towers könnte das genausogut in Dallas sein … In dieser Wohnung bin ich sicher und unbeobachtet wie irgendwo im Wald. Arthur nimmt es leicht – ich glaube, er fühlt sich durch all das Aufhebens ein bißchen geschmeichelt.« Sie lächelte breit. »Ich bin seine geheimnisvolle Frau.«

»Kriege ich ihn zu sehen?«

»Er ist jetzt nicht in der Stadt, aber ich hoffe es.« Emily schob Fertiggerichte in Folie in den Mikrowellenherd. »Ich mache mir allerlei Hoffnungen … Vielleicht, denke ich, bin ich endlich auf den Dreh gekommen. Auf die Methode einer modernen Romanze.«

Laura lachte. »Ja?«

»Besser leben mit Chemie«, sagte Emily und errötete. »Habe ich dir davon erzählt?«

»O nein, Em.« Laura griff in die Hosentasche, fummelte zwischen Wechselgeld und gesalzenen Erdnüssen aus dem Flugzeug. »Du meinst diese?«

Emily starrte das Röhrchen an. »Großer Gott! Und du bist damit einfach durch den Zoll gegangen?«

Laura verzog das Gesicht. »Sie sind nicht verboten, oder? Ich hatte sie ganz vergessen.«

»Wo hast du sie her?«

»Von einer Prostituierten in Grenada.«

Emilys Kiefer klappte herunter: »Ist das die Laura Webster, die ich kenne? Du stehst doch nicht auf diese Dinger, oder?«

»Sag mir lieber, ob *du* sie schon einmal genommen hast?«

»Nur ein paarmal ... Darf ich mal sehen?« Emily schüttelte das kleine Röhrchen. »Himmel, die sehen nach einer Riesendosis aus ... Ich weiß nicht, als ich sie nahm, machten sie mich irgendwie blöd ... Du würdest wahrscheinlich sagen, ich sei nach diesem Streit zu Arthur zurückgekrochen, aber es scheint uns beiden gut getan zu haben. Vielleicht ist es verkehrt, allzu stolz zu sein. Nimmst du eine von diesen Pillen, so kommt dir das andere Zeug, die Probleme, irgendwie sinnlos vor ... Ihr habt doch keine Schwierigkeiten, du und David, wie?«

»Nein ...« David kam aus dem Bad und trug das Baby mit frisch gewechselter Windel. Emily tat die Röhre schnell in eine Küchenschublade.

»Was gibt es?« sagte David. »Ihr zwei habt wieder diesen Blick von Verschwörern.«

»Wir haben bloß davon gesprochen, wie Ihr alle euch verändert habt«, sagte Emily. »Weißt du was, Dave? Zuerst bekam ich einen Schreck, als ich dich sah. Aber schwarz steht dir. Du siehst wirklich gut aus.«

»Ich habe in Grenada zugenommen«, sagte er.

»An dir sieht es gut aus.«

Er lächelte mit einem Mundwinkel. »Nur zu, den Schwachsinnigen muß man schmeicheln ... Ihr zwei habt über Firmenpolitik gesprochen, stimmt's? Verratet mir ruhig das Schlimmste.« Er setzte sich auf einen Küchenhocker aus verchromtem Stahlrohr und schwarzem Kunststoff. »Vorausgesetzt, man kann hier ungestört reden …«

»Alles redet über euch«, sagte Emily. »Mit diesem Unternehmen habt ihr Websters eine Menge Punkte gemacht.«

»Gut. Vielleicht können wir es jetzt etwas ruhiger angehen lassen.«

»Ich weiß nicht«, sagte Emily. »Offen gesagt, Ihr seid ziemlich gefragt. Der Ausschuß will euch zu einer Sitzung einladen. Ihr seid jetzt unsere Situationskenner! Und dann ist da die Sache mit Singapur.«

»Was soll das uns angehen?« sagte David.

»Das Parlament von Singapur veranstaltet öffentliche Anhörungen über die Datenpolitik. Suvendra ist jetzt dort, als unsere Kontaktperson zur Islamischen Bank, und wird eine Aussage machen.« Emily schwieg einen Augenblick lang. »Es ist etwas kompliziert.«

»Suvendra kann das erledigen«, sagte David.

»Gewiß«, sagte Emily, »aber wenn sie ihre Sache gut macht, ist ihre Wahl in den Ausschuß gesichert.«

Davids Augen weiteten sich. »Augenblick mal …«

»Du weißt nicht, wie diese Geschichte hier gelaufen ist«, sagte Emily. »Vor einem Monat war es Nebensache, aber jetzt ist es eine schwere Krise. Du hörtest, wie Dianne Arbright redete. Vor einem Monat hätte sie mich auf der Straße nicht gegrüßt, aber jetzt sind wir auf einmal Schwestern, ganz dicke Solidarität.« Emily hielt zwei Finger hoch. »Es wird etwas passieren, und das bald. Es liegt in der Luft. Es wird wie Paris 1968 sein, oder der frühe Gorbatschow. Aber global.« Es war offensichtlich ihr Ernst. »Und wir können ganz oben mitmischen.«

»Wir können zwei Meter unter der Erde liegen!« rief David. »Was habt ihr vor? Habt ihr mit diesen Knallköpfen von Kymera gesprochen?«

Emily zuckte. »Kymera … die Weltherrschaft der

Multis stößt bei uns nicht auf Gegenliebe, aber man muß die Entwicklung natürlich beobachten … Wien benimmt sich sehr aufgeregt.«

»Wien weiß, was es tut«, sagte David.

»Vielleicht, aber ist es das, was wir wollen?« Emily brachte Teller und Plastikbesteck zum Vorschein. »Ich glaube trotzdem, daß Wien abwarten wird. Diesmal werden sie zusehen, bis es wirklich schlimm ist – bis es einen politischen Blankoscheck bekommt. Um das Haus zu säubern, im Weltmaßstab. Eine neue Weltordnung, und eine neue internationale Armee.«

»Das gefällt mir weniger«, sagte David.

»Im Grunde haben wir diese Situation schon jetzt, aber dann wird es ohne die Schlupflöcher sein.«

»Ich mag Schlupflöcher.«

»In diesem Fall solltest du nach Singapur gehen und den Leuten vernünftig zureden.« Der Mikrowellenherd läutete. »Es ist nur für ein paar Tage, David. Und Singapur hat eine richtige Regierung, nicht so eine zwielichtige Fassade wie Grenada. Eure Zeugenaussage vor dem Parlament könnte wesentlichen Einfluß auf ihre Politik haben. Suvendra sagt …«

Davids Gesicht wurde hart. »Wir werden umkommen«, sagte er. »Habt ihr das noch nicht verstanden? Alle die kleinen Schlupflöcher werden Kampfgebiet. Es gibt da draußen genug Leute, die uns für nichts umbringen würden, und wenn sie uns für Profit umbringen können, sind sie begeistert! Und sie wissen, wer wir sind. Das ist es, was mir Angst macht. Wir sind jetzt wertvoll …«

Er rieb sich die stoppelige Wange. »Wir werden machen, daß wir von hier verschwinden, in ein Ferienhaus oder eine Berghütte, und wenn ihr euch um Singapur kümmern wollt, Emily, dann könnt ihr Wien anrufen und eine Panzerdivision finanzieren. Denn diese Piraten sind nicht zum Scherzen aufgelegt, und wir werden sie nie mit Schmeicheleien zu etwas überreden! Zuerst müssen wir einen Panzer an jede verdammte Straßenecke stellen! Und die Schweinekerle ausfindig machen, die in Grenada auf die Knöpfe gedrückt haben, daß diese kleinen Kinder ertranken und unschuldige Menschen dran glauben mußten. Aber nicht mein Kind! Nie wieder!«

Laura durchstieß die Folie über ihrem dampfenden Hühnchen mit Mandeln. Sie verspürte keinen Appetit. Diese ertrunkenen Kinder ... steif und tot, von dunklen Strömungen getrieben ... dunklen Strömungen des Hasses. »Er hat recht«, sagte sie. »Nicht meine Loretta. Aber einer von uns muß gehen. Nach Singapur.«

David glotzte. »Warum?«

»Weil wir dort gebraucht werden, darum. Weil es hat, was wir wollen«, sagte sie. »Die Macht, über unser eigenes Leben zu bestimmen. Und die wirklichen Antworten. Die Wahrheit.«

David starrte sie weiter an. »Die Wahrheit. Du glaubst, du kannst sie dort finden? Hältst du dich für so wichtig?«

»Ich bin nicht wichtig«, sagte Laura. »Ich weiß, ich bin jetzt nicht viel – eine Person, die herumgeschubst und beleidigt wird, und der man ungestraft ins Haus schießen kann. Aber ich könnte mich wichtig machen, wenn ich es richtig anfange. Es könnte möglich sein. Wenn Suvendra mich braucht, werde ich gehen.«

»Du kennst Suvendra nicht einmal!«

»Ich weiß, daß sie Rizome ist und für uns kämpft. Wir können einer Gesellschafterin nicht die kalte Schulter zeigen. Und wer auf unser Ferienheim geschossen hat, soll dafür bezahlen.«

Loretta fing an zu weinen. David saß zusammengesunken auf seinem Hocker. »Was ist mit uns, Laura«, sagte er mit leiser Stimme. »Mit dir und mir und Loretta? Du könntest dabei umkommen.«

»Ich tue das nicht bloß für das Unternehmen – auch für uns! Durch Davonlaufen können wir keine Sicherheit finden.«

»Und was soll ich dann tun?« sagte David. »Am Ufer stehen und dir Kußhände zuwerfen? Während du ausfährst, die Welt sicher für die Demokratie zu machen?«

»Na und? In Kriegszeiten haben Frauen das immer getan!« Laura bemühte sich, ihre Lautstärke zu mäßigen. »Du wirst sowieso hier benötigt, um den Ausschuß zu beraten. Ich werde nach Singapur gehen.«

»Ich wünsche nicht, daß du gehst.« Er versuchte kurz und entschieden zu sein, es in Emilys Anwesenheit wie ein Ultimatum klingen zu lassen, aber es fehlte alle Kraft. Er fürchtete für sie, und es war fast mehr eine Bitte.

»Ich werde zurückkommen, und nichts wird mir zustoßen«, sagte sie. Die Worte klangen wie eine Ermutigung statt einer Weigerung. Aber er war darum nicht weniger verletzt.

Gespannte Stille. Emily sah unglücklich aus. »Vielleicht ist jetzt nicht der richtige Zeitpunkt, darüber zu sprechen. Ihr habt beide unter großer Anspannung gestanden.«

David achtete nicht auf sie. »Laura, du wirst es tun, nicht wahr, gleichgültig, was ich zu dir sage?«

Es hatte keinen Sinn, jetzt zu zögern. Besser, sie brachte es hinter sich. »Ja. Ich muß«, sagte sie. »Es hat mich jetzt gepackt. Es ist in mir, David. Ich habe zuviel davon gesehen. Wenn ich mich da nicht irgendwie durcharbeite, werde ich nie wieder ruhig schlafen.«

»Nun«, sagte er, »dann hat es keinen Sinn mehr, zu diskutieren, oder? Dann ist der Punkt erreicht, wo ich dich entweder in die Unterwerfung prügele oder mit Scheidung drohe.« Er stand mit ruckartigen Bewegungen vom Hocker auf und ging auf und ab, steif vor innerer Spannung, mit schleifenden Schritten. Sie zwang sich, ruhig zu bleiben und ihn mit sich ringen zu lassen.

Schließlich hob er den Kopf und sagte: »Es kann sein, daß wir jetzt drinstecken, ob es uns gefällt oder nicht. Keiner von uns kann sagen, ob nicht die Hälfte der Rizome-Gesellschafter auf irgendeiner terroristischen Abschußliste steht, nur weil wir Stellung bezogen haben. Wenn wir vor Kriminellen die Köpfe einziehen, werden wir sie nie überwinden. Klar.« Er blieb stehen und schaute sie an.

Sie hatte gewonnen. Ihr Gesicht, starr und hartnäckig, löste sich in einem Lächeln. Hilflos und strahlend, ein Lächeln für ihn. Sie war sehr stolz auf ihn. Stolz, weil er war, was er war; stolz auch, daß Emily es gesehen hatte.

Er setzte sich wieder auf den Hocker und blickte ihr in die Augen. »Aber du wirst nicht gehen«, sagte er ihr. »Ich werde es tun.«

Sie nahm seine Hand und hielt sie in ihren Fingern, eine gute, starke, warme Hand. »Das wäre nicht, wie es bei uns funktioniert«, sagte sie mit freundlicher Stimme. »Du bist der Mann mit Ideen, David. Ich bin diejenige, die mit Menschen umgeht.«

»Lieber lasse ich mich erschießen«, sagte er. »Ich könnte es nicht ertragen, wenn dir etwas zustoßen würde: Das ist mein Ernst.«

Sie umarmte ihn. »Nichts wird geschehen, Lieber. Ich werde einfach den Auftrag ausführen und zurückkommen. Mit Ruhm bedeckt.«

Er machte sich von ihr los, stand auf. »Du willst nicht einmal einen Fußbreit nachgeben, wie?« Er schritt zur Tür. »Ich gehe.«

Emily öffnete den Mund. Laura hielt sie am Arm zurück. David verließ die Wohnung.

»Laß ihn gehen«, sagte Laura. »Er ist so, wenn wir streiten. Er braucht das.«

»Es tut mir leid«, sagte Emily.

Laura fühlte sich den Tränen nahe. »Es ist für uns

wirklich schlimm gewesen. Die ganze Zeit an der Leitung. Er muß Dampf ablassen.«

»Ihr seid bloß nervös und übermüdet. Ich bring dir ein Papiertaschentuch, Laura.«

»Gewöhnlich bin ich besser mit ihm«, schnupfte Laura. Sie zwang sich zu einem Lächeln. »Aber im Moment bin ich …«

»Sei still.« Emily gab ihr ein Papiertaschentuch. »Kein Wunder.«

»Entschuldige.«

Emily berührte ihre Schulter. »Immer plage ich dich mit meinen Problemen, Laura. Aber du stützt dich nie auf mich. Immer bist du so beherrscht. Alle sagen das.« Sie zögerte. »Ihr braucht etwas Zeit zusammen, du und David.«

»Nach meiner Rückkehr werden wir alle Zeit der Welt haben.«

»Vielleicht solltest du es noch einmal überdenken.«

»Es hat keinen Zweck, Emily. Wir kommen nicht daran vorbei.« Sie wischte sich die Augen. »Stubbs machte mir das klar, bevor sie ihn umbrachten. Eine Welt bedeutet, daß es keinen Ort gibt, wo du dich verstecken kannst.« Sie schüttelte den Kopf, warf das Haar zurück und zwinkerte das Brennen aus ihren Augen. »Ach was, Singapur ist nur ein Telefongespräch entfernt. Ich werde David jeden Tag von dort anrufen. Werde es an ihm gutmachen.«

Singapur.

7. Kapitel

Singapur. Heißes tropisches Licht stieß schräg durch braune hölzerne Läden. Ein Deckenventilator quietschte und flatterte, quietschte und flatterte, und Staubteilchen kreisten in einem langsamen atomistischen Tanz über ihrem Kopf.

Sie lag auf einem Feldbett im Obergeschoß eines älteren Hauses an der Uferstraße. Rizomes Niederlassung in Singapur.

Sie richtete sich auf, gähnte, blinzelte. Dünnes Linoleum mit Holzmaserung, kühl und klebrig unter ihren schwitzenden Füßen. Der Mittagsschlaf hatte ihr Kopfschmerzen hinterlassen.

Massive Stahlträger durchbohrten Boden und Decke; die weiße Wandfarbe, mit der sie gestrichen waren, löste sich über Rostflecken. An den Wänden ringsum standen hohe, wacklige Stapel von Kisten und Kartons. Dosen mit Haarspray, dessen FCKW-Treibmittel die Ozonschicht der Atmosphäre schädigte. Schönheitsseife voll Breitspektrum-Antibiotika. Wunderkuren aus Zink und Ginseng, die behaupteten, von Impotenz zu heilen, die Milz zu reinigen und einen ausgeglichenen Gemütszustand zu erzeugen. All dieser üble Schund war im Haus zurückgeblieben, als die Vorbesitzer bankrott gemacht hatten. Suvendras Rizome-Niederlassung weigerte sich, es zu vermarkten.

Früher oder später würden sie es der Sammelstelle für Sondermüll übergeben, einstweilen aber hatte sich in den Winkeln und Spalten eine nützliche Sippe von Geckos angesiedelt, die an Wänden und Decke auf Insekten Jagd machte. Gerade kam wieder einer mit seinen lustigen Haftzehen über die wasserfleckige Decke gelaufen. Es war der große, matronenhaft Aussehende, der gern bei der Lampenfassung saß. »Hallo, Gwyneth«, sagte Laura zu ihm und gähnte.

Sie blickte auf die Armbanduhr. Sechzehn Uhr. Sie hatte noch viel Schlaf nachzuholen, um die Anstrengungen der Eile und Sorge und den Timelag der Flugreise zu überwinden, aber sie durfte den Nachmittag nicht vertrödeln.

Sie stieg in ihre Jeans, steckte die Bluse hinein. Ihr tragbarer Datenanschluß stand auf einem kleinen Klapptisch hinter einem Flechtkorb mit Papierblumen. Irgendeine Singapurer Regierungsbehörde hatte Laura den Strauß als Begrüßungsgeschenk zustellen lassen. Es entsprach dem Brauch hierzulande. Sie hatte das Gebinde behalten, weil sie noch nie Papierblumen von der Art gesehen hatte, wie sie hier in Singapur gemacht wurden. Sie waren äußerst fein und elegant, beinahe beängstigend in ihrer Vollkommenheit. Rote Hibiskusblüten, weiße Chrysanthemen, Singapurs Nationalfarben. Schön und vollkommen und unwirklich. Sie dufteten nach Kölnisch Wasser.

Sie setzte sich, schaltete das Gerät ein und gab Daten ein. Öffnete eine Flasche Mineralwasser und goß daraus in eine drachenumgurtete Teetasse. Sie arbeitete und trank und konzentrierte sich, Die Welt um sie her verblich. Grüne Schrift in schwarzem Glas. Die innere Welt des Netzes.

PARLAMENT DER REPUBLIK SINGAPUR
Ausschuß zu Fragen der Informationspolitik
Protokoll der öffentlichen Anhörung
9. Oktober 2023

VORSITZENDER
S. P. Jeyaratnam, (Jurong), VEP

STELLVERTRETENDER VORSITZENDER
Y. H. Leong, (Moulmein), VEP

MITGLIEDER
A. bin Awang, (Bras Basah), VEP
T. B. Pang, (Queenstown), VEP
C. H. Quah, (Telok Blangah), VEP
Dr. R. Razak, (Anson), Anti-Arbeiterpartei

JEYARATNAM: Diese Anschuldigungen kann man nur als verleumderisch bezeichnen!

WEBSTER: Die Flexibilität der geltenden Gesetze gegen Verleumdung sind mir bewußt.

JEYARATNAM: Wollen Sie die Integrität unseres Rechtssystems verunglimpfen?

WEBSTER: Amnesty International hat eine Liste von achtzehn einheimischen politischen Aktivisten, die wegen des Vorwurfs der Verleumdung durch Maßnahmen Ihrer Behörden in den Bankrott getrieben oder ins Gefängnis gebracht wurden.

JEYARATNAM: Dieser Ausschuß läßt sich nicht zur Plattform regierungsfeindlicher Propaganda machen! Haben Ihre guten Freunde in Grenada Sie vor einem Parlamentsausschuß sprechen lassen?

WEBSTER: Grenada ist eine autokratische Diktatur, Herr Vorsitzender.

JEYARATNAM: In der Tat. Dies aber hat Sie und andere Amerikaner nicht daran gehindert, sich dort einzuschmeicheln. Oder uns anzugreifen, eine industrielle Demokratie mit vergleichbaren Wertvorstellungen.

WEBSTER: Ich bin keine Diplomatin der Vereinigten Staaten. Ich bin Gesellschafterin eines weltumspannenden Unternehmens. Unmittelbarer Anlaß meiner Anwesenheit hier ist Ihre Wirtschaftspolitik. Die Gesetzgebung Singapurs fördert oder gestattet zumindest industrielle Piraterie und Mißachtung des Datenschutzes. Ihre Yung Soo Chim Islamische Bank mag eine bessere Fassade scheinbarer Legalität haben, aber sie hat die Interessen meines Unternehmens ebenso geschädigt wie die United Bank of Grenada. Wenn nicht mehr. Wir wollen nicht Ihren Stolz oder Ihre Souveränität verletzen, aber wir wünschen, daß diese Politik geändert wird. Darum bin ich gekommen.

JEYARATNAM: Sie setzen unsere demokratische Regierung einem terroristischen Regime gleich.

WEBSTER: Ich setze sie nicht gleich, weil ich nicht glauben kann, daß Singapur für den bösartigen Angriff, den ich sah, verantwortlich ist. Aber die Grenadiner glauben es, weil ihnen nur zu gut bewußt ist, daß Sie und sie Rivalen in der Datenpiraterie sind, und daß Sie somit ein Motiv haben. Und was die Vergeltungsmaßnahmen angeht, so glaube ich – so *weiß* ich –, daß sie zu beinahe allem fähig sind.

JEYARATNAM: Zu allem? Wie viele Bataillone hat dieser Medizinmann?

WEBSTER: Ich kann Ihnen nur sagen, was sie mir sagten. Kurz vor meiner Abreise gab mir ein grenadinischer Kader namens Andrej Tarkowskij eine Botschaft für Sie.

(Mrs. Websters Zeugnis gelöscht)

JEYARATNAM: Ich bitte um Ruhe! Das ist offenkundige terroristische Propaganda ... Ich erteile dem Abgeordneten Pang das Wort.

PANG: Ich beantrage, daß die subversive terroristische Botschaft aus dem Protokoll gestrichen werde.

QUAH: Ich unterstütze den Antrag.

JEYARATNAM: Es ist so angeordnet.

DR. RAZAK: Herr Vorsitzender, ich möchte meinen Einspruch gegen diesen törichten Akt von Zensur zu Protokoll geben.

WEBSTER: Singapur könnte das nächste Opfer sein! Ich sah es geschehen! Verfahrensfragen werden Ihnen nicht helfen, wenn sie Minen und Brandbomben auf Ihre Stadt streuen!

JEYARATNAM: Ich bitte um Ruhe, meine Damen und Herren.

DR. RAZAK: ... eine Art Gastwirtin?

WEBSTER: Gesellschafter bei Rizome haben keine ›Jobs‹, Dr. Razak. Nur Dinge, die zu tun sind, und Leute, die sie tun.

DR. RAZAK: Meine geschätzten Kollegen von der Volkserneuerungspartei könnten das ›ineffizient‹ nennen.

WEBSTER: Nun, unsere Vorstellung von Effizienz hat mehr mit persönlicher Erfüllung als mit ... ah ... materiellem Besitz zu tun.

DR. RAZAK: Ich hörte, daß zahlreiche Beschäftigte Ihrer Unternehmen nach eigenem Belieben arbeiten.

WEBSTER: Nun, wir kümmern uns um unsere Leute. Natürlich finden viele Aktivitäten außerhalb der Geldwirtschaft statt. In einer unsichtbaren Ökonomie, die in Geld nicht quantifizierbar ist. Sie können es mit Hausarbeit vergleichen: Sie bekommen kein Geld dafür, daß Sie sie verrichten, aber so kann Ihre Familie überleben, nicht wahr? Der Umstand, daß es nicht in einer Bank liegt, bedeutet nicht, daß es nicht existiert.

DR. RAZAK: Mit anderen Worten, Sie stellen Lebensfreude über den Profit. Sie haben den herkömmlichen Begriff der ›Arbeit‹, das demütigende Gespenst ›erzwungener Produktion‹ durch aufgelockerte Strukturen ersetzt, die viel Zeit für verschiedenartigen, spielerischen Zeitvertreib lassen. Und das Motiv der Besitzgier durch ein Geflecht gesellschaftlicher Bindungen, verstärkt durch eine gewählte Machtstruktur.

WEBSTER: Ja, ich denke schon ... wenn ich Ihre Definition richtig verstanden habe.

DR. RAZAK: Wie lange wird es dauern, bis Sie die ›Arbeit‹ ganz abschaffen können?

Singha Pura bedeutete ›Löwenstadt‹. Aber auf der Insel Singapur hatte es niemals Löwen gegeben.

Der Name mußte jedoch irgendeinen Sinn ergeben. Also sagte die lokale Legende, der ›Löwe‹ sei ein Seeungeheuer gewesen.

Auf der gegenüberliegenden Tribüne des Singapurer Nationalstadions hob eine guteingeübte Menschenmenge verschiedenfarbige Karten in die Höhe, und zeigte das Ungeheuer, den Singapurer ›Merlion‹ in einem bunten Mosaik aus Kartonquadraten.

Lauter, patriotischer Applaus aus einer dichtgedrängten Menge von sechzigtausend Zuschauern.

Der Merlion hatte einen langen, schuppigen Fischkörper und den Löwenkopf des alten britischen Empires. Im Merlionpark an der Mündung des Singapurflusses gab es eine Statue davon, zehn Meter hoch, ein wirklich monströses Mischwesen.

Es schien Ost und West – so verschieden wie Katzen und Fische – bestimmt, sich niemals zu vermischen. Aber dann hatte irgendein Optimist dem Fisch einfach den Kopf abgeschlagen und den des Löwen angepappt. Und das Ergebnis war Singapur.

Inzwischen hatte es vier Millionen Einwohner und die höchsten Wolkenkratzer.

Suvendra, die neben Laura auf der unbedeckten Tribüne saß, bot ihr eine Papiertüte mit gerösteten Bananenscheiben an. Laura nahm eine Handvoll und trank Zitronenlimonade. Die fliegenden Verkäufer im Stadion verkauften die beste Schnellimbißkost, die sie je gegessen hatte.

Gegenüber entstand neue, präzise eingeübte Bewegung, und diesmal erschien ein großes, grinsendes Gesicht, grob gerastert wie schlechte Computergrafik.

»Das ist der Raumfahrer«, sagte Suvendra hilfsbereit. Sie war eine winzig kleine Malaiin Mitte der Fünfzig, das ölige blauschwarze Haar im Nacken verknotet, und mit zerbrechlich aussehenden, abstehenden Ohren. Sie trug ein gelbes Kleid, einen Tennishut und ein Rizome-Halstuch. Auf ihrer anderen Seite kaute ein fleischiger Europäer Sonnenblumenkerne und spuckte die Schalen sorgsam in einen kleinen Plastikbeutel.

»Ah, richtig.« Das also war Singapurs Astronaut, wie er aus seinem Schutzhelm grinste. Die Wiedergabe erinnerte an einen abgeschnittenen Kopf, der in einem Fernsehgerät steckte.

Ein Donnern, ein schrilles Jaulen vom Westhimmel.

Laura krümmte sich unwillkürlich. Sechs mattschwarze Kampfflugzeuge der Luftwaffe von Singapur fegten im Tiefflug über das Stadion, bösartig aussehende Geräte. Es waren Maschinen der Kunstflugstaffel ... Chromengel, oder wie sie sich nannten. Drei bliesen orangefarbene Rauchfahnen korkenzieherartig aus den Spitzen ihrer Dreiecksflügel. Die Menge sprang begeistert auf, jubelte und winkte mit ihren Programmblättern.

Die Brigaden der Jungen und Mädchen ergossen sich auf das Fußballfeld, einheitlich gekleidet in weiße Hemden und Blusen und rote Hosen und Röcke, kleine Schirmmützen auf dem Kopf. Sie stellten sich in Formationen auf und wirbelten lange, gebänderte Wimpel an Besenstielen. Präzise marschierende, tanzende, fahnenschwenkende Schulkinder, denen man aus der Entfernung nicht ansah, daß sie ein buntes Rassengemisch von Chinesen, Malaien, Indern und Tamilen waren.

»Sie sind sehr gut einexerziert, nicht?« sagte Suvendra.

»Ja.«

Am östlichen Ende des Stadions ragte eine Video-Anzeigetafel auf. Sie zeigte jetzt eine Direktübertragung der Fernsehaufnahmen vom Singapurer Rundfunkdienst. Auf dem Bildschirm erschien eine Nahaufnahme aus der Prominentenloge des Stadions. Die einheimischen Bonzen verfolgten das Schauspiel mit jenem strahlenden, gefühlvollen Ausdruck, den Politiker für die Kinder der Wähler reservieren.

Laura versuchte sie zu identifizieren. Der Mann im Leinenanzug war S. P. Jeyaratnam, Singapurs Regierungsbeauftragter für Funk und Fernsehen, ein Tamile mit buschigen Brauen und dem unbestimmt salbungsvollen Ausdruck eines der blutdürstigen Göttin Kali opfernden Mitgliedes der Thug-Raubmörderkaste. Jeyaratnam war ein ehemaliger Journalist, jetzt einer der mächtigsten Männer der Volkserneuerungspartei. Er war ein wortgewandter Mann mit einem Talent für unterschwellige Beleidigungen; Laura hatte sich ungern seinen Angriffen gestellt.

Singapurs Premierminister bemerkte die Fernsehkamera. Er schob seine goldumrandete Sonnenbrille auf die Nase und spähte über den Rand hinweg ins Objektiv. Er zwinkerte.

Die Menge wand sich vor Vergnügen.

Der Premierminister schmunzelte liebenswürdig und murmelte der Frau neben sich etwas zu. Es war eine junge chinesische Schauspielerin mit hochaufgetürmtem Haar und einem golddurchwirkten Chiton. Sie lachte mit geübtem Charisma. Der Premierminister warf eine glatte, schwarze Haarsträhne aus der Stirn. Seine kräftigen jungen Zähne blitzten.

Die Videokamera verließ die Prominenz und schwenkte zu den stiefelbekleideten Beinen einer Tambourmajorin an der Spitze einer Schar weiblicher Spielleute.

Die Kinder verließen das Stadion, begleitet von freundlichem Applaus, und zwei lange Reihen Militärpolizisten marschierten ein. Stahlhelme mit weißen Kinnriemen, weiße Gürtel, frisch gebügelte Khakiuniformen, blitzblanke Stiefel. Die Soldaten stellten sich vor den Tribünen auf und begannen mit Gewehrexerzieren.

»Kim sieht heute gut aus«, sagte Suvendra. In Singapur nannte jedermann den Premierminister beim Vornamen. Sein voller Name war Kim Swee Lok – oder Lok Kim Swee, für seine chinesischen Landsleute.

»Mmh«, sagte Laura.

Suvendra berührte Lauras Arm leicht wie ein Schmetterling. »Sie sind still heute abend. Noch müde von der Anhörung?«

»Er erinnert mich an meinen Mann«, platzte Laura heraus.

Suvendra lächelte. »Er ist ein gutaussehender Bursche, ihr Mann.«

Laura verspürte Unbehagen. Sie war ohne Pause um die Welt geflogen, und die Zeitumstellung und der Kulturschock hatten seltsame Nebenwirkungen. Irgendeine nach Grundmustern forschende Seite ihres Verstandes drohte heißzulaufen. Sie hatte in Singapur Ladenverkäufer mit den Gesichtern von Popstars gesehen, und Polizisten, die wie Präsidenten aussahen. Und Suvendra erinnerte Laura irgendwie an Grace Webster, ihre Schwiegermutter. Keine körperliche Ähnlichkeit, aber die Ausstrahlung, das Gefühl war da. Laura war mit Grace immer gut ausgekommen.

Kims publikumswirksames Auftreten erzeugte in Laura zwiespältige Empfindungen. Sein Einfluß auf diesen kleinen Stadtstaat war von einer beinahe erotischen persönlichen Intimität. Es war, als hätte Singapur ihn geheiratet. Seine Volkserneuerungspartei hatte die Opposition mit dem Wahlzettel vernichtet. Demokratisch und legal, doch war die Republik Singapur jetzt ein Einparteienstaat.

Die ganze kleine Republik mit ihrem wimmelnden Verkehr und ihrer fröhlichen, disziplinierten Bevölkerung war jetzt in den Händen eines zweiunddreißigjährigen visionären Genies. Seit er mit dreiundzwanzig als Abgeordneter ins Parlament gewählt worden war, hatte Kim Lok den öffentlichen Dienst reformiert, eine umfassende Planung zur Stadtentwicklung eingeleitet und die Streitkräfte revitalisiert. Und während er in eine Reihe allseits bekannter Liebesaffären verstrickt gewesen war, hatte er außerdem noch die Zeit aufgebracht, Studienabschlüsse in Politikwissenschaft und Ingenieurswesen zu erlangen. Sein Aufstieg zur Macht war unaufhaltsam gewesen, getragen von einer seltsamen Mischung von Drohung und jugendlichem Charme.

Die Soldaten beendeten ihre Vorführung, nahmen Haltung an und salutierten. Die Menge erhob sich zum Absingen der Nationalhymne, einem eingängigen Gassenhauer in verlangsamtem Tempo, der mit den Worten ›Zähl auf mich, Singapur‹ begann. Zehntausende von lächelnden, ordentlich gekleideten Chinesen, Malaien und Tamilen sangen sie alle auf englisch.

Die Menge nahm ihre Tribünenplätze wieder mit dem lauten, eigentümlichen Geraschel ein, das von Tonnen bewegten menschlichen Fleisches ausgeht. Sie rochen nach Sassafras und Sonnenöl und Speiseeis. Suvendra setzte das Fernglas an und richtete es auf das kugelsichere Glas der Prominententribüne. »Jetzt kommt die große Ansprache«, sagte sie zu Laura. »Er mag mit der Raumfahrt anfangen, aber enden wird er mit der Grenada-Krise. Sie sollten eine Tonaufzeichnung machen, um seine Rhetorik zu studieren.«

»Richtig.« Laura schaltete ihr kleines Kassettengerät ein.

Erwartungsvoll blickten sie zum Videoschirm.

Der Premierminister erhob sich, steckte die Sonnenbrille achtlos in die Brusttasche seines Anzugs. Er umfaßte mit beiden Händen den Rand des Rednerpults und beugte sich zum Mikrofon, das Kinn vorgereckt, die Schultern gespannt.

Eine gespannte und aufmerksame Stille ergriff Besitz von der Menge. Die Frau neben Laura, eine chinesische Matrone in Stretchhosen und einem Strohhut, drückte nervös die Knie zusammen und stieß die Hände in den Schoß. Der Mann, der Sonnenblumenkerne gemümmelt hatte, stellte den Beutel zwischen seine Füße.

Nahaufnahme. Kopf und Schultern des Premierministers ragten zehn Meter hoch auf der Video-Anzeigetafel. Eine seidenweich verstärkte Stimme, glatt und vertraulich, tönte aus dem hervorragend eingestellten Lautsprechersystem.

»Meine lieben Mitbürger«, sagte Kim.

Suvendra flüsterte hastig: »Das wird eine bedeutende Ansprache, ganz sicher!« Der Mann mit den Sonnenblumenkernen zischte tadelnd um Stille.

»In den Tagen unserer Großeltern«, begann Kim, »besuchten Amerikaner den Mond. Zu dieser Stunde umkreist noch immer eine alte Raumstation unsere Erde.

Doch hat das größte Abenteuer der Menschheit bis heute ein halbvergessenes Schattendasein gefristet. Die Mächte außerhalb unserer Grenzen sind an einem neuen Aufbruch nicht mehr interessiert. Die Globalisten haben diese Ideale erstickt. Ihre unbeholfenen, altmodischen Raketen erinnern noch an die nuklearen Gefechtsköpfe, mit denen sie einst die Welt bedrohten.

Aber meine Damen und Herren, liebe Mitbürger, heute kann ich vor Ihnen stehen und Ihnen sagen, daß die Welt nicht mit dem Weitblick Singapurs gerechnet hat!«

Begeisterter Applaus. Der Premierminister wartete lächelnd. Er hob die Hand, und Stille kehrte ein.

»Der Orbitalflug Hauptmann Yong-Joos ist die größte raumfahrttechnische Errungenschaft unserer Ära. Seine Leistung zeigt der ganzen Welt, daß unsere Republik jetzt über die fortgeschrittenste Technik auf Erden verfügt. Technik, die sauber, schnell und effizient ist – eine Frucht wissenschaftlich-technischer Durchbrüche auf den Gebieten der Supraleiter und modulationsfähigen Lasern. Neuerungen, die anderen Nationen unerreichbar zu sein scheinen – oder die sie sich nicht einmal vorstellen können.«

Ein halb mitleidiges Lächeln von Kim. Wilde Freudenschreie aus den sechzigtausend Kehlen.

»Heute richten Männer und Frauen in allen Teilen der Welt ihre Augen auf Singapur. Sie sind verwirrt von der Größe unserer Leistung – einer unleugbaren Tatsache, die Jahre globalistischer Verleumdung Lügen straft. Sie wundern sich, wie unsere Stadt von vier Millionen Seelen triumphieren konnte, wo kontinentale Nationen versagten.

Aber unser Erfolg ist kein Geheimnis. Er war bereits unserem Schicksal als Nation inhärent. Unsere Insel ist schön, aber sie kann uns nicht ernähren. Seit zwei Jahrhunderten haben wir von der Löwenstadt jede Handvoll Reis durch Klugheit und Geschick verdienen müssen.«

Ein strenges Stirnrunzeln auf dem enorm vergrößerten Gesicht. Erregte Unruhe in der Menge.

»Dieses Ringen gab uns Kraft. Bittere Notwendigkeit zwang Singapur, die Bürde der Vortrefflichkeit auf sich zu nehmen. Seit unserer Unabhängigkeit haben wir die Leistungen der entwickelten Welt eingeholt und übertroffen. Hier hat es niemals Raum für Schlamperei, Müßiggang und Korruption gegeben. Doch während wir voranschritten, haben diese Laster sich tief in den Kern der westlichen Zivilisation gefressen.«

Ein selbstzufriedenes Lächeln mit blitzenden Zähnen, beinahe höhnisch.

»Heute schläft der amerikanische Riese; seine Regierung ist auf eine Fernsehparodie reduziert. Der Sozialistische Block verfolgt noch immer seine hohlen Träume von Konsumbefriedigung. Selbst die einst mächtigen Japaner sind vorsichtig geworden und verweichlicht.

Heute gleitet die Welt unter dem schädlichen Einfluß der Wiener Konvention unaufhaltsam grauer Mittelmäßigkeit entgegen.

Aber der Flug unseres Hauptmanns Yong-Joo bezeichnet einen Wendepunkt. Heute tritt unser historisches Ringen in eine neue Phase ein, und es geht um Einsätze, die höher sind als alle, die wir bisher gewagt haben.

Fremde Reiche haben stets versucht, diese Insel zu beherrschen. Wir bekämpften die japanischen Unterdrücker in drei Jahren militärischer Besetzung. Wir schickten die britischen Imperialisten zurück in ihren europäischen Verfall. Der chinesische Kommunismus und der malaysische Verrat suchten uns zu untergraben – ohne Erfolg!

Und heute, in diesem Augenblick, speit das globalistische Mediennetz propagandistischen Geifer gegen unsere Insel aus.«

Laura fröstelte in der lauen tropischen Luft.

»Zölle werden erhöht, unsere Erzeugnisse durch Einfuhrquoten von den Märkten der westlichen Welt ferngehalten, ausländische multinationale Unternehmen verschwören sich gegen unsere bahnbrechenden Industrien. Warum? Was haben wir getan, daß wir solche Behandlung verdienen?

Die Antwort ist einfach. Wir haben sie auf ihrem eigenen Feld geschlagen. Wir sind erfolgreich gewesen, wo die Globalisten versagten!«

Seine Hand durchschnitt die Luft mit einem jähen Aufblinken goldener Manschettenknöpfe.

»Reisen Sie durch jede andere entwickelte Nation! Sie werden Trägheit, Verfall und Zynismus antreffen. Überall eine Absage an den Pioniergeist. Mit Unrat übersäte Straßen, rostzerfressene Fabriken. Männer und Frauen, die zu einem nutzlosen Leben in der Schlange der Sozialhilfeempfänger verurteilt sind. Künstler und Intellektuelle ohne Ziel und Perspektive, die sinnentleerte Spiele lustloser Entfremdung spielen. Und überall das betäubende Netz der Eine-Welt-Propaganda.

Das Regime der Einheitskultur macht vor nichts halt, um seinen Status quo zu verteidigen und auszuweiten. Die graue Einheitskultur kann der dynamischen Kraft unseres freien Wettbewerbs nicht standhalten. Also geben ihre Wortführer vor, unseren Wagemut und unseren Einfallsreichtum zu verabscheuen. Wir leben in einer Welt von Maschinenstürmern, die Milliarden für die Erhaltung von Wildnissen ausgeben, aber nichts für das höchste Streben der Menschheit.

Eingelullt von leeren Sicherheitsversprechen, legt sich die Welt außerhalb unserer Grenzen schlafen.

Das ist eine traurige Aussicht. Doch gibt es Hoffnung. Denn Singapur ist heute wach und lebendig, wie keine Gesellschaft es je zuvor gewesen ist.

Meine Mitbürger – Singapur wird sich nicht länger mit einer aufgezwungenen unbedeutenden Rolle am Rande der Welt zufriedengeben. Unsere Löwenstadt ist niemandes Hinterhof, niemandes Marionettenstaat! Wir leben in einem Zeitalter der Information, und unser Mangel an Territorium schränkt uns nicht länger ein. In einer Welt, die in mittelalterlichen Schlummer zurücksinkt, ist unser Singapur der potentielle Mittelpunkt einer Renaissance!«

Die Frau in den Stretchhosen tastete ergriffen nach der Hand ihres Ehemanns.

»Ich bin heute vor Sie hingetreten, um Ihnen zu sagen, daß ein Kampf bevorsteht – ein Ringen um die Seele der Zivilisation. Unser Singapur wird diesen Kampf führen! Und wir werden ihn gewinnen!«

Überall im Stadion sprangen Männer und Frauen auf – vielleicht Parteikader? Darauf brandete die gesamte Menge von ihren Sitzen hoch, und auch Laura und Suvendra standen auf, um nicht auffällig zu werden. Die Rufe verstummten, und das Oval des Stadions hallte vom rhythmischen Händeklatschen wider.

»Er ist gehässig«, murmelte Laura. Suvendra nickte, während sie ohne Geräusch in die Hände klatschte.

»Liebe Damen und Herren«, fuhr der Premierminister fort, und die Menge ließ sich wieder auf die Sitze nieder, »wir sind niemals ein Volk von Selbstzufriedenen gewesen. Wir haben unsere weise Tradition umfassender Wehrertüchtigung niemals aufgegeben. Heute profitieren wir von diesem langen Opfer an Zeit und

Anstrengung. Unsere kleinen, aber hervorragend ausgebildeten und modern ausgerüsteten Streitkräfte zählen heute zu den besten der modernen Welt. Unsere Gegner haben seit Jahren Drohungen ausgestoßen, aber sie wagen nicht, ihr Spiel mit der Festung Singapur zu treiben. Sie wissen recht gut, daß unsere Schnellen Eingreifverbände binnen Stunden rasche, chirurgische Vergeltung in jeden Winkel des Erdballs tragen können!

Also wird der Kampf, dem wir uns gegenübersehen, subtil sein, ohne klare Fronten. Er wird unseren Willen, unsere Unabhängigkeit und unsere Traditionen herausfordern – unser Überleben als Volk.

Die erste Prüfung ist uns bereits auferlegt worden. Ich meine die jüngste terroristische Greueltat gegen die karibische Inselnation Grenada. Die grenadinische Regierung – ich gebrauche die Bezeichnung ganz zwanglos ...«

Ein Ausbruch von Gelächter löste die Spannung.

»Grenada hat öffentlich behauptet, daß gewisse Elemente in Singapur für diesen Angriff Verantwortung trügen. Ich habe das Parlament aufgefordert, eine gründliche und öffentliche Untersuchung der Angelegenheit durchzuführen. Gegenwärtig, meine lieben Damen und Herren, kann ich mich nicht ausführlich zu dieser Angelegenheit äußern. Ich möchte der parlamentarischen Untersuchung nicht vorgreifen, noch möchte ich unsere Nachrichtenquellen gefährden. Ich kann Ihnen jedoch sagen, daß Grenadas Feinde möglicherweise Singapurs kommerzielle Leitungen benutzt haben, um die wahre Urheberschaft zu verschleiern.

Wenn sich diese Wahrscheinlichkeit zur Gewißheit verdichtet, gelobe ich heute vor Ihnen allen, daß die Verantwortlichen einen hohen Preis bezahlen werden.«

Ein Ausdruck grimmiger Aufrichtigkeit. Laura beobachtete die Zuhörer ringsum. Sie saßen auf den Kanten ihrer Sitze, blickten ernst, hingebungsvoll und opferbereit.

»Liebe Damen und Herren, wir hegen keine bösen Absichten gegen das leidende Volk von Grenada. Durch diplomatische Kanäle haben wir bereits Verbindung gesucht und in dieser Krisenzeit medizinische und technische Hilfe angeboten.

Diese Geste guten Willens ist zurückgewiesen worden. Betäubt von dem grausamen Schlag, ist die Regierung Grenadas zerfallen, und ihre Rhetorik kann kaum noch als rational bezeichnet werden. Bis die Lage sich beruhigt, müssen wir gegen Provokationen gewappnet sein. Wir müssen Geduld haben. Erinnern wir uns, daß die Grenadiner noch nie ein diszipliniertes Volk gewesen sind. Wir müssen hoffen, daß sie zur Besinnung kommen werden, sobald ihre Panik verfliegt.«

Kim ließ das Rednerpult los, das er mit weißen Knöcheln umklammert hatte, und strich sich eine Haarsträhne aus den Augen. Er wartete einen Augenblick lang und bewegte seine Finger, als juckten sie.

»Einstweilen jedoch fahren sie fort, kriegerische Drohungen auszustoßen. Grenadia hat die grundlegende Gemeinsamkeit unserer Interessen noch nicht erkannt.«

Laura merkte auf. Grenadia?

»Ein Angriff auf Grenadias Souveränität ist eine potentielle Bedrohung unserer eigenen Unabhängigkeit. Wir müssen die Möglichkeit – die Wahrscheinlichkeit – einer verdeckten Strategie in Betracht ziehen, die Grenadia und uns gegeneinander auszuspielen sucht, um uns beide zu beherrschen …«

Kim blickte zur Seite. Plötzlich standen Schweißperlen auf seiner gepuderten Stirn – auf dem riesenhaften Bildschirm waren sie groß wie Fußbälle. Sekunden verstrichen. Da und dort wurde besorgtes Gemurmel laut.

»Heute – morgen – werde ich den Ausnahmezustand ausrufen – die Ermächtigung durch das Parlament vorausgesetzt … notwendig, um unsere Bürger gegen Subversion zu schützen … gegen Angriffe der Globalisten, oder Schwarzen. Der Grenadiner. Der … der Nigger!«

Kim taumelte vom Rednerpult zurück. Er blickte wieder nach links und rechts, schwindlig, haltsuchend. Abseits der Kamera redeten besorgte Stimmen durcheinander.

»Was sagte ich?« murmelte Kim. Er zog an seinem Einstecktuch, und seine Brille fiel klappernd zu Boden. Er wischte sich Stirn und Nacken, dann ergriff ihn ein plötzlicher Krampf, er stolperte vorwärts und schlug aufs Rednerpult. Sein Gesicht lief rot an, und er schrie einen Strom zusammenhangloser Verwünschungen, Obszönitäten und Beleidigungen in die Mikrofone.

Entsetzte Schreie. Ein dumpfes Getöse, als die Menge der Sechzigtausend in Verwirrung aufstand.

Kim erschlaffte und brach hinter dem Rednerpult zusammen.

Plötzlich sprang er wieder auf, wie eine Marionette. Er öffnete den Mund.

Im nächsten Augenblick erbrach er Blut und Feuer. Bleiche Flammen schossen ihm aus Mund und Augen. Innerhalb von Sekunden schwärzte sich sein Gesicht von unmöglicher Hitze. Ein ohrenbetäubender, qualvoller Schrei gellte aus dem Lautsprecher, ein Geräusch wie von zerreißendem Blech und dem Geheul verdammter Seelen.

Sein Haar flammte auf wie eine Fackel, seine Haut wurde dunkel geröstet, kräuselte sich und platzte. Er krallte nach seinen brennenden Augen. Zugleich erfüllte ein gellendes metallisches Lärmen und Kreischen die Luft.

Zuschauer von den unteren Tribünenreihen verließen ihre Plätze, übersprangen und überkletterten die Sperren und liefen hinaus aufs Spielfeld, überrannten die weißbehelmten Polizisten, die wie Bojen in einer

Flutwelle dem Ansturm zu widerstehen suchten, aber einfach umspült wurden.

Das Geräusch dauerte an.

Jemand zog an Lauras Knie. Es war Suvendra. Sie kauerte im Fußraum vor dem Sitz auf Knien und Ellbogen und rief ihr etwas Unverständliches zu, winkte ihr dann, in Deckung zu gehen.

Laura zögerte, sah sich um, und schon war die Menge über ihr.

Sie ergoß sich wie eine Sturzflut über die Tribüne abwärts. Ellbogen, Knie, Schultern, trampelnde Füße. Eine jähe Springflut menschlicher Körper, und Laura wurde rücklings über die Sitzreihe hinabgerissen. Sie prallte auf etwas, was schwammig nachgab – einen menschlichen Körper.

Ihr Gesicht schlug auf rauhen Beton, sie lag am Boden und zwei, drei Schuhe trampelten ihr über den Rücken und trieben ihr die Luft aus den Lungen. Ohne Luft, ohne Sicht. Sterbend!

Sekunden schwarzer Panik. Dann merkte sie, daß sie instinktiv in die Deckung unter der Sitzbank kroch, die unter den Tritten ächzte und sich bog. Menschen strömten über sie hinweg, eine schier endlose, in Panik tobende und trampelnde Masse von Beinen. Ein Fuß in einer Sandale stampfte ihr auf die Finger, und sie zog hastig die Hand zurück.

Ein kleiner Junge flog, vorwärts gestoßen, über sie hinweg. Seine Schulter prallte gegen die harte Kante einer Sitzreihe, und er blieb liegen: Schatten und Hitze und der Gestank von Angst und Lärm, fallende, krabbelnde Körper …

Laura biß die Zähne zusammen und schob sich bis zur Mitte aus der Deckung. Ihr ausgestreckter Arm bekam den Jungen zu fassen und zog ihn zu sich unter die Bank. Sie schlang die Arme um ihn und drückte ihn an sich.

Er preßte sein Gesicht gegen ihre Schulter, krallte sich in seiner Angst so fest an sie, daß es schmerzte. Der Beton der Tribüne zitterte unter ihr, das Stadion erbebte unter der Lawine menschlichen Fleisches.

Plötzlich verstummte der Höllenlärm aus den Lautsprechern. Laura dröhnten die Ohren. Auf einmal konnte sie den Jungen schluchzen und wimmern hören.

Das Spielfeld war von der Menge überflutet, die Tribünen ringsum übersät mit verlorenen und weggeworfenen Habseligkeiten: Schuhen, Hüten, tropfenden Getränkepackungen. Unten an der Einzäunung wankten verletzte und benommene Gestalten wie Betrunkene. Manche knieten, schluchzend. Andere lagen ausgestreckt und rührten sich nicht.

Laura kroch langsam aus der Deckung heraus, zog den Jungen nach und setzte ihn auf ihren Schoß. Er drückte noch immer das Gesicht an ihre Schulter.

Die Streifen von Bildstörungen zuckten lautlos über die riesige Anzeigetafel. Laura atmete angestrengt und zitternd. Solange es gedauert hatte, war keine Zeit für Überlegungen gewesen, nur eine betäubende, nichtendenwollende Raserei. Der Wahnsinn war wie ein Wirbelsturm durch die Menge gegangen. Jetzt war er fort.

Es hatte ungefähr eine Minute gedauert.

Ein alter Sikh mit einem Turban auf dem Kopf hinkte vorbei. Aus seinem weißen Bart tropfte Blut.

Unten auf dem Fußballplatz wogte und quirlte die Menschenmenge langsam durcheinander. Die Polizei sammelte sich da und dort, bildete Zusammenballungen von weißen Helmen. Sie versuchte die Leute zum Niedersitzen zu bewegen. Manche gehorchten, aber die meisten scheuten zurück, dumm und widerwillig, wie Vieh.

Laura lutschte an ihren abgeschürften Fingerknöcheln und blickte verwundert umher.

Es war alles zwecklos gewesen. Vernünftige, zivilisierte Menschen waren von ihren Sitzen aufgesprungen und hatten einander in panischer Flucht zu Tode getrampelt. Aus keinem vernünftigen Grund. Nun, da es vorbei war, versuchten sie nicht einmal, das Stadion zu verlassen. Einzelne kehrten sogar zu ihren Tribünensitzen zurück, mit leeren Gesichtern, unsicheren Bewegungen – den Ausdruck von belebten Toten.

Ein Stück weiter hatte sich eine fette Frau in einem geblümten Sari vom Boden aufgerappelt und schlug mit ihrem breitkrempigen Strohhut schreiend auf ihren Mann ein.

Laura fühlte eine Berührung an der Schulter und wandte den Kopf. Suvendra setzte sich neben sie, das Fernglas in der Hand. »Haben Sie es gut überstanden?«

»Mama«, jammerte der kleine Junge. Er war ungefähr sechs, hatte eine goldene Kette mit Namensschild am Handgelenk und trug ein Sporthemd mit der aufgedruckten Büste des Sokrates.

»Ich verkroch mich, wie Sie es taten«, sagte Laura. Sie räusperte sich. »Das war klug.«

»Ich habe Ähnliches früher schon erlebt, in Djakarta«, sagte Suvendra.

»Was ist überhaupt geschehen?«

Suvendra klopfte an ihr Fernglas und zeigte zur Prominentenloge. »Ich habe Kim dort ausgemacht. Er lebt.«

»Kim? Aber … aber wir sahen ihn sterben!«

»Wir sahen einen schmutzigen Trick«, sagte Suvendra.

»Was wir sahen, war nicht möglich. Selbst Kim Swee Lok kann nicht Feuer speien und explodieren.« Sie verzog säuerlich das Gesicht. »Sie wußten, daß er heute eine Rede halten würde. Sie hatten Zeit, sich darauf vorzubereiten. Die Terroristen.«

Laura ballte die Fäuste. »Ach du lieber Gott.«

Suvendra deutete mit einem Nicken zur Anzeigetafel. »Die Behörden haben die Übertragung eingestellt.

Weil sie sabotiert worden war, vermute ich. Jemand schaltete die Leitung um und brachte einen Alptraum auf den Bildschirm. Um die Bevölkerung zu ängstigen.«

»Aber wie erklären Sie dieses unheimliche, geisteskranke Geschwätz, das Kim von sich gab ... Er sah aus, als hätte er den Verstand verloren oder stehe unter Drogen!« Laura strich dem Jungen geistesabwesend übers Haar. »Aber das muß auch manipuliert gewesen sein. Es war alles ein zurechtgemachtes Band, nicht wahr? Also ist Kim in Wahrheit gesund und munter?«

»Nein, ich sah ihn. Sie trugen ihn ... Ich fürchte, die Prominentenloge war mit einer Falle versehen, der Kim zum Opfer fiel.«

»Sie meinen, alles das geschah wirklich? Kim redete tatsächlich irre?«

»Einen Mann unter Drogen zu setzen, daß er sich lächerlich macht, und ihm dann scheinbar lebendig verbrennen zu lassen – das könnte einem Woduzauberer reizvoll erscheinen.« Suvendra stand auf und knüpfte die Bänder ihres Sonnenhutes unter dem Kinn zu einer Schleife.

»Aber Kim sagte, er wolle Frieden mit Grenada!«

»Kim zu verletzen, ist ein törichter Mißgriff. Wir hätten eine vernünftige Lösung finden können«, sagte Suvendra. »Aber schließlich sind wir keine Terroristen.« Sie öffnete die Handtasche und nahm eine Packung Zigaretten heraus.

Eine Frau in zerrissener Seidenbluse hinkte den Tribünenaufgang herauf und rief nach jemandem namens Lee.

»Sie können in der Öffentlichkeit nicht rauchen«, sagte Laura. »Das ist hier illegal.«

»Richtig.« Suvendra lächelte. »Es ist besser, wir kümmern uns um diese armen Leute hier. Ich hoffe, Sie erinnern sich Ihrer Erste Hilfe-Ausbildung.«

Laura lag auf ihrem Feldbett in der Rizome-Niederlassung und fühlte sich wie durch den Fleischwolf gedreht. Sie blickte auf ihre Uhr. Drei Uhr früh nach der Zeit von Singapur, Freitag, der 13. Oktober. Das Rechteck des Fensters leuchtete matt im bläulichen Schein der Bogenlampen über den Hafenkais der Ostlagune. Laderoboter auf dicken Reifen rollten unfehlbar durch Licht und Dunkelheit. Ein skeletthafter Kran tauchte in die Laderäume eines rumänischen Frachters und bewegte große Frachtcontainer wie Bauklötze.

Am Fuß von Lauras Feldbett flimmerte ein Fernsehgerät mit abgeschaltetem Ton. Irgendein lokaler Nachrichtenmann, ein von der Regierung anerkannter Lakai wie alle Journalisten hier in Singapur ... wie die Journalisten überall, wenn man es genau nahm. Er berichtete aus einem Krankenhaus ...

Wenn Laura die Augen schloß, konnte sie noch immer die unter zerrissenen Hemden mühsam atmenden Körper sehen und die behandschuhten, abtastenden Finger der Notärzte. Die Schreie waren am Schlimmsten gewesen, entnervender als der Anblick von Blut. Dieses nervenzermürbende Schmerzgeheul, die tierhaften Geräusche, die Menschen machten, wenn sie ihrer Würde beraubt waren ...

Elf Tote. Nur elf, ein Wunder. Bis zu diesem Tag hatte sie nie gewußt, wie zäh der menschliche Körper war, daß Fleisch und Blut wie Gummi waren, voll unerwarteter Elastizität. Frauen, kleine alte Damen, hatten zuunterst in den massiven, zappelnden Menschenhaufen gelegen und waren irgendwie lebendig wieder herausgekommen. Wie die kleine chinesische Großmutter, die ein paar gebrochene Rippen davongetragen, ihre Perücke verloren und sich bei Laura immer wieder mit entschuldigendem Nicken ihres kahlen kleinen Kopfes bedankt hatte, als ob die Panik allein ihre Schuld gewesen wäre.

Laura konnte nicht schlafen. Schrecken und Erleichterung prickelten noch immer gedämpft in ihrem Nervensystem. Wieder waren die schwarzen Wasser ihrer Alpträume in ihr Leben eingebrochen. Aber sie wurde besser darin. Diesmal hatte sie tatsächlich jemanden gerettet. Sie hatte mitten im schlimmsten Ansturm den kleinen Geoffrey Yong gerettet, der im Bezirk Buki Timah wohnte, in die erste Klasse ging und Geigenunterricht nahm. Sie hatte ihn lebendig und ganz seiner Mutter zurückgegeben.

»Ich habe selbst ein kleines Mädchen«, hatte Laura zu ihr gesagt. Und Frau Yong hatte ihr einen unvergeßlichen, erhebenden Blick grenzenloser und mystischer Dankbarkeit geschenkt. Der Edelmut des Schlachtfeldes, unter Schwester-Soldaten in der Armee der Mutterschaft.

In Georgia war jetzt Mittagszeit. Sie könnte David wieder anrufen, in seinem Rizome-Schlupfwinkel in den Bergen. Es würde ihr gut tun, seine Stimme zu hören. Sie vermißten einander sehr, aber wenigstens gab es die Telefonverbindung, die ihr einen Blick in die Außenwelt öffnete und ihr sagte, daß sie ihre Sache gut machte. Darauf kam es an, denn es nahm ihr die drückende Last von der Seele. Sie verspürte ein tiefes Bedürfnis, über das, was geschehen war, mit einer vertrauten Person zu sprechen. Und das süße kleine Krähen des Babys zu hören. Und Vorbereitungen zu treffen, diese Stadt so bald wie möglich zu verlassen und dorthin zurückzukehren, wo sie ihre Wurzeln hatte.

Sie machte Licht und wählte die Nummer auf ihrem Uhrtelefon. Nichts. Das verdammte Ding war defekt oder was. Im Gedränge beschädigt worden.

Sie setzte sich im Bett auf und probierte einige Funktionen. Ihre Verabredungstermine waren noch abrufbereit, auch die Touristeninformationen, die man ihr beim

Zoll gegeben hatte … Vielleicht war das Signal schlecht, der Empfang zu schwach, zuviel Stahl in den Wänden dieses Gebäudes. Sie hatte im Laufe der Jahre in manchen Behelfsquartieren geschlafen, aber dieses alte Geschäfts- und Lagerhaus ohne Klimaanlage und Wasseranschluß in den provisorischen Fremdenzimmern war selbst für Rizome-Verhältnisse ärmlich.

Heftige Bewegung auf dem Bildschirm. Laura blickte zum Fernseher.

Vier junge Burschen in weißer Karatekleidung – oder waren es griechische Tuniken? – waren über den Reporter hergefallen. Sie warfen ihn vor dem Krankenhaus aufs Pflaster und bearbeiteten ihn methodisch mit Fußstößen und Faustschlägen. Junge Kerle, vielleicht Studenten. Nase und Mund waren hinter gestreiften Halstüchern verborgen. Einer von ihnen wandte sich zur Kamera und machte mit der Hand hastig chinesische Schriftzeichen in die Luft, als wolle er protestieren.

Die Szene blendete aus und zurück in ein Studio, wo eine Frau mittleren Alters bestürzt ihren Monitor anstarrte.

Laura schaltete schnell den Ton ein. Die Frau im Studio griff zu einem Blatt Papier und begann chinesisch zu sprechen.

»Verdammt!« Laura schaltete auf einen anderen Kanal um.

Pressekonferenz. Ein Chinese in weißer Arztkleidung. Er hatte das unheimliche, irgendwie abstoßende Aussehen, das einigen älteren Singapurern eigentümlich schien – den reicheren. Ein pergamentenes Vampirgesicht, glatte, alterslose Haut. Zum Teil gefärbtes Haar, zum Teil operativ entfernte Runzeln, zum Teil vielleicht Affendrüsen, oder wöchentliche Blutwäsche …

»… volle Funktion, ja«, sagte Dr. Vampir. »Heutzutage können viele Menschen mit dem Tourettesyndrom ein ganz normales Leben führen.«

Murmel murmel murmel aus den Reihen der Journalisten. Diese Sache sah aufgezeichnet und redigiert aus, Laura war nicht sicher, warum. Irgendwie fehlte das Gefühl von Unmittelbarkeit.

»Nach dem Angriff hielt Miss Ting dem Premierminister die Hände«, sagte Dr. Vampir. »Dadurch kontaminierte das Übertragungsmittel auch ihre Finger. Natürlich war die Drogendosis sehr viel niedriger als jene, die der Premierminister empfing. Wir haben Miss Ting noch unter Beobachtung. Aber die Krämpfe und Zuckungen und so weiter waren in ihrem Fall nur andeutungsweise erkennbar.«

Laura war schockiert. Die arme kleine Schauspielerin. Sie hatten Kim durch etwas getroffen, das er berührt hatte und sie hatte ihn bei den Händen gehalten. Eine makabre Art von handgreiflichem Humor, den Premierminister eines Landes durch Drogen zu einem Zerrbild seiner selbst zu machen, daß er wie ein tollwütiger Pavian schäumte und schrie. Großer Gott. Laura verpaßte die nächste Frage. Murmel murmel Grenada murmel.

Stirnrunzeln, abwinkende Handbewegung. »Die Anwendung biomedizinischer Mittel im politischen Terrorismus eröffnet furchterregende Perspektiven. Sie verletzt alle ethischen Grundsätze.«

»Elender Heuchler!« rief Laura dem Fernseher zu.

Kurz darauf klopfte es leicht an ihre Tür. Laura schrak zusammen, zog ihren Schlafanzug zurecht. »Ja bitte?«

Suvendras Mann steckte die Nase durch den Türspalt, ein zierlicher kleiner Mann mit einem Haarnetz und einem Papierpyjama.

»Ich höre Sie wach«, sagte er höflich. Sein Akzent war noch schwerer verständlich als Suvendras. »An der Laderampe ist ein Bote. Er fragt nach Ihnen!«

»Oh. Ja, gut, ich gehe gleich.« Er verschwand, und

Laura fuhr in ihre blaue Hose und zog das Sporthemd über. Es war die grenadinische Arbeitshose – nun, nachdem sie sich daran gewöhnt hatte, fand sie Gefallen daran. Sie steckte die Füße in die billigen Sandalen aus geschäumten Kunststoff, die sie in Singapur für den Preis einer Packung Kaugummi gekauft hatte.

Hinaus in den Korridor, die steile Treppe unter der Stahlkonstruktion mit den staubigen, von fern bläulich erhellten Fenstern hinunter. Draußen im Hof standen Dominostapel von Frachtcontainern. Ein Laderoboter stand räderlos auf einer hydraulischen Hebebühne. Es roch nach Reis und Fett und Kaffeebohnen und Gummi.

Bei der Verladerampe stand einer von Suvendras Rizome-Leuten und sprach mit dem Boten. Sie sahen Laura kommen, und es gab ein kurzes rotes Aufglimmen in der Dunkelheit, als der Rizome-Angestellte eine Zigarette austrat.

Der Bote hatte seine Füße auf die Lenkstange seiner Rikscha gelegt, einem eleganten, gefederten Dreirad aus lackierten Bambusstangen.

Der Junge sprang mit balletthafter Leichtigkeit und Anmut von seinem Sitz. Er trug ein weißes Unterhemd und billige Papierhosen. Er mochte vielleicht siebzehn sein, ein Malaienjunge mit braunen Knopfaugen und sehnigen Armen. »Guten Abend, Madam.«

»Guten Morgen wäre passender«, sagte Laura. Sie gaben sich die Hände, und er knickte den kleinen Finger ab, so daß er in ihre Handfläche drückte. Ein geheimes Erkennungszeichen?

»Er ist faul und dumm«, sagte der Rizome-Angestellte mit eigentümlicher Betonung. Wie Suvendras übrige Leute, war auch dieser nicht aus Singapur, sondern ein Indonesier aus Djakarta. Er hieß Ali.

»Wie?« sagte Laura.

»Ich bin ungeeignet für normale Beschäftigung«, sagte der Bote bedeutsam.

»Ah, ich verstehe.« Laura ging ein Licht auf. Der Junge kam von der einheimischen Opposition.

Suvendra hatte ein wenig Solidarität mit dem Führer der Opposition zusammengekratzt. Sein Name war Razak. Wie Suvendra, war auch Razak Malaie und gehörte damit in einer zu achtzig Prozent chinesischen Stadt einer ethnischen Minderheit an. Bei den letzten Wahlen war es ihm gelungen, mit Mühe die notwendigen Stimmen für ein Parlamentsmandat zusammenzukratzen: zum Teil unter den ethnischen Minderheiten, zum Teil unter mehr oder weniger zweifelhaften Randgruppen.

Razaks politische Philosophie war abenteuerlich und opportunistisch, aber er hatte den Angriffen von Kims herrschender Partei hartnäckig widerstanden. Dadurch war er jetzt in der Lage, im Parlament für die Regierung peinliche Themen zur Sprache zu bringen und unbequeme Anträge zu stellen. Seine Interessen deckten sich in einigen Bereichen mit Rizomes, also waren sie Verbündete.

Und Razaks Anhänger nutzten dieses Bündnis weidlich aus. Zerlumpte Banden von ihnen lungerten ständig bei der Rizome-Niederlassung herum, bettelten, benutzten Telefon und Toilette und vervielfältigten mit dem firmeneigenen Kopiergerät fragwürdige Propagandaschriften und Handzettel. Morgens versammelten sie sich in einem der städtischen Parks, aßen Proteinpaste und übten in ihren zerrissenen Papierhosen Karate.

Laura schenkte dem Jungen einen verschwörerischen Blick. »Danke für den späten Besuch. Hoffentlich weiß die Partei deine Hingabe zu würdigen.«

Der Junge zuckte die Achseln. »Kein Problem, Madam. Ich bin der Beobachter für Ihre Bürgerrechte.«

Laura blickte zu Ali. »Was?«

»Er bleibt die ganze Nacht hier«, sagte Ali. »Er beobachtet für Ihre Bürgerrechte.«

»Ach so. Danke«, sagte Laura. Als ein Vorwand, sich bei der Rizome-Niederlassung herumzutreiben, schien diese Erklärung so gut geeignet wie jede andere. »Wir könnten etwas zu essen herunterschicken.«

»Ich esse nur Scop«, sagte der Junge. Er zog einen zerknitterten Umschlag aus einem verborgenen Schlitz unter seinem Rikschasitz. Parlamentarisches Briefpapier: DER EHRENWERTE DR. ROBERT RAZAK, ABGEORDNETER DES WAHLBEZIRKS ANSON.

Sie öffnete den Umschlag. Darin steckte ein Computerausdruck, der mit einer hastig hingeworfenen Begleitnotiz in roter Tinte versehen war.

Trotz unserer wohlbegründeten ideologischen Opposition unterhält unsere Partei selbstverständlich Beziehungen zur Yung Soo Chim Islamischen Bank, und dort traf um 21:50 Uhr Lokalzeit diese Nachricht für Sie ein. Wenn Antwort erforderlich ist, benutzen Sie nicht das Telefonsystem. Mit den besten Wünschen in diesen schwierigen Zeiten.

Botschaft folgt: YDOOL EQKOF UHFNH HEBSG HNDGH QNOQP LUDOO. JKEIL KIFUL FKEIP POLKS DOLFU JENHF HFGSE! IHFUE KYFEN KUBES KUVNE KNESE NHWQQ? JEUNF HFENA OBGHE BHSIF WHIBE. QHIRS QIFES BEHSE IPHES HBESA HFIEW HBEIA!

DAVID

»Es ist von David«, platzte Laura heraus. »Meinem Mann.«

»Mann«, sagte der Botenjunge. Er schien zu bedauern, daß sie einen hatte.

»Warum dies? Warum hat er nicht das Leitungsnetz benutzt?« fragte Laura.

»Die Telefone sind außer Betrieb«, sagte der Junge. »Voller Spuk.«

»Spuk?« sagte Laura. »Du meinst Spione?«

Der Junge murmelte malaiische Worte. »Er meint Dämonen«, dolmetschte Ali. »Böse Geister.«

»Machst du Witze?«

»Es gibt böse Geister«, erwiderte der Junge ruhig. »Sie verbreiten terroristische Drohungen, um Panik und Zwietracht zu säen. So steht es in der Zeitung.« Er runzelte die Stirn. »Aber nur auf englisch, Madame! Sie gebrauchen keine malaiische Sprache, obwohl Malaiisch in der Verfassung von Singapur als eine Amtssprache gilt.«

»Was sagen die Dämonen?« fragte Laura.

»›Die Feinde der Rechtschaffenen werden in schwefligem Feuer brennen‹«, zitierte der Junge, »›und der Wirbelsturm den Unterdrücker zu Boden schleudern‹. Und noch vieles in der Art. Sie nannten mich sogar beim Namen.« Er zuckte die Achseln. »Meine Mutter weinte.«

»Seine Mutter meint, er solle sich eine Arbeit suchen«, vertraute Ali ihr an.

»Die Zukunft gehört den Dummen und Faulen«, erklärte der Junge. Er machte es sich auf dem Passagiersitz seiner Fahrradrikscha bequem und legte die gekreuzten Füße auf den Sattel.

Ein Windstoß fuhr von der See herein. Laura rieb sich die Arme. Sie überlegte, ob sie dem Jungen ein Trinkgeld geben solle. Nein, dachte sie – Suvendra hatte ihr gesagt, Razaks Leute hätten eine seltsame Abneigung, Geld anzufassen. »Der Sumatra-Monsun kommt, Madame.« Er öffnete Scharniere und zog das Faltverdeck seiner Rikscha nach vorn. Der weiße Nylonstoff war rot, schwarz und gelb bemalt: ein lachender Buddha, mit Dornen gekrönt.

Im Büro der Niederlassung saß Suvendras Mann auf einer gesteppten grauen Decke unter dem wäßrigen Licht der Leuchtstoffröhren. Er hatte einen Fernseher eingeschaltet und trank Kaffee. Laura setzte sich zu ihm. »Wie soll man Schlaf finden?« sagte er. »Eine schreckliche Nacht. Ihre Botschaft, was sagt sie?«

»Was sagen Sie dazu? Sie ist von meinem Mann.«

Er las den Ausdruck. »Nicht englisch ... eine Computerchiffre.«

Draußen rollte ein Laderoboter mit einem Frachtcontainer in den Hof. Er stapelte ihn mit einem mächtigen Zischen der Hydraulik. Mr. Suvendra beachtete ihn nicht. »Sie und Ihr Mann haben eine Chiffre? Einen Code? Um die Bedeutung einer Nachricht zu verbergen?«

»Wir haben nie so etwas benutzt! Das tun vielleicht die Triaden.«

Mr. Suvendra lächelte. »Triaden, tong. Wie wir, gute Gemeinschaft.«

»Nein, ich mache mir Sorgen! Ich muß sofort David anrufen!«

»Das Fernsehen sagt, der Telefonverkehr sei zusammengebrochen. Subversive Aktionen.«

Laura dachte nach. »Ich kann ein Taxi über die Wasserstraße nehmen und von einem Telefon in Johore anrufen. Das ist malaysisches Territorium.«

»Am Morgen«, sagte Suvendra.

»Nein! David könnte verletzt sein. Erschossen! Im Sterben liegen! Oder vielleicht unser Kind ...« Schuldgefühle und Ängste brachen über sie herein. »Ich rufe sofort ein Taxi.« Sie befragte die Touristeninformation an ihrem Uhrtelefon.

»Taxis«, verkündete eine winzige blecherne Stimme. »Singapur besitzt rund zwölftausend automatische Taxis, davon achttausend mit Klimaanlage. Der Fahrpreis beträgt zwei Dollar für die ersten fünfzehnhundert Meter oder einen Teil davon ...«

»Nun mach schon!« knirschte Laura.

»... werden auf der Straße angerufen oder telefonisch über die Taxizentrale bestellt. Die Nummer ist 452-5555 ...«

»Aha.« Laura drückte die Ziffern. Nichts geschah. »Scheiße!«

»Trinken Sie eine Tasse Kaffee«, sagte Mr. Suvendra.

»Sie haben das Telefonnetz lahmgelegt!« sagte sie, aber diesmal mit echtem Schmerz. »Das Netz ist unten! Ich kann nicht an das verdammte Netz!«

Suvendra strich über seinen bleistiftdünnen Schnurrbart. »So sehr wichtig ist es? In Ihrem Amerika?«

Sie schlug sich ärgerlich aufs Handgelenk. »David sollte jetzt hier sprechen! Was ist dies nur für ein Kaff!« Kein Zugang zum Netz. Auf einmal schien sie kaum Luft zu bekommen. »Passen Sie auf, Sie müssen eine andere Leitung haben, nicht? Fernschreiber oder Telefax oder was.«

»Nein, bedaure. Hier bei Rizome-Singapur ist alles noch ein bißchen roh und unfertig. Erst kürzlich sind wir in dieses wundervolle Haus gezogen.« Mr. Suvendra wedelte mit dem Arm. »Sehr schwierig für uns. Trinken Sie Kaffee, Laura, entspannen Sie sich. Könnte sein, daß die Botschaft nichts ist. Ein Trick von der Bank.«

Laura schlug sich vor die Stirn. »Ich wettet, die Bank hat Fernschreibverbindungen in alle Welt. Klar. Geschützte Faseroptik! Selbst Wien kann sie nicht anzapfen. Und die Bank ist in der Bencoolen Street, nicht so weit von hier.«

»Ach du liebe Zeit«, sagte Suvendra. »Sehr schlechte Idee.«

»Sehen Sie, ich kenne dort Leute. Den alten Mr. Shaw und ein paar von seinen Wächtern. Sie waren meine Hausgäste. Sie schulden mir eine Gefälligkeit.«

Er hob abwehrend die Hand. »Nein, nein.«

»Sie schulden mir eine Gefälligkeit. Die dummen Teufel, wozu sind sie sonst gut? Was sollen sie schon tun, mich erschießen? Das würde im Parlament schlecht aussehen, nicht wahr? Ich fürchte sie nicht, der Teufel soll sie doch alle holen! Ich gehe sofort hin.« Laura stand auf.

»Es ist sehr spät«, sagte Mr. Suvendra.

»Es ist eine Bank, nicht wahr? In Singapur haben die Banken vierundzwanzig Stunden geöffnet.«

Er blickte zu ihr auf. »Sind sie alle wie Sie, in Texas?«

Laura furchte die Stirn. »Was soll das heißen?«

Er überging die Frage. »Sie können kein Taxi rufen«, sagte er. »Sie können nicht im Regen gehen. Sie werden sich erkälten.« Er stand auf. »Sie warten hier, ich hole meine Frau.« Er ging.

Laura verließ das Gebäude. Ali und der Botenjunge saßen zusammen unter dem Verdeck auf dem Passagiersitz der Rikscha und hielten sich bei den Händen. Hatte vielleicht nichts zu bedeuten. Andere Kultur … wahrscheinlich aber doch …

»Hallo«, sagte sie. »Hmm … ich habe vorhin deinen Namen nicht mitgekriegt.«

»Sechsunddreißig«, sagte der Junge.

»Oh … Gibt es hier in der Nähe einen Taxistand? Ich brauche eins.«

»Ein Taxi«, sagte Sechsunddreißig, als hätte er nicht verstanden.

»Zur Yung Soo Chim Bank. In der Bencoolen Street.«

Sechsunddreißig zischte durch die Zähne. Ali grub eine Zigarette aus.

»Kann ich eine haben?« fragte Laura.

Ali entzündete und gab sie ihr, grinsend. Sie paffte. Der Rauch schmeckte wie brennender Müll mit Gewürznelkenaroma. Sie fühlte ihre Geschmacksknospen unter einem Überzug krebserregenden Speichels absterben. Ali war erfreut.

»In Ordnung, Madam«, sagte Sechsunddreißig mit fatalistischem Achselzucken. »Ich bringe Sie hin.« Er stieß Ali mit dem Ellbogen vom Rücksitz, machte eine einladende Gebärde zu Laura. »Steigen Sie auf, Madam! Fangen Sie an zu treten!«

Sie trat in die Pedale und fuhr aus dem Hafen und

einen Kilometer die Trafalgar Street hinauf. Dann öffneten sich die Schleusen des Himmels, und der Regen kam in unglaublichen Sturzbächen herunter. An einer Straßenecke hielt sie an und zog einen Plastikregenmantel aus einem Verkaufsautomaten.

Angestrengt tretend, fuhr sie die Anson Road hinauf, dampfend in ihrer billigen Plastikhülle. Wasser sprühte von den Rädern, der prasselnde Regen tanzte auf Gehsteigen und Straßen und gurgelte in reißenden Strömen durch die makellosen, abfallfreien Rinnsteine.

Am Hafen gab es noch ein paar alte Gebäude aus der Kolonialzeit: weiße Säulen, Veranden und Balustraden. Doch in dem Maße, wie sie sich dem Stadtzentrum näherten, begann die Stadt in die Höhe zu schießen. Die Anson Road wurde zu einer engen Schlucht in einem Gebirge aus Stahl, Glas, Beton und Keramik.

Es war wie die Innenstadt von Houston. Aber mehr als Houston zu werden den Mut hatte. Es war ein brutaler Angriff auf jedes vernünftige Gefühl für Größenverhältnisse. Alptraumhafte Turmhäuser, deren massige Fundamente ganze Blocks einnahmen. Strebebogen und verglaste Schnellstraßen schwebten Hunderte von Metern über dem Meeresspiegel. Die Staffeln der Geschosse erhoben sich lautlos und traumartig, die Gebäude waren so gewaltig, daß sie aus der Ferne schwerelos wirkten; sie hingen wie Wolkengebirge über der Erde, die Gipfel verschwimmend im stahlgrauen Dunst.

Der Junge wies ihr den Weg von der Straße durch die automatischen Türen einer Einkaufspassage. Der kühle Luftstrom einer Klimaanlage blies auf sie herab. Sie fuhr vorüber an Textilgeschäften, Videoläden und unheimlich aussehenden ›Gesundheitsstudios‹, die Blutwäsche zu herabgesetzten Preisen anboten.

Sie fuhren etwa anderthalb Kilometer durch gekachelte Verbindungstunnels, deren Wände mit grellen, sinnverwirrenden Plakaten bepflastert waren, leere Rampen hinauf und hinunter, und einmal hielten sie vor einem Aufzug. Sechsunddreißig stellte seine Rikscha auf die Hinterräder, schob den Vorderteil zusammen und zog das Gefährt wie einen Gepäckkarren hinter sich her.

Die Einkaufspassagen lagen nahezu verlassen; gelegentlich ein Restaurant oder Café, in denen nüchterne, gepflegt aussehende Gäste unter leblos stilisierten Wandgemälden von kreisenden Möwen und Blumenarrangements schweigend ihre Salate aßen. Einmal sahen sie Polizisten, Singapurs Elite, in makellos gebügelten blauen Gurkhashorts, mit meterlangen Bambusstöcken.

Laura wußte nicht mehr, wo die Erdoberfläche war; es schien hier beinahe belanglos.

Sie kreuzten einen Fußgängerüberweg. Eine Etage unter ihnen lungerte eine Fahrradbande halbwüchsiger Chinesen mit geölten Stirnlocken, gestärkten weißen Seidenhemden und verchromten Rädern an einer Kreuzung. Sechsunddreißig, der es sich mit hochgelegten Füßen auf dem Rücksitz bequem gemacht hatte, richtete sich auf und schrie ihnen etwas zu. Die Zurufe begleitete er mit einer Anzahl geheimnisvoller Gebärden, deren letzte unverkennbar obszön waren.

Er lehnte sich wieder zurück. »Treten Sie schnell«, drängte er Laura. Die Jungen im Untergeschoß teilten sich hastig in Jagdgruppen auf.

»Lassen Sie mich treten«, sagte Sechsunddreißig. Laura warf sich keuchend auf den Rücksitz. Sechsunddreißig stand in den Pedalen, und das Dreirad sauste davon wie ein verbrühter Affe. Sie nahmen die Ecken auf zwei Rädern, überquerten den Singapur River Hunderte von Metern über dem Boden in einer verglasten Brücke, wo es Imbißstände und Münzferngläser gab. Der kleine Fluß, angeschwollen von tropischen Regenfällen, wälzte sich hoffnungslos in seinem betonierten Bett dahin. Etwas an dem Anblick deprimierte sie zutiefst.

Der Regen hatte aufgehört, als sie die Bencoolen Street erreichten. Hibiskusfarbene tropische Dämmerung berührte die höchsten Stahlgipfel des Stadtzentrums.

Die Yung Soo Chim Islamische Bank war ein eher bescheidenes Bauwerk aus den 90er Jahren, ein hochgestellter Karton aus Stahl und Spiegelglas, sechzig Stockwerke hoch.

Vor dem Eingang wartete eine hundert Meter lange Menschenschlange. Sechsunddreißig radelte daran vorbei, wich geübt den automatischen Taxis aus. »Augenblick«, murmelte Laura zu sich selbst. »Ich kenne diese Leute ...«

Sie hatte sie alle schon einmal gesehen. Auf dem Flugplatz von Grenada, kurz nach dem Angriff. Die Übereinstimmung war unheimlich. Die gleichen Leute, nur waren es Japaner, Koreaner und Südostasiaten anstelle der Yankees und Europäer und Südamerikaner. Die gleiche Mischung – schäbige Techniker, und Geschäftemacher mit leeren Geldaugen, und unseriös aussehende Finanzbetrüger in zerknitterten Leinenanzügen. Das gleiche, nervös gewordene parasitische Gelichter, das seiner unsauberen Tätigkeit gern hinter den Kulissen nachgeht und sich an der Öffentlichkeit sehr unglücklich fühlt.

Ja. Es war, als hätte die Welt in der Badewanne eine Schmutzschicht abgespült, und diese Warteschlange sei der Abfluß, voll von Seifenrückständen, Hautschuppen und Haaren.

Spülicht, treibender Unrat, der ausgesiebt und endgelagert werden mußte. Plötzlich stellte sie sich die ruhig wartende, aber nervös aussehende Warteschlange vor, wie sie an die Wand gestellt und erschossen wurde. Die Vorstellung verschaffte ihr häßliche Befriedigung.

Es war kein gutes Gefühl. Sie verlor die Selbstbeherrschung. Das Überspringen schlechter Ausstrahlung …

»Halt!« rief sie. Sie sprang aus der Rikscha und ging zielbewußt auf die Spitze der Warteschlange zu: zwei japanische Techniker. »Konnichi-wa!« Die zwei Männer sahen sie verdrießlich an. Sie lächelte. »Denwa wa doko ni arimasu ka?«

»Wenn wir ein Telefon hätten, würden wir es benutzen«, sagte der Größere der beiden. »Und Sie können Ihr schulmäßiges *nihongo* für andere aufsparen; ich bin aus Los Angeles.«

»Wirklich?« sagte Laura. »Ich bin aus Texas.«

»Texas!« Seine Augen weiteten sich. »Gott, Harvey, das ist sie! Wie heißt sie noch gleich?«

»Webster«, sagte Harvey. »Barbara Webster. Hat man Sie aus dem Wasser gezogen? Sie sehen aus wie eine ertrunkene Ratte!« Er schaute zur Rikscha hinüber und lachte. »Sind Sie mit dem Dreirad da gekommen?«

»Wie komme ich an dieser Menge vorbei und ans Netz?« fragte sie.

Los Angeles lächelte breit. »Warum sollten wir es Ihnen sagen? Sie haben uns vor dem Parlament schlecht gemacht. Stellen Sie sich hinten an, bis Ihnen die verdammten Beine brechen!«

»Ich bin nicht die Feindin der Bank«, sagte Laura. »Ich bin Integrationistin. Dachte, das hätte ich in meiner Anhörung deutlich gemacht.«

»Unsinn«, sagte Harvey. »Das können Sie jemandem erzählen, der keine Krempe am Hut hat! Seit wann gibt es in Ihrer kleinen Rizome Platz für Leute, die Fremdprogramme kopieren? Sie haben hier die Rechtschaffene gespielt, aber ich habe das Gefühl, daß man Sie in Grenada umgedreht hat! Denn ich sehe nicht, wie eine bourgeoise Mama-Papa-Demokratin sich *aus Prinzip* mit der VEP anlegen sollte.«

Sechsunddreißig hatte seine Rikscha zusammengeklappt und über den Bürgersteig gezogen. »Sie könnten höflicher zu Madam sein«, sagte er.

Los Angeles musterte den Jungen. »Sagen Sie bloß, Sie treiben sich mit diesen kleinen Scheißern herum ...« Plötzlich schrie er auf und schlug auf seinen Schenkel. »Verdammt noch mal! Da ist es wieder! Etwas hat mich gestochen!«

Sechsunddreißig lachte. Los Angeles' Antlitz umwölkte sich. Er holte aus, dem Jungen einen Stoß zu versetzen, aber Sechsunddreißig wich leichtfüßig aus. Blitzschnell zog er einen Bambusstock unter dem Passagiersitz heraus, umfaßte ihn und lächelte böse. Seine dunklen Knopfaugen glänzten wie zwei Tropfen Schmierfett.

Los Angeles wandte sich zu den Umstehenden. »Etwas hat mich gestochen!« rief er aus. »Wie eine Wespe! Und wenn es dieser Junge war, wie ich glaube, sollten wir ihm eine Abreibung geben! Und außerdem stehen wir schon die ganze Nacht hier draußen! Diese eingebildete Ziege hier glaubt, sie braucht bloß zu kommen und kann als erste hinein! Aber da hat sie sich geschnitten! Es ist diese Webster-Kanaille! Lauren Webster!«

Drohendes Gemurmel erhob sich auf seine Worte hin; die Wartenden schienen entschlossen, jedes Vordrängen zu verhindern. Sechsunddreißig spielte jetzt eher verlegen mit seinem Bambusstock.

Während Laura überlegte, was zu tun sei, kam ein Tamile dahergehinkt. Er trug einen Dhoti, den Lendenschurz des Südinders. Sein bloßes dunkles Schienbein war mit einem Verband umwickelt, und er stützte sich auf einen Spazierstock. Er blieb stehen und stieß Harvey die Gummispitze des Stockes vor die Brust. »Beruhige deinen Freund, da«, sagte er. »Benehmt euch wie zivilisierte Menschen!«

»Scheiß dich weg, Kuttenbrunzer!« sagte Harvey in eher umgänglichem Ton.

Ein automatisches Taxi hielt am Straßenrand und klappte die Tür auf.

Ein tollwütiger Hund sprang heraus.

Es war ein großer häßlicher Köter, halb Dobermann, halb Hyäne. Sein Fell war naß und schlüpfrig wie von Öl. Er warf sich mit rasendem Knurren aus dem Taxi und stürzte sich wie aus einer Kanone geschossen auf die Schlange der Wartenden.

Tobend und wild um sich schnappend, brach er in die Reihen ein. Drei Männer fielen schreiend zu Boden. Die Menge wogte entsetzt zurück.

Laura hörte die Kiefer des Hundes wie Kastagnetten schnappen. Er riß einen Fetzen Fleisch aus dem abwehrend erhobenen Unterarm eines dicken Mannes, warf sich herum, schnellte hoch und war an seinem nächsten Opfer. Wildes, geiferndes Knurren begleitete seine Angriffe. Die Menschen drängten zurück, stießen sich und fielen in panischer Flucht übereinander …

Der Hund sprang zwei Meter in die Luft, wie ein Schwertfisch am Angelhaken. Sein Fell schwelte. Flammen loderten entlang seinem Rücken, sein Körper platzte auf.

Feuer sprühte heraus.

Er explodierte mit nassem Schmatzen. Eine groteske Entladung von Dampf und Gestank, von umherspritzendem Blut und Kot und Eingeweiden. Er klatschte auf das Pflaster, augenblicklich tot, ein Klumpen brennenden Fleisches. Fäden unerklärlicher Hitze glommen darin …

Laura rannte davon.

Der Tamile holte sie mit erstaunlicher Behendigkeit ein und faßte sie bei der Hand. Die Menge floh in alle Richtungen, über die Straßen, wo Taxis kreischend anhielten und protestierend hupten … »Da hinein«, sagte der Tamile und kletterte in einen Wagen.

Im Innern war es still, klimatisiert. Der Wagen bog

bei der ersten Abzweigung nach rechts und ließ die Bank hinter sich zurück. Der Tamile ließ ihre Hand los, lehnte sich zurück und lächelte sie an.

»Danke«, sagte Laura und rieb sich das Handgelenk. »Vielen Dank, Sir.«

»Kein Problem«, sagte der Tamile. »Der Wagen wartete auf mich.« Er hielt inne, dann berührte er das verbundene Bein mit dem Stock. »Mein Bein, Sie sehen.«

Laura holte tief Atem, schauderte. Sie brauchte Zeit, die Fassung zurückzugewinnen. Der Tamile musterte sie mit interessiertem Blick. Für einen Gehbehinderten hatte er sich sehr schnell bewegt – er hatte sie im Nu eingeholt und dann zum Wagen gezogen. »Hätten Sie mich nicht festgehalten, würde ich noch immer laufen«, verriet sie ihm dankbar. »Sie sind sehr mutig.«

»Sie auch«, sagte er.

»Ich nicht, nein«, widersprach sie. Sie zitterte.

Der Tamile schien Gefallen an der Situation zu finden. Er stieß sich den Handgriff seines Spazierstocks unter das Kinn und beäugte sie listig von der Seite. »Madame, sie stritten auf der Straße mit zwei großen Datenpiraten.«

»Ja?« sagte sie überrascht. »Nun, das hat nichts zu sagen.« Nach einer verlegenen Pause fügte sie hinzu: »Jedenfalls bin ich Ihnen dankbar, daß Sie für mich Partei ergriffen haben.«

Der Tamile nickte und machte eine flüchtig abwehrende Bewegung. Dann fiel sein Blick auf etwas. »Oh, sehen Sie – dieser eklige Wodu-Zauber hat Ihren hübschen Mantel verdorben.«

An Lauras Regenmantel hafteten schleimig-blutige Flecken. Rot, dunkel glänzend. Sie keuchte angewidert und versuchte die Schultern aus dem Mantel zu befreien. Ihre Arme hinderten sie daran …

»Hier«, sagte der Tamile lächelnd, als wollte er helfen. Er hielt ihr etwas unter die Nase. Sie hörte ein Knacken.

Eine Welle von Hitze und Schwindelgefühl überkam sie, und einen Augenblick später verlor sie das Bewußtsein.

Ein stechender Geruch bohrte sich in Lauras Kopf. Ammoniak. Ihre Augen tränten. »Licht!« krächzte sie.

Die Deckenbeleuchtung verglomm zu trübem Bernstein. Sie fühlte sich alt und krank, als ob Stunden sich mit den schweren Füßen des Katzenjammers durch sie hindurchgeschleppt hätten. Sie war halb in etwas begraben – zappelte in jäher klaustrophobischer Panik …

Sie lag auf einer Art Bohnensack, gefüllt mit rundlichen Plastikkernen. Nachdem die Deckenbeleuchtung gedämpft war, bestimmte der bläuliche Schein von Fernsehgeräten die Lichtverhältnisse im Raum.

»Wieder im Land der Lebenden, Blondie?«

Laura schüttelte den Kopf. Nase und Kehle fühlten sich wie ausgebrannt. »Ich bin …« Sie nieste schmerzhaft. »Verdammt!« Sie stemmte die Ellbogen in die nachgebenden Kügelchen des Bohnensacks und richtete den Oberkörper auf.

Der Tamile saß auf einem Stuhl aus Plastik und Stahlrohr und aß eine chinesische Mahlzeit zum Mitnehmen von einem Resopaltisch. Der Duft von Ingwer und gerösteten Garnelen bewirkte, daß ihr Magen sich schmerzhaft zusammenzog. »Sind Sie es?« sagte sie endlich.

Er blickte zu ihr herab. »An wen denken Sie?«

»Sticky?«

»Ja«, sagte er mit dem kinndrehenden Kopfnicken der Tamilen. »Ich und mein rechtschaffenes Ich.«

Laura rieb sich die Augen. »Sticky, diesmal sind Sie wirklich ganz anders … Ihre Wangen sind nicht richtig, und Ihre Haut … Ihr Haar … Sie hören sich nicht mal wie sonst an.«

Er grunzte.

Sie setzte sich aufrecht. »Was, zum Teufel, haben sie mit Ihnen gemacht?«

»Geschäftsgeheimnis«, sagte Sticky.

Laura blickte umher. Der Raum war klein und dunkel und stank. Nackte Spanplattenregale waren beladen mit Videokassetten, Segeltuchsäcken, Drahtspulen, Stapeln von Polyurethangeweben, Styropornudeln und Zellulose.

Ein weiteres, an die Wand geschraubtes Regal enthielt ein Dutzend billiger chinesischer Fernsehgeräte, auf denen Singapurer Straßenszenen flimmerten. An der anderen Wand lagerten aufeinandergestapelt Dutzende von halb ausgeweideten Kartons: Farben, Frühstücksflocken, Zellstofftücher, Kernseife, dazu Kanister unbekannten Inhalts und Rollen mit Isolierband. Jemand hatte Badeanzugaufnahmen von Miss Ting in die schmutzige Kochnische geheftet.

Es war heiß. »Wo sind wir?«

»Fragen Sie nicht«, sagte Sticky.

»Dies ist aber Singapur, nicht?« Sie blickte auf ihr bloßes Handgelenk. »Wie spät ist es?«

Sticky hielt das zerschmetterte Wrack ihrer Telefonuhr hoch. »Tut mir leid. Konnte dem Ding nicht trauen.« Er zeigte über den Tisch. »Setzen Sie sich, Memsahib!« Er grinste müde. »Ihnen traue ich.«

Laura stand auf und tappte zum zweiten Stuhl. Sie stützte sich auf den Tisch. »Wissen Sie was? Ich bin verdammt froh, Sie zu sehen. Ich weiß nicht, warum, aber es ist so.«

Sticky schob ihr die Reste seiner Mahlzeit zu. »Da, essen Sie. Sie waren eine Weile weggetreten.« Er wischte seine Plastikgabel an einer Papierserviette ab und gab sie ihr.

»Danke. Gibt es in diesem Depot eine Toilette?«

Er nickte. »Da drüben. Haben Sie bei der Bank einen Stich gefühlt? Sie sollten Ihre Beine da drin nach Nadellöchern untersuchen.«

Das Bad hatte die Größe einer Telefonzelle. Sie hatte

sich während ihrer Bewußtlosigkeit naß gemacht – glücklicherweise nicht sehr, und die Flecken waren an ihrer weiten grenadinischen Arbeitshose nicht zu sehen. Sie säuberte sich, so gut es ging, und kam zurück. »Keine Nadellöcher, Hauptmann.«

»Gut«, sagte er. »Bin froh, daß ich Ihnen nicht eine von diesen bulgarischen Schrotkugeln aus dem Hintern graben muß. Was wollten Sie überhaupt bei diesen Leuten vor der Bank?«

»David anrufen«, sagte sie, »nachdem Sie das Telefonnetz sabotiert hatten.«

Sticky lachte. »Warum haben Sie nicht soviel Verstand, daß Sie bei Ihrem Bwana bleiben? Er ist nicht so dumm, wie er aussieht – hat jedenfalls genug Verstand, nicht hier zu sein.«

»Was tun *Sie* hier?«

»Ich amüsiere mich köstlich«, sagte er. »Das letzte Mal, vielleicht.« Er rieb sich die Nase – sie hatten auch etwas mit seinen Nasenlöchern gemacht: Sie waren schmaler. »Zehn Jahre wurde ich für so etwas ausgebildet. Aber nun bin ich hier und tue es, und es ist …«

Der Faden schien ihm zu entgleiten, und er zuckte die Achseln. »Ich sah Ihre Parlamentsanhörung. Einen Teil davon. Zu spät, aber wenigstens erzählen Sie ihnen das gleiche Zeug, das Sie uns erzählten. Das gleiche in Galveston, in Grenada und hier – für Sie ist es überall das gleiche, was?«

»Richtig, Hauptmann.«

»Das ist gut«, sagte er unbestimmt. »Wissen Sie, in Kriegszeiten … meistens tut man nichts. Man hat Zeit, nachzudenken … Wie unten bei der Bank. Wir wußten, daß diese verdammten Blutsauger dorthin laufen würden, wenn die Telefonleitungen gestört wären, und wir wußten, daß sie genau wie diese Blutsauger sind, die wir haben, aber sie dann dort zu *sehen* … es so geschehen zu sehen, so berechenbar …«

»Wie Uhrwerkspielzeug«, sagte Laura. »Wie Käfer … als ob sie überhaupt nicht zählten.«

Er sah sie überrascht an. Sie war selbst überrascht. Es war leicht, so zu reden, wenn sie zusammen mit ihm im Halbdunkel saß. »Ja«, meinte er. »Wie Spielzeug. Wie kleine Uhrwerkmännchen zum Aufziehen, die so tun, als ob sie Seelen hätten … Es ist eine aufgezogene Stadt, dieses Singapur. Voll von Lügen und Geschwätz und Bluff, und die Registrierkassen klingeln rund um die Uhr. Es ist Babylon. Wenn es je ein Babylon gab, ist es hier.«

»Ich dachte, *wir* seien Babylon«, sagte Laura. »Das Netz, meine ich.«

Sticky schüttelte den Kopf. »Diese Leute sind mehr wie Sie, als Sie es je waren.«

»Oh«, sagte Laura. »Danke.«

»Sie würden nicht tun, was die mit Grenada gemacht haben«, sagte er.

»Nein. Aber ich glaube nicht, daß sie es waren, Sticky.«

»Vielleicht nicht«, erwiderte er, »aber es ist mir gleich. Ich hasse sie für das, was sie sind, für das, was sie sein wollen. Für das, was sie aus der Welt machen wollen. Sie können ein Land mit Spielzeug niederbrennen, wenn Sie wissen, wie. Es sollte nicht wahr sein, ist es aber. Sie können einem Volk Herz und Seele herausreißen. Wir wissen das in Grenada so gut wie sie es hier wissen. Wir wissen es besser.«

Er machte eine Pause. »All dieses Gerede von der Bewegung, das Ihrem David so gefiel, die Ausbildung von Kadern, die Sicherung der Ernährungsgrundlage … Wenn der Krieg kommt, ist es weg. Wie fortgeblasen. In diesem Irrenhaus unter Fedons Festung gehen sie einander alle auf die Nerven. Ich weiß, daß ich meine Befehle von diesem Scheißer Castleman bekomme. Von diesem fetten Hacker, der überhaupt kein richtiges Leben hat – nur einen *Bildschirm*. Jetzt gibt es nur noch Prinzipien. Taktik und Strategie. Jemand hat dies oder das zu tun, ganz gleich, wo oder wer, nur um zu beweisen, daß es möglich ist ...«

Er beugte sich auf dem Stuhl vor und rieb sich das nackte Bein. Der Verband war jetzt fort, aber sein Schienbein ließ noch Spuren erkennen. »Dieses Ding wurde in Fedons Festung geplant«, sagte er. »Dieses Dämonen-Ding. Dieses Demonstrationsprojekt. Seit zwanzig Jahren arbeiten sie dort an solchen Dingen, Laura, sie haben eine Technik entwickelt wie ... wie ... sie ist *nicht menschlich*. Ich wußte nichts davon, niemand wußte davon. Ich kann mit dieser Stadt Dinge anstellen – ich, noch ein paar eingeschmuggelte Kameraden, nicht viele –, die Sie sich nicht vorstellen können.«

»Wodu«, sagte Laura.

»Richtig. Mit der Technik, die sie uns gaben, kann ich Dinge anstellen, die Sie nicht von Zauberei unterscheiden können.«

»Was für Befehle haben Sie?«

Er stand plötzlich auf. »Sie kommen darin nicht vor.« Er ging in die Kochnische und öffnete den rostfleckigen Kühlschrank.

Auf dem Tisch lag ein Buch, ein dicker Loseblattband. Kein Rückentext, kein fester Einband. Laura schlug das Buch auf. Alle Seiten stammten aus einer Kopiermaschine. Der Titel lautete: *Die Lawrence-Doktrin und postindustrieller Aufstand*, von Oberst Jonathan Gresham.

»Wer ist Jonathan Gresham?« fragte sie.

»Er ist ein Genie«, sagte Sticky. Er kam mit einem Karton Joghurt zurück an den Tisch. »Es ist keine Lektüre für Sie. Schauen Sie nicht einmal hin. Wenn Wien wüßte, daß Sie dieses Buch in der Hand hatten, würden Sie nie wieder das Tageslicht erblicken.«

Sie legte es sorgsam zurück. »Es ist bloß ein Buch.«

Sticky lachte gellend auf. Er begann Joghurt in den Mund zu schaufeln, mit dem zusammengekniffenen Ausdruck eines kleinen Jungen, der Medizin löffelt. »Haben Sie in letzter Zeit Carlotta gesehen?«

»Zuletzt auf dem Flughafen in Grenada.«

»Werden Sie von hier abreisen? Nach Hause gehen?«

»Ich möchte es natürlich gern. Offiziell ist meine Anhörung vor dem Parlamentsausschuß noch nicht abgeschlossen. Außerdem möchte ich ihre Entscheidung über die Informationspolitik wissen ...«

Er schüttelte den Kopf. »Wir werden es Singapur besorgen.«

»Nein, das werden Sie nicht«, sagte sie. »Egal was Sie tun können, Sie werden die Datenhaie nur in irgendwelche Verstecke treiben. Ich möchte sie ans Tageslicht ziehen – alles ans Licht bringen. Wo jeder sich offen und ehrlich damit auseinandersetzen kann.«

Sticky sagte nichts. Er atmete plötzlich schwer, sein Gesicht sah grünlich aus. Dann rülpste er und öffnete die Augen. »Sie und Ihre Leute – Sie wohnen am Hafen, im Bezirk Anson.«

»Richtig.«

»Wo dieser Anti-Labour-Trottel, Rashak ...«

»Dr. Razak, ja, das ist sein Wahlbezirk.«

»Gut«, sagte er. »Wir können Razaks Leute in Ruhe lassen. Soll er diese Stadt regieren – wenn etwas von ihr übrig bleibt. Bleiben Sie dort, und Sie werden sicher sein. Verstanden?«

Laura dachte darüber nach. »Was wollen Sie von mir?«

»Nichts. Gehen Sie nach Hause – wenn man Sie läßt.«

Es blieb eine Weile still zwischen Ihnen. »Wollen Sie das essen, oder was?« sagte Sticky endlich. Laura bemerkte, daß sie die Plastikgabel genommen und zwischen den Fingern gebogen hatte, hin und her, als wäre sie an ihrer Hand festgeklebt.

Sie legte sie aus der Hand. »Was ist ›bulgarischer Schrott‹, Sticky?«

»Schrot«, antwortete Sticky. »Der alte bulgarische KGB gebrauchte ihn vor langer Zeit. Winzig kleine Stahlkugeln, mit Löchern durchbohrt und mit Wachs verschlossen. Stecken sie unter der Haut, schmilzt das Wachs in der Körperwärme, und das darin enthaltene Gift kann heraus. Meistens Ricin, ein gutes starkes Gift … Aber nicht, was wir gebrauchen.«

»Was gebrauchen Sie?«

»Karbol. Warten Sie.« Er verließ den Tisch, öffnete einen Küchenschrank und zog einen verschlossenen Beutel heraus. Diesem entnahm er eine flache schwarze Kunststoffpatrone. »Hier.«

Sie drehte das Ding zwischen den Fingern. »Was ist das? Ein Schreibband?«

»Wir verdrahten sie mit den Taxis«, sagte Sticky. »In dieser Patrone ist ein starker Federmechanismus, dazu zwanzig, dreißig Schrotkugeln mit Karbol. Wenn das Taxi auf der Straße einen Mann sieht, entlädt sich die Waffe manchmal. Ein automatisches Taxi ist leicht zu stehlen und dafür herzurichten. Die Taxis vor dieser Bank waren alle mit dem Spielzeug präpariert. Karbol wirkt aufs Gehirn, erzeugt Schrecken, Terror. Das Gift wird langsam freigesetzt, die Wirkung hält Tage und Tage an! Warum sich abmühen, um irgendeinem Dummkopf zu terrorisieren, wenn man es auch einfach haben kann, elegant und ohne Aufhebens?«

Sticky lachte. Er kam allmählich in Fahrt. »Dieser schlitzäugige Yankee in der Schlange, der mit Ihnen redete, wird sich jetzt in seinem Bett herumwerfen und schwitzen und schlimme Träume haben. Ich hätte ihn genauso leicht töten können, mit Gift. Er könnte jetzt tot sein, aber warum das Fleisch töten, wenn ich die Seele fassen kann? Allen, die jetzt um ihn sind, wird er Furcht und Schrecken einflößen, er wird mit seinen Worten

Furcht und Schrecken verbreiten, so sicher wie verbranntes Fleisch stinkt.«

»Sie sollten mir das nicht sagen«, sagte Laura.

»Weil Sie hingehen und es der Regierung erzählen müssen, nicht wahr?« Sticky lachte wieder. »Tun Sie mir den Gefallen, machen Sie nur! In Singapur gibt es zwölftausend Taxis, und nachdem Sie es erzählt haben, werden sie jedes einzelne untersuchen müssen! Zuviel Arbeit, ihr Transportsystem zu ruinieren, wenn wir sie dazu bringen können, daß ihre Polizisten es für uns tun! Und vergessen Sie nicht zu sagen, daß wir auch ihre Magnetzüge präpariert haben. Und wir haben noch eine ganze Menge von diesen kleinen Dingern übrig.«

Sie legte die Patrone auf den Tisch zurück. Vorsichtig, als wäre sie aus hauchdünnem Glas.

»Inzwischen wissen sie, daß ihr Häuptling, dieser Kim, seine Finger in etwas gesteckt hat, wo er sie besser herausgehalten hätte.« Er zeigte zu den Kanistern. »Sehen Sie die Kanister?« Er lachte. »Abendhandschuhe werden in Singapur wieder modern! Regenmäntel und Atemmasken sind auch angezeigt!«

»Das ist genug!«

Er schlug mit der Faust auf den Tisch. »Schreien Sie mich nicht an! Wollen Sie nichts über die Büroklammer-Minen hören? Wie billig sie sind, wie leicht sie einem den Fuß abreißen können?«

»Ich schreie nicht!«

Er sprang auf, stieß seinen Stuhl zurück. »Fangen Sie nicht an zu heulen! Sparen Sie sich das für den Tag auf, wenn man mich hier tot herausholt!«

»Hören Sie auf!«

»Ich bin der Teufel in der Kathedrale! Überall bunte Glasfenster, aber ich mit einem Blitz unter jeder Fingerspitze! Ich bin das springende Rasiermesser, die Stimme der Zerstörung, sie werden jeden Inder in dieser Stadt einsperren müssen, wenn sie mich fangen wollen, und was wird dann aus ihrer beschissenen multikulturellen Gesellschaft und ihrer Gerechtigkeit? Ich werde das Chaos über sie ausgießen. Nicht ein Stein soll auf dem anderen bleiben! Kein Brett soll stehenbleiben, kein Glassplitter, der nicht bis auf den Knochen schneidet!« Er tanzte im Raum herum, schwenkte die Arme, trat mit den Füßen auf Abfall. »Ja, Feuer! Donner! Ich kann es tun, Mädchen! Es ist leicht! So leicht ...«

»Nein! Niemand muß sterben!«

»Es ist groß! Und prachtvoll! Ein großes Abenteuer! Es ist ruhmreich! Die Macht in sich zu haben, und ihr freien Lauf zu lassen, das ist eines Kriegers Leben! Das ist es, was ich hier und jetzt habe, und es ist alles wert, alles!«

»Nein, ist es nicht!« schrie sie ihn an. »Es ist verrückt! Nichts ist leicht, Sie müssen es durchdenken ...«

Er verschwand vor ihren Augen. Es war schnell, und einfach. Er sprang seitwärts und wand sich dabei, als hätte er sich eingefettet, um besser durch ein Loch in der Wirklichkeit zu schlüpfen. Und dann war er fort.

Sie sprang von ihrem Stuhl auf. Ihre Knie fühlten sich weich an, zitterten. Sie sah sich um. Stille. Staub setzte sich, der feuchte, warme Geruch von all dem gestapelten Zeug. Sie war allein.

»Sticky?« sagte sie. Die Worte fielen in Leere. »Kommen Sie zurück, sprechen Sie zu mir.«

Ein Rascheln menschlicher Gegenwart. Hinter ihr, in ihrem Rücken. Sie wandte sich um, und da stand er. »Sie sind ein albernes Mädchen«, sagte er. »Jemandes *Mutter*.« Er schnippte ihr mit den Fingern unter der Nase.

Sie versuchte ihn wegzustoßen. Mit der Schnelligkeit eines Peitschenschlages packte er sie beim Hals. »Nur zu«, grunzte er. »Atmen Sie!«

8. Kapitel

Laura überblickte die Stadt vom Dach der Rizome-Niederlassung. Ihr Haar flatterte im Monsunwind. Das Netz war zerrissen. Der Telefonverkehr war zusammengebrochen, das Fernsehen bis auf einen Notstandskanal der Regierung eingestellt. Laura spürte die Stille lebloser Elektrizität in den Knochen.

Das Personal der Rizome-Niederlassung, ein knappes Dutzend Männer und Frauen, war auf dem Dach versammelt und löffelte ein Frühstück aus Seetang und Kaschi. Laura rieb sich nervös das leere Handgelenk. Drei Stockwerke unter ihr übte eine Gruppe junger Anti-Labour-Anhänger ihr morgendliches Tai Chi Chuan. Weiche, matte, hypnotische Bewegungen. Niemand leitete sie an, aber sie bewegten sich in völliger Übereinstimmung.

Sie hatten die Straße durch eine Barrikade gesperrt, ihre Bambusrikschas mit gestohlenen Säcken Zement, Kaffeebohnen und Gummi beladen und ineinander geschoben. Es war ihre Art, gegen die Ausgangssperre zu protestieren, die mit der unerwarteten und drakonisch durchgesetzten Verhängung des Kriegsrechtes von der Regierung angeordnet worden war. Sie lag wie eine bleierne Decke über Singapur. Die Straßen gehörten jetzt der Armee. Und auch der Himmel … Gewaltig aufgetürmte Monsunwolken über dem morgendlichen Südchinesischen Meer, ein schimmernder tropischer Glanz wie gebauschte graue und weiße Seide. Vor dem Wolkenhimmel die insektenhaften Schattenrisse von Polizeihubschraubern.

Zuerst hatte die Opposition erklärt, daß sie sich bei

ihrem Widerstand gegen die Suspendierung der Bürgerrechte auf gewaltfreie Proteste beschränken wolle, doch hatte sich schon bald gezeigt, daß ihre Führung die Masse der Anhänger nicht in der Hand hatte. In der Nacht des Vierzehnten waren Trupps von Randalierern und Plünderern in Kaufhäuser und Bürogebäude eingedrungen, hatten Schaufensterscheiben eingeschlagen und Straßensperren errichtet. Inzwischen hatte sich der Aufruhr wie ein Flächenbrand ausgeweitet, und jetzt schwärmten die Rebellen durch die Rizome-Niederlassung und eigneten sich an, was sie für nützlich hielten ...

Hunderte von ihnen durchstreiften plündernd und verwüstend die Hafenfront, schlangenäugige junge Radikale in blutroten Stirnbändern und zerknitterten Papierkleidern, Operationsmasken vor Mund und Nase, um ihre Identitäten vor den Videokameras der Polizei zu verbergen: Wenn Gruppen einander an Straßenecken begegneten, gab es jedesmal ein rituelles Händeschütteln. Einige von ihnen hatten Funksprechgeräte.

Das Hafengebiet war einer ihrer Hauptsammelplätze. Wahrscheinlich steckte eine Art Einsatzplan dahinter, denn der Bezirk war schon lange das Bollwerk der Opposition, ihr natürlicher Nährboden.

Infolge der gegen Singapur gerichteten internationalen Handelsbeschränkungen litten Schiffahrt und Schiffbau seit Jahren unter einer schleichenden Krise. Die mächtige Hafenarbeitergewerkschaft hatte mit wachsender Erbitterung gegen die Herrschaft der Volkserneuerungspartei protestiert, bis die Regierung sie durch eine gezielte Investition in Industrieroboter entmachtet hatte.

Durch das Handelsembargo aber waren selbst die Verladeroboter einen großen Teil der Zeit untätig. So war es Rizome ohne größere Schwierigkeiten gelungen, im Schiffahrtsgeschäft Fuß zu fassen: Obwohl sie gewußt hatte, daß Rizomes Absichten auf ihre politische Destabilisierung abzielten, hatte die Regierung von Singapur sich die Chance, das Embargo auf diesem Weg zu unterlaufen, nicht entgehen lassen.

Der Angriff der Regierung auf die Gewerkschaft war, wie die meisten ihrer Aktionen, scharfsinnig, weitblickend und von rücksichtsloser Konsequenz gewesen, hatte aber nicht ganz die erwartete Wirkung gehabt. Die oppositionelle Gewerkschaft war nicht zerbrochen, sondern hatte unter dem Druck ihrer Basis eine veränderte Form und neue Strategien angenommen. Sie hatte auf die Forderung nach Schaffung neuer Arbeitsplätze verzichtet und eine Kampagne umfassender Arbeitsverweigerung eingeleitet.

Laura sah nur wenige Frauen und ältere Männer auf den Straßen unten; die meisten verkörperten den klassischen Typ des jungen Unruhestifters. Sie hatte einmal irgendwo gelesen, daß neunzig Prozent aller Gewaltakte, Plünderungen und aufrührerischen Handlung von jungen Burschen zwischen fünfzehn und fünfundzwanzig verübt wurden. Sie beschmierten Wände und Straßen mit wunderlichen Wahlsprüchen: SPIEL STAU ARBEIT … PROLETARIER ALLER LÄNDER, ENTSPANNT EUCH!

Razaks Anhänger, die Bäuche gefüllt mit billigem bakteriellen Futter. Seit Jahren hatten sie beinahe von nichts gelebt, in leerstehenden Lagerhäusern übernachtet und aus öffentlichen Brunnen getrunken. Die Politik und das Gemeinschaftserlebnis füllten ihre Tage, eine primitive Verweigerungsideologie, die als Druckmittel nur wirksam werden konnte, wenn sich weite Kreise der arbeitenden Bevölkerung ihr anschlossen.

Wie die meisten Singapurer, hielten sie große Stücke auf körperliche Ertüchtigung. Tag für Tag versammelten sie sich zu gesunden körperlichen Übungen, bei denen es sich in ihrem Fall freilich um Formen des waffenlosen Kampfes handelte, einen sehr billigen Sport, der keiner Ausstattung als des menschlichen Körpers bedurfte.

Man konnte sie auf der Straße schon an ihrem Gang erkennen: Den Kopf erhoben, in den Augen das glasige Selbstbewußtsein von Karatejüngern, die erfüllt sind von der Überzeugung, daß sie mit den bloßen Händen anderen die Knochen brechen können. Sie waren parasitisch und stolz, nahmen jede soziale Vergünstigung in Anspruch, die das System bot, zeigten jedoch keine Spur von Dankbarkeit. Da es kein Gesetz gab, das zur Arbeit zwang, konnte man ihnen das Nichtstun nicht verwehren, auch wenn es gegen alle Grundsätze industrieller Arbeitsethik verstieß.

Laura verließ die Brüstung. Mr. Suvendra hatte eine Kleiderbügelantenne für seinen batteriebetriebenen Fernseher improvisiert, und sie bemühten sich, eine Sendung aus Johore aufzufangen. Endlich kam ein flimmerndes Bild zustande, und alle drängten sich vor dem Gerät. Laura geriet zwischen Ali und Suvendras jugendliche Nichte, Dervit.

Nachrichten aus Singapur. Es wurde malayisch gesprochen, und das Bild war verschwommen und kratzig, sei es, daß die provisorische Antenne fehlerhaft war, sei es, daß der Empfang durch Singapur gestört wurde.

»Invasionsgerede«, dolmetschte Suvendra. »Die der Wiener Konvention angeschlossenen Staaten verurteilen den Ausnahmezustand; sie nennen ihn einen Staatsstreich.«

Eine junge Nachrichtensprecherin in einem moslemischen Tschador aus Chiffon führte eine Landkarte der malayischen Halbinsel vor. Bedrohlich aussehende Wetterfronten veranschaulichten die potentielle Reichweite der Flugzeuge und Schiffe Singapurs.

»Die Unterzeichner der Wiener Konvention werden

sich nie darauf einigen, gegen diese Streitmacht Krieg zu führen.«

»Die Luftwaffe von Singapur hat ein paar Staffeln nach Nauru entsandt, um die Startanlagen zu schützen!«

»Die Bewohner dieser verarmten kleinen Pazifikinsel müssen den Tag, als sie das Stützpunktabkommen mit Singapur schlossen, inzwischen bitter bereuen!«

Trotz der schlechten Nachrichten munterte das Fernsehen alle auf. Das Gefühl, wieder mit dem Netz in Verbindung zu sein, erzeugte ein neues Gemeinschaftsgefühl. Schulter an Schulter vor dem Fernseher zusammengedrängt, bildeten sie beinahe eine eigene Rizome-Ausschußversammlung. Auch Suvendra spürte es – sie blickte mit ihrem ersten Lächeln seit Stunden auf.

Laura blieb still im Hintergrund. Die anderen hatten ihr übelgenommen, daß sie früher verschwunden war, ohne sie zu verständigen. Sie war fortgelaufen, um mit David Verbindung zu bekommen, und war erst viel später bewußtlos in einem Taxi zurückgekehrt. Sie hatte ihnen von der Begegnung mit Sticky berichtet und vorgeschlagen, die Regierung zu informieren – aber die Regierung hatte bereits über die Neuigkeiten verfügt. Die Abschußgeräte für vergifteten Schrot, die Minen, der unsichtbare Lack, dessen Berührung Geistesgestörtheit hervorrief, hatten dem amtierenden Premierminister Jeyaratnam zur Rechtfertigung der Verhängung des Kriegsrechtes gedient. Er hatte die Bevölkerung über den Regierungskanal gewarnt und sie in ihren Häusern eingesperrt.

Im Anschluß an die Nachrichtensendung klatschte Suvendra in die Hände, und während ein junges Mädchen vor dem Fernseher blieb, um die weitere Entwicklung zu verfolgen, ergriffen die anderen sich bei den Händen und sangen die Rizome-Hymne auf malayisch. In der bedrohlichen Stille, die über der Stadt lag, vermittelten ihnen die im gemeinsamen Gesang erhobenen Stimmen ein gutes Gefühl. Es ließ Laura fast vergessen, daß die Beschäftigten der Rizome-Niederlassung jetzt Flüchtlinge waren, die sich auf das Dach ihres eigenen Hauses gerettet hatten.

»Ich bin der Meinung«, sagte Suvendra, »daß wir getan haben, was wir können. Die Regierung hat das Kriegsrecht verhängt, und wir müssen mit gewalttätigen Auseinandersetzungen rechnen. Möchte jemand von uns gegen die Regierung kämpfen? Ich bitte um Handzeichen.«

Niemand stimmte für Gewalt. Sie hatten bereits mit den Füßen abgestimmt, indem sie aufs Dach geflüchtet waren.

»Könnten wir nicht die Stadt verlassen?« fragte Ali.

»Auf dem Seeweg?« fügte Dervit hinzu.

Sie blickten über den Hafen hinaus: Die vor Anker liegenden Frachter, die stillgelegten Kräne und Laderoboter, deren Steuerzentrale von den Rebellen der Opposition besetzt war. Draußen auf See waren die rasch dahingleitenden Gischtfahnen patrouillierender Tragflügelboote der Marine zu sehen.

»Das ist nicht Grenada. Sie lassen niemanden hinaus«, sagte Mr. Suvendra. »Sie würden auf uns schießen.«

»Das meine ich auch«, sagte seine Frau. »Aber wir könnten unsere Festnahme verlangen. Durch die Regierung.«

Die anderen schauten mißmutig drein.

»Hier sind wir Radikale«, sagte Suvendra. »Wir sind wirtschaftliche Demokraten unter einer autoritären Regierung. Wir verlangen eine Reform des Systems, aber die Chance ist vorläufig vertan. Also ist das Gefängnis der geeignete Ort für uns in Singapur.«

Lange, nachdenkliche Stille. Von der See rollte dumpf Monsundonner herüber.

»Die Idee gefällt mir«, sagte Laura.

Ali zog an seiner Unterlippe. »Im Gefängnis sind wir sicher vor Wodu-Terroristen.«

»Außerdem ist die Gefahr geringer, daß die Armee uns aus Versehen totschießt.«

»Wir müssen für uns entscheiden. Wir können nicht Atlanta fragen«, sagte Suvendra.

Eine Diskussion kam in Gang. »Aber vom Gefängnis aus können wir nichts bewirken.«

»Doch, wir können. Die Regierung in Verlegenheit bringen! Das Kriegsrecht kann nicht von Dauer sein.«

»Hier sind wir sowieso zur Untätigkeit verdammt.«

Von den Straßen drangen Schreie herauf. »Ich gehe nachsehen«, sagte Laura und stand auf.

Sie ging über das heiße Flachdach zur Brüstung. Jetzt ertönte eine Polizeisirene, und einen Augenblick lang konnte sie den Wagen zwei Blocks entfernt sehen: einen rotweißen Streifenwagen, der vorsichtig eine verlassene Kreuzung überfuhr. Er hielt vor einer primitiven Straßenbarrikade.

Ali kam zu ihr. »Wir haben abgestimmt«, sagte er. »Die Mehrheit ist für Gefängnis.«

»Gut.«

Ali beobachtete den Streifenwagen, lauschte seiner Lautsprecherdurchsage. »Es ist Mr. Bin Awang«, sagte er. »Der malayische Abgeordnete von Bras Basah.«

»Ach ja«, sagte Laura. »Ich erinnere mich an ihn von der Anhörung.«

»Kapitulationsaufforderung. Geht friedlich nach Hause zu euren Familien, sagt er.«

Rebellen kamen aus den Durchfahrten und Hauseingängen. Sie schlenderten auf den Streifenwagen zu, lässig, furchtlos. Laura sah, wie sie dem Fahrer hinter dem kugelsicheren Glas mit Gesten bedeuteten, er solle umkehren und wegfahren. Befreites Territorium, für Polizisten verboten …

Der auf das Dach montierte Lautsprecher wiederholte die Aufforderung.

Einer der Burschen begann eine Losung auf die Kühlerhaube zu sprühen. Der Streifenwagen antwortete mit zornigem Sirenengejaul und begann sich zurückzuziehen.

Auf einmal zogen die Rebellen Waffen hervor, schwere Macheten, die sie in Händen und Hosen verborgen hatten und mit denen sie nun wütend auf die Reifen und Türscharniere des Streifenwagens einhackten. So unglaublich es scheinen mochte, das Stahlblech gab nach, mit gequältem metallischem Kreischen, das im weiten Umkreis hörbar war …

Laura war entsetzt. Die Rebellen verwendeten die gleichen tödlichen Keramikmacheten, die sie in Grenada gesehen hatte, mit der Dr. Prentis eine Ecke von seinem Schreibtisch geschlagen hatte.

Die anderen kamen zu ihnen an die Brüstung. Unterdessen hatten die Rebellen die Kühlerhaube weggehackt und den Motor zum Schweigen gebracht. Sie rissen die Türen heraus, hieben den Wagen buchstäblich in Stücke.

Sie zerrten die verblüfften Polizisten heraus, schlugen sie nieder und brachten den Abgeordneten in ihre Gewalt.

Dann aber war plötzlich ein Hubschrauber über ihnen.

Tränengaskanister fielen und zerplatzten, hüllten den Schauplatz in sich ausbreitende Wolken. Die Rebellen spritzten auseinander. Ein stämmiger Bursche, der eine Schnorchelbrille trug, brachte ein gestohlenes Fesselgewehr in Anschlag und feuerte Plastikstreifen nach oben. Sie klatschten harmlos gegen Bauch und Fahrgestell des Hubschraubers, um sich dort netzförmig auszubreiten und zu verfestigen, doch sie konnten der Maschine nichts anhaben, und sie stieg außer Reichweite.

Weiteres Sirenengeheul, und drei unterstützende Streifenwagen rasten über die Kreuzung, hielten mit kreischenden Bremsen vor dem zerschlagenen Fahrzeug. Junge Burschen rannten gebückt vom Wrack fort, gestohlene Fesselmunition und Kanister in den Händen. Einige trugen Schutzbrillen, die ihnen ein unheimliches, entmenschlichtes Aussehen verliehen. Ihre Atemmasken schienen gegen das Tränengas zu helfen.

Türen flogen auf, und Polizisten in voller Sonderausrüstung sprangen heraus: Schutzhelme mit Visier, Schlagstöcke, Fesselgewehre und Gasmasken. Die Rebellen suchten in den umliegenden Gebäuden Deckung. Die Polizisten berieten, zeigten auf einen Eingang, bereit, das Haus zu stürmen.

Plötzlich gab es eine dumpfe Explosion im Wrack des ersten Streifenwagens. Die Sitze spuckten Flammen.

Ein paar Augenblicke später explodierte der Tank, und eine Säule aus schwarzem, von Feuer durchschossenem Qualm erhob sich über die Hafenfront.

Ali schrie etwas und streckte den Arm aus. Ein halbes Dutzend Rebellen waren einen halben Block vom Schauplatz entfernt wieder zum Vorschein gekommen. Sie schleppten einen bewußtlosen Polizisten durch ein Rattenloch in der Seite eines Lagerhauses. Sie hatten mit ihren Macheten eine Öffnung durch die Mauersteine geschlagen.

»Sie haben Parangs!« sagte er mit einem Ausdruck von Entsetzen, in den sich freudige Genugtuung mischte. »Die magischen Kung-Fu-Schwerter!«

Die Polizisten, gerade ein Dutzend Mann stark, konnten sich nicht entschließen, in die Häuser einzudringen. Kein Wunder. Laura konnte sich vorstellen, wie sie mutig hineinstürmten, vor sich die Trichtermündung eines Fesselgewehrs, nur um einen jähen Schmerz zu verspüren, vornüber zu fallen und zu entdecken, daß ihm irgendein rattengesichtiger kleiner Anarchist hinter der Tür gerade das Bein am Knie abrasiert hatte … Diese verfluchten Macheten! Sie waren wie Laser! Was für ein kurzsichtiger, verantwortungsloser Kerl hatte diese Dinger erfunden?

Sie fröstelte, als die Implikationen sich mehrten … All dieses alberne, theatralische Kung Fu, die blödsinnigste Idee der Welt, daß bornierte Schwertfechter ohne Panzer oder Schußwaffen modernen Polizisten oder ausgebildeten Soldaten standhalten könnten … Nein, die Rebellen konnten es im offenen Kampf nicht mit den Polizisten aufnehmen, aber im Häuserkampf, von einem Zimmer zum anderen, mit durchlöcherten Wänden, konnten sie sicherlich plötzliche Überfälle durchführen und sich ebenso schnell zurückziehen.

Laura begriff, daß es hier nicht ohne Todesopfer abgehen würde. Sie waren zu allem entschlossen. Razak schreckte vor nichts zurück. Menschen würden sterben …

Die Polizisten bestiegen wieder ihre Streifenwagen. Sie zogen sich zurück. Niemand kam heraus, ihnen nachzuschreien oder höhnische Gebärden zu machen, und irgendwie war es schlimmer, daß sie es nicht taten.

Die Rebellen waren anderswo geschäftig am Werk. Überall entlang der Hafenfront stieg Rauch auf. Schwarzer, fettig brodelnder Rauch, vom Monsun wie gebrochene Finger landeinwärts gedrückt. Es mochte kein Fernsehen geben, keine Telefone, aber nun würde ganz Singapur wissen, daß der Teufel los war. Rauchsignale wirkten noch immer. Und ihre Botschaft war offensichtlich.

Am Hafenkai hinter der Rizome-Niederlassung übergossen drei Aktivisten einen Haufen gestohlener Lastwagenreifen mit Benzin aus einem Kanister. Sie wichen zurück und warfen eine angezündete Zigarette. Der unordentliche Haufen ging mit einem dumpfen Schlag in Flammen auf, und die Reifen sprangen wie

Krapfen, die von einem Teller gefallen sind. Dann entzündete sich das Gummi und spie schwarzen Rauch.

Dervit wischte sich die Augen. »Es stinkt …«

»Lieber hier oben sein, als da unten auf den Straßen!«

»Wir könnten uns einem Hubschrauber ergeben«, sagte Suvendra. »Hier auf dem Dach ist genug Platz für eine Landung, und wenn wir mit einer weißen Fahne signalisieren, könnten sie uns rasch festnehmen.«

»Sehr gute Idee!«

»Wir brauchen ein Leintuch, wenn sie uns welche gelassen haben …«

Mr. Suvendra und ein Gehilfe namens Bima gingen hinunter, um ein Laken aufzutreiben.

Lange, ermüdende Minuten vergingen. Im Augenblick waren keine Zeichen von Gewalt auszumachen, aber die Stille brachte keine Erleichterung. Sie verstärkte nur das paranoide Gefühl, verfolgt zu sein, belagert zu werden.

Unten am Kai drängten sich Gruppen von Rebellen um ihre Funksprechgeräte. Es waren billige, massenproduzierte Spielzeuggeräte, Dritteweltexport, deren Herstellungskosten wenige Cents betrugen. Wer, zum Teufel, brauchte Funksprechgeräte, wenn man ein drahtloses Telefon am Handgelenk tragen konnte? Aber die Leute von der ALP dachten nicht so.

»Ich glaube nicht, daß die Polizei damit fertig wird«, sagte Laura. »Sie wird wohl die Armee herbeirufen müssen.«

Endlich kamen Mr. Suvendra und Bima zurück, beladen mit hastig zusammengerafften Bettlaken und ein paar Packungen Fertignahrung, die von den Plünderern übersehen worden waren. Die Rebellen hatten sie nicht belästigt; hatten sie anscheinend kaum beachtet.

Sie breiteten ein Laken auf dem Dach aus, Suvendra kniete darauf nieder und schmierte mit einem dicken Filzstift ein schwarzes SOS auf das Gewebe. Ein zweites

Laken zerrissen sie zu einer weißen Fahne und weißen Armbinden.

»Primitiv, aber wirksam«, sagte Suvendra.

»Jetzt winken wir dem nächsten Hubschrauber.«

Der Junge, der den Fernseher überwachte, schrie herüber: »Die Armee ist in Johore!«

Sie ließen alles fallen und stürzten zum Fernseher.

Der malayische Nachrichtensprecher war bestürzt. Singapurs Armee hatte in einem Überraschungsangriff die Meerenge überwunden und war in Johore Bahru eingedrungen. Eine gepanzerte Kolonne raste durch die Stadt, ohne auf Widerstand zu stoßen – nicht, daß Maphilindonesia im Augenblick viel dagegen unternehmen konnte. Singapur bezeichnete den Angriff als ›Polizeiaktion‹.

»Gott, nein«, sagte Laura. »Wie können sie nur so dumm sein?«

»Sie besetzen die Reservoire«, sagte Mr. Suvendra.

»Was?«

»Der größte Teil der Wasserversorgung von Singapur kommt vom Festland. Ohne Wasser kann Singapur nicht verteidigt werden.«

»Sie haben es schon einmal so gemacht, während der Konfrontation«, sagte Mrs. Suvendra. »Die Regierung Malaysias war sehr verärgert über Singapur und versuchte ihm die Wasserversorgung abzuschneiden.«

»Was geschah damals?« fragte Laura.

»Sie stürmten durch Johore und drangen gegen Kuala Lumpur vor, der Hauptstadt Malaysias ... Die malaysische Armee lief davon, die malaysische Regierung wurde gestürzt ... Darauf wurde die neue Föderation Maphilindonesia gegründet. Die neue Bundesregierung war sehr freundlich zu Singapur, bis man hier Bereitschaft zeigte, hinter die Grenzen zurückzukehren.«

»Sie haben gelernt, nicht in die ›Giftige Garnele‹ zu

beißen«, sagte Mr. Suvendra. »Singapur hat eine sehr tüchtige Armee.«

»Die Singapurer Chinesen arbeiten zu viel«, sagte Dervit. »Verursachen all diese Schwierigkeiten.«

»Jetzt sind wir auch noch fremde Feinde«, sagte Bima mit unglücklicher Miene. »Was sollen wir tun?«

Sie warteten auf einen Polizeihubschrauber. Einen zu finden, war nicht schwierig: Mittlerweile hatte sich ein Dutzend über dem Hafengebiet versammelt. Sie patrouillierten hin und her, wichen den Rauchsäulen aus.

Die Rizome-Leute winkten begeistert mit ihrer weißen Flagge, wann immer einer in die Nähe kam, aber es dauerte eine gute Weile, bis einer sich herbeiließ, über ihnen zu schweben. Ein Polizist steckte den behelmten Kopf aus der Tür, schob das Visier hoch.

Stimmengewirr und Geschrei folgten. »Keine Sorge, Rizome!« rief der Polizist schließlich. »Wir retten Sie, kein Problem!«

»Wie viele von uns?« schrie Suvendra. Sie mußte ihren breitkrempigen Hut mit beiden Händen festhalten, daß er ihr nicht vom Wind der Rotorblätter weggerissen wurde.

»Alle!«

»Mit einer Maschine?« rief Suvendra verwirrt. Der kleine Polizeihubschrauber mochte bestenfalls drei oder vier Passagieren Platz bieten.

Er unternahm keinen Landeversuch. Wenige Sekunden später stieg er wieder auf und schwenkte in einem eleganten Bogen nordwärts ab.

»Sie sollten sich beeilen«, sagte Suvendra mit einem Blick zur Monsunfront. »Es zieht ein Unwetter auf!«

Sie legten ihr SOS-Laken zusammen, falls die Rebellen heraufkommen und nach dem Rechten sehen sollten. Verhandlungen mit ihnen oder der ALP waren eine Möglichkeit, aber in der Beratung hatte Suvendra darauf gedrungen, sie nicht zu forcieren. Die Rebellen hatten bereits die Niederlassung besetzt und geplündert; gerade so leicht könnten sie das Rizome-Personal gefangensetzen und zu Geiseln machen. Daß sie keinerlei Hemmungen hatten, bewies das Schicksal der beiden Streifenpolizisten und des Abgeordneten, die sie entführt hatten.

Wieder vergingen zwanzig nervenaufreibende Minuten erzwungener Untätigkeit, während im Viertel eine gespannte, trügerische Stille herrschte, die niemanden täuschen konnte. Die Sonne stieg über die Monsunfront, und tropischer Vormittag brannte über der schweigenden Stadt. Es ist unheimlich, dachte Laura – eine Millionenstadt ohne Menschen.

Ein anderer Hubschrauber, größer und mit zwei Rotoren, näherte sich mit pfeifenden Triebwerken der Hafenfront. Er drehte sich auf der Stelle und schwebte über der menschenleeren Hälfte des Daches. Eine Klappe im Boden öffnete sich, und drei schwarzbekleidete Männer sprangen heraus. Der Hubschrauber stieg wieder auf.

Die drei Männer standen einen Augenblick beisammen und brachten ihre Ausrüstung in Ordnung, dann kamen sie näher. Sie trugen schwarzen Drillich, schwarze Stiefel, breite schwarze Textilgurte mit Messingkarabinern, Handgranaten, Munitionstaschen und Waffenhalftern. In den Händen hielten sie kurzläufige, geheimnisvoll aussehende Maschinenpistolen.

»Guten Morgen, beisammen«, sagte der Anführer in munterem Ton. Er war ein großer, rotgesichtiger Engländer mit kurzgeschnittenem weißem Haar, einer blaurotgeäderten Nase und einem permanenten tropischen Sonnenbrand. Er sah ungefähr um die Sechzig aus, schien jedoch für sein Alter verhängnisvoll gut erhalten. Blutwäsche? dachte Laura.

»Morgen ...« murmelte jemand.

»Hotchkiss ist mein Name. Oberst Hotchkiss, Kommandoeinheit für Sonderaufgaben. Dies sind die Oberleutnants Lu und Aw. Wir sind zu Ihrer Sicherheit hier, meine Damen und Herren. Also machen Sie sich keine Sorgen.« Hotchkiss zeigte ihnen zwei weiße Zahnreihen.

Er war riesig. Einsfünfundneunzig groß, mindestens hundertzwanzig Kilo schwer. Arme wie Baumstämme. Laura hatte fast vergessen, wie groß Europäer sein konnten. Mit seinen dicken schwarzen Stiefeln und der schweren, bedrohlich aussehenden Ausrüstung war er wie von einer anderen Welt. Hotchkiss nickte ihr zu, ein wenig überrascht. »Ich kenne Sie vom Fernsehen, Mädchen.«

»Die Anhörungen?«

»Ja. Ich habe …«

Mit einem plötzlichen metallischen Krachen flog die Stahlblechtür zum Dach auf. Eine brüllende Bande jugendlicher Rebellen quoll heraus, Bambusstöcke in den Händen.

Mit einer schnellen Körperdrehung aus der Hüfte brachte Hotchkiss die Maschinenpistole in Anschlag und eröffnete das Feuer auf den Ausstieg. Der Feuerstoß machte einen nervenzerfetzenden Lärm. Zwei Rebellen wurden von den einschlagenden Geschossen rücklings zu Boden geschleudert, die anderen flohen kreischend die Treppe hinunter. Die Rizome-Leute lagen plötzlich alle auf dem Dach und krallten die Finger entsetzt in die kiesbedeckte Oberfläche.

Lu und Aw traten die Tür zu und feuerten aus einem Fesselgewehr eine Ladung gegen den Türpfosten, der sie versiegelte. Sie zogen dünne Plastikschleifen aus den Gürteln und fesselten die zwei gefallenen, keuchenden Rebellen. Dann setzten sie sie aufrecht.

»Okay, okay«, sagte Hotchkiss zu den anderen und wedelte mit der fleischigen Hand. »Nur Geleekugeln. Sehen Sie? Kein Problem.« Die Rizome-Gruppe erhob sich langsam. Als ihnen die Wahrheit aufging, gab es nervöses, verlegenes Gekicher. Die zwei Rebellen, blutjunge Burschen, waren von der Garbe quer über die Oberkörper getroffen worden, und in ihren Papierhemden gähnten Löcher. Die Haut darunter zeigte faustgroße Flecken unauslöschlicher purpurner Farbe.

Hotchkiss half Laura kavaliersmäßig auf die Beine. »Geleekugeln töten nicht«, verkündete er. »Haben aber trotzdem eine hübsche Wucht.«

»Sie haben uns mit Maschinengewehr beschossen!« sagte einer der Rebellen.

»Sei still, Junge«, erwiderte Hotchkiss, nicht unfreundlich. »Lu, Aw, diese zwei sind zu klein. Schmeißen wir sie wieder hinunter, nicht?«

»Die Tür ist gesichert, Sir«, sagte Lu.

»Gebrauchen Sie Ihren Kopf, Lu. Sie haben Ihre Seile.«

»Jawohl, Sir«, sagte Lu und grinste. Er und Aw nahmen die beiden Jungen an Kragen und Hosenboden und trugen sie zur Straßenseite des Daches. Sie zogen ihrem ersten Gefangenen eine Seilschlaufe unter den Schultern durch und sicherten sie im Nacken mit einem Karabinerhaken, der durch eine dünne Zugleine von oben geöffnet werden konnte. Von der Uferstraße drei Stockwerke tiefer stiegen wütende, blutgierige Schreie aus der Menge der erregten Rebellen herauf.

»Na«, bemerkte Hotchkiss beiläufig, »die Krawallmacher scheinen aus Ihrer Filiale ein Operationszentrum gemacht zu haben.« Lu stieß den Gefangenen über die Brüstung, während Aw Seil und Zugleine ausgab. Der Junge segelte hilflos abwärts.

»Aber keine Sorge«, sagte Hotchkiss. »Wir können sie zersprengen, egal wo sie stehen.«

Suvendra verzog das Gesicht. »Wir sahen, wie sie Ihren Streifenwagen demolierten …«

Hotchkiss rümpfte die Nase. »Den Streifenwagen

hineinzuschicken, war die Idee der Politiker. Aber jetzt ist es unsere Sache.«

Laura bemerkte, daß Hotchkiss ein militärisches Multifunktions-Uhrtelefon hatte. »Was können Sie uns sagen, Oberst? Wir sind hier oben ohne Verbindung mit der Außenwelt. Ist die Armee wirklich in Johore?«

Er lächelte sie an. »Dies ist nicht Ihr Texas, liebes Kind. Die Armee ist bloß auf der anderen Seite der Meerenge – bloß über die Brücke. Ein paar Minuten entfernt.« Er hielt zwei Finger hoch, einen Zentimeter auseinander. »Alles Miniatur, sehen Sie.«

Die zwei chinesischen Offiziere hatten den ersten Rebellen hinuntergelassen und hakten jetzt den zweiten an ihr Seil. In der Tiefe machten die Aufrührer ihrer Wut in einem Geheul frustrierter Beschimpfungen Luft. Steine kamen in Bogen heraufgeflogen und landeten auf dem Dach. »Knallt ihnen ein paar Magazine Farbgelee vor den Latz!« rief Hotchkiss.

Die zwei Chinesen nahmen ihre Maschinenpistolen vom Rücken und feuerten über die Brüstung hinunter. Die automatischen Waffen machten einen Höllenlärm und spuckten Patronenhülsen. Auf der Straße kreischte die Menge vor Angst und Schmerz. Laura hörte sie auseinanderspritzen. Sie fühlte eine Aufwallung von Übelkeit.

Hotchkiss faßte sie am Ellbogen. »Fehlt Ihnen was?«

Sie schluckte angestrengt. »Ich sah mal einen Mann, der von einem Maschinengewehr getötet wurde.«

»Ach, tatsächlich?« sagte Hotchkiss, interessiert. »Waren Sie in Afrika?«

»Nein ...«

»Sie scheinen ein bißchen jung zu sein, um richtige Action gesehen zu haben ... Ach ja, Grenada, ich verstehe.« Er ließ sie los. Wildes Gehämmer ließ die Stahltür zum Dach erzittern. Hotchkiss feuerte den Rest seines Magazins dagegen. Hämmerndes Knallen und Klatschen. Er warf das leere Magazin weg und stieß mit dem beiläufigen Ausdruck eines Kettenrauchers ein neues in die Waffe.

»Ist dies nicht ›richtige Action‹?« rief Laura. Ihre Ohren dröhnten.

»Dies ist bloß Theater, Kind«, sagte Hotchkiss in geduldigem Ton. »Diese kleinen Krawallmacher haben nicht mal Gewehre. Hätten wir so was in den schlimmen alten Tagen versucht – in Belfast oder Beirut –, würden wir jetzt mit großen Scharfschützenlöchern in uns daliegen.«

»›Theater‹ – was soll das heißen?« fragte Laura.

Hotchkiss schmunzelte. »Stellen Sie sich nicht dümmer, als Sie sind. Ich weiß, was richtiger Krieg ist. Falkland-Inseln, 1982. Das war ein klassischer kleiner Krieg. Kaum Fernsehleute.«

»Dann sind Sie also Engländer, Oberst? Europäer?«

»Engländer. Ich war S.A.S.« Hotchkiss wischte sich Schweiß vom Gesicht. »Kommandoeinheit. Aber Europa! Was für ein Verein ist das, die Gemeinsame Europäische Armee? Ein verdammter Witz, das ist es. Als wir für Königin und Vaterland kämpften … ach, das werden Sie sowieso nicht verstehen, Mädchen.« Er blickte auf seine Uhr. »Okay, da kommen unsere Jungs.«

Hotchkiss marschierte zur Frontseite des Gebäudes. Die Rizome-Mannschaft folgte in seinem Kielwasser.

Ein sechsrädriger gepanzerter Mannschaftstransporter brandete wie ein mächtiges graues Rhinozeros auf Gummirädern mit Leichtigkeit über und durch die Straßenbarrikade. Rikschas wurden zermalmt, Zement- und Kaffeesäcke zermalmt und beiseite geschoben. Der im Drehturm untergebrachte Wasserwerfer schwenkte wachsam hin und her.

Hinter ihm kamen zwei Transporter mit drahtgeschützten Fenstern. Sie öffneten die doppelten Hecktüren, und Dutzende von Polizisten sprangen heraus und nahmen Aufstellung. Alle waren mit Schilden, Helmen und Schlagstöcken ausgerüstet.

Niemand zeigte sich, ihnen Widerstand zu leisten. Und aus gutem Grund, denn ein paar Hubschrauber hingen wie bösartige Riesenwespen über der Straße. Ihre Seitentüren waren offen, und die im Innern kauernden Polizisten bemannten Tränengaswerfer und Revolver-Fesselgewehre.

»Ganz einfach«, sagte Hotchkiss. »Straßenkampf hat keinen Sinn, wenn wir die Anführer des Aufruhrs nach Belieben greifen können. Jetzt werden wir uns ein Hausvoll von ihnen schnappen und ... Oh, verflucht!«

Zwei große Verladeroboter rollten mit Schwung vom Hof auf die Straße hinaus. Ihr Manövrieren war unberechenbar und von einer rohen Sinnlosigkeit, einem Anzeichen schlechter Programmierung. Sie waren gebaut, um Container zu verladen; nun machten ihre Greifer sich über alles her, was von annähernd vergleichbarer Größe war.

Die Mannschaftstransportwagen kippten sofort um, ihre Flanken wurden unter den Greifversuchen der Roboter verbeult. Der gepanzerte Einsatzwagen schaltete den Wasserwerfer ein, als die Roboter mit unbarmherziger mechanischer Stumpfsinnigkeit an ihm zerrten und stießen. Schließlich warfen sie ihn um, so daß er auf einen Ladearm des zweiten Roboters fiel, der den Rückwärtsgang einschaltete, den Arm aber nur verbogen und mit metallischem Kreischen herausziehen konnte. Der Wasserwerfer schoß unterdessen eine vier Stockwerke hohe Fontäne ziellos in die Luft.

Die Rebellen brachen wieder aus ihren Schlupfwinkeln hervor und lieferten der Polizei eine Straßenschlacht. Der Asphalt glänzte vor Nässe, die Füße der Kämpfenden patschten im Wasser. Wildes Handgemenge, hin und her wogender Kampf, rücksichtslos und erbittert, wie ein Krieg zwischen Ameisenvölkern.

Laura beobachtete das Geschehen in völliger Verblüffung. Sie konnte nicht glauben, daß es dazu gekommen war. Eine der am besten organisierten Städte der Welt, und hier tobten die Leute durch die Straßen und schlugen mit Stöcken aufeinander ein.

»Ach du lieber Gott«, sagte Hotchkiss. »Wir sind besser bewaffnet, aber unsere Moral läßt zu wünschen übrig ... Nun, die Luftunterstützung wird zeigen, wer den längeren Atem hat.« Die Hubschrauber feuerten mit Fesselmunition auf die Randbereiche des Getümmels, doch ohne viel Erfolg. Der Kampfplatz war zu dicht bevölkert, das Geschehen zu chaotisch, die Nässe verminderte das Haften der Plastikstreifen. Laura zuckte zusammen, als ein Laderoboter ins Kampfgetümmel geriet und mit seinen massigen Reifen mehrere Straßenkämpfer zu Boden warf.

Von der Tür zum Treppenaufgang drangen erneuerte Schläge an ihr Ohr. Jemand hatte die Keramikschneide einer Machete durchgestoßen und sägte energisch die Plastikhaftstreifen durch. Einer der Offiziere ging hin und jagte einen Feuerstoß Krawallmunition durch den Spalt ins Treppenhaus. Die anderen wandten sich zurück zur Hafenseite und sahen jenseits der Straßenschlacht einen Ladekran in Bewegung. Sein skelettartiger langer Ausleger, von dessen Ende zwei lange Ketten hingen, drehte sich und beschleunigte mit schwerfälliger Anmut, und ehe jemand wußte, was geschah, peitschten seine schwingenden Ketten in die blitzenden Rotorblätter eines über der Hafenfront schwebenden Hubschraubers, der wie ein Stein abstürzte und dramatisch ins schmutzige Hafenwasser platschte. Dort lag er, langsam vollaufend, auf der Seite zwischen treibenden Kistenbrettern und Plastikmüll, wie eine ertrunkene Libelle.

»Wie haben sie das gemacht?« wollte Hotchkiss wissen.

»Ist eine sehr kluge Maschine«, sagte Mr. Suvendra.

»Ich werde alt«, sagte Hotchkiss traurig. »Wo werden diese verdammten Dinger gesteuert?«

»Unten«, sagte Mr. Suvendra. »Es gibt Konsolen …«

»Fein.« Hotchkiss packte sein dürres Handgelenk. »Sie bringen mich hin. Lu! Aw! Wir gehen!«

»Nein«, sagte Mr. Suvendra.

Seine Frau griff den anderen Arm ihres Mannes. Plötzlich zerrten sie von beiden Seiten an ihm. »Wir tun keine Gewalt!« sagte sie.

»Sie tun *was?*«

»Wir kämpfen nicht«, sagte Suvendra leidenschaftlich. »Wir mögen Sie nicht! Wir mögen Ihre Regierung nicht! Wir kämpfen nicht! Verhaften Sie uns!«

»Dieser verfluchte Kran hat all unsere Piloten getötet …«

»Dann hören Sie auf zu kämpfen! Schicken Sie sie fort!« Suvendra hob ihre Stimme in einem schrillen Befehl: »Alle hinsetzen!« Die Rizome-Mannschaft folgte der Aufforderung auf der Stelle. Auch Mr. Suvendra setzte sich, obwohl er an einem Arm noch immer in Hotchkiss' riesiger, sommersprossiger Pranke hing.

»Ihr elendes Politgesindel«, sagte Hotchkiss in verächtlichem Ton. »Ich kann das nicht glauben. Wollen Sie mit dem Terroristenpack gemeinsame Sache machen? Ich befehle Ihnen als Bürgern …«

»Wir sind nicht Ihre Bürger«, schrillte Suvendra. »Wir gehorchen auch nicht Ihrem illegalen Kriegsrechtsregime. Verhaften Sie uns!«

»Und ob wir Sie verhaften werden, alle miteinander! Teufel noch mal, Sie sind so schlimm wie dieses Straßengesindel!«

Suvendra nickte, holte tief Atem. »Wir sind gegen Gewalt. Aber wir sind Feinde Ihrer Regierung, Oberst!«

Hotchkiss nahm Laura ins Visier. »Sie auch, wie?«

Laura blickte zornig zu ihm auf, weil er sie aus ihren

Leuten herausgepickt hatte. »Ich kann Ihnen nicht helfen«, sagte sie. »Ich bin Globalistin, und Sie sind ein Arm des Staates.«

»Blutiger Christus, was sind Sie für ein trauriger Haufen von Schleimscheißern«, sagte Hotchkiss in bekümmertem Ton. Er ließ den Blick über sie schweifen und kam zu einer Entscheidung. »Sie«, sagte er zu Laura.

Ehe sie reagieren konnte, war er über ihr und schloß ihr die Arme mit Handschellen auf dem Rücken zusammen.

»Er stiehlt Laura!« kreischte Suvendra in höchster Empörung. »Versperrt ihm den Weg!«

Hotchkiss hebelte Laura in die Höhe. Sie wollte nicht mitgehen, rappelte sich aber schnell auf, als ein stechender Schmerz durch ihre Schultergelenke fuhr. Die Rizome-Mannschaft umdrängte den Oberst, fuchtelte mit den Armen und rief Proteste. Hotchkiss rief eine Warnung, trat Ali in die Kniescheibe und zog seine Fesselpistole. Ali, Mr. Suvendra und Bima gingen zu Boden, krallten in den sich klebrig um sie schlingenden Plastikstreifen. Die anderen rannten über das Dach davon.

Die Aufrührer brachen wieder durch. Am oberen Rand der Tür klaffte bereits ein breiter Spalt. Hotchkiss nickte Oberleutnant Lu zu, der eine schwarze Eierhandgranate vom Gürtel nahm und durchwarf.

Zwei Sekunden vergingen, dann entlud sich hinter der Stahltür ein greller Lichtblitz, gefolgt von einem fürchterlichen Krachen, und die Tür flog auf. Eine Rauchwolke strömte heraus. »Los!« schrie Hotchkiss.

Die obere Treppe war übersät mit Rebellen, die betäubt, geblendet, heulend durcheinanderfielen. Einer war noch auf den Füßen, schlug wie ein Rasender mit einer Keramikmachete auf Wand und Treppengeländer ein und schrie wie von Sinnen: »Märtyrer! Märtyrer!«

Lu warf ihn mit einem Feuerstoß von Krawallmunition die Treppe hinunter. Dann marschierten sie durch das Treppenhaus, feuerten mit den Fesselpistolen in die wogende Menge weiter unten.

Aw warf eine weitere Blendgranate auf den Treppenabsatz unter ihnen. Ein erneuertes höllisches Krachen, begleitet von einem grellen Lichtblitz. »Okay«, sagte Hotchkiss hinter Laura. »Wenn Sie Gandhi spielen wollen, werden Sie es mit zwei gebrochenen Armen tun. Vorwärts!« Er stieß sie voran.

»Ich protestiere!« rief Laura. Sie mußte tanzen, um Armen und Beinen auszuweichen.

Hotchkiss riß sie rückwärts gegen seine Brust. »Hören Sie gut zu, Yankee«, sagte er mit eisiger Aufrichtigkeit. »Sie sind eine niedliche kleine Blondine, die sich gut auf dem Bildschirm macht. Aber wenn Sie bei mir herumstänkern, werde ich Ihnen das Gehirn herauspusten – und sagen, daß es die Rebellen waren. Wo ist die gottverdammte Steuerungsanlage?«

»Erdgeschoß«, keuchte Laura. »Hinten – verglast.«

»Also los, wir gehen. Marsch-marsch!« Ohrenbetäubendes, ratterndes Gehämmer, als Lu wieder ein Magazin verschoß. In der abgeschlossenen Enge des Treppenhauses stach ihr der höllische Lärm durch den Kopf. Laura brach am ganzen Körper der Schweiß aus. Hotchkiss riß sie mit, die Hand in ihre Achselhöhle gekeilt. Er stürmte die Treppe hinunter, zwei, drei Stufen auf einmal nehmend, Laura im Arm und ohne auf die Körper zu treten, die auf der Treppe lagen. Ein Hüne von einem Mann, unglaublich stark – Laura hatte das Gefühl, von einem Gorilla mitgeschleift zu werden.

Beißender Rauch brannte ihr in den Augen, sengte ihr die Kehle. An den Pastellfarben der Wände große blasige Spritzer: purpurne Farbe oder Blut. Wimmernde, schreiende Rebellen am Boden, die Hände vor den Augen oder Ohren. Rebellen klebten am Treppengeländer, die Gesichter geschwärzt, keuchend im lähmenden Griff der Plastikstreifen. Laura stolperte über die ausgestreckten Beine eines Jungen, der bewußtlos oder tot auf dem Treppenabsatz lag, das Gesicht von einem Geleegeschoß verunstaltet und verfärbt, blutend aus einer leeren Augenhöhle …

Dann waren sie unten im Erdgeschoß und verließen das Treppenhaus. Sonnenschein strömte durch die eingeschlagenen Schaufensterscheiben und lag auf der Uferstraße, wo Polizisten und Aufrührer einander noch immer eine Straßenschlacht lieferten. Die Rebellen schienen dank ihrer zahlenmäßigen Überlegenheit allmählich die Oberhand zu gewinnen. Im Erdgeschoß der Rizome-Niederlassung hatten die Aufrührer eine Kombination von Gefechtsstand, Lazarett und Gefangenenlager eingerichtet, brüllten aufgeregt durcheinander, sägten mit Macheten die zähen Plastikstreifen von ihren Fessel-Opfern, schleiften gefangene Polizisten in Handschellen hinter einen Wall aus Lattenverschlägen … Sie blickten überrascht auf, dreißig schweißdurchnäßte, blutbeschmierte, aufgeregte Burschen, im Gegenlicht der sonnenbeschienenen Straße draußen.

Einen Augenblick standen sie alle wie erstarrt. »Wo ist der Kontrollraum?« flüsterte Hotchkiss.

»Ich habe gelogen«, zischte Laura zurück. »Ich weiß nicht, wo er ist.«

»Verfluchte Kanaille«, knurrte Hotchkiss.

Die ALP-Leute schoben sich vorwärts. Einige trugen erbeutete Polizeihelme, die meisten hatten Schutzschilde. Einer von ihnen feuerte plötzlich eine Fesselpatrone, die Oberleutnant Aw knapp verfehlte und sich wie geschmolzenes, spastisches Unkraut am Boden wand.

Laura ließ sich schwer zu Boden fallen. Hotchkiss wollte sie hochreißen, besann sich eines Besseren und trat den Rückzug an, flankiert von seinen Helfern. Plötzlich machten sie kehrt und rannten nach hinten.

Ein Strudel von Menschenleibern, Armen und Beinen, erfaßte Laura. Brüllende Männer rannten den Uniformierten nach, andere sprangen zu den Treppen, wo Hotchkiss' betäubte und geblendete Opfer stöhnten, jammerten, fluchten. Laura zog die Beine an, ballte die Fäuste stützend hinter den Rücken auf den Boden und versuchte sich mit eingezogenem Kopf klein zu machen.

Ihre Gedanken rasten. Sie sollte zurück aufs Dach, sich ihren Leuten anschließen. Nein – lieber den Verletzten helfen. Nein – fliehen, die Polizei suchen, sich verhaften lassen. Nein, sie sollte …

Ein schnurrbärtiger malaiischer Jüngling mit einer geschwollenen, aufgeschürften Backe bedrohte sie mit einer Machete. Er bedeutete ihr, aufzustehen, stieß sie mit dem Fuß.

»Meine Hände«, sagte Laura.

Der Junge sah sie erstaunt an. Er trat hinter sie und durchschnitt das zähe Kunststoffmaterial der Handschellen. Mit einem plötzlichen, befreienden Ruck und einem fast angenehmen Schmerz in den Schultern kamen ihre Arme frei.

Er fauchte sie in zornigem Malaiisch an. Sie stand auf. Plötzlich war sie einen Kopf größer als er. Er trat einen Schritt zurück, zögerte, wandte sich zu einem anderen …

Von der Straße blies Wind durch die zerbrochenen Scheiben, ein durchdringendes singendes Zischen von Triebwerken, das Pfeifen von Rotoren drang herein. Ein Hubschrauber war beinahe bis auf die Straßenebene heruntergegangen – man konnte die ausdruckslosen Helme hinter der Kanzelverglasung sehen. Ein explosives, puffendes Geräusch, als das Preßluftkatapult einen Kanister auswarf. Er flog durch die zerstörten Fenster herein, rollte, platzte auf, verströmte sprudelnd Nebel …

Oh, verdammt. Tränengas. Ein erstickender Schwall davon traf sie, und sie spürte das Brennen der Säure an ihren Augäpfeln. Sie geriet in Panik. Nur hinaus! Sie krabbelte auf allen vieren, halbblind von Tränen, ausdörrenden, brennenden Schmerz in der Kehle. Keine Luft. Sie stieß gegen andere Leute, die hustend und schreiend umherwankten, stieß sich weiter, kam auf die Füße und lief … lief ins Freie …

Tränen strömten ihr über die Wangen. Wo sie ihre Lippen berührten, fühlte sie ein Prickeln und einen Geschmack wie von Kerosin. Sie lief weiter, mied die verschwommenen grauen Fronten der Gebäude am Straßenrand. Ihre Kehle und Lunge schien voller Angelhaken zu stecken.

Bald erreichte sie das Ende ihres Adrenalinstoßes. Sie war zu verschreckt, um ihre Müdigkeit zu fühlen, aber die Knie gaben von selbst nach. Mit versagender Kraft hielt sie auf einen Hauseingang zu und ließ sich in einen Winkel fallen.

Wenige Augenblicke später öffneten sich die Schleusen des Himmels, und ein weiterer Wolkenbruch ging auf die Stadt nieder. Monsunregen. Stürzende Wassermassen trommelten auf die leere Straße. Laura kauerte elend im Hauseingang, fing mit den Händen Regen auf, badete ihr Gesicht und die bloße Haut ihrer Arme. Zuerst schien das Wasser es schlimmer zu machen – ein böses Stechen, als hätte sie Tabascosoße geatmet.

Über der geröteten Haut ihrer Handgelenke hatte sie jetzt zwei Plastikarmreifen. Ihre Füße in den billigen, klebrigen Sandalen brannten auch – nicht vom Regen, sondern von den Pfützen aus dem mit ätzender Lösung versetzten Tankinhalt des Wasserwerfers. Sie streckte die Beine hinaus in den prasselnden Regen, um sie reinzuwaschen.

Sie mußte blindlings durch die Straßenschlacht gerannt sein. Niemand hatte sie auch nur angerührt. Aber an ihrem Schienbein klebte ein langer Plastikstreifen von einem Fesselgeschoß, und noch immer zuckte es schwächlich und zog sich zusammen, wie der abgetrennte Schwanz einer Eidechse. Sie zog den Streifen vom Hosenbein.

Allmählich fand sie die Orientierung wieder – sie war bis in die Gegend der Victoria-und-Albert-Docks gelaufen, im Westen der Ostlagune. Im Norden sah sie die Hochhäuser des Sozialen Wohnungsbaus von Tanjong Pagar. Gelbbraune einförmige Ziegelbauten.

Sie saß da, atmete schnell und flach, hustete in Abständen und spuckte aus. Sie wünschte, sie wäre bei ihren Leuten auf dem Dach. Aber es gab keine Möglichkeit, zu ihnen durchzukommen; es war keine vernünftige Option.

Im Gefängnis würde sie ihnen ohnedies wieder begegnen. Wichtig war vor allem, aus diesem Kampfgebiet zu verschwinden und irgendwie ihre Verhaftung zu erreichen. Eine hübsche ruhige Gefängniszelle. Ja. Hörte sich gut an.

Sie stand auf und wischte sich den Mund. Drei Fahrradrikschas sausten an ihr vorbei zur Ostlagune, alle besetzt mit durchnäßten, finsterblickenden Rebellen. Sie ignorierten Laura.

Zwischen ihr und Tanjong Pagar waren zwei provisorische Straßensperren. Sie verließ ihren Hauseingang, lief durch den prasselnden Regen und überkletterte die Barrikaden. Niemand war in der Nähe, sie aufzuhalten.

Die erste zum Tanjong-Sozialkomplex gehörende Glastür war aus ihrem Aluminiumrahmen geschlagen. Laura tappte über körniges, knirschendes Sicherheitsglas ins Innere. Das Haus war klimatisiert; ein unangenehm kühler Luftstrom durchdrang ihre nassen Kleider.

Sie sah sich in einer schäbigen, aber sauberen Eingangshalle. Ihre Schaumstoffsandalen schmatzten unangenehm laut auf dem abgetretenen Linoleum. Der Hauseingang lag verlassen, die Bewohner respektierten vermutlich die Ausgangssperre der Regierung und hielten sich in ihren Wohnungen auf. Hier unten im Erdgeschoß gab es eine Anzahl kleiner Läden, Fahrradreparaturwerkstätten, ein Fischgeschäft, die Praxis eines Quacksalbers. Die Tür stand offen, alle Leuchtstoffröhren brannten, aber alles lag verlassen.

Sie hörte ein entferntes Gemurmel von Stimmen. Ruhige, autoritätsgesättigte Töne. Sie ging darauf zu.

Die Geräusche kamen von den Fernsehgeräten in einem Elektrogeschäft. Billige Apparate aus Brasilien und Maphilindonesia mit unnatürlich grellen Farben. Sie waren alle eingeschaltet, ein paar zeigten den Regierungskanal, auf anderen flimmerten schlecht eingestellte, zuckende Stationssymbole.

Laura schob sich durch die Tür. Messingglocken klingelten. Das Innere des Ladens roch nach Jasmin-Räucherstäbchen. Die Wände waren tapeziert mit lächelnden, aufreizend gesunden Popstars aus Singapur: lässigen Burschen in glitzernden Smokings und niedliche Mädchen in Strohhüten und anliegendem Flitter. Laura stieg vorsichtig über einen umgeworfenen Kaugummiautomaten.

Eine kleine alte Tamilenfrau war vor ihr in den Laden eingedrungen. Eine runzlige Alte, weißhaarig und einszwanzig groß, mit einem Witwenbuckel und Handgelenken, die dünn wie Vogelknochen waren. Sie saß in einem segeltuchbespannten Regisseurstuhl, starrte die leeren Bildschirme an und lutschte auf einem Mundvoll Kaugummikugeln.

»Hallo?« sagte Laura. Keine Antwort. Die alte Frau sah aus, als ob sie taub wie ein Türpfosten wäre – senil, sogar. Laura näherte sich mit schmatzenden Sandalen. Plötzlich blickte die alte Frau erschrocken auf und zog den Schulterlappen ihres Saris sittsam über den Kopf.

Laura kämmte sich das Haar mit den Fingern und fühlte Regenwasser über den Rücken rinnen. »Sprechen Sie englisch, Madam?« Die alte Frau lächelte schüchtern. Sie zeigte zu einem Stapel der Segeltuchstühle, die zusammengeklappt an der Wand lehnten.

Laura holte einen. Die Rückenlehne trug eine Inschrift in exzentrisch aussehenden tamilischen Schriftzeichen – wahrscheinlich etwas Witziges und Amüsantes. Laura klappte den Stuhl auf und setzte sich neben die alte Frau. »Ah, können Sie mich hören, oder uh …

Die alte Frau starrte geradeaus.

Laura seufzte. Es war ein gutes Gefühl, sich zu setzen.

Diese arme verwirrte alte Frau – Laura schätzte sie auf neunzig – war anscheinend heruntergewandert, vielleicht um Futter für den Kanarienvogel oder was zu besorgen, zu taub oder senil, um von der Ausgangssperre zu wissen. Und sie hatte eine leere Welt vorgefunden.

Laura untersuchte die Fernsehgeräte. Jemand – die alte Frau? – hatte sie auf alle möglichen Kanäle eingestellt.

Plötzlich stabilisierte sich das Flimmern und Zucken auf Kanal Drei.

Mit der Schnelligkeit eines Revolverhelden zog die alte Frau eine Fernbedienung. Der Regierungssprecher erlosch. Die Lautstärke vom Kanal Drei wurde aufgedreht, daß ein knisterndes Rauschen den Raum erfüllte.

Die Wiedergabe war kratziges Heimvideo. Laura sah das Bild wackeln, als der Mann im Senderaum die Kamera auf sein eigenes Gesicht richtete. Er war ein Chinese aus Singapur, sah ungefähr fünfundzwanzigjährig aus, hatte Hamsterbacken, eine dicke Brille und viele Schreibwerkzeuge in der Brusttasche.

Kein übel aussehender Bursche, aber ganz entschieden kein Fernsehmaterial. Normal aussehend. Auf der Straße würde man ihn nicht zweimal ansehen.

Er saß zurückgelehnt auf seiner Couch: Hinter seinem Kopf hing ein kitschiges Seestück an der Wand. Er trank aus einer Kaffeetasse und fummelte mit einem Mikrofon, das er an seinen Kragen geklemmt hatte. Laura konnte ihn laut schlucken hören.

»Ich glaube, ich bin jetzt auf Sendung«, verkündete er.

Laura tauschte einen Blick mit der kleinen alten Frau. Das alte Mädchen sah enttäuscht aus. Sprach nicht englisch.

»Dies ist mein privates VCR«, sagte der junge Mann. »Es sagt immer: ›Häng dich nicht an die Hausantenne, das kann Kanalverseuchung verursachen.‹ Streusignale, nicht wahr? Also habe ich es gemacht. Ich sende! Glaube ich jedenfalls.«

Er schenkte sich Kaffee nach. Seine Hand zitterte ein wenig. »Heute«, sagte er, »wollte ich mein Mädchen fragen, ob es mich heiraten will. Sie ist vielleicht kein solch wunderbares Mädchen, und ich bin auch kein besonders großartiger Mann, aber wir haben das Normalmaß. Ich glaube, wenn man das Bedürfnis hat, ein Mädchen zu fragen, ob es einen heiraten will, dann sollte das möglich sein. Alles andere ist unzivilisiert.«

Er beugte sich näher zur Kamera, und sein Kopf und die Schultern gerieten aus der Proportion. »Aber dann kommt diese Sache mit der Ausgangssperre. Sie gefällt mir nicht sehr, aber ich bin ein guter Bürger, und so sage ich mir, gut. Nur voran, Jeyaratnam, fang die Terroristen und gib ihnen Saures, wie sie es verdient haben. Dann kommt die Polizei in mein Haus.«

Er lehnte sich wieder zurück, ein nervöses Zucken im Gesicht, und seine Brille reflektierte eine Lichtspur. »Ich bewundere Polizisten. Der Polizist ist ein feiner, notwendiger Mann. Wenn ich einem begegne, der Streife geht, sage ich immer zu ihm: ›Guten Morgen, Wachtmeister, das ist gut so, bewahren Sie den Frieden.‹ Sogar zehn Polizisten sind in Ordnung. Sind es aber hundert, ändere ich schnell meine Meinung. Plötzlich ist meine Nachbarschaft voll von Polizisten. Tausenden. Mehr als andere Leute. Stürmen in meine Wohnung. Durchsuchen jeden Raum, durchwühlen meine Sachen. Nehmen meine Fingerabdrücke, sogar meine Blutprobe.«

Er zeigte ein Heftpflaster am Daumenballen. »Sie füttern mich in den Computer, ruckzuck, sagen mir, ich solle meine gebührenpflichtige Verwarnung endlich bezahlen. Dann rennen sie davon, lassen die Tür offen, kein Bitte oder Danke, vier Millionen andere müssen auch noch belästigt werden. Also schalte ich den Fernseher ein, um die Nachrichten zu sehen. Nur ein Kanal. Ich höre, wir haben wieder das Wasserreservoir in Johore besetzt. Wenn wir soviel Wasser haben, warum scheint die Südseite der Stadt dann zu brennen? Das frage ich mich.«

Er stellte seine Kaffeetasse energisch ab. »Ich kann meine Freundin nicht anrufen, kann meine Mutter nicht anrufen. Kann mich nicht einmal bei meinem Abgeordneten beschweren, weil das Parlament jetzt suspendiert ist. Was ist der Nutzen von all diesen Wahlen und dummen Wahlkampfveranstaltungen, wenn es schließlich darauf hinausläuft? Ich frage mich, ob noch jemand so denkt. Ich bin nicht politisch, aber ich traue der Regierung nicht einen Millimeter. Ich bin eine kleine Person, aber ich bin nicht gar nichts.«

Auf einmal schien er den Tränen nahe. »Wenn dies zum Besten der Stadt ist, wo sind dann die Bürger? Die Straßen sind leer! Wo sind alle? Was für eine Stadt ist das geworden? Wo ist die Polizei aus Wien? Sie sind die Sachverständigen zur Terrorismusbekämpfung. Warum geschieht dies? Warum fragt mich niemand, ob ich es in Ordnung finde? Ich finde es kein bißchen in Ordnung! Ich möchte Erfolg, wie jeder andere, ich arbeite und kümmere mich um meine Angelegenheiten, aber dies ist zuviel. Bald werden sie kommen und mich verhaften, weil ich diese Sendung mache. Fühlen Sie sich nicht besser, wenn Sie von mir hören? Ist es nicht besser, als dazusitzen und allein zu verschimmeln?«

Plötzlich wurde heftig an die Tür des Mannes geschlagen. Er schaute verängstigt, streckte hastig die Hand aus, und der Bildschirm erlosch.

Lauras Wangen waren naß. Sie weinte wieder. In ihren Augen war ein Gefühl, als hätte sie sie mit Stahlwolle gekratzt. Keine Selbstbeherrschung. Ach Gott, dieser arme tapfere kleine Mann …

Jemand stand am Ladeneingang und rief etwas herein. Laura blickte erschrocken auf. Es war ein großer, martialisch aussehender Sikh mit Turban, Khakihemd und Shorts. Er hatte eine Plakette und Achselklappen und trug einen Schlagstock. »Was machen Sie hier?«

»Oh …« Laura sprang auf. Der Segeltuchsitz ihres Klappstuhls war durchnäßt, wo sie gesessen hatte, und zeigte den gerundeten dunklen Abdruck ihres Hinterteils. Tränen standen ihr in den Augen; sie war verschreckt und fühlte sich in einer unbestimmten Weise zutiefst gedemütigt.

»Nicht …« Sie wußte nicht, was sie sagen sollte.

Der Wachmann sah sie an, als ob sie vom Mars heruntergefallen wäre. »Sie sind hier Mieterin, Madam?«

»Der Aufruhr«, stammelte Laura. »Ich dachte, hier … hier könnte ich Zuflucht finden.«

»Madam sind Touristin?« Er starrte sie an, dann zog er eine schwarzgefaßte Brille aus der Brusttasche und setzte sie auf. »Amerikanerin – ah!« Anscheinend hatte er sie erkannt.

»Gut«, sagte Laura und streckte die Hände aus, noch in den durchtrennten Kunststoffhandschellen. »Nehmen Sie mich fest. Bringen Sie mich in Gewahrsam.«

Der Sikh hob abwehrend die Hand. »Madam, ich bin nur privater Wachmann. Kann Sie nicht festnehmen.«

Die kleine alte Frau stand plötzlich auf und schlurfte direkt auf ihn zu. Im letzten Augenblick trat er unbeholfen beiseite. Sie wanderte hinaus in die Halle. Er starrte ihr stirnrunzelnd nach.

»Hielt Sie für Plünderer«, sagte er. »Bedaure sehr.«

»Können Sie mich zu einem Polizeirevier bringen?«

»Aber Sie werden doch nicht, Mrs .... Mrs. Webber ... Madam, ich kann nicht übersehen, daß Sie ganz naß sind.«

Laura versuchte ihn anzulächeln. »Regen. Auch Wasserwerfer.«

Der Sikh richtete sich auf. »Es ist sehr großer Kummer für mich, daß Sie dies in unserer Stadt erfahren, als Gast der Regierung von Singapur, Mrs. Webber.«

»Das ist schon in Ordnung«, murmelte Laura. »Wie ist Ihr Name, Sir?«

»Singh, Madam.«

Natürlich. Alle Sikhs hießen Singh. Laura kam sich wie eine Idiotin vor. »Ich könnte die Polizei gebrauchen, Mr. Singh. Ich meine, ein hübsches ruhiges Polizeirevier außerhalb des Aufstandsgebietes.«

Singh klemmte seinen Stock unter den Arm. »Sehr wohl, Madam.« Er bemühte sich, nicht zu salutieren. »Sie folgen mir, bitte.«

Sie gingen zusammen durch die leere Passage. »Wir werden Sie bald versorgen«, sagte Singh in ermutigendem Ton. »Die Pflicht ist schwierig in diesen Zeiten.«

»Sie sagen es, Mr. Singh.«

Sie betraten einen Lastenaufzug und fuhren ein Stockwerk tiefer in eine staubige Tiefgarage. Viele Fahrräder, einige wenige Wagen, größtenteils alte Klapperkästen. Singh zeigte mit seinem Stock. »Sie fahren auf dem Beifahrersitz meines Motorrollers, wenn genehm?«

»Gewiß, in Ordnung.« Singh sperrte das Lenkschloß auf und startete die Maschine. Sie saßen auf und fuhren mit einem komisch hohen Schnurren eine Rampe hinauf zur Straßenebene. Der Regen hatte vorübergehend nachgelassen. Singh fuhr langsam auf die Straße.

»Es gibt Straßensperren«, sagte Laura.

»Ja, aber ...« Singh zögerte, dann trat er auf die Bremse.

Eines der Schrägflügel-Kampfflugzeuge der Luftwaffe von Singapur überflog sie mit gedrosselten Triebwerken. Plötzlich legte es sich in einem eleganten Schwenk auf die Seite und stieß im Zielanflug abwärts, als wollte es seinem eigenen Schatten ausweichen. Wirklich gekonntes Fliegen. Sie beobachteten es mit offenem Mund.

Etwas flog unter seinen Flügeln heraus. Eine Rakete. Sie hinterließ eine Rauchspur in der wassergesättigten Luft. Vom Hafen kam ein jäher Ausbruch grellgelben Feuers. Stahltrümmer und Fetzen vom zerrissenen Ladekran wirbelten durch die Luft.

Donner rollte durch die leeren Straßen.

Singh fluchte und wendete den Motorroller. »Feindlicher Angriff! Wir kehren sofort um!«

Sie fuhren wieder die Rampe hinunter in die Tiefgarage. »Das war eine Maschine aus Singapur, Mr. Singh.«

Singh tat, als höre er sie nicht. »Die Pflicht ist jetzt klar. Sie kommen mit mir, bitte.«

Sie nahmen einen Aufzug zum sechsten Stock. Singh war schweigsam und hielt sich kerzengerade. Er wich ihrem Blick aus.

Er führte sie einen Korridor entlang zu einer Wohnungstür und klopfte dreimal.

Eine dickliche Frau in schwarzen Pumphosen und einem weiten Übergewand öffnete die Tür. »Meine Frau«, sagte Singh und bedeutete Laura, einzutreten.

Die Frau starrte sie verblüfft an, dann faßte sie sich, lächelte liebenswürdig und nahm Laura bei der Hand. Laura hätte die Frau am liebsten umarmt.

Es war eine Dreizimmerwohnung. Sehr bescheiden. Drei niedliche Kinder kamen neugierig ins Wohnzimmer gerannt: ein Junge von vielleicht neun Jahren, ein kleineres Mädchen und noch ein Junge, vielleicht zwei. »Sie haben drei Kinder, Mr. Singh?«

Singh bejahte lächelnd. Er hob den Kleinsten auf und zauste ihm das Haar. »Macht viele Steuerprobleme. Man muß zwei Jobs arbeiten.« Er und seine Frau begannen in Hindi zu sprechen, gänzlich unverständlich, aber durchsetzt mit englischen Lehnwörtern wie *fighter jet* und *television*.

Mrs. Singh, deren Name Aratavari oder so ähnlich war, führte Laura ins Elternschlafzimmer. »Wir werden Sie in trockene Kleider stecken«, sagte sie. Sie öffnete den Schrank und nahm ein zusammengelegtes Stück Stoff heraus. Es war atemberaubend: smaragdgrüne Seide mit goldener Stickerei. »Ein Sari wird Ihnen passen«, sagte sie und schüttelte das Kleidungsstück aus. Es war offensichtlich ihr bestes Stück. Eine Maharani hätte es zur rituellen Witwenverbrennung tragen können.

Laura trocknete sich das Haar mit einem Handtuch. »Ihr Englisch ist sehr gut.«

»Ich bin aus Manchester«, sagte Mrs. Singh. »Aber hier sind die Chancen besser.« Sie kehrte ihr höflich den Rücken, während Laura ihre durchnäßte Bluse und die Jeans auszog. Die zum Sari gehörende Bluse war in der Oberweite zu groß und um die Rippen zu eng. Mit dem Sari kam sie nicht zurecht. Mrs. Singh half ihr beim Anlegen und steckte ihn fest.

Laura kämmte sich vor dem Spiegel. Ihre vom Tränengas brennenden Augen sahen wie gesprungene Murmeln aus. Aber der schöne Sari verlieh ihr ein halluzinatorisches Aussehen exotischer Majestät. Wenn David nur hier wäre … Plötzlich fühlte sie sich überwältigt vom Kulturschock.

Barfuß und raschelnd folgte sie Mrs. Singh ins Wohnzimmer. Die Kinder lachten scheu, und Singh grinste sie an. »Oh. Sehr gut, Madam. Sie würden gern etwas trinken?«

»Ein Glas Whiskey könnte ich wirklich vertragen.«

»Kein Alkohol.«

»Haben Sie eine Zigarette?« platzte sie heraus. Das Ehepaar Singh sah schockiert aus. »Verzeihung«, murmelte sie erstaunt, daß sie es gesagt hatte. »Es ist sehr freundlich von Ihnen, daß Sie mich aufgenommen haben.«

Mrs. Singh schüttelte bescheiden den Kopf. »Ich sollte Ihre Kleider zur Wäscherei bringen, aber die Ausgangssperre verbietet es.« Der größere Junge brachte Laura eine Dose mit gekühltem Guavensaft. Er schmeckte wie gezuckerte Spucke.

Sie setzten sich auf die Couch. Der Regierungskanal war eingeschaltet, mit gedämpfter Lautstärke. Ein chinesischer Journalist der Bodenkontrollstation interviewte den Kosmonauten, der noch in einer Umlaufbahn war. Der Kosmonaut brachte grenzenloses Vertrauen in die Regierungsbehörden zum Ausdruck. »Mögen Sie Curry?« fragte Mrs. Singh besorgt.

Laura war überrascht. »Ja, schon, aber ich kann nicht bleiben.«

»Sie müssen!«

»Nein. Meine Firma hat abgestimmt. Es ist eine Frage der Politik. Wir gehen alle ins Gefängnis.«

Die Singhs waren nicht überrascht, ließen es sich jedenfalls nicht anmerken, aber sie machten unglückliche und beunruhigte Gesichter. Laura hatte Mitleid mit ihnen. »Aber warum?« fragte Mrs. Singh.

»Wir sind hierher gekommen, um unseren Standpunkt vor dem Parlamentsausschuß zu vertreten und mit der Regierung zu verhandeln. Das wurde durch die Verhängung des Kriegsrechtes verhindert. Wir sind gegen dieses Kriegsrecht. Wir sind jetzt Feinde des Staates. Wir können nicht mehr mit ihm arbeiten.«

Singh und seine Frau berieten, während die Kinder am Boden saßen, ernst und mit großen Augen. »Sie bleiben hier in Sicherheit, Madam«, sagte Singh endlich. »Es ist unsere Pflicht. Sie sind wichtiger Gast. Die Regierung wird verstehen.«

»Es ist nicht mehr dieselbe Regierung«, sagte Laura. »Die ganze Gegend um die Ostlagune ist jetzt Aufstandsgebiet. Dort bringen sie einander um. Ich sah es selbst. Die Luftwaffe hat gerade eine Rakete in das Hafengebiet gefeuert, vielleicht in unser Eigentum. Vielleicht tötete sie einige von unseren Leuten, ich weiß es nicht.«

Mrs. Singh erbleichte. »Ich hörte die Explosion – aber im Fernsehen haben sie nichts gebracht ...« Sie wandte sich zu ihrem Mann, der verdrießlich auf den Teppich starrte. Sie begannen wieder zu reden, aber Laura fiel ihnen ins Wort.

»Ich habe kein Recht, Sie alle in Schwierigkeiten zu bringen.« Sie stand auf. »Wo sind meine Sandalen?«

Auch Singh stand auf. »Ich begleite Sie, Madam.«

»Nein, bleiben Sie lieber hier und bewachen Sie Ihr Haus«, widersprach Laura. »Sie werden bemerkt haben, daß die Türen unten aufgebrochen sind. Diese ALP-Leute haben unsere Niederlassung besetzt – sie könnten jederzeit auch hier hereinkommen und alle Bewohner als Geiseln nehmen: Es ist ihnen ernst; sie sind fanatisch.«

»Ich fürchte den Tod nicht«, beharrte Singh. Seine Frau begann ihn zu schelten. Laura fand ihre Sandalen – das Kleinkind spielte hinter der Couch mit ihnen. Sie schlüpfte hinein.

Singh stürmte mit rotem Kopf aus der Wohnung. Laura hörte ihn im Hauskorridor rufen und mit seinem Stock an die Türen schlagen. »Was geht vor?« fragte sie.

Die beiden älteren Kinder waren zu Mrs. Singh gelaufen, hielten sich an ihr fest und drückten die Gesichter in ihre Kleider. »Mein Mann sagt, er sei es, der Sie gerettet habe, eine bekannte Frau vom Fernsehen, die wie eine verirrte nasse Katze ausgesehen habe. Und daß Sie in seinem Haus das Brot mit ihm gebrochen hätten. Er werde keine hilflose Ausländerin fortschicken, daß sie wie ein streunender Hund auf der Straße erschlagen werde.«

»Er scheint in seiner Sprache recht wortgewandt zu sein.«

»Das erklärt es vielleicht«, sagte Mrs. Singh und lächelte.

»Ich glaube nicht, daß man bei einer Dose Guavensaft von ›Brotbrechen‹ sprechen kann.«

Sie tätschelte den Kopf ihrer kleinen Tochter. »Er ist ein guter Mann. Er ist ehrlich und arbeitet sehr angestrengt, und ist nicht dumm oder böse. Niemals schlägt er mich oder die Kinder.«

»Das ist sehr nett«, versicherte Laura.

Mrs. Singh blickte ihr ins Auge. »Ich sage Ihnen dies, Laura Webster, weil ich nicht will, daß Sie das Leben meines Mannes wegwerfen: Nur weil Sie eine Politische sind, und er nicht viel zählt.«

»Ich bin keine Politische«, protestierte Laura. »Ich bin bloß eine Person, wie Sie.«

»Wenn Sie wie ich wären, würden Sie zu Hause bei Ihrer Familie sein.«

Plötzlich stürzte Singh herein, faßte Laura beim Arm und zog sie aus der Wohnung. Überall im Hauskorridor waren die Türen offen, und verwirrte und zornige Inder in Unterhemden drängten durcheinander. Als sie Laura erblickten, verstummte ihr aufgeregtes Geschnatter. Sie umringten sie. »*Namaste, namaste*«, murmelten sie die indische Begrüßung, nickten über den zusammengelegten Handflächen. Dann neuerliches Stimmengewirr.

»Mein Sohn, mein Sohn«, rief ein fetter Kerl auf englisch. »Er ist ALP, mein Sohn!«

Der Aufzug kam, und sie drängten mit Laura hinein, bis es den Fahrkorb zu sprengen drohte; die anderen liefen zur Treppe. Der Aufzug sank langsam tiefer, knarrend, mit ächzenden Kabeln.

Minuten später waren sie draußen auf der Straße. Laura wußte nicht, wie es zu der Entscheidung gekommen war, oder ob überhaupt jemand bewußt eine getroffen hatte. Überall waren die Fenster aufgerissen, und in der feuchten Nachmittagshitze riefen die Leute hinauf und herab. Mehr und mehr Bewohner kamen aus den Häusern, eine menschliche Flut: nicht zornig, sondern in manischer Aufgeregtheit, wie Kinder, die aus der Schule kommen – ein einziges Durcheinanderwogen, Rufen, Schulterklopfen.

Laura hielt sich an Singhs Khakiärmel fest. »Hören Sie, ich brauche das alles nicht …«

»Es sind die Leute«, murmelte Singh. Seine Augen blickten glasig und ekstatisch.

»Laßt sie sprechen!« schrie ein Mann in einem weiten, gestreiften Überrock. »Laßt sie sprechen!«

Der Ruf wurde aufgenommen. Zwei junge Burschen rollten eine Mülltonne auf die Straße und stellten sie wie ein Postament vor sie hin. Sie hoben Laura hinauf. Es gab hektischen Applaus. »Ruhe! Ruhe!«

Plötzlich schauten sie alle zu ihr auf.

Laura fühlte einen so tiefen Schrecken, daß sie sich einer Ohnmacht nahe wähnte. Sag etwas, Idiot, schnell, bevor sie dich umbringen. »Ich danke Ihnen, daß Sie mich schützen wollen«, quäkte sie. Die Menge jubelte – nicht, weil sie ihre Worte verstanden hätte, sondern anscheinend aus Vergnügen darüber, daß sie sprechen konnte wie ein richtiger Mensch.

Sie fand ihre Stimme wieder. »Keine Gewalt«, rief sie. »Singapur ist eine moderne Stadt.« Da und dort dolmetschten Männer mit halblauten Stimmen. Die Menge ringsum wuchs weiter und verdichtete sich. »Aufgeklärte und vernünftige Menschen bringen einander nicht um«, rief sie. Der Sari rutschte ihr von der Schulter. Sie zog ihn wieder zurecht. Die Zuhörer applaudierten, stießen einander. Das Weiße in den Augen ihrer dunklen Gesichter war entnervend.

Es war der verdammte Sari, dachte sie benommen. Es gefiel ihnen. Eine große blonde Ausländerin auf einem Postament, eingehüllt in Grün und Gold, eine verrückte Priesterin der Kali ...

»Ich bin bloß eine dumme Ausländerin!« kreischte sie. Ein paar Augenblicke vergingen, bis sie entschieden, ihr zu glauben – dann lachten und applaudierten sie. »Aber ich will nicht, daß Menschen durch Gewalt verletzt werden. Darum will ich ins Gefängnis gehen!«

Verständnislose Blicke. Sie begriffen nicht, was sie sagen wollte. Die Inspiration kam ihr zu Hilfe. »Wie Gandhi!« rief sie. »Der Mahatma. Gandhi.«

Plötzliche Stille.

»Also wäre ich dankbar, wenn einige von Ihnen mich ganz ruhig zu einem Gefängnis bringen würden. Ich danke Ihnen.« Sie sprang von der Mülltonne.

Singh fing sie auf und hielt sie fest. »Das war gut!«

»Sie kennen den Weg«, sagte Laura. »Sie führen uns, ja?«

»Gut!« Singh schwang den Stock über seinem Kopf. »Wir marschieren alle! Zum Gefängnis!«

Er bot Laura seinen Arm. Sie gingen rasch durch die Menge, die vor ihnen auseinanderwich und sich hinter ihnen wieder zusammenschloß.

»Zum Gefängnis!« rief der Gestreifte, auf und nieder springend, mit den Armen fuchtelnd. »Nach Changi!« Andere nahmen den Ruf auf. »Changi, Changi.« Das Ziel schien ihre Energien zu kanalisieren. Die Atmosphäre explosiver Unbesonnenheit verlor sich, Kinder liefen voraus, um sich immer wieder umzuwenden und die marschierende Menge zu bestaunen. Sie gafften und sprangen und stießen einander. Leute beobachteten den Zug aus den Gebäuden zu beiden Seiten. Fenster und Türen wurden geöffnet.

Nach drei Blocks war die Menge noch immer im Anwachsen. Sie marschierten nach Norden. Vor ihnen ragten die zyklopischen Gebäude des Stadtzentrums auf. Ein hagerer Chinese mit glänzend pomadisiertem schwarzem Haar und einem lehrerhaften Ausdruck erschien neben Laura. »Mrs. Webster?«

»Ja?«

»Ich freue mich, mit Ihnen nach Changi zu marschieren! Amnesty International war moralisch im Recht!«

Laura zwinkerte. »Wie?«

»Die politischen Gefangenen ...« Die Menge brandete plötzlich vorwärts, und er wurde abgedrängt. Der Zug hatte jetzt eine Eskorte – zwei Polizeihubschrauber, die den Zug überwachten. Laura verzagte, und das Brennen in ihren Augen verstärkte sich mit der Erinnerung, aber die Menge winkte und jubelte, als ob die Hubschrauber eine Art Ehreneskorte wären.

Endlich kam ihr der rettende Gedanke. Sie faßte Singh am Ellbogen. »He! Ich möchte einfach zu einem Polizeirevier gehen. Nicht zur verdammten Bastille marschieren!«

»Wie, Madame?« rief Singh. Er grinste wie in Trance. »Was still?«

O Gott, wenn sie nur davonlaufen könnte! Sie blickte wild umher, und die Leute winkten ihr zu und lächelten; wie idiotisch, diesen Sari anzuziehen. Es war, als wäre sie in grünes Neon gewickelt.

Nun zogen sie mitten durch Singapurs Chinesenviertel. Temple Street, Pagoda Street. Zu ihrer Linken erhob sich die psychedelische, mit Statuen bedeckte Stupa eines Hindutempels. *Sri Mariamman* lautete die Aufschrift. Beleibte, buntbemalte Göttinnen lächelten einander zu, als hätten sie dies alles zu ihrer Erheiterung geplant. Voraus jaulten Sirenen an einer größeren Kreuzung. Sie marschierten gerade darauf zu. Tausend zornige Polizisten. Ein Massaker. Und dann kam es in Sicht. Überhaupt keine Polizisten, sondern ein anderer Demonstrationszug von Zivilisten. Männer, Frauen und Kinder strömten auf die Kreuzung. Über ihnen ein Transparent, jemandes Bettlaken, zwischen Bambusstangen gespannt. Hastig aufgetragene Schriftzeichen: LANG LEBE KANAL DREI!

Lauras Menge stieß ein erstaunliches, aus tiefstem Herzen kommendes Seufzen aus, als hätte jeder einzelne Teilnehmer an dem Marsch einen lang vermißten Angehörigen entdeckt. Plötzlich liefen alle vorwärts. Die beiden Züge trafen sich und verschmolzen miteinander. Lauras Nackenhaare prickelten. In dieser Menge war etwas freigesetzt, etwas rein Magisches – eine mystische gesellschaftliche Elektrizität. Sie fühlte es in den Knochen, eine triumphierende Freude, ganz im Gegensatz zu der häßlichen Massenpanik, die sie im Stadion gesehen hatte. Auch hier wurden Leute zu Boden gestoßen, aber sie halfen einander wieder auf und umarmten sich.

Sie verlor Singh. Plötzlich war sie allein in der Menge, inmitten eines sinnverwirrenden Wirbels. Sie versuchte die Straße zu überblicken. Einen Block weiter war wieder eine kleinere Menge zu sehen, und eine Traube roter und weißer Polizeiwagen.

Ihr Herz tat einen Freudensprung. Sie arbeitete sich durch die Menge und lief auf die Polizeifahrzeuge zu, so schnell der Sari es ihr erlaubte.

Die Polizisten waren umringt, eingebettet in die Menge wie Schinken in Aspik. Die Leute umdrängten sie einfach und machten sie unbeweglich. Die Türen der Streifenwagen standen offen, und die Polizisten versuchten den Leuten gut zuzureden, doch ohne Erfolg.

Laura drängte sich durch die Menge näher. Alles schnatterte durcheinander, und Laura bemerkte, daß viele Leute die Hände voll hatten – nicht mit Waffen, sondern mit allen sonstigen möglichen Dingen: Broten, Transistorradios, sogar eine Handvoll Ringelblumen sah sie, die jemand aus einem Blumentopf gezogen hatte.

Dies alles hielten sie den Polizisten hin und baten sie, die Sachen anzunehmen. Eine chinesische Matrone vorgerückten Alters rief einem Polizeioffizier leidenschaftlich zu: »Ihr seid unsere Brüder! Wir sind alle Singapurer. Singapurer töten einander nicht!«

Der Offizier vermied es, der Frau in die Augen zu sehen. Er saß mit zusammengepreßten Lippen auf der Kante des Fahrersitzes, in qualvoller Demütigung. Drei Polizisten saßen in seinem Wagen, alle in voller Ausrüstung: Helme, Schutzwesten, Fesselgewehre. Sie hätten die Menge in ein paar Augenblicken auseinandertreiben können, aber sie sahen verwirrt aus, hilflos.

Ein Mann in einem seidenen Straßenanzug streckte den Arm zum offenen Fenster in den Fond hinein. »Nehmen Sie meine Uhr, Wachtmeister! Als Erinnerungsstück! Bitte – dies ist ein großer Tag …« Der Angeredete schüttelte den Kopf mit einem freundlichen, aber benommenen Ausdruck. Sein Nachbar aß einen Reiskuchen.

Laura trat auf den Offizier zu. Er blickte auf und erkannte sie, dann verdrehte er die Augen nach oben, wie um ihr zu verstehen zu geben, daß sie alles sei, was ihm noch gefehlt habe. »Was wollen Sie?«

Laura sagte es ihm halblaut.

»Ich soll Sie hier festnehmen?« erwiderte der Polizeioffizier. »Vor diesen Leuten?«

»Ich kann Sie hier herausbringen«, sagte Laura. Sie kletterte auf die Kühlerhaube des Streifenwagens, stand auf und hob beide Arme. »Bitte hören Sie! Vielleicht kennen Sie mich – ich bin Laura Webster. Bitte lassen Sie uns durch! Wir haben sehr wichtige Angelegenheiten zu regeln! Ja, so ist es recht, machen Sie bitte Platz, meine Damen und Herren … Danke sehr, Sie sind so gute Leute, ich bin Ihnen so dankbar …«

Sie setzte sich auf die Kühlerhaube, die Füße auf die Stoßstange gestemmt. Der Wagen kroch vorwärts, und die Menge wich seitwärts aus. Viele, wenn nicht die meisten Leute, kannten sie nicht, aber sie reagierten instinktiv auf das Totemsymbol einer Ausländerin in einem grünen Sari auf dem Kühler eines Streifenwagens. Laura streckte die Arme aus und machte Schwimmbewegungen. Es wirkte. Die Menge machte die Bahn frei.

Sie erreichten die freie Straße und hielten an. Laura zwängte sich zwischen den Hauptmann und einen Leutnant auf den Vordersitz. »Gott sei Dank«, sagte sie.

»Mrs. Webster«, erklärte der Polizeioffizier, dessen Namensschild ihn als Hauptmann Hsiu auswies, »Sie sind wegen Anstiftung zum Aufruhr und Behinderung der Vollzugsorgane festgenommen.«

»In Ordnung«, atmete Laura auf. »Wissen Sie, was mit dem Rest der Rizome-Leute geschehen ist?«

»Sie sind auch in Gewahrsam. Die Hubschrauber haben sie geholt.«

Laura nickte eifrig, dann merkte sie auf. »Ahmm … sie sind nicht in Changi, oder?«

»Gegen Changi ist nichts einzuwenden!« sagte der Hauptmann in gereiztem Ton. »Hören Sie nicht auf die Lügen der Globalisten.«

Sie fuhren langsam die Pickering Street hinauf, in der sich die Schönheitssalons und Etablissements für kosmetische Chirurgie drängten. Die Gehsteige waren voll grinsender, feixender Übertreter des Ausgehverbotes, aber sie hatten noch nicht daran gedacht, die Straße zu sperren. »Ihr Ausländer«, knurrte der Hauptmann,

»habt uns betrogen. Singapur hätte eine neue Welt errichten können, aber ihr habt unseren Führer vergiftet, uns beraubt und auch noch Zwietracht und Aufruhr gesät.«

»Grenada hat Kim vergiftet.«

Hauptmann Hsiu schüttelte den Kopf. »Ich glaube nicht an Grenada.«

»Und die Unruhen sind von Ihren eigenen Landsleuten ausgegangen«, sagte Laura. »Jedenfalls wurden Sie nicht überfallen.«

Der Hauptmann sah sie aus seinen Schlitzaugen von der Seite an. »Überfallen vielleicht nicht, aber überlaufen. Wußten Sie es nicht?«

Sie war sprachlos. »Was? Wien hat internationale Einheiten geschickt?«

»Nein«, sagte einer von den Rücksitzen. »Es ist das Rote Kreuz.«

»Das Rote Kreuz?« wiederholte sie verblüfft. »Die Gesundheitsorganisation?«

»Niemand schießt auf das Rote Kreuz, nicht wahr?« sagte Hauptmann Hsiu. »Sie kamen von Johore herüber, ein paar Kolonnen. Sie sind in Ubin und Tekong und Sembawang. Hunderte von Leuten.«

»Mit Verbandzeug und medizinischen Geräten«, sagte der Reiskuchen essende Polizist. »›Zivile Katastrophenhilfe.‹« Er lachte.

»Sei still, du!« sagte der Hauptmann, und der Polizist schluckte sein Lachen hinunter.

»Ich habe nie gehört, daß das Rote Kreuz so etwas macht«, sagte Laura.

»Die Globalisten stecken dahinter, die Multis«, sagte Hauptmann Hsiu mit finsterer Miene. »Sie wollten Wien kaufen und Krieg gegen uns anzetteln. Aber das ist zu teuer und würde zu lange dauern. Also verfielen sie auf die Idee, das Rote Kreuz zu kaufen und uns mit Freundlichkeit zu überwältigen. Wir werden alle Mühe haben, sie wieder loszuwerden. Hoffentlich hat die Regierung den Mut, sie auszuweisen.«

Der Polizeifunk quakte aufgeregt. Eine Menschenmenge war in das Redaktionsgebäude des Vierten Fernsehkanals eingedrungen. Hauptmann Hsiu knurrte etwas Unfreundliches auf Chinesisch und schaltete aus. »Ich wußte, daß sie früher oder später die Fernsehanstalten überfallen würden«, sagte er. »Aber was sollen wir tun? Wir sind zu wenige, und die Regierung zögert noch, die Armee voll einzusetzen.«

»Morgen werden wir neue Befehle bekommen«, sagte der Leutnant. »Wahrscheinlich auch Gehaltserhöhungen. Arbeitsreiche Monate liegen vor uns.«

»Verräter«, sagte Hauptmann Hsiu ohne Leidenschaft.

Der Leutnant zuckte die Achseln. »Man muß leben.«

»Dann haben wir gewonnen?« platzte Laura heraus. Erst jetzt wurde es ihr in vollem Umfang bewußt. Schwoll in ihr an. All diese Verrücktheit und die Opfer – irgendwie hatte es gewirkt. Nicht ganz so, wie alle erwartet hatten, aber so war es mit der Politik. Es war vorbei. Das Netz hatte gewonnen.

»Scheint so«, sagte der Hauptmann. Er bog nach rechts ab in die Clemenceau Avenue.

»Dann wird es auch nicht viel Sinn haben, mich zu verhaften, nicht wahr? Der Protest ist jetzt bedeutungslos. Und wegen dieser Anklagen werde ich nie vor Gericht gestellt.« Sie lachte fröhlich.

»Vielleicht stecken wir Sie spaßeshalber in die Arrestzelle«, sagte der Leutnant. Ein Wagen voll junger Leute kam ihnen entgegen; einer beugte sich zum offenen Fenster heraus und ließ eine Flagge von Singapur wehen.

»Lieber nicht«, sagte der Hauptmann. »Dann müssen wir uns ihre moralisierenden Globalistenreden anhören.«

»Nein, nein!« sagte Laura hastig. »Ich werde von hier verschwinden, sobald ich kann, zurück zu meinem Mann und meinem Kind.«

Hauptmann Hsiu hielt inne. »Sie wollen Singapur verlassen?«

»Lieber heute als morgen! Glauben Sie mir.«

»Wir könnten sie trotzdem ins Untersuchungsgefängnis bringen«, schlug der Leutnant vor. »Würde wahrscheinlich zwei, drei Wochen dauern, bis sie gefunden wird.«

»Besonders, wenn wir die Einlieferung nicht zu den Akten geben«, sagte der Polizist mit dem Reiskuchen. Er lachte durch die Nase.

»Wenn Sie mir damit Angst einjagen wollen, tun Sie es nur!« bluffte Laura. »Ich könnte sowieso nicht hinaus. Das Kriegsrecht besteht fort, und der Flughafen ist geschlossen.«

Sie fuhren über die Clemenceau-Brücke. Sie wurde von Panzern bewacht, aber der Streifenwagen konnte ohne Aufenthalt durchfahren.

»Keine Sorge«, sagte der Hauptmann. »Um Laura Webster loszuwerden, ist kein Opfer zu groß!«

Und er brachte sie zur Yung Soo Chim Islamischen Bank.

Es war eine unheimliche Reprise. Sie waren alle auf dem Dach des Bankgebäudes versammelt, das Personal von Yung Soo Chim und eine beträchtliche Zahl assoziierter Geschäftemacher, Datenhaie und Schmarotzer. Sie standen und saßen zwischen dem stachligen weißen Wald der Mikrowellenantennen und den fettigen, regenfleckigen Satellitenschüsseln.

Laura hatte ihren Kopf in den Sari gewickelt und trug eine spiegelnde Sonnenbrille, die sie Hauptmann Hsiu abgebettelt hatte. Der Anblick des Streifenwagens, dem sie entstiegen war, hatte den privaten Sicherheitsbeamten genügt; um sie in die Bank einzulassen, wo die Reißwölfe an der Arbeit waren und einen Geruch wie von frischgemähtem Heu verbreiteten. Der Rest war leicht gewesen. Niemand überprüfte Ausweise – sie hatte keinen, auch kein Gepäck.

Niemand behelligte sie – anscheinend hielt man sie für jemandes Geliebte, oder vielleicht für eine exotische Geschäftsfrau aus hoher Hindukaste. Erfuhren die Piraten, daß sie hier unter ihnen weilte, konnte es unangenehm werden. Aber Laura wußte mit sicherem Gespür, daß sie ihr nichts antun würden. Nicht hier, nicht jetzt, nicht nach allem, was sie durchgemacht hatte.

Sie fürchtete sich nicht. Sie fühlte sich jetzt kugelfest, unbezwingbar, voll von Elektrizität. Sie wußte jetzt, daß sie stärker war als diese Leute. Ihre Leute hatten die stärkeren Bataillone. Sie konnte im Tageslicht gehen, aber diese konnten es nicht. Sie hatten geglaubt, die Welt mit ihren verbrecherischen Verschwörungen überziehen zu können, hatten gedacht, sie hätten Zähne, aber ihre Knochen waren aus Glas.

Der kriminellen Organisation fehlte es einfach am Gemeinschaftsgefühl. Sie waren Ganoven, Treibgut, und es gab nichts, was sie zusammenhielt, kein grundlegendes Vertrauen. Sie hatten sich unter der schützenden Hand der Regierung von Singapur versteckt, und nun, da diese Hand von ihnen genommen war, hatte die Bank ihre Sicherheiten eingebüßt; sie konnte nicht in der alten Weise weiterarbeiten. Es würde sie Jahre kosten, die Organisation wieder aufzubauen, wenn die Beteiligten es versuchen wollten, und die Zeitströmung war gegen sie. Dieser Ort und seine Träume, sagte sich Laura, hatte ausgespielt; die Zukunft lag anderswo.

Wie sie mit diesem Abenteuer würde prahlen können! Wie sie sich inmitten der Bankenhaie und Datenpiraten aus Singapur davongemacht hatte. In kurzen Abständen landeten und starteten Doppelrotor-Transporthubschrauber der Streitkräfte von Singapur auf dem Dachlandeplatz. Zwei bis drei Dutzend Flüchtlinge kletterten an Bord und verschwanden im bleiernen Monsunhimmel.

Die anderen warteten wie Krähen an der umlaufenden Brüstung und den Betonverankerungen der Mikrowellentürme. Einige standen um tragbare Fernsehgeräte und verfolgten Jeyaratnams Ansprache auf Kanal Zwei. Er sah übermüdet und grau aus, zitierte aus der Verfassung und den Bestimmungen des Kriegsrechtes, die er als segensreich für die Bevölkerung hinstellte, und forderte die Bürger auf, in ihre Häuser zurückzukehren.

Laura umrundete einen Gepäckwagen, auf dem sich prall gefüllte reißfeste Koffer aus braunem und gelbem Synthetikmaterial türmten. Drei Männer saßen auf der anderen Seite des Wagens, hatten die Ellbogen auf den Knien und verfolgten ein Fernsehprogramm. Zwei Japaner und ein Anglo, alle drei in gestärkten neuen Safarianzügen und Buschhüten.

Sie sahen Kanal Vier, und es gab ›Auf Sendung – Für die Menschen‹, eine Informationssendung, in der Miss Ting, Kims alte Flamme, als stotternde, errötende Moderatorin auftrat.

Laura beobachtete und lauschte aus diskreter Distanz. Sie empfand eine seltsame Verbundenheit mit Miss Ting, die offensichtlich durch ein seltsam synchrones Geschick in ihre gegenwärtige Lage geraten war.

So war es jetzt überall in Singapur, unbeständig und zerbrechlich und ungewiß. Hier oben mochten Düsternis und Trübsinn herrschen, doch unten auf den Straßen hupten die Fahrzeuge, zogen Menschenmassen wie in einem großen Straßenfest umher, und die Bevölkerung beglückwünschte sich zu ihrem Heldentum. Der Monsun trug die letzten Rauchwolken vom Hafen landeinwärts. Diese Datenpiraten hatten ein feines Gespür für Veränderungen; sie suchten das Weite, bevor sie vertrieben oder gar zur Rechenschaft gezogen wurden.

Der kleinere Japaner nahm seinen Hut ab und zupfte an einem Verkaufsetikett am Schweißband. »Kiribati«, sagte er.

»Wenn wir die Wahl haben, nehmen wir Nauru«, sagte der Anglo. Nach seinem Akzent war er Australier.

Der Japaner riß das Aufklebeetikett heraus und verkniff das Gesicht. »Kiribati ist nirgendwo, Mann. Es gibt keine sicheren Kabelverbindungen.«

»Die Hitze wird über Nauru kommen. Sie fürchten diese Startanlagen ...«

Nauru und Kiribati, dachte Laura, kleine pazifische Inselstaaten, deren ›nationale Souveränität‹ käuflich war. Günstige Voraussetzungen für Bankgangster. Aber das war ihr recht. Beide Inseln waren am Netz, und wo es Telefone gab, gab es Kredit. Und wo es Kredit gab, gab es Flugtickets. Und wo es Flugzeuge gab, war die Heimat nicht fern.

Heimat, dachte sie, an den vollbeladenen Gepäckkarren gelehnt. Nicht Galveston, noch nicht. Das Ferienheim würde irgendwann wieder eröffnen, aber das war sowieso nicht ihr Zuhause. Ihr Zuhause war David und das Baby. Mit David im warmen Bett zu liegen, heimatliche Luft zu atmen, draußen vielleicht ein angenehmes Zwielicht, Bäume, den Schatten von Laub, rote Erde und Kudzu, wie es in Georgia üblich war, in einem sicheren Rizome-Ferienhaus. Loretta auf den Arm zu nehmen, ihre festen kleinen Rippen zu fühlen und ihr Babylachen zu sehen. Ach Gott ...

Der größere Japaner starrte sie an. Sie richtete sich auf und zupfte irritiert an ihrem Sari, und er sah gelangweilt weg. Laura hörte ihn etwas murmeln, verstand es aber nicht.

»Ach was«, sagte der Australier. »Sie fangen an, Gespenster zu sehen, glauben, jeder sei feuerpräpariert.

Dieser Wodu-Unsinn mit ›Spontaner Verbrennung‹ … Sie sind gut, aber nicht so gut.«

Der größere Japaner rieb sich den Nacken und erschauerte. »Sie haben diesen Hund nicht ohne Grund vor unserer Tür verbrannt.«

»Ich vermisse den armen Jim Dae Jung«, sagte sein kleinerer Kollege. »Die verbrannten Füße noch in den Schuhen, der Schädel zur Größe einer Orange geschrumpft.«

Der Australier schüttelte den Kopf. »Wir wissen nicht, ob er auf seiner eigenen Toilette Feuer gefangen hatte. Bloß weil wir seine Füße dort fanden.«

»Da, sehen Sie«, sagte der größere Japaner und zeigte zum Himmel.

Die beiden anderen spähten in die angezeigte Richtung, erwarteten vielleicht den nächsten Hubschrauber. Aber am Himmel ging etwas vor. Vor dem bleigrauen Hintergrund der Wolken erschienen Streifen blutroten Rauches, wie Kratzer auf schlammiger Haut.

Der Monsunwind verformte die Streifen bald, aber sie blieben eine Weile als Symbole in rotem Rauch erkennbar, an den Himmel gekritzelt. Buchstaben, Zahlen:

3 A 3

»Himmelsschreiber«, sagte der Australier. »Schade, daß wir kein Fernglas haben. Ich sehe kein Flugzeug.«

»Sehr kleine Fernlenkdrohne«, sagte der größere Japaner. »Oder vielleicht ist es aus Glas.« Inzwischen waren alle auf dem Dach aufmerksam geworden, streckten die Arme aus, beschatteten die Augen und beobachteten das Phänomen.

3 A 3 v _ 0 /

»Es ist ein Code«, sagte der Australier: »Dahinter stecken die Wodu-Jungs.«

Der Wind hatte die ersten Zeichen schon zerblasen, aber weitere folgten.

= Ä _ _ –

»Drei A drei v Strich null Schrägstrich ist gleich A Umlaut Strich Strich erhöhter Strich«, wiederholte der Australier. »Was, zum Teufel, kann das bedeuten?«

»Vielleicht ist es ihr Evakuierungssignal«, sagte der größere Japaner.

»Das würde Ihnen gefallen, wie?« erwiderte der Australier.

Der kleinere Japaner begann zu lachen. »Keine Vertikalen in den Buchstaben«, verkündete er triumphierend. »Schlechte Programmierung. Grenada war nie gut mit Fernlenkdrohnen.«

»Keine Vertikalen?« sagte der Australier, mit zusammengekniffenen Augen zum Himmel starrend. »Ah, ich verstehe. ›BABYLON FÄLLT‹; nicht wahr? Unverschämte Bande.«

»Ich glaube, sie haben nie wirklich gedacht, daß dies geschehen würde«, sagte der Japaner. »Sonst hätten sie es besser angekündigt.«

»Immerhin, man muß es ihnen lassen«, sagte der Australier. »Ein unsichtbarer Finger schreibt mit Blut an den Himmel … Wenn sie es nicht vermurkst hätten, würden sie den Leuten wahrscheinlich den heißen Schiß herausgetrieben haben.« Er schmunzelte. »Murphys Gesetz, nicht? Jetzt ist es nur eine Unheimlichkeit mehr.«

Laura verließ den Gepäckkarren. Ein weiterer Hubschrauber war in Sicht gekommen und steuerte das Dach an – ein kleinerer. Sie wollte versuchen, an Bord zu kommen – das Gespräch der drei Männer hatte sie entnervt.

Als sie dem Landeplatz näher kam, hörte sie leises, mitleiderregendes Schluchzen. Nicht demonstrativ – nur ein unkontrolliertes Stöhnen und Schnupfen.

Der schluchzende Mann kauerte unter dem zylindrischen Körper eines Wassertanks. Sein Blick suchte unaufhörlich den Himmel ab, als erwarte er in Angst und Schrecken eine weitere Botschaft.

Er war ein Yuppie – wie die Bösewichter im chinesischen Fernsehen. Junge Männer in den Dreißigern, die Haare im Laserschnitt frisiert, mit Zigarettenspitzen aus Jade. Dieser hockte jedoch auf den Fersen unter der kühlen Rundung des Tanks, eine schwarze Wolldecke, die er mit beiden Händen vor der Brust zusammenhielt, um die Schultern gelegt. Er war unruhig wie ein Korb voll Garnelen.

Als er ihren Blick auf sich fühlte, riß er sich zusammen und betupfte seine Augen. Er sah aus, als wäre er einmal wichtig gewesen. Jahre von Maßanzügen und Handball und willfährigen Massagemädchen. Aber jetzt glich er mehr einem Häuflein Elend.

Irgendwo in ihm steckte eine von diesen ›bulgarischen Schrotkugeln‹ und entließ nach und nach ihre Milligramm flüssigen Schreckens. Er wußte es, jeder wußte es, der ihn sah: Die Nachricht von den präparierten Schrotkugeln war über das Regierungsfernsehen verbreitet worden. Aber er hatte keine Zeit gehabt, das Ding suchen und herausoperieren zu lassen.

Die anderen mieden ihn. Er war ein Unglücksrabe.

Ein Doppelrotor-Hubschrauber der Küstenwache ging auf dem Landeplatz nieder. Sein Wind fegte Sandkörner und kleine Steine über das Flachdach, und Laura zog den Sari fester über den Kopf. Der Unglücksrabe sprang auf und rannte auf den Hubschrauber zu; keuchend erreichte er ihn als erster. Als die Tür aufging, krabbelte er an Bord.

Laura folgte ihm und schnallte sich in einen der harten Kunststoffsitze im rückwärtigen Teil der Kabine. Ein Dutzend weiterer Flüchtlinge drängte nach ihr an Bord.

Eine kleine Sergeantin der Küstenwache in Tarnanzug und Helm schaute zu ihnen herein. »He, Miss!« rief ein fetter Kerl vor Laura. »Wann kriegen wir Salzmandeln?« Die anderen Flüchtlinge schmunzelten trübe.

Die Rotoren beschleunigten mit hohem Singen, die Maschine hob ab, und die Stadt fiel unter ihnen zurück.

Sie flogen in südwestliche Richtung, vorbei an den brutalen, hochragenden Wolkenkratzern von Queenstown. Dann über eine Gruppe von vorgelagerten Inseln mit Namen, die wie Töne von Gamelans klangen: Samulun, Merlimau, Seraya. Tropisches Grün mit einem Saum vielstöckiger Strandhotels. Weißer Sandstrand mit kompliziert angelegten Yachthäfen und Landungsstegen.

Lebe wohl, Singapur.

Über den vom Monsun geriffelten Wassern der Malakkastraße änderten sie den Kurs. In der Kabine war es laut. Die Passagiere machten zum Triebwerkslärm ein wenig heisere, vorsichtige Konversation, aber niemand näherte sich Laura. Sie lehnte den Kopf gegen die nackte Kunststoffverkleidung beim faustgroßen kleinen Bullauge und versank in einen benommenen Dämmerzustand.

Sie kam zu sich, als der Hubschrauber stoppte und schwindelerregend schwankte.

Sie schwebten über einem Frachter. Am Hafen war sie mit Schiffen vertraut geworden: Dies schien ein Trampschiff zu sein, mit den seltsamen rotierenden Windsäulen, die vor zehn Jahren groß in Mode gekommen waren. Die Besatzung – oder vielmehr, weitere Flüchtlinge – standen und saßen auf dem Deck herum.

Die kleine Sergeantin kam wieder herein. Sie hatte eine Maschinenpistole über die Schulter gehängt. »Wir sind da«, rief sie.

»Es gibt keinen Landeplatz!« entgegnete der dicke Mann.

»Sie springen.« Sie stieß die Ladetür auf. Wind brauste durch die Öffnung. Sie schwebten anderthalb Meter über dem Deck. Die Sergeantin klopfte einer anderen Frau auf die Schulter. »Sie zuerst. Gehen Sie!«

Irgendwie kamen sie alle von Bord. Plumpsend, fallend, auf das sanft rollende Deck purzelnd. Die schon an Bord waren, halfen ein wenig, versuchten ungeschickt, die Herabspringenden aufzufangen.

Der letzte war der Unglücksrabe. Er fiel heraus, als hätte er einen Tritt bekommen. Dann stieg der Hubschrauber höher, schwenkte ab und zeigte ihnen eine Unterseite mit Schwimmern. »Wo sind wir?« fragte der Unglücksrabe, als er sich aufrappelte. Er rieb sich eine geprellte Kniescheibe.

Ein chinesischer Techniker mit moosiggrünen Zähnen und einem Songkakhut antwortete ihm. »Dies ist die *Ali Khamenei*. Zielhafen Abadan.«

»Abadan!« schrie der Unglücksrabe. »Nein! Nicht die verdammten Iraner!«

Leute starrten ihn an, und als sie sein Leiden erkannten, begannen einige sich zu entfernen.

»Islamische Republik Iran«, sagte der Techniker.

»Ich wußte es!« rief Unglücksrabe. »Sie liefern uns den verdammten Koranjüngern aus! Die Hände werden sie uns abhacken! Nie wieder kann ich einen Datenanschluß bedienen!«

»Nur mit der Ruhe«, riet ihm der Techniker mit einem Seitenblick.

»Sie haben uns verkauft! Sie haben uns auf diesem Robotschiff abgeladen, damit wir verhungern!«

»Keine Sorge«, sagte eine kräftige Europäerin, für Katastrophenfälle mit einem derben Arbeitshemd aus Drillich und Cordhosen vernünftig ausgerüstet. »Wir haben die Ladung untersucht – es gibt jede Menge Sojamilch und Scop.« Sie lächelte, zog eine ausgezupfte Augenbraue hoch. »Wir haben mit dem Kapitän gesprochen – armer kleiner Kerl! Er hat den Retrovirus – sein Immunsystem ist erledigt.«

Unglücksrabe wurde noch bleicher. »Nein! Der Kapitän hat Aids?«

»Wer sonst würde solch einen elenden Job übernehmen, ganz allein auf diesem Schiff zu arbeiten?« sagte die Frau. »Er versteckt sich jetzt auf der Brücke und hat zugesperrt. Befürchtet, eine Infektion von uns zu bekommen. Er fürchtet uns viel mehr als wir ihn.« Sie warf Laura einen neugierigen Blick zu. »Kenne ich Sie?«

Laura schlug den Blick nieder und murmelte etwas über Arbeit in der Datenverarbeitung. »Gibt es hier ein Telefon?«

»Da werden Sie sich anstellen müssen, meine Liebe. Alle wollen ans Netz … Sie haben Geld außerhalb von Singapur, ja? Sehr vernünftig.«

»Singapur hat uns beraubt«, murrte Unglücksrabe.

»Wenigstens haben sie uns herausgebracht«, sagte die praktisch denkende Europäerin. »Es ist besser als abzuwarten, bis diese Wodu-Kannibalen uns vergiften … Oder die Gerichtshöfe der Globalisten … Die Iraner sind nicht so schlimm.«

Unglücksrabe starrte sie an. »Sie *ermorden* Techniker! Antiwestliche Säuberungen!«

»Das liegt Jahre zurück – vielleicht ist das sogar der Grund, warum sie uns jetzt brauchen! Hören Sie auf zu jammern! Leute wie wir finden immer einen Platz.« Sie blickte wieder zu Laura her. »Spielen Sie Bridge, meine Liebe?«

Laura schüttelte den Kopf.

»Cribbage? Pinochle?«

»Tut mir leid.« Laura zog den Sari fester um den Kopf.

»Sie gewöhnen sich schon an den Tschador?« Die Frau schlenderte davon, bezwungen.

Laura ging unauffällig zum Bug, mied die verstreuten Gruppen von Flüchtlingen. Niemand behelligte sie.

Die grauen Wasser der Malakkastraße waren voll

von Fahrzeugen – Tanker, Massengutfrachter, Containerschiffe. Koreanische, chinesische, indonesische, manche ohne Nationalflagge, nur mit den Kennbuchstaben oder Firmenzeichen irgendwelcher Multis.

Es war wirkliche Majestät in dem Anblick. Schiffe im bläulichen Dunst der Ferne, die graue See, die grünen Höhen Sumatras. Diese Wasserstraße zwischen dem asiatischen Festland und dem vorgelagerten indonesischen Archipel mit Sumatra, Java und Borneo war seit Anbeginn der Zivilisation eine der großen Handelsrouten der Welt gewesen. Die Lage am Südausgang der Malakkastraße hatte Singapur zu Wohlstand verholfen; und die Aufhebung des Handelsembargos würde dieser Hauptverkehrsader des Welthandels neuen Aufschwung bringen.

Sie hatte dabei mitgewirkt, dachte sie. Und das war keine Kleinigkeit. Nun, als sie allein an der Bugreling stand und die sanften Bewegungen des Decks unter ihren Füßen spürte, konnte sie ermessen, was sie getan hatte. Sie erlebte einen Augenblick mystischer Befriedigung. Sie hatte die Arbeit der Welt getan, spürte den subtilen Strom einer Selbstzufriedenheit, die ihr Auftrieb gab und sie trug.

Sie fühlte, wie ihre Spannung sich löste, atmete die feuchte Monsunluft unter dem endlosen grauen Himmel und konnte nicht mehr an ihre persönliche Gefahr glauben. Sie war wieder kugelfest.

Die Piraten waren jetzt diejenigen, die in Schwierigkeiten steckten. Das Führungspersonal der Bank war in kleinen verschwörerhaften Gruppen über das Deck verteilt, und die Männer steckten die Köpfe zusammen und blickten über die Schulter. Es war eine überraschend große Zahl von hohen Tieren an Bord – anscheinend waren sie als erste ausgeflogen worden. Laura sah ihnen an, daß sie Direktoren waren, weil sie gut gekleidet waren und hochmütig aussahen. Und alt waren.

Sie hatten jenes straffgespannte, altersfleckige Vampiraussehen, das die Frucht langjähriger Anwendung der pseudowissenschaftlichen chinesischen Langlebigkeitsbehandlungen war: Blutwäsche, Hormontherapie, Vitamin B, elektrische Akupunktur, pulverisierte tierische Substanzen und Gott allein wußte, was noch für unsinnige und sündteure Schwarzmarktartikel. Vielleicht hatten sie durch ihre kostenträchtige Kurpfuscherei ein paar zusätzliche Jahre herausgeholt, aber nun mußten sie auf einmal ohne ihre Behandlungen auskommen. Und das würde ihnen nicht leichtfallen.

Als es dämmerte, traf ein großer ziviler Transporthubschrauber mit einer letzten Ladung Flüchtlinge ein. Laura stand bei einer der hohen, sanft zischenden Windsäulen, als die Flüchtlinge ausstiegen. Wieder waren Spitzenleute dabei. Einer von ihnen war Mr. Shaw.

Laura zuckte erschrocken zusammen und zog sich zum Bug zurück, ohne sich umzusehen. Wenn dieses Schiff nach Abadan fuhr, mußte es eine besondere Regelung gegeben haben. Wahrscheinlich hatten Shaw und seine Leute sie längst für einen Fall, wie er nun eingetreten war, ausgearbeitet. Singapur mochte erledigt sein, aber die Datenpiraten hatten ihren eigenen Überlebensinstinkt. Für sie kamen keine billigen Naurus und Kiribatis in Frage – das war etwas für Dummköpfe. Sie gingen dorthin, wo das Ölgeld noch reichlich floß. Die Islamische Republik Iran war der Wiener Konvention nicht beigetreten.

Laura bezweifelte jedoch, daß sie ungeschoren davonkommen würden. Singapur mochte versuchen, die Bankgangster und mit ihnen das Beweismaterial abzuschieben, aber zu viele Leute mußten Bescheid wissen. Ein Emigrantenschiff wie dieses mußte für jeden Reporter eine heiße Spur sein. Unter dem Deckmantel des Roten Kreuzes schwärmten wahrscheinlich schon Medienberichterstatter aus aller Welt nach Singapur, eifrige Pioniere einer weiteren waffenlosen, weltumspannenden Armee, die Mikrofone und Videokameras im Gepäck hatten. Sobald das Schiff internationale Gewässer erreichte, würden die Reporter nicht mehr lange auf sich warten lassen.

Den Piraten würde es sicherlich nicht sehr gefallen – ihre Haut zog Blasen, wenn sie der Publizität ausgesetzt waren. Aber wenigstens waren sie den Grenadinern entkommen.

Es schien eine unausgesprochene Überzeugung vorzuherrschen, daß die Grenadiner ihr Kriegsziel erreicht hätten und sich mit dem Erreichten begnügen würden. Daß ihr Terrorfeldzug jetzt, da die Bank zerstreut und die Regierung handlungsunfähig war, keinen Sinn mehr hatte.

Vielleicht hatten sie recht. Vielleicht hatte erfolgreicher Terrorismus immer auf diese Weise gearbeitet – eine Regierung produziert, bis sie unter dem Gewicht ihrer eigenen Repression zusammengebrochen war. ›Babylon fällt‹ hatten sie geprahlt. Vielleicht würden Sticky und seine Freunde im Durcheinander der Revolte nun unbemerkt aus Singapur verschwinden.

Wenn noch ein Funken Vernunft in ihnen war, würden sie die Gelegenheit wahrnehmen und wie sie die Heimreise antreten, stolz und triumphierend. Wahrscheinlich erstaunt, noch am Leben zu sein. Sie konnten zu Hause in ihrer karibischen Heimat als fleischgewordene Wodu-Legenden einherstolzieren, unvergleichliche Meister des Spukes.

Laura wollte gern glauben, daß sie es tun würden. Sie wollte, daß ein Ende sei, konnte es kaum ertragen, an Stickys fieberhaftes Menü technischer Greueltaten zurückzudenken. Ein Schaudern überkam sie, eine Welle tiefer, unbestimmter Furcht. Für einen Augenblick kam ihr der Gedanke, daß sie womöglich vom ›bulgarischen Schrot‹ getroffen worden sei. Oder vielleicht hatte

Sticky ihr eine Dosis verabfolgt, als sie bewußtlos gewesen war, und das Mittel begann jetzt erst zu wirken ... Gott, welch ein schrecklicher Verdacht.

Der Wiener Agent, den sie in Galveston kennengelernt hatte, kam ihr plötzlich in den Sinn: der höfliche, ansehnliche Russe, der von dem ›schlimmen Druck in einer Kugel‹ gesprochen hatte.

Erst jetzt begriff sie, was der Mann gemeint hatte. Den Druck der Möglichkeit. Wenn etwas möglich war – bedeutete das nicht, daß jemand es irgendwo, irgendwie tun mußte? Der Wodu-Drang, sich mit Dämonen einzulassen. Der Reiz des Widernatürlichen. Tief im menschlichen Geist, die fleischfressende dunkle Seite der Wissenschaft.

Es war eine Dynamik wie die Schwerkraft. Ein Vermächtnis der Evolution, tief in den menschlichen Nerven, unsichtbar, aber wirksam wie ein Computerprogramm.

Sie wandte sich um. Von Shaw war nichts zu sehen, aber wenige Schritte hinter ihr hing der Unglücksrabe über der Reling und würgte und spuckte vernehmlich. Er bemerkte ihren Blick, sah auf und wischte sich den Mund am Ärmel.

Laura sagte sich, daß sie an seiner Stelle hätte sein können. Sie zwang sich zu einem Lächeln.

Er schenkte ihr einen Blick kläglicher Dankbarkeit und kam zu ihr. Sofort wollte sie die Flucht ergreifen, aber er hob die Hand. »Es ist schon gut«, sagte er. »Ich weiß, daß ich eine Dosis abbekommen habe. Es kommt in Wellen. Im Moment geht es mir besser.«

»Sie sind sehr tapfer«, sagte Laura. »Ich bedaure Sie, Sir.«

Er starrte sie an. »Das ist nett. Sie sind freundlich. Sie behandeln mich nicht wie einen Aussätzigen.« Er hielt inne, seine heißen kleinen Augen musterten sie. »Sie sind nicht eine von uns, nicht war? Sie sind nicht von der Bank.«

»Was bringt sie darauf?«

»Sie sind jemandes Freundin, nicht?« Er grinste in der gequälten Parodie eines Flirts. »Viele Chefs an Bord dieses Schiffes. Die Spitzenleute stehen auf diese heißen eurasischen Mädchen.«

»Ja, wir werden heiraten«, sagte Laura, »also können Sie in der Hinsicht alles vergessen.«

Er grub in seinem Jackett. »Möchten Sie eine Zigarette?«

»Vielleicht sollten Sie sie lieber sparen«, sagte Laura, nahm aber eine.

»Nein, nein. Kein Problem. Ich kann alles besorgen! Zigaretten, Blutkomponenten, Megavitamine, Embryonen ... Mein Name ist Desmond, Miss. Desmond Yaobang.«

»Hallo«, sagte Laura. Sie ließ sich Feuer geben. Sofort füllte sich ihr Mund mit erstickendem giftigem Ruß. Sie konnte nicht verstehen, warum sie das tat.

Vielleicht, weil es besser war als nichts zu tun. Vielleicht, weil sie ihn bemitleidete, und vielleicht, weil Desmond Yaobangs Nähe alle anderen auf Distanz hielt.

»Was, meinen Sie, wird man in Abadan mit uns machen?« Yaobangs Kopf reichte ihr gerade über die Schulter. Es war nichts offensichtlich Abstoßendes an ihm, aber die chemisch erzeugte Furcht hatte sich dem Ausdruck seiner Augen und seines Gesichts mitgeteilt, hatte ihn mit einem unheimlichen Fluidum durchtränkt. Sie verspürte einen starken, unvernünftigen Drang, ihn zu treten. Wie eine Krähe, die einen verletzten Artgenossen zu Tode pickt.

»Ich weiß nicht«, sagte Laura. Sie starrte auf ihre Sandalen und mied seinen Blick. »Vielleicht gibt man mir ein Paar anständige Schuhe ... Für mich wird alles in Ordnung kommen, wenn ich nur ein paar Anrufe machen kann.«

»Anrufe«, sagte Yaobang nervös. »Großartige Idee. Ja, geben Sie Desmond ein Telefon, und er kann Ihnen alles besorgen. Schuhe. Bestimmt. Möchten Sie es versuchen?«

»Mmm, noch nicht. Zuviel Gedränge.«

»Dann heute abend. Gut, Miss. Wunderbar. Ich werde sowieso nicht schlafen.«

Sie wandte sich von ihm ab und lehnte sich gegen die Reling. Die Sonne ging zwischen zwei der wirbelnden Windsäulen unter. Ungeheure, von unten beleuchtete Wolkenbänke aus weichem Renaissancegold. Yaobang wandte sich gleichfalls um und schaute in den Sonnenuntergang, biß sich auf die Lippe und blieb glücklicherweise still. Zusammen mit dem ungesunden, aber angenehmen Rauschgefühl der Zigarette verschaffte es Laura ein überschwengliches Empfinden von Erhabenheit. Es war schön, würde aber nicht lange währen – in den Tropen sank die Sonne schnell.

Yaobang richtete sich auf, streckte die Hand aus. »Was ist das?«

Laura spähte. Seine von Paranoia geschärften Sinne hatten etwas ausgemacht – ein fernes Glänzen in der Luft.

Yaobang kniff die Augen zusammen. »Vielleicht ein kleiner Hubschrauber?«

»Es ist zu klein!« sagte Laura. »Es muß eine Drohne sein!« Das Licht hatte nur kurz von den Rotorblättern geblinkt, und nun hatte sie das Objekt vor dem dunkelgrauen Hintergrund der Wolken wieder aus den Augen verloren.

»Eine Drohne?« sagte er, alarmiert von ihrem Tonfall. »Ist es Wodu? Kann es uns schaden?«

Laura stieß sich von der Reling ab. »Ich werde zum Ausguck hinaufsteigen – ich möchte besser sehen.« Mit klatschenden Sandalen eilte sie übers Deck. Der Fockmast des Schiffes hatte ein Radargerät und Video für den Steuerungscomputer. Aber es gab für Reparaturzwecke und menschliche Unterstützung einen Zugang: ein Krähennest, drei Stockwerke über dem Deck. Laura umfaßte mit beiden Händen entschlossen die kühlen Eisenrungen der Leiter, dann hielt sie frustriert inne. Der verdammte Sari – er würde sich ihr um die Füße wickeln. Sie wandte sich und winkte Yaobang.

Von oben kam ein Ruf. »He!«

Ein Mann in einem roten Regenmantel beugte sich über das Geländer des Krähennestes. »Was machen Sie da?«

»Sind Sie von der Besatzung?« rief Laura hinauf.

»Nein, und Sie?«

Sie schüttelte den Kopf, streckte den Arm aus. »Ich dachte, ich hätte da drüben etwas gesehen!«

»Was haben Sie gesehen?«

»Ich glaube, es war ein Canadair CL 227!«

Die Schuhe des Mannes klapperten auf den Rungen, als er eilig herabkletterte. »Was ist Canadare?« wollte Yaobang wissen. Er stieg von einem Fuß auf den anderen, dann bemerkte er, daß der andere ein Zeiss-Fernglas um den Hals gehängt hatte. »Wo haben Sie das her?«

»Offiziersmesse«, sagte er.

»Ich kenne Sie, glaube ich. Henderson? Ich bin Desmond Yaobang. Abteilung Warengeschäfte.«

»Hennessey«, sagte er.

»Hennessey, ja ...«

»Darf ich mal?« sagte Laura. Ohne eine Antwort abzuwarten, griff sie nach dem Fernglas. Unter dem dünnen Plastikregenmantel war Hennesseys Brust gepolstert und breit. Er trug etwas. Eine kugelsichere Weste?

Eine Schwimmweste.

Laura nahm die Sonnenbrille ab, fühlte nach einer Tasche – es gab keine, in einem Sari – und schob sie auf den Kopf zurück. Sie setzte das Fernglas an die Augen und stellte es ein. Sie fand das Ding beinahe sofort. Dort draußen schwebte es unheilvoll im Zwielicht über dem Horizont. Es war ihr so oft in Alpträumen erschienen, daß sie nicht glauben konnte, es wirklich zu sehen.

Es war die Drohne, die auf ihr Ferienheim gefeuert hatte. Nicht dieselbe, weil diese einen militärisch grünen Anstrich trug, aber das gleiche Modell – Sanduhrform, doppelte Rotoren.

»Lassen Sie mich sehen!« forderte Yaobang. Er war außer sich vor Erregung. Um ihn zum Schweigen zu bringen, gab Laura ihm das Fernglas.

»He«, protestierte Hennessey, nicht unfreundlich. »Das ist meins.« Er war ein Anglo Mitte der Dreißig, mit vorstehenden Backenknochen und einem kleinen, sauber getrimmten Schnurrbart. Er hatte keinen deutbaren Akzent. Unter dem weiten Regenumhang verbarg sich eine geschmeidige und athletische Gestalt.

Er lächelte ihr zu, knapp, sah ihr in die Augen. »Amerikanerin? USA?«

Laura tastete nach der Sonnenbrille. Sie hatte den Sari zurückgeschoben und ihr blondes Haar gezeigt.

»Ich sehe es!« platzte Yaobang aufgeregt heraus. »Eine fliegende Erdnuß!«

Hennesseys Augen weiteten sich. Er hatte sie erkannt. Er überlegte schnell. Sie bemerkte, wie er sein Gewicht auf die Fußballen verlagerte.

»Vielleicht ist es von Grenada!« sagte Yaobang. »Wir sollten alle warnen! Ich werde das Ding beobachten – Sie, Miss, laufen zu den anderen!«

»Nein, tun Sie das nicht«, sagte Hennessey. Er griff unter seinen Regenumhang und zog einen Gegenstand hervor. Er war klein und skeletthaft und glich einer Kreuzung zwischen einem Schraubstock und einer Fettpresse. Er trat auf Yaobang zu und hielt den Gegenstand mit beiden Händen.

»O Gott«, sagte Yaobang. Eine neue Welle pathologischer Furcht überschwemmte ihn – er zitterte so stark, daß er das Fernglas kaum halten konnte. »Ich fürchte mich«, schnupfte er mit gebrochener Jungenstimme. »Ich kann es kommen sehen … ich fürchte mich!«

Hennessey zielte mit dem Gerät auf Yaobangs Brustkorb und zog zweimal den Abzug. Es gab zwei diskrete kleine Puster, kaum hörbar, aber das Ding bockte bösartig in Hennesseys Händen. Yaobank krümmte sich unter dem Aufschlag, seine Arme flogen hoch, sein Brustkorb knickte wie unter einem Axthieb ein. Er fiel über seine eigenen Füße und schlug schwer aufs Deck. Das Fernglas klapperte auf die Planken.

Laura starrte ihn betäubt vor Entsetzen an. Hennessey hatte vor ihren Augen zwei große, rauchende Löcher in Yaobangs Jackett gestanzt. Yaobang lag regungslos, das Gesicht totenbleich. »Sie haben ihn umgebracht!«

»Nein. Kein Problem. Ein spezieller narkotischer Farbstoff.«

Sie sah noch einmal hin. Nur einen Augenblick. Yaobangs Mund war voll Blut. Sie starrte Hennessey an und begann sich von ihm zurückzuziehen.

Mit einer schnellen, reflexhaften Bewegung richtete Hennessey die Waffe auf ihre Brust. Sie sah die weite dunkle Mündung und erkannte, daß sie dem Tod ins Auge sah. »Laura Webster!« sagte Hennessey. »Laufen Sie nicht, zwingen Sie mich nicht, zu schießen!«

Laura erstarrte.

»Polizeioffizier«, sagte Hennessey mit einem nervösen Blick nach backbord. »Wiener Konvention, Einsatzgruppe für Sonderaufgaben. Gehorchen Sie meinen Befehlen, und nichts wird Ihnen geschehen.«

»Das ist eine Lüge!« rief Laura. »So etwas gibt es nicht!«

Er sah sie nicht an. Er blickte immer wieder auf die See hinaus. Sie folgte seinem Blick.

Etwas kam auf das Schiff zu. Es jagte mit erstaunlicher, magischer Geschwindigkeit über die Wellen hin. Ein langer weißer Stock, oder Pfahl, mit kurzen, eckigen Flügeln. Dahinter eine dünne gerade Spur aus Gas oder kondensierendem Wasserdampf.

Das Ding raste auf die Brücke am Heck zu, eine Nadel an einem Faden von Dampf. Hinein.

Greller Feuerschein erblühte, höher als eine Häuserfront; eine Wand von Hitze und Geräusch raste über das Deck und warf sie zu Boden. Sie prallte schmerzhaft auf und lag geblendet von der Explosion. Der Schiffsbug unter ihr bockte wie ein riesenhaftes stählernes Tier.

Berstendes Inferno. Fetzen aus Plastik und Stahlblech wirbelten durch die Luft und schlugen aufs Deck. Die Schiffsaufbauten am Heck hatten sich im Nu in eine ausgedehnte, häßliche Flammenhölle verwandelt. Es war, als hätte jemand einen Vulkan eingebaut – Thermithitze und weißglühende, verbogene Stahlträger und Lavaklumpen aus Keramik und geschmolzenem Kunststoff.

Das Schiff bekam Schlagseite.

Hennessey sprang taumelnd auf und lief zur Reling. Einen Augenblick dachte sie, er werde über Bord springen. Dann kam er mit einem Rettungsring zurück – einem großen, rotweiß gestrichenen Ding mit einem Halteseil außen herum und einer Aufschrift in Parsi. Er kam zurück zu ihr. Von seiner Waffe war jetzt nichts zu sehen; er mußte sie wieder zusammengeklappt und eingesteckt haben.

»Nehmen Sie den!« schrie er ihr ins Gesicht.

Laura griff mechanisch zu. »Das Rettungsboot!« rief sie zurück.

Er schüttelte den Kopf. »Nein! Taugt nichts! Minenfalle!«

»Sie elender Lump!«

Er ignorierte sie. »Wenn das Schiff untergeht, müssen

Sie angestrengt schwimmen, verstehen Sie? Weg vom Strudel!«

»Nein!« Sie sprang auf, entging seinem Versuch, sie zu Boden zu werfen. Das Schiffsheck sprudelte jetzt Rauch, gewaltige, schwarze Massen. Menschen krabbelten und stolperten über das schrägliegende Deck.

Sie wandte sich zurück zu Hennessey. Er lag gekrümmt am Boden, die Hände im Nacken verschränkt, die angezogenen Beine an den Knöcheln gekreuzt. Sie gaffte ihn an, blickte dann wieder zur See hinaus.

Eine weitere Rakete. Sie flog dicht über den Wellen, der Glutstrahl ihres Triebwerks erhellte das unruhige Wasser wie ein intermittierendes Blitzlicht. Sie schlug ein.

Eine katastrophale Explosion unter Deck. Ladeluken flogen auf, die Deckel rissen aus den Scharnieren und segelten taumelnd himmelwärts. Feurige Fontänen schossen aus dem Schiffsrumpf, der wie ein waidwund geschossener Elefant torkelte.

Das Deck neigte sich, langsam, unerbittlich, und die Schwerkraft zog an ihnen wie das Ende der Welt. Dampf mit dem Gestank erhitzten Seewassers stieg aus dem aufgerissenen Rumpf. Laura fiel auf die Knie und glitt übers Deck.

Hennessey war zur Bugreling gekrochen, hatte einen Ellbogen darüber gehakt und sprach in etwas – ein militärisches Funksprechgerät. Er hielt inne und zog die lange Antenne heraus und fing wieder an zu rufen. Freudig. Er sah ihren Blick und winkte und gestikulierte ihr. Spring! Schwimm!

Sie taumelte wieder hoch, erfüllt von dem blinden Verlangen, ihn umzubringen. Ihn zu erwürgen, ihm die Augen auszukratzen. Das Deck sackte unter ihr weg wie ein defekter Aufzug, seine Schlagseite wurde noch stärker, und sie fiel abermals und prellte sich die Knie. Fast hätte sie den Rettungsring verloren.

Sie wandte den Kopf. Die Steuerbordreling schnitt bereits unter Wasser, und graue, häßliche Wellen mit verkohltem Treibgut schwappten das schrägliegende Deck herauf. Das Schiff war ausgeweidet, dem Untergang preisgegeben.

Angst überwältigte sie. Mit der Panik kam der Überlebenswille. Sie riß und zerrte sich den Sari vom Leib. Ihre Sandalen waren längst fort. Sie zog den Rettungsring über Kopf und Schultern, dann krabbelte sie zur Bugreling, benutzte sie als Sprungbrett und ließ sich ins Wasser fallen.

Es überspülte sie warm und salzig. Das letzte Licht verlor sich aus dem Himmel, aber das brennende Schiff erhellte die Meerenge wie ein Schlachtfeld.

Weitere kleinere Explosionen, und ein Aufblitzen beim einzigen Rettungsboot des Schiffes. Er hatte sie umgebracht. Großer Gott, sie würden sie alle umbringen! Wie viele Menschen – hundert, hundertfünfzig? Man hatte sie in einen Viehwaggon getrieben, auf die See hinausgefahren und abgeschlachtet! Verbrannt und ertränkt, wie Ungeziefer!

Eine Drohne brummte zornig in niedriger Höhe über sie hinweg. Sie fühlte den Wind davon in ihrem durchnäßten Haar.

Sie klemmte sich den Ring unter die Achseln und begann angestrengt zu schwimmen.

Die See war kabbelig, mit kurzen, harten Wellen, die ihr Gischt ins Gesicht spritzten. Sie dachte an Haie. Auf einmal waren die undurchsichtigen Tiefen unter ihren nackten Beinen voll von lauernden Gefahren. Sie schwamm, so schnell sie konnte, bis die Panik in fröstelnde Erschöpfung überging. Schließlich wandte sie sich um und blickte zurück.

Das Schiff ging unter. Das Heck zuletzt, steil aufragend, flammend und qualmend wie ein mit Kerzen besetzter Grabstein. Sie beobachtete es lange Sekunden, während der Herzschlag ihr in den Ohren dröhnte, bis es gurgelnd und in zischenden Dampfwolken unterging, in Schwärze versank.

Die Nacht war bedeckt, und Dunkelheit legte sich wie ein Bahrtuch über den Schauplatz des Schiffsuntergangs. Die sich ausbreitende Welle des über der Untergangsstelle zusammenschlagenden Wassers traf sie und ließ sie wie eine Boje tanzen.

Wieder ein Brummen über ihr. Dann in der Ferne, in der Dunkelheit, das Schnattern von Maschinengewehrfeuer.

Sie töteten die Überlebenden im Wasser. Erschossen sie mit Infrarot-Zielgeräten aus Drohnen in der Dunkelheit. Laura begann wieder zu schwimmen, verzweifelt bemüht, aus dem Gefahrenbereich zu entkommen.

Sie wollte, sie durfte nicht hier draußen sterben. Nein, nicht in Fetzen geschossen werden, getötet wie eine Ratte … David … das Kind …

Ein Schlauchboot brauste vorbei, dunkle Gestalten und das ruhige Gemurmel eines Außenbordmotors. Etwas klatschte ins Wasser – jemand hatte ihr eine Rettungsleine zugeworfen. Sie hörte Hennesseys Stimme: »Greifen Sie zu, schnell!«

Sie tat es. Entweder zugreifen, oder hier sterben. Sie holten die Leine ein und zogen sie über den Rand des Schlauchboots. Hennessey grinste sie in seinen triefenden Kleidern an. Er hatte Gefährten: vier Matrosen in weißen, runden Mützen und sauberen dunklen Uniformen, an denen goldene Litzen glänzten.

Sie lag ausgestreckt am Boden des Schlauchboots, der schwarz und glitschig war und sich mit dem Wellenschlag unter ihr bewegte. Sie hatte nur noch ihre Unterwäsche und die Saribluse an. Einer der Seeleute warf den Rettungsring über Bord. Sie nahmen Geschwindigkeit auf. In der Dunkelheit konnte Laura nicht erkennen, wohin es ging.

Der nächste Seemann beugte sich zu ihr nieder, ein Anglo von ungefähr vierzig Jahren. Sein Gesicht sah in der Dunkelheit so weiß wie ein aufgeschnittener Apfel aus. »Zigarette, Madam?«

Sie starrte ihn an. Er richtete sich wieder auf, zuckte die Achseln.

Sie hustete Seewasser, dann zog sie die Beine an, zitternd, elend. Zeit verging. Allmählich begann ihr Verstand wieder zu arbeiten.

Das Schiff hatte keine Chance gehabt. Nicht einmal Gelegenheit, einen SOS-Ruf zu funken. Die erste Rakete hatte mit den Aufbauten die Brücke zerstört – Radio, Radar und alles. Die Mörder hatten ihrem Opfer zuerst die Kehle durchgeschnitten.

Aber hundert Menschen mitten in der Malakkastraße umzubringen! Solch eine Greueltat zu begehen – sicherlich mußten andere Schiffe die Explosion und den Rauch gesichtet haben. So etwas zu planen und durchzuführen, so skrupellos und bösartig …

Ihre Stimme, als sie endlich etwas herausbrachte, war matt und brüchig. »Hennessey …?«

»Henderson«, sagte er. Er zog sich den naßglänzenden roten Regenumhang über den Kopf. Darunter kam eine leuchtend orangefarbene Schwimmweste zum Vorschein. Darunter eine Arbeitsweste mit allerlei Verdickungen, Reißverschlüssen, Ösen und Klappen. »Hier, ziehen Sie diesen Umhang über.«

Er hielt ihn ihr hin. Sie griff mechanisch zu, machte aber keine Anstalten, hineinzuschlüpfen.

Henderson schmunzelte. »Ziehen Sie das Ding über! Oder wollen Sie hundert heißblütigen Seemännern in nasser Unterwäsche gegenübertreten?«

Die Worte drangen nicht gleich durch, aber sie folgte trotzdem der Aufforderung. Sie sausten jetzt durch die Dunkelheit, das Boot schlug auf die Wellenkämme, und der Fahrtwind fegte feine Gischtspritzer über das Boot und zerrte am Regenumhang. Sie mühte sich eine scheinbar endlose Zeit damit herum. Er haftete wie magnetisch an ihrer bloßen nassen Haut.

»Sieht so aus, als brauchten Sie Hilfe«, sagte Henderson. Er kroch näher und half ihr hinein. »So. Das ist besser.«

»Sie haben sie alle umgebracht«, krächzte Laura.

Henderson warf den Seeleuten einen erheiterten Blick zu. »Nichts davon, jetzt«, sagte er mit erhobener Stimme. »Außerdem hatte ich etwas Hilfe vom Angriffsschiff!« Er lachte.

Der Seemann am Außenbordmotor verringerte die Fahrt, schaltete dann den Motor aus. Sie glitten in Dunkelheit weiter. »Boot«, sagte er. »Ein U-Boot ist ein Boot, Sir.«

Laura hörte in der Finsternis Wasser rauschen und das Gurgeln von Brandung. Dann zeichnete sich ein unbestimmter schwarzer Umriß ab. Ehe sie Genaueres ausmachen konnte, konnte sie es riechen und fühlen, beinahe auf der Haut spüren.

Es war riesig. Es war nahe. Ein gewaltiges schwarzes Rechteck aus lackiertem Stahl. Ein Kommandoturm.

Ein riesenhaftes U-Boot.

9. Kapitel

Es war gigantisch und lebendig, verspritzte Seewasser mit scharfen pneumatischem Zischen und einem tiefen, vibrierenden Summen. Laura hörte Drohnen in der Dunkelheit vorbeibrummen und zur Landung auf dem Deck ansetzen. Böse, gefährliche Geräusche. Sie konnte die Maschinen nicht sehen, wußte aber, daß diese sie sahen, erhellt durch ihre eigene Körperwärme.

Das Schlauchboot stieß sanft gegen den Rumpf, die Seeleute stiegen an einer abnehmbaren Strickleiter den dunklen, nach oben zurückgebogenen Rumpf hinauf. Henderson beobachtete sie, dann wischte er sich nasses Haar aus den Augen und faßte Laura beim Arm.

»Machen Sie keine Dummheiten«, schärfte er ihr ein. »Schreien Sie nicht, machen Sie kein Theater! Ich habe Ihnen das Leben gerettet. Also setzen Sie mich nicht in Verlegenheit. Denn in dem Fall werden Sie sterben.«

Er schickte sie die Leiter hinauf, bevor er ihr folgte. Die Rungen waren schlüpfrig, der glatte Stahlrumpf unter ihren bloßen Füßen kalt von Tiefenwasser. Das Deck erstreckte sich scheinbar endlos in wasserumspülte Dunkelheit. Hinter ihr ragte der Kommandoturm zehn Meter hoch in die Nacht. Seinem Gipfel entsprossen lange, fühlerartige Antennen.

Auf dem Deck stand ein Dutzend Matrosen in eleganten ausgestellten Hosen und Blusen mit Goldlitzen an den Manschetten. Sie nahmen die gelandeten Drohnen in Empfang, klappten die Tragflügel ein und schoben sie durch eine Reihe gähnender Luken ins Innere. Sie bewegten sich eigentümlich, wie auf Zehenspitzen und mit eingezogenen Schultern, als fänden sie die leere Nacht ringsum bedrückend.

Die Schlauchbootbesatzung zog ihr Fahrzeug an zwei Leinen Hand über Hand fachmännisch an Bord, hängte den Außenbordmotor aus und öffnete die Luftventile. Dann trampelte sie die Luft in einem verrückten Sombrerotanz heraus, um die zusammengelegte nasse Gummimasse schließlich in einen Seesack zu stopfen.

In ein paar Minuten war alles getan. Sie kletterten wieder in ihren riesigen stählernen Bau hinab, wie Ratten. Indessen trieb Henderson Laura vor sich her zu einer Luke, die eine viereckige Vertiefung bedeckte. Sie sank unter ihren Füßen abwärts. Die Luke schlug mit einem dumpfen Schlag und quietschender Hydraulik über ihnen zu.

Vom Aufzugschacht kamen sie in ein weitläufiges, zylindrisches Lagerhaus, das von gelben Glühbirnen erhellt wurde. Es bestand aus zwei Ebenen: einer unteren, auf der sie stand und die aus Eisenblech zu bestehen schien, und einer oberen aus perforiertem Stahlblech. Es war ein höhlenartiger Raum, mindestens siebzig Meter lang; alle drei Meter befanden sich rechts und links die massiven Rundungen von Aufzugschächten, deren Durchmesser drei Meter betragen mußte, stählerne Silos, deren Außenseiten mit Kraftstromkabeln und allerlei Instrumenten besetzt waren. Wie Biotanks, dachte sie, große Fermentierbehälter.

Zwei Dutzend Seeleute wanderten mit Schaumsohlen an den Schuhen fast lautlos auf den schmalen Laufgängen zwischen den Silos. Sie arbeiteten in wortkarger Konzentration an den Drohnen. Es roch nach heißem Maschinenöl und verschossener Munition. Verwirrte Assoziationen mit Krieg und Industrie und Kirche stellten sich ein.

Die Innenwände waren himmelblau gestrichen, die Rohrleitungen indigoblau. Henderson zog sie weiter.

Im Gehen berührte Laura die kalte Latexoberfläche einer Röhre. Jemand hatte sie in präziser Kleinarbeit mit fünfzackigen Sternen, Kometen mit Comicheft-Schwänzen und kleinen, gelb umringten Saturnen bemalt. Wie Surfbrettkunst. Verträumt und billig.

Einige Silos waren aufgeschweißt und behängt mit geheimnisvollen Reparaturwerkzeugen – sie waren für den Start von Drohnen ausgerüstet. Die anderen waren älter und sahen intakt aus. Dienten offenbar noch immer ihrer ursprünglichen Funktion, von welcher Art diese auch sein mochte.

Henderson drehte das Handrad in der Mitte eines wasserdichten Schotts. Die Türversiegelung öffnete sich mit einem Geräusch wie eine Thermosflasche, und sie stiegen gebückt durch. In einen sargähnlichen Raum, der mit schalldämpfenden Oberflächen, die an Eierkartons erinnerten, ausgekleidet war.

Laura fühlte, wie der Boden sich unter ihren Füßen neigte. Ein flußartiges Rauschen von Ballasttanks und entferntes Summen von Motoren. Das U-Boot tauchte. Bald darauf begann ein beängstigender Schrottplatzchor aus rauhem Knirschen, Knacken, einem Klingen von Glasflaschen und dem hohlen Ächzen von Metall, als der Wasserdruck auf die Außenhaut zu wirken begann.

Durch den Raum in einen weiteren, der von reinweißem Licht durchflutet war. Überscharfe Leuchtstoffröhren waren über ihnen, das seltsam laserähnliche Licht von Dreibanden-Quecksilberdampflampen, das allen Gegenständen einen scharfen Überrealismus verlieh. Eine Art Kontrollraum, mit einer Überfülle von Maschinerien und Instrumenten. Breite, geneigte Konsolen mit Reihen von Schaltern, blinkenden Ablesungen, verglasten Skalen mit zuckenden Anzeigenadeln. Vor ihnen saßen Seeleute mit kurzem, ordentlichem Haarschnitt in üppig gepolsterten Drehsesseln.

Der Raum war voll von Besatzungsmitgliedern – Laura sah immer mehr, je länger sie umherblickte: Ihre Köpfe schauten aus dichten Bündeln von Rohrleitungen und Monitoren hervor. Der Raum war vom Boden bis zur Decke mit Geräten und Instrumenten vollgestopft, und sie konnte die Wände nicht finden. Die Männer darin saßen Ellbogen an Ellbogen, eingepaßt in geheimnisvolle ergonomische Nischen.

Die Beschleunigung setzte ein; Laura wankte ein wenig. Irgendwo war ein schwaches, hohes Winseln und ein flüssiges Erzittern, als die gewaltige Stahlmasse Geschwindigkeit aufnahm.

Vor ihr war eine vertiefte Fläche von der Größe einer Badewanne. Darin saß ein Mann, der dicke, gepolsterte Kopfhörer trug und eine Art Steuerrad mit knopfartigen Verdickungen hielt. Er glich einer Kinderpuppe, die umringt war von kostspieligen Stereoausrüstungen. Über seinem Kopf war eine graue Gummifassung mit einer beulenartigen Verdickung und der Auschrift KOLLISIONSSCHUTZLAMPE AUF BLINKLICHT SCHALTEN. Der Mann starrte angespannt auf ein halbes Dutzend runder Anzeigeskalen.

Das mußte der Steuermann sein, dachte Laura. Aus einem getauchten U-Boot konnte man nicht hinausschauen. Er hatte nur seine Instrumente.

Sie hörte Schritte auf einer gebogenen Treppe im Hintergrund – jemand kam vom Oberdeck herunter. »Hesseltine?«

»Yo!« sagte Henderson munter. Er zog Laura am Handgelenk mit sich, und sie stieß mit dem Ellbogen schmerzhaft an eine vertikale Säule. »Los, kommen Sie«, sagte er, ohne ihre Hand loszulassen.

Sie wanden sich durch das Labyrinth, um ihren Vernehmer zu treffen. Der Mann war beleibt, mit schwarzem Lockenhaar, einem Schmollmund und schweren Lidern, die in seine Augen hingen. Er trug Achselstücke, goldene Streifen an den Ärmeln und eine Schirmmütze mit der goldenen Beschriftung REPUBLIQUE DE MALI. Er schüttelte Henderson/Hesseltine die Hand. Zu Lauras Verdruß begannen die beiden in fließendem Französisch miteinander zu sprechen.

Gemeinsam erstiegen sie die Wendeltreppe und gingen einen langen, trübe erhellten, stickigen Korridor entlang. Hesseltines durchnäßte Schuhe quietschten bei jedem Schritt. Die beiden Männer schwatzten französisch miteinander, mit Begeisterung, wie es schien.

Der Offizier führte sie zu einer Reihe enger Duschkabinen. »Großartig«, sagte Hesseltine, trat in eine und zog Laura nach. Zum ersten Mal ließ er ihr Handgelenk los. »Sind Sie imstande, selbst eine Dusche zu nehmen, Mädchen? Oder muß ich helfen?«

Laura starrte ihn stumm an.

»Entspannen Sie sich«, sagte Hesseltine und öffnete den Reißverschluß seiner Arbeitsweste. »Sie sind jetzt nicht mehr bei den bösen Buben, sondern bei den guten. Sie werden uns neue Sachen zum Anziehen bringen. Später werden wir etwas essen.« Er lächelte ihr zu, sah, daß es nicht wirkte, und musterte sie mit verdüsterter Miene. »Hören Sie, was hatten Sie auf diesem Schiff zu suchen? Sie sind doch nicht zur Datenpiratin geworden, nicht wahr? Eine Art Doppelagentin?«

»Nein, natürlich nicht!«

»Haben Sie einen besonderen Grund, diese Verbrecher zu bemitleiden?«

Die moralische Gedankenlosigkeit verblüffte sie. Sie waren Menschen. »Nein …« sagte sie, beinahe widerwillig.

Hesseltine zog sein Hemd aus und enthüllte eine schmale, aber sonnengebräunte und muskelbepackte Brust.

Sie warf einen Seitenblick zu seiner Arbeitsweste. Dort mußte er irgendwo die Waffe verstaut haben.

Er bemerkte ihren Blick, und sein Gesicht verhärtete sich. »Wie Sie wollen. Dann werden wir es ganz einfach machen: Gehen Sie in die Duschkabine und kommen Sie erst heraus, wenn ich es Ihnen sage. Andernfalls …«

Sie trat in die Duschkabine, schloß die Tür und drehte die Dusche auf. Sie blieb zehn Minuten in der Kabine, während die Dusche einen summenden Ultraschallnebel niedergehen ließ, gefolgt von ein paar Litern Wasser zum Nachspülen.

»Genug jetzt!« rief Hesseltine. »Raus!«

Sie verließ die Duschkabine, wieder in seinem Regenumhang. Hesseltine war sauber und elegant zurechtgemacht. Er trug eine mitternachtsblaue Marineuniform und Schnürschuhe mit Schaumgummisohlen. Jemand hatte einen grauen Trainingsanzug aus Frottee für sie bereitgelegt: die Hose mit Gummizug, die Bluse mit Kapuze.

Sie stieg in die Hose, kehrte ihm den Rücken, warf den Regenumhang ab und fuhr schnell in die Trainingsbluse. Sie wandte sich um und sah, daß er sie im Spiegel beobachtet hatte. Nicht mit Lust oder auch nur Anerkennung – in seinem Gesicht war ein kalter, leerer Ausdruck.

Als sie ihn ansah, verschwand der Ausdruck wie eine Spielkarte bei einem Taschenspielertrick.

Er hatte überhaupt nicht hingesehen. Hesseltine war ein Kavalier. Dies war eine peinliche, aber notwendige Situation, in der sie sich beide wie erwachsene Menschen zu benehmen hatten. Irgendwie gelang es Hesseltine, ihr dies alles deutlich zu machen, während er sich bückte und die Schuhbänder schnürte.

Draußen wartete ein Seemann auf sie, ein drahtiger kleiner Veteran mit grauem Schnurrbart und abwesendem Blick. Er führte sie nach achtern, wo der Rumpf ein gerundetes, abfallendes Dach bildete. Der Raum hatte ungefähr die Größe eines Schuppens für Gartenwerkzeug. Vier leichenblasse Matrosen mit offenen Kragen und aufgekrempelten Hemdsärmeln saßen an einem winzigen Kaffeetisch und spielten Dame.

Der französisch sprechende Offizier war auch da. »Setzen Sie sich«, sagte er auf englisch. Laura setzte sich auf eine schmale Wandbank, so nahe neben einen der vier Seeleute, daß sie sein Blumendeodorant riechen konnte.

Gegenüber waren idealisierte Porträts von Männern in Uniform an die zur Decke gekrümmte Wand geheftet. Sie warf einen schnellen Blick auf zwei der Namen: DE GAULLE, JARUZELSKI. Sie sagten ihr nichts.

»Meine Name ist Baptiste«, sagte der Offizier. »Ich bin politischer Offizier an Bord dieses Bootes. Wir müssen miteinander reden.« Eine Pause von zwei Herzschlägen Dauer. »Möchten Sie etwas Tee?«

Laura bejahte. Unter der fein zerstäubenden Dusche hatte sie nicht genug in den Mund bekommen, um den Durst zu löschen. Ihre Kehle fühlte sich vom geschluckten Seewasser und den durchgestandenen Schrecken lederig an. Plötzlich durchlief sie ein unbeherrschbares Zittern.

Sie bildete sich nicht ein, daß sie mit der Situation fertigwerden würde. Sie war in den Händen von kaltblütigen Mördern. Es überraschte sie, daß sie so taten, als wollten sie mit ihr über ihr Schicksal beraten.

Vielleicht wollte der Mann etwas von ihr. Hesseltines hageres, wachsames Gesicht hatte einen Ausdruck neutraler Gleichgültigkeit. Sie fragte sich, wie sehr sie am Leben hing. Was zu seiner Erhaltung zu tun sie bereit war.

Plötzlich lachte Hesseltine. »Machen Sie nicht so ein Gesicht … ah … Laura. Sorgen Sie sich nicht. Sie sind jetzt sicher.« Baptiste warf ihm unter den schweren Augenlidern einen zynischen Blick zu. Aus der Wand drang eine jähe, scharfe Kaskade metallischer Druckausgleichsgeräusche. Laura schrak zusammen wie eine

Antilope im Angesicht eines Löwen. Einer der vier Matrosen neben ihr verschob mit dem Zeigefinger nachlässig einen Stein auf dem Damebrett.

Sie starrte zu Hesseltine, dann nahm sie eine Tasse Tee von Baptiste und trank. Er war lauwarm und süß. Vergiftete man sie? Es spielte keine Rolle. Sie war ihnen auf Gedeih oder Verderb ausgeliefert.

»Mein Name ist Laura Day Webster«, sagte sie. »Ich bin eine Gesellschafterin der Rizome Industries. Ich lebe in Galveston, Texas.« Es hörte sich alles so mitleiderregend spröde und unwirklich an.

»Sie frieren«, bemerkte Baptiste. Er lehnte sich zurück und drehte an einem Thermostaten an der Wand. Selbst hier, in einer Art Aufenthaltsraum, waren die Wände größtenteils mit Apparaten und Instrumenten bedeckt: einer Lautsprecheranlage, einem Ionisiergerät für die Atemluft, den Öffnungen der Ventilationsanlage, einem achtfachen, überschlaggeschützten Kraftstromstecker, einer Wanduhr, die 12:17 Uhr Greenwichzeit anzeigte.

»Willkommen an Bord des *SSBN Themopylae*«, sagte Baptiste.

Laura sagte nichts.

»Hat es Ihnen die Sprache verschlagen?« sagte Hesseltine. Baptiste lachte.

»Kommen Sie schon!« sagte Hesseltine. »Als Sie dachten, ich sei ein verdammter Datenpirat, schwatzten Sie wie eine Elster.«

»Wir sind keine Piraten, Mrs. Webster«, sagte Baptiste. »Wir sind die Weltpolizei.«

»Sie sind nicht Wien«, sagte Laura.

»Er meint die *wirkliche* Polizei«, sagte Hesseltine mit einem Anflug von Ungeduld. »Nicht diese Bande von lahmärschigen bürokratischen Sesselfurzern.«

Laura rieb sich ein gerötetes Auge. »Wenn Sie Polizei sind, dann bin ich unter Arrest?«

Hesseltine und Baptiste gönnten sich angesichts ihrer Naivität ein männliches Schmunzeln. »Wir sind keine bourgeoisen Legalisten«, sagte Baptiste. »Wir verhängen keine Arreststrafen.«

»Ich sah Ihren Auftritt am Fernsehen von Singapur«, sagte Hesseltine plötzlich. »Sie sagten, Sie seien Gegner der Steueroasen, die den Datenpiraten Unterschlupf gewähren, und wollten sie schließen. Aber Sie fingen das in einer verdrehten Art und Weise an. Die Bankleute – meine früheren Kollegen, wissen Sie – lachten sich bucklig, als sie sahen, wie Sie dem Parlamentsausschuß diesen demokratischen Schmus auftischten.«

Er schenkte sich Tee ein. »Natürlich, jetzt sind die meisten von ihnen Flüchtlinge, und nicht wenige von den Lumpen liegen inzwischen auf dem Meeresgrund. Aber nicht dank Ihrer Bemühungen – Sie wollten diese hartgesottenen Halunken mit Küssen zur Unterwerfung bewegen. Und ausgerechnet Sie, eine Texanerin aus dem Land der rauhbeinigen Cowboys. Ein Glück, daß Ihre Vorfahren, als sie Alamo verteidigten, es nicht mit der gleichen Methode versuchten.«

Ein anderer Matrose machte einen Zug im Damespiel, und der dritte fluchte. Laura zuckte zusammen.

»Kümmern Sie sich nicht um die Männer«, sagte Baptiste. »Sie haben Freiwache.«

»Was?« fragte Laura verständnislos.

»Freiwache«, wiederholte er ungeduldig. »Sie haben dienstfrei. Sie gehören zur Blauen Mannschaft. Wir sind die Rote Mannschaft.«

»Oh ... was spielen sie?«

Er zuckte die Achseln. »Uckers.«

»Uckers? Was ist das?«

»Eine Art Würfelspiel.« Hesseltine lächelte. »U-Boot-Besatzungen sind ein ganz besonderer Schlag«, sagte er. »Hochqualifiziert, sorgfältig ausgebildet. Eine disziplinierte Elite.«

Die vier Matrosen beugten sich über ihr Spielbrett. Sie sahen nicht zu ihm hin.

»Es ist eine sonderbare Situation«, sagte Baptiste. »Wir wissen nicht recht, was wir mit Ihnen tun sollen. Sehen Sie, wir existieren, um Leute wie Sie zu schützen.«

»Das tun Sie?«

»Wir sind die scharfe Schneide der heraufkommenden weltweiten Ordnung.«

»Warum haben Sie mich hergebracht?« fragte Laura. »Sie hätten mich erschießen können. Oder ertrinken lassen.«

»Aber, wo denken Sie hin?« sagte Hesseltine.

»Er ist einer unserer besten Spezialisten«, erläuterte Baptiste. »Ein wirklicher Künstler.«

»Danke.«

»Es ist selbstverständlich, daß er am Ende seines Auftrags eine hübsche Frau aus Seenot rettete – er konnte nicht widerstehen, das Unternehmen mit einer Geste dramatischer Ritterlichkeit zu beenden!«

»So bin ich nun mal«, gab Hesseltine zu.

»Das war es?« sagte Laura. »Sie retteten mich, weil Ihnen gerade danach war? Nachdem Sie all diese Menschen getötet hatten?«

Hesseltine starrte sie an. »Allmählich gehen Sie mir auf den Geist, Gnädigste … Meinen Sie nicht, diese Leute hätten *mich* umgebracht, wenn sie geahnt hätten, wer ich bin? Das war nicht bloß Ihre Mickymaus-Industriespionage, wissen Sie. Ich habe Monate und Monate in einer tödlichen Tarnoperation zugebracht, bei der es um die höchsten geopolitischen Einsätze ging! Diese Yung Soo Chim-Burschen machten Hintergrunddurchleuchtungen, wie sie sich kein Mensch vorstellen kann, und sie beobachteten mich wie die Falken.« Er lehnte sich zurück. »Aber werde ich Anerkennung dafür ernten? Nein, werde ich nicht.« Er starrte auf seine Teetasse.

»Das ist eben ein Teil der getarnten Tätigkeit, es gibt keine Anerkennung …«

»Es war eine sehr glatte Operation«, sagte Baptiste, »verglichen mit Grenada. Unser Angriff auf die verbrecherischen Elemente in Singapur war chirurgisch, beinahe unblutig.«

Laura begriff etwas. »Sie wollen, daß ich dankbar bin?«

»Nun, ja«, sagte Hesseltine aufblickend. »Ein bißchen davon wäre nicht unangebracht, nach all den Bemühungen.«

Er lächelte Baptiste zu. »Sehen Sie sich ihr Gesicht an! Sie hätten hören sollen, wie sie vor dem Parlamentsausschuß über Grenada lamentiert hat. Die Flächenbombardierung traf auch dieses große Herrenhaus, das die Rastas ihr gaben. Das brachte sie am meisten in Rage.«

Es war, als hätte er sie gestochen. »Sie töteten Winston Stubbs vor meinem Haus!« fuhr sie auf. »Während ich neben ihm stand. Mit meinem Baby auf dem Arm.«

»Ach so«, sagte Baptiste und entspannte sich ostentativ. »Diese Stubbs-Geschichte. Das waren nicht wir. Das war einer von Singapurs Leuten.«

»Ich glaube das nicht«, sagte Laura. »Wir haben eine Erklärung der FAKT, mit der sie die Verantwortung für den Anschlag übernommen hat.«

»Ein paar Initialen haben wenig zu bedeuten«, sagte Baptiste. »FAKT war eine alte Frontkämpfergruppe. Nichts, was einem Vergleich mit unseren modernen Operationen standhalten könnte … Tatsächlich waren es Singapurs Merlion-Kommandos. Ich glaube nicht, daß die Zivilregierung von Singapur von ihren Aktionen wußte.«

»Eine Menge ehemaliger Fallschirmjäger, Kommandoeinheiten, Spetsnaz und dergleichen«, sagte Hesseltine. »Sie neigen dazu, ein wenig über die Stränge zu schlagen. Man muß die Dinge sehen, wie sie sind: Das sind Kerle, die ihr Leben der Kriegskunst gewidmet haben. Dann auf einmal Abrüstung, Wiener Konvention und so weiter. Einen Tag sind sie die Schutzschilder ihrer Nation, am nächsten Tag sind sie Landstreicher, kriegen ihre Papiere und müssen zusehen, wo sie bleiben.«

»Männer, die einst Divisionen und Armeen befehligten, die von den Regierungen gehätschelt und denen Rüstungsgüter im Wert von Milliarden anvertraut wurden«, sagte Baptiste mit Grabesstimme. »Heute sind sie Unpersonen. Abgewiesen. Unbeliebt. Geschnitten. Sogar verleumdet und geschmäht.«

»Von selbsternannten Moralaposteln, Friedensfreunden mit vollen Hosen«, sagte Hesseltine, der allmählich in Fahrt kam. »Und ihren Anwälten! Wer hätte es gedacht? Aber als es kam, geschah es so plötzlich …«

»Armeen gehören zu Nationalstaaten«, sagte Baptiste. »Es ist schwierig, wahre militärische Loyalität auf eine modernere, weltweite Institution zu übertragen … Aber nun, da wir unser eigenes Land besitzen – die Republik Mali –, hat der Zustrom von Freiwilligen bemerkenswert zugenommen.«

»Es hilft auch, daß wir uns weltweit für die gute Sache einsetzen«, sagte Hesseltine. »Jeder Betonkopf von einem Söldner wird für Grenada oder Singapur oder irgendein obskures afrikanisches Regime kämpfen, solange der Zaster stimmt. Wie aber kommen engagierte Leute, Idealisten, die eine weltweite Gefahr erkennen und zu persönlichem Einsatz bereit sind.«

Sie spürte, daß sie nicht viel mehr davon ertragen konnte. Sie riß sich irgendwie zusammen, aber alles, was sie in den letzten Stunden durchgemacht hatte, war ein gelebter Alptraum. Ihrer an den Medienklischees überlieferter Feindbilder orientierten Phantasie wäre es in dieser bedrohlichen Umgebung verständlicher erschienen, wenn sie mit hackenknallenden, blutrünstigviehischen Nazischergen konfrontiert gewesen wäre, aber die Begegnung mit diesem gefühlsduseligen fetten Franzosen und diesem kaltblickenden, gefährlichen britischen Untergrundagenten … Die Seelenlosigkeit des Ganzen …

Die stählernen Wände drängten auf sie ein. In einer Minute würde sie anfangen zu schreien.

»Sie sehen etwas blaß aus«, bemerkte Hesseltine. »Sie brauchen eine ordentliche Mahlzeit, das wird Sie aufmuntern. Auf einem U-Boot gibt es immer hervorragendes Essen. Das ist alte U-Bootfahrer-Tradition.« Er stand auf. »Wo ist der Alte?«

Baptiste sagte, der Kapitän müsse um diese Zeit in der Zentrale sein. Er schaute Hesseltine bewundernd nach. »Noch eine Tasse Tee, Mrs. Webster?«

»Ja, danke.«

»Ich habe den Eindruck, daß Sie die wahren Qualitäten Mr. Hesseltines nicht erkennen«, sagte Baptiste, während er einschenkte. »Pollard, Reilly, Sorge, Cicero … er nimmt es mit den besten Agenten der Geschichte auf! Ein Naturtalent, in allen Sätteln gerecht, mit allen Wassern gewaschen! Im Grunde eine romantische Gestalt, in eine Zeit hineingeboren, die ihm leider nur selten Gelegenheit zur Entfaltung seiner Talente gibt … Eines Tages werden Ihre Enkelkinder über diesen Mann reden.«

Laura versuchte ihre verkrampfte Starrheit abzuschütteln. Sie mußte versuchen, sich in dieser veränderten Situation zurechtzufinden, wenn sie ihrem Überlebenswillen eine Richtung geben und ihre Aussichten einschätzen wollte. »Ein phantastisches Schiff, was Sie da haben«, plapperte sie. »Das U-Boot, meine ich.«

»Ja. Es ist ein amerikanisches Trident-Boot mit Atomantrieb, das mehr als eine halbe Milliarde Dollar gekostet hat.«

Sie nickte einfältig: ja, richtig. »Also ist dies ein altes U-Boot aus der Zeit des Kalten Krieges?«

»Genau, ein Trägersystem für ballistische Raketen.«

»Was heißt das?«

»Es ist eine Startrampe.«

»Wie? Ich verstehe nicht.«

Er lächelte nachsichtig. »Ich glaube, ›nukleare Abschreckung‹ ist der Begriff, nach dem Sie suchen, Mrs. Webster.«

»Abschreckung? Wen?«

»Wien, natürlich. Man sollte meinen, das sei offensichtlich.«

Laura griff zur Teetasse und trank. Eine halbe Milliarde Dollar. Atomantrieb. Ballistische Raketen. Geradesogut hätte er ihr erzählen können, daß sie hier an Bord Leichen wiederbelebten. Es war zu schrecklich, weit außerhalb ihrer Vorstellungen von Vernunft und Glaubhaftigkeit.

Es gab keinen Beweis. Er hatte ihr nichts gezeigt. Wahrscheinlich hielt dieser Baptist sie für eine dumme, naive Frau, die alles glaubte, was er ihr auftischte, und wollte sie zum besten haben. Er schwindelte. Sie glaubte es nicht.

»Es scheint Sie nicht zu beunruhigen«, sagte Baptiste mit Anerkennung. »Sie sind nicht abergläubisch, was die böse Atomenergie betrifft?«

Sie schüttelte den Kopf, traute sich nicht laut zu sprechen.

»Früher gab es Dutzende von atomgetriebenen U-Booten«, sagte Baptiste. »Frankreich hatte welche, Großbritannien, die USA, Rußland. Ausbildung, Technik, Tradition, alles war eingespielt und funktionierte reibungslos. Sie sind nicht in Gefahr – diese Männer sind nach den ursprünglichen Anleitungen und Kursprogrammen gründlich ausgebildet worden. Hinzu kommen viele moderne Verbesserungen.«

»Keine Gefahr?«

»Nein.«

»Was werden Sie dann mit mir tun?«

Er schüttelte bekümmert den Kopf, hob die Hände und ließ sie auf den Tisch fallen. Glocken ertönten. Es war Zeit zum Abendessen.

Baptiste brachte sie in die Offiziersmesse. Es war ein unschöner kleiner Raum gleich neben dem klappernden, zischenden Lärm der Kombüse. Sie saßen auf Metallstühlen, die mit grünem und gelbem Vinyl bezogen waren, um einen fest verankerten viereckigen Tisch. Vier Offiziere waren bereits da und wurden von einem Koch mit Schürze und steifer Papiermütze bedient.

Baptiste stellte die Offiziere als den Kapitänleutnant, den Ersten Offizier und den Diensthabenden Offizier vor. Er nannte keine Namen, und es schien sie nicht zu stören. Zwei waren Europäer, vielleicht Deutsche, der dritte sah russisch aus. Sie sprachen alle ein neutrales, dialektfreies Englisch.

Es war von Anfang an klar, daß dies Hesseltines großer Tag war. Laura war eine Art Kriegstrophäe, die er gewonnen hatte, ein blonder Leckerbissen, auf der die Kamera während der besinnlicheren Augenblicke seiner Filmbiographie verweilen würde. Sie hatte nichts zu sagen, und keiner versuchte sie ins Gespräch zu ziehen. Die Besatzungsmitglieder bedachten sie mit seltsamen, unklaren Blicken, in denen sich Bedauern, Spekulation und etwas wie abergläubische Furcht mischten. Die Offiziere machten sich über ihre Mahlzeit her: folienverpackte Mikrowellen-Gerichte mit der Aufschrift *Aero Cubana: Clase Primera.* Laura bekam das gleiche und stocherte gedankenversunken in dem Essen. Aero Cubana. Sie war mit einer Maschine der Aero Cubana geflogen, mit David an der Seite und dem Baby auf dem Schoß. David und Loretta. Ach du lieber Gott …

Die Offiziere waren anfangs verdrießlich und reizbar; die Anwesenheit der Fremden schien die Entfaltung ihrer Unbefangenheit zu hemmen. Hesseltine versuchte das durch Charme auszugleichen und gab ihnen einen packenden Augenzeugenbericht von ihrem Angriff auf die *Ali Khamenei:* Sein Vokabular mutete Laura phantastisch an, obwohl es wahrscheinlich nur fachmännischer Jargon war: Es ging um ›Zielerfassung‹, ›Trefferwahrscheinlichkeit‹, ›Nachsteuerung‹, ›Auftreffpunkt‹. Von verbrannten und zerfetzten Menschen war nicht die Rede. Endlich brach sein Enthusiasmus das Eis, und die Offiziere unterhielten sich zwangloser, freilich in einer nautisch-technischen Fachsprache, die zum großen Teil aus Akronymen und Ausdrücken bestand und Laura weithin unverständlich blieb.

Für diese Offiziere der Roten Mannschaft war es ein aufregender Tag gewesen. Nach Wochen, vielleicht Monaten einer wahrscheinlich unmenschlichen, erstickenden Langeweile hatten sie erfolgreich ein ›hartes Ziel‹ ausgemacht und vernichtet. Für diesen Schlag gegen den Terrorismus erwartete sie anscheinend eine Art Belohnung – sie hatte etwas mit ›Hollywood-Bädern‹ zu tun, was immer darunter zu verstehen war. Die Gelbe Mannschaft, jetzt im Dienst, würde ihre sechsstündige Wache damit verbringen, daß sie das Boot durch die Tiefen des Indischen Ozeans zu ihrem Stützpunkt zurückführte. Was die Blaue Mannschaft betraf, so hatte diese keine Gelegenheit gehabt, an der Aktion teilzunehmen, und haderte mit dem Schicksal.

Laura fragte sich, ob es eine Flucht war, und wovor. Die Raketen – ›Exocets‹ nannten sie sie – waren dreißig oder vierzig Kilometer weit geflogen, bevor sie ihr Ziel getroffen hatten. Sie hätten von beinahe jedem größeren Schiff in der Malakkastraße gestartet sein können, sogar von Sumatra. Niemand konnte das U-Boot gesehen haben.

Und wie sollte jemand von seiner Existenz ahnen? Ein U-Boot war ein Ungeheuer aus einem vergangenen Zeitalter. Es war nutzlos, nur für den Kampf entwikkelt – es gab keine ›Fracht-U-Boote‹ oder U-Boote der Küstenwache oder Rettungs-U-Boote.

Gewiß, es gab kleine Tiefseetauchboote, genauso wie es noch immer ein paar bemannte Raumfähren zum Aussetzen und Einfangen von Satelliten gab, gedrungene, seltsam aussehende Fahrzeuge für Forschungszwecke und Arbeiten an Tiefseekabeln. Aber dieses Ding war riesig. Und die Wahrheit – oder eine Furcht, die stark genug war, um als Wahrheit durchzugehen – begann einzusickern.

Es erinnerte sie an eine Geschichte, die sie gehört hatte, als sie elf oder zwölf gewesen war, und die großen Eindruck auf sie gemacht hatte. Eine von diesen Horror-Volkserzählungen, die bei Kindern offene Ohren fanden und mit Vorliebe weitererzählt wurden. Sie handelte von dem Jungen, der zufällig eine Nadel verschluckt hatte, die Jahre oder Jahrzehnte später in seinem Knöchel oder seiner Kniescheibe oder seinem Ellbogen aufgetaucht war, rostig, aber noch ganz, ein stilles Stück Stahl, das ohne sein Wissen auf unbekannten Wegen durch seinen lebenden, atmenden Körper wanderte, während er aufwuchs und heiratete und seiner Arbeit nachging … bis er eines Tages zum Arzt geht und sagt: Herr Doktor, ich werde alt, vielleicht ist es Rheumatismus, ich habe da einen seltsam stechenden Schmerz im Knie … Gut, sagt der freundliche Arzt, das werden wir uns gleich unter dem Röntgengerät ansehen … Mein lieber Freund, Sie scheinen da eine bösartige Nadel unter der Kniescheibe versteckt zu haben … Ach ja, großer Gott, ich hatte es ganz vergessen, aber als Junge spielte ich gern mit Nadeln, und einmal hielt ich eine zwischen den Zähnen, und sie geriet mir in den Hals und war weg …

»Fehlt Ihnen was?« sagte Hesseltine.

»Wie bitte?« sagte Laura.

»Wir sprechen von Ihnen. Es geht um die Frage, ob

wir Sie gleich in einen Tank stecken oder noch eine Weile draußen lassen.«

»Ich verstehe nicht«, sagte sie wie betäubt. »Sie haben Tanks? Ich dachte, Sie seien bei der Marine.«

Die Offiziere brachen in Gelächter aus, jo-ho-ho. Der russisch Aussehende meinte, die Frauen der Welt seien in den Jahrzehnten seit ihrer Emanzipation nicht klüger geworden. Hesseltine lächelte ihr zu, als hätte sie zum ersten Mal etwas richtig gemacht.

»Wozu lange erklären?« sagte er. »Wir werden sie Ihnen zeigen. In Ordnung, Baptiste?«

»Warum nicht?«

Hesseltine schüttelte den anderen die Hand und ging mit Baptiste und Laura: Sie kamen durch eine Kantine, wo dreißig gepflegt aussehende und sauber gekleidete Männer der Roten Mannschaft Ellbogen an Ellbogen um Klapptische saßen und ihr Abendessen verzehrten. Als Hesseltine eintrat, legten sie mit Geklapper das Besteck aus den Händen und applaudierten höflich.

Hesseltine bot ihr den Ellbogen. Ängstlich bemüht, diesen Leuten nicht unnötig Anlaß zum Unwillen zu geben, hängte sie sich bei ihm ein, und er paradierte mit ihr durch den schmalen Gang zwischen den Tischreihen. Die Männer waren alle nahe genug, sie anzufassen, anzuzwinkern, zu grinsen oder Bemerkungen zu machen, aber keiner von ihnen tat es oder machte auch nur ein Gesicht, als wollte er. Eine disziplinierte Besatzung. Laura roch ihre Seife und ihr Shampoo, ihr Bœuf Stroganoff und die grünen Bohnen. In der Ecke zeigte ein flaches Breitschirm-Fernsehgerät einen Zweikampf im illegalen Kickboxen: Zwei drahtige Thailänder schlugen einander lautlos blutig. Der Ton war heruntergedreht.

Sie verließen die Kantine. Laura erschauerte hilflos und ließ seinen Arm fahren. Sie fühlte sich von einer Gänsehaut überlaufen. »Was ist mit denen?« fragte sie mit gedämpfter Stimme. »Sie sind so ruhig und bescheiden …«

»Was ist mit *Ihnen?*« versetzte er. »Dieses lange Gesicht … Sie machen alle nervös.«

Sie führten Laura zurück zu dem ersten Raum, den sie gesehen hatte, wo die Aufzüge waren. Sie stiegen die Wendeltreppe zum oberen Deck hinauf. Unter ihnen arbeiteten Besatzungsmitglieder an den Drohnen, untersuchten auseinandergenommene Maschinen auf kleinen Zeltbahnen.

Baptiste und Hesseltine machten bei einem der bemalten Silos halt. Jetzt sah sie, daß die fünfzackigen Sterne und Kometen eine schwarze Silhouette hatten, den Umriß einer stilisiert dargestellten vollbusigen Frau, die langen Beine ausgestreckt, das Haar zurückgeworfen, die Haltung einer Stripperin. Und Buchstaben: TANYA. »Was ist das?« fragte Laura.

»Das ist der Name des Tanks«, sagte Baptiste. Es klang etwas entschuldigend, wie von einem besseren Herrn, der gezwungen ist, ein anstößiges Thema zu erwähnen. »Die Männer haben es gemalt … gehobene Stimmung … Sie wissen, wie es ist.«

Gehobene Stimmung. Sie konnte sich die ernsten, disziplinierten Matrosen, die sie an Bord gesehen hatte, beim besten Willen nicht übermütig vorstellen. »Was für ein Ding ist das?«

Hesseltine ergriff das Wort. »Nun, man steigt natürlich da hinein, und …« Er hielt inne. »Sie sind nicht lesbisch, nicht wahr?«

»Was? – Nein …«

»Zu dumm … Wenn Sie nicht lesbisch sind, werden Sie von den besonderen Merkmalen nicht viel haben … Die Leute sagen jedoch, daß es auch ohne die Simulationen sehr entspannend sei.«

Laura trat einen Schritt zurück. »Sind … sind sie alle so?«

»Nein«, sagte Baptiste. »Einige dienen als Drohnenbehälter, und die anderen zum Start von Raketen. Aber fünf davon dienen der Erholung. ›Hollywood-Bäder‹ werden sie von den Leuten genannt.«

»Und Sie wollen, daß ich da hineingehe?«

»Wenn Sie wollen«, sagte Baptiste zögernd. »Wir werden die Maschinerie nicht aktivieren – nichts wird Sie berühren –, Sie werden einfach darin treiben, atmen, träumen. In hübsch erwärmtem Seewasser.«

»Wird Sie für ein paar Tage vor Schwierigkeiten bewahren«, sagte Hesseltine.

»Tage?«

»Die Tanks sind unter Zuhilfenahme modernster Technik entwickelt worden«, sagte Baptiste. »Und es handelt sich nicht um etwas, das wir erfunden hätten, wissen Sie; das Patent befindet sich im Besitz eines der von Ihnen so hochgelobten Multis.«

»Ein paar Tage sind nichts!« sagte Hesseltine. »Wenn wir Sie ein paar *Wochen* darin lassen würden, könnten Sie anfangen, Ihre Optima Persona zu sehen, und alle Arten von verdrehten Halluzinationen. Aber einstweilen sind Sie dort vollkommen sicher und zufrieden. Und wir wissen, wo Sie sind. Hört sich das nicht gut an.«

Laura schüttelte ängstlich den Kopf; sie war ganz klein. »Wenn Sie mir nur irgendwo eine Schlafkoje suchen könnten … einen kleinen Winkel irgendwo, mit einer Matratze am Boden … Es würde mir wirklich nichts ausmachen.«

»Hier gibt es nicht viel Zurückgezogenheit«, sagte Baptiste. »Die Verhältnisse sind beengt.« Er schien jedoch erleichtert. Froh, daß sie keinen kostbaren Tank-Raum in Anspruch nehmen würde.

Hesseltine runzelte die Stirn. »Nun, ich möchte nachher kein Gejammer und Gemecker von Ihnen hören.«

»Nein, nein.«

Hesseltine warf einen Blick auf sein wasserdichtes Uhrtelefon. »Tut mir leid, aber ich muß jetzt das Hauptquartier anrufen und Bericht erstatten.«

»Lassen Sie sich durch mich nicht stören«, sagte Laura. »Sie haben mehr als genug getan. Ich bin ganz sicher, daß ich gut aufgehoben sein werde, wirklich.«

»Da schau her«, sagte Hesseltine. »Das hörte sich beinahe wie ein Dankeschön an.«

Sie fanden in der Bordwäscherei einen Schlafplatz für sie. Es war eine verwinkelte Höhle, feucht vom Dampf, nach Waschmittel riechend und vollgestopft mit scharfkantigen Maschinen. Ein einfaches schmales Feldbett wurde unter einem Wald aus grauen numerierten Röhren geschoben, von dem Handtücher hingen. Außer mehreren großen Waschmaschinen gab es in dem Raum ein paar dampfbetriebene Bügelpressen und alte Wäschemangeln.

Und gestapelte flache Kartons mit den Spulen alter Hollywoodfilme von der mechanischen Art, die durch Projektoren liefen. Sie waren mit handbeschriebenem Klebeband sauber etikettiert: MONROE # 1, MONROE # 2, GABLE, HAYWORTH, CICCONE. An der Wand war ein Anschluß der Bordsprechanlage, ein altmodisches Audio-Handgerät mit einem langen Spiralkabel. Der Anblick rief ihr das Netz ins Gedächtnis zurück. Dann David. Ihre Familie, ihre Leute.

Sie war aus ihrer Welt verschwunden. Dachten sie, sie sei tot? Laura war überzeugt, daß sie noch nach ihr suchten. Aber sie würden in den Gefängnissen und Krankenhäusern Singapurs nach ihr suchen – und in den Leichenhallen. Aber nicht hier. Niemals.

Ein Matrose kam mit zusammengerollter Matratze und Bettzeug und bereitete ihr Bett mit Effizienz sauber und faltenlos.

Er brachte eine gefährlich aussehende verchromte

Zange zum Vorschein. »Geben Sie die Hände her«, sagte er. Die zwei verbliebenen Armreifen der Kunststoffhandschellen hingen noch um Lauras Handgelenke. Sie waren zäh und wollten sich nicht durchtrennen lassen, aber er arbeitete daran, bis sie sich endlich widerwillig lösten. »Muß ein mächtig scharfes Messer gewesen sein, das diese Dinger durchschnitt«, sagte er.

»Danke.«

»Bedanken Sie sich nicht bei mir. Es war Mr. Hesseltines Idee.«

Laura rieb sich die geröteten Handgelenke. »Wie heißen Sie, Sir?«

»›Jim‹ wird genügen. Ich höre, Sie sind aus Texas.«

»Ja. Galveston.«

»Ich auch, aber weiter die Küste hinunter. Corpus Christi.«

»Gott, dann sind wir praktisch Nachbarn.«

»Ja, sieht so aus.« Jim sah wie fünfunddreißig, vielleicht vierzig aus. Er hatte ein breites, fleischiges Gesicht mit rötlichem, schütterem Haar. Seine Haut hatte die Farbe von Schreibpapier, so bleich, daß sie bläuliche Adern am Hals erkennen konnte.

»Darf ich fragen«, fragte sie, »was Sie hier tun?«

»Ich beschütze Leute«, sagte Jim. »Im Augenblick Sie, falls Sie auf den Gedanken kommen sollten, irgendeine Dummheit anzufangen. Mr. Hesseltine sagt, Sie seien ein komisches Püppchen. Eine Politische.«

»Oh«, sagte sie. »Ich meinte, wie sind Sie hierher gekommen?«

»Wenn Sie schon danach fragen, will ich es Ihnen erzählen«, sagte Jim. Er schwang sich behende auf eine der Waschmaschinen und saß über ihr, den Kopf gebeugt, um nicht gegen die Decke zu stoßen, und ließ die Beine baumeln. »Früher war ich einmal Fischer. Garnelenfischer. Mein Vater war es auch. Und vor ihm sein Vater … Aber sie steckten uns in einen Schwitzkasten, aus dem wir nicht herauskamen. Die Fischereiaufsichtsbehörde, tausend Umweltgesetze. Nicht, daß ich was gegen diese Gesetze gehabt hätte, aber Mexikaner und Nicaraguaner scherten sich einen Dreck um amerikanische Gesetze. Sie fischten die besten Gründe leer, dann unterboten sie uns auf unseren eigenen Märkten. Wir mußten unseren Kutter aufgeben! Verloren alles. Lebten von Sozialhilfe, hatten nichts.«

»Das tut mir leid«, sagte Laura.

»Nicht halb so leid wie es uns tat … Nun, ich und ein paar Freunde, die in der gleichen Klemme steckten, versuchten uns zu organisieren, unser Leben und unsere Familien zu schützen. Aber die Texas-Ranger – irgendein gottverdammter Informant mußte es ihnen gesteckt haben – erwischten mich mit einem Gewehr. Und Sie wissen, heutzutage dürfen Privatpersonen in den Staaten keine Feuerwaffen mehr besitzen, nicht mal zum Schutz des eigenen Heimes! Also sah es ziemlich schlecht für mich aus. Dann hörte ich von ein paar Kumpeln in meiner … ahm … Organisation von Anwerbungen nach Übersee. Dort würden Söldnerverbände aufgestellt, niemand würde nach Vorstrafen fragen, und man bekäme guten Sold und eine Gefechtsausbildung. So landete ich in Afrika.«

»Afrika«, wiederholte Laura. Der bloße Name machte ihr Angst.

»Es sieht schlimm aus, dort«, sagte er. »Hungersnöte, Seuchen, Dürre und Kriege. Afrika ist voll von unseresgleichen. Da gibt es Söldner in Privatarmeen, Palastwachen, als Militärberater, Kommandoeinheiten, Piloten … Aber wissen Sie, was uns fehlte? Führerschaft.«

»Führerschaft?«

»Genau.«

»Wie lange sind Sie schon in diesem U-Boot?«

»Es gefällt uns hier«, sagte Jim.

»Sie kommen nie hinaus, nicht? Kommen nie an die Oberfläche oder auf, wie sagt man? – Landurlaub?«

»Das vermißt man nicht«, sagte er. »Nicht mit dem, was wir hier haben. Wir sind Könige hier unten. Unsichtbare Könige. Könige der ganzen verdammten Welt. Übrigens gibt es Orte, die wir anlaufen können, für Reparaturen und dergleichen. Alle paar Monate kommen wir hinaus.« Er lachte zufrieden, zog die Füße hinauf, ein freundlicher Mann in Deckschuhen mit Schaumgummisohlen. »Sie sehen ziemlich müde aus.«

»Ich ...« Warum es leugnen? »Ja, das bin ich.«

»Dann machen Sie nur und schlafen Sie. Ich bleibe hier in der Nähe und wache über Sie.«

Mehr sagte er nicht.

Hesseltine zeigte sich mitfühlend. »Ein bißchen langweilig, nicht?«

»Nein, nein, wirklich nicht«, sagte Laura. Sie rutschte von ihm weg und brachte die Decke auf ihrem Bett in Unordnung. »Es geht mir gut, kümmern Sie sich nicht um mich.«

»Machen Sie sich keine Sorgen«, sagte er. »Gute Nachricht! Während Sie schliefen, habe ich alles mit dem Hauptquartier abgeklärt. Es stellte sich heraus, daß Sie dort in den Akten sind – man weiß, wer Sie sind! Man lobte mich ausdrücklich, daß ich Sie an Bord gebracht habe.«

»Hauptquartier?«

»Bamako, Mali.«

»Ah.«

»Ich wußte, daß es eine gute Idee war«, sagte er. »In meinem Beruf lernt man, nach seinen Instinkten zu handeln. Anscheinend sind Sie ein ziemlich wichtiges Mädchen in Ihrem kleinen Kreis.« Er lächelte strahlend, dann zuckte er bedauernd die Achseln. »Einstweilen stecken Sie jedoch in dieser Wäscherei fest.«

»Es ist schon in Ordnung«, sagte sie. »Wirklich.« Er starrte sie an. Sie waren allein in dem engen Raum. Eine schreckliche Stille entstand. »Ich könnte die Waschmaschinen bedienen, wenn Sie wollen.«

Hesseltine lachte. »Das ist hübsch. Das ist lustig. Nein, ich dachte, solange Sie hier festsitzen, würden Sie vielleicht Gefallen an ein paar Videospielen finden.«

»Was für Spiele sind das?«

»Computerspiele, wissen Sie.«

»Oh!« Sie richtete sich auf. Eine Ablenkung von diesen Wänden, diesem engen Raum, von ihm. Ein Bildschirm. Wunderbar. »Haben Sie Amazonasbecken? Oder vielleicht Weltregierung?«

»Nein, das sind frühe Spiele aus den siebziger und achtziger Jahren ... Spiele, die von den ursprünglichen U-Boot-Besatzungen zum Zeitvertreib gespielt wurden. Nicht viel Graphik und Gedächtnis, natürlich, aber ganz interessant. Schlau ausgedacht.«

»Sicher, ich kann es versuchen«, sagte Laura.

»Oder möchten Sie vielleicht lieber lesen? Wir haben eine große Bibliothek an Bord. Sie würden sich wundern, wenn Sie wüßten, was diese Burschen alles lesen. Platon, Nietzsche, alle die Größen der Philosophie und Literatur. Und eine Menge Spezialitäten.«

»Spezialitäten?«

»Ja, wie ich sagte.«

»Haben Sie *Die Lawrence-Doktrin und postindustrieller Aufstand* von Jonathan Gresham?«

Hesseltine machte große Augen. »Wollen Sie mich auf den Arm nehmen? Wo, zum Teufel, haben Sie davon gehört?«

»Sticky Thompson zeigte es mir.« Sie sah, daß sie ihn beeindruckt hatte, und war froh, daß sie es gesagt hatte. Es war vielleicht dumm und leichtsinnig, vor Hesseltine damit zu prahlen, aber sie war froh, daß sie ihn irgendwie getroffen, aus seinem unerschütterlichen Gleichgewicht gebracht hatte. Sie streifte sich eine Haarsträhne aus den Augen. »Haben Sie ein Exemplar?

Ich habe nicht soviel darin lesen können, wie ich gern getan hätte.«

»Wer ist dieser Thompson?«

»Grenadiner. Der Sohn von Winston Stubbs.«

Hesseltine lächelte ein wenig spöttisch. »Sie können nicht Nesta Stubbs meinen.«

Laura zwinkerte überrascht. »Ist Stickys wirklicher Name Nesta Stubbs?«

»Nein, es kann nicht sein. Nest Stubbs ist ein Psycho. Ein drogenbesessener Killer! Ein Kerl wie der ist Wodu, er könnte ein Dutzend wie Sie zum Frühstück essen.«

»Warum soll ich ihn nicht kennen?« sagte Laura. »Ich kenne *Sie* auch, nicht wahr?«

»He«, sagte Hesseltine. »Ich bin kein Terrorist – ich bin auf Ihrer Seite.«

»Wenn Sticky – Nesta – wüßte, was Sie seinen Landsleuten angetan haben, würde er Sie mehr fürchten als Sie ihn.«

»Also wirklich!« sagte Hesseltine sinnend. Er dachte darüber nach, dann sah er erfreut aus. »Ja, vielleicht würde er! Und er würde verdammt gut daran tun, nicht wahr?«

»Aber er würde sich auf Ihre Fährte setzen, irgendwie. Wenn er wüßte.«

»Halt«, sagte Hesseltine. »Ich sehe Ihnen an, daß Ihnen darüber das Herz brechen würde … Nun, kein Problem. Wir haben sie einmal in den Hintern getreten, und in ein paar Monaten wird es kein Grenada mehr geben … Hören Sie, niemand mit Ihrer Einstellung braucht einen verrückten Kerl wie Gresham zu lesen. Ich werde Ihnen statt dessen den Computer bringen lassen.«

»In Ordnung.«

»Sie werden mich nicht wiedersehen, Laura. Sie fliegen mich aus.«

So war es immer mit Hesseltine. Sie hatte keine Ahnung, was sie ihm sagen sollte, mußte aber etwas sagen. »Man sorgt dafür, daß Sie beschäftigt sind, nicht?«

»Das kann man sagen … Es gibt immer noch Luxemburg, wissen Sie. Die EFT-Commerzbank. Sie wähnen sich in Sicherheit, weil sie mitten in Europa eingebettet sind. Aber ihre Bankgeschäfte wickeln sie in Zypern ab, und Zypern ist eine hübsche kleine Insel. Wenn es anfängt zu knallen, wissen Sie, daß ich dort bin.«

»Ganz bestimmt.« Er sagte nicht die Wahrheit. Er würde mit Sicherheit nicht nach Zypern gehen. Vielleicht nicht einmal das Boot verlassen. Wahrscheinlich ging er in einen Tank, dachte sie, um mit Hollywoodpuppen aus Gummi zu ficken, während sein Geist im Nirwana trieb … Aber er mußte einen besonderen Grund haben, wenn er wollte, daß sie ihn in Zypern wähnte. Und das könnte bedeuten, daß man sie eines Tages freilassen würde. Oder daß zumindest Hesseltine mit dieser Möglichkeit rechnete. Aber sie sah Hesseltine nicht wieder.

Zeit verging. Das U-Boot wurde von vier Besatzungen rund um die Uhr in Betrieb gehalten. Auf jede Mannschaft entfielen zwölf Stunden Freiwache und sechs Stunden Dienst. Der Wechsel von Tag und Nacht wurde hier in den Tiefen des Ozeans bedeutungslos. Sie bekam in regelmäßigen Abständen eine Mahlzeit gebracht und wurde von ihrem jeweiligen Bewacher zum Waschraum geführt. Die Männer waren mit Sorgfalt darauf bedacht, sie nicht anzurühren.

Sie brachten sie immer zur selben Toilette, die immer frisch desinfiziert war. Kein Kontakt mit Körperflüssigkeiten.

Man behandelte sie, als ob sie ein Aids-Fall wäre. Vielleicht hielt man sie dafür. In den alten Tagen war es üblich gewesen, daß die Seeleute in einem Hafen an Land stürzten, die erstbeste Kneipe leertranken und über alles herfielen, was einen Rock anhatte. Aber dann erkrankten und starben die Hafendirnen überall auf der Welt am Retrovirus.

Inzwischen hatte man den Virus einigermaßen eingedämmt. Unter Kontrolle.

Außer in Afrika.

Konnte es tatsächlich sein, daß die Besatzung Aids hatte?

Das Videospielgerät hatte ungefähr so viele Möglichkeiten wie ein kleiner Spielcomputer in einem Kinderzimmer. Die Spiele wurden eingesteckt, kleine, von endlosem Abspielen abgenutzte Kassetten. Die graphischen Darstellungen waren primitiv, große treppenartige Pixel, und alles lief ziemlich ruckartig ab.

Die Primitivität störte sie nicht, aber die Themen waren erstaunlich.

Ein Spiel trug den Titel ›Raketenkommando‹. Der Spieler steuerte kleine Klumpen auf dem Bildschirm, die Städte darstellen sollten. Der Computer griff sie mit Nuklearwaffen an: Bomben, Flugzeugen, ballistischen Raketen.

Die Maschine gewann immer – vernichtete alles Leben in einer großen, aufblitzenden Explosion. Und das hatten einmal *Kinder* gespielt. Es war völlig krankhaft.

Dann gab es ein Spiel mit dem Titel ›Eindringlinge aus dem Weltraum‹. Die Eindringlinge waren kleine Krabben und Höllenhunde, die mit UFO-ähnlichen Dingern kamen und in Gleichschritt über den Bildschirm marschierten. Sie gewannen immer. Man konnte sie zu Hunderten abschlachten, sogar neue kleine Forts gewinnen, um Waffen abzufeuern, Laser oder Bomben, aber am Ende ging man unweigerlich unter. Der Computer gewann immer. Es ergab so wenig Sinn, den Computer jedesmal gewinnen zu lassen, als ob Schaltkreise sich des Sieges erfreuen könnten. Und jede Anstrengung, so heroisch sie auch war, endete in Vernichtung.

Es war alles so schauerlich, echt finsterstes zwanzigstes Jahrhundert.

Es gab noch ein drittes Spiel, das einen runden gelben Verschlinger zum Gegenstand hatte – sein Ziel war, alles zu verschlingen, was in Sicht kam, die kleinen blauen Verfolger/Feinde mit eingeschlossen.

Sie beschäftigte sich meistens mit diesem Spiel, da die Ebene der Gewalttätigkeit weniger abstoßend war. Zwar fand sie nicht viel Gefallen an den Spielen, doch als die leeren Stunden sich im Kreis drehten, entdeckte sie die zwanghafte, besessene Qualität dieser Spielprogramme … das unbekümmerte Bestehen darauf, alle vernünftigen Schranken zu durchbrechen, welches das Kennzeichen der Zeit vor der Jahrtausendwende war. Sie spielte die Programme, bis ihre Finger Blasen bekamen.

Drei Mann in einem Boot … Drei Matrosen bemannten das Schlauchboot unter einer heißen Sonne, die hoch am unendlichen, wolkenlosen Himmel brannte, auf einer endlosen, von sanfter Dünung durchzogenen Ebene blaugrünen Ozeans. Die drei Matrosen und sie waren die einzigen Menschen, die je existiert hatten. Und der winzige Gummifleck von einem Boot war das einzige Land.

Sie saßen zusammengekauert und trugen Überjacken mit Kapuzen aus dünner, glänzend reflektierender Folie, die in der erbarmungslosen tropischen Sonnenglut schmerzhaft glitzerte.

Laura zog die Kapuze zurück und streifte sich fettige Haarsträhnen aus der Stirn. Ihr Haar war länger geworden. Seit sie das U-Boot betreten hatte, war es ihr nie gelungen, es richtig zu waschen.

»Ziehen Sie die Kapuze über den Kopf«, warnte Matrose 1.

Laura schüttelte den Kopf. »Ich möchte die freie Luft fühlen.«

»Das ist nicht gut für Sie«, sagte Matrose 1 und zupfte an seinen Ärmeln. »Seit die Ozonschicht weg ist, holen Sie sich in diesem Sonnenschein im Nu Hautkrebs.«

»Es heißt«, sagte Laura, »das Ozonproblem sei hauptsächlich Angstmacherei.«

»Natürlich«, höhnte Matrose 1. »Wenn Sie den Behörden glauben wollen.« Seine zwei Kollegen lachten trocken; das Geräusch verdampfte in absoluter ozeanischer Stille.

»Wo sind wir?« fragte Laura.

Matrose 1 blickte über die Gummiwulst des Bootes, tauchte seine bleichen Finger ins Wasser und beobachtete, wie es abtropfte. »Coelacanthengebiet …«

»Welche Zeit haben wir?« fragte Laura.

»Zwei Stunden bis zum Ende der Gelben Wache.«

»Aber was für ein *Tag?*«

»Ich bin froh, daß wir Sie bald los sein werden«, sagte Matrose 2 plötzlich. »Sie gehen mir auf die Nerven.«

Laura sagte nichts. Eine bedrückende Stille sank auf sie herab. Sie waren Treibgut, verchromte Folienpuppen in ihrem mattschwarzen Gummifleck. Sie überlegte, wie tief der Ozean unter dem millimeterdünnen Boden sein mochte.

»Sie haben immer eine Vorliebe für die Rote Mannschaft gehabt«, sagte Matrose 3 mit ebenso unerwarteter wie erschreckender Giftigkeit. »Sie haben den Leuten der Roten Mannschaft mehr als fünfzehnmal zugelächelt. Und Sie haben fast nie jemandem von der Gelben Mannschaft zugelächelt.«

»Ich hatte keine Ahnung«, sagte Laura. »Das tut mir wirklich leid.«

»Ach ja. Natürlich. Jetzt.«

»Da kommt die Maschine«, bemerkte Matrose 1.

Laura blickte auf, beschirmte die Augen. Der leere Himmel war voll von kleinen Verschwommenheiten, seltsamen kleinen Kringeln, durchsichtig und farblos, die den Bewegungen ihres Augapfels folgten. Sie war nicht sicher, wie man sie nannte oder woraus sie bestanden, aber es hatte etwas mit der Helligkeitsebene zu tun. Dann sah sie etwas am Himmel aufgehen, sich steif wie ein Origamischwan entfalten. Große Flügel vom Hellorange einer Schwimmweste. Es glitt abwärts.

Matrose 2 überprüfte sein militärisches Funksprechgerät, bis er das Peilsignal hatte. Matrose 3 befestigte einen langen schlaffen Beutel an einem Wasserstoffbehälter und begann ihn mit lautem Ventilzischen aufzublasen.

Kurz darauf kamen ein zweiter und ein dritter Lastenfallschirm herunter. Matrose 2 ließ einen Freudenschrei hören. Die Lastenträger durchkreuzten den leeren Himmel, und im Näherkommen sah Laura, daß es braune, rautenförmige Körper von Autobusgröße waren, mit breiten, ausfaltbaren Flügeln aus orangefarbenen Kunststoff. Sie erinnerten Laura an Maikäfer, dickbäuchige schwerfällige Flieger, die an warmen Frühlingsabenden Waldränder bevölkerten.

Die Lastenträger kamen in ausholenden Spiralen herab, ihre gebogenen Rümpfe schlugen klatschend auf und kamen mit überraschender, schwerfälliger Anmut im Wasser zur Ruhe. Die Flügel wurden mit lautem Knacken und Knarren eingefaltet.

Nun konnte sie das Flugzeug ausmachen, das sie abgeworfen hatte, ein breitflügeliger Airbus aus Keramik, himmelblau von unten, die oberen und seitlichen Teile mit brauner und gelber Wüstentarnung. Matrose 1 startete den Außenbordmotor, und das Boot brummte auf den nächsten Lastenträger zu, der ein gutes Stück größer war als das Schlauchboot, ein bauchiger, schwimmender Zylinder, am Bug und den Seiten mit stabilen Abschleppringen versehen.

Matrosen 2 und 3 mühten sich mit dem Wetterballon ab. Endlich ließen sie ihn los, und er sauste nach oben und ließ von einer Trommel an seinem unteren Ende ein langes dünnes Kabel abrollen.

»Alles klar«, sagte Matrose 1. Er hängte das Ende des Kabels an ein paar Karabinerhaken am Rücken von Lauras Schwimmweste ein. »Ziehen Sie die Knie an und umfassen Sie sie mit den Armen«, sagte er. »Ziehen Sie den Kopf ein und beißen Sie die Zähne zusammen, sonst holen Sie sich leicht eine Halswirbelverletzung, oder beißen sich in die Zunge. Wenn Sie merken, daß die Maschine dieses Kabel erfaßt hat, gehen Sie hoch wie eine Rakete. Sind Sie einmal in der Luft, lassen Sie die Beine los und strecken den Körper. Es ist wie ein Fallschirmabsprung.«

»Ich wußte nicht, daß es so sein würde«, sagte Laura ängstlich. »Fallschirmspringen! Ich weiß nicht, wie man das macht!«

»Ja«, sagte Matrose 2 ungeduldig, »aber Sie haben es gesehen. In der Glotze.«

»Wenn eine Maschine Sie an den Haken nimmt, ist es genauso wie beim Fallschirmabsprung, bloß umgekehrt«, sagte Matrose 1 hilfreich. Er steuerte sie zum Bug des ersten Lastenträgers. »Was, meint ihr, ist darin?«

»Neue Ladung Raketen«, sagte Matrose 2.

»Nein, Mann, es sind die Fressalien. Tiefgekühltes.«

»Niemals. Der da drüben ist der mit dem Tiefgekühlten.« Er wandte sich zu Laura. »Haben Sie nicht gehört, was ich sagte? Ziehen Sie die Beine an, umfassen Sie die Knie!«

»Ich ...« Es traf sie wie ein Autounfall. Ein jäher, furchtbarer Ruck, als wollte ihr der Haken die Knochen aus dem Fleisch reißen. Sie schoß nach oben wie von einer Kanone abgeschossen, Arme und Kniegelenke gaben nach, sie wurde gestreckt wie auf der Folterbank. Gleichzeitig wurde ihr schwarz vor Augen, als die Beschleunigung das Blut aus dem Gehirn in die Extremitäten trieb. Sie war hilflos, am Rande der Ohnmacht, und ihre Kleider flatterten im Wind, Ihr Körper begann an der Leine zu rotieren wie ein Kreisel. Aber nach diesem ersten Schock stellte sich ein sonderbares Gefühl mystischer Ekstase ein: sublimes Entsetzen, hilflose Furcht. Sindbad der Seefahrer, wie er vor Madagaskar vom Vogel Roch gefangen und durch die Luft getragen wird. Östlich von Afrika. Unter ihr das unendliche Blau des Ozeans ...

Ein Schatten fiel über sie. Ohrenbetäubender Lärm von Triebwerken, das Winseln einer Winsch. Dann war sie oben und im Bauch der Maschine. Von unten drang Tageslicht herein, fiel auf beschriftete Kisten, Verschläge, Kabelrollen. Ein innerer Kranausleger schwenkte sie von der Ladeluke fort und setzte sie ab. Sie lag keuchend und benommen.

Dann knallten die Ladeluken zu, und es wurde stockdunkel.

Sie spürte, wie die Maschine beschleunigte und stieg. Sie hob die Nase. Die Triebwerke donnerten.

Sie befand sich in einer fliegenden schwarzen Höhle, in der es nach Kunststoff und geöltem Segeltuch und afrikanischem Staub roch. Es war finster wie in einer verschlossenen Thermosflasche.

Sie schrie: »Licht an!« Nichts. Sie hörte das Echo ihrer Worte. Sie war allein. Vielleicht hatte die Maschine nur den Piloten und seinen Copiloten an Bord, oder sie war eine unbemannte Riesendrohne, ein ferngelenktes Versorgungsflugzeug.

Sie befreite sich umständlich aus der Schwimmweste, versuchte es mit verschiedenen Varianten akustischer Signale zum Einschalten der Beleuchtung, suchte die Umgebung nach Schaltern ab. Sie wiederholte die Anweisungen auf japanisch. Vergebens. Sie war ein Bestandteil der Ladung – niemand hörte auf Äußerungen der Luftfracht.

Es wurde kalt. Und die Luft wurde dünn.

Sie fror. Nach Tagen unveränderter Temperatur im U-Boot war sie empfindlich gegen die Kälte. Sie saß zusammengekauert in ihrer Isolierfolie, zog die Kapuze über den Kopf und legte die Hände vors Gesicht: Es war so finster, daß sie buchstäblich die Hand nicht vor den Augen sehen konnte. Sie atmete in die Hände, um sie warmzuhalten. Dampfende, schnaufende Atemzüge dünner Himalayaluft. Sie zog sich zu einer Kugel zusammen und zitterte.

Isolation und Schwärze und das vibrierende Dröhnen der Triebwerke.

Die Landung – das butterweiche Aufsetzen cybernetischer Präzision – weckte sie aus kältestarrer Betäubung. Sie hörte die Maschine ausrollen, zum Stillstand kommen, aber nichts geschah. Nach einer halben Stunde quälender Furcht und Ungewißheit, während die Hitze in das dunkle Innere des Frachtraums kroch, begannen ihre Nerven zu versagen. Hatte man sie vergessen?

War sie einem Programmfehler zum Opfer gefallen, der einen routinemäßigen Leerflug vorgesehen hatte und die Maschine bis zum nächsten Versorgungseinsatz irgendwo am Rande einer Wüstenpiste abgestellt hatte?

Endlich ein Knarren von Türen, weißglühendes Licht ergoß sich in den Raum. Ein heißer Luftschwall, befrachtet mit dem Geruch von Staub und Kerosin.

Das Rumpeln und Quietschen einer fahrbaren Treppe. Stiefelschritte. Man schaute herein, ein sonnengebräunter blonder Europäer in Khakiuniform. Sein Hemd war auf beiden Seiten dunkel vom Schweiß. Er sah sie neben ein paar Kisten kauern, die mit einer festgezurrten Persenning zugedeckt waren.

»Kommen Sie heraus!« sagte er und winkte mit dem Arm. In seiner Faust war eine kleine schwarze Metallmündung, Teil eines Mechanismus, der an den Unterarm geschnallt war und einen Lauf hatte. Es war eine Art Maschinenpistole.

»Na wird's bald?«

Laura stand auf. »Wer sind Sie? Wo sind wir?«

Er schüttelte den Kopf. »Keine Fragen. Vorwärts!«

Er ließ sie vorausgehen, hinaus in überhitzte, ausgetrocknete Luft. Sie war auf einem Wüstenflugplatz. Staubige, in Hitzeflimmern verschwimmende Rollbahnen, ein niedriges, weißgetünchtes Gebäude mit einem verblichenen Windsack, einer schlaff herabhängenden rot, golden und grün gestreiften Fahne. In der Ferne lag ein riesiger weißer Flugzeughangar, blaß und scheunenartig, und von dort kam das zornige Pfeifen von Triebwerksdüsen.

In der Nähe wartete eine Art Lieferwagen, ein Gefangenentransportfahrzeug, weiß gestrichen wie ein Bäkkereiwagen. Dicke Reifen mit Geländeprofil, drahtgesicherte Fenster, schwere Stoßstangen aus Stahlblech.

Zwei schwarze Polizisten öffneten die Hecktüren. Sie trugen Khakishorts, Kniestrümpfe, Sonnenbrillen, Gummiknüppel und Pistolen mit Patronentaschen für Ersatzmagazine. Ihre schweißglänzenden Gesichter waren gleichgültig und ausdruckslos; sie strahlten empfindungslose Bedrohung aus. Ihre schwieligen Hände befingerten die Gummiknüppel, als Laura zu ihnen gebracht wurde.

Sie stieg in den Wagen. Die Hecktüren schlugen zu und wurden abgesperrt. Sie war allein und fürchtete sich. Das Metall des Daches war so heiß, daß sie es kaum berühren konnte, und der mit Gummi bezogene Fußboden stank nach Schweiß und getrocknetem Urin.

Lauras überreizte Nerven sagten ihr, daß in diesem Wagen Menschen gestorben waren; sie glaubte die Gegenwart ihres Sterbens wie ein Gewicht auf ihrem Herzen zu fühlen. Tot, zerschlagen und blutend, hier auf dieser schmutzigen Gummimatte.

Der Motor sprang an, der Wagen setzte sich mit einem Ruck in Bewegung; sie stürzte zu Boden.

Nach einer Weile faßte sie Mut, raffte sich auf und spähte zu dem mit dickem Draht vergitterten Fenster hinaus.

Flammende Hitze, eine Sonne wie eine Blitzlichtentladung, und Staub. Runde Lehmziegelhütten – nicht einmal richtige Lehmziegel, nur getrocknete rötlich-lehmige Erde –, zum Teil mit wackligen Anbauten aus Wellblech und Plastik. Schmutzige, aufgespannte Lumpen als Schattenspender. Da und dort dünner Rauch von Feuerstellen. Die kleinen Rundhütten mit ihren Spitzdächern waren zusammengedrängt wie Pickel auf der Haut eines Halbwüchsigen, ein ausgedehntes Elendsviertel, das sich hügelauf, hügelab erstreckte, durch Trockenbetten und über Abfallhalden, so weit das Auge reichte. In weiter Ferne blies eine Reihe von Fabrikschornsteinen ungefilterten Schmutz in den wolkenlosen Himmel. Ein Hüttenwerk? Eine Raffinerie?

Sie sah kaum Menschen. Niemand bewegte sich in der brutalen Hitze: Die meisten saßen oder lagen wie betäubt im Schatten von Eingängen und Zeltdächern. Sie hatte das Gefühl enormer, unsichtbarer Menschenmassen, die im heißen Schatten ihrer Behausungen auf den Abend warteten, der in diesem gottverlassenen Inferno ein wenig Kühle und Linderung versprach. Die schmalen, regellos angelegten Gassen zwischen den Rundhütten und Wellblechbehausungen waren gesäumt von getrockneten menschlichen Exkrementen und erstaunlichen, geradezu explosiven Schwärmen afrikanischer Fliegen. Die Fliegen waren allgegenwärtig und groß wie Schaben.

Kein Straßenpflaster, keine Straßengräben, keine Wasserleitungen, Abwässerkanäle, keine elektrische Energie. Inmitten der dichtesten Zusammenballungen von Hütten und Zeltbahnen sah sie ein paar an Stangen befestigte Lautsprecher. Einer erhob sich über einem schmierigen Café, einem kopfsteingepflasterten offenen Stall aus Plastik und Kistenbrettern, mit Zeltbahnen als Dach. Dort kauerten Dutzende von Männern im Schatten auf ihren Keulen, tranken aus alten Limonadenflaschen und spielten mit Kieselsteinen, die in bestimmte Felder geworfen werden mußten. Über ihren Köpfen verbreitete der Lautsprecher ein monotones Krächzen in einer unverständlichen Sprache.

Die Männer blickten auf, als der Gefangenentransportwagen vorbeirumpelte, und ihre Mienen waren verschlossen, ausdruckslos. Laura sah, daß ihre Kleider von Schmutz starrten. Und zu einem guten Teil waren es Kleider westlicher Herkunft: zerlumpte T-Shirts und karierte Polyesterhosen und billige, zerrissene Schuhe mit Vinylsohlen, mit Draht zugebunden. Sie trugen Turbane aus farbigen Stoffresten.

Der Wagen fuhr weiter, knirschte rumpelnd durch Schlaglöcher und wirbelte erstickenden Staub auf. Lauras Blase drohte zu bersten. Sie erleichterte sich in einem Winkel des Wagens, wo es am schlimmsten stank.

Die Elendsviertel wollten kein Ende nehmen. Sie wurden womöglich noch dichter und verhängnisvoller. Der Wagen kam durch eine Gegend, wo die Männer narbig waren und lange Messer offen in den Gürteln trugen und rasierte Köpfe und Tätowierungen hatten. Eine Gruppe von Frauen in schmieriger Sackleinwand wehklagte ohne besonderen Nachdruck über einem toten Jungen, der ausgestreckt in der Türöffnung einer Hütte lag.

Da und dort bemerkte Laura vertraute Stücke und Gegenstände der Außenwelt, ihrer Welt, die keinen Zusammenhang mit dieser Realität hier hatten und wie von einem höllischen Wind verweht schienen. Jutesäcke mit verblaßtem blauem Stempelaufdruck: In Freundschaft sich drückende Hände und darunter in französisch und englisch: 100% WEIZENMEHL, EIN GESCHENK KANADAS AN DIE BEVÖLKERUNG VON MALI. Ein halbwüchsiger Junge trug ein T-Shirt mit einem Aufdruck aus Disneyland mit dem Wahlspruch ›Besucht die Zukunft!‹ Ölfässer, geschwärzt vom Ruß verbrannter Abfälle über den Kringeln arabischer Inschriften. Teile eines koreanischen Lieferwagens, Autotüren aus Kunststoff, mit den Fenstern eingelassen in eine Wand aus rotem, erdigem Lehm.

Dann eine verwahrloste, rußgeschwärzte Versammlungshalle oder Kirche, deren lange Außenmauern mit einer furchterregenden Ikonographie grinsender, gehörnter Heiliger bemalt waren. In die gerundeten Lehmkuppeln des Daches waren die glitzernden runden Böden zerbrochener Flaschen eingesetzt.

Der Wagen fuhr stundenlang. Sie war mitten in einer größeren Stadt, einer Metropole. Hier lebten Hunderttausende. Das ganze Land, Mali, ein riesiges Gebiet, größer als Texas, und dies war fast alles, was davon übriggeblieben war, dieser labyrinthische Ameisenhaufen. Alle anderen Möglichkeiten hatte die afrikanische Katastrophe verschüttet. Die Überlebenden der Dürre drängten sich in gigantischen städtischen Flüchtlingslagern wie diesem zusammen. Sie war in Bamako, der Hauptstadt von Mali.

Der Hauptstadt der FAKT. Sie war die Geheimpolizei hier, die Macht, die das Heft in der Hand hatte. Sie übte die Herrschaft über einen Staat aus, der hoffnungslos ruiniert war, reduziert auf eine Serie menschenunwürdiger Elendssiedlungen.

In einer jähen, abstoßenden Einsicht wurde Laura klar, wie wertlos ein Menschenleben hier war. In dieser zu unvorstellbaren Dimensionen angeschwollenen Elendssiedlung war ein Sumpf von Elend und Verkommenheit, der die ganze Welt zu verseuchen drohte. Sie hatte immer gewußt, daß die Verhältnisse in Afrika schlimm waren, aber sie hatte sich niemals vorstellen können, daß ein Leben hier einfach bedeutungslos war. Und sie erkannte in einer Anwandlung fatalistischen Schreckens, daß auch ihr Leben in dieser Umgebung so klein und unbedeutend war, daß sie keinerlei Erwartungen damit verknüpfen durfte. Sie war jetzt in der Hölle, und hier galten andere Maßstäbe.

Endlich rollten sie durch ein Tor in einem Stacheldrahtzaun auf eine freie Fläche aus Staub, Asphalt und skeletthaften Wachttürmen. Weiter voraus erhoben sich – Lauras Herz klopfte schneller – die vertrauten, freundlichen braunen Wände aus Sandbeton. Sie näherten sich einem massigen, überkuppelten Gebäude, das entfernte Ähnlichkeit mit ihrem Rizome-Ferienheim in Galveston hatte. Es war jedoch sehr viel größer und solide gebaut. Fortschrittlich in Entwurf und Ausführung, Denkmal der gleichen Techniken, die David bevorzugte.

Der Gedanke an David traf sie so schmerzhaft, daß sie sich augenblicklich gegen ihn verschloß.

Dann rollten sie durch ein Tor in den meterdicken Sandbetonwänden, unter einem grausamen schmiedeeisernen Fallgatter durch.

Der Wagen hielt an. Nichts geschah.

Nach vielleicht zehn Minuten riß der Europäer die Hecktüren auf. »Raus!«

Sie kletterte hinaus in betäubende Hitze. Sie befand sich auf einer leeren Fläche, einem Kasernenhof aus gestampfter, ausgedörrter Erde, umgeben von zweistöckigen braunen Gebäudetrakten. Der Europäer führte sie zu einer eisernen Tür, die ins Gefängnis führte. Zwei Wächter erschienen neben ihr. Sie durchwanderten einen Korridor mit nackten Leuchtstoffröhren an der Decke. »Zur Dusche«, sagte der Europäer.

Das Wort hatte einen unangenehmen Klang. Laura blieb stehen. »Ich will nicht unter die Dusche.«

»Da gibt es auch eine Toilette«, sagte der Europäer.

Sie schüttelte störrisch den Kopf. Der Europäer blickte über ihre Schulter und nickte kaum merklich.

Ein Gummiknüppel traf sie von hinten zwischen Nacken und Schultern. Es war, als hätte sie ein Blitzschlag getroffen. Ihre ganze rechte Körperhälfte wurde taub, und sie brach wimmernd in die Knie.

Der Schock verging, und Schmerz nahm seine Stelle ein. Echter Schmerz, nicht die pastellfarbene Ausführung, die sie in der Vergangenheit ›Schmerz‹ genannt hatte: eine naturhafte, zutiefst biologische Erfahrung. Sie konnte nicht glauben, daß dies alles war, daß sie bloß mit einem Stock geschlagen worden war. Schon fühlte sie, daß es ihr Leben veränderte.

»Aufstehen!« sagte er im gleichen überdrüssigen Tonfall. Sie stand auf. Die Wärter brachten sie zum Duschraum.

Dort gab es eine Wärterin. Sie zogen sie aus, und die Frau nahm eine Durchsuchung der Körperöffnungen vor, während die Männer Lauras Nacktheit mit distanziert-berufsmäßigem Interesse betrachteten. Sie wurde unter die Dusche gestoßen und bekam ein Stück Laugenseife, das nach Insektizid roch. Das Wasser war hart und salzig, die Seife wollte nicht schäumen. Der Hahn wurde zugedreht, bevor sie sich ganz abgespült hatte.

Sie trat unter der Dusche heraus. Ihre Kleider und Schuhe waren verschwunden. Die Wärterin stieß ihr eine Injektionsspritze mit fünf Kubikzentimetern gelber Flüssigkeit in die Hinterbacke. Sie fühlte, wie das Zeug in sie eindrang und brannte.

Der Europäer und seine zwei Untergebenen gingen, und zwei Wärterinnen erschienen. Laura erhielt Hemd und Hose aus schwarz-weiß gestreifter Leinwand, zerknittert und rauh. Zitternd zog sie sich an. Entweder begann die Injektion zu wirken, oder sie bildete es sich in ihrer Angst ein. Sie fühlte sich benommen und schwindlig, nicht weit entfernt von echter Geistesverwirrung.

Immer wieder dachte sie, daß bald eine Zeit kommen werde, wo sie gezwungen sein würde, zu verlangen, daß man sie töte, um ihre Würde nicht zu verlieren. Aber man schien nicht begierig, sie ins Jenseits zu befördern, und sie war ebenso wenig begierig, zu sterben. Vor allem aber begann sie zu verstehen, daß ein Mensch durch Schläge beinahe zu allem gebracht werden konnte. Sie wollte nicht wieder geschlagen werden, nicht, bevor sie sich besser in der Hand hätte.

Die Wärterin sagte etwas in gebrochenem Französisch und zeigte zur Toilette. Laura schüttelte den Kopf. Die Frau sah sie an, als hätte sie es mit einer Schwachsinnigen zu tun, dann zuckte sie die Achseln und machte eine Eintragung in das Blatt auf ihrer Klemmtafel.

Die beiden Wärterinnen fesselten ihre Arme mit Handschellen auf dem Rücken. Eine von ihnen zog einen Gummiknüppel, steckte ihn geschickt durch die Stahlkette der altmodischen Handschellen und hebelte Lauras Arme in den Schultergelenken aufwärts, bis sie gezwungen war, sich nach vorn zu krümmen. Dann trieben sie sie hinaus, steuerten sie wie einen Einkaufswagen durch den Korridor und eine schmale Treppe hinauf, die unten und oben durch Gittertüren gesichert war. Dann ging es im Obergeschoß an einer langen Reihe von Eisentüren mit kleinen Schiebefenstern vorbei.

Sie hielten vor Zelle 31 und warteten dort, bis eine Beschließerin auftauchte. Es dauerte ungefähr fünf Minuten, und diese Zeit verbrachten die beiden gummikauend und mit Bemerkungen über Laura, die trotz des einheimischen Dialekts eindeutig waren.

Endlich stieß die Beschließerin die Tür auf, und sie stießen Laura in die Zelle. Die Tür krachte zu. »He!« rief Laura. »Ich bin gefesselt! Sie haben die Handschellen vergessen!« Das Schiebefenster ging auf, und sie sah ein menschliches Auge und eine Nase. Es wurde wieder geschlossen.

Sie war in einer Zelle. Im Gefängnis einer Militärdiktatur. In Afrika.

Sie fragte sich, ob es Schlimmeres geben könne. Ja, dachte sie: Sie könnte krank sein.

Sie begann sich fiebrig zu fühlen.

Eine Stunde ist:

Eine Minute und eine Minute und eine Minute und eine Minute und eine Minute.

Und eine Minute, und eine Minute, und eine Minute und eine Minute und eine Minute.

Dann noch eine, und eine weitere Minute, und wieder eine, und noch eine, und noch eine.

Und eine Minute, dann zwei weitere Minuten. Dann noch zwei Minuten.

Dann zwei Minuten. Dann zwei Minuten. Dann eine Minute.

Dann eine ähnliche Minute. Dann noch zwei. Und wieder zwei.

Das sind bis dahin dreißig Minuten.

Also fängt man wieder von vorn an.

Lauras Zelle war etwa vier Schritte lang und drei Schritte breit. Sie hatte ungefähr die Größe des Badezimmers in dem Haus, wo sie einmal gewohnt hatte, dem Haus, an das zu denken sie sich nicht oft gestattete. Ein guter Teil dieses Raumes wurde von der Pritsche eingenommen. Sie hatte vier Beine aus Stahlrohr und einen Stützrahmen aus Kanteisen. Auf dem Rahmen lag eine Matratze aus gestreiftem Baumwolldrill, mit Stroh ausgestopft. Die Matratze roch schwach und nicht ganz unangenehm nach der langen Krankheit einer Fremden. Ein Ende war mit bräunlich verblaßten Blutflecken bespritzt.

In der Wand der Zelle war ein Fensterloch. Es war

eine Öffnung von der Größe eines Toilettenabflusses und durch den meterdicken Sandbeton gebohrt. Am äußeren Ende war es durch ein dünnes Metallgitter verschlossen. Wenn sie sich direkt vor das Loch stellte, konnte Laura einen runden Ausschnitt hitzeflimmernden gelblichen Wüstenhimmels sehen. Manchmal kamen schwache Ausläufer heißer Windstöße durch das Rohr herein.

Die Zelle hatte keine sanitären Installationen. Aber von anderen Gefangenen lernte sie rasch, was zu tun war. Man schlug gegen die Tür und schrie, vorzugsweise auf französisch oder Bambara, der wichtigsten einheimischen Sprache. Nach einer gewissen Zeit, die von ihrem Gutdünken abhing, kam eine der Wärterinnen und brachte sie zur Latrine: einer Zelle, die den anderen glich, aber ein Loch im Boden hatte.

An ihrem sechsten Tag hörte sie zum ersten Mal die Schreie. Sie schienen aus dem dicken Boden unter ihren Füßen emporzudringen. Noch nie hatte sie so unmenschliche Schreie gehört, nicht einmal während des Aufstandes in Singapur. Verglichen mit diesem Heulen und Kreischen waren die Schreie der in Panik geratenen Menge eher eine Art Fröhlichkeit gewesen.

Sie konnte keine Worte ausmachen, stellte jedoch fest, daß es Pausen gab, und bisweilen glaubte sie ein tiefes elektrisches Summen zu vernehmen.

Zum Essen und für die Latrine wurden ihr die Handschellen abgenommen. Danach wurden sie wieder festgeschlossen, sorgfältig und oben an den Handgelenken, daß sie nicht durch den Kreis ihrer Arme steigen und die Hände vor sich halten konnte. Als ob es einen Unterschied machte, als ob sie mit den Fingernägeln ein Loch in den meterdicken Sandbeton graben oder die Stahltür aus den Angeln reißen könnte.

Nach einer Woche war in ihren Schultern ein ständiger leichter Dauerschmerz, und sie hatte abgeschürfte Stellen am Kinn und an den Wangen, weil sie nur auf dem Bauch schlafen konnte. Sie beklagte sich jedoch nicht. Im Gefängniskorridor hatte sie flüchtig einen Mitgefangenen gesehen, einen Asiaten, Japaner, wie sie meinte. Er hatte Handschellen und Fußfesseln getragen, dazu eine Augenbinde.

Im Laufe der zweiten Woche wurden ihr die Handschellen von vorn angelegt. Das war ein erstaunlicher Unterschied. Sie glaubte in absurder Unvernunft, daß sie wirklich etwas erreicht habe, daß ihr von der Gefängnisverwaltung eine geringfügige, aber eindeutige Botschaft zugegangen sei.

Sicherlich, dachte sie, als sie auf ihrer Pritsche lag, auf den Schlaf wartete, und fühlte, wie ihre Gedankengänge sich allmählich auflösten, sicherlich war es ein Zeichen, vielleicht nur ein Haken auf einer Klemmtafel, aber irgendeine institutionelle Formalität hatte stattgefunden. Sie existierte.

Am Morgen war sie überzeugt, daß es eigentlich nichts bedeuten könne. Dennoch begann sie Liegestütze zu machen.

Sie markierte die Tage ihrer Haft, indem sie mit der Kante ihrer Handschellen Striche in die körnige Wand unter ihrer Pritsche kratzte. An ihrem einundzwanzigsten Gefängnistag wurde sie aus der Zelle geholt, bekam eine weitere Dusche nebst Leibesvisitation und wurde dem Inspektor der Haftanstalten vorgeführt.

Der Inspektor der Haftanstalten war ein großer, lächelnder, sonnengebräunter Weißer in einer langen seidenen Djellabah, blauen Anzughosen und handgefertigten Ledersandalen. Er empfing sie in einem klimatisierten Büro im Erdgeschoß, wo es Metallstühle und einen geräumigen stählernen Schreibtisch mit einer lackierten Sperrholzplatte gab. An den Wänden hingen goldgerahmte Porträts, Männer in Uniformen: GALTIERI, NORTH, MACARTHUR.

Eine Wärterin drückte Laura auf einen metallenen Klappstuhl vor dem Schreibtisch. Nach den Wochen drückender Hitze in ihrer Zelle kam ihr die klimatisierte Luft arktisch vor, und sie fröstelte.

Die Wärterin schloß ihre Handschellen auf. Die Haut darunter war schwielig, das linke Handgelenk hatte eine verschorfte Wunde, aus der Flüssigkeit sickerte.

»Guten Tag, Mrs. Webster«, sagte der Inspektor.

»Hallo«, sagte Laura. Ihre Stimme war eingerostet.

»Trinken Sie eine Tasse Kaffee. Er ist sehr gut. Aus Kenia.« Der Inspektor schob ihr Tasse und Untertasse über den Schreibtisch. »Sie hatten dieses Jahr gute Regenfälle.«

Laura nickte stumpfsinnig. Sie hob die Tasse und schlürfte vom Kaffee. Seit Wochen hatte sie Gefängniskost gegessen: Scop, und gelegentlich eine Schale Hirsebrei. Und das harte, metallisch schmeckende Wasser getrunken, zwei Liter jeden Tag, leicht gesalzen, um einem Hitzschlag vorzubeugen. Der heiße Kaffee traf ihre Geschmacksnerven mit einer erstaunlichen Fülle, wie belgische Schokolade. Ihr schwindelte.

»Ich bin der Inspektor der Haftanstalten«, sagte der Mann am Schreibtisch. »Auf meiner planmäßigen dienstlichen Rundreise hier.«

»Was für ein Gefängnis ist dies?«

Der Inspektor lächelte. »Dies ist die Strafvollzugsanstalt Moussa Traore, in Bamako.«

»Welchen Tag haben wir?«

Er sah auf sein Uhrtelefon. »Es ist Mittwoch, der 6. Dezember 2023.«

»Wissen meine Leute, daß ich noch am Leben bin?«

»Ich sehe, Sie kommen gleich zum Kern der Dinge«, sagte der Inspektor. »Nach Lage der Dinge, Mrs. Webster, wissen sie es nicht. Sehen Sie, Sie stellen ein ernstes Sicherheitsrisiko dar. Das verursacht uns einige Kopfschmerzen.«

»Einige Kopfschmerzen.«

»Ja ... Sehen Sie, infolge der besonderen Umstände, unter denen wir Ihnen das Leben retteten, haben Sie erfahren, daß wir uns in Besitz der Bombe befinden.«

»Was? Ich verstehe nicht.«

Er runzelte leicht die Stirn. »Der Bombe, der Atombombe.«

»Sie halten mich wegen einer Atombombe hier fest?«

Das Stirnrunzeln verstärkte sich. »Sehen Sie nicht, was das bedeutet? Sie sind an Bord der Thermophylae gewesen. Unseres Schiffes.«

»Sie meinen das Boot, das U-Boot?«

Er starrte sie an. »Sollte ich mich deutlicher ausdrücken?«

»Ich bin etwas verwirrt«, sagte Laura. Sie fühlte sich benommen. »Ich habe drei Wochen Einzelhaft hinter mir.« Sie stellte die Tasse sorgfältig auf den Tisch zurück. Ihre Hand zitterte. »Ich sah ein U-Boot, das ist richtig, aber ich weiß nicht, ob es ein echtes Atom-U-Boot war. Ich weiß das nur von Ihnen und von der Mannschaft an Bord. Je mehr ich darüber nachdenke, desto schwerer fällt es mir, daran zu glauben. Keine der alten Nuklearmächte war dumm genug, ein ganzes U-Boot zu verlieren. Schon gar nicht eins mit Atomraketen an Bord.«

»Sie scheinen ein rührendes Vertrauen zu Regierungen zu haben«, sagte der Inspektor. »Wenn wir ein Trägersystem haben, spielt es kaum eine Rolle, woher wir die Raketen und Sprengköpfe haben, nicht wahr? Der entscheidende Punkt ist, daß die Wiener Konvention an unsere Abschreckungsmacht glaubt, und unser Arrangement mit ihr erfordert, daß wir über unsere Abschreckungsmacht Stillschweigen bewahren. Aber Sie kennen das Geheimnis.«

»Ich glaube nicht, daß die Wiener Konvention mit Atomterroristen ein Abkommen schließen würde.«

»Möglicherweise nicht«, sagte der Inspektor, »aber wir sind die Terroristenabwehr. Wien weiß sehr genau, daß wir ihnen die Arbeit abnehmen. Stellen Sie sich aber die Reaktion der Weltöffentlichkeit vor, wenn die Nachricht hinausginge, daß unsere Republik Mali eine Atommacht ist.«

»Was für eine Reaktion?«

»Also«, sagte er, »das sollten Sie, für die das weltweite Kommunikationsnetz Religionsersatz ist, am besten wissen. Die große Masse, die unaufgeklärte Menge, würde in Panik geraten, angestachelt von Ihren Schrekkensmeldungen in den Medien. Jemand würde sich zu überstürztem Handeln hinreißen lassen, und wir würden gezwungen sein, unnötigerweise unsere Abschrekkung einzusetzen.«

»Sie meinen, irgendwo eine Atombombe zu zünden.«

»Es würde uns im Falle direkter Bedrohung keine andere Wahl bleiben. Obwohl es kein Verfahren ist, das wir gern anwenden würden.«

»Angenommen, ich glaube Ihnen«, sagte Laura. Der Kaffee tat jetzt seine Wirkung, ermunterte sie und gab ihr Mut. »Wie können Sie dasitzen und mir sagen, daß Sie im Notfall eine Atombombe zünden würden? Sehen Sie nicht, daß das in einem krassen Mißverhältnis zu dem stehen würde, was Sie erreichen wollen?«

Der Inspektor schüttelte langsam den Kopf. »Wissen Sie, wie viele Menschen in den vergangenen zwanzig Jahren in Afrika gestorben sind? Etwas über achtzig Millionen. Eine erschütternde Zahl, nicht wahr: achtzig Millionen. Und das Schlimme daran ist, daß nicht einmal diese Opfer etwas bewirkt haben; die Situation verschlimmert sich weiter. Afrika ist krank, es bedarf eines tiefen Eingriffs. Die Nebenschauplätze Singapur und Grenada, auf denen wir tätig geworden sind, erscheinen im Vergleich zu dem, was hier notwendig ist, wie Public-Relations-Aktionen. Aber ohne ein Abschrekkungsmittel würden wir nicht freie Hand haben, zu tun, was erforderlich ist.«

»Sie meinen Völkermord?«

Er schüttelte bekümmert den Kopf, als hätte er dies alles schon zu oft gehört und von ihr Besseres erwartet. »Wir müssen den Afrikaner vor sich selbst schützen. Nur wir können diesen Völkern die Ordnung geben, die sie zum Überleben brauchen. Was hat Wien zu bieten? – Nichts. Die Regierungen der afrikanischen Staaten sind souverän und größtenteils Signatarstaaten der Wiener Konvention. Manchmal mischt Wien sich ein, wenn es um den Sturz einer besonders verabscheuungswürdigen Gewaltherrschaft geht, aber Wien weiß keine längerfristige Lösung. Die Außenwelt hat Afrika abgeschrieben, und Ihr Netz ist daran mitschuldig. Während es sich anderwärts in Humanitätsduselei verliert, ignoriert es, daß in Afrika jedes Jahr Millionen Menschenleben vernichtet werden.«

»Wir schicken noch immer Hilfslieferungen, nicht wahr?«

»Die verschärfen nur das Elend, indem sie die Landflucht fördern und die Korruption nähren.«

Laura rieb sich die Stirn. »Ich verstehe nicht ...«

»Sie sollten aber; das Problem existiert seit sechzig Jahren, seit Hilfslieferungen nach Afrika geschickt werden. Unsere Aufgabe ist einfach zu beschreiben. Wir müssen erfolgreich sein, wo Wien versagt hat. Wien hat nichts gegen die terroristischen Machenschaften der Datenpiraten unternommen, nichts zur Rettung Afrikas. Wien ist schwach und gespalten. Aber es ersteht eine neue Weltordnung, die nicht auf obsoleten Nationalregierungen beruht. Sie wird auf modernen, multinational denkenden Gruppen wie Ihrer Rizome und unserer Freien Armee beruhen.«

»Niemand hat Sie gewählt«, sagte Laura. »Sie haben keine rechtmäßige Autorität. Sie sind ein ... ein Selbstschutzverband!«

»Sie haben die Funktion des Mitglieds in einem Selbstschutzverband ausgeübt«, erwiderte der Inspektor der Haftanstalten. »Ihre diplomatische Mission war von genau dieser Art. Sie diente der Destabilisierung von Regierungen und der Einmischung in fremde Angelegenheiten zugunsten der Interessen Ihres multinationalen Unternehmens. Wir haben alles gemeinsam, wie Sie sehen.«

»Nein!«

»Wir könnten gar nicht existieren, wenn es nicht Unternehmen wie Ihres gäbe, Mrs. Webster. Sie finanzierten uns. Sie schufen uns. Wir dienen Ihren Erfordernissen.« Er holte Luft und lächelte. »Wir sind Ihr Schwert und Schild.«

Laura sank in den Stuhl zurück. »Warum bin ich in Ihrem Gefängnis, wenn wir auf derselben Seite stehen.«

Er legte die Fingerspitzen zusammen. »Ich sagte Ihnen das bereits, Mrs. Webster – weil Sie ein Sicherheitsrisiko sind! Andererseits sehen wir keinen Grund, warum Sie nicht Ihre Mitarbeiter und Angehörigen verständigen sollten. Sie wissen lassen, daß Sie am Leben und in Sicherheit und bei guter Gesundheit sind. Das würde ihnen viel bedeuten, sicherlich. Sie könnten eine Erklärung abgeben.«

Laura hatte geahnt, daß dies kommen würde. »Was für eine Erklärung?« sagte sie mit tonloser Stimme.

»Eine vorbereitete Erklärung, selbstverständlich. Wir können nicht zulassen, daß Sie unsere Atomgeheimnisse über eine offene Telefonverbindung nach Atlanta ausplaudern. Aber Sie könnten eine Videoaufzeichnung machen. Die wir für Sie veröffentlichen würden.«

Ihr Magen zog sich zusammen. »Zuerst müßte ich die Erklärung sehen. Und lesen. Und darüber nachdenken.«

»Tun Sie das! Denken Sie darüber nach!« Er berührte sein Uhrtelefon, sprach auf französisch. »Lassen Sie uns Ihre Entscheidung wissen.«

Ein Wärter trat ein. Er führte sie in eine andere Zelle. Diesmal verzichteten sie auf das Anlegen der Handschellen.

Lauras neue Zelle war von der gleichen Länge wie die erste, enthielt aber zwei Pritschen und war anderthalb Schritte breiter. Laura war nicht mehr gezwungen, Handschellen zu tragen. Sie bekam ihren eigenen Nachttopf und einen größeren Wasserkrug. Es gab mehr Scop, und der Hirsebrei war von besserer Qualität und enthielt manchmal Stücke von Speck aus Sojabohnen.

Sie gaben ihr ein Kartenspiel und eine broschürte Bibel, die von der Mission der Zeugen Jehovas in Bamako 1992 verteilt worden war. Sie bat um einen Bleistift, um Notizen für ihre Erklärung zu machen. Darauf erhielt sie ein Schreibgerät für Kinder, mit einem ausklappbaren kleinen Bildschirm. Es ließ sich sehr sauber darauf tippen, doch gab es keine Ausdruckstation, und das Gerät eignete sich nicht zur Abfassung schriftlicher Geheimbotschaften.

Unter ihrer neuen Zelle waren die Schreie lauter. Mehrere verschiedene Stimmen und, wie sie meinte, auch verschiedene Sprachen waren zu unterscheiden. Die Schreie dauerten mit kurzen Unterbrechungen etwa eine Stunde. Dann gab es eine Kaffeepause für die Folterer. Und dann gingen sie wieder an die Arbeit. Laura vermutete, daß es mehrere verschiedene Folterer geben mußte. Ihre Gewohnheiten differierten. Einer von ihnen spielte während seiner Pausen gern stimmungsvolle französische Chansons.

Eines Nachts wurde sie von einer gedämpften Salve Maschinengewehrfeuer geweckt. Ihr folgten nach kurzer Zeit fünf Gnadenschüsse. Sie hatten Leute hingerichtet, aber nicht die Leute, die gefoltert wurden, wie es schien, denn am nächsten Tag waren zwei von ihnen wieder da.

Sie benötigten zwei Wochen, um ihre Erklärung abzufassen und Laura vorzulegen. Sie war schlimmer, als sie sich vorgestellt hatte. Sie sollte Rizome und der Welt erklären, daß sie in Singapur von den Grenadinern entführt worden sei und im unterirdischen Tunnelkomplex von Fedons Festung gefangengehalten werde. Es war ein lächerlicher Entwurf; sie hatte den Eindruck, daß der Verfasser ein Ausländer war, für den englisch eine Fremdsprache war. Teile des Textes erinnerten sie an das FAKT-Kommuniqué, das nach der Ermordung Winston Stubbs' herausgegeben worden war.

Sie zweifelte nicht mehr daran, daß die FAKT Winston Stubbs getötet und dabei ihr Haus unter Feuer genommen hatte. Es war offensichtlich. Die ferngesteuerte Methode sprach dafür. Es konnte nicht Singapur gewesen sein. Singapurs Kommandoeinheiten, Soldaten wie Hotchkiss, hätten Stubbs ohne viel Umstände irgendwo niedergeschossen und sich nachher nicht damit gebrüstet.

Sie mußten die Drohne irgendwo von einem Überwasserschiff gestartet haben. Sie konnte nicht von ihrem U-Boot gekommen sein – es sei denn, sie besaßen mehr als eines – ein schrecklicher Gedanke. Das U-Boot konnte nicht schnell genug gewesen sein, um während der Zeit ihres Abenteuers Galveston, Grenada und Singapur anzugreifen. (Sie betrachtete es bereits als ihr Abenteuer – etwas, das vorüber war, das in ihrer Vergangenheit lag, vor der Gefangenschaft.) Aber Amerika war ein offenes Land, und viele Angehörige der FAKT waren Amerikaner.

Laura glaubte jetzt, daß sie jemanden – einen Agenten, einen Vertrauensmann, einen ihrer Henderson/

Hesseltines – bei Rizome hatten. Es würde ihnen ein leichtes sein, nicht wie in Singapur. Der Betreffende brauchte bloß ordentliche Zeugnisse vorzulegen, fleißig zu arbeiten und zu lächeln.

Sie weigerte sich, die vorbereitete Erklärung vor einer Videokamera zu verlesen. Der Inspektor der Haftanstalten sah sie mißmutig an. »Sie glauben wirklich, dieser Trotz könne etwas bewirken?«

»Die Erklärung ist Desinformation. Sie ist schwarze Propaganda, eine Provokation, die darauf abzielt, daß in Grenada noch mehr Menschen getötet werden. Damit will ich nichts zu tun haben.«

»Schade. Ich hatte gehofft, Sie könnten Ihren Angehörigen einen Neujahrsgruß schicken.«

»Ich habe meine eigene Erklärung geschrieben«, sagte Laura. »Sie erwähnt weder Sie noch Mali, die FAKT oder Ihre Atomwaffen. Sie sagt nur, daß ich am Leben bin, und enthält ein paar Worte, die mein Mann wiedererkennen wird, um ihm zu zeigen, daß ich wirklich die Verfasserin bin.«

Der Inspektor lachte. »Möchten Sie uns für dumm verkaufen, Mrs. Webster? Meinen Sie, wir würden zulassen, daß Sie Geheimbotschaften versenden, die Sie mit Ihrem … ah … weiblichen Einfallsreichtum in wochenlanger Arbeit in Ihrer Zelle ausgebrütet haben?«

Er steckte die vorbereitete Erklärung in eine Schreibtischschublade. »Sehen Sie, ich habe das nicht abgefaßt. Ich habe die Entscheidung nicht getroffen. Ich persönlich halte diese Erklärung nicht für besonders großartig. Da ich Wien kenne, würde sie eher dazu führen, daß die Wiener Abgesandten sich auf Zehenspitzen in diesen Termitenbau unter Fedons Festung begeben, statt ihn in Grund und Boden zu bombardieren, wie sie es schon vor Jahren hätten tun sollen.« Er zuckte die Achseln. »Aber wenn Sie Ihr Leben ruinieren, von den Behörden für tot erklärt und vergessen werden wollen, dann tun Sie es von mir aus.«

»Ich bin Ihre Gefangene! Tun Sie nicht so, als sei es meine Entscheidung.«

»Seien Sie nicht albern! Wenn es um ernsthafte Dinge ginge, könnte ich Sie dazu zwingen.«

Laura schwieg.

»Sie wähnen sich stark, nicht wahr?« Der Inspektor schüttelte den Kopf. »Sie denken, daß es so etwas wie eine romantische moralische Gültigkeitserklärung wäre, wenn wir darauf verfielen, Sie zu foltern. Folter ist nicht romantisch, Mrs. Webster. Sie ist ein Prozeß: Folter ist Folter, das ist alles. Sie macht niemanden edler. Sie zerbricht einen nur. Wie eine Maschine versagt, wenn man sie zu lange zu schnell, zu rücksichtslos antreibt. Es gibt niemals eine wirkliche Heilung, man kommt nie wirklich darüber hinweg. Genausowenig wie man das Altwerden überwindet.«

»Ich will nicht verletzt werden. Geben Sie nicht vor, ich wollte es.«

»Werden Sie die alberne Erklärung verlesen? Sie ist nicht so wichtig. Sie sind nicht so wichtig.«

»Sie töteten einen Mann in meinem Haus«, sagte Laura. »Sie töteten Menschen um mich herum. Sie töten Menschen in diesem Gefängnis. Ich weiß, daß ich nicht besser bin als diese Menschen. Ich glaube nicht, daß Sie mich jemals werden gehen lassen, wenn Sie es verhindern können. Warum also töten Sie mich nicht auch?«

Er schüttelte seufzend den Kopf. »Natürlich werden wir Sie gehen lassen. Wir haben keinen Grund, Sie länger hier festzuhalten, sobald Sie kein Sicherheitsrisiko mehr darstellen. Wir werden nicht für immer im Verborgenen wirken. Eines Tages, sehr bald, hoffe ich, werden wir aus der erzwungenen Anonymität heraustreten können. Eines Tages werden Sie, Laura Webster, eine geachtete Bürgerin in einer großen neuen globalen Gesellschaft sein.«

Ein langer Augenblick verging. Seine Worte waren an ihr vorbeigegangen, wie etwas am anderen Ende eines Fernrohrs. Schließlich sagte sie mit leiser Stimme: »Wenn Ihnen überhaupt daran liegt, dann hören Sie zu! Ich verliere den Verstand, allein in dieser Zelle. Ich möchte lieber tot sein als verrückt.«

»Also soll es jetzt Selbstmord sein?« Er war onkelhaft, skeptisch, besänftigend. »Selbstverständlich haben Sie an Selbstmord gedacht. Jeder tut das. Aber sehr wenige setzen den Gedanken in die Tat um. Selbst Männer und Frauen, die in Todeslagern Schwerstarbeit verrichten, finden Gründe, weiterzuleben. Sie beißen sich niemals die eigene Zunge ab, reißen sich nicht die Pulsadern mit den Fingernägeln auf oder rennen mit dem Kopf gegen eine Wand, oder was dergleichen kindische Häftlingsphantasien mehr sind.« Seine Stimme wurde nachdrücklich. »Mrs. Webster, Sie befinden sich hier in der oberen Ebene. Sie sind in Sondergewahrsam. Glauben Sie mir, in den Elendsvierteln dieser Stadt gibt es ungezählte Männer und Frauen und sogar Kinder, die mit Freuden töten würden, um so leben zu können wie Sie!«

»Warum lassen Sie mich dann nicht von ihnen töten?«

Er schüttelte den Kopf. »Ich wünschte wirklich, Sie würden sich einsichtiger zeigen.«

Er seufzte und sprach ins Uhrtelefon. Nach einer Weile kam ein Wärter und brachte sie in die Zelle zurück.

Sie trat in den Hungerstreik. Drei Tage ließ man sie gewähren, dann schickte man ihr eine Zellengenossin.

Es war eine Negerin, die kein Englisch sprach. Sie war gedrungen und breitschultrig und hatte ein rundes, fröhliches Gesicht mit zwei fehlenden Vorderzähnen. Ihr Name war etwas wie Hofuette, oder Jofuette. Jofuette lächelte nur und zuckte die Achseln, wenn Laura englisch redete: Sie hatte keine Sprachbegabung und konnte sich ein ausländisches Wort keine zwei Tage merken. Sie war Analphabetin.

Laura hatte kein Glück mit Jofuettes Sprache. Es war Bambara, voller Hauch- und Schnalzlaute und eigentümlichen Klangfarben. Sie lernte die Wörter für *Bett* und *essen* und *schlafen* und *Karten*. Sie brachte Jofuette ein einfaches Kartenspiel bei. Es dauerte Tage, aber sie hatten viel Zeit.

Jofuette kam von unten, der unteren Ebene, wo die Schreie ihren Ausgang nahmen. Man hatte sie nicht gefoltert; jedenfalls waren keine Spuren an ihr zu sehen. Jofuette hatte jedoch gesehen, wie Hinrichtungen durch Erschießen stattgefunden hatten. Das geschah draußen im Gefängnishof, mit Maschinengewehren. Jofuette gab ihr zu verstehen, daß sie oft mit fünf oder sechs Maschinengewehren auf einen einzigen Verurteilten schossen; außerdem sei ihre Munition alt, mit vielen Versagern, die zu Ladehemmungen führten. Sie mußten jedoch Berge von Munition haben. Anscheinend war die gesamte Munition von fünfzig Jahren Kalten Krieges hier in afrikanischen Krisengebieten gelandet. Zusammen mit dem übrigen Militärschrott.

Den Inspektor der Haftanstalten bekam sie nicht mehr zu sehen. Er war nicht der Direktor der Anstalt. Jofuette kannte den Mann und konnte seine Art zu gehen nachahmen; es war sehr lustig.

Laura war ziemlich sicher, daß Jofuette eine Art Vertrauensperson, vielleicht sogar ein Spitzel der Gefängnisleitung war. Es störte sie jedoch nicht sehr. Jofuette sprach nicht englisch, und Laura hatte ohnedies nichts zu verbergen. Doch im Gegensatz zu Laura hatte Jofuette Erlaubnis, zur festgesetzten Zeit in den Gefängnishof zu gehen und dort eine Stunde mit den anderen Gefangenen im Kreis zu laufen. Bei diesen Gelegenheiten kam sie manchmal in den Besitz von Kleinigkeiten: rauhen, stinkenden Zigaretten, gezuckerten Vitaminpillen, Nadel und Faden. Sie war eine gute Gefährtin, freundlich, gutmütig und anspruchslos, besser als jede andere.

Laura lernte manches über das Leben im Gefängnis. Die Kniffe, mit denen man sich die Zeit vertreiben konnte. Eine Verbindung mit der Außenwelt wäre zu schmerzhaft gewesen, um zu überleben, hätte die Wunden immer wieder aufgerissen. Sie saß einfach ihre Zeit ab. Sie erfand Erinnerungen abwehrende Methoden, Methoden der Passivität. War es Zeit zu weinen, so weinte sie. Sie dachte nicht darüber nach, was aus ihr, David und Loretta werden könnte, aus Galveston, Rizome und der Welt. Sie dachte meistens über berufliche Aktivitäten nach. Über die Abfassung von Texten für Public Relations. Sie stellte sich vor, wie sie vor öffentlichen Körperschaften über Terrorismus in Mali aussagte, und dachte sich die Formulierungen dazu aus. Sie schrieb in ihrer Phantasie Wahlpropaganda für imaginäre Kandidaten, die sich zur Wahl in den Rizome-Zentralausschuß stellen wollten.

Mehrere Wochen verbrachte sie mit der Abfassung eines langen, imaginären Verkaufsprospektes, den sie *Lorettas Hände und Füße* nannte. Sie lernte den Text im Laufe des Prozesses auswendig und konnte ihn Satz für Satz in ihrem Kopf aufsagen, eine Sekunde pro Wort, bis sie das Ende erreichte. Dann fügte sie einen neuen Satz hinzu und fing von vorn an.

Der imaginäre Prospekt behandelte nicht das Baby selbst, das wäre zu schmerzlich gewesen. Sie behandelte nur die Hände und Füße. Sie beschrieb Form und Beschaffenheit der Hände und Füße, ihren Geruch, wie sie sich anfühlten, ihren potentiellen Nutzen, wenn sie massenproduziert würden. Sie entwarf Schachteln für die Hände und Füße, und altmodische Schlagworte und Anzeigentexte für den Verkauf.

Sie organisierte in Gedanken ein Kleidergeschäft. Sie war niemals besonders modebewußt gewesen, jedenfalls nicht seit sie erwachsen war, aber dies mußte ein extrem modisches Geschäft sein, wo Modeströmungen kreiert und der zahlungskräftigen Bevölkerungsschicht Atlantas nahegebracht wurde. Es gab Mengen von Hüten, von Schuhen, Strickwaren und Röcken, ganze farbenprächtige Bordelle von Reizwäsche.

Sie hatte sich auf zehn Jahre festgelegt. Sie würde zehn Jahre in diesem Gefängnis sein. Das war lang genug, um jede Hoffnung zu zerstören, und Hoffnung war identisch mit Schmerz und Seelenqual.

Ein Monat, und ein Monat, und ein Monat, und ein Monat.

Und noch ein Monat, und noch einer, und ein weiterer, und wieder einer.

Und dann drei, und dann noch einer.

Ein Jahr.

Sie war seit einem Jahr im Gefängnis. Ein Jahr war keine besonders lange Zeit. Sie war dreiunddreißig Jahre alt. Sie hatte weitaus mehr Zeit außerhalb des Gefängnisses verbracht als in ihm, nämlich zweiunddreißigmal soviel. Viele Menschen hatten wesentlich längere Zeiträume im Gefängnis zugebracht. Sie wußte von einzelnen, die man länger als vierzig Jahre eingesperrt hatte.

Man behandelte sie jetzt besser. Jofuette hatte mit einer der Wärterinnen eine Art Übereinkunft getroffen. Wenn sie Dienst hatte, ließ sie Laura im Gefängnishof laufen, bei Nacht, wenn keine anderen Gefangenen außerhalb ihrer Zellen waren.

Einmal in der Woche stellte man ihnen ein altes

Videogerät in die Zelle. Es hatte einen in Algerien gefertigten Schwarzweiß-Fernseher, und es gab Videokassetten dazu. Die meisten waren uralte amerikanische Filme über Footballspiele. Die alte ruppige und verletzungsträchtige Version des Footballs war seit Jahren verboten. Das Spiel war unglaublich brutal: riesige stampfende Gladiatoren in Helmen und Panzerungen. Bei jedem vierten Spiel blieb mindestens einer der Beteiligten verwundet oder bewußtlos liegen. Manchmal schloß Laura einfach die Augen und hörte sich nur den wundervoll heimatlichen Klang des amerikanischen Englisch an. Jofuette fand die Spiele unterhaltsam.

Dann gab es Filme: *Der Sand von Iwo Jima. Die Green Berets.* Phantastische, halluzinatorische Gewalttätigkeiten. Feinde wurden haufenweise erschossen und fielen übereinander wie Pappkameraden. Manchmal traf es auch die Jungen von der eigenen, selbstverständlich guten Seite, gewöhnlich in die Schulter oder in den Arm. Das gab ihnen Gelegenheit zu heldischen Grimassen, und sie wurden ein bißchen verbunden.

Einmal kam ein Film mit dem Titel *Der Weg nach Marokko.* Er spielte in der nordafrikanischen Wüste, und die Hauptdarsteller waren Bing Crosby und Bob Hope. Laura hatte unbestimmte Erinnerungen an Bob Hope, dachte, sie müsse ihn gesehen haben, als sie noch ganz jung und er schon sehr alt gewesen war. In dem Film war er jung und sehr lustig, in einer drollig altmodischen Art. Es schmerzte schrecklich, ihn zu sehen, als wäre ihr ein Verband abgerissen worden, unter dem tiefe Wunden lagen, die sie hatte betäuben können. Sie mußte das Band mehrmals anhalten, um sich Tränen aus den Augen zu wischen. Schließlich riß sie die Kassette heraus und tat sie weg.

Jofuette schüttelte den Kopf, sagte etwas in Bambara und steckte die Kassette wieder in den Recorder. Als sie es tat, fiel aus der Pappschachtel der Kassette ein zusammengefalteter Streifen Zigarettenpapier. Laura hob ihn auf.

Während Jofuette den Fortgang der Handlung verfolgte, faltete sie das kleine Blatt Papier auseinander. Es war mit unsauberer, winziger Schrift bedeckt. Braun. Nicht Tinte. Vielleicht Blut. Es war eine Liste.

Abel Lacoste – Europäischer Beratungsdienst
Steven Lawrence – Oxfam Amerika
Marianne Meredith – ITN Kanal 4
Valerij Schkalow – Wien
Georgij Valdukow – Wien
Sergej Iljuschin – Wien
Katsuo (?) Watanabe – Mitsubishi
(?) Riza-Rikabi – EFT-Commerzbank
Laura Webster – Rizome AG
Katje Selous – A.C.A. Corps
und vier weitere.

10. Kapitel

Das zweite Jahr verging rascher als das erste. Sie hatte sich daran gewöhnt. Es war ihr Leben geworden. Sie begehrte nicht mehr, was sie verloren hatte – sie konnte die Dinge nicht einmal sich selbst mit Namen benennen, ohne ihr Gedächtnis anzustrengen. Sie war darüber hinaus: Sie war mumifiziert. Klösterlich, abgeschlossen.

Aber sie spürte, wie der Gang der Dinge sich beschleunigte, Spinnennetzerschütterungen von Bewegungen in der fernen Außenwelt.

Beinahe jede Nacht fanden jetzt Erschießungen statt. Feuerstöße, dann Einzelschüsse, in den Kopf, ins Genick. Wenn sie in den Gefängnishof hinunter durfte, um zu laufen, sah sie frische Einschußlöcher in der Mauer, kleine Krater, genau wie sie in der Wand des Ferienheims ausgesehen hatten. Unter diesen Pockennarben war die festgetrampelte Erde dunkel und feucht, bedeckt mit Fliegen, und strömte den kupferigen Geruch von Blut aus.

Eines Tages zeigte der Wüstenhimmel außerhalb des Wandloches ihrer Zelle endlose Strähnen dunklen Rauches. Stundenlang fuhren Lastwagen ein und aus, und die ganze Nacht hindurch fanden Erschießungen statt. Es ging wie am Fließband: Rufe, Befehle, Schreie, lautes Flehen um Gnade, wildes Geknatter von Maschinengewehrfeuer. Vereinzelte Gnadenschüsse. Türenschlagen, anspringende Motoren. Nach einiger Zeit kam die nächste Ladung. Dann noch eine. Dann wieder eine, bis zum Morgen.

Jofuette hatte sich seit Tagen geängstigt. Endlich kamen die Wärterinnen, sie zu holen. Sie lächelten und redeten ihre Sprache, schienen ihr zu sagen, daß es zu Ende sei und sie nach Hause gehen könne. Die größere der beiden grinste suggestiv, stemmte die Hände in die Seiten und machte eindeutige Hüftbewegungen. Ein Freund, sagte sie – oder vielleicht Jofuettes Mann. Oder vielleicht schlug sie ein Sippenfest zur Feier der Entlassung vor, mit Tanz und Hirsebier.

Jofuette lächelte nervös. Eine der Wärterinnen gab ihr eine Zigarette und zündete sie mit einer Verbeugung an.

Laura sah sie nie wieder.

Als man das Videogerät für die übliche wöchentliche Fernsehstunde in die Zelle brachte, wartete Laura, bis die Wärterinnen gegangen waren, dann hob sie das Gerät mit beiden Händen auf und schlug es wiederholt gegen die Wand. Es brach auseinander, ein Gewirr von Verdrahtungen und gedruckten Schaltungen. Sie trampelte mit den Füßen darauf herum, als die Tür aufflog und zwei männliche Wärter hereinstürzten.

Sie hatten Schlagstöcke in den Händen. Laura warf sich mit geballten Fäusten auf sie.

Sie schlugen sie augenblicklich zu Boden, mit verächtlicher Leichtigkeit.

Dann warfen sie sie auf ihre Pritsche und begannen sie mit methodischer Gründlichkeit zu schlagen, auf den Rücken, die Nieren, den Nacken. Blitzentladungen zuckten vor ihren Augen, Starkstromstöße vom elektrischen Stuhl, weißglühend und blutrot. Sie hieben mit Äxten auf sie ein, hackten ihren Körper in Stücke. Sie wurde geschlachtet.

Tosen erfüllte ihren Kopf. Die Welt verging.

Eine Frau saß ihr gegenüber auf Jofuettes Pritsche. Eine blonde Frau in blauem Kleid. Wie alt – vierzig, fünfzig?

Ein trauriges, gefaßtes Gesicht, Krähenfüße, gelblich-grüngraue Augen. Cojotenaugen.

Mutter …?

Die Frau schaute sie an: Erinnerung, Mitleid, Stärke. Es war beruhigend, die Frau anzusehen. Beruhigend wie ein stiller Traum: *Sie trägt meine Lieblingstönung von Blau.*

Aber wer ist sie?

Endlich erkannte Laura sich selbst. Natürlich. Ansturm von Erleichterung und Freude. Ich bin es.

Ihre Persona erhob sich von der Pritsche. Sie kam schwebend, anmutig, geräuschlos herüber. Strahlend. Sie kniete stumm an Lauras Seite nieder und blickte ihr ins Gesicht: mit ihrem eigenen Gesicht. Älter, stärker, weiser.

Da bin ich.

»Ich sterbe.«

Nein, du wirst leben. Du wirst sein, wie ich bin.

Die Hand hielt einen Zoll vor ihrem Gesicht inne und liebkoste die Luft. Sie fühlte ihre Wärme und sah sich selbst, bäuchlings auf der Pritsche, zerschlagen, wie gelähmt.

Sie spürte die mitfühlende, heilende Strömung, die von außen eindrang. Armer, zerschlagener Körper, unsere Laura, aber sie wird nicht sterben. Sie lebt. Ich überlebte.

Nun schlaf!

Sie war einen Monat lang krank. Ihr Urin war von Blut gerötet. Nierenschaden. Und sie hatte große, schmerzende Blutergüsse auf dem Rücken, den Armen und Beinen. Starke Prellungen, die tief in die Muskeln hineingingen und bis auf den Knochen anschwollen. Sie war matt und verwirrt, kaum fähig zu essen. Schlaf war ein Ringen um die richtige Lage, die am wenigsten schmerzte.

Sie hatten die Trümmer des Videogerätes hinausgeschafft. Laura wußte nicht, warum sie es zerschlagen hatte. Sie vermutete, daß jemand ihr eine Spritze gegeben hatte, denn über dem Handgelenk, an einer der wenigen Stellen, die die Wärter ausgelassen hatten, schien ein kleiner Bluterguß um eine Einstichstelle zu sein. Eine Frau, dachte sie; sie hatte eine Ärztin gesehen, die vielleicht sogar zu ihr gesprochen hatte, und das war die Erfahrung ihrer Optima Persona gewesen.

Die Wärter hatten sie zur Strafe mit Gummiknüppeln geprügelt. Und sie hatte ihre Optima Persona gesehen. Sie war nicht sicher, was die wichtigere Erfahrung war, doch wußte sie, daß beides Wendepunkte waren.

Wahrscheinlich war es eine Ärztin gewesen, die sie gesehen hatte. Bloß hatte sie in ihrem halb bewußtlosen Zustand geträumt, sich selbst zu sehen. Das war wahrscheinlich alles, was es mit einer Optima Persona auf sich hatte, für jeden: Anspannung und ein tiefes psychisches Bedürfnis führten zu halluzinativen Vorstellungen. Aber das war nicht, worauf es ankam.

Sie hatte eine Vision, gleichgültig, woher sie gekommen war. Sie klammerte sich daran fest und war froh, daß man sie in Ruhe ließ, weil sie darüber schmunzeln und sie an sich drücken konnte. Und hegen.

Haß. Sie hatte diese Leute bisher nie wirklich gehaßt, nicht wie sie es jetzt tat. Sie war immer zu klein und zu ängstlich und zu hoffnungsvoll gewesen, irgendeinen Ausweg zu finden, eine Lösung, die ihr in den Augen der anderen den Makel des Sicherheitsrisikos nehmen würde, als ob sie Leute wie sie selbst wären und so behandelt werden könnten. Das hatten sie vorgegeben, aber nun sah Laura keine Brücke mehr. Sie würde sich niemals ihnen anschließen oder zu ihnen gehören oder die Welt durch ihre Augen sehen. Sie gelobte sich, daß sie ihre Feindin bis zum Tode sein würde. Das war ein beruhigender Gedanke.

Sie wußte, daß sie überleben würde. Eines Tages, sagte sie sich, würde sie auf ihren Gräbern tanzen. Es war kein rationaler Gedanke, es war Glaube. Sie hatten einen Fehler gemacht und ihr Selbstvertrauen gegeben.

Ein gewaltiges Getöse weckte sie. Es klang wie ein aufgedrehter gigantischer Wasserhahn, begleitet vom schrillen Pfeifen eines Dampfventils. Der Lärm näherte sich, wurde stärker, rauschte über sie hinweg.

Dann ungeheure Trommelschläge. *Bum. Bum. Bumwam-bam* – dumpfe, krachende Schläge. Licht flackerte durch das Fensterloch in ihre Zelle, dann ein weiterer Blitz. Gleich darauf eine jähe, donnernde Explosion in der Nähe. Erdbeben. Die Wände erzitterten. Heißes rotes Licht – der Horizont stand in Flammen.

Die Wärter und Wärterinnen liefen draußen im Korridor auf und ab und riefen einander zu. Sie fürchteten sich, und Laura hörte die Furcht in ihren Stimmen mit einer wilden Aufwallung primitiver Freude. Draußen wurde schwächliches Geknatter von Handfeuerwaffen laut, dann, verspätet und aus der Ferne das unheimliche Heulen von Luftschutzsirenen.

Jemand im oberen Stockwerk begann gegen die Zellentür zu schlagen. Gedämpfte Rufe. Andere Gefangene im Oberstock riefen aus ihren Zellen. Laura konnte die Worte nicht verstehen, aber sie erkannte den Tonfall. Wut und Schadenfreude.

Sie schwang ihre Beine von der Pritsche und setzte sich aufrecht. Aus der Ferne drang verspätetes Flakfeuer zu ihr herein. *Krump, whump, krump*. Spinnennetze von Leuchtspurmunition durchkreuzten den Himmel.

Jemand bombardierte Bamako. »Ja!« schrie Laura. Sie sprang vom Bett, lief zur Tür und schlug mit aller Kraft dagegen.

In der folgenden Nacht kamen Tiefflieger. Wieder das jähe Tosen und Pfeifen, Jagdbomber in Baumwipfelhöhe. Sie hörte die Bordkanonen feuern, ein unheimliches, krampfhaftes Kotzen: *bup-bup-bup-bup*. Das Geräusch verschwand, als die Maschinen über die Stadt hinrasten, dann folgte das Krachen von explodierenden Bomben oder Raketen: *Whomp, kromp,* und grelle Explosionsblitze erhellten die Nacht.

Dann die verspätete Fliegerabwehr. Diesmal gab es mehr davon, und sie war besser organisiert. Flakbatterien und sogar das hohle Pfeifen von Flugabwehrraketen.

Aber die Jagdbomber ließen es mit einem Überflug bewenden und machten sich aus dem Staub. Malis Radar mußte ausgeschaltet worden sein, folgerte Laura selbstzufrieden. Andernfalls würden sie nicht zu spät das Feuer eröffnen, nachdem der Angriff bereits erfolgt war, sondern wenn die Angreifer sich im Anflug befanden. Wahrscheinlich hatten sie als erstes das Radarnetz zerstört.

Bisher hatte Laura stets den tiefsten Abscheu vor allen Formen kriegerischer Aktivität bekundet, nun aber glaubte sie nie Erhabeneres als diesen Kriegslärm vernommen zu haben. Der Himmel war voll vom Zorn der Engel. Daß in Bamako unschuldige Menschen getötet wurden, verdrängte sie; es kümmerte sie nicht einmal, ob sie das Gefängnis trafen. Um so besser.

Die Wärter feuerten mit Maschinengewehren vom Dach in den schwarzen Himmel. Dummköpfe. Sie waren Dummköpfe.

Am Morgen kamen zwei Wärter in ihre Zelle. Sie schwitzten, was nichts Neues war, denn im Gefängnis schwitzten Wärter und Gefangene ohne Unterschied, aber sie waren unruhig und nervös.

»Was macht der Krieg?« fragte Laura.

»Kein Krieg«, sagte einer der Wärter, ein Mann mittleren Alters, der etwas englisch konnte. Er war keiner von denen, die sie verprügelt hatten. »Übung.«

»Luftschutzübung? Mitten in der Nacht?«

»Ja. Unsere Armee. Übung. Nicht sorgen.«

»Diesen Unsinn soll ich glauben?«

»Nicht reden!« Sie legten ihr Handschellen an. Obwohl es schmerzte, lachte Laura innerlich über sie.

Sie führten sie die Treppe hinunter und auf den Hof, wo sie die Ladefläche eines Lastwagens besteigen mußte. Es war kein Gefangenentransportwagen der Polizei, sondern ein Militärlastwagen mit einer Wagenplane und in hellbrauner und gelblich gefleckter Wüstentarnfarbe gespritzt. Unter dem Verdeck waren Holzbänke für Soldaten, Wasserbehälter und Treibstoffkanister.

Sie fesselten ihre Beine an eine der Stützen unter den hölzernen Bänken, und sie saß da und freute sich. Sie wußte nicht, wohin es ging, aber es würde jetzt anders sein.

Zehn Minuten saß sie schwitzend in der Hitze. Dann brachten sie eine zweite Frau. Eine Weiße, blond. Sie fesselten sie an die Bank gegenüber, sprangen hinaus und schlossen die Heckklappe.

Der Motor sprang brüllend an, der Wagen setzte sich mit einem Ruck in Bewegung. Laura musterte die Fremde. Sie war blond und hager und trug gestreifte Gefängniskleidung. Sie mochte dreißig sein. Sie sah sehr vertraut aus, und Laura begriff, daß sie und die Fremde einander hinreichend ähnelten, um Schwestern zu sein. Sie sahen einander an und lächelten scheu.

Der Lastwagen rollte zum Tor hinaus.

»Laura Webster«, sagte Laura.

»Katje Selous.« Die Fremde beugte sich zu ihr und streckte die mit Handschellen gefesselten Arme aus. Sie schüttelten einander die Hände, ungeschickt und lächelten.

»Katje Selous, A.C.A. Corps!« sagte Laura triumphierend.

»Was?«

»Ich weiß nicht, was es bedeutet, aber ich sah es auf einer Liste von Gefangenen.«

»Ach!« sagte Selous. »Wir sind eine staatliche Entwicklungshilfeorganisation. Und ich bin Ärztin in einem Flüchtlingslager.«

»Sie sind aus Südafrika?«

Selous nickte. »Und Sie sind Amerikanerin?«

»Rizome Industries Group.«

»Rizome ...« Selous wischte sich Schweiß von der Stirn. Auch sie hatte die ungesunde Blässe einer Gefangenen. »Ich kann sie nicht unterscheiden, die Multis ...« Auf einmal lachte sie. »Stellte Ihr Unternehmen nicht diese Sonnencreme her? Die einen schwarz färbt?«

»Wie? Nein!« Laura hielt inne, dachte darüber nach. »Das heißt, ich weiß nicht. Vielleicht haben wir es getan. Ich bin seit zweieinhalb Jahren nicht in Verbindung. Aber ich weiß, daß das Zeug in Grenada entwickelt wurde. Mein Mann probierte es dort aus. Er könnte Rizome dafür interessiert haben. Er ist ein kluger Kopf, mein Mann. David heißt er.«

Die Erwähnung Davids riß plötzlich einen ganzen Teil ihrer Seele aus der Gruft. Ehe sie etwas dagegen unternehmen konnte, brach sie in Tränen aus. Hier saß sie, angekettet auf einem Armeelastwagen und unterwegs zu einem unbekannten Bestimmungsort, aber ein paar wiederbelebende Wort hatten genügt, sie neuerdings zu einem Teil der Welt zu machen, der Welt von Ehemännern und Kindern und Arbeit. Sie lächelte Selous durch ihre Tränen zu und schnupfte und zuckte entschuldigend die Achseln und blickte auf ihre Füße.

»Sie wurden in Einzelhaft gehalten, nicht?« fragte Selous.

»Wir haben auch ein Baby«, plapperte Laura. »Sie heißt Loretta.«

»Sie sind schon länger inhaftiert, als ich es bin«, sagte

die andere. »Bei mir ist es ein knappes Jahr, seit sie mich aus dem Lager abholten.«

Laura schüttelte den Kopf, verärgert über den Verlust ihrer Selbstbeherrschung. »Wissen Sie, was vorgeht?«

Selous nickte. »Ich weiß ein wenig. Was ich von den anderen Geiseln hörte. Die Luftangriffe sollen von südafrikanischen Maschinen geflogen worden sein. Von meinen Leuten. Ich glaube, sie trafen irgendein Treibstofflager – der Himmel war die ganze Nacht rot.«

Das also war es, was sie durchgemacht hatte. Ein bewaffneter Zusammenstoß zwischen Mali und Südafrika. Es kam ihr undurchsichtig und unwahrscheinlich vor. Nicht, daß ein innerafrikanischer Krieg unwahrscheinlich gewesen wäre, so etwas kam ständig vor. Diese Auseinandersetzungen waren in den Tageszeitungen der entwickelten Länder längst auf die dritte Seite verbannt worden, und in den Fernsehnachrichten waren sie allenfalls ein paar Sekunden wert. In Europa und Amerika mochte niemand so recht glauben, daß es sich um echte Kriege handelte, daß sie sich in einer wirklichen Welt aus Staub und Hitze und zerfetztem Metall ereigneten.

Die Südafrikaner wurden von den Nachrichtenmedien keiner besonderen Aufmerksamkeit gewürdigt; sie waren nicht sehr beliebt. »Ihre Maschinen müssen eine weite Strecke geflogen sein.«

»Wir haben Flugzeugträger«, sagte Selous nicht ohne Stolz. »Wir haben Ihre Wiener Konvention nicht unterzeichnet.«

»Oh. Verstehe.« Laura nickte.

Selous musterte sie mit kritischer Aufmerksamkeit. »Wurden Sie gefoltert?«

»Wie? Nein.« Laura stutzte. »Vor ungefähr drei Monaten wurde ich einmal verprügelt. Nachdem ich ein Videogerät zerschlagen hatte.« Es war ihr peinlich, davon zu sprechen. Ihr damaliges Verhalten erschien ihr rückblickend sinnlos, unvernünftig. »Aber es ging mir nicht wie diesen armen Leuten unten.«

»Mmm, ja, sie haben gelitten.« Es war die Feststellung einer Tatsache. Seltsam distanziert, ein Urteil von jemandem, der viel davon gesehen hatte. Selous blickte zur Hecköffnung des Lastwagens hinaus. Sie waren wieder in einer Vorstadt von Bamako, einer endlosen alptraumhaften Landschaft aus elenden Hütten und Verschlägen. Üble gelbliche Rauchfahnen erhoben sich aus den Schornsteinen einer entfernten Raffinerie.

»Wurden *Sie* gefoltert, Dr. Selous?«

»Ja. Ein bißchen. Anfangs.« Selous machte eine Pause. »Wurden Sie angegriffen? Vergewaltigt?«

Laura schüttelte den Kopf. »Sie schienen nicht einmal daran zu denken. Warum, weiß ich nicht.«

Selous lehnte sich zurück und nickte. »Es ist ihre Politik. Es muß wahr sein, glaube ich. Daß der Führer der FAKT eine Frau ist.«

Laura war verblüfft. »Eine Frau ...?«

Selous lächelte säuerlich. »Ja, das schwache Geschlecht hat heutzutage eine Neigung, in alle Bereiche vorzudringen.«

»Was für eine Frau könnte ...?«

»Gerüchten zufolge soll sie eine amerikanische Milliardärin sein. Oder eine britische Aristokratin. Vielleicht beides – warum nicht?« Selous machte eine Geste, als wollte sie die Hände ausbreiten; ihre Handschellen klapperten, ließen es nicht zu. »Jahrelang war die FAKT nicht viel mehr als eine Söldnertruppe. Dann erschien sie ziemlich plötzlich wie umgewandelt zu sein ... sehr gut organisiert, hervorragend ausgerüstet. Eine neue Führung, kluge und entschlossene Leute mit Weitblick. Und an der Spitze eine von uns modernen Frauen.« Sie gluckste.

Zu diesem Thema wußte Laura nichts weiter zu sagen. Wahrscheinlich war es sowieso eine Lüge. »Wohin werden sie uns bringen?«

»Nach Norden, in die Wüste – soviel weiß ich.« Selous überlegte. »Ich frage mich, warum man Sie von uns anderen getrennt hielt. Wir haben nie etwas von Ihnen gesehen. Nur Ihre Hofdame, das war alles.«

»Meine was?«

»Ihre Zellengenossin, die kleine Bambara-Informantin von unten.« Selous zuckte die Achseln. »Tut mir leid, aber Sie wissen, wie es in einem Zellenblock ist. Die Leute langweilen sich zu Tode und denken sich alles mögliche aus. Wir pflegten Sie die Prinzessin zu nennen. Prinzessin Rapunzel.«

»Ja, ich weiß, wie es ist«, sagte Laura. »Einmal glaubte ich meine Optima Persona zu sehen. Aber in Wirklichkeit waren Sie es, nicht wahr? Wir sehen einander ähnlich. Sie kamen herein und behandelten mich, nachdem die Wärter mich geschlagen hatten, nicht wahr?«

Selous sah sie zweifelnd an. »›Optima Persona‹. Das ist sehr … ah … amerikanisch. Kommen Sie aus Kalifornien?«

»Texas.«

»Ich war es bestimmt nicht, Laura … Vor dem heutigen Tag hatte ich Sie nie gesehen.«

Lange, nachdenkliche Pause.

»Meinen Sie wirklich, daß wir uns ähnlich sehen?«

»Gewiß«, sagte Laura.

»Aber ich bin Burin, eine Afrikanerin. Und Sie haben dieses hybride amerikanische Aussehen.«

Das Gespräch war in eine Sackgasse geraten. Staubwolken wirbelten unter dem Heck des Lastwagens heraus und nahmen ihnen die Sicht nach rückwärts. Laura begriff, daß sie es mit einer Fremden zu tun hatte. Irgendwie hatten sie eine Verbindung verpaßt. Sie hatte schon Durst, und sie waren noch nicht einmal aus der Stadt.

Sie bemühte sich, den Faden wieder aufzunehmen.

»Man hielt mich in Einzelhaft, weil man sagte, ich wisse von atomaren Geheimnissen.«

Selous richtete sich erschrocken auf. »Haben Sie eine Bombe gesehen?«

»Wie?«

»Es gibt Gerüchte von einem Testgelände in der Wüste von Mali. Wo die FAKT versuchte, eine Bombe zu bauen.«

»Davon habe ich nie gehört«, sagte Laura. »Ich sah jedoch ihr U-Boot. Sie sagten, es habe Atomraketen an Bord. Und es stimmte, daß das U-Boot Raketen an Bord hatte, denn damit traf es und versenkte ein Schiff, auf dem ich war.

»Exocets?« fragte Selous.

»Ja, das ist richtig, genau.«

»Aber es könnte auch andere Raketen mit größerer Reichweite an Bord gehabt haben, nicht? Groß genug, um Pretoria zu treffen.«

»Das kann sein. Aber es beweist nicht, daß es Raketen mit nuklearen Sprengköpfen waren.«

»Angenommen, sie bringen uns zu diesem Testgelände, und wir sehen einen großen Krater aus glasig geschmolzenem Sand, dann wäre es der Beweis, nicht wahr?«

Laura nickte.

»Es paßt zu etwas, das mir der Direktor einmal erzählte«, sagte Selous. »Daß sie mich eigentlich nicht als Geisel benötigten – daß unsere Städte Geiseln wären, wir wüßten es bloß nicht.«

»Gott, warum reden die Leute so?« sagte Laura. »Grenada, Singapur ...« Es machte sie sehr müde.

»Wissen Sie, was ich glaube, Laura? Ich glaube, Sie bringen uns zu ihrem Testgelände. Um eine Erklärung aufzuzeichnen. Von mir, weil ich Südafrikanerin bin, und weil wir Südafrikaner die Leute sind, die sie im Moment beeindrucken müssen. Von Ihnen, weil Sie an Bord ihres U-Bootes waren. Ihres Trägersystems.«

Laura dachte darüber nach. »Könnte sein. Was dann? Werden sie uns dann freilassen?«

Selous' grünlich graue Augen bekamen einen fernen und unzugänglichen Ausdruck. »Ich bin eine Geisel. Sie werden sich nicht von Südafrika angreifen lassen, ohne einen Preis dafür zu nehmen.«

Das konnte Laura nicht akzeptieren. »Das ist kein nennenswerter Preis, nicht wahr? Zwei hilflose Gefangene zu töten?«

»Wahrscheinlich werden sie uns vor einer laufenden Kamera töten. Und die Videokassette der südafrikanischen Regierung schicken.«

»Aber die südafrikanische Regierung würde sowieso alle Welt unterrichten, nicht wahr?«

»Wir haben die Weltöffentlichkeit von Anfang an über die FAKT unterrichtet«, erwiderte Selous. »Niemand würde uns glauben, wenn wir sagten, Mali habe die Bombe. Niemand glaubt uns, wenn wir etwas sagen. Sie verhöhnen uns nur und nennen uns in ihren Medien ein ›faschistisches Regime‹ und einen ›aggressiven imperialistischen Staat‹.«

»Oh«, wich Laura aus.

»Wir sind ein Reich«, sagte Selous mit fester Stimme. »Verteidigungsminister Umtali ist ein großer Krieger. Alle Zulus sind große Krieger.«

Laura nickte. »Ja, wir Amerikaner hatten auch mal einen schwarzen Präsidenten ...«

»Ach, dieser Mann taugte nicht viel«, sagte Selous. »Ihr Yankees habt nicht einmal eine brauchbare Regierung – nur kapitalistische Kartelle. Aber Umtali kämpfte im Bürgerkrieg auf unserer Seite und brachte Ordnung, wo Wildheit und Barbarei herrschten. Ein brillanter Heerführer und ein echter Staatsmann.«

»Freut mich, daß Sie Ihre Schwarzen für sich gewinnen konnten«, sagte Laura.

»Unsere Schwarzen sind die besten Schwarzen der Welt!«

Hitze und Staub setzten ihr zu, aber Laura konnte es

nicht darauf beruhen lassen. »Sehen Sie, ich bin keine große Yankeenationalistin, aber was ist mit Jazz ... ah ... Blues, Martin Luther King?«

»Martin Luther King«, sagte Selous. »Für ihn war der Kampf um die Gleichberechtigung eine Abendgesellschaft, verglichen mit dem, was Nelson Mandela durchmachen mußte. Er konnte sich nebenher sogar zum Frauenhelden entwickeln.«

»Ja, aber ...«

»Eure Schwarzen sind keine richtigen Schwarzen mehr. Sie sind alle angepaßt, versuchen wie Europäer auszusehen.«

»Augenblick!«

»Sie haben nie die Schwarzen in Südafrika gesehen, aber ich habe die amerikanischen Schwarzen gesehen. Sie reisen als Touristen in der Welt herum, drängen sich in den Restaurants und verspielen ihre harte Währung in Spielkasinos. Sie sind reich und verweichlicht.«

»Ja, ich komme selbst aus einem Fremdenverkehrsort.«

»Wir haben eine Kriegswirtschaft, wir brauchen die Devisen ... Wir kämpfen gegen das Chaos, den endlosen Alptraum, der Schwarzafrika heißt ... Wir wissen, was es bedeutet, Opfer zu bringen.« Sie hielt inne. »Es hört sich hart an, wie? Das tut mir leid. Aber ihr Außenseiter versteht nicht.«

Laura blickte hinaus in die Staubwolken hinter dem Lastwagen. »Das ist wahr.«

»Es scheint das Los meiner Generation zu sein, daß wir für die Fehler der Geschichte geradestehen müssen.«

»Sie sind wirklich überzeugt, daß man uns umbringen wird?«

»Ich würde es bedauern, wenn Sie hineingezogen würden.«

»Sie töteten einen Mann vor meinem Haus«, sagte

Laura. »Damit fing alles für mich an. Ich weiß, aus der Perspektive, die man hier gewinnt, nimmt sich ein Toter bedeutungslos aus. Aber ich konnte es nicht auf sich beruhen lassen. Ich fühlte mich verantwortlich dafür, was auf meinem Grund und Boden geschah. Glauben Sie mir, ich hatte viel Zeit, darüber nachzudenken. Und ich denke heute noch, daß ich recht hatte, selbst wenn es mich alles kostete.«

Selous lächelte.

Sie wurden in einen Konvoi eingegliedert. Zwei gepanzerte Halbkettenfahrzeuge scherten hinter ihnen ein und glitten wie Schiffe über die ausgefahrene Piste. Die langen Maschinengewehrläufe schwankten in den Schutzschilden.

»Sie glauben eine Antwort zu haben«, sagte Selous. »Bevor sie kamen, sah es in Mali schlimmer aus.«

»Ich kann mir nichts Schlimmeres vorstellen.«

»Das ist nicht etwas, das Sie sich vorstellen könnten – Sie müssen es sehen.«

»Haben *Sie* eine Antwort?«

»Wir halten durch und warten auf ein Wunder, retten, wen wir retten können ... Wir leisteten gute Arbeit in dem Lager, glaube ich, bevor die FAKT es übernahm. Sie fingen mich, aber der Rest unserer Leute entkam im letzten Augenblick. Wir sind Überfälle gewohnt – die Wüste ist voll von Skorpionen.«

»Waren Sie in Mali stationiert?«

»Eigentlich in Niger, aber das ist nur eine Formalität. Keine zentrale Regierungsgewalt. Draußen im Land herrschen meistens die lokalen Warlords, Stammeskriegsherren. Die Fulani-Stammesfront, die Streitkräfte der Sonrai, alle Arten von Banditenarmeen, Dieben, Milizen. Die Wüste wimmelt von ihnen. Und die Maschinen der FAKT.«

»Was verstehen Sie darunter?«

»Sie ziehen es vor, mit ferngesteuerten Geräten zu arbeiten. Wenn sie die Banditen ausmachen, greifen sie sie mit ferngelenkten Flugzeugen an. Wie stählerne Bussarde, die in der Wüste auf Ratten herabstoßen. Sie verfügen über Spezialisten und Techniker. Sie haben vieles gelernt, im Libanon, in Afghanistan, Namibia. Wie man Gegner bekämpft, ohne daß sie einem etwas anhaben können. Sie brauchen ihre Gegner nicht einmal direkt ins Visier zu bekommen, der Computerschirm genügt.«

Laura nickte eifrig. »Ja, das sind sie ... In Grenada sah ich selbst, wie es gemacht wurde.«

Selous nickte. »Der Präsident von Mali war von ihrer Disziplin und Tüchtigkeit angetan. Er beauftragte sie mit der Reorganisation und Modernisierung der Streitkräfte. Heute ist er ihre Marionette.«

»Ich habe den Premierminister von Grenada gesehen. Es sollte mich nicht wundern, wenn sich herausstellte, daß dieser Präsident von Mali überhaupt nicht existiert, es sei denn, als eine Darstellung auf einem Bildschirm und ein paar aufgezeichnete Ansprachen.«

»Können sie das tun?«

»Grenada kann es – ich sah, wie der Premierminister vor meinen Augen verschwand, als hätte er sich in Luft aufgelöst.«

Selous dachte darüber nach. Laura merkte, wie es in ihrem Gesicht arbeitete; wahrscheinlich fragte sie sich, ob Laura verrückt sei, oder ob sie selbst verrückt sei, oder ob die helle Fernsehwelt in ihren finsteren Wodu-Winkeln üble Abscheulichkeiten ausbrüte. »Es ist, als ob sie Zauberer wären«, meinte sie schließlich. »Und wir bloß gewöhnliche Sterbliche.«

»Ja«, sagte Laura und hob die Hände, um zwei Finger in die Höhe zu halten. »Aber wir haben Solidarität, und sie sind damit beschäftigt, einander umzubringen.«

Selous lachte.

»Und wir werden gewinnen.«

Ihr Gespräch wandte sich den anderen zu. Laura hatte sich die Liste eingeprägt. Marianne Meredith, die Fernsehkorrespondentin, war die Rädelsführerin gewesen. Sie hatte die besten Methoden zum Hinausschmuggeln von Nachrichten erfunden – oder bereits gewußt. Lacoste, der französische Diplomat, war ihr Dolmetscher – seine Eltern hatten schon in Afrika gelebt, und er beherrschte zwei der Stammessprachen von Mali.

Sie hatten die drei Agenten aus Wien gefoltert. Einen von ihnen hatten sie umgedreht, die beiden anderen freigelassen oder, was Selous wahrscheinlicher erschien, hingerichtet.

Steven Lawrence war bei einer Razzia in einem Versorgungslager der Oxfam festgenommen worden. Die Lager wurden häufig durchsucht – sie waren Sammelstellen für Scop, das Grundnahrungsmittel von Millionen Einwohnern der Sahelzone. Trotz solcher Bemühungen der Regierung, die Kontrolle über die Verteilung zu behalten, war der Schwarze Markt für Einzellerprotein der wichtigste Wirtschaftszweig der Regierung. So war die ›Regierung‹ von Mauretanien zum Beispiel wenig mehr als ein Scopkartell. Ausländische Nahrungsmittelhilfe, ein paar Pottaschevorkommen und eine Armee – das war Mauretanien.

Der Tschad war eine terroristische Despotie, eine winzige Oberschicht einheimischer Aristokraten, deren Militär jede Demonstration der hungernden Bevölkerung mit automatischen Waffen auseinandertrieb. Der Sudan wurde von einem radikalen Moslemführer beherrscht, der sich von Derwischen beraten ließ, während Fabriken von Überschwemmungen fortgespült wurden und Flugplätze versandeten. Algerien und Libyen waren Einparteienstaaten, mehr oder weniger organisiert in den Küstenprovinzen, aber im Hinterland der Sahara durch Stammesfehden in Anarchie versunken. Die Regierung Äthiopiens wurde von Wien gestützt; sie war zerbrechlich wie ein Strauß getrockneter

Blumen und wurde von einem Dutzend ländlicher ›Aktionsfronten‹ bedrängt.

Sie alle bedienten sich aus der tödlichen Erbmasse des letzten Jahrhunderts, einer erschreckenden Tonnage veralteter Waffensysteme, die zu Schleuderpreisen von Regierung an Regierung weitergegeben wurden. Von Amerika an Pakistan, von dort an afghanische und somalische Splittergruppen, die sich allein durch ihren islamischen Fundamentalismus und eine heilige Entschlossenheit zum Märtyrertum empfahlen … Von Rußland über den Südjemen und Angola an die Kader fanatischer ›Befreiungsbewegungen‹, die jeden erschossen, der wie ein bürgerlicher Intellektueller aussah … Hilfe im Wert von Milliarden Dollar war in die Sahelzone geflossen und hatte die einheimischen Machteliten bereichert und korrumpiert. Große Summen waren in fragwürdige Großprojekte und Prestigebauten gesteckt worden, statt der Erhaltung der Lebensgrundlagen zugute zu kommen, und als die Situation sich verschlechtert hatte, waren mehr und mehr Waffen notwendig gewesen, um ›Ordnung‹ und ›Stabilität‹ und die ›nationale Sicherheit‹ aufrechtzuerhalten. Die Außenwelt hatte in zynischer Erleichterung geseufzt, als sie ihren tödlichen Schrott an Völker hatte losschlagen können, die noch immer darauf brannten, einander umzubringen …

Um die Mittagszeit hielt die Kolonne. Ein Soldat gab ihnen Wasser und Hirsebrei. Sie waren jetzt, nach ungefähr sechsstündiger Fahrt, in der Sahara. Der Fahrer nahm ihnen die Fußfesseln ab. An Flucht war hier nicht zu denken.

Laura sprang hinaus unter den Hammerschlag der Sonne. Der flimmernde Hitzedunst verzerrte die Horizonte und schloß den Konvoi auf einer schimmernden Fläche aus windgeschliffenem, rissigem rotem Gestein. Die Kolonne bestand aus drei Lastwagen: Der erste beförderte Soldaten, der zweite Sendegerät, der dritte sie. Dazu kamen die beiden gepanzerten Halbkettenfahrzeuge, die den Schluß bildeten. Niemand stieg dort aus, und Laura begann zu vermuten, daß sie keine Mannschaften an Bord hatten, sondern Roboter waren, stark bewaffnete Versionen des Mannschaftstransporters.

Die flimmernden Hitzewellen über der Wüste waren verführerisch. Laura verspürte einen hypnotischen Drang, hinauszulaufen zum silbernen Horizont, als könnte sie sich schmerzlos in die unendliche Landschaft auflösen, verschwinden wie Trockeneis und nur den reinen Gedanken und eine Stimme aus dem Luftwirbel zurücklassen.

Sie war zu lange in einer Zelle gewesen. Der Horizont war fremd, aber verlockend, als versuchte er ihr die Seele durch die Pupillen ihrer Augen herauszuziehen. Ihr Schädel füllte sich mit dem seltsam hämmernden Puls des bevorstehenden Hitzschlages. Sie erleichterte sich rasch und kletterte zurück unter die Plane des Lastwagens.

Sie fuhren den ganzen Nachmittag, den ganzen Abend. Es gab nicht viel Sand, das meiste war ausgeblasener Felsuntergrund, poliert vom Windschliff, oder grobes Geröll. Stundenlang fuhren sie durch ausgeglühte Schotterebenen, dann zwischen Sandsteinrükken, die in allen Abstufungen zwischen Gelb und Braun leuchteten. Am Nachmittag begegneten sie einer anderen Militärkolonne, und einmal zog in der Ferne ein Flugzeug über den südlichen Horizont.

Als es Nacht wurde, verließen sie die Piste und fuhren die Wagen in einem Kreis zusammen. Die Soldaten setzten im Umkreis des Lagers Metallstäbe in den Boden, in denen Laura Monitore vermutete. Sie aßen wieder, während der Tag am Horizont in rotem Feuer verglühte. Die Soldaten gaben jeder von ihnen eine Baumwolldecke, und sie schliefen im Lastwagen auf den Bänken, einen Fuß an die Bank gekettet, um zu verhindern, daß sie sich in der Dunkelheit zu den schlafenden Soldaten schlichen und ihnen die Waffen stahlen.

Sobald die Sonne untergegangen war, wich die Hitze aus den Steinen. Es war die ganze Nacht bitterkalt, trocken und arktisch. Als am anderen Morgen die Sonne emporstieg und die felsige Einöde wieder aufheizte, hörte Laura Felsblöcke mit dem Knall von Gewehrschüssen zerspringen.

Die Soldaten tankten die Lastwagen aus den Treibstoffkanistern auf, danach gab es wieder Hirsebrei, diesmal mit Linsen darin. Anschließend setzten sie die Fahrt mit den üblichen fünfzig Stundenkilometern fort, rumpelnd und schlingernd, durchgeschüttelt und den Staub der zwei vorausfahrenden Lastwagen in Augen, Mund und Nase.

Inzwischen hatten sie einander alles erzählt. Katje und ihre Eltern hatten in einer Gegend gelebt, die während des Bürgerkrieges zum Machtbereich der Aufständischen gehört hatte, und weil ihre Eltern *verkrampte* waren, burische Nationalisten, wurden sie im Gegensatz zu den liberalen Weißen, den *verligten*, die auf freiem Fuß blieben, in ein Konzentrationslager gesperrt. Dort war Katje aufgewachsen. Es sei nicht allzu schlimm gewesen, sagte Katje. Die Buren seien KZs gewohnt. Die Briten hätten sie während des Burenkrieges erfunden, und tatsächlich sei der Begriff ›Concentration Camp‹ von den Briten als Bezeichnung für die eingezäunten und bewachten Zelt- und Barackenlager erfunden worden, wo sie die in ihre Gewalt geratenen Frauen, Kinder und Alten der Buren zusammentrieben. Katjes Vater habe während der Haft seine Arbeit in einem Bankhaus in der Stadt unter Aufsicht fortführen müssen, und sie seien manches Mal froh gewesen, im Lager vor den schlimmsten Ausschreitungen geschützt zu sein, als rivalisierende Stammesverbände unter den aufständischen Schwarzen einander blutige Kämpfe geliefert und gefangene Gegner mit ›Halsbändern‹ geschmückt hätten – mit Benzin gefüllten Autoreifen, die den gefesselten Opfern um die Schultern gehängt und angezündet wurden, um sie in aller Öffentlichkeit lebendig zu rösten ...

In Südafrika – neuerdings Azania genannt – habe es immer Lager oder lagerähnliche Unterbringungsformen gegeben, sei es für Wanderarbeiter oder die Bewohner der Schwarzensiedlungen, die von der Polizei bewacht und nur mit Ausweisen von den Bewohnern betreten werden durften. Regierungsfeindliche Intellektuelle seien oft für Jahre ›gebannt‹ worden: Die Behörden hätten ihnen einen entlegenen Wohnsitz zugewiesen, dessen Umgebung sie nicht verlassen durften und wo sie nicht mehr als drei Besucher zur Zeit empfangen durften ...

Laura hörte diese blonde Frau, die ihr so ähnlich sah, dies alles erzählen, und konnte ihrerseits nur sagen ... Nun, natürlich habe ich auch Probleme ... zum Beispiel komme ich mit meiner Mutter nicht allzu gut aus ... ich weiß, das hört sich nicht besonders aufregend an, aber wenn Sie an meiner Stelle wären, würden Sie sich vielleicht auch mehr dabei denken ...

Die Lastwagen verlangsamten, die Piste führte in Windungen abwärts.

»Ich glaube, wir kommen irgendwo an«, sagte Laura, aus ihrer Lethargie erwachend.

»Mal sehen«, sagte Katje, stand auf und spähte aus der Hecköffnung der Wagenplane hinaus, mit den gefesselten Händen an das Rohrgestänge geklammert. »Richtig«, sagte sie. »Ich sehe Betonbunker. Da stehen Fahrzeuge und ... ach du lieber Gott, es ist ein Krater, Laura! Ein Krater, groß wie ein Tal.«

Dann explodierte das Halbkettenfahrzeug hinter ihnen. Es flog auseinander wie eine Porzellanfigur, von einem Augenblick zum anderen. Katje starrte staunend hinaus, während Laura sich instinktiv auf den Boden des Lastwagens unter die Sitzbank warf, noch ehe das Krachen der Detonation verhallt war. Es wurde abgelöst vom rasenden Hämmern automatischer Waffen, deren Geschosse eine gerade Reihe von Löchern grellen Tageslichts in die Plane stanzten und Katjes noch stehende Gestalt kreuzten. Sie zuckte nur kurz zusammen und wandte sich um und sah Laura mit einem Ausdruck von Verblüffung an, bevor sie in die Knie brach.

Und das zweite Halbkettenfahrzeug schwankte unter einem Einschlag und begann zu qualmen, und die Luft war erfüllt vom Rattern der automatischen Waffen und dem Pfeifen der Kugeln. Katje preßte beide Hände gegen den Magen und blickte in erschrockenem Verstehen zu Laura, während ihr das Blut zwischen den Fingern hervorquoll. Dann ließ sie sich unbeholfen auf den Boden sinken.

Die Angreifer schienen ihr Feuer auf die Soldaten im vorderen Lastwagen zu konzentrieren. Es geschah alles innerhalb von Sekunden, mit tödlicher Geschwindigkeit, und die Soldaten schienen das Feuer nicht zu erwidern. Dann fetzte wieder eine Maschinengewehrgarbe ins Fahrerhaus ihres Lastwagens, Glas zerplatzte, und die überschallschnellen Geschosse durchlöcherten das Stahlblech mit hellem Ticken. Das Feuer wanderte weiter, Kugeln rissen den hölzernen Boden des Lastwagens auf, und Holzsplitter spritzten wie tödliches Konfetti. Und wieder kam das Feuer zurück, um ganz sicher zu sein, daß niemand überlebte, und fingerdicke Löcher erschienen in der Wand unter der Plane und fetzten Zentimeter über Lauras Gesicht in die Bänke.

Stille.

Dann weitere Schüsse, vereinzelt und nahe. Gnadenschüsse.

Eine dunkle Hand mit einer Pistole kam über die

Heckklappe, gefolgt von einer Gestalt in staubbedeckter Schutzbrille, das Gesicht in dunkelblauen Stoff gehüllt. Die Erscheinung musterte Laura und Katje und murmelte etwas Unverständliches. Eine Männerstimme. Dann schwang sich der verschleierte Mann über die Heckklappe des Lastwagens, landete in kauernder Haltung am Boden und zielte mit der Waffe auf Laura. Laura lag erstarrt, fühlte sich unsichtbar, gasförmig bis auf das Weiße in ihren angstvoll verdrehten Augen.

Der verschleierte Mann rief etwas und winkte mit einem Arm hinaus. Er trug einen blauen Umhang und ein weites, blaues Gewand, und seine Brust war von geschwärzten Lederriemen gekreuzt, an denen Munitionstaschen und Lederbeutel hingen. Außerdem hatte er einen Patronengurt umgehängt und einen Krummdolch, dessen Größe beinahe einer Machete gleichkam, und dicke, schmutzige Sandalen an bloßen, hornigen Füßen. Er stank wie ein wildes Tier nach Schweiß und wochenlangem Überleben in der Wüste.

Augenblicke vergingen. Katje machte ein röchelndes Geräusch. Ihre Beine zuckten, die Lider schlossen sich, zeigten weiße Schlitze. Schock.

Ein zweiter verschleierter Mann erschien am Heck des Lastwagens. Seine Augen waren hinter einer gefärbten Schutzbrille verborgen, und er trug eine Art Panzerfaust. Er zielte damit in den Wagen. Laura starrte das Ding an, sah das Glitzern einer Linse und begriff, daß es keine Panzerfaust war, sondern eine Videokamera.

»He«, sagte sie, kroch unter der Bank hervor und zeigte der Kamera ihre gefesselten Hände.

Der erste Marodeur sah sich nach dem zweiten um und sagte etwas, eine lange Kette von scheinbar zusammenhanglosen Silben. Der zweite nickte und ließ die Kamera sinken.

»Können Sie gehen?« fragte er in akzentfreiem Englisch.

»Ja, aber meine Freundin ist verletzt.«

»Dann kommen Sie heraus.« Er hakte die Heckklappe los und zog sie herunter. Sie kreischte – die Kugeln hatten sie verformt. Laura kroch eilig ins Freie. Der Mann mit der Kamera nickte zu Katje. »Sie sieht schlecht aus. Wir werden sie zurücklassen müssen.«

»Das geht nicht. Sie ist eine Geisel. Südafrikanerin. Sie ist wichtig.«

»Dann werden die Malier sie zusammenflicken.«

»Nein, das werden sie nicht, sie werden sie umbringen! Sie können sie nicht hier sterben lassen! Sie ist eine Ärztin, sie arbeitete in den Lagern!«

Der erste Marodeur kehrte im Trab zurück. Er hatte den Gürtel des toten Fahrers bei sich, mit Reihen von Patronen in Schlaufen und einem Schlüsselring. Er untersuchte Lauras Handschellen, wählte dann auf Anhieb den richtigen Schlüssel und schloß sie auf. Er gab ihr Handschellen und Schlüssel mit einer angedeuteten Verbeugung und legte die Hand ans Herz.

Andere Wüstenmarodeure – ungefähr zwei Dutzend – plünderten die zerschossenen Lastwagen. Sie fuhren skelettartige leichte Geländewagen, die nur aus Aluminiumrohren, Speichen und Draht zu bestehen schienen. Sie rollten beweglich und geländegängig dahin, schnell und leise wie Fahrräder, mit einem drahtigen Knirschen von Rädern aus Metallgeflecht und dem leisen Quietschen von Federn. Die Fahrer waren alle in weite dunkelblaue Gewänder gehüllt und hatten verschleierte Gesichter. Sie sahen riesig, geisterhaft und wie aufgebläht aus. Sie saßen auf Fahrradsätteln, vor sich die Lenkung, hinter und unter sich Ballen und Kisten mit Ladung, unter Segeltuchplanen festgeschnallt.

»Wir haben keine Zeit.« Der englischsprechende Strolch mit der Kamera winkte den anderen zu und rief etwas in ihrer Sprache. Sie riefen zurück, und die Männer begannen die zusammengetragene Beute zu verstauen: Munition, Handfeuerwaffen, Kanister.

»Ich will, daß sie lebt!« rief Laura.

Der große Kerl in seiner Schutzbrille, dem verhüllten Gesicht mit Turban, behangen mit Gürteln und Waffen, starrte auf sie herab. Laura begegnete dem Blick seiner unsichtbaren Augen ohne Wimperzucken.

»Also gut«, sagte er. »Es ist Ihre Entscheidung.«

Sie fühlte das Gewicht seiner Worte. Er sagte ihr, daß sie wieder frei sei. Aus dem Gefängnis, in der Welt der Entscheidungen und Konsequenzen. Ein wildes Hochgefühl ergriff Besitz von ihr. Nach zweieinhalb Jahren Gefangenschaft frei!

»Nehmen Sie meine Kamera. Aber berühren sie den Auslöser nicht.« Der Fremde hob Katje auf und trug sie zu seinem Fahrzeug, das fünf Schritte neben dem Lastwagen hielt.

Laura folgte ihm mit der Kamera. Die unebene Piste, mit einer Planierraupe durch die Wüste gegraben, war steinig, scharfkantig und so heiß, daß sie mit den bloßen Füßen kaum auftreten konnte, und sie hüpfte und wankte zum Fahrzeug. Dort angekommen, blickte sie den Hang hinab.

Der eiserne Stumpf eines verdampften Turmes markierte den Explosionsort. Der Krater der nuklearen Explosion war nicht so tief, wie sie erwartet hatte, eher flach und breit, gezeichnet von unheimlichen Streifen eingeschmolzener glasiger Schlacke, aufgebrochen wie rissiger Schlamm. Der Anblick war bedrohlich, urwelthaft, doch lag schon der Schleier des Vergessens darüber.

Militärfahrzeuge kamen in scharfer Fahrt aus dem Komplex der Bunker und Baracken und hielten auf den überfallenen Konvoi zu. Die Geländewagen waren voll Bewaffneter, die auf Drehringe geschraubte Maschinengewehre bemannten.

Aus achthundert Metern Entfernung eröffneten sie das Feuer. Laura sah Staubwolken zwanzig Schritte entfernt aus dem Boden spritzen, und kurz darauf folgte das entfernte Geratter der Schüsse.

Der Fremde baute die Ladung seines Geländewagens um. Sorgfältig und mit Bedacht. Er blickte kurz zu den näher kommenden Militärfahrzeugen, wandte sich zu Laura. »Sie setzen sich auf die Ladung und halten Ihre Freundin.«

»Ja, gut.«

»In Ordnung, helfen Sie mir mit ihr.« Sie betteten Katje in den freigemachten Laderaum. Ihre Augen waren wieder offen, aber sie sahen glasig aus, gezeichnet vom einsetzenden Schmerz.

MG-Garben knatterten auf das Wrack eines der Halbkettenfahrzeuge. Querschläger kreischten.

Plötzlich sprang der vorausfahrende Geländewagen schwerfällig in die Höhe, krachte inmitten einer Wolke von Rauch und Staub auf die Piste zurück. Wrackteile flogen in alle Richtungen. Gleich darauf erreichte sie der Explosionsknall der Mine. Zwei folgende Geländewagen scherten nach rechts und links aus und hielten auf der Höhe des Wracks. Laura stieg auf und legte den Arm um Katje.

»Kopf runter!« Der Fremde stieg in den Sattel, setzte das Fahrzeug in Bewegung, sie schnurrten davon, verließen die Piste und holperten querfeldein.

Augenblicke später hatten sie die Verfolger außer Sichtweite zurückgelassen. Ringsum lag Ebene, von niedrigen steinigen Höhen durchzogene Wüste, übersät mit rotem, zersprungenem Schutt und Blöcken, die vom Wüstenlack glänzten. Da und dort hielten sich niedere Dornbüsche, spärliche Büschel trockener Gräser. Die Nachmittagshitze war tödlich, nur durch den Fahrtwind halbwegs zu ertragen; sie brannte von der Oberfläche zurück wie Röntgenstrahlen.

Ein Geschoß hatte Katje ungefähr zwei Finger breit links vom Nabel getroffen und war am Rücken nahe der untersten Rippe wieder ausgetreten. In der trockenen Hitze waren beide Wunden rasch geronnen und zeigten sich als dunkel glänzende Schwielen getrockneten Blutes an Bauch und Rücken. Außerdem hatte sie eine häßliche Schnittwunde am Schienbein, wahrscheinlich eine Splitterverletzung.

Laura selbst war unversehrt. Sie hatte sich am Knöchel und an den Knien ein wenig die Haut abgeschürft, als sie sich zu Boden geworfen hatte, das war alles. Sie war erstaunt über ihr Glück – bis sie sich die Frage nach dem Glück einer Frau stellte, die zweimal in ihrem Leben in Maschinengewehrfeuer geraten war, ohne je irgendeiner Armee angehört zu haben.

Sie legten ungefähr drei Meilen in halsbrecherisch schleuderndem Tempo zurück, mit Mühe und Not den größeren Blöcken ausweichend. Dann verlangsamte der Marodeur. »Sie werden uns verfolgen«, rief er ihr über die Schulter zu. »Nicht die Geländewagen – Flugzeuge. Ich muß in Bewegung bleiben, und wir werden einige Zeit in der Sonne verbringen. Decken Sie die Verletzte mit der Plane zu. Und ziehen Sie sich was über den Kopf.«

»Was?«

»Sehen Sie in dem Sack dort nach. Nein, nicht in dem! Das sind Minen.« Laura band die Plane los und zog sie über Katje und befestigte sie wieder. Dann suchte sie in dem angegebenen Sack. Kleider – sie fand ein schmieriges Militärhemd, das sie wie einen Burnus über Kopf und Schultern drapierte und mit beiden Ärmeln um die Stirn band.

Mit viel Gefummel und vergeblichen Versuchen gelang es ihr, Katje von den Handschellen zu befreien. Dann warf sie die Handschellen über Bord, die Schlüssel hinterher. Teufelszeug. Metallene Parasiten.

Sie kroch auf die Ladung hinter den Fahrer. Er gab ihr seine Schutzbrille. »Versuchen Sie die.« Er hatte blaue Augen.

Sie setzte die Brille auf. Ihre Gummiränder legten sich an die Haut, feucht von seinem Schweiß. Die quälende grelle Helligkeit wurde sofort erträglich. Sie war dankbar. »Nach Ihrer Aussprache sind Sie Amerikaner, nicht?«

»Kalifornier.« Er zog den Stoff vom Gesicht und zeigte ihr seine Züge. Es war ein Gesichtsschleier, wie die Tuareg ihn trugen und mit dem Gesicht und Kopf umwunden wurden, bis ein hoher, kammartiger Turban entstand. Die Enden hingen ihm auf die Schultern. Der in Indigo getauchte Stoff hatte auf seine Haut abgefärbt und verfremdete sein gefurchtes Europäergesicht mit streifigem Graublau.

Er hatte ungefähr zwei Wochen alte rötliche Bartstoppeln, mit Grau durchsetzt. Er lächelte kurz und zeigte weiße Zähne.

Er glich einem Fernsehjournalisten, der endgültig auf Abwege geraten war. Sie vermutete sofort, daß er ein Söldner war, eine Art Militärberater. »Was für Leute sind Sie?«

»Wir sind die Inadin Kulturrevolution. Sie?«

»Rizome Industries. Laura Webster.«

»Ja? Sie müssen eine Geschichte zu erzählen haben, Laura Webster.« Er betrachtete sie mit plötzlich erwachtem Interesse, wie eine schläfrige Katze, die unerwartet Beute sieht.

Eine ungebetene Erinnerung stellte sich ein. Sie mußte daran denken, wie sie als Kind mit ihrer Großmutter in einem Safaripark gewesen war. Unterwegs hatten sie haltgemacht, um einen mächtigen Löwen zu beobachten, der am Straßenrand an einem Kadaver nagte.

Das Bild war ihr im Gedächtnis geblieben: diese

furchterregenden weißen Zähne, das gelbbraune Fell mit der dichten Mähne, das mit Blut bis zu den Augen beschmierte Maul … Der Löwe hatte ruhig aufgeblickt, mit einem Ausdruck genau wie dem, der jetzt im Blick des Fremden war.

»Was sind Inadin?« fragte Laura.

»Kennen Sie die Tuareg? Die berühmten, geheimnisvollen Bewohner der Sahara?« Er zog den Turban tiefer und beschattete seine ungeschützten Augen. »Nun, macht nichts. Sie nennen sich selbst die ›Kel Tamashek‹. ›Tuareg‹ werden sie von den Arabern genannt – es bedeutet ›die Elenden‹.« Er beschleunigte wieder die Geschwindigkeit und wich geschickt den größeren Blöcken aus. Federung und Radaufhängung fingen die groben Stöße erstaunlich gut ab, die breiten Reifen aus Drahtgeflecht hinterließen kaum eine Spur.

»Ich bin Journalist«, sagte er. »Freiberuflich. Ich berichte über ihre kriegerischen Aktivitäten.«

»Wie heißen Sie?«

»Gresham.«

»*Jonathan* Gresham?«

Gresham sah sie von der Seite an. Überrascht, nachdenklich. Er schien sein Urteil über sie zu revidieren. »Soviel für Tarnung«, sagte er schließlich. »Was ist? Bin ich jetzt berühmt?«

»Sie sind Oberst Jonathan Gresham, Autor des Buches *Die Lawrence-Doktrin und postindustrieller Aufstand*?«

Gresham sah verlegen aus. »Sehen Sie, in diesem Buch gibt es eine Menge Irrtümer. Damals wußte ich nicht genug, die Hälfte ist Theorie, unausgegorenes Zeug. Sie haben es doch nicht *gelesen*, oder?«

»Nein, aber ich kenne Leute, die wirklich viel von diesem Buch hielten.«

»Amateure.«

Sie sah Gresham an. Er sah aus, als wäre er im Fegefeuer geboren und in der Hölle aufgewachsen. »Das glaube ich kaum.«

Gresham dachte darüber nach. »Die Gefängniswärter haben Ihnen von mir erzählt, wie? Ich weiß, daß es bei der FAKT Leute gibt, die mein Zeug gelesen haben. Auch Wien hat es gelesen, darum bin ich dort in Verschiß. Scheint ihnen aber nicht viel genützt zu haben.«

»Es muß was dahinter stecken! Gerade haben Sie einen ganzen Militärkonvoi ausgelöscht!«

Gresham verzog ein wenig das Gesicht, wie ein Avantgarde-Künstler, der von einem Spießer gelobt wird. »Wenn es um meine Aufklärung besser bestellt gewesen wäre ... Tut mir leid, daß Ihre Freundin getroffen wurde. Das sind die Wechselfälle des Krieges.«

»Genauso leicht hätte es mich erwischen können.«

»Ja, das lernt man nach einer Weile.«

»Glauben Sie, daß sie durchkommen wird?«

»Nein, das glaube ich nicht. Wenn einer von uns einen Bauchschuß bekommen hätte, würden wir ihm einfach eine Kugel gegeben haben.« Er blickte über die Schulter zu Laura. »Ich könnte es machen«, sagte er. Er meinte es als eine großzügige Geste, das war deutlich zu sehen.

»Sie braucht nicht mehr Kugeln, sie braucht einen Chirurgen. Gibt es einen Arzt, den wir erreichen können?«

Er schüttelte den Kopf. »Drei Tage von hier gibt es ein Depot für Hilfsgüter, und eine Krankenstation, betrieben von Südafrikanern. Aber wir fahren nicht dorthin. Wir müssen uns bei unserem örtlichen Versorgungsdepot umgruppieren. Wir müssen uns um unser eigenes Überleben kümmern – können keine ritterlichen Gesten machen.«

Laura streckte den Arm aus und faßte den dicken Stoff an Greshams Schulter. »Sie ist eine sterbende Frau!«

»Sie sind jetzt in Afrika. Sterbende Frauen sind hier keineswegs selten, Madam.«

Laura holte tief Atem.

So kam sie nicht weiter.

Sie überlegte angestrengt, versuchte klar zu denken. Ihr Verstand war durch die letzten Ereignisse wie in Fetzen gerissen. Die Wüste ringsum schien sie zu verdampfen. Alle Feinheiten und Verzweigtheiten lösten sich hier in nichts auf; alles war kraß und einfach und elementar. »Ich möchte, daß Sie ihr das Leben retten, Jonathan Gresham.«

»Es ist schlechte Taktik«, sagte Gresham. Er blickte geradeaus. »Sie wissen nicht, daß die Frau tödlich verwundet ist. Wenn sie eine wichtige Geisel ist, werden sie erwarten, daß wir zu diesem Lager fahren. Es ist das einzige, was in diesem Gebiet von den Südafrikanern betrieben wird. Und wir haben nicht bis heute überlebt, indem wir taten, was die FAKT erwartete.«

Sie rückte von ihm ab. Versuchte einen anderen Zugang zu finden. »Wenn sie dieses Lager angreifen, wird die südafrikanische Luftwaffe zusammenschlagen, was von ihrer Hauptstadt noch übrig ist.«

Er sah sie an, als hätte sie den Verstand verloren.

»Es ist wahr. Vor vier Tagen griffen die Südafrikaner Bamako an. Treibstofflager, Radaranlagen, alles. Mit Maschinen von ihrem Flugzeugträger.«

»Also, ich will verdammt sein.« Gresham grinste plötzlich, aber es war ein Raubtiergrinsen. »Erzählen Sie mir mehr, Laura Webster.«

»Deshalb brachten sie uns zu ihrem Atombomben-Testgelände. Um eine Propagandaerklärung aufzuzeichnen und die Südafrikaner abzuschrecken. Ich habe ihr Atom-U-Boot gesehen. Ich habe sogar an Bord gelebt. Wochenlang.«

»Nicht möglich«, sagte Gresham. »Sie haben all das gesehen? Als Augenzeugin?«

»Ja.«

Er glaubte ihr. Sie sah, daß es ihm schwerfiel, daß es Neuigkeiten waren, die ihn zum Umdenken in grundsätzlichen Fragen seines Lebens oder wenigstens seiner Kriegführung zwangen, wenn es zwischen beiden einen Unterschied gab. Aber er erkannte, daß sie ihm die Wahrheit sagte. Es gab eine Verständigung zwischen ihnen, auf einer grundlegenden, menschlichen Ebene.

»Wir müssen ein Interview machen«, sagte er.

Ein Interview. Er hatte eine Videokamera, nicht wahr? Sie fühlte sich verwirrt, erleichtert, auf eine unbestimmte Art beschämt. »Retten Sie meiner Freundin das Leben.«

»Wir können es versuchen.« Er stand auf und zog etwas aus dem Gürtel – einen weißen Fächer. Er klappte ihn auf und reckte ihn in die Höhe, winkte ihn mit scharfen Bewegungen. Jetzt erst wurde Laura bewußt, daß ein anderer Tuareg in Sicht war – ein ameisenartiges Profil, beinahe aufgelöst in der hitzeflimmernden Entfernung, vielleicht anderthalb Kilometer nördlich von ihnen. Ein weißer Punkt winkte zurück.

Katje stöhnte und röchelte wie ein Tier. »Geben Sie ihr nicht zuviel zu trinken«, warnte Gresham. »Wischen Sie sie statt dessen ab.«

Laura kroch nach hinten.

Katje war wach, bei Bewußtsein: Ihre Qual war so groß und elementar, so erschreckend, daß ihr mit Reden oder Denken kaum beizukommen war – mit dem Tod war nicht zu diskutieren. Ihr Gesicht war fahl und eingefallen, und sie kämpfte einsam.

Während die Stunden vergingen, tat Laura, was sie konnte. Ein Wort oder zwei mit Gresham, und sie fand das wenige, was er hatte, um Katje ihre Lage zu erleichtern. Polster für Kopf und Schulter, Lederbeutel mit lauwarmem Wasser, Hautfett, das nach Ziegen roch. Ein Sonnenschutz für das Gesicht.

Die Ausschußwunde im Rücken war am schlimmsten. Sie war groß und aufgerissen, und Laura befürchtete, daß sie bald brandig werden könnte. Der Schorf brach durch die unvermeidlichen Stöße während der Fahrt zweimal auf, und es entstanden frische Blutungen.

Einmal hielten sie an, als sie an einen Felsblock prallten und das rechte Vorderrad zu quietschen begann. Dann noch einmal, als Gresham Suchflugzeuge zu sehen glaubte – es waren zwei Geier.

Als es Abend wurde, begann Katje zu phantasieren. Bruchstücke eines Lebens. Ihr Bruder, der Anwalt. Mutters Briefe auf geblümtem Briefpapier. Teegesellschaften. Die Schule. Ihr Bewußtsein tastete im Delirium nach einer rettenden Zuflucht, Tausende von Kilometern und Jahre entfernt. Nach einem winzigen Anhaltspunkt menschlicher Ordnung in grenzenloser Einöde.

Gresham fuhr, bis es dunkel wurde. Er schien das Land zu kennen. Sie sah ihn nie über eine Landkarte gebeugt.

Schließlich hielt er im eingeschnittenen Bett eines ausgetrockneten Wasserlaufes – einem ›Wadi‹, wie er es nannte. Auf dem sandigen Boden des Trockenbetts bildeten hüfthohe, stinkende und mit winzigen Kletten besetzte Kreosotbüsche ausgedehnte Dickichte.

Gresham stieg ab und schulterte einen Sack. Er zog seinen langen Krummdolch aus dem Gürtel und begann Büsche abzuhacken. »Am gefährlichsten sind die Maschinen bei Nacht«, sagte er. »Sie arbeiten mit Infrarotgeräten, die jeden warmen Körper anzeigen.« Er tarnte das Fahrzeug mit den abgehackten Büschen. »Deshalb müssen wir alles verteilen und die Plane über uns spannen.«

Laura kroch vom Wagen, durchgeschüttelt, staubig und zum Umfallen müde. »Was soll ich tun?«

»Sie können sich für die Wüste anziehen. Sehen Sie im Rucksack nach.«

Sie trug den Rucksack auf die andere Seite des Geländewagens und zog die Verschlußschleife auf. Drinnen waren Hemden, Ersatzsandalen und ein langes, derbes Gewand aus blauem, verwaschenem Stoff, zerknittert und fleckig. Sie entledigte sich ihrer Gefängnisjacke.

Gott, war sie dünn. Sie konnte jede Rippe sehen. Dünn und alt und erschöpft, wie etwas, das getötet werden sollte. Sie fuhr in das Gewand – die Schulternähte reichten ihr bis zur Mitte der Oberarme, und die Ärmel reichten bis an die Fingerspitzen. Der Stoff war jedoch dick und durch langes Tragen weich geworden. Er stank nach Gresham. Ihr war, als ob er sie in den Armen hielte.

Ein seltsamer Gedanke, schwindelerregend. Sie empfand Verlegenheit. Sie mußte einen jämmerlichen Anblick bieten. Gresham konnte nicht eine Elendsgestalt wie sie wollen ...

Der Boden kam hoch und schlug sie ins Gesicht. Sie lag in einem Wirrwarr ihrer eigenen Arme und Beine und wußte nicht, was sie dabei denken sollte. Eine unklare Zeitspanne verging, vage Schmerzen und Wellen von Schwindelgefühl.

Gresham hielt ihren Kopf und versuchte ihr Wasser einzuflößen. Es ermunterte und belebte sie so weit, daß sie sich ihrer Lage bewußt wurde. »Sie waren ohnmächtig«, sagte er, und sie nickte schwächlich. Gresham hob sie auf und trug sie wie ein Bündel; sie fühlte sich leicht, hohl, vogelknochig.

An der steilen Böschung des Trockenbetts war eine Zeltbahn in Tarnfarben aufgespannt. Unter ihr kauerte eine dunkle Gestalt über Katje, deren weiß gestreifte Häftlingskleidung aus dem Dunkel leuchtete – einer der Tuareg-Angreifer, der ein langes Gewehr umgehängt hatte. Gresham setzte Laura ab, tauschte ein paar Worte mit dem Tuareg, der düster nickte. Laura kroch unter das Zeltdach, fühlte grobe Wolle unter den Fingern: einen Teppich.

Sie legte sich darauf zur Ruhe. Der Tuareg summte kaum hörbar vor sich hin. Ein Sternhimmel von unglaublichem funkelndem Reichtum wölbte sich über dem primitiven Schutzdach.

Der Duft von frisch aufgegossenem Tee weckte sie. Der Morgen dämmerte, roter Widerschein erhellte den Osten. Jemand hatte ihr während der Nacht eine Decke übergeworfen. Sie hatte auch ein Kissen, einen zusammengelegten Jutesack, der mit einer unbekannten eckigen Schrift bedruckt war. Sie setzte sich aufrecht.

Der Tuareg reichte ihr eine Tasse, behutsam und höflich, als sei der Tee eine Kostbarkeit. Er war heiß, dunkelbraun, schaumig und süß, und roch scharf nach Pfefferminz. Laura nippte davon. Anscheinend waren die Pfefferminzblätter mitgekocht und nicht aufgegossen worden, und die Wirkung war wie die eines Narkotikums, zusammenziehend und stark. Sie empfand den Geschmack als widerwärtig, doch beizte der Tee ihre Kehle und festigte sie gegen die Anstrengungen eines weiteren Tages.

Der Tuareg saß halb abgewandt und schlürfte laut und genießerisch. Schließlich öffnete er einen Beutel, der mit einer Zugschnur versehen war, und bot ihr vom Inhalt an. Kleine braune Kügelchen von etwas wie – Erdnüsse? Vielleicht Scop in einer getrockneten Form. Es schmeckte wie gezuckertes Sägemehl. Frühstück. Sie aß zwei Handvoll.

Gresham tauchte aus dem Dickicht der Kreosotbüsche auf, eine massige Gestalt, eingehüllt bis zu den Augen, einen Sack über die Schulter geworfen. Er griff mehrmals hinein und warf jedesmal eine Handvoll von etwas im Halbkreis auf den Boden, wie ein Sämann. Sie hatte keine Ahnung, was es war.

»Sie hat die Nacht überstanden«, sagte Gresham, während er sich die Hände wischte. »Sprach sogar ein bißchen, heute morgen. Die Schmerzen scheinen erträglich zu sein. Zähe Leute, diese Buren.«

Laura stand auf. Ihre steifen Muskeln schmerzten bei jeder Bewegung. Sie schämte sich. »Ich bin nicht sehr nützlich, nicht wahr?«

»Es ist nicht Ihre Welt.« Gresham half dem Tuareg beim Zusammenfalten des Zeltdachs. »Nicht viel Verfolgung, diesmal ... Wir pflanzten ein paar Fackeln, vielleicht haben sie die Suchflugzeuge abgelenkt. Oder sie halten uns für eine südafrikanische Kommandoeinheit ... Ich hoffe es. So könnten wir etwas Interessantes provozieren.«

Sein Wohlbehagen entsetzte sie. »Aber wenn FAKT die Bombe hat ... Sie können nicht Leute provozieren, die in der Lage sind, ganze Städte zu vernichten!«

Er war unbeeindruckt. »Die Welt ist voll von Städten.« Er blickte auf eine Armbanduhr mit geflochtenem Lederband. »Wir haben einen langen Tag vor uns, also los!«

Er hatte das Gepäck umverteilt und einen Teil seiner Ladung auf einem anderen Wagen verstaut. Katje lag in einem Nest aus Decken und Teppichen, beschirmt von der Zeltbahn, und hatte die Augen offen.

»Guten Morgen«, flüsterte sie.

Laura setzte sich zu ihr und verkeilte die Beine so gut es ging zwischen dem Gepäck, während Gresham das Fahrzeug startete. Es winselte widerwillig, als es träge beschleunigte – Batterieschwächung, dachte sie.

Sie fühlte Katje den Puls. Er war leicht und unregelmäßig. »Wir werden Sie zu Ihren Leuten zurückbringen, Katje. Hauptsache, Sie halten bis morgen durch.«

Katje nickte unmerklich. Ihre Haut war durchsichtig, die Adern schienen durch. »Er ist ein Wilder«, murmelte sie, »ein Anarchist ...«

»Versuchen Sie, Ihre Kräfte zu schonen. Sie und ich, wir werden das hier überstehen. Überleben, um davon zu berichten.« Die Sonne spähte über den Horizont, eine orangefarbene Hitzeblase.

Zeit verging, und die Tageserwärmung nahm rascher zu, als sie Kilometer hinter sich brachten. Sie verließen die eigentliche Sahara und kamen durch Gebiete, die ihre Humusschicht noch nicht ganz durch Austrocknung und Winderosion eingebüßt hatten. Dies war einmal Wüstensteppe gewesen, als Weideland genutzt und durch Überweidung zugrunde gerichtet worden. Sie passierten wiederholt die Mumien toter Rinder, bleiche Knochen in rissigen Lederfetzen.

Sie hatte den wahren Umfang des afrikanischen Unheils nie erkannt. Es war von kontinentalen Dimensionen. Sie hatten Hunderte von Kilometern zurückgelegt, ohne ein anderes menschliches Wesen zu erblicken, ohne mehr zu sehen als ein paar kreisende Vögel und die Fährten von Eidechsen. Sie hatte Gresham für rücksichtslos und vorsätzlich brutal gehalten, doch allmählich verstand sie, wie wenig ihn die FAKT und ihr Waffenarsenal kümmerten. Sie lebten hier, es war ihre Heimat. Wenn andere Landstriche durch Atombomben verwüstet wurden, machten sie sich nicht viel daraus; es würde lediglich mehr von dem entstehen, was hier ihre gewohnte Umgebung war.

Am Nachmittag entdeckte ein Suchflugzeug einen der Tuareg-Geländewagen und zerstörte ihn. Laura sah das Flugzeug nicht, kein Zeichen der tödlichen Begegnung, außer einer entfernten Rauchsäule. Sie hielten an und suchten Deckung, bis die Drohne nach einer halben Stunde ihren Treibstoffvorrat oder ihre Munition verbraucht hatte.

Sofort stellten sich Fliegen ein. Große, unerschrokkene Wüstenfliegen, auf die Katjes blutbefleckte Kleider wie Magneten wirkten. Sie mußten weggestoßen, weggeschlagen werden, bevor sie endlich ihren Platz aufgaben.

Und selbst dann machten sie nur einen kurzen, summenden Bogen und landeten wieder. Laura wehrte sie grimmig ab, als sie auf ihrer Brille landeten und versuchten, Feuchtigkeit aus ihrer Nase und von ihren Lippen zu saugen.

Endlich signalisierten sich die verstreuten Mitglieder der Kolonne, daß es weitergehen könne. Der Fahrer hatte unverletzt überlebt; ein Gefährte hatte ihn aufgenommen, das ausgebrannte Wrack blieb zurück.

»Nun, damit ist die Sache klar«, bemerkte Gresham, als sie weiterfuhren. Irgendwo hatte er eine Sonnenbrille mit Spiegelgläsern ausgegraben. »Sie wissen jetzt, wohin wir wollen, wenn sie es vorher noch nicht wußten. Hätten wir einen Funken Verstand, würden wir jetzt die Köpfe einziehen, ausruhen und an den Fahrzeugen arbeiten.«

»Aber sie würde sterben.«

»Die Wahrscheinlichkeit spricht dafür, daß sie die kommende Nacht nicht überleben wird.«

»Wenn sie es schaffen kann, dann können wir es auch.«

»Keine schlechte Wette«, sagte er.

Nach Sonnenuntergang hielten sie in einem verlassenen Dorf aus dachlosen, vom Wind gerundeten Lehmziegelmauern. In den Ruinen waren vereinzelt Dornsträucher, und eine lange Erosionsrinne durchzog den einstigen Dreschplatz des Dorfes. Das Erdreich im Umkreis der noch in Spuren erkennbaren Bewässerungsgräben war so stark versalzen, daß sich weißlich schimmernde Krusten gebildet hatten. Der tiefe, ausgemauerte Brunnen war trocken. Hier hatten einmal Menschen gelebt, Generationen, vielleicht tausend Stammesjahre lang.

Sie versteckten das Fahrzeug in den Ruinen und spannten ihre Zeltplane in der Tiefe eines Grabens auf, unter den Sternen. Laura hatte diesmal mehr Kraft – sie fühlte sich weniger zerschlagen und verwirrt. Die Wüste hatte sie bis auf eine reflektierende Schicht von Vitalität abgetragen. Sie hatte es aufgegeben, sich zu sorgen. Hatte in den asketischen Gleichmut eines Tieres zurückgefunden.

Gresham spannte die Zeltbahn auf und erhitzte einen Topf Suppe auf einer batteriegespeisten elektrischen Kochplatte. Dann verschwand er, machte sich zu Fuß auf, um die verstreuten Mitglieder seines Trupps aufzusuchen. Laura schlürfte dankbar die ölige Proteinbrühe. Der Geruch weckte Katje aus ihrem Dämmerzustand.

»Hunger«, flüsterte sie. »Durst.«

»Nein, Sie dürfen nicht essen.«

»Bitte, ich muß. Ich muß, nur ein wenig. Ich will nicht hungrig sterben.«

Laura überlegte. Suppe war nicht viel schlimmer als Wasser, dachte sie. »Sie haben gegessen«, murmelte Katje. »Sie hatten so viel. Und ich hatte nichts.«

»Na schön, aber nicht zu viel.«

»Sie können es erübrigen.«

»Ich versuche daran zu denken, was für Sie am besten ist …« Keine Antwort, nur Augen voller Argwohn und fiebernder Hoffnung, gezeichnet vom Schmerz. Laura hielt ihr die Schale an den Mund, und Katje schluckte verzweifelt.

»Das ist viel besser.« Sie versuchte zu lächeln, ein Akt herzzerreißenden Mutes. »Ich fühle mich besser … Danke …« Sie schloß die Augen.

Laura streckte sich in ihrer verschwitzten Djellabah aus, lauschte dem röchelnden Atmen Katjes und schlief schließlich ein. Sie erwachte, als Gresham in den Graben und unter die Zeltplane kletterte. Es war wieder bitterkalt, die lunare Kälte der Wüste, und sie fühlte die Wärme, die von seiner Masse ausging, die groß und männlich war, und fleischfressend. Sie setzte sich auf und spähte durch die Dunkelheit zu ihm hin.

»Wir sind heute gut vorangekommen«, murmelte er mit der leisen Stimme der Wüste, die kaum eine Störung der allgegenwärtigen Stille war. »Wenn sie die Nacht übersteht, können wir am Vormittag das Lager erreichen. Ich hoffe nur, daß es nicht voll von südafrikanischen Kommandoeinheiten ist. Dem langen Arm imperialistischer Ordnung und Gesetzlichkeit.«

»›Imperialistisch‹. Das Wort sagt mir nichts.«

»Man muß es ihnen lassen«, sagte Gresham. Er beugte sich über Katje, die bewußtlos lag. »Es sah einmal aus, als würde ihr kleiner Ameisenhaufen mit Sicherheit von der schwarzen Flut hinweggespült werden, aber sie haben sich gehalten ... Der Rest Afrikas ist auseinandergefallen, aber diese zähen Burschen haben sich behauptet, und jedes Jahr kommen sie ein bißchen weiter nach Norden voran, sie und ihre verdammten Polizisten und burischen Gesetze.«

»Sie sind besser als die FAKT! Wenigstens helfen sie.«

»Die Hälfte der FAKT besteht aus weißen, südafrikanischen Ultras, die sich von der Nationalpartei abspalteten, als die südafrikanische Regierung den Schwarzen eigene Wahlen und ein paar Ministerposten einräumte. Da gibt es keinen nennenswerten Unterschied ... Ihre Freundin hier, die Ärztin, hat vielleicht eine Karotte in der Hand, statt eines Stockes, aber die Karotte ist bloß der Stock in anderer Gestalt.«

»Ich verstehe nicht.« Es schien ihr unfair. »Was wollen Sie?«

»Ich will Freiheit.« Er fummelte in seinem Tragesack. »Mit uns hat es mehr auf sich, als Sie denken, Laura, wenn Sie uns so auf der Flucht sehen. Die Inadin-Kulturrevolution ist nicht bloß irgendein unsinniger Deckname. Sie wollen ihre Kultur erhalten, sie kämpfen und sterben dafür … Nicht, daß nur rein und edel ist, was wir haben, aber die Kurven des Diagramms haben sich hier gekreuzt. Die Kurve des Bevölkerungswachstums und die Kurve der natürlichen Ressourcen, der Lebensgrundlagen. Sie kreuzten sich in Afrika an einem Ort namens Unheil. Und danach ist alles mehr oder weniger ein Durcheinander. Und mehr oder weniger ein Verbrechen.«

Solche Regeln kamen ihr bekannt vor. Sie lachte leise. »Das habe ich schon gehört. In Grenada und Singapur, in den Steueroasen. Sie sind auch ein Insulaner. Bewohner einer Nomadeninsel in einem Wüstenmeer.« Sie hielt inne. »Ich bin Ihre Feindin, Gresham.«

»Ich weiß das«, sagte er. »Ich tue nur so, als ob es anders wäre.«

»Ich gehöre in die andere Welt draußen, wenn ich je zurückfinde.«

»Karrieremädchen.«

»Es sind meine Leute. Und ich habe einen Mann und ein Kind, die ich seit bald drei Jahren nicht gesehen habe.«

Die Neuigkeit schien ihn nicht zu überraschen. »Sie sind im Krieg gewesen«, sagte er. »Sie können zu dem Ort heimkehren, den Sie Heimat nannten, aber es wird nie wieder wie früher sein.«

Das stimmte. »Ich weiß es. Ich fühle es in mir. Die Bürde des Erlebten.«

Er schüttelte den Kopf. »Ich möchte hören, was Sie erlebt haben, Laura, was Sie erfahren haben. Ich bin Journalist. Ich arbeite unter anderem Namen. Sacramento Internet. Städtische Video-Genossenschaft Berkeley und noch ein Dutzend andere, dann und wann. Ich habe meine Hintermänner … und in einer der Taschen habe ich Video-Make-up.«

Er meinte es ernst. Sie fing an zu lachen. Es machte ihre Knochen zu Wasser. Sie fiel in der Dunkelheit gegen ihn. Seine Arme umfingen sie: Plötzlich küßten sie sich, und sein Bart stach ihr ins Gesicht. Ihre Lippen und ihr Kinn waren sonnenverbrannt, und sie fühlte die Bartstoppeln durch den fettigen Überzug von Öl und Schweiß stechen. Ihr Herz begann wild zu hämmern, eine manische Erregung überkam sie, als wäre sie von einem Kliff gestoßen worden und befände sich im freien Fall. Er drückte sie nieder. Sie war augenblicklich feucht und bereit – es war alles einerlei.

Katje stöhnte laut zu ihren Füßen, murmelte im Delirium und röchelte. Gresham hielt inne, wälzte sich von ihr. »Oh, Mann«, sagte er. »Entschuldige.«

»Schon gut«, schnaufte Laura.

»Zu dumm«, murmelte er mit Widerwillen. Er setzte sich aufrecht und zog seinen Arm unter ihrem Kopf heraus. »Sie liegt da unten und stirbt in diesem KZ-Anzug … und ich habe meine Kondome im Wagen gelassen.«

»Ich denke, die brauchen wir.«

»Ja, und ob wir die brauchen, dies ist Afrika. Jeder von uns könnte das Virus haben, ohne es zu wissen.« Er sprach unverblümt darüber, ohne Verlegenheit. Stark.

Sie setzte sich auf. Die Luft knisterte von ihrer Intimität. Sie nahm seine Hand und streichelte sie. Es schmerzte nicht. Es war jetzt besser zwischen ihnen, die Spannung war gewichen. Sie fühlte sich ihm gegenüber offen und war froh darüber.

»Es ist schon gut«, sagte sie. »Leg deinen Arm um mich. Halt mich fest. Das ist gut.«

»Ja.« Lange Stille. »Möchtest du essen?«

Ihr Magen signalisierte nichts. »Gott, ich habe dieses ewige Scop satt.«

»Ich habe Abalone und ein paar Dosen geräucherte Austern. Aufgespart für einen besonderen Anlaß.«

Ihr lief das Wasser im Mund zusammen. »Geräucherte Austern? Nein. Wirklich?«

Er klopfte auf seinen Tragsack. »Hier in meinem Absprungsack. Sollten sie mir den Wagen in Brand schießen, möchte ich sie nicht verlieren. Warte, ich zünde eine Kerze an.« Er öffnete den Sack, fummelte darin herum. Licht flammte auf.

Ihre Pupillen schrumpften. »Können die Flugzeuge das sehen?«

Die Kerze brannte, ihr Schein fiel auf sein Gesicht. Verfilztes, grau durchschossenes rötlichbraunes Haar. »Wenn sie es sehen, werden wir beim Austernessen sterben.« Er zog drei Dosen aus dem Sack. Ihr buntbedrucktes Papier glänzte. Wunderdinge aus dem Reich der Konsumgesellschaft.

Er öffnete eine Dose mit dem Messer. Sie aßen mit den Fingern, wie es sich für Nomaden ziemte. Der volle Geschmack traf Lauras geschrumpfte Geschmacksknospen wie eine Lawine. Das Aroma durchflutete ihren ganzen Kopf; sie fühlte sich taumelig vor Genuß. Ihr Gesicht fühlte sich heiß an, und in ihren Ohren war ein leises Singen. »In Amerika kannst du die jeden Tag haben«, sagte sie. Sie mußte es laut sagen, nur um das Wunderbare zu betonen.

»Sie sind besser, wenn du sie nicht haben kannst«, sagte er. »Phantastisch, nicht? Pervers. Wie wenn man sich mit einem Hammer auf den Kopf schlägt, weil es sich so gut anfühlt, wenn der Schmerz nachläßt.« Er trank den öligen Saft aus der Dose. »Manche Leute sind so verdrahtet.«

»Bist du deshalb in die Wüste gekommen?«

»Vielleicht«, sagte er. »Die Wüste ist rein. Die Dünen – alles Linien und Formen. Wie gute Computergrafik.« Er stellte die Dose weg. »Aber das ist nicht alles. Diese Gegend hier ist der Kern des Unheils. Unheil ist, wo ich lebe.«

»Aber du bist Amerikaner«, sagte sie mit einem Blick zu Katje. »Du bist freiwillig hergekommen.«

Er dachte nach. Sie merkte, daß er mit etwas rang. Mit einem Bekenntnis.

»Als ich zur Schule ging«, sagte er, »kamen eines Tages ein paar Leute mit Videokamera und Mikrofon in unsere Klasse. Sie wollten wissen, wie wir uns die Zukunft vorstellten. Sie machten Kurzinterviews mit uns. Die Hälfte von uns sagte, sie wollten Ärzte werden, oder Astronauten, und all diesen Scheiß. Und die andere Hälfte sagte, sie rechneten damit, daß sie im Atomblitz geröstet würden.« Er lächelte sinnend. »Ich war einer von denen. Ein Katastrophenfreak. Weißt du, nach einer Weile gewöhnt man sich daran. Man erreicht einen Punkt, wo man Unbehagen verspürt, wenn die Dinge anfangen, sich zum Besseren zu wenden.« Er begegnete ihrem Blick. »Du bist aber nicht so.«

»Nein«, sagte sie. »Zu spät geboren, glaube ich. Ich war immer überzeugt, daß ich helfen könnte, die Verhältnisse zu verbessern.«

»Ja«, sagte er. »Das ist auch mein Vorwand. Möchtest du Abalone?«

Laura schüttelte den Kopf. »Danke, aber ich kann nicht. Ich könnte es nicht genießen, nicht jetzt, nicht vor ihr.« Nach dem Essen überkam sie Schläfrigkeit. Sie legte den Kopf an seine Schulter. »Wird sie sterben?«

Keine Antwort.

»Wenn sie stirbt, und du nicht zu dem Lager fährst, was wirst du mit mir anfangen?«

Langes Stillschweigen. »Ich werde dich zu meinem Harem bringen und deinen Körper mit Silber und Smaragden bedecken.«

»Großer Gott.« Sie starrte ihn an. »Was für eine wundervolle Lüge.«

»Nein, das werde ich nicht tun. Ich werde einen Weg suchen, um dich zurück zu deinem Netz zu bringen.«

»Nach dem Interview?«

Er schloß die Augen. »Ich bin nicht sicher, daß das eine gute Idee ist. Du magst eine Zukunft in der Außenwelt haben, wenn du über FAKT und die Bombe und Wien den Mund hältst. Aber wenn du versuchst, aller Welt zu sagen, was du weißt …«

»Das ist mir gleich«, sagte sie. »Es ist die Wahrheit, und die Welt muß sie wissen. Ich muß es erzählen. Alles.«

»Das ist unklug«, sagte er. »Sie werden nicht auf dich hören und dich hinter Schloß und Riegel bringen.«

»Ich werde sie zwingen, auf mich zu hören, das kann ich.«

»Nein, kannst du nicht. Du wirst als Unperson enden, wie ich. Zensiert, vergessen. Ich weiß es, ich habe es versucht. Du bist nicht groß genug, um das Netz zu verändern.«

»Niemand ist groß genug. Aber es muß sich ändern.«

Er blies das Licht aus.

Katje weckte sie vor Tagesanbruch. Sie hatte erbrochen und hustete. Gresham zündete eilig die Kerze an, und Laura kniete über ihr.

Katje wirkte geschwollen und war heiß vom Fieber. Die Verschorfung der Einschußwunde war aufgebrochen, und sie blutete wieder. Die Wunde roch schlimm, ein Todesgeruch von Exkrementen und Infektion. Gresham hielt die Kerze über sie. »Bauchfellentzündung, glaube ich.«

Eine Aufwallung von Verzweiflung ergriff Laura. »Ich hätte ihr nichts zu essen geben sollen!«

»Du gabst ihr zu *essen?*«

»Sie bettelte mich darum! Ich mußte! Es war ein Akt der Barmherzigkeit …«

»Laura, du darfst jemandem mit einem Bauchschuß nichts zu *essen* geben!«

»Verdammt! Es gibt nichts, was man bei einer wie ihr richtig machen kann, wenn ärztliche Hilfe nicht möglich ist ...« Sie wischte sich mit wütender Bewegung Tränen aus den Augen. »Verdammt noch mal, sie wird sterben, nach allem!«

»Sie ist noch nicht tot. Wir haben nicht mehr so weit. Fahren wir!«

Sie luden Katje in den Wagen, packten auf und brachen das Lager ab, stolpernd in der Dunkelheit. Unterdessen begann Katje zu sprechen, murmelte abwechselnd auf englisch und afrikaans. Zuerst dachte Laura, sie phantasiere, dann aber hörte sie, daß es Gebete waren. Sie wollte nicht sterben, und nun bat sie Gott um Hilfe. Den Gott, wer immer er war, der über Afrika herrschte und der dies alles sah und geschehen ließ.

Das Lager war ein weitläufiges Rechteck von weißen Baracken aus Betonfertigteilen, umgeben von einem hohen Maschendrahtzaun. Sie fuhren eine staubige Piste entlang, die zu beiden Seiten eingezäunt war und zur Mitte des Komplexes führte.

Kinder waren zum Zaun gerannt. Hunderte, die durch den Maschendraht starrten, vorbeigleitende Gesichter. Laura konnte sie nicht ansehen. Sie fixierte ihren Blick auf ein einziges Gesicht in der Menge. Ein schwarzes junges Mädchen in einem hellroten Schürzenkleid aus irgendeiner Wohltätigkeitsspende. Ein Dutzend billige Plastik-Digitaluhren hingen an ihren dünnen Unterarmen.

Sie hatte Lauras Blick aufgefangen, und er elektrisierte sie. Sie steckte die Arme durch die Maschen und bettelte mit schrill erhobener Stimme. »Mam'selle, mam'selle! Le thé de Chine, mam'selle! La canne à sucre!« Gresham fuhr grimmig weiter. Das Mädchen schrie lauter, schüttelte den Zaun mit ihren dünnen Armen, aber ihre Stimme ging im Geschrei der anderen unter. Laura war nahe daran, sich nach ihr umzusehen, ließ es aber im letzten Augenblick sein. Sie fühlte sich gedemütigt.

Voraus war ein Tor. Ein gestreifter Militärfallschirm war als Schattenspender aufgespannt. Schwarze Soldaten in geflecktem Tarndrillich, auf den Köpfen breitkrempige Hüte, die auf einer Seite hochgeschlagen und mit einem Regimentsabzeichen am Hut festgesteckt waren. Kommandotruppen, dachte Laura. Südafrikanische Truppen. Jenseits des geschlossenen Tores war ein kleineres Lager im größeren Bereich, mit größeren Gebäuden, einigen Baracken, einem Hubschrauberlandeplatz. Ein Verwaltungszentrum.

Gresham verlangsamte. »Da fahre ich nicht hinein.«

»Das ist schon gut, ich werde es regeln.«

Einer der Wächter blies in eine Trillerpfeife und hob die Hand hoch. Neugierig betrachteten die Soldaten das einsame Fahrzeug, nicht sonderlich besorgt. Sie sahen gut genährt aus. Stadtsoldaten. Amateure.

Laura stieg aus, schlappte in Greshams Ersatzsandalen zum Tor. »Ein Arzt!« schrie sie. »Ich habe hier eine verwundete Südafrikanerin, sie ist Lagerpersonal! Bringen Sie eine Trage!«

Die Soldaten eilten näher, um zu sehen. Gresham saß in seinen fließenden Gewändern auf dem Fahrersitz, den Kopf in Schleier und Turban. Ein Uniformierter mit Streifen kam auf Laura zu.

»Wer, zum Teufel, sind Sie?« sagte er.

»Ich bin diejenige, die sie gebracht hat. Beeilen Sie sich, sie liegt im Sterben! Er ist ein amerikanischer Journalist, und er hat ein Mikrofon, also achten Sie auf Ihre Redeweise, Unteroffizier.«

Der Mann starrte auf sie herab. Ihr fleckiges Gewand, ein schmutziges Hemd um den Kopf gewickelt, das Gesicht mit Staub und Fett beschmiert.

»Lieutenant«, sagte er, verletzt. »Mein Rang ist Lieutenant, Miss.«

Sie sprach mit dem südafrikanischen Verwalter in einer der langen Baracken. Wandregale bogen sich unter Konserven, medizinischen Ausrüstungen, eingefetteten Ersatzteilen. Die gut isolierten Wände und Decken dämpften den Lärm der Klimaanlage.

Ein Kantinenbediensteter in weißer Jacke, Stammesnarben auf den Wangen, machte die Runde mit einem Tablett voll von Gläsern und gekühlten Flaschen Fanta.

Laura hatte den Leuten der Lagerverwaltung nur einen skizzenhaften Abriß der Ereignisse gegeben, aber die Südafrikaner waren nervös und mißtrauisch und schienen von einem abgerissenen Wüstengespenst wie ihr nicht viel zu erwarten. Der militärische Befehlshaber des Lagers, ein weißer Oberst, befand sich mit seinem Stab auf einer Inspektionsfahrt. Der zivile Verwalter des Lagers war ein dicklicher, pfeiferauchender Schwarzer namens Edmund Mbaqane. Er bemühte sich sehr, bürokratisch untadelig und auf der Höhe der Situation zu erscheinen. »Wir sind wirklich sehr dankbar, Mrs. Webster ... vergeben Sie mir, wenn ich anfangs etwas kurz angebunden schien. Je mehr man über dieses Regime in Bamako hört, desto stärker gerät einem das Blut in Wallung.«

Mbaqanes Blut war offenbar nicht sehr in Wallung geraten – auch nicht das Blut des übrigen Verwaltungspersonals. Sie waren Zivilisten, Tausende von Kilometern von der Heimat entfernt, und sie befanden sich angesichts der neu aufgeflammten Feindseligkeiten in einer exponierten und prekären Lage, die sie in begreifliche Unruhe versetzte.

Sie waren froh, daß sie ihre Geisel zurückerhalten hatten – eine Kollegin von ihnen –, aber sie war nicht durch offizielle Kanäle wieder in Freiheit gelangt, und nun befürchtete man, daß die Geschichte Weiterungen haben würde.

Das südafrikanische A.C.A. Corps schien aus Gründen politischer Korrektheit nach Gesichtspunkten eines rassischen Proporzsystems zusammengesetzt zu sein. Während die Führung in den Händen weißer Militärs lag, gab es eine Anzahl schwarzer Offiziere bis zum Hauptmannsrang, und ein großer Teil des zivilen Personals bestand gleichfalls aus Farbigen. Vorher hatte Laura eine überarbeitete kleine Frau kennengelernt, Dr. Chandrasekhar, die jetzt in der Klinik war und sich um Katje kümmerte. Laura vermutete, daß die kleine Dr. Chandrasekhar die Seele des Lagers war – sie redete am schnellsten und sah erschöpfter aus als alle anderen.

Es gab auch einen Afrikaaner namens Barnaard, der eine Art Diplomat oder Verbindungsmann zur Regierung von Niger zu sein schien. Auch schien er die politische Situation besser als die anderen zu kennen, was vermutlich der Grund war, daß sein Atem nach Whiskey roch. Bei ihm befand sich der diensthabende Hauptmann, der ein Zulu war, ein schroffer, unangenehmer Typ, der, nach seinem Aussehen zu urteilen, in einer Wirtshausschlägerei eine gute Figur abgeben würde.

Seit den Angriffen ihrer Flugzeuge auf Bamako lebten sie alle in Furcht und Ungewißheit. Gleichwohl bemühten sie sich, Laura zu ermutigen. »Sie können ganz beruhigt sein, Mrs. Webster«, versicherte ihr der Verwalter. »Das Regime in Bamako wird keine weiteren Abenteuer riskieren! Es wird dieses Lager nicht noch einmal angreifen. Nicht, solange unser Flugzeugträger *Ohm Paul* im Golf von Guinea kreuzt. Ein gutes Schiff«, sagte der Hauptmann.

Barnaard nickte und zündete sich eine Zigarette an. Er rauchte filterlose chinesische Zigaretten der Marke ›Panda‹. »Nach dem gestrigen Zwischenfall hat Niger mit größter Entschiedenheit gegen die Verletzung seines Luftraumes protestiert, und Niger ist ein Signatarstaat der Wiener Konvention. Wir erwarten Abgesandte aus Wien schon morgen in diesem Lager. Ganz abgesehen von dem Streit, den die Regierung von Mali mit uns hat, kann ich mir nicht denken, daß sie es darauf anlegen würde, Wien herauszufordern.«

Laura fragte sich, ob Barnaard glaubte, was er sagte, oder ob er sich nur Mut einreden wollte. Die isolationistischen Südafrikaner schienen erheblich mehr Vertrauen in Wien zu setzen als Leute, die öfter mit Wien zu schaffen hatten.

Eine Ausdruckstation begann zu schnattern. Nachrichten von daheim. Die anderen gingen hin, um mitzulesen. Mbaqane blieb bei Laura. »Ich fürchte, ich habe die Rolle dieses amerikanischen Journalisten, den Sie erwähnten, nicht ganz verstanden.«

»Er war bei den Tuaregs.«

Mbaqane versuchte, nicht verwirrt auszusehen. »Ja, wir haben hier einige sogenannte Tuaregs, oder vielmehr Kel Tamashek ... Ich vermute, er möchte sich vergewissern, daß sie ordentlich und gerecht behandelt werden?«

»Sein Interesse an den Tuaregs ist mehr kultureller Art«, sagte Laura. »Er erwähnte allerdings, daß er mit ihnen sprechen wolle.«

»Kulturell? Sie fühlen sich recht wohl, denke ich ... Vielleicht sollte ich ein paar der Stammesältesten zu ihm hinausschicken, um mögliche Befürchtungen zu zerstreuen. Wir nehmen mit Freuden jede ethnische Gruppe auf, die unserer Hilfe bedarf – Bambara, Marka, Songai ... Wir haben sogar eine größere Gruppe Sarakolé, die nicht einmal Staatsangehörige der Republik Niger sind.«

Er schien eine Antwort zu erwarten. Laura trank von ihrer Orangeade und nickte. Barnaard kam zurückgeschlendert – er hatte die Nachricht rasch als bedeutungslos erkannt. »Schon wieder Journalistenbesuch. Ausgerechnet jetzt.«

Der Verwaltungschef warf ihm einen warnenden Blick zu. »Wie Sie sehen können, Mrs. Webster, stehen wir im Moment etwas unter Druck, aber wenn Sie eine Führung *wünschen*, würde Mr. Barnaard sicherlich gern bereit sein ... ah ... unsere Politik vor den internationalen Medien zu erläutern.«

»Das ist sehr freundlich von Ihnen«, sagte Laura. »Unglücklicherweise muß ich selbst ein Interview machen.«

»Gut, das kann ich natürlich verstehen – es muß wirklich ein journalistischer Treffer sein. Die Geiseln, aus den berüchtigten Gefängnissen von Bamako freigekommen ...« Er schwenkte weltmännisch seine Pfeife. »Zu Hause in Azania wird es sicherlich das Tagesgespräch sein. Eine der unsrigen, nach fast einjähriger Geiselhaft zurückgewonnen. Ein Aufschwung für unsere Moral, besonders inmitten dieser Krise.« Sie merkte, daß er durch sie zu seinen eigenen Leuten sprach. Und es wirkte – er munterte sie auf. Er wurde ihr sympathischer. »Ich weiß«, fuhr er fort, »daß Sie und Dr. Selous in dieser Zeit sehr gute Freundinnen geworden sein müssen. Die unzerreißbaren Bande zwischen Menschen, die gemeinsam gelitten und gekämpft haben! Aber Sie brauchen sich nicht zu sorgen, Mrs. Webster. Unsere Gebete sind mit Katje Selous! Ich bin überzeugt, daß sie durchkommen wird!«

»Ich hoffe es sehr. Kümmern Sie sich gut um sie. Sie war sehr tapfer.«

»Natürlich werden wir uns um sie kümmern. Eine Nationalheldin! Und wenn wir etwas für Sie tun können ...«

»Ich dachte, vielleicht eine Dusche ...«

Mbaqane lachte. »Ach du lieber Gott! Selbstverständlich, meine Liebe. Und Kleidung ... Wir haben bestimmt etwas Passendes da.«

»Ich werde diese … ah … Djellabah anbehalten«, sagte sie. »Ich werde damit vor die Kamera gehen. Das gibt ein besseres Bild.«

»Oh, ich verstehe … ja.«

Gresham stand am Rande des Lagers vor der Videokamera und sprach. Laura machte einen Bogen, sorgfältig darauf bedacht, außerhalb des Kamerabereichs zu bleiben.

Sie war erstaunt über die Schönheit seines Gesichts. Er hatte sich rasiert und Video-Make-up aufgelegt: Lippenrot, Puder, Lidstrich. Auch seine Stimme klang verändert: Sie war wohlklingend und klar, betonte jedes Wort mit der Präzision eines Nachrichtensprechers.

»… ein Bild trostloser Verödung. Aber die Sahelzone war einmal die Heimat der stärksten und blühendsten Staaten Schwarzafrikas. Das Reich der Songai, die Reiche von Mali und Ghana, die heilige Stadt Timbuktu mit ihren Gelehrten und Bibliotheken. Für die moslemische Welt war der Sahel gleichbedeutend mit Reichtum, mit Gold, Elfenbein, Feldfrüchten aller Art. Riesige Karawanen durchzogen die Sahara, Flotten von Kanus befuhren den Niger …«

Sie ging an ihm vorbei. Der Rest seiner Truppe war eingetroffen, und die Tuaregs hatten ihr Lager aufgeschlagen. Nicht die zerlumpten Decken und Planen, unter denen sie sich draußen in der Wüste nach ihrem Überfall verkrochen hatten, sondern sechs geräumige, stabil aussehende Unterkünfte. Es waren vorfabrizierte Kuppelzelte, bespannt mit Gewebe in Wüstentarnfarbe. Im Innern bestanden sie aus zusammenfaltbarem Metallgeflecht, das schirmartig durch Rippen verstärkt war. Aus ihren skelettartigen Wüstenfahrzeugen entrollten die Nomaden lange gegliederte Streifen, die wie Gleisketten von Planierraupen aussahen. Schwarze Silikonoberflächen glänzten im harten Sonnenlicht. Es waren lange Bahnen von Solarzellen zur Energieerzeugung. Die Solarzellen wurden durch Kabel mit Anschlüssen an den Fahrzeugen verbunden. Die Männer arbeiteten mit geübter Leichtigkeit; wären sie mit dem Tränken ihrer Dromedare beschäftigt gewesen, so hätte es nicht viel anders ausgesehen. Bei der Arbeit plauderten sie leise in Tamashek.

Während eine Gruppe die Fahrzeuge auflud, rollten die anderen neben einem der Kuppelzelte Matten aus und bereiteten Tee mit einem elektrischen Tauchsieder. Laura gesellte sich zu ihnen. Ihre Gegenwart schien die Männer ein wenig in Verlegenheit zu bringen, aber sie akzeptierten es als eine interessante Abwechslung. Einer von ihnen zog eine Tube Protein aus einer alten Ledertasche und brach sie über dem Knie auf. Er bot ihr eine nasse Handvoll an und verbeugte sich. Sie kratzte das Zeug aus seinen langen Fingern und aß es und dankte ihm.

Gresham kam mit seinem Kameramann. Er wischte sich das gepuderte Gesicht mit einem geölten Lappen ab. »Wie ging es im Lager?«

»Ich wußte nicht recht, ob sie mich wieder herauslassen würden.«

»So arbeiten die nicht«, sagte Gresham. »Hier ist es die Wüste, die die Menschen einschließt.« Er setzte sich neben sie. »Hast du ihnen von der Bombe erzählt?«

Sie schüttelte den Kopf. »Ich wollte, aber ich konnte einfach nicht. Sie sind sowieso schon nervös, und im Lager sind Kommandotruppen. Obwohl das Lager auf dem Gebiet der Republik Niger liegt, hat Bamako sich nicht daran hindern lassen, es anzugreifen, und sie befürchten, daß der Angriff wiederholt werden könnte. Aber Katje wird es ihnen sagen, sobald es ihr besser geht. Es ist alles so verwirrt – ich bin verwirrt. Ich hatte Angst, sie würden mich einsperren. Und dich auch.«

Der Gedanke erheiterte ihn. »Was, herauskommen

und uns festnehmen? – Glaube ich nicht. Ich sprach mit diesem Hauptmann, als er herauskam, uns in Augenschein zu nehmen ... Ich weiß, wie er denkt. Klassische Afrikaanertaktik: Er fährt seine Ochsenwagen im Kreis zusammen, alle Mann besetzen den äußeren Ring und halten sich bereit, die Zulus zurückzuschlagen. Natürlich ist er selber ein Zulu, aber er weiß, daß er ein Lager voller kindlicher, wilder Flüchtlinge hat, die er ruhig und friedlich halten muß, bis seine Chefs zurückkommen. Aber er hat uns als Freunde eingestuft, soweit.«

»Aus Wien wird auch jemand erwartet.«

»O weh.« Gresham dachte darüber nach. »Ein bißchen Wien, oder viel Wien?«

»Das wurde nicht gesagt. Ich nehme an, es hängt davon ab, was Wien will. Sie erzählten mir etwas von Protesten seitens der Regierung von Niger.«

»Nun, Niger ist keine Hilfe. Achtzig Jahre alte Sowjetpanzer und eine Armee, die jedes zweite Jahr meutert und Niamey niederbrennt. Wenn Wien mit Macht eingreift, kann es schwierig werden. Aber sie werden nicht hier eine Demonstration veranstalten, in einem Flüchtlingslager in der Wüste. Wenn Wien tatsächlich mit Gewalt gegen Mali vorgehen will, wird es Bamako angreifen.«

»Das würde es nie tun. Man hat zuviel Respekt vor der Bombe.«

»Ich weiß nicht. Internationale Kontingente sind militärisch nicht viel wert – lausige Soldaten –, aber vor sechs Monaten haben sie Grenada ausgehoben, und das war eine harte Nuß zu knacken.«

»Das haben sie getan? Grenada angegriffen?«

»Ja. Die Hacker in ihren Rattenlöchern ausgeräuchert ... Die Taktik ließ jedoch zu wünschen übrig, Frontalangriff, sehr ungeschickt ... Sie verloren über zwölfhundert Mann.« Er zog die Brauen hoch, als er ihr Erschrecken sah. »Richtig, du warst ja in Grenada, Laura. Ich dachte, du hättest davon gehört. Die Leute in Bamako hätten es dir sagen sollen – es war ein Triumph ihrer verdammten Politik.«

»Sie haben mir nie etwas gesagt. Überhaupt nichts.«

»Der Kult der Geheimniskrämerei«, sagte er. »Sie leben davon.« Er brach ab, blickte zum Lager. »Ah, gut. Sie haben uns welche von ihren zahmen Tamashek geschickt.«

Gresham zog sich in das Kuppelzelt zurück und bedeutete Laura, ihm zu folgen. Draußen traf ein halbes Dutzend Lagerinsassen ein. Sie näherten sich zögernd.

Es waren alte Männer. Sie trugen Polohemden und groteske Sportmützen aus Papier, chinesische Gummisandalen und zerlumpte Polyesterhosen.

Die Inadin-Tuaregs begrüßten sie mit ritueller Höflichkeit. Gresham dolmetschte für Laura. Herr ist gesund? Ja, recht gesund, gottlob, und Sie? Ich und die meinen sind sehr zufrieden, danke, und die Familie des Herrn, ist sie auch gesund? Ja, recht gesund. Dann Gott sei Dank. Ja, Dank sei Gott, Herr.

Einer der Inadin hob den Teekessel und begann mit einem langen, zeremoniellen Tröpfeln aus der Höhe Tee einzuschenken. Alle tranken Tee. Sie kochten eine neue Portion und schütteten groben Zucker in den Kessel, der bereits zur Hälfte mit Pfefferminzblättern gefüllt war. Sie sprachen eine Weile über den Tee, saßen höflich beisammen und wedelten sich ohne Nervosität die zudringlichen Fliegen aus den Gesichtern. Allmählich ließ die heftigste Tageshitze nach.

Gresham dolmetschte für Laura, seltsame Redewendungen feierlicher Plattitüden. Sie blieben im Hintergrund des Zeltes, außerhalb des Kreises. Die Zeit verging langsam, aber sie war zufrieden, neben ihm zu sitzen und ihre Gedanken schweifen zu lassen.

Dann brachte einer der Inadin eine Flöte zum Vorschein, und ein zweiter schaffte ein kompliziertes Schlaginstrument aus Holz und Flaschenkürbissen herbei, die mit Lederriemen zusammengebunden waren. Er klopfte darauf herum, zog Schnüre fest, und ein dritter zog an einer Lederschnur einen Taschensynthesizer hervor.

Der Mann mit der Flöte zog den Schleier vom Mund; sein hellhäutiges Berbergesicht war vom schweißdurchnäßten Indigo des Stoffes bläulich verfärbt. Er blies einen schnellen Triller auf der Flöte, und es ging los. Der Rhythmus bestand aus hohen, durchdringenden Tönen des wie ein Xylophon bedienten Schlaginstruments. Die Flöte wurde in der Tradition der arabischen Musik gespielt, und alles war unterlegt mit den unheimlichen, seltsam urtümlich klingenden Baßtönen des Synthesizers.

Die anderen unterstützten die Musikanten mit Händeklatschen und jähen, durchdringenden Schreien hinter den Schleiern. Dann begann einer zu singen.

»Er besingt seinen Synthesizer«, murmelte Gresham.

»Was singt er?«

Demütig bete ich an den Allerhöchsten,
Der dem Klangerzeuger eine Seele gegeben hat,
So daß die Männer schweigen, wenn er spielt,
Und die Hände über die Schleier legen,
Gefühle zu verbergen.
Die Sorgen des Lebens stießen mich ins Grab,
Doch mit dem Klangerzeuger
Hat Allah mir das Leben zurückgegeben.

Die Musik endete. Die Besucher aus dem Flüchtlingslager applaudierten ein wenig, dann rüsteten sie zum Aufbruch. Gresham blickte auf seine Uhr, stand auf und nahm die Videokamera an sich. »Das war nur ein Vorgeschmack«, sagte er zu Laura. »Später wird es weitergehen, und die Leute aus dem Lager werden ihre Familien mitbringen, hoffe ich …«

»Dann laß uns das Interview machen.«

Er zögerte. »Bist du sicher, daß du der Sache gewachsen bist?«

Sie nickte, folgte ihm zu einem anderen Zelt. Es wurde bewacht von zwei Inadin und enthielt ihr Gepäck. Am Boden lagen Teppiche und eine Batterie, ein Ersatzgerät von einem der Geländewagen. An diese angeschlossen, stand ein transportables kleines Bildschirmgerät, ein gewöhnlicher PC, aber mit einer niedrigen Konsoleneinfassung aus handgeschnitztem rotem Holz.

Gresham setzte sich im Schneidersitz davor. »Ich hasse dieses verdammte Gerät«, und fuhr mit der Hand über die elegante Linienführung; es sah eher zärtlich als haßerfüllt aus. Er schloß die Videokamera an das Eingabegerät an.

»Wo ist das Make-up?«

Er gab es ihr. Laura klappte den Handspiegel aus. Sie war so abgehärmt und dünn, wie ein Fall von Magersucht. Egal. Jemand würde dafür bezahlen. Sie steckte die Fingerspitzen in den Puder, trug ihn auf ihre hohlen Wangen auf.

Sie legte Rouge auf. »Gresham, wir müssen überlegen, wie wir die Südafrikaner zur Zusammenarbeit bewegen können. Sie sind altmodisch, eigen, wenn es um Informationen geht. Sie wollten mich nicht an ihren verdammten Fernschreiber heranlassen, und alles soll nur über Pretoria geleitet werden.«

»Wir brauchen sie nicht«, sagte er.

»Gewiß brauchen wir sie, wenn wir das Netz erreichen wollen! Und sie werden zuerst die Aufzeichnung sehen wollen – und dabei alles erfahren.«

Er schüttelte den Kopf. »Laura, sieh dich um!«

Sie ließ den Spiegel sinken und tat ihm den Gefallen. Sie waren in einem Kuppelzelt. Stoff in Wüstentarnfarben über Metallrippen und Drahtgeflecht.

»Du sitzt unter einer Satellitenantenne«, sagte er.

Sie war verblüfft. »Du hast Zugang zu Nachrichtensatelliten?«

»Wie soll ich sonst mitten in der Sahara das Netz erreichen? Die Abdeckung ist lückenhaft, aber während der richtigen Überflugzeiten können wir eine Aufzeichnung überspielen.«

»Wie kannst du das tun? Woher kommt das Geld?« Ein schrecklicher Gedanke schoß ihr durch den Sinn. »Gresham, bist du ein Datenpirat?«

»Nein. Aber ich hatte mit ihnen zu tun. Die ganze Zeit.« Er schwieg für einen Augenblick. »Vielleicht sollte ich jetzt ernstlich damit anfangen. Die Konkurrenz ist ausgeschaltet, und ich könnte die Einnahmen gebrauchen.«

»Tu's nicht! Denk nicht einmal daran.«

»Du mußt dich in diesem Geschäft ziemlich gut auskennen. Könntest meine Beraterin sein.« Der Scherz fand keinerlei Anklang. Er schaute sie nachdenklich an. »Du würdest dich wie eine Harpyie auf mich stürzen, was? Du und deine Freunde von Rizome und den anderen Multis. Die das große Geschäft unter sich abmachen wollen.«

Sie sagte nichts.

»Im Augenblick spielt es kaum eine Rolle«, meinte er einlenkend. »Ich würde diese Aufzeichnung nicht über ein Piratennest an die Öffentlichkeit bringen.«

»Wie meinst du das? Wo würdest du sie hinschikken?«

»Nach Wien, natürlich. Die sollen sehen, daß ich Bescheid weiß – daß ich sie an den Pranger stellen kann. FAKT hat die Bombe und hat Wien erpreßt. Also hat Wien ein Abkommen mit ihr getroffen – gab den Nuklearterroristen Rückendeckung, während sie in Wiens mittelbarem Auftrag die Piratennester heimsuchten. Eine bedenkliche Strategie, die gescheitert ist. Um mich zum Schweigen zu bringen, könnten sie versuchen, mich zu jagen und umzubringen, aber ich habe Übung darin, solchen Gefahren auszuweichen. Mit etwas Glück könnten sie mich statt dessen kaufen. Und mich dann in Ruhe lassen – wie sie Mali in Ruhe gelassen haben.«

»Das ist nicht genug! Alle müssen davon erfahren. Die ganze Welt.«

Gresham schüttelte den Kopf. »Ich denke, wir könnten Wien überzeugen, wenn wir es richtig anfangen. Es macht denen nichts aus, Leute zu kaufen, wenn sie müssen. Sie werden für unser Stillschweigen bezahlen. Mehr als du denkst.«

Sie hielt sich den Spiegel vors Gesicht. »Tut mir leid, Gresham. Mir liegt einfach nichts an Wien oder seinem Geld. Das ist nicht meine Art. Mir liegt an der Welt, in der ich leben muß.«

»Ich lebe nicht in deiner Welt«, erwiderte er. »Das mag kraß klingen, aber ich kann dir soviel sagen: Wenn du zurückkehren willst und sein, die du bist, und dein angenehmes Leben unter deinesgleichen in der Welt der Multis und Datennetze führen, dann solltest du lieber nicht versuchen, allzu vielen Leuten auf die Schlipse zu treten. Vielleicht könnte ich solch eine Kraftprobe überleben, hier draußen in der Wüste, wo ich mich auskenne, aber ich glaube nicht, daß du es könntest. Die Welt pfeift darauf, wie edel deine Motive sind – sie rollt über dich hinweg. So liegen die Dinge. Du kannst mit den Leuten reden, da und dort Druck ausüben, aber du kannst es nicht mit der Welt aufnehmen.«

Sie betrachtete ihr Haar im Spiegel. Eine wilde Mähne. Sie hatte es unter der Dusche gewaschen, und die trockene Hitze hatte es spröde gemacht. Es stand ihr wie eine Explosion um den Kopf.

Er ließ nicht locker. »Es hat keinen Sinn, auch nur den Versuch zu machen. Das Netz wird diese Aufzeichnung niemals senden, Laura. Nachrichtendienste bringen grundsätzlich keine Aufzeichnungen von Terroristengeiseln. Bis auf Wien, wo man weiß, daß es wahr ist, werden alle es für phantastischen Unsinn halten, werden glauben, daß du unter Nötigung sprichst, oder in einem Zustand nervöser Überreiztheit, oder daß die ganze Geschichte ein Schwindel ist.«

»Du hast eine Aufzeichnung von diesem atomaren Testgelände, nicht?« sagte sie. »Du könntest das Material an meine Erklärung anhängen. Dann wollen wir sehen, wie sie es leugnen!«

»Das werde ich natürlich machen – aber sie könnten es auch so leugnen.«

»Du hast meine Geschichte gehört«, sagte sie. »Ich überzeugte dich, nicht wahr? Es ist so geschehen, Gresham. Es ist die Wahrheit.«

»Ich weiß, daß es die Wahrheit ist.« Er gab ihr eine lederne Feldflasche.

»Ich kann es schaffen«, sagte sie ihm. »Ich kann es mit der Welt aufnehmen. Nicht bloß mit irgendeiner kleinen Ecke, sondern mit der ganzen gewaltigen Masse. Ich weiß, daß ich es kann. Ich bin gut darin.«

»Wien wird es unterdrücken.«

»Wien wird es nicht unterdrücken *können*.« Sie preßte einen Strahl lauwarmen Wassers aus dem Lederbeutel in den Mund und stieß das Make-up-Etui aus dem Aufnahmewinkel der Kamera. Sie verschloß die Feldflasche und legte sie neben ihr Knie.

»Es ist zu groß, als daß ich es noch zurückhalten könnte«, sagte sie. »Ich muß es erzählen. Jetzt. Das ist alles, was ich weiß.« Beim Anblick des Objektivs stieg etwas in ihr auf, adrenalinwild und stark. Elektrisch. All die Angst, die Befürchtungen und Schmerzen, zusammengepreßt in einen eisernen Rahmen. »Fang an, Gresham! Ich bin bereit. Los!«

»Du bist auf Sendung.«

Sie blickte in das Glasauge der Welt. »Mein Name ist

Laura Day Webster. Ich werde mit den Ereignissen anfangen, die ich an Bord der *Ali Khamenei* vor Singapur erlebt habe …«

Sie wurde reines Glas, ein Supraleiter. Kein Manuskript, keine Textvorlage, sie sprach ganz frei, aber es kam überzeugend und stark heraus. Sie fühlte sich davongetragen. Die Wahrheit brach sich durch ihren Mund Bahn.

Gresham unterbrach sie mit Fragen. Er hatte eine Liste vorbereitet. Alle waren präzise und auch zur Sache gehörig. Sie waren wie Stiche, die schmerzen sollten, aber sie brachen nur dem Strom der Worte Bahn. Sie erreichten eine Ebene, die sie nie zuvor berührt hatte, eine Ekstase, reine fließende Kunst. Besessenheit.

Diesen Schliff konnte sie nicht aufrechterhalten. Es war zeitlos, solange sie davon besessen war, aber dann fühlte sie es entgleiten. Sie war heiser und begann sich zu versprechen. Die Konzentration ließ nach, Leidenschaft glitt in Geplapper ab.

»Das wär's«, sagte er endlich.

»Wie war die Frage?«

»Ich habe keine mehr. Das wär's. Das Interview ist beendet.«

Er schaltete die Kamera aus.

Sie seufzte, wischte die verschwitzten Handflächen an ihrer Djellabah. Sie war in Schweiß gebadet. »Wie lang war es?«

»Neunzig Minuten. Ich glaube, ich kann es auf eine Stunde zusammenschneiden.«

Neunzig Minuten. Ihr kam es wie zehn vor. »Wie war ich?«

»Erstaunlich.« Er war respektvoll. »Diese Sache, als sie das Lager angriffen – das war etwas, das niemand so leicht fälschen könnte.«

»Was?«

»Na, als vorhin die Jagdbomber kamen.« Er starrte

sie an. »Düsenmaschinen aus Mali haben gerade das Lager angegriffen.«

»Ich habe nichts davon gehört.«

»Also, du blicktest auf, Laura. Und du wartetest. Und dann sprachst du weiter.«

»Der Dämon hatte mich«, sagte sie. »Ich weiß nicht einmal, was ich sagte.« Sie berührte ihre Wange, und Wimperntusche blieb an ihren Fingerspitzen. Natürlich – sie hatte geweint. »Mein Make-up ist völlig verschmiert! Und du hast es zugelassen.«

»Cinema verité«, sagte er. »Es ist Wirklichkeit. Rauhe Wirklichkeit. Wie eine abgezogene Handgranate.«

»Dann wirf sie!« sagte sie. Erleichterung überkam sie, und sie ließ sich zurückfallen, wo sie saß. Ihr Kopf schlug auf einen verborgenen Stein unter dem Teppich, aber der dumpfe Schmerz schien ein zentraler Teil der Erfahrung zu sein.

»Ich wußte nicht, daß es so sein würde«, sagte er. In seiner Stimme klang echte Besorgnis an. Es war, als wäre ihm zum erstenmal klar geworden, daß er etwas zu verlieren hatte. »Es könnte tatsächlich passieren – es könnte ins Netz gehen. Die Leute könnten es wirklich glauben.« Er rückte unruhig auf seinem Platz. »Ich muß zuerst die möglichen Weiterungen bedenken. Was soll werden, wenn Wien fällt? Einerseits wäre das ganz in meinem Sinne, aber die Signatarstaaten könnten sich leicht auf eine Reform des bestehenden Systems einigen und es diesmal mit größeren Zähnen versehen. In diesem Fall hätte ich mir selbst und allem, was ich hier zu schaffen versuchte, einen Bärendienst erwiesen. So etwas kann passieren, wenn man eine abgezogene Handgranate wirft.«

»Es *muß* an die Öffentlichkeit«, sagte sie leidenschaftlich. »Es *wird* an die Öffentlichkeit kommen, eines Tages. Die FAKT weiß Bescheid, Wien weiß Bescheid, vielleicht sogar einige Regierungen … Ein Geheimnis von dieser Größenordnung muß früher oder später herauskommen. Es ist nicht nur unser Zutun. Wir sind zufällig die Leute vor Ort.«

»Diese Überlegung gefällt mir, Laura. Sie wird sich gut anhören, wenn sie uns fangen.«

»Das ist unwichtig. Überhaupt können sie uns nichts anhaben, wenn alle die Wahrheit erfahren! Komm schon, Gresham! Du hast die Satellitenverbindung, denk dir etwas aus, wie du die Aufzeichnung durchbringen kannst, verdammt noch mal!«

Er seufzte. »Das habe ich bereits getan«, sagte er, stand auf und ging an ihr vorbei zum Ausgang, eine Kabelrolle hinter sich abspulend. Sie erhob sich auf einen Ellbogen und blickte zur dreieckigen Türklappe hinaus ihm nach. Es war Spätnachmittag, und die Tuaregs warfen zwei ihrer Kuppelzelte auf den Rücken. Gähnende Teetassenmäuler öffneten sich zum trockenen Wüstenhimmel hin.

Gresham kam zurück. Er blickte auf sie herab, wie sie auf dem Teppich lag. »Fehlt dir was?«

»Ich bin ausgehöhlt. Ausgeweidet. Losgesprochen.«

»Ja«, sagte er. »So hast du geredet, die ganze Zeit.« Er setzte sich mit untergeschlagenen Beinen vor seine Konsole und tippte sorgsam mit zwei Fingern.

Minuten vergingen.

Eine Frauenstimme drang plötzlich aus der Konsole.

»Achtung Nordafrika, Sender auf achtzehn Grad, zehn Minuten, fünfzehn Sekunden Breite, fünf Grad, zehn Minuten, achtzehn Sekunden Länge. Sie senden auf einer Frequenz, die nach der Internationalen Konvention für das Kommunikationswesen militärischem Gebrauch vorbehalten ist. Sie sind angewiesen, die Sendung augenblicklich einzustellen.«

Gresham räusperte sich. »Ist Wassilij da?«

»Wassilij?«

»Ja. Da.«

»Da, richtig. Augenblick, bitte.«

Kurz darauf meldete sich eine Männerstimme. Sein Englisch war nicht so gut wie das der Frau. »Ist Jonathan, richtig?«

»Ja. Wie geht's?«

»Sehr gut, Jonathan! Du bekommst die Aufzeichnungen ich schickte?«

»Ja, Wassilij, danke, *spassivo*, du bist sehr großzügig. Wie immer. Diesmal habe ich etwas ganz Besonderes für dich.«

»Etwas ganz Besonderes, Jonathan?« Die Stimme klang vorsichtig.

»Wassilij, dies ist eine Aufzeichnung von unschätzbarem Wert. Anderswo nicht erhältlich.«

Unglückliches Schweigen. »Ich muß fragen, kann es warten auf unseren nächsten Überflug? Wir haben hier kleines technisches Problem.«

»Ich glaube wirklich, du solltest dieser Sache sofort deine Aufmerksamkeit schenken, Wassilij.«

»Gut. Ich schalte ein Zerhacker.« Eine Pause trat ein. »Bereit für Empfang.«

Gresham gab über die Konsole die erforderlichen Signale ein. Ein hohes Schnurren. Er wandte sich zu Laura. »Das wird eine Weile dauern. Der Zerhacker da oben ist ein bißchen langsam.«

»Das war die russische Raumstation?«

»Ja.« Gresham rieb sich die Hände.

»Du hast unsere Aufzeichnung einem Kosmonauten gesendet?«

Er nickte, stützte die Ellbogen auf die Knie. »Ich will dir sagen, was meines Erachtens geschehen könnte. Sie werden sich die Aufzeichnung da oben ansehen. Sie werden sie für verrückt halten – zuerst. Aber dann könnten sie es glauben. Und wenn sie es glauben, werden sie es nicht zurückhalten können. Die Konsequenzen wären einfach zu extrem.

Also werden sie die Aufzeichnung an Moskau weitergeben. Und die Bodenkontrollstation wird die Aufzeichnung anschauen, und die Verantwortlichen für das Nachrichtenwesen. Und sie werden die Aufzeichnung kopieren. Nicht, weil sie glauben, es sollte viele Kopien geben, sondern weil sie des Studiums bedarf. Und sie werden die Kopien herumschicken. Zuerst natürlich nach Wien, weil sie dort ihre Leute haben. Aber auch zu den anderen befreundeten Regierungen, für alle Fälle …«

Er gähnte in seine Hand. »Und dann werden die Leute in der Station merken, daß sie den Publizitätsknüller des Jahrhunderts haben. Und wenn jemand bereit ist, damit Schindluder zu treiben, dann sind sie es. Ich kenne viele Leute, hier und dort, aber die sind die verrücktesten Teufel, die ich kenne! Ich möchte wetten, daß sie anfangen, die Aufzeichnung direkt auszustrahlen, wenn sie die Erlaubnis von ihren Oberen bekommen. Oder vielleicht sogar ohne Erlaubnis.«

»Ich verstehe nicht. Direktsendung? Das hört sich einfach verrückt an.«

»Du weißt nicht, wie es da oben ist! Doch, du solltest es wissen – du hast in einem U-Boot gelebt. Aber die müssen ein ganzes Jahr da oben aushalten, am Rand der Unendlichkeit, und kein Mensch kümmert sich um sie. Hast du nicht herausgehört, wie mitleiderregend Wassilij war? Wie ein greisenhafter Funkamateur, der sich im Keller eingeschlossen hat.«

»Aber sie sind Kosmonauten, hochqualifizierte, hervorragend ausgebildete Leute, die wissenschaftliche Arbeit zu leisten haben. Biologie. Astronomie …«

»Ja. Wird ihnen großen Ruhm einbringen. Junge, Junge.« Gresham schüttelte den Kopf. »Ich gebe der Sache höchstens drei Tage.«

»Gut, und was dann? Wenn es nicht klappt?«

»Dann rufe ich sie wieder an. Drohe damit, daß ich

die Aufzeichnung jemand anders gebe. Es gibt auch andere Kontakte … Und wir haben noch immer die Originalaufzeichnung. Wir versuchen einfach weiter, das ist alles, bis wir durchkommen. Oder bis Wien uns mundtot macht. Oder bis die FAKT an einer Stadt demonstrativ ein Exempel statuiert und die Nachricht für alle Welt offensichtlich macht. Damit werden wir rechnen müssen, nicht?«

»Mein Gott! Was wir getan haben, könnte … könnte weltweite Panik hervorrufen!«

»Ja, ich bin überzeugt, daß man sich dies auch in Wien gesagt hatte, während man auf der Wahrheit saß. Jahrelang. Und die Dinge vertuschte und die Leute schützte, die sich als Kämpfer gegen den Terrorismus ausgaben.«

»Richtig! Die mein Haus beschossen!«

Er lächelte. »Es war eines ihrer geringsten Verbrechen, würde ich sagen. Aber ich dachte mir, daß du wieder davon anfangen würdest.«

»Wien ließ sie gewähren«, sagte Laura. »Dort wußte man recht gut, wer Stubbs tötete, aber man kam in mein Haus und belog mich. Weil man Schlimmeres befürchtete.«

»Allerdings. Denk nur an die politischen Konsequenzen. Die Wiener Konvention existiert, um die Weltordnung gegen terroristische Aktivitäten zu schützen, tatsächlich aber haben sie sich seit Jahren mit den Terroristen arrangiert. Das wird sie teuer zu stehen kommen, die Heuchler.«

»Aber wenn sie anfangen, Städte zu bombardieren? Millionen könnten sterben.«

»Millionen? Es hängt davon ab, wie viele Sprengköpfe sie haben. Sie sind keine Supermacht. Fünf Sprengköpfe? Zehn? Wie viele Startanlagen gab es in dem U-Boot?«

»Aber sie könnten es wirklich tun! Sie könnten ganze

Städte unschuldiger Menschen auslöschen … aus keinem vernünftigen Grund! Nur um ihre Macht zu demonstrieren …« Ihre Stimme versagte.

»Laura, ich bin älter als du. Ich kenne diese Situation. Ich erinnere mich lebhaft an sie.« Er lächelte. »Ich will dir sagen, wie es ging. Wir warteten einfach ab und lebten weiter, das ist alles. Es passierte nicht – vielleicht wird es nie passieren. Im übrigen müßtest du dir dieses Risikos bewußt gewesen sein, als du den Entschluß faßtest, dich mit deiner Anklage an die Öffentlichkeit zu wenden. Was soll es dir nützen, hinterher darüber zu lamentieren?« Er stand auf. »Wir sind hier fertig. Komm mit, ich möchte dir Verschiedenes zeigen!«

Sie folgte ihm unwillig, fühlte sich elend, verschreckt. Wie er so beiläufig davon reden konnte – *zehn Sprengköpfe!* Aber für ihn *war* es nebensächlich, nicht wahr? Er hatte in einer Zeit gelebt, in der es Tausende von atomaren Sprengköpfen gegeben hatte, genug, um alles Leben auf Erden auszulöschen.

Verantwortlich für den Tod ungezählter Unschuldiger. Es erfüllte sie mit Abscheu. Ihre Gedanken rasten, und plötzlich verspürte sie ein Verlangen, in die Wüste zu fliehen, zu verdampfen. Sie wollte nie mehr in der Nähe von irgendwem sein, der jemals mit solchen Waffen zu tun gehabt hatte, der im Schatten dieses Schrekkens stand.

Aber sie waren überall, die Leute, die mit Atomwaffen Politik gemacht hatten: Präsidenten, Premierminister, Generäle … kleine alte Männer, die in Parks auf Bänken saßen und Enkelkinder hatten und Mitglieder in exklusiven Golfclubs waren. Sie hatte sie gesehen, unter ihnen gelebt …

Sie war eine von ihnen.

Ihr Verstand erstarrte.

Gresham sah, daß sie stehengeblieben war, nahm ihren Ellbogen. »Da!«

Es war Abend geworden. Eine abgerissene Menge von ungefähr hundert Personen hatte sich vor den Kuppelzelten versammelt. Eines davon war halb zusammengeschoben worden, um als Hintergrund für die Musiker zu dienen, die wieder spielten. Ein weiterer Inadin stand zwischen ihnen und der Menge, wiegte sich im Rhythmus und sang. Sein Gesang war geprägt vom winselnden Auf und Ab arabischer Balladen und schien sich wie diese endlos hinzuziehen. Die anderen Inadin wiegten sich im selben Rhythmus mit ihm und stießen bisweilen zustimmende Rufe aus. Die Zuhörer verfolgten die Darbietung mit offenem Mund.

»Was sagt er?«

Gresham dolmetschte mit gedämpfter Stimme. Er rezitierte Dichtung.

Höre, du Volk der Kel Tamashek,
Wir sind die Inadin, die Grobschmiede.
Wir sind die Wanderer zwischen den Stämmen,
Stets haben wir eure Botschaften überbracht.
Das Leben unserer Väter war besser als das unsere,
Das der Großväter wiederum besser.
Einst wanderte unser Volk überall,
Von Kano bis Zanfara, Agades.
Heute leben wir in den Städten,
Sind Nummern und Buchstaben geworden,
Wir leben in Lagern und essen magische Nahrung aus Röhren.

Gresham brach ab. »Ihr Wort für Magie ist *tisma*. Es bedeutet ›die geheime Kunst der Schmiede‹.«

»Weiter«, sagte sie.

Süße Milch und Datteln hatten die Väter,
Wir haben nur Nesseln und Dornen.
Warum leiden wir so?

Ist es das Ende der Welt?
Nein, denn wir sind nicht böse Menschen,
Nein, denn wir haben *tisma*.
Wir sind Schmiede, Hüter geheimer Magie,
Wir sind Schmiede, sehen Vergangenheit und Zukunft.
Dies war ein reiches grünes Land in alter Zeit,
Jetzt ist es Stein und Staub.

Der Sänger setzte sich. Zwei seiner Gefährten standen auf und begannen zu tanzen. Sie schwenkten und drehten die ausgestreckten Arme, und ihre in Sandalen steckenden Füße stampften den Staub. Es war ein langsamer Tanz von melancholischer Eleganz. Als er endete, stand der Sänger wieder auf.

»Jetzt kommt der bessere Teil«, sagte Gresham.

Wo aber Staub ist, kann Gras sein,
Können Baum und Strauch wiederkehren.
Wo sie sind, kommt der Regen,
Die Halme und Blätter zähmen den Sandsturm.
Doch wir waren die Feinde des Grases, der Bäume und Sträucher,
Darum leiden wir.
Was unsere Rinder nicht fraßen, das fraßen die Schafe.
Was die Schafe ließen, verzehrten die Ziegen.
Nun müssen wir Freunde des Grases sein, der Bäume und Sträucher,
Wir müssen Verzeihung erbitten,
Mit Freundlichkeit sie behandeln.
Ihre Feinde sind unsere Feinde.
Wir müssen die Kuh, das Schaf und die Ziege töten.
Tausend Jahre liebten wir unsere Herden,
Tausend Jahre müssen wir nun die Pflanzen ehren.
Wir werden die *tisma*-Nahrung essen, um zu leben,
Wir werden eiserne Kamele von GoMotion kaufen …

Gresham verschränkte die Arme. Der Sänger fuhr in seiner Ballade fort. »Es gibt noch viel mehr«, sagte Gresham, »aber das ist das Wesentliche davon.«

Die Frage lag auf der Hand. »Hast du den Text für sie geschrieben?«

»Nein«, sagte er stolz. »Es ist eine alte Ballade; aktualisiert und ergänzt.«

»Ja.«

»Vielleicht schließen sich ein paar Leute aus dieser Menge uns an. Andere werden bleiben. Das Leben in der Wüste ist hart.« Er sah sie an. »Morgen früh bin ich fort.«

»Morgen? So bald?«

»Es muß so sein.«

Die Grausamkeit schmerzte sie. Nicht seine Grausamkeit, sondern die Grausamkeit der Notwendigkeit. Sie begriff sofort, daß sie ihn niemals wiedersehen würde. Sie fühlte sich verletzt, erleichtert, in Panik.

»Nun, du hast es getan«, sagte sie, Heiserkeit in der Stimme. »Du hast mich gerettet und meiner Freundin das Leben gerettet.« Sie wollte ihn umarmen.

Er wich zurück. »Nein, nicht hier draußen – nicht vor ihnen.« Er nahm sie beim Arm. »Gehen wir hinein!«

Er führte sie zurück zu seinem Kuppelzelt. Die Wachen patrouillierten noch immer um die Zelte. Gegen Diebe, vermutete Laura. Sie befürchteten Übergriffe von Dieben und Plünderern aus dem Lager. Und wahrscheinlich hatten sie Bettler fernzuhalten. Es kam ihr so mitleiderregend vor, daß sie zu weinen begann.

Gresham schaltete den Datenanschluß ein. Das bernsteingelbe Licht des Bildschirms erfüllte das Zelt. Er kehrte zurück zum Zelteingang, sprach zu einem der Wächter, der mit scharfer, hoher Stimme etwas erwiderte und lachte. Gresham schloß die Tür und hakte sie zu.

Er sah ihre Tränen. »Was hat das zu bedeuten?«

»Du, ich. Die Welt. Alles.« Sie wischte sich die Wange am Ärmel. »Diese Lagerbewohner haben nichts. Und obwohl ihr versucht, ihnen zu helfen, würden sie euch all dieses Zeug stehlen, wenn sie könnten.«

»Ach«, sagte Gresham leichthin, »das nennen wir kulturelle Pfuscher die ›unvermeidliche Ebene der Korruption‹.«

»Du brauchst nicht so zu mir zu reden. Nun, da ich verstehe, was ihr euch vorgenommen habt.«

»Gott, ja«, sagte Gresham mit hilfloser Miene. Er ging zur anderen Seite des Kuppelzeltes und sammelte einen Armvoll Jutesäcke auf. Er schleppte sie vor den Datenanschluß und breitete sie als Kissen am Boden aus. »Komm her, setz dich zu mir.«

Sie tat es. Die Säcke hatten einen angenehmen, schwach duftenden Geruch. Sie waren mit Grassamen gefüllt; und Laura bemerkte, daß einige bereits halb leer waren. Während ihrer Flucht hatte er das Gras in die Trockenbetten der Wasserläufe gesät.

»Bilde dir nur nicht ein, ich sei dir allzusehr ähnlich«, sagte er. »Aufrichtig und liebenswürdig und allen das Beste wünschend – vorausgesetzt, sie unterstützen eure Politik ... Ich billige dir gute Absichten zu, aber Absichten zählen nicht viel. Korruption – das ist es, was zählt.«

Er meinte es ernst. Sie saßen nebeneinander, aber etwas nagte an ihm, und er wollte sie nicht ansehen. »Was du gerade sagtest – es leuchtet mir nicht ein.«

»Ich war mal in Miami«, sagte er. »Vor langer Zeit. Der Himmel war rosa! Ich sagte zu einem Einheimischen: Sieht so aus, als hättet ihr hier Probleme mit der Luftverschmutzung. Er sagte mir, der Himmel sei voll von Afrika. Und es war richtig! Es war der Harmattan, die Sandstürme. Bodenkrume aus der Sahara und dem Sahel, bis über den Atlantik verweht. Und ich sagte mir: Dort gehörst du hin.«

Er sah ihr in die Augen. »Weißt du, wann es hier

wirklich schlimm wurde? Als sie zu helfen versuchten. Mit Medizin. Und Bewässerung. Sie bohrten Tiefbrunnen, aus denen Trinkwasser floß, und natürlich zog das die Nomaden mit ihren Herden an. Statt weiterzuziehen und dem Weidegebiet Gelegenheit zu geben, sich zu erholen, blieben die Nomaden, bis die Herden alles bis zum nackten Boden abgeweidet hatten, im Umkreis von vielen Kilometern um jeden Brunnen. Und die acht, neun Kinder, die afrikanische Frauen von jeher zur Welt brachten, überlebten alle, weil Entwicklungshelfer und Ärzte sich mit Schutzimpfungen und medizinischer Versorgung um sie kümmerten. Es war also ganz und gar nicht so, daß die Außenwelt gleichgültig gewesen wäre. Sie bemühte sich seit Generationen, selbstlos und edel. Aber sie dachten nur an die Menschen, die hier lebten, und was ihnen kurzfristig nützen würde. Daß sie damit die Natur und mit ihr die Lebensgrundlagen zerstörten, begriffen sie nicht. Und so erzeugten sie mit ihrer blauäugigen gutgemeinten Humanität die eigentliche Katastrophe.«

»Das ist mir zu kompliziert, Gresham. Es ist pervers!«

»Du bist mir dankbar, weil du denkst, ich hätte dich gerettet. Von wegen. Wir taten unser möglichstes, alle in diesem Konvoi zu töten. Wir beharkten den Lastwagen dreimal mit Maschinengewehrfeuer. Ich weiß nicht, wie, zum Teufel, du unverletzt überleben konntest.«

»›Die Wechselfälle des Krieges …‹«

»Ich liebe Krieg, Laura. Ich genieße ihn, wie die FAKT. Ihnen macht es Spaß, ihre Feinde mit Robotern zu vernichten. Bei mir kommt es mehr aus dem Bauch. Irgendwo in meinem Innern suchte ich den Kampf, das Chaos des Krieges, der der Vater aller Dinge ist, und dies kommt dem so nahe wie überhaupt möglich. Wo die Erde verbrannt ist und die Übel der Welt sich zuspitzen.«

Er beugte sich näher. »Aber das ist noch nicht alles. Ich bin nicht unschuldig genug, um das Chaos sich selbst zu überlassen. Ich bin vom Netz infiziert, Laura. Von Macht und Planung und Daten, und von der westlichen Methode und der absoluten Unfähigkeit, etwas sich selbst zu überlassen. Auch wenn es meine eigene Freiheit zerstört. Das Netz hat Afrika einmal verloren, weil es keine Gewinne versprach, aber eines Tages wird es den Kontinent wieder bekommen. Grün und angenehm und kontrolliert, und genauso wie anderswo.«

»Also gewinne ich, und du verlierst – ist es das, was du mir sagen willst? Daß wir Feinde sind? Vielleicht sind wir Feinde, in einer abstrakten Weise, aber als Menschen sind wir Freunde, nicht? Und ich würde dir niemals weh tun, wenn ich es verhindern könnte.«

»Du kannst es nicht verhindern. Du tatest mir schon weh, bevor ich von deiner Existenz wußte.« Er lehnte sich zurück. »Vielleicht sind meine Abstraktionen nicht mit deinen identisch, also will ich dir welche von einer Art geben, die dir vertraut ist. Wie, meinst du, habe ich dies alles finanziert? Grenada. Sie waren meine größten Helfer. Winston Stubbs … das war ein Mann mit Weitblick. Wir waren uns nicht immer einig, aber wir waren Verbündete. Es schmerzte sehr, ihn zu verlieren.«

Sie war schockiert. »Ich erinnere mich … Sie sagten, er hätte Terroristengruppen mit Geld unterstützt.«

»Ich bin nicht wählerisch gewesen. Ich kann es mir nicht leisten – dieses Projekt von mir liegt ganz auf der Ebene des Netzes: Geld und noch mal Geld, und die Korruption des Geldes ist in seinen Herzen. Die Tuaregs haben nichts zu verkaufen, sie sind Wüstennomaden, mittellos. Sie haben nichts, was das Netz will, also muß ich betteln gehen und Geld zusammenkratzen. Ein paar reiche Araber, beseelt von nostalgischen Gefühlen für das alte Leben in der Wüste, während sie in ihren klimatisierten Limousinen herumfahren … Waffenhändler, von denen nicht viele übrig sind … ich nahm sogar Geld von der FAKT, damals in den alten Tagen, bevor die Gräfin der Sache ein Ende machte.«

»Katje erzählte mir davon! Daß die FAKT von einer Frau geleitet wird. Die Gräfin! Ist es wahr?«

Er war überrascht, abgelenkt. »Sie ›leitet‹ die FAKT nicht, und sie ist auch nicht wirklich eine Gräfin, das ist bloß ihr *nom de guerre* … Aber, ja, ich kannte sie, in den alten Tagen. Ich kannte sie recht gut, als wir jünger waren. So gut, wie ich dich kenne.«

»Ihr wart Liebende?«

Er lächelte. »Sind wir Liebende, Laura?«

Eine Stille trat ein, unterbrochen nur von den fernen Rufen der Tuaregs. Sie sah ihm in die Augen.

»Ich rede zuviel«, sagte er bekümmert. »Ein Theoretiker.«

Sie stand auf und zog sich das Gewand über den Kopf, warf es vor ihre Füße. Dann setzte sie sich nackt neben ihn ins Licht des Bildschirms.

Er blieb still. Ungeschickt zog sie an seinem Hemd, strich mit der Hand über seine Brust. Er öffnete sein Gewand und legte sich auf sie.

Zum ersten Mal wurde sie sich mit einer tiefen inneren Vitalität bewußt, daß sie wieder lebte. Als ob ihre Seele wie ein gefesselter Arm eingeschlafen wäre und erst jetzt wieder vom Blut durchströmt würde. Einem Sturzbach von Gefühlen.

Ein Augenblick verging mit dem gedämpften Geräusch des empfängnisverhütenden Gummis. Dann war er in ihr. Sie umschlang ihn mit Armen und Beinen, entbrannt. Fleisch und Muskeln bewegten sich in der Dunkelheit, der Geruch von Schweiß und seiner Haut war in ihrer Nase. Sie schloß die Augen, überwältigt.

Er hielt für einen Moment inne. Sie öffnete die Augen. Er sah sie an, sein Gesicht schien im Widerschein des Bildschirms zu leuchten. Dann streckte er einen Arm aus und drückte Tasten der Dateneingabe.

Der Computer suchte die Kanäle ab. Licht blitzte über ihnen auf, als der Bildschirm ein über Satellit empfangenes Fernsehprogramm ins Zelt brachte. Unfähig, sich zu beherrschen, wandte sie den Kopf, um hinzusehen.

Straßenbild/Straßenbild/Bäume/eine Frau/Markenzeichen/arabische Schrift/Bilder/Bilder/Bilder …

Sie bewegten sich im gleichen Rhythmus zum Fernsehbild, die Blicke fixiert auf den Schirm.

Lustgefühl durchschoß sie wie kanalisierter Blitz. Sie schrie auf.

Er packte ihre Schultern mit beiden Händen und schloß die Augen. Auch er würde bald zu Ende kommen. Sie tat, was sie konnte, ihm zu helfen.

Und es war vorbei. Er glitt von ihr, berührte eine Bedienungstaste. Das Bild einer Wettervorhersage erstarrte, unterlegt mit Zahlen, eine kühle Computergrafik von Hochs und Tiefs.

»Danke«, sagte er. »Du warst gut zu mir.«

Sie zitterte noch, als sie ihr Gewand überzog, noch im Aufruhr der Empfindungen und außerstande, etwas zu sagen. Als die Realität allmählich wieder einsickerte, spürte sie eine jähe, übermütige Aufwallung von Freude, von Erleichterung.

Es war vorbei, es gab nichts zu fürchten. Sie waren zusammen, ein Mann und eine Frau. Überwältigt von plötzlicher Zärtlichkeit, streckte sie die Hand nach ihm aus. Er tätschelte sie, ein wenig überrascht. Dann stand er auf und trat ins Halbdunkel hinter dem Bildschirmgerät.

Sie hörte ihn herumfummeln, dann kam er zurück. Weißblech glänzte in seiner Hand. »Abalone.«

Sie setzte sich aufrecht. Ihr Magen knurrte vernehmlich. Sie lachten, behaglich in ihrer Verlegenheit, der erotischen Unordnung ihrer Intimität. Er öffnete die Dose, und sie aßen. »Gott, ist das gut«, sagte sie.

»Ich esse nie frisches Grünzeug«, sagte er. »Erstens gibt es hier keins, und zweitens sind Pflanzen voll von gefährlichen natürlichen Insektiziden. Die Menschen sind verrückt, dieses Zeug zu essen.«

»Das sagte mein Mann auch immer.«

Er blickte auf. »Morgen bin ich fort«, wiederholte er. »Mach dir keine Sorgen.«

»Es ist alles in Ordnung, ich werde schon zurechtkommen.« Bedeutungslose Worte, aber die Sorge war da – es war, als hätten sie einander geküßt. Unterdessen war es Nacht geworden, und kalt. Sie fröstelte.

»Ich werde dich ins Lager bringen.«

»Ich kann bleiben, wenn du willst.«

Er stand auf, half ihr auf die Beine. »Nein. Es ist wärmer dort.«

Katje lag in einem Feldbett zwischen weißen Laken, und der Blumenduft eines versprühten Parfüms überdeckte den Geruch von Desinfektionsmitteln. Es gab nicht viele Geräte, gemessen an neuzeitlichen Verhältnissen, aber es war eine Klinik, und man hatte sie durchgebracht.

»Wo haben Sie diese Kleider gefunden?« flüsterte sie.

Laura berührte verlegen ihre Bluse. Sie war rot, mindestens eine Nummer zu eng in den Schultern, und dazu gehörte ein Rock mit Volants. »Eine der Krankenschwestern – Sara ... Ihren Nachnamen kann ich nicht aussprechen.«

Katje lächelte matt. »Ja ... in jedem Lager gibt es so ein Mädchen ... Sie müssen bei den Leuten beliebt sein.«

»Es sind gute Leute, sie haben mich sehr gut behandelt.«

»Sie haben Ihnen nicht ... von der Bombe erzählt?«

»Nein – das wollte ich Ihnen überlassen. Ich dachte, man würde mir nicht glauben.«

Katje ließ ihr die Lüge durchgehen. »Ich sagte es ihnen … jetzt mache ich mir keine Sorgen mehr … das ist jetzt Sache der Regierung.«

»Gute Idee. Schonen Sie Ihre Kräfte.«

»Ich werde dies nicht mehr weitermachen … ich möchte nach Hause. Glücklich sein und in Frieden leben.« Sie schloß die Augen.

Die Tür ging auf. Der Lagerverwalter, Mbaqane, kam herein, gefolgt von Barnaard, dem Verbindungsmann, und dem Hauptmann.

Und dann die Leute aus Wien. Sie waren zu dritt, zwei Männer in Safarianzügen und Videobrillen, und eine elegante Frau mittleren Alters, in einer Jacke, gutgeschnittenen Khakihosen und glänzenden Lederstiefeln.

»Dies also sind unsere Heldinnen«, sagte die Frau gutgelaunt.

»So ist es, ja«, sagte Mbaqane.

»Mein Name ist Tamara Frolowa – dies ist Mr. Easton, und dies Mr. Neguib von unserem Büro in Kairo.«

»Sehr erfreut«, sagte Laura mechanisch. Sie machte Anstalten, aufzustehen und ihnen die Hand zu geben, dann unterließ sie es. »Das ist Dr. Selous … Ich fürchte, sie ist noch sehr erschöpft.«

»Kein Wunder, nicht wahr? Nachdem Sie mit so knapper Not entkommen sind.«

»Unsere Besucher haben sehr gute Nachricht mitgebracht«, sagte Mbaqane. »Ein Waffenstillstand ist in Kraft getreten. Das Lager ist außer Gefahr! Es scheint, daß die Regierung von Mali bereit ist, Friedensverhandlungen aufzunehmen.«

»Großartig«, sagte Laura. »Wird sie die Bomben ausliefern?«

Unheilvolle Stille.

»Eine natürliche Frage«, sagte Frolowa. »Aber es hat Irrtümer gegeben. Begreifliche Fehler.« Sie schüttelte den Kopf. »Es gibt keine Bomben, Mrs. Webster.«

Laura sprang auf. »Das erwartete ich!«

»Bitte setzen Sie sich, Mrs. Webster.«

»Madame Frolowa, lassen Sie mich zu Ihnen persönlich sprechen. Ich weiß nicht, welche Sprachregelung Ihre Vorgesetzten Ihnen mit auf den Weg gegeben haben, aber das ist jetzt vorbei. Sie können es nicht mehr unter den Teppich kehren.«

Frolowas Miene erstarrte. »Ich weiß, Sie haben Schweres durchgemacht, Mrs. Webster. Aber man sollte nicht unverantwortlich handeln. Sie müssen zuerst überlegen. Leichtfertige Anschuldigungen solcher Art sind eine öffentliche Gefahr für die internationale Ordnung.«

»In Mali brachte man mich – uns beide – von Bamako zu einem atomaren Testgelände! Zum Zweck nuklearer Erpressung! Mit der Aufzeichnung sollte Südafrika – Azania – eingeschüchtert werden. Und es ist ihnen auch so gelungen, weiß Gott.«

»Was Sie sahen, war kein Testgelände.«

»Hören Sie auf, einfältig zu sein! Es bedarf nicht einmal Greshams Aufnahmen davon. Sie mögen diese guten Leute hier überredet haben, aber in Südafrika wird man sich nicht mit Worten zufriedengeben. Man wird die Wüste überfliegen und den Krater suchen wollen.«

»Das wird sich, dessen bin ich sicher, einrichten lassen!« sagte Frolowa. »Nach dem Ende der gegenwärtigen Feindseligkeiten.«

Laura lachte. »Ich wußte auch, daß Sie das sagen würden. Das ist ein Arrangement, das Sie niemals machen werden, wenn Sie es vermeiden können. Aber die Vertuschung ist trotzdem zu Ende. Sie vergessen – wir sind dort gewesen. Die Luft war voller Staub. Sie können unsere Kleider untersuchen und werden Radioaktivität finden, vielleicht nicht viel, aber genug zum Beweis.« Sie wandte sich zu Mbaqane. »Lassen Sie die Herrschaften nicht an unsere Kleider heran. Denn Sie werden dieses Beweismittel an sich bringen, nachdem sie uns ergriffen haben.«

»Wir ›ergreifen‹ niemanden«, sagte Frolowa.

Mbaqane räusperte sich. »Sie sagten allerdings, daß Sie die beiden zur Berichterstattung wünschten. Zur Vernehmung.«

»Die Kleider beweisen nichts! Diese Frau ist in den Händen eines Provokateurs und Terroristen gewesen! Er hat mit der Hilfe von Mrs. Webster bereits ein ernstes Informationsverbrechen begangen. Und nun, da ich Sie höre, sehe ich, daß es keine unfreiwillige Hilfe gewesen ist.« Sie wandte sich zu Laura. »Mrs. Webster, ich muß Ihnen verbieten, weiter darüber zu sprechen! Sie sind unter Arrest.«

»Lieber Gott«, sagte Mbaqane. »Meinen Sie etwa diesen Journalisten?«

»Diese Frau ist seine Komplizin! Mr. Easton! Bitte ziehen Sie Ihre Waffe.«

Easton zog eine Fesselpistole aus dem Achselhalfter.

Katje öffnete die Augen. »Soviel Geschrei ... bitte erschießen Sie mich nicht noch einmal.«

Laura lachte in nervöser Spannung. »Das ist gut ... es ist wirklich lächerlich! Madame, achten Sie darauf, was Sie sagen. Gresham rettete uns vor weiterer Gefängnishaft in Mali – damit er unsere Kleider mit gesiebtem Uran einstäuben könnte. Erwarten Sie, daß jemand das glauben wird? Was werden Sie sagen, nachdem Mali eine Atombombe auf Pretoria geworfen hat? Sie sollten sich schämen.«

Barnaard wandte sich zu den Wienern. Stirnrunzelnd. »Sie ermutigten uns, Mali anzugreifen. Sie sagten, wir würden Ihre Unterstützung haben – insgeheim. Sie sagten – Wien sagte –, daß wir Afrikas Großmacht seien und daß man uns zur Wiederherstellung der Ordnung benötige ... Aber Sie ...« – seine Stimme bebte – »Sie wußten, daß sie die Bombe hatten! Sie wollten sehen, ob sie sie gegen uns einsetzen würden!«

»Ich weise diese Beschuldigung auf das Entschiedenste zurück! Keiner von Ihnen besitzt irgendwelche Kenntnisse der globalen Diplomatie, Sie ergehen sich in Mutmaßungen über Dinge, die außerhalb Ihrer Kenntnisse und Erfahrungen liegen.«

»Wie gut müssen wir sein, bevor wir uns ein Urteil über Sie erlauben können?« sagte Laura.

Easton richtete die Waffe auf sie. Mbaqane schlug ihm aufs Handgelenk, und die Waffe fiel zu Boden. Die beiden Männer starrten einander an. Mbaqane fand zuerst seine Stimme wieder: schrill und halberstickt vor Erregung. »Hauptmann! Nehmen sie diese Übeltäter augenblicklich fest!«

»Sie sind Zivilist, Mbaqane«, grollte der Hauptmann. »Ich erhalte meine Befehle von meinen militärischen Vorgesetzten, und während ihrer Abwesenheit aus Pretoria.«

»Sie können uns nicht festnehmen!« sagte Frolowa. »Sie haben keine Jurisdiktion!«

Der Hauptmann ergriff wieder das Wort und sagte: »Aber ich greife Ihre *Anregung* auf. Für einen Soldaten ist die Entscheidung klar.« Er zog seine Dienstpistole und hielt sie Neguib an den Kopf. »Lassen Sie Ihre Waffe fallen.«

Neguib zog vorsichtig seine Fesselpistole. »Sie schaffen ernste internationale Verwicklungen.«

»Unsere Diplomaten werden sich entschuldigen, wenn Sie mich zwingen, das Feuer zu eröffnen.«

Neguib ließ die Waffe fallen.

»Verlassen Sie diese Klinik. Halten Sie Ihre Hände in Schulterhöhe. Meine Soldaten werden Sie in Gewahrsam nehmen.«

Er drängte sie zur Tür. Barnaard konnte der Versuchung nicht widerstehen, ihnen höhnisch nachzurufen: »Haben Sie vergessen, daß auch unser Land über Uranvorkommen verfügt.«

Frolowa fuhr herum. Sie streckte den Arm aus und zeigte zu Laura. »Sehen Sie? Sehen Sie es jetzt? Es fängt alles wieder von vorne an!«

11. Kapitel

Sie schüttelte die Journalisten am Flughafen von Galveston ab. Inzwischen war sie ziemlich gut darin. Andererseits waren sie nicht mehr so wißbegierig wie zu Anfang und wußten überdies, daß sie Laura bald wieder vor ihre Kameras und Mikrofone bekommen würden.

»Willkommen im Vergnügungsort Galveston«, sagte das Elektromobil. »Alfred A. Magruder, Bürgermeister. Bitte sprechen Sie Ihr Fahrtziel deutlich ins Mikrofon. *Anunce usted …*«

»Rizome-Ferienheim.«

Sie schaltete das Radio ein und bekam die zweite Hälfte eines neuen Schlagers zu hören. ›Schüsse hallen, Trümmer fallen …‹ Rauhe, grelle, rhythmisch stampfende Musik. Seltsam, wie rasch das wieder in Mode gekommen war. Nervosität, Gereiztheit, Kriegsstimmung.

Die Stadt hatte sich nicht sehr verändert. Größere Veränderungen ließ man nicht zu. Dieselben schönen alten Gebäude, dieselben Palmen, die gewohnten Scharen von Ausflüglern aus Houston, ausgedünnt durch eine winterliche Kaltfront. Die Kirche von Ischtar warb jetzt offen. Sie war nahezu ehrbar, gedieh jedenfalls in einer Zeit des Krieges und der Huren. Darin hatte Carlotta recht gehabt. Sie dachte an Carlotta, wie sie irgendwo in ihrer heiligen Halbwelt schwebte, ihr sonnig-betäubtes Lächeln zeigte und irgendeinen Kunden mit Augenaufschlägen auflockerte. Und vielleicht würden ihre Wege einander wieder kreuzen, irgendwann irgendwo irgendwie, aber Laura bezweifelte es. Die

Welt war voller Carlottas, voller Frauen, deren Leben nicht ihnen selbst gehörte. Sie kannte nicht einmal Carlottas richtigen Namen.

Eine stürmische Brandung rauscht an den Strand, Überbleibsel eines tropischen Tiefs, das sich in aufreißenden Wolkenbänken über der texanischen Küste auflöste. Waghalsige Windsurfer waren in ihren Gummianzügen draußen.

Zuerst machte sie den Fahnenmast aus. Die Flagge von Texas, die Rizome-Flagge mit dem Firmenzeichen. Der Anblick traf sie schwer. Erinnerung, Verwunderung, Sorge. Bitterkeit.

Die Journalisten warteten außerhalb des Firmengeländes. Sie hatten es geschickt fertiggebracht, Laura mit einem Bus den Weg zu versperren. Lauras Elektromobil hielt an. Hut und Sonnenbrille würden ihr jetzt nicht helfen. Sie stieg aus.

Die Reporter umringten sie. Hielten drei Meter Abstand, wie das Gesetz es verlangte. Ein sehr kleiner Segen. »Mrs. Webster, Mrs. Webster!« Dann eine Stimme aus dem Chor. »Mrs. Day!«

Laura blieb stehen. »Was?«

Ein rothaariger Bursche, Sommersprossen, frecher Gesichtsausdruck. »Wollen Sie uns ein paar Worte zu Ihrer bevorstehenden Scheidung sagen, Mrs. Day!«

Sie schaute in Augen, Kameras. »Ich kenne Leute, die Sie alle zum Frühstück verspeisen könnten.«

»Danke, das ist großartig, Mrs. Day ...«

Sie erreichte die Seitentreppe, stieg die alten vertrauten Stufen hinauf zur umlaufenden Veranda. Das Treppengeländer war hübsch gealtert und hatte den seidiggrauen Glanz von Treibholz, und die gestreifte Markise war neu. Es sah freundlich aus, das Ferienheim mit seinen Bogen und dem Turm mit den tiefen runden Fenstern und den Flaggen. Harmlos und freundlich, Sonnenbaden und Limonade, ein herrlicher Ort für ein Kind.

Sie betrat die Bar; die Tür schloß sich selbst hinter ihr. Gedämpfte Helligkeit – die Bar war voll von Fremden. Die Luft kühl, es roch nach Tortillachips und Weinkühlern. Tische und Korbsessel. Ein Mann blickte zu ihr auf – einer von Davids Abbruchkumpeln, dachte sie, nicht Rizome, aber sie hatten immer gern hier draußen herumgesessen. Der Name war ihr entfallen. Er zögerte, erkannte sie, war aber unsicher.

Sie geisterte an ihm vorbei. Eines von Mrs. Delrosarios Mädchen kam mit einem Krug Bier vorbei. Das Mädchen blieb stehen, wandte sich um. »Laura. Sind Sie es?«

»Hallo, Ines.«

Sie konnten sich nicht umarmen – Ines trug das Bier. Laura küßte sie auf die Wange. »Bist du groß geworden, Ines … Kannst du jetzt schon servieren?«

»Ich bin achtzehn, ich kann servieren.« Sie trug einen Verlobungsring. »Meine *abuela* wird sich freuen, Sie zu sehen – ich freue mich auch.«

Laura nickte hinter ihrer Sonnenbrille zu den Leuten. »Sag ihnen nicht, daß ich hier bin – alle machen solch ein Aufhebens davon.«

»In Ordnung, Laura.« Ines war verlegen. So war es, wenn man eine Berühmtheit war. Verlegen und befangen – und dies von der kleinen Ines, die ihr immer beim Tockenlegen zugesehen und in ihrem Badeanzug herumgesprungen war. »Wir sehen uns später, ja?«

Laura verschwand hinter der Bar, ging durch die Küche. Kein Zeichen von Mrs. Delrosario, aber der Geruch ihrer Küche war da, ein Ansturm von Erinnerungen. Sie ging vorbei an Pfannen mit Kupferböden und Kuchenblechen, in den Speiseraum. Rizome-Gäste, die über Politik diskutierten – man konnte es am angespannten Ausdruck ihrer Gesichter erkennen, an der Aggression.

Es war nicht bloß die Furcht. Die Welt hatte sich verändert. Sie hatten die Inseln endlich geschluckt, aber sie lagen ihnen schwer im Magen, wie eine Droge. Diese Fremdartigkeit war jetzt überall, verdünnt, gedämpft und prickelnd …

Sie konnte ihnen nicht gegenübertreten, noch nicht. Sie stieg die Treppe zum Turm hinauf, wo ihre Wohnung lag – die Tür öffnete sich nicht für sie. Beinahe wäre sie dagegengelaufen. Der Code mußte verändert worden sein – nein, sie trug ein neues Uhrtelefon, nicht für das Ferienheim programmiert. Sie wählte die Nummer. »David?«

»Laura«, sagte er. »Bist du am Flughafen?«

»Nein. Ich stehe hier auf der Treppe, vor der Tür.«

Stille. Durch die Tür, über die wenigen Meter hinweg, die sie noch trennten, spürte sie, wie er sich faßte. »Komm nur herein …«

»Es ist die Tür, ich kriege sie nicht auf.«

»Oh! Ja, richtig. Augenblick.« Die Sperre löste sich. Laura nahm die Sonnenbrille ab.

Sie kam durch die Tür und warf den Hut auf einen Tisch, in eine runde Säule aus Sonnenlicht, das durch eines der Fenster fiel. Das gesamte Mobiliar war ausgewechselt. David erhob sich von seiner Lieblingskonsole – aber nein, es war nicht mehr die, die sie kannte.

Ein Weltregierungsspiel war eingeschaltet. Afrika war ein Durcheinander. Er kam, sie zu begrüßen – ein großer, hagerer Mann mit kurzem Haar und Lesebrille. Sie drückten einander die Hände, dann umarmten sie sich, wortlos. Er hatte abgenommen – sie konnte die Knochen in ihm fühlen.

Sie machte sich los. »Du siehst gut aus.«

»Du auch.« Lügen. Er nahm die Brille ab und steckte sie in die Brusttasche seines Hemdes. »Ich brauche sie eigentlich nicht.«

Sie fragte sich, wann sie weinen würde. Sie fühlte das Bedürfnis danach. Nach kurzem Zögern setzte sie sich auf eine Couch. Er nahm einen Sessel ihr gegenüber. Zwischen ihnen stand der neue Kaffeetisch.

»Es sieht gut aus hier, David. Wirklich gut.«

»Webster und Webster, wir bauen haltbar.«

Das bewirkte es. Sie begann zu weinen und konnte nicht mehr aufhören. Er holte Papiertaschentücher und setzte sich zu ihr auf die Couch und legte ihr den Arm um die Schultern. Sie ließ es geschehen.

»Die erste Zeit«, sagte er, »ungefähr die ersten sechs Monate, träumte ich von diesem Wiedersehen, Laura. Ich konnte nicht glauben, daß du tot warst. Ich dachte, irgendwo im Gefängnis. Singapur. Sie ist eine Politische, sagte ich den Leuten, jemand hält sie fest, und man wird sie gehen lassen, wenn die Lage bereinigt ist. Dann hieß es, du seist an Bord der *Ali Khamenei* gewesen, und da wußte ich, daß es aus war. Daß sie dich endlich erwischt, daß sie meine Frau getötet hatten. Und ich war auf der anderen Seite der Welt gewesen, hatte nichts tun können.« Er drückte die Daumen in seine Augenwinkel. »Wenn ich nachts aufwachte, sah ich dich ertrinken.«

»Es war nicht deine Schuld«, sagte sie. »Es war nicht unsere Schuld, nicht wahr? Was wir hatten, war gut, es sollte von Dauer sein.«

»Ich liebte dich wirklich«, sagte er. »Als ich dich verlor, war ich vernichtet.«

»Ich möchte dir sagen, David … Ich … ich mache dir keinen Vorwurf daraus, daß du nicht gewartet hast.« Langes Stillschweigen. »Ich hätte auch nicht gewartet, nicht, wenn es so gewesen wäre. Was ihr tatet, du und Emily, war für euch beide richtig.«

Er starrte sie an. Ihre Geste, ihre Vergebung, hatte ihn gedemütigt. »Deine Opferbereitschaft kennt keine Grenzen, wie?«

»Gib nicht mir die Schuld!« erwiderte sie. »Ich habe nichts geopfert, ich wollte nicht, daß uns dies geschehen würde. Es wurde uns gestohlen – sie stahlen unser Leben.«

»Wir hätten es nicht tun müssen. Wir entschieden uns dafür, es zu tun. Wir hätten das Unternehmen verlassen, irgendwo eine eigene Existenz aufbauen, einfach glücklich sein können.« Er zitterte. »Ich wäre glücklich gewesen – ich brauchte nichts als dich.«

»Wir können es nicht ändern, wenn wir in der Welt leben müssen! Wir hatten Pech. Das kommt vor. Wir stolperten über ein verborgenes Hindernis, und es riß uns auseinander.« Keine Antwort. »David, wenigstens sind wir am Leben.«

Er stieß ein bellendes Lachen aus. »Hol's der Teufel, du bist mehr als am Leben, Laura. Du bist eine Berühmtheit. Die ganze Welt kennt die Geschichte. Es ist ein Riesenskandal, ein Drama. Wir leben nicht in der Welt – die Welt lebt jetzt in uns. Wir zogen aus, für das Netz zu streiten, und das Netz riß uns in Stücke. Nicht unsere Schuld – keineswegs! All das verdammte Geld und die Politik und der Ehrgeiz der Multis packten uns und rissen uns auseinander!«

Er schlug sich mit der Faust aufs Knie. »Selbst wenn Emily nicht hineingekommen wäre – und ich liebe Emily nicht so, Laura, wie ich dich liebte –, wie, zum Teufel, hätten wir jemals zu einem richtigen menschlichen Leben zurückfinden können? Zu unserer kleinen Ehe, unserem kleinen Kind, unserem kleinen Haus?« Er lachte wieder, diesmal war es ein schrilles, unglückliches Geräusch. »Damals, als ich Witwer war, gab es eine Menge Wut und Schmerz in mir, aber Rizome versuchte sich um mich zu kümmern, sie dachten, es sei … dramatisch. Ich haßte sie und das ganze Unternehmen, weil sie uns da hineingeführt hatten, dachte mir aber, daß Loretta mich braucht, daß Emily sich etwas aus mir macht, daß ich vielleicht einen neuen Anfang finden könnte. Weiterleben könnte.«

Er war angespannt wie eine Violinsaite. »Aber ich bin bloß ein kleiner Mann, eine Privatperson. Ich bin nicht Hamlet, Prinz von Dänemark, ich bin nicht Gott. Ich wollte bloß meine Frau und mein Kind und meine Arbeit, und ein paar Freunde zum Biertrinken und ein hübsches Haus zum Leben.«

»Nun, das wollten sie uns nicht lassen. Aber wenigstens brachten wir zuwege, daß sie für das, was sie getan hatten, zahlen mußten.«

»*Du* brachtest das zuwege.«

»Ich kämpfte für uns!«

»Ja, und du gewannst – aber für das Netz, nicht für dich und mich.« Er verknotete seine Finger. »Ich weiß, es ist egoistisch. Manchmal schäme ich mich, komme mir wertlos vor. Diese Leute da draußen in ihrem U-Boot, sie sind immer noch irgendwo, mit ihren vier kostbaren, selbstgebastelten atomaren Sprengköpfen, und wenn sie einen davon abfeuern, wird er eine Million Menschen wie uns vernichten. So etwas ist schlecht, es muß bekämpft werden. Was kommt es da auf dich und mich an, nicht wahr? Aber ich kann nicht in diesem Maßstab sehen, ich bin klein, ich kann nur dich und mich sehen.«

Sie berührte seine Hände. »David, wir haben immer noch Loretta. Wir sind keine Fremden. Ich war deine Frau, ich bin die Mutter deines Kindes. Ich wollte nicht sein, was ich jetzt geworden bin. Hätte ich eine Wahl gehabt, so hätte ich dich gewählt.«

Er wischte sich die Augen. Er kämpfte die Gefühle nieder, wurde zurückhaltend. Höflich. »Nun, wir werden einander manchmal sehen, nicht wahr? Im Urlaub und so – wenn sich Gelegenheit ergibt. Obwohl ich jetzt in Mexiko bin, und du noch bei Rizome bist.«

»Ich habe Mexiko immer gemocht.«

»Du kannst hinunterkommen und sehen, woran wir arbeiten. Das Yucatan-Projekt … Ein paar von diesen

Leuten aus Grenada. Ihre Ideen waren wirklich nicht schlecht.«

»Wir werden gute Freunde bleiben. Wenn der Schmerz vergangen ist. Wir hassen einander nicht – wir wollten einander nicht weh tun. Es schmerzt nur so, weil es gut war, als wir es hatten.«

»Es war gut, nicht? Damals, als wir einander hatten. Als wir noch von gleicher Größe waren.« Er sah sie mit tränenumflortem Blick an, und auf einmal konnte sie in seinen Augen den David sehen, den sie verloren hatte. Er war wie ein kleiner Junge.

Im Erdgeschoß veranstalteten sie einen Empfang für sie. Er war wie die anderen Empfänge ihr zu Ehren, in Südafrika und Atlanta, aber hier war der Raum voll von Leuten, die sie gut kannte, die sie geliebt hatte. Sie hatten ihr einen Kuchen gebacken. Sie schnitt ihn an, und alle sangen. Keine Journalisten, Gott sei Dank. Eine Rizome-Zusammenkunft.

Sie hielt eine kleine Ansprache, die sie während des Fluges entworfen hatte. Über das Ferienheim, und wie der Feind einen Gast getötet und ihr Haus und ihre Gesellschaft beleidigt hatte. Wie sie sich zur Wehr gesetzt hatten, nicht mit Maschinengewehren, sondern mit Wahrheit und Solidarität. Der Kampf, so sagte sie, habe einen hohen Preis gefordert, und Leid und Tragödie über viele Menschen gebracht.

Heute aber sei die heimliche Verschwörung zwischen Mali und Wien bloßgestellt und zerbrochen, Mali selbst isoliert. Das grenadinische Regime sei ausgelöscht, die Singapurer hätten eine Revolution gehabt. Sogar die europäischen Datenpiraten – Los Morfinos – hätten im Verlauf der Ereignisse ihre sicheren Operationsbasen verloren und seien in alle Winde zerstreut. (Applaus.)

Die alte Wiener Konvention sei in den hochgehenden Wogen der Empörung einer aufgebrachten Weltöffentlichkeit untergegangen, Rizome aber sei stärker denn je. Sie hätten ihr Anrecht auf die Zukunft bewiesen. Sie – das Personal des Ferienheims – könnten auf ihre Rolle in der Weltgeschichte stolz sein.

Alle applaudierten und hatten glänzende Augen. Allmählich bekam sie Übung in diesen Reden. Sie hatte so oft reden müssen, daß alle Furcht vergangen war.

Der förmliche Teil war damit beendet, und die Teilnehmer am Empfang fanden sich in schwatzenden Gruppen zusammen. Mrs. Delrosario und Mrs. Rodriguez waren beide in Tränen, und Laura tröstete sie. Sie wurde dem neuen Leiter des Ferienheims und seiner schwangeren Frau vorgestellt. Sie ergingen sich in überschwenglichen Bekundungen, wie schön das Haus sei und wie sehr sie sich freuten, hier zu arbeiten. Laura spielte die Rolle der Bescheidenen, geduldig, abwehrend, gleichmütig.

Die Leute schienen stets überrascht, sie vernünftig reden zu hören, ohne haarzerraufende Hysterie. Sie hatten sich ihr Urteil über sie bei der Betrachtung von Greshams Aufzeichnung gebildet. Laura hatte die Aufzeichnung (eine der ungezählten Kopien) genau einmal angesehen und dann noch vor dem Ende ausgeschaltet, außerstande, die Eindringlichkeit zu ertragen. Sie wußte jedoch, was andere Leute davon hielten – sie hatte die Kommentare gelesen. Ihre Mutter hatte ihr eine kleine Sammlung von Zeitungsausschnitten aus der Weltpresse zukommen lassen.

Manchmal, wenn sie mit Fremden bekanntgemacht wurde und sah, daß sie sie beurteilten, dachte sie an diese Kommentare. Denn vermutlich beurteilten diese Leute sie nach dem, was sie gesehen und gelesen hatten. »Mrs. Webster führte überzeugend die naive Entrüstung einer beleidigten Bourgeoise vor« – *Freie Presse, St. Petersburg*. »Sie trug der Kamera ihre Beschwerden mit der weinerlichen Empörung einer Mätresse vor, die von ihrem Kavalier Vergeltung für erlittene Unbill fordert« – *Paris Match*. »Häßlich, theatralisch, von schrillem Insistieren, ein Zeugnis, das letzten Endes viel zu unangenehm war, um bezweifelt zu werden« – *The Guardian*. Diese letztere Kritik hatte sie zehnmal oder zwölfmal gelesen und sogar daran gedacht, den herabwürdigenden Verfasser anzurufen und zur Rede zu stellen – aber wozu? Die Aufzeichnung hatte ihre Wirkung getan, das war genug. Und was sie hatte einstecken müssen, war nichts im Vergleich zu dem, was die Presse über die armen Teufel, die für Wiens Aktivitäten verantwortlich gewesen waren, ausgeschüttet hatte.

Alles das waren jetzt sowieso alte Kamellen. Thema des Tages war das U-Boot. Jedermann erwies sich als Sachverständiger. Es war selbstverständlich kein amerikanisches Trident-U-Boot – die FAKT hatte sie darin belogen, was kaum überraschend war. Sie hatte der ganzen Welt erzählt, daß sie an Bord eines ›Trident‹-U-Bootes gewesen war, während eine Trident in Wirklichkeit eine Rakete war.

Man hatte sie um eine Beschreibung gebeten und Bilder vorgelegt, und so hatte sich herausgestellt, daß es sich bei dem Boot um ein sowjetisches Raketen-U-Boot der Alfa-Klasse handelte, das vor Jahren an Somalia verkauft worden und angeblich mit der gesamten Besatzung gesunken war. Natürlich war es nicht gesunken – die glücklose Besatzung war von FAKT-Saboteuren, die als Söldner an Bord gegangen waren, vergast worden, und das U-Boot hatte vollständig intakt den Besitzer gewechselt.

Beinahe die ganze Geschichte war jetzt bekannt, und täglich kamen neue Einzelinformationen hinzu: Südafrikanische Hacker waren in die Datenspeicher der FAKT eingedrungen und hatten die Ergebnisse ihrer

Nachforschung über Hintergründe und Personen veröffentlicht. FAKT-Agenten im Ausland wurden aufgespürt oder stellten sich freiwillig, benannten ihre Helfer und belasteten ihre früheren Brotgeber.

Die Gräfin hatte sich angesichts dieser Entwicklung erschossen und ihre sterblichen Überreste einäschern lassen. Außerdem hatte sie ein umfangreiches Testament hinterlassen, das sie vor der Geschichte rechtfertigen sollte. Soweit die Angaben aus Bamako. Einen untrüglichen Beweis für ihren Tod gab es nicht, sowenig wie es Gewißheit über ihre wahre Identität gab. Es gab wenigstens fünf mögliche Kandidatinnen, reiche Frauen von elitärem Sendungsbewußtsein, die sich im politischen Kampf für die Stärkung der Nationalstaaten und gegen die ›plutokratische Weltherrschaft der Multis und ihre kriminellen Ableger in den Steueroasen‹ eingesetzt hatten und zu irgendeinem Zeitpunkt aus dem Rampenlicht der Öffentlichkeit verschwunden waren. Um diesen Komplex rankten sich mittlerweile Hunderte von volkstümlichen Geschichten und unsinnigen Verschwörungstheorien.

Das Unheimliche und Krankhafte daran war, daß es den Leuten gefiel. Die Vorstellung von einer Gräfin – verrückt oder nicht – an der Spitze einer geheimen Armee und umgeben von gefährlichen und zu allem entschlossenen Kommandeuren fand in der breiten Öffentlichkeit ungeahnten Anklang, obwohl das Netz nicht müde wurde, auf die kriminelle Erbärmlichkeit der Personen und ihrer Umstände hinzuweisen: Die Frau sei geisteskrank gewesen. Alt und zittrig und ohne Kontakt mit der Wirklichkeit, umgeben von skrupellosen politischen Eiferern, militärischen Glücksrittern und Geschäftemachern.

Aber die Leute wollten es nicht so sehen – man konnte ihnen noch so oft von der Banalität des Bösen predigen, ihr Bedürfnis nach romantischer Verklärung war stärker. Auf einer unbewußten Ebene liebten die Menschen den politischen Umsturz, die Unsicherheit, das Chaos und den perversen Reiz des nuklearen Schreckens. Die Furcht war ein Aphrodisiakum, eine Chance, sich von den allzu überschaubaren Perspektiven abzuwenden und für den Augenblick zu leben. In früheren Zeiten war es immer so gewesen. Jetzt, da sie es selbst erlebte und die Leute davon reden hörte, wußte sie es.

Jemand hatte den Bürgermeister eingeladen. Magruder erläuterte ihr die komplizierten juristischen Voraussetzungen der Wiedereröffnung des Ferienheims. Er verteidigte die von ihm verfügte Schließung in seiner aggressiven Art, und sie wehrte ihn mit leeren Höflichkeiten ab. »Ach, warten Sie«, sagte sie dann, »da ist jemand, mit dem ich unbedingt sprechen muß.« Und sie ließ ihn stehen und ging aufs Geratewohl auf eine Fremde zu. Eine braungebrannte Frau mit kurzgeschnittenem Haar, die allein auf der anderen Seite des Raumes stand und ein Glas Soda in der Hand hielt.

Es war Emily Donato. Sie sah Laura kommen und blickte mit einem Ausdruck reinen Entsetzens auf. Laura blieb erschrocken stehen. »Emily«, sagte sie. »Hallo.«

»Hallo, Laura.« Sie wollte sich zivilisiert benehmen. Laura sah den Entschluß in ihrem Gesicht, sah sie den Fluchtinstinkt überwinden.

Das Stimmengewirr ging um eine Oktave herunter. Die Leute beobachteten sie über ihre Gläser hinweg, aus den Augenwinkeln. »Ich brauche was zu trinken«, sagte Laura. Eine bedeutungslose Äußerung, aber sie mußte etwas sagen.

»Ich bring dir was.«

»Nein, laß uns hinausgehen.« Sie stieß die Tür auf und trat hinaus auf die umlaufende Veranda. Ein paar Leute waren draußen, lehnten am Geländer und beobachteten die Möwen. Laura ging an ihnen vorbei. Emily folgte ihr, widerwillig.

Sie gingen um das Gebäude, unter der Markise. Es wurde kalt, und Emily, in ihrem einfachen kurzärmeligen Kleid, umfaßte ihre bloßen Oberarme. »Ich vergaß meine Jacke ... Nein, es ist schon gut. Wirklich.« Sie stellte ihr Glas auf das hölzerne Geländer.

»Du hast dir das Haar abschneiden lassen«, sagte Laura.

»Ja«, sagte Emily, »es macht weniger Arbeit als die Ringellocken.« Lähmende Stille. »Hast du Arthurs Gerichtsverfahren gesehen?«

Laura schüttelte den Kopf. »Aber ich bin heute froh, daß du mich nie mit ihm bekanntgemacht hast.«

»Ich kam mir wie eine Hure vor«, sagte Emily, »es fällt mir noch immer schwer, zu glauben, daß er von der FAKT war! Daß ich mit dem Feind schlief, daß er alles aus mir herausholte, was er wissen wollte, daß alles meine Schuld war.« Sie brach in Tränen aus. »Und dann dies! Ich weiß nicht, warum ich überhaupt hergekommen bin. Ich wünschte, wir wären wieder in Mexiko. Ich wünschte, wir wären in der Hölle!«

»Um Himmels willen, Emily, rede nicht so!«

»Ich habe mein Amt und das Unternehmen entehrt. Und Gott allein weiß, was ich mit meinem Privatleben gemacht habe.« Sie schluchzte. »Sieh nur, was ich getan habe – meine beste Freundin habe ich verraten. Du warst im Gefängnis, und ich schlief mit deinem Mann! Du mußt meinen Tod wünschen.«

»Nein, das tue ich nicht!« sagte Laura. »Wozu sollte das gut sein?«

Emily starrte sie an. Die Bemerkung verwirrte sie. »Ich kannte dich wirklich gut«, sagte sie, »ich verließ mich auf dich. Du warst die beste Freundin, die ich je hatte ... Weißt du, als ich zuerst hierher kam, David zu besuchen, dachte ich, ich täte dir einen Gefallen. Weißt du, ich mochte ihn, aber er war nicht gerade gut für die Moral. Beklagte sich, beschimpfte Leute, trank zuviel. Ich sagte mir, meine tote Freundin würde wünschen, daß ich mich um David kümmere. Ich versuchte wirklich Gutes zu tun, und es war das Schlechteste, was ich je getan habe.«

»Ich hätte genauso gehandelt«, sagte Laura.

Emily setzte sich in einen der Liegestühle und zog die Beine unter sich. »Das möchte ich nicht hören«, sagte sie. »Ich möchte, daß du mir sagst, wie sehr du mich haßt. Ich kann es nicht ertragen, wenn du soviel edler bist als ich.«

»Gut, Emily.« Die Wahrheit platzte aus ihr heraus wie ein Abszeß. »Wenn ich daran denke, daß du mit David schläfst, möchte ich dir die verdammte Kehle herausreißen.«

Emily saß da und steckte es ein. Sie erschauerte. »Ich kann es nicht wiedergutmachen. Aber ich kann weglaufen.«

»Tu es nicht, Emily. Das hat er nicht verdient. Er ist ein guter Mann. Er liebt mich nicht mehr, aber dafür kann er nichts. Wir sind jetzt einfach zu weit auseinander.«

Emily blickte auf. Hoffnung dämmerte. »Also ist es wahr? Du willst ihn mir nicht wegnehmen?«

»Nein.« Sie zwang sich, die Worte leichthin zu sagen. »Wir werden die Scheidung erwirken. Es wird keine großen Umstände geben … Den einzigen Ärger wird es mit den Journalisten geben.«

Emily blickte ins Leere. Sie nahm das Geschenk an. »Weißt du, ich liebe ihn wirklich. Ich meine, er ist einfach, und manchmal irgendwie unbesonnen, aber er hat seine guten Seiten.« Sie hatte nichts zu verbergen. »Ich brauche nicht mal die Pille. Ich liebe ihn einfach. Ich habe mich an ihn gewöhnt. Wir sprechen sogar davon, ein Kind zu haben.«

»Ach, wirklich?« Laura setzte sich. Der Gedanke war so seltsam, daß er sie irgendwie nicht berührte. Es erschien ihr erfreulich, familiär. »Versuchst du es?«

»Noch nicht, aber …« Sie hielt inne. »Laura? Wir werden dies überleben, nicht? Ich meine, es wird nicht so sein, wie es war, aber wir brauchen einander nicht umzubringen. Wir werden uns vertragen?«

»Ja.« Lange Stille.

Sie neigte sich zu Emily. Nun, da sie sich ausgesprochen hatten, kam ein Abglanz der alten Übereinstimmung zurück. Eine Art unterirdisches Prickeln, als ihre begrabene Freundschaft sich regte.

Emilys Miene hellte sich auf. Auch sie spürte es.

Es währte lange genug, daß sie die Arme umeinander legten, als sie wieder hineingingen.

Alle lächelten.

Sie verbrachte Weihnachten bei ihrer Mutter in Dallas. Und Loretta war da. Ein kleines Mädchen, das fortlief, als es die Dame mit Hut und Sonnenbrille sah, und das Gesicht im Kleid der Großmutter barg.

Sie war ein niedliches kleines Ding. Abstehende blonde Zöpfe, graugrüne Augen. Und nachdem sie die anfängliche Scheu verloren hatte, zeigte sich, daß sie gern schwatzte und lachte. Sie sang ein kleines Weihnachtslied, dessen Verse größtenteils ›na na na na‹ lauteten, und nach einer Weile setzte sie sich Laura auf den Schoß und nannte sie ›rara‹.

»Sie ist wundervoll«, sagte Laura zu ihrer Mutter. »Du hast deine Sache wirklich gut gemacht.«

»Du glaubst nicht, welch eine Freude sie für mich ist«, sagte Margaret Alice Day Garfield Nakamura Simpson. »Ich verlor dich, dann hatte ich sie, und nun habe ich euch beide. Es ist wie ein Wunder. Es vergeht kein Tag, daß ich nicht dafür dankbar bin. In meinem ganzen Leben bin ich nicht so glücklich gewesen wie jetzt.«

»Wirklich, Mutter?«

»Ich habe gute und schlechte Zeiten erlebt – dies ist für mich die beste Zeit. Seit ich im Ruhestand lebe, das Joch abgeschüttelt habe, dreht sich alles nur noch um Loretta und mich. Wir sind eine Familie – ein kleines Gespann.«

»Du mußt glücklich gewesen sein, als du mit Papa zusammen warst. Ich erinnere mich. Ich dachte immer, wir seien eine glückliche Familie.«

»Nun, das waren wir ja auch. Es war nicht ganz so ungetrübt, aber es war gut. Bis zur Abrüstung. Bis ich anfing, achtzehn Stunden am Tag zu arbeiten. Ich hätte es ablehnen können – dein Vater wollte es so –, aber ich dachte, nein, das ist der größte Wendepunkt, den ich in meinem Leben sehen werde, und wenn ich in der Welt leben will, muß ich dies zuerst tun. Also tat ich es, und darüber verlor ich ihn. Euch beide.«

»Es muß dich sehr verletzt haben. Ich war jung und wußte es nicht – ich wußte nur, daß es mich verletzte.«

»Es tut mir leid, Laura. Ich weiß, es ist spät, aber ich bitte dich um Verzeihung.«

»Danke, daß du das sagst, Mutter. Auch mir tut es leid.« Sie lachte. »Es ist komisch, daß es dazu kommen sollte. Nach all diesen Jahren. Nur ein paar Worte.«

Ihre Mutter nahm die Brille ab, betupfte sich die Augen. »Deine Großmutter verstand … Wir haben nie viel Glück gehabt, Laura. Aber weißt du, ich glaube, wir haben die Lösung gefunden! Es ist nicht die alte Lösung, aber es ist etwas.«

»Vielleicht können wir es von nun an besser machen«, sagte Laura. »Ich habe mein Privatleben viel schlimmer vermurkst, als du es mit deinem tatest, und mein einziger Trost ist, daß es Loretta nicht so schmerzen wird.«

»Ich hätte mich mehr um dich kümmern sollen, als du jung warst«, sagte ihre Mutter. »Aber es gab die Arbeit, und – wirklich, es fällt mir schwer, es zu sagen – die Welt ist voller Männer.« Sie zögerte. »Ich weiß, daß du daran jetzt nicht denken magst, aber glaube mir, es kommt wieder.«

»Gut zu wissen, nehme ich an.« Sie betrachtete den Weihnachtsbaum, der zwischen zwei japanischen Rollbildern stand. »Die einzigen Männer, mit denen ich gegenwärtig zusammentreffe, sind Journalisten. Das ist nicht sehr lustig. Seit dieser Geschichte sind sie wie die Wilden hinter mir her.«

»Nakamura war Journalist«, sagte ihre Mutter nachdenklich. »Weißt du, mit ihm war ich nie sehr glücklich, aber es war intensiv.«

Sie aßen zusammen in der eleganten kleinen Eßecke ihrer Mutter. Es gab Wein, und Weihnachtsschinken, und einen Brotaufstrich aus neu entwickeltem Scop aus England, der wie Paté schmeckte. Sie hätte es pfundweise essen können.

»Es ist gut, aber es schmeckt doch nicht so ganz wie Paté«, klagte ihre Mutter. »Ich finde, es hat einen etwas fischigen Beigeschmack.«

»Es ist zu teuer«, sagte Laura. »Kostet in der Herstellung wahrscheinlich zehn Cents.«

»Nun ja«, sagte ihre Mutter duldsam, »sie müssen die Entwicklungskosten einbringen.«

»Wenn Loretta groß ist, wird es billiger sein.«

»Bis dahin werden sie Scop in allen Geschmacksrichtungen herstellen.«

Der Gedanke war etwas beängstigend. Ich werde älter, dachte Laura. Veränderung an sich beginnt mir Angst zu machen.

Sie schob den Gedanken von sich. Zu zweit spielten sie mit Loretta, bis Schlafenszeit war. Dann unterhielten sie sich noch ein paar Stunden lang, tranken Wein und aßen Käse und waren zivilisiert. Laura war nicht glücklich, aber die Schärfe hatte sich verloren, und sie war der Zufriedenheit nahe. Niemand wußte, wo sie sich aufhielt, und das war ein Segen. Sie schlief gut.

Am Morgen tauschten sie Geschenke aus.

Der Zentralausschuß war im Ferienheim Stone Mountain zusammengetreten. Er bestand aus der neuen Vorsitzenden, Cynthia Wu, und den Ausschußmitgliedern Gareia-Meza, McIntyre, Kaufmann und De Valera. Gauss und Salazar waren auf einer Konferenz außer Landes, während der alte Saito zur Kur war. Und natürlich war Suvendra da, glücklich, Laura wiederzusehen, Nikotingummi kauend.

In letzter Zeit hatte sich die Tendenz, ländliche Abgeschiedenheit aufzusuchen, noch verstärkt. Atlanta war eine Großstadt. Es gab immer die geflüsterten Andeutungen, daß es zum Ziel eines Vergeltungsangriffs gemacht werden könnte.

Das Essen entsprach der Umgebung. Linsensuppe, Salat und Vollkornbrot. Freiwilligkeit, Einfachheit – sie alle aßen es und versuchten sich in elitärer Großherzigkeit.

Das Büro für Telekommunikation war ein Rückgriff auf Frank Lloyd Wright, ein durchbrochener Betonklotz mit Glaseinsätzen, unterhöhlt und mit versetzten Ebenen in strenger geometrischer Eleganz. Das Gebäude schien Mrs. Wu angemessen, die eine lehrerinnenhafte Engländerin über sechzig war und aus dem Unternehmenszweig Schiffbau kam.

»Dank unserer Kontakte«, erklärte sie, »bekommen wir diese Aufzeichnung drei Tage vor der Freigabe durch das Netz. Ich denke, diese Dokumentation kann als ein Schlußstein der politischen Arbeit dienen, die wir unter meinen Vorgängern leisteten. Ich schlage vor, daß wir diese Gelegenheit heute abend nutzen, um unsere Politik einer Neubewertung zu unterziehen. Im Rückblick erscheinen unsere früheren Pläne naiv, überdies sind sie bedenklich schiefgegangen.« Sie bemerkte De Valeras Hand. »Kommentar?«

»Was definieren Sie als Erfolg?«

»Wie ich mich erinnere, lief unsere ursprüngliche Strategie darauf hinaus, im Datenbereich der Steueroasen eine Verschmelzung zu fördern, um sie auf diese Weise in eine bürokratische Struktur zu manövrieren, die sich leichter beherrschen ließe – oder assimilieren, wenn Sie so wollen. Auf friedlichem Wege. Glaubt jemand hier, daß diese Politik auch wirksam gewesen sei?«

»Sie war wirksam gegen die EFT-Commerzbank«, sagte Kaufmann. »Obwohl ich zugebe, daß es nicht durch unsere Einwirkung geschah. Dennoch sind diese Leute jetzt durch gesetzliche Maßnahmen gefesselt. Harmlos.«

»Richtig«, sagte De Valera. »Hätten wir die wahre Natur der FAKT gekannt, wir hätten niemals gewagt, uns in die Auseinandersetzungen hineinziehen zu lassen. Andererseits haben die Datenpiraten verloren, während wir gewannen. Sogar unsere Naivität wirkte sich zu unserem Vorteil aus – zumindest kann niemand Rizome beschuldigen, wir hätten die FAKT unterstützt.«

»Mit anderen Worten, unser Erfolg war hauptsächlich Glück«, sagte Mrs. Wu. »Allerdings nicht für jene Rizome-Gesellschafter, die den Preis für unsere Abenteuerlichkeit zahlen mußten.« Sie brauchte nicht zu Laura zu blicken, um ihre Worte zu verdeutlichen.

»Gewiß«, erwiderte De Valera. »Aber unsere Motive waren nicht unehrenhaft, und wir kämpften für die gute Sache.«

Mrs. Wu lächelte. »Ich teile die Zufriedenheit darüber mit allen anderen. Aber ich hoffe, wir werden in der gegenwärtigen politischen Situation klarsichtiger handeln. Nun, da die Wahrheit bekannt ist und wir informierte Entscheidungen treffen können.« Sie setzte sich und gab das Zeichen zum Beginn.

Die Lichter erloschen, und der Bildschirm am Kopfende des Tisches flackerte auf. »Hier spricht Dianne Arbright vom 3N-Nachrichtendienst aus Tanger. Das Exklusivinterview, das Sie nun sehen und hören werden, kam unter Bedingungen großer persönlicher Gefahr für unsere 3N-Mannschaft zustande. In der Wildnis des algerischen Air-Gebirges, isoliert und ohne Unterstützung, waren wir wenig mehr als Geiseln in den Händen der berüchtigten Inadin-Kulturrevolution ...«

»Wie ruhmsüchtig!« grollte Garcia-Meza.

»Ja«, sagte McIntyre aus der behaglichen gemeinschaftlichen Dunkelheit. »Ich wollte, ich wüßte, wer ihr Friseur ist.«

Es folgte die Aufzeichnung, begleitet von Arbrights Erzählung. Weiße Geländewagen holperten vorsichtig durch rauhes Bergland. Die Nachrichtenmannschaft in schneidigen Safarianzügen mit Hüten, Halstüchern und Wanderstiefeln.

Plötzlich ein Trupp Tuaregs mit ihren Leichtfahrzeugen, wie aus dem Nichts aufgetaucht. Die Expeditionswagen umringt, Waffen im Anschlag. Ungestelltes Erschrecken in den Gesichtern der Nachrichtenleute, ruckartiges *Cinema verité.* Kameras von schwieligen Händen blockiert.

Zurück zu Arbright, irgendwo in Tanger. »Wir wurden nach Funksignalgebern durchsucht, dann trotz unserer Proteste an Händen und Füßen gebunden, mit Augenbinden versehen und wie Schafe auf ihre Fahrzeuge verladen. Darauf wurden wir stundenlang durch eines der unwegsamsten und einsamsten Gebiete Afrikas transportiert. Die nächste Aufzeichnung, die Sie sehen werden, wurde inmitten einer ›befreiten Zone‹ der ICR aufgenommen. In dieser schwerbewachten, geheimen Bergfestung wurden wir schließlich zu dem sogenannten strategischen Genius der ICR gebracht – dem ehemaligen Oberst der Kommandotruppen Jonathan Gresham.«

Die Aufzeichnung nahm ihren Fortgang. Den Zuschauern stockte der Atem. Eine Höhle, unbearbeitete Wände, aus dem anstehenden Fels gesprengt, an Drähten herabhängende Glühbirnen. Arbright saß im Schneidersitz auf einem Teppich, den Rücken der Kamera zugekehrt.

Vor ihr saß Gresham, verschleiert, mit Turban und in seiner indigofarbenen Djellabah. Sein massiger Kopf und die Schultern waren eingerahmt von der hohen halbrunden Lehne eines Korbsessels. Hinter ihm standen links und rechts zwei Tuaregleutnants mit umgehängten Sturmgewehren, Patronengurten, zeremoniellen Tuaregsäbeln mit juwelenbesetzten Griffen und Quasten an den Säbelscheiden, Dolchen, Handgranaten, Pistolen.

»Stellen Sie Ihre Fragen«, sagte Gresham.

Mrs. Wu hielt die Aufzeichnung an. »Laura, Sie kennen sich dort aus. Ist er es?«

»Er ist es«, sagte Laura. »Er ist in einer Wäscherei gewesen, aber es ist Jonathan Gresham.«

»Sehen sie immer so aus?« fragte De Valera.

Laura lachte. »Das wird wohl ihr Sonntagsstaat sein. Diese Säbel und Dolche – sie haben alles bis auf Fliegenklatschen. Gresham versucht sie mit Wodu zu beeindrucken.«

»Ich habe nie eine furchterregendere Gestalt gesehen«, sagte Mrs. Wu. »Warum verbirgt er sein Gesicht? Sein Foto muß sowieso irgendwo archiviert sein.«

»Er trägt den *tagelmoust*«, sagte Laura. »Diesen Schleier und Turban – es ist das traditionelle Kleidungsstück männlicher Tuaregs. Eine Art Tschador für Männer.«

»Mal was anderes«, sagte McIntyre mit betonter Leichtigkeit. Auch sie war eingeschüchtert.

»Danke, Oberst Gresham.« Arbrights Stimme verriet, daß sie mitgenommen war, aber sie schien entschlossen, es durchzustehen. Eine Frau vom Fach. »Lassen Sie mich mit der Frage beginnen, warum Sie diesem Interview zugestimmt haben.«

»Sie meinen, warum *Sie* – oder warum überhaupt?«

»Fangen wir damit an: warum überhaupt?«

»Ich weiß, was in Ihrer Welt geschehen ist«, sagte Gresham. »Wir haben das Doppelspiel der Wiener hochgehen lassen, und das Netz möchte wissen, warum. Was haben wir davon? Wer sind wir, was wollen wir? Wenn das Netz etwas wissen will, schickte es seine Armee – Journalisten. Also gebe ich dieses eine Interview. Ich verlasse mich auf Sie, daß Sie die anderen vor Nachahmungen warnen.«

»Ich weiß nicht, ob ich Ihnen folgen kann, Oberst. Ich kann nicht für meine Medienkollegen sprechen, aber ich bin gewiß kein Soldat.«

»Die Regierung von Mali hat uns einen Vernichtungskrieg geliefert. Wir verstehen das. Wir verstehen auch die weitaus heimtückischere Bedrohung, die Sie darstellen, mit Ihren Armeen von Kameraleuten. Wir wollen Ihre Welt nicht. Wir respektieren Ihre Werte nicht, und wir legen keinen Wert auf Kontakte. Wir sind keine Touristenattraktion – wir sind eine revolutionäre Bewegung, kein Zoo. Wir werden uns nicht zähmen oder assimilieren lassen. Durch Ihre bloße Natur, durch Ihre bloße Gegenwart würden sie uns Assimilation aufzwingen. Das wird nicht erlaubt.«

»Oberst, Sie sind selbst Journalist gewesen, ebenso wie Sie Soldat waren, und … ah … Kulturtheoretiker. Sie müssen sich des allgemeinen Interesses an Ihrer Person und Ihren Aktivitäten bewußt sein.«

»Ja, das bin ich. Darum rechne ich damit, diese Wüste in den kommenden Jahren mit den Gebeinen Ihrer Kollegen zu übersäen. Aber ich bin Soldat – kein Terrorist. Wenn unsere Feinde – Ihre Kollegen – in unseren befreiten Zonen getötet werden, dann werden sie in Kenntnis der Ursache sterben. Das heißt, vorausgesetzt, daß ich Ihnen vertrauen kann, Ihre Arbeit zu tun.«

»Ich werde Sie nicht zensieren, Oberst. Ich bin auch nicht Wien.«

»Ja – ich weiß das. Ich weiß, daß Sie die Berichterstattung über den Terrorangriff auf Grenada über die von Wien gesetzten Grenzen hinausgetrieben haben, mit einigem Risiko für Ihre Karriere. Darum habe ich mich für Sie entschieden – Sie haben Rückgrat.«

Der zweite Kameramann war jetzt in Stellung gegangen und konnte Arbright aufnehmen. Sie lächelte Gresham an, mit Grübchen. Laura wußte, wie ihr zumute war. Sie war jetzt ziemlich gut mit Arbright befreundet. Hatte auch ein Interview mit ihr gemacht, ein gutes. Und sie wußte sogar den Namen von Arbrights Friseur.

»Oberst, ist Ihnen bekannt, daß Ihr Buch über die Lawrence-Doktrin inzwischen ein Bestseller ist?«

»Es wurde als Raubdruck verbreitet«, sagte Gresham. »Und durch Streichungen gereinigt. Ich hatte mit alledem nichts zu tun.«

»Könnten Sie die Doktrin mit kurzen Worten unseren Zuschauern erläutern?«

»Es wird vorzuziehen sein, daß sie sie lesen«, sagte Gresham zögernd. Mit gespieltem Widerwillen, dachte Laura. »Vor mehr als einem Jahrhundert entdeckte Lawrence – er war britischer Offizier im Ersten Weltkrieg –, wie eine Stammesgesellschaft sich gegen imperialistische Fremdherrschaft verteidigen kann. Der Aufstand der Araber brachte die türkische Fremdherrschaft auf der arabischen Halbinsel ins Wanken. Sie bewerkstelligten dies mit Guerillaüberfällen auf Eisenbahnlinien und Telegrafenstationen. Um erfolgreich zu sein, waren die Araber jedoch gezwungen, Industrieprodukte zu verwenden, nämlich Schießpulver, Dynamit und Konserven. Die bekamen sie über Lawrence von den Engländern. Für uns ist es Sonnenenergie, Plastiksprengstoff und Einzellerprotein.«

Er machte eine Pause. »Die Araber begingen den Fehler, den Briten zu vertrauen, die keine geringeren, sondern noch schlimmere Imperialisten waren als die Türken. Der Erste Weltkrieg ging zu Ende, und die Araber wurden beiseite gestoßen. Bis das Öl gefunden wurde – dann wurden sie assimiliert. Tapfere Anstrengungen wie die Islamische Revolution im Iran 1979 und die Bewegung des Islamischen Fundamentalismus waren zu schwach und kamen zu spät ... sie kämpften bereits für die Medien.«

»Oberst, Sie sprechen, als erwarteten Sie nicht, daß jemand mit Ihren Zielen sympathisieren könnte.«

»Ich rechne nicht damit, nein. Sie leben nach Ihrem System. Die Wiener Konvention, die FAKT, Südafrika – es ist alles die gleiche imperialistische Maschinerie, nur verschiedene Markennamen.«

»Der britische Politologe Irwin Craighead hat Sie als den ›ersten glaubwürdigen rechten Intellektuellen seit T. E. Lawrence‹ bezeichnet.«

»Ich bin ein postindustrieller Stammesanarchist«, erwiderte Gresham. »Wird das heutzutage als ›rechts‹ bezeichnet? Wundern sollte es mich nicht. Aber da werden sie Craighead fragen müssen.«

»Ich bin überzeugt, daß Sir Irwin gern bereit sein würde, über Definitionen zu diskutieren.«

»Ich gehe nicht nach England – und wenn er versucht, in unsere Zonen einzudringen, wird er angegriffen wie jeder andere.«

Mrs. Wu hielt die Aufzeichnung an. »Diese Litanei der Todesdrohungen ist sehr ärgerlich.«

»Arbright hat ihn auf die Palme gebracht«, sagte De Valera mit schadenfrohem Lächeln. »Ein typischer Rechter – voll von Ungereimtheiten!«

»He!« entgegnete Garcia-Meza. »Sie müssen reden, De Valera – Sie und Ihr sozialistisches Binnengeldsystem ...«

»Bitte fangen Sie nicht wieder damit an«, sagte Kaufmann. »Jedenfalls ist er interessant, nicht wahr? Er hat alle Chancen, er könnte es zu Geld und Ansehen bringen, oder er könnte ein Held sein – nicht für jeden vielleicht, aber für genug von uns –, und er bleibt nicht nur dort draußen in der Hölle, sondern er hat sich in den Kopf gesetzt, die traditionelle Lebensweise und Identität dieser Tuaregs zu retten. Und er hat diese anderen armen Teufel überredet, mit ihm gemeinsame Sache zu machen!«

»Seine Ideologie hat Sogwirkung«, sagte De Valera. »Wenn er bloß ein Wüsteneremit sein wollte, könnte er nach Arizona ziehen und aufhören, seine Telefonrechnungen zu bezahlen. Aber er will eben mehr, und damit fängt es immer an: Luftabwehrraketen, Minen, Panzerfäuste, Maschinengewehre.«

»Darin stimme ich De Valera zu«, sagte McIntyre. »Und ich sehe noch immer nicht, was die russische Raumstation damit zu tun hat.«

»Er weiß nicht recht, ob richtig ist, was er tut«, sagte Laura. »Er möchte von uns so verschieden sein, wie er kann, aber er kann sein Herkommen nicht abschütteln. Ich nehme an, er leidet unter diesem Zwiespalt, der vielleicht eine Art Selbsthaß in ihm erzeugt.«

»Lassen wir ihn reden«, sagte Garcia-Meza.

Die Aufzeichnung lief weiter. Arbright fragte Gresham über die FAKT. »Das Regime in Mali ist erledigt«, sagte Gresham, »auch wenn es das noch nicht weiß. Das U-Boot ist nur ein Detail.« Darauf kam er wieder auf den Imperialismus zu sprechen, diesmal auf den südafrikanischen. Er erläuterte, wie man Straßen verminen, Konvois überfallen und Kommunikationsverbindungen unterbrechen könne, bis ›expansionistische Bestrebungen wirtschaftlich nicht mehr tragbar‹ seien.

Von Arbright auf seine Zukunftspläne angesprochen, fing er an, über die mögliche Heilung der Sahelzone zu dozieren. »Landwirtschaft ist die älteste der Biotechniken der Menschheit, und in Trockengebieten ist sie die zerstörerischste und mithin verwerflichste. Die Folgen sehen wir heute in den ausufernden Elendsvierteln der Städte und in den Flüchtlingslagern des Sahel. Statt die entwurzelte Landbevölkerung in Lagern vegetieren zu lassen, sollte sie über Ursachen und Wirkungen des Feldbaus und der Viehhaltung in Trockengebieten aufgeklärt werden. Statt Riesensummen in verfehlte Bewässerungsprojekte zu stecken, sollten wandernde Stämme ausgebildeter, motivierter und dezentral arbeitender Ökoaktivisten die Selbstheilungskräfte der Natur unterstützen ...«

»Er ist kein Realist«, sagte De Valera.

»Ich glaube, darin sind wir uns einig«, sagte Mrs. Wu. Sie schaltete den Ton aus. »Die Frage ist, welche Politik sollen wir verfolgen? Stellt Gresham für uns eine geringere Bedrohung dar als Grenada oder Singapur? Er kultiviert zweifellos ein aggressives Gehabe.«

»Grenada und Singapur waren Piraten und Parasiten«, sagte Laura. »Gestehen Sie ihm zu, daß er nur in Ruhe gelassen sein will.«

»Kommen Sie«, sagte De Valera. »Was ist mit all dem High-Tech-Material? Das hat er nicht bekommen, indem er einheimisches Kunsthandwerk verkauft hat.«

»Aha!« sagte Garcia-Meza. »Das ist seine schwache Stelle.«

»Warum sollten wir jemanden behelligen, der die FAKT bekämpft hat und weiter bekämpft?« sagte Suvendra. »Und wenn *die* seine Leute nicht besiegen oder auch nur einschüchtern konnte, könnten wir es dann?«

»Ein gutes Argument«, sagte Mrs. Wu. Sie sahen, wie Gresham sich in seinem Sessel zurücklehnte und dem Leutnant zu seiner Linken einen Befehl gab. Der Tuareg salutierte und schritt aus dem Bild.

»Er ist in einer Wüste, die niemand will«, sagte Suvendra. »Warum ihn zwingen, gegen uns vorzugehen?«

»Was, zum Teufel, könnte er uns anhaben?« sagte De Valera. »Er ist ein Maschinenstürmer.«

Laura schreckte auf. »Können Sie die Aufzeichnung noch einmal zurückspulen? Ich glaube, dieser Mann, der eben aus dem Kamerabereich ging, war Sticky Thompson.«

Eine Bewegung ging durch den Raum. Mrs. Wu ließ die Aufzeichnung noch einmal ablaufen. »Ja«, sagte Laura. »Dieser Gang, dieses Salutieren. Er muß es sein, unter diesem Schleier. Sticky – Nesta Stubbs. Natürlich – wohin sonst sollte er sich wenden? Ich fragte mich schon, was aus ihm geworden sein mochte.«

»Das ist schrecklich«, sagte De Valera.

»Nein, der Meinung bin ich nicht«, versetzte Laura. »Er ist mit Gresham in der Sahara. Er ist nicht hier.«

»Ach du lieber Gott«, sagte McIntyre. »Wenn ich daran denke, daß ich nachts nicht schlafen kann, weil ich mir Sorgen wegen der Atombomben mache ... Wir sollten sofort Wien verständigen.«

Sie starrten McIntyre an. »Kluger Schachzug«, meinte De Valera nach einer Pause. »Wien. Ha. Das wird ihm wirklich Angst einjagen.«

Mrs. Wu rieb sich die Stirn. »Was machen wir jetzt?«

»Ich denke mir«, sagte Laura, »daß wir seine Nachschublinien schützen könnten, so daß niemand sonst ihn behelligt! Und ich kenne ein Versorgungsgut, das ihm mehr als alles andere bedeuten muß. Eiserne Kamele von GoMotion. Das ist ein Unternehmen in Santa Clara, Kalifornien. Wir sollten uns erkundigen.«

»Rizome-GoMotion«, sagte McIntyre. »Klingt nicht schlecht.«

»Gut«, sagte Garcia-Meza. »Er ist verwundbar, wie ich sagte. Transportmittel – das würde uns Einfluß auf ihn geben.«

»Wir könnten besser beraten sein, ihn ganz zu vergessen«, sagte De Valera. »Es ist heiß in der Sahara. Vielleicht werden sie alle verdunsten.«

»Niemand, der ihn am Bildschirm gesehen hat, wird jemals Gresham vergessen«, sagte Laura: »Die Leute vergessen nie, was sie nicht haben können ... Wir sollten diese Firma übernehmen.« Sie blickte in die Runde der Gesichter, in denen sich die wechselnde Helligkeit des Bildschirms widerspiegelte. »Sehen Sie die Möglichkeiten nicht? Eiserne Kamele – der Jonathan-Gresham-Look. Jeder, der gern den harten Naturburschen und Abenteurer spielt, jeder rauhbeinige Individualist, jeder närrische Querfeldeinfahrer auf der Welt wird so ein Ding haben wollen. In sechs Monaten wird Arizona von Verrückten in *tagelmousts* aus Nylon wimmeln, die mit den Dingern herumkutschieren und sich den Hals brechen.« Sie stützte den Kopf in die Hände. »Und dagegen kann er nichts machen.«

»Könnte ein Millionengeschäft werden«, überlegte De Valera. »Ja, ich würde darauf setzen.« Er blickte auf. »Wann wird diese Aufzeichnung gesendet?«

»In drei Tagen.«

»Können wir in dieser Zeit etwas unternehmen?«

»In Kalifornien? Sicher«, sagte Mrs. Wu. »Wenn wir uns gleich daranmachen.«

Also machten sie sich gleich daran.

Laura räumte ihre Küche auf, als es läutete. Sie öffnete, und Charles Cullen, der frühere Vorsitzende des Zentralausschusses, stand in einer blauen Latzhose draußen im Korridor.

»Mr. Cullen«, sagte sie überrascht. »Ich wußte nicht, daß Sie wieder in Atlanta sind.«

»Nur ein Besuch bei alten Freunden. Tut mir leid, daß ich nicht vorher anrief, aber das neue Telefonprotokoll … Ich hoffe, es macht Ihnen nichts aus.«

»Nein, es freut mich, Sie zu sehen. Kommen Sie herein.« Sie küßten sich kurz auf beide Wangen, dann sah er sie an und grinste plötzlich. »Sie haben es noch nicht gehört, wie?«

»Was gehört?«

»Sie haben die Nachrichten nicht gesehen?«

»Schon seit Tagen nicht«, sagte Laura und warf Zeitschriften von der Couch, um Platz zu machen. »Ich kann es nicht ertragen – zu deprimierend, zu unheimlich.«

Cullen lachte laut auf. »Sie haben Hiroshima mit einem Nuklearsprengkopf angegriffen«, sagte er.

Laura wurde weiß und tastete nach der Couch.

»Langsam«, sagte er. »Sie vermurksten es! Das Ding ging nicht los!« Er schob ihr den Sessel hin. »Hier, Laura, setzen Sie sich, tut mir leid … Sie ist nicht explodiert! Liegt im Garten eines Teehauses in der Innenstadt. Tot, nutzlos. Er kam aus dem Himmel geflogen – taumelnd, sagten die Augenzeugen –, schlug im Garten ein und liegt dort in der Erde. In großen Stücken.«

»Wann ist das passiert?«

»Vor zwei Stunden. Schalten Sie den Fernseher ein!«

Sie tat es. Es war zehn Uhr am Vormittag, Hiroshima-Zeit. Ein schöner sonniger Wintermorgen. Sie hatten die ganze Gegend abgesperrt. Gelbe Anzüge, Masken, Geigerzähler. Gute Hubschrauberaufnahmen vom Schauplatz des Geschehens. Der Garten gehörte zu einem kleinen Teehaus aus Holz und Keramik, und das

Geschoß lag zerbrochen dort. Das meiste davon war der Raketenmotor, geplatzte Kupferrohre, zerrissener und verbogener Stahl.

Sie schaltete den Ton aus. »Ist das Ding nicht voll Plutonium?«

»Den Sprengkopf haben sie als erstes herausgeholt. Intakt. Sie glauben, daß der Zünder versagte. Konventioneller Sprengstoff. Das wird jetzt untersucht.«

»Diese verfluchten Lumpen!« schrie Laura plötzlich und hieb auf den Kaffeetisch. »Wie konnten sie *Hiroshima* auswählen?«

Cullen setzte sich auf die Couch. Anscheinend war er außerstande, sein Grinsen einzustellen. Halb Erheiterung, halb verdrehte nervöse Furcht. Es war sonst nicht seine Art. Die Krise brachte in jedem die bizarren Züge zum Vorschein. »Perfekte Wahl«, sagte er. »Groß genug, um zu zeigen, daß es einem ernst ist – klein genug, um Zurückhaltung zu beweisen. Sie evakuieren jetzt Nagasaki.«

»Mein Gott, Mr. Cullen!«

»Nennen Sie mich doch Charlie«, sagte er. »Haben Sie was zu trinken?«

»Wie? Klar. Gute Idee.« Sie öffnete die Hausbar.

»Sie haben Drambuie!« sagte Cullen, in die Inspektion der Flaschenetiketten vertieft. Er nahm zwei Likörgläser heraus, schenkte ein und vergoß klebrige Tropfen auf den Kaffeetisch. »Hoppla.«

»Gott, das arme Japan.« Sie nippte. Es war ihr nicht möglich, ihre Gedanken zurückzuhalten. »Das bedeutet, daß sie uns auch kriegen können.«

»Sie werden niemanden kriegen«, sagte er und trank ihr zu. »Die ganze Welt ist hinter ihnen her. Sonargeräte, Flugzeuge – das ganze Ostchinesische Meer wird durchgekämmt. Die Flugbahn der Rakete wurde in ihrer letzten Phase vom Flughafenradar aufgezeichnet, man kann sie also zurückverfolgen ...« Seine Augen glänzten. »Dieses U-Boot wird es nicht mehr lange machen. Ich habe es im Gefühl.«

Sie füllte die Gläser auf. »Tut mir leid, es ist nicht viel übrig.«

»Was haben wir noch?«

Sie zog ein Gesicht. »Pflaumenwein. Und etwas Sake.«

»Klingt großartig«, sagte er mechanisch, den Blick auf das Fernsehbild fixiert. »Wir können nichts bringen lassen. Hier in Ihrer Wohnung ist es still ... aber glauben Sie mir, draußen wird die Hölle los sein.«

»Ich habe ein paar Zigaretten«, bekannte sie.

»Zigaretten! Ich glaube nicht, daß ich eine geraucht habe, seit ich ein kleiner Junge war.«

Sie nahm die Schachtel hinten aus der Hausbar und zog ihren alten Aschenbecher hervor.

Er sah vom Fernseher weg – der hatte umgeschaltet auf eine öffentliche Erklärung des japanischen Ministerpräsidenten. Bedeutungslose Galionsfigur. »Es tut mir leid«, sagte er. »Ich wollte nicht so bei Ihnen hereinplatzen. Ich war hier im Gebäude, bevor ich die Nachricht hörte und ... Tatsächlich hatte ich gehofft, daß wir miteinander reden könnten ... in Ruhe, wissen Sie.«

»Nun, dann reden Sie nur! Denn ich glaube, andernfalls bekomme ich einen Anfall.« Sie erschauerte. »Ich bin froh, daß Sie hier sind, Charlie. Es wäre mir schrecklich, dies allein sehen zu müssen.«

»Ja – mir auch. Danke, daß Sie das sagten.«

»Ich nehme an, Sie würden lieber bei Doris sein.«

»Doris?«

»Das *ist* doch der Name Ihrer Frau, nicht? Oder erinnere ich mich falsch?«

Er zog die Brauen hoch. »Laura, Doris und ich leben seit zwei Monaten getrennt. Wenn wir noch zusammen wären, hätte ich sie mitgebracht.« Er starrte zum Fernseher. »Schalten Sie aus!« sagte er plötzlich. »Ich kann mich nur mit einer Krise auf einmal beschäftigen.«

»Aber ...«

»Ach, es hat mit dem Unternehmen zu tun. Außer Kontrolle.«

Sie schaltete den Fernseher aus. Die plötzliche Abwesenheit des Netzes war, als hätte man ihr ein Stück aus dem Gehirn genommen.

»Beruhigen Sie sich«, sagte er. »Atmen Sie tief durch. Zigaretten sind sowieso schlecht für uns.«

»Ich wußte nichts von der Sache mit Ihrer Frau. Tut mir leid.«

»Es ist die Degradierung«, sagte er. »Solange ich Vorsitzender war, war alles gut und schön, aber sie konnte den Rücktritt nicht verkraften. Ich meine, sie wußte, daß es so kommen würde, das ist üblich, aber ...«

Sie musterte seine blaue Latzhose. Sie war an den Knien abgewetzt. »Ich glaube, sie treiben es mit diesem Degradierungsritual ein bißchen zu weit ... was müssen Sie tun, hauptsächlich?«

»Ich bin im Altersheim. Betten frisch beziehen, Erinnerungen erzählen, bald dies und bald das. Nicht so schlecht. Gibt einem Abstand vom Alltagsgeschehen, die langfristige Perspektive.«

»Das ist eine sehr korrekte Einstellung, Charlie.«

»Glaube ich auch«, sagte er. »Die Leute sind jetzt besessen von dieser Bombenkrise, aber die langfristige Perspektive ist immer noch da, wenn man weit genug zurücktreten kann, um sie zu sehen. Grenada und Singapur ... sie hatten abenteuerliche Vorstellungen, kümmerten sich um keine Spielregeln, aber wenn wir klug und sehr vorsichtig sind, könnten wir diese Art von radikalem Potential vernünftig einsetzen. Zuerst gibt es eine Menge in Ordnung zu bringen ... vielleicht mehr, als wir bewältigen können, wenn diese Teufel uns bombardieren ... aber eines Tages ...«

»Eines Tages – *was?*«

»Ich weiß wirklich nicht, wie ich es nennen soll ... Eine echte, grundlegende Verbesserung der menschlichen Befindlichkeit.«

»Davon könnte ich was gebrauchen«, sagte Laura und lächelte ihn an. Der Gedanke gefiel ihr. Auch Charlie Cullen gefiel ihr, weil er inmitten der losbrechenden Hölle die langfristige Perspektive herausgestellt hatte. Tatsächlich war es die allerbeste Zeit dafür. »Gefällt mir«, sagte sie. »Es muß interessante Arbeit sein. Wir könnten gelegentlich darüber reden. Über das Netz.«

»Das fände ich schön. Wenn ich wieder im Drang der Geschäfte bin«, sagte er. Er machte ein verlegenes Gesicht. »Es macht mir nichts aus, eine Weile außerhalb zu stehen. Ich habe die Sache nicht gut gehandhabt. Die Macht ... Sie sollten das wissen, Laura. Besser als sonst irgendwer.«

»Sie haben Ihre Sache sehr gut gemacht, das sagen alle. Sie sind nicht dafür verantwortlich, was mir zustieß. Ich ging mit sehenden Augen hinein.«

»Gott, es ist wirklich nett von Ihnen, das zu sagen.« Er schaute auf den Boden. »Ich fürchtete dieses Gespräch ... das heißt, Sie waren freundlich und nett, wenn wir zusammenkamen, aber ich wußte nicht, wie Sie es hinnehmen würden.«

»Nun, es ist unsere Arbeit! Was wir tun, was wir sind.«

»Sie glauben wirklich daran, wie? An die Gemeinschaft.«

»Ich muß. Es ist alles, was mir geblieben ist.«

»Ja«, sagte er. »Mir auch.« Er lächelte. »So schlecht kann es nicht sein, wenn wir beide darin sind. Auf die Solidarität, Laura!«

»Auf die Solidarität!« Sie stießen an und tranken den letzten Drambuie.

»Er ist gut«, sagte er. Er sah sich um. »Hübsche Wohnung.«

»Ja … sie halten die Journalisten fern. Ich habe auch einen hübschen Balkon. Mögen Sie Höhen?«

»Ja, was ist dies hier, vierzigster Stock? Ich kann diese Hochhäuser in Atlanta nie auseinanderhalten.« Er stand auf. »Ich könnte etwas frische Luft gebrauchen.«

»Gut.« Sie ging auf die Balkontür zu; die Doppeltür öffnete sich automatisch, und sie standen auf dem Balkon und blickten hinab zur fernen Straße.

»Eindrucksvoll«, sagte er. Gegenüber stand ein weiterer Wolkenkratzer, Stockwerk über Stockwerk, da und dort mit offenen Vorhängen, flimmernden Fernsehgeräten. Der Balkon über ihnen war offen, und sie konnten von irgendwo den Ton der Fernsehübertragung hören.

»Es ist gut, hier zu sein«, sagte er. »Ich werde an diesen Augenblick denken, wo ich war, was ich tat. Nun, das wird jeder tun. In späteren Jahren. Für den Rest unseres Lebens.«

»Ich glaube, Sie haben recht.«

»Entweder wird es zum Schlimmsten kommen, oder etwas wird endgültig zu Ende gehen.«

»Ja … Ich hätte die Sakeflasche herausbringen sollen.« Sie lehnte am Geländer. »Sie würden mir keinen Vorwurf daraus machen, Charlie, nicht wahr? Wenn es zum Schlimmsten käme? Denn ich hatte Teil daran. Ich wirkte daran mit.«

»Ist mir nie in den Sinn gekommen.«

»Ich bin nur eine Person, aber ich tat, was in meinen Kräften stand.«

»Mehr als das kann niemand verlangen.«

Von einem oberen Geschoß drang ein tierischer Aufschrei an ihre Ohren. Freude, Wut, Schmerz, es war schwer zu unterscheiden. »Das war's«, sagte er.

Menschen strömten auf die Straßen. Sie sprangen aus Fahrzeugen, rannten durcheinander. Ein entferntes Krabbeln und Strömen von Anonymität: die Menge.

Hupen ertönten, Menschen umarmten einander. Fremde küßten sich. Gegenüber wurden Fenster aufgestoßen.

»Sie haben sie«, sagte er.

Laura blickte hinunter zur Menge. »Alle sind so glücklich«, sagte sie.

Er hatte den Verstand, nichts zu sagen. Er streckte nur die Hand aus.

HEYNE BÜCHER

William Gibson

Die Neuromancer-Trilogie

06/8202

Die große Romantrilogie des »Cyberpunk«-Kultautors in überarbeiteter Neuausgabe. Ein Meilenstein der Science Fiction.

»William Gibson ist etwas gelungen, wovon jeder Schriftsteller träumt. Er hat die Welt verändert.«

Jack Womack

HEYNE-TASCHENBÜCHER

HEYNE BÜCHER

Bruce Sterling

Der preisgekrönte Cyberpunk-Autor

»Kein Autor besitzt ein solches Gespür für die Zukunft wie Bruce Sterling.«
Denver Post

»Sterlings Romane sind ein visionärer und poetischer Triumph!«
The Times

06/6361

06/6381

HEYNE-TASCHENBÜCHER